Later

Rosamund Lupton bij Boekerij:

Zusje
Later

www.boekerij.nl

Rosamund Lupton

Later

Tweede druk 2013

ISBN 978-90-225-6851-4
NUR 305

Oorspronkelijke titel: *Afterwards*
Oorspronkelijke uitgever: Piatkus
Vertaling: Iris Bol en Marcel Rouwé
Omslagontwerp: b'IJ Barbara
Omslagbeeld: Susan Fox | Trevillion Images
Zetwerk: CeevanWee, Amsterdam

© 2011 Rosamund Lupton
© 2012 voor de Nederlandse taal: De Boekerij bv, Amsterdam

Niets uit deze uitgave mag openbaar worden gemaakt door middel van druk, fotokopie, internet of op welke andere wijze ook, zonder voorafgaande schriftelijke toestemming van de uitgever.

Voor mijn zonen
Cosmo en Joe

Ik kan niet trotser op jullie zijn.

To see a world in a grain of sand
And a heaven in a wild flower,
Hold infinity in the palm of your hand,
And eternity in an hour

William Blake – 'Auguries of Innocence'

Proloog

Ik kon me niet bewegen, zelfs geen pink of een ooglid. Ik kon mijn mond niet openen om te gillen.

Ik worstelde uit alle macht om de enorme, zware kolos waar mijn lichaam in was veranderd te bewegen, maar ik zat vast onder de romp van een groot schip dat was gezonken op de bodem van de oceaan en bewegen was onmogelijk.

Mijn oogleden waren dichtgelast. Mijn trommelvliezen waren kapot. Mijn stembanden waren geknapt.

Het was daar pikzwart en stil en het voelde zo zwaar; alsof ik een kilometer water boven me had.

Er zat maar één ding op, zei ik tegen mezelf, denkend aan jou, dus glipte ik uit het gestrande schip van mijn lichaam de zwarte oceaan in.

Met al de kracht die ik in me had zwom ik omhoog naar het daglicht.

Blijkbaar was ik toch niet op een kilometer diepte.

Want opeens was ik in een witte kamer, die fel glom en sterk naar ontsmettingsmiddel rook. Ik hoorde stemmen en mijn naam.

Ik zag dat mijn lichamelijke 'ik' in een ziekenhuisbed lag. Ik keek naar een arts die mijn oogleden opentrok en met een lampje in mijn ogen scheen; een ander liet mijn bed achteroverzakken en weer een ander sloot een infuus aan op mijn arm.

Jij zult het niet kunnen geloven. Jij bent een man die rivieren indamt en bergen beklimt, een man die de wetten van de natuur en de natuurkunde kent. 'Klinkklare onzin!' zei je vaak tegen de tv als iemand het over iets paranormaals had. Al zul je vriendelijker zijn voor je vrouw en mijn woorden niet direct als flauwekul afdoen, toch zul je het voor onmogelijk houden. Maar lichaamsuittredingen komen écht voor. Je leest erover in de krant en je hoort mensen erover praten op Radio 4.

Maar als dit echt was, wat moest ik dan doen? Me een weg banen tussen de artsen door en de verpleegster die mijn hoofd schoor aan de kant duwen? 'Pardon! Uit de weg! Sorry! Ik geloof dat dit mijn lichaam is. Ik ben hier, hoor!'

Ik dacht idiote dingen omdat ik bang was.

Misselijkmakend, met kippenvel, huiverend bang.

En door die angst herinnerde ik het me weer.

Een verzengende hitte en felle vlammen en verstikkende rook.

De school stond in brand.

1

Jij had die middag je belangrijke vergadering bij de BBC, dus je zult de stevige, warme bries niet hebben gevoeld. 'Een godsgeschenk voor de sportdag,' zeiden de ouders tegen elkaar. Ik dacht dat zelfs áls er een God bestaat, hij het waarschijnlijk te druk heeft met de hongerende mensen in Afrika of met in de steek gelaten wezen in Oost-Europa om zich bezig te houden met het aanbieden van gratis airconditioning voor de zakloopwedstrijd bij Sidley House.

De zon scheen op de witte lijnen die op het gras waren geschilderd, de fluitjes om de nekken van de leraren glommen en het haar van de kinderen glansde. Ontroerend te grote voeten aan kleine beentjes renden over het gras voor de honderdmetersprint, het zaklopen en de hindernisbaan. In de zomer kun je de school niet echt zien, want de grote geknotte eiken onttrekken het gebouw aan het zicht. Ik wist echter dat er nog een kleuterklas binnen was en ik vond het jammer dat de jongste kinderen niet buiten waren om ook te genieten van het zomerweer.

Adam droeg zijn 'Ik ben 8!'-badge die op onze kaart van vanochtend had gezeten, zo kort geleden nog maar. Hij rende naar me toe en zijn gezichtje straalde, want hij ging 'nu meteen' naar school om zijn taart te halen. Rowena moest de medailles halen, dus zij zou met hem meegaan; Rowena die zo lang geleden met Jenny op Sidley House zat.

Toen ze wegliepen, keek ik om me heen om te zien of Jenny er al was. Ik had gedacht dat ze na de ramp met haar eindexamen direct zou gaan blokken voor haar herexamens, maar ze wilde toch werken op Sidley House om geld te verdienen voor haar geplande reis naar Canada. Vreemd om te bedenken dat ik dat zo erg vond.

Ik vond dat op haar zeventiende tijdelijk onderwijsassistente zijn uitdaging genoeg, maar nu was ze ook nog een middag schoolverpleegster. Tijdens het ontbijt hadden we voorzichtig de degens gekruist.

'Ben je niet wat jong voor zo veel verantwoordelijkheid?'
'Het is maar een sportdag van een lagere school, mam. Geen ongeluk op de snelweg.'

Maar nu zat haar dienst er bijna op – zonder dat er een ongeluk was gebeurd – en zou ze zich dadelijk bij ons voegen. Ik was ervan overtuigd dat ze popelde om het benauwde EHBO-kamertje helemaal boven in de school te kunnen verlaten.

Bij het ontbijt had ik gezien dat ze haar rode froufrourokje droeg met een kort topje en ik had gezegd dat het er niet erg professioneel uitzag. Maar wanneer heeft Jenny ooit naar een kledingadvies van mij geluisterd?

'Wees maar blij dat ik niet van die lage broeken hou.'
'Bedoel je die spijkerbroeken die onder de kont van jongens hangen?'
'Precies.'
'Die wil ik altijd omhoogtrekken.'
Ze barstte in lachen uit.

Haar lange benen zien er heel mooi uit onder het te korte, dunne rokje en ik voel me tegen wil en dank een beetje trots. Al heeft ze haar lange benen van jou.

Maisie arriveerde op het sportveld; haar blauwe ogen fonkelden en haar gezicht was één grote glimlach. Sommige mensen doen haar af als een overdreven vrolijke, rijke tante in FUN-shirts (lange mouwen in een ander patroon dan de rest), maar de meesten van ons mogen haar graag.

'Gracie,' zei ze, en ze omhelsde me. 'Ik ben gekomen om Rowena op te halen. Ze sms'te zojuist dat de metro platligt. Dus moet mama voor chauffeur spelen.'

'Ze is de medailles gaan halen,' zei ik tegen haar. 'Adam is met haar mee om zijn taart te pakken. Ze kunnen elk moment terugkomen.'

Ze glimlachte. 'Wat voor taart hebben we dit jaar?'

'Een chocoladetaart van Marks & Spencer. Addie heeft een greppel gemaakt met een theelepel en we hebben alle Maltezers eraf gehaald en vervangen door soldaatjes. Het is een Eerste-Wereldoorlogtaart. Een beetje gewelddadig, maar het past goed bij zijn overgang naar de

derde klas, dus ik denk niet dat iemand het erg zal vinden.'
Ze lachte. 'Geweldig.'
'Nee, niet echt, maar hij vindt van wel.'

'Is zij je béste vriendin, mam?' had Adam me onlangs gevraagd.
'Ik denk het wel,' had ik gezegd.

Maisie gaf me een cadeautje voor Adam – 'Een kleinigheidje' – dat prachtig was ingepakt, en waarvan ik wist dat het goed was uitgekozen. Ze slaagt er altijd in om het juiste cadeau te vinden. Dat is een van de vele eigenschappen die ik zo in haar waardeer. Een andere is dat ze alle jaren dat Rowena op Sidley House zat, heeft meegedaan aan de moederrace, waarbij ze altijd met afstand laatste werd, en dat kon haar geen donder schelen! Ze heeft nog nooit een kledingstuk van lycra gehad en, in tegenstelling tot zowat alle andere moeders van Sidley House, heeft ze nog nooit een voet over de drempel van een sportschool gezet.

Ja, ik weet het. Ik talm op dat zonnige speelveld met Maisie. Het spijt me. Maar het is heel moeilijk. Wat ik zo ga vertellen, is zo verschrikkelijk moeilijk.

Maisie ging weg om Rowena in de school te zoeken.

Ik keek op mijn horloge, het was bijna drie uur.

Nog altijd geen teken van Jenny of Adam.

De gymleraar blies op zijn fluitje voor de laatste race – de estafette – en brulde door zijn megafoon dat de teams op hun plaats moesten gaan staan. Ik was bang dat Addie op zijn kop zou krijgen omdat hij niet op de plek stond die hem was toegewezen.

Ik keek om naar de school en bedacht dat ik ze onderhand toch elk moment moest aan zien komen lopen.

Er kwam rook uit het schoolgebouw. Dikke, zwarte rook als van een vreugdevuur. Wat me vooral bijstaat is de kalmte. Het ontbreken van paniek. Maar ik wist dat die steeds sneller op me af denderde, als een grote vrachtwagen.

Ik moest me verstoppen. Snel. Nee! Ik verkeer niet in gevaar. Deze angst geldt niet mijzelf. Mijn kinderen verkeren in gevaar.

Het trof me keihard op de borst.

Er is brand en ze zijn allebei daarbinnen.
Ze zijn daarbinnen!

En toen rende ik met de snelheid van een schreeuw. Ik rende zo hard dat ik geen tijd had om adem te halen.

Een schreeuw die rent en die niet kan stoppen tot ik ze allebei in mijn armen houd.

Hollend over de weg, hoorde ik sirenes loeien op de brug. Maar de brandweerwagens bewogen niet. Bij de verkeerslichten stonden verlaten auto's die de doorgang blokkeerden en andere vrouwen zetten hun auto gewoon midden op de weg neer, stapten uit en renden over de brug naar de school. Wat bezielde die moeders om hun hoge hakken uit te schoppen en te struikelen op hun slippers en te gillen terwijl ze renden zoals ik? Ik herkende er een, de moeder van een kleuter. Dit waren de moeders van de vierjarigen die hun kinderen op kwamen halen, zoals ze dat elke dag deden. De ene had een peuter in haar SUV achtergelaten en dat kindje sloeg tegen het raam terwijl hij zijn moeder nakeek die meedeed aan deze afgrijselijke moederrace.

Ik was er als eerste, nog voor de andere moeders, want die moesten eerst nog de weg oversteken en de oprit af rennen.
    De kleuters stonden netjes in een rij voor de school met hun lerares, keurig twee aan twee, en Maisie stond bij de lerares en had haar arm om de andere vrouw heen geslagen. Ik zag dat de juffrouw erg van streek leek. Achter hen stroomde zwarte rook het gebouw uit, die de zomerblauwe hemel bevlekte, als bij een fabrieksschoorsteen.

Adam stond buiten – buiten! – bij dat bronzen standbeeld, en hij huilde tegen Rowena aan en zij hield hem stevig vast. Tijdens dat moment van opluchting voelde ik een intens gevoel van liefde, niet alleen voor mijn jongen, maar ook voor het meisje dat hem troostte.
    Ik gunde mezelf een tel, misschien twee tellen, om een hartverscheurende opluchting te voelen voor Adam en toen keek ik om me heen naar Jenny. Een blonde bob, slank. Buiten was niemand die op Jenny leek. Op de brug loeiden de sirenes.

De kleuters begonnen te huilen toen ze hun moeders zo hard mogelijk over de oprit naar hen toe zagen rennen, met uitgestrekte armen en tranen die over hun wangen stroomden, verlangend naar het moment dat ze hun kind weer in hun armen konden nemen.

Ik keerde me om naar het brandende gebouw, waar zwarte rook uit de klaslokalen op de tweede en derde verdieping kwam.

Jenny.

2

Ik rende de trap op naar de hoofdingang, opende de deur naar de kleine vestibule en even leek alles normaal. Aan de muur hing de ingelijste foto van de eerste leerlingen van Sidley House die hun melktandjes bloot lachten. (Rowena die toen bijzonder knap was en Jenny ons onhandige lelijke eendje.) Ook hing er het lunchmenu van die dag, in zowel plaatjes als woorden: vispastei en erwten. Ik voelde me overweldigend gerustgesteld. Het was net alsof ik gewoon 's ochtends de school binnenging.

Ik probeerde de deur van de vestibule naar de school zelf te openen. Voor het eerst viel het me op hoe zwaar die was. Een branddeur. Mijn handen trilden te erg om er grip op te krijgen. En hij was heet. Ik had de mouwen van mijn blouse hoog opgerold. Ik rolde ze naar beneden en trok ze over mijn hand. Toen trok ik de deur open.

Ik schreeuwde haar naam. Steeds maar weer. Elke keer dat ik haar naam riep, kreeg ik rook in mijn mond en keel en longen tot ik niet langer kon roepen.

Ik hoorde iets branden, sissen en sputteren; een gigantische vuurslang die door het gebouw kronkelde.

Boven me stortte iets in. Ik hoorde en voelde de dreun.

Daarna een woedend gebrul toen het vuur verse zuurstof kreeg.

De brand was boven me.

Jenny was boven me.

Ik kon net de trap zien en toen ik naar boven liep, werd de hitte intenser en de rook dikker.

Ik kwam op de eerste verdieping.

De hitte stompte me recht in mijn lijf en gezicht.

Ik kon niks meer zien – het was zwarter dan de hel.

Ik moest op de derde verdieping zien te komen.

De rook drong mijn longen binnen. Het was alsof ik prikkeldraad inademde.

Ik liet me op handen en knieën vallen, omdat ik me vaag van een brandoefening op mijn vroegere school herinnerde dat er bij de grond zuurstof te vinden is. Het was een klein wonder dat ik ontdekte dat ik kon ademhalen.

Ik kroop naar voren, een blinde zonder stok, en tikte met mijn vinger voor me uit, op zoek naar de volgende trap. Ik moest door het leeslokaal met het grote, felgekleurde kleed te komen. Ik voelde het kleed onder mijn vingers, het nylon smolt en rimpelde door de hitte, en mijn vingertoppen stonden in brand. Ik was bang dat ze binnenkort dusdanig verbrand zouden zijn dat ze niets meer konden voelen. Ik was net de man uit Adams mythologieboek, die Ariadnes draad vasthoudt om uit het labyrint te komen; alleen was mijn draad een smeltend kleed.

Ik kwam bij het einde van het kleed en merkte dat de textuur veranderde, en meteen daarna voelde ik de eerste treden.

Ik beklom de trap naar de tweede verdieping, op handen en knieën, met mijn hoofd omlaag naar de zuurstof.

En al die tijd weigerde ik te geloven dat dit echt gebeurde. Dit was de plek van kinderen met zachte wangetjes die de trappen op renden en waslijnen in klaslokalen waaraan kindertekeningen hingen als fladderende wimpels. Vol leesboeken, met en zonder plaatjes, zitzakken en in plakjes gesneden fruit voor in de pauze.

Het was een veilige plek.

Nog een stap.

Om me heen hoorde en voelde ik delen van Jenny's en Adams kindertijd instorten.

Nog een stap.

Ik was duizelig, vergiftigd door iets in de rook.

Nog een stap.

Het was een strijd. Ik tegen dit levende, ademende vuur dat mijn kind wilde vermoorden.

Nog een stap.

Ik wist dat ik de tweede verdieping nooit zou halen; het zou me doden voor ik bij haar was.

Ik voelde haar boven aan de trap. Ze was erin geslaagd om één trap af te komen.

Ze was mijn kleine meisje en ik was bij haar en alles zou goed komen. Nu zou alles goed komen.

'Jenny?'

Ze zei niks en ze bewoog niet en het gebrul van het vuur kwam dichterbij en ik kon niet veel langer blijven ademhalen.

Ik probeerde haar op te tillen alsof ze nog heel klein was, maar ze was te zwaar.

Ik sleepte haar de trap af en probeerde haar met mijn lichaam te beschermen tegen de hitte en de rook. Ik weigerde eraan te denken hoe erg ze gewond was. Nog niet. Pas onder aan de trap. Pas als ze veilig was.

Ik riep jou, in stilte, alsof ik je telepathisch kon oproepen ons te hulp te schieten.

En toen ik haar meetrok, tree voor tree, de trap af, in een poging bij de brandende warmte en ziedende vlammen uit de buurt te komen, dacht ik aan liefde. Daar klampte ik me aan vast. En het was koel en helder en rustig.

Misschien was er echt telepathie tussen ons, want op dat moment moet jij je bespreking met de acquirerende redacteurs van de BBC hebben gehad voor het vervolg op je 'Onherbergzame omgevingen'-serie. Je hebt hete, dampende jungles gehad en verzengende, dorre woestijnen en je wilt dat de volgende serie zich afspeelt in de contrasterende bevroren wildernis van Antarctica. Dus misschien was jij het die me hielp om me een stille, witte oppervlakte van liefde voor te stellen terwijl ik Jenny de trap af sleepte.

Maar voor ik onderaan was, werd ik door iets geraakt. Het gooide me naar voren en alles werd donker.

Toen ik het bewustzijn verloor, praatte ik met jou.

Ik zei: 'Een ongeboren kind heeft helemaal geen zuurstof nodig, wist je dat?' Ik vermoedde dat je het niet wist. Toen ik zwanger was van Jenny heb ik zo veel mogelijk uitgezocht. Maar jij wilde zo graag dat ze kwam, dat je te ongeduldig was om je bezig te houden met haar proloog. Dus jij weet niet dat een ongeboren kind, dat rondzwemt in vruchtwater, niet kan ademen, want dan verdrinkt ze. Er zijn geen tijdelijke kieuwen zodat ze tot haar geboorte als een vis kan zwemmen.

Nee, de baby krijgt zuurstof via de navelstreng, die verbonden is met haar moeder. Ik voelde me net een zuurstofvoorraad die gekoppeld was aan een piepkleine, dappere duiker. Maar op het moment dat ze werd geboren, werd haar zuurstofvoorraad afgesneden en kwam ze in het nieuwe element van lucht. Er was een moment van stilte, een onbezonnen seconde, alsof ze op het randje van het leven stond, en een besluit nam. Vroeger gaven ze de baby een tik om de geruststellende kreet te horen van longetjes die gevuld zijn met lucht. Tegenwoordig kijken ze heel aandachtig of ze het minieme op en neer gaan van een babyzacht borstkasje zien en ze luisteren naar het gefluister – in en uit – om te weten of het leven in het nieuwe medium lucht is begonnen.

En toen huilde ik en jij juichte – echt, je juichte! – en de kar met babyapparatuur werd de kamer weer uit gerold, want die was niet meer nodig. Een normale bevalling. Een gezond kind. Het zou zich bij de miljarden anderen op de aarde voegen die in- en uitademen zonder daarbij stil te staan.

De volgende dag stuurde je zus me een boeket rozen met gipskruid, dat ook wel 'babyadem' wordt genoemd, twijgjes vol mooie witte bloemen. Maar de ademhaling van een pasgeboren baby is lichter dan een enkel pluisje van een weggeblazen zaadje van een paardenbloem.

Jij hebt eens tegen me gezegd dat het gehoor het laatste zintuig is dat verdwijnt als je het bewustzijn verliest.

In de duisternis meende ik Jenny zo zacht als een paardenbloempluisje te horen ademen.

3

Ik heb je al verteld wat er is gebeurd toen ik bijkwam, dat ik klem zat onder de romp van een groot, gezonken schip dat op de bodem van de oceaan lag.

Dat ik uit het kapotte wrak van mijn lichaam was geglipt, de inktzwarte oceaan in en omhoogzwom naar het daglicht.

Dat ik het lichamelijke deel van 'mij' in een ziekenhuisbed zag liggen.

Dat ik bang was en dat ik me door het voelen van die angst alles weer herinnerde.

Verschroeiende hitte, ziedende vlammen en verstikkende rook.

Jenny.

Ik rende de kamer uit om haar te zoeken. Denk je dat ik had moeten proberen om weer in mijn lichaam te komen? Maar stel dat ik daar opnieuw in gevangen zou zitten, nutteloos en er ditmaal niet meer uit zou kunnen komen? Hoe moest ik haar dan vinden?

In de brandende school had ik in de duisternis en de rook naar haar gezocht. Nu was ik in helverlichte, witte gangen, maar de wanhoop om haar te vinden was dezelfde. In mijn paniek vergat ik mijn 'ik' in het ziekenhuisbed, ging naar een arts en vroeg waar ze was. *'Jennifer Covey. Zeventien jaar. Mijn dochter. Ze was in een brand.'* De arts wendde zich van me af. Ik ging achter hem aan en riep: *'Waar is mijn dochter?'* Hij liep verder bij me vandaan.

Ik onderbrak twee verpleegsters. *'Waar is mijn dochter? Ze was in een brand. Jenny Covey.'*

Ze bleven gewoon met elkaar praten.

Telkens werd ik genegeerd.

Ik begon te schreeuwen, zo hard als ik kon, ik brulde uit alle macht, maar de mensen om me heen waren doof en blind.

Toen herinnerde ik me dat ik degene was die stom en onzichtbaar was.
Niemand zou me helpen om haar te vinden.
Ik rende een gang door, weg van de kamer waar mijn lichaam was, ik schoot andere kamers in en holde toen weer verder, zoekend als een bezetene.
'Het is ongelooflijk dat je haar kwijt bent,' zei de kinderjuffrouw die in mijn hoofd woont. Zij is vlak voor mijn bevalling van Jenny gekomen en haar kritische stem nam de plaats in van de lof van mijn lerares. 'Op deze manier zul je haar nooit vinden, nietwaar?'
Ze had gelijk. Door de paniek was ik veranderd in een dansende molecuul, die van hot naar her schoot, zonder enige logica of duidelijke richting.
Ik dacht aan jou, aan wat jij zou doen, en dwong mezelf om langzamer te gaan lopen.
Jij zou beginnen op de begane grond, uiterst links, zoals je thuis doet als er iets zoek is, en dan zou je langzaam naar uiterst rechts gaan en vervolgens naar de volgende verdieping; je zou methodisch zoeken en de verloren mobiele telefoon/oorbel/ov-kaart/deel 8 uit de *Monsterjacht*-serie vinden.
De gedachte aan *Monsterjacht*-boeken en zoekgeraakte oorbellen kalmeerde me wat; de kleine details van ons leven boden me wat houvast.
Ik liep langzamer door de gangen, ook al wilde ik het liefst rennen, en ik probeerde de bordjes te lezen in plaats van erlangs te racen. Er waren bordjes naar liften, oncologie, poliklinieken en kindergeneeskunde; een minikoninkrijk van afdelingen, klinieken, operatiezalen en ondersteunende diensten.
Ik kreeg een bordje naar het mortuarium in het oog en dat brandde op mijn netvlies, maar ik ging er niet naartoe. Ik weigerde om er zelfs maar aan te denken.
Ik zag een bord naar de spoedeisende hulp. Misschien was ze nog niet naar een kamer gebracht.
Ik rende er zo hard mogelijk naartoe.
Ik ging naar binnen. Er werd een bloedende vrouw op een brancard langs geduwd. Een arts rende voorbij, zijn stethoscoop klapte tegen zijn buik, de deuren naar de ingang voor de ambulances zwaaiden

open en een krijsende sirene vulde de witte gang. De paniek weerkaatste tegen de muren. Een plek van urgentie, spanning en pijn.

Ik keek in het ene na het andere hokje, waar dunne blauwe gordijnen intense taferelen afscheidden van andere drama's. In een hokje lag Rowena, nauwelijks bij bewustzijn. Maisie zat naast haar te snikken, maar ik bleef slechts even staan om te zien dat het Jenny niet was, en ging toen verder.

Aan het einde van de gang was geen hokje, maar een kamer. Ik zag er artsen naar binnen gaan, maar er kwam niemand naar buiten.

Ik ging naar binnen.

Er lag iemand die afgrijselijk gewond was op het bed in het midden van de kamer, omringd door artsen.

Ik wist niet dat zij het was.

Ik had haar gejammer herkend tussen dat van alle andere baby's, bijna vanaf het moment dat ze geboren was. Haar roep om mammie had uniek geklonken, onmiskenbaar te midden van andere peuters; hoe druk het ook was, ik wist haar gezichtje er altijd onmiddellijk tussenuit te pikken. Ik kende haar beter dan mezelf.

Toen ze een baby was, kende ik elke vierkante centimeter van haar, elk haartje van haar wenkbrauwen. Ik had toegekeken toen die werden ingetekend, potloodstreepje voor potloodstreepje, in de eerste dagen na de geboorte. Maandenlang had ik uur na uur, dag na dag, naar haar gezichtje gestaard terwijl ik haar de borst gaf. Het was donker, die februarimaand toen ze werd geboren en toen de lente plaatsmaakte voor de zomer, werd steeds duidelijker hoe goed ik haar kende.

Negen maanden lang had haar hartje in mijn lichaam geklopt; twee hartslagen tegen één van mij.

Hoe kon ik niet weten dat zij het was?

Ik draaide me om om de kamer uit te gaan.

Ik zag sandalen op de afgrijselijk beschadigde persoon op het bed. De sandalen met fonkelende steentjes die ik voor haar had gekocht bij Russell & Bromley als een idioot vroeg kerstcadeau.

Talloze mensen hebben die sandalen, heel, heel veel, ze moeten duizenden van die paren fabriceren. Dat wil niet zeggen dat het Jenny is. Dat bewijst niet dat zij het is. Alsjeblieft.

Haar blonde, glanzende haar was verschroeid, haar gezicht gezwol-

len en vreselijk verbrand. Twee artsen hadden het over het percentage van het lichaamsoppervlak dat was verbrand. Vijfentwintig procent.
'Jenny?' riep ik. Maar ze deed haar ogen niet open. Kon zij mij ook niet horen? Of was ze bewusteloos? Ik hoopte het, want de pijn zou ondraaglijk zijn.
Ik ging de kamer uit, voor even maar. Een drenkeling die nog een keer bovenkomt om naar adem te happen, waarna ik terug zou gaan naar dat diepe medeleven terwijl ik naar haar keek. Ik stond in de gang en sloot mijn ogen.
'Mam?'
Ik zou haar stem overal herkennen.
Ik keek omlaag naar een meisje dat gehurkt in de gang zat, met haar armen om haar knieën geslagen.
Het meisje dat ik te midden van duizend gezichten nog zou herkennen.
Mijn tweede hartslag.
Ik sloeg mijn armen om haar heen.
'Wat zijn we, mam?'
'Ik weet het niet, schatje.'
Het mag vreemd lijken, maar ik had het me niet afgevraagd. Het vuur had alles weggebrand wat ik ooit als normaal had beschouwd. Alles had zijn betekenis verloren.
Een bed met Jenny's lichaam erop werd langs ons geduwd, omringd door medisch personeel. Ze hadden haar bedekt met een laken als een tent, zodat de stof haar brandwonden niet zou raken.
Ik voelde haar naast me ineenkrimpen.
'Heb jij je lichaam gezien?' vroeg ik. 'Voor ze het bedekten, bedoel ik?'
Ik probeerde de woorden zo voorzichtig mogelijk uit te spreken, maar ze vielen met een dreun op de vloer en vormden een lompe, brute vraag.
'Ja. "*Return of the living dead*" vat het mooi samen, vind je niet?'
'Jen. Liefje...'
'Vanochtend maakte ik me nog druk om mee-eters op mijn neus. Mee-eters! Is het niet belachelijk, mam?'
Ik probeerde haar te troosten, maar ze schudde haar hoofd. Ze wilde dat ik haar tranen zou negeren en dat ik zou geloven in de rol die ze

probeerde te spelen. Dat had ze nodig. De rol waarin ze nog altijd de grappige, levendige, vrolijke Jenny was.

We werden gepasseerd door een arts die tegen een verpleegster praatte.

'De vader komt eraan. De arme kerel.'

Wij haastten ons weg om jou te zoeken.

4

In het grote atrium krioelde het van de persmensen. Jouw tv-roem van het presenteren van de 'Onherbergzame gebieden'-serie had ze aangetrokken. *'Geen roem, Gracie,'* had je me ooit gecorrigeerd. *'Bekendheid. Vertrouwd als een blik witte bonen in tomatensaus.'*

Een keurig geklede man arriveerde en de mensen die hadden rondgelopen met camera's en microfoons liepen naar hem toe. Ik vroeg me af of Jenny zich ook kwetsbaar voelde in deze mensenmassa, maar als dat zo was, liet ze het niet merken. Ze heeft altijd jouw moed gehad.

'Ik zal slechts een korte verklaring afleggen,' zei de man in het pak. Hij leek geïrriteerd door hun aanwezigheid. 'Grace en Jennifer Covey zijn vanmiddag om kwart over vier opgenomen met ernstige verwondingen. Voor die verwondingen worden ze nu behandeld op onze gespecialiseerde afdelingen. Rowena White is ook opgenomen voor lichte brandwonden en rookvergiftiging. Op dit moment hebben we geen nadere informatie. Ik zou het op prijs stellen als u nu allemaal búíten het ziekenhuis wilt wachten in plaats van hierbinnen.'

'Hoe is de brand begonnen?' vroeg een journalist aan de man in het pak.

'Dat is een vraag voor de politie, niet voor ons. Als u me nu wilt excuseren.'

Ze bleven vragen schreeuwen, maar wij keken door de glazen wand van het atrium of je er al was. Ik had uitgekeken naar je Toyota Prius en het was Jenny die je als eerste zag.

'Hij is er.'

Je stapte uit een onbekende auto. De BBC moest je in een van hun wagens hebben gebracht.

Soms is het alsof ik een blik in de spiegel werp als ik naar jou kijk, zo vertrouwd dat het een deel van mezelf is geworden. Maar voor je gewone gezicht zat een masker van angst, waardoor het er vreemd uitzag. Ik had me niet gerealiseerd dat je bijna altijd glimlacht.

Je liep het ziekenhuis in en het voelde helemaal verkeerd om jou op deze hectische, angstaanjagende, steriele plek te zien. Jij bent in de keuken om een fles wijn uit de koelkast te halen of in de tuin om een hernieuwde aanval op slakken te openen of in de auto als we uit eten gaan, wanneer ik naast je zit en jij moppert op verkeersopstoppingen en de loftrompet steekt over navigatiesystemen. Jij hoort naast me op de bank en aan de rechterkant van ons bed terwijl je 's nachts langzaam mijn kant op schuift. Zelfs je verschijningen op tv in een jungle aan de andere kant van de wereld worden door mij en de kinderen bekeken op onze zachte familiebank; het onbekende overgebracht door het bekende.

Hier hoorde je niet.

Jenny rende naar je toe en sloeg haar armen om je heen, maar jij wist niet dat ze er was en je haastte je verder. Je rende half naar de balie, je passen houterig door de schrik.

'Mijn vrouw en dochter zijn hier. Grace en Jenny Covey.'

Even was de receptioniste uit haar doen, ze moet je op televisie hebben gezien en vervolgens keek ze je vol medeleven aan.

'Ik zal dokter Gawande oppiepen, dan komt hij u direct halen.'

Je vingers trommelden op de balie en je ogen schoten heen en weer; een dier in het nauw.

De journalisten hadden je nog niet gezien. Misschien had dat masker over je oude gezicht hen voor de gek gehouden. Toen stevende Tara, mijn afschuwelijke collega van de *Richmond Post*, op je af. Toen ze bij je kwam, glimlachte ze. Ze glimlachte!

'Ik ben Tara Connor. Ik ken je vrouw.'

Je negeerde haar en keek het vertrek door. Je zag een jonge arts die zich naar je toe haastte.

'Dokter Gawande?' vroeg je.

'Ja.'

'Hoe gaat het met hen?' Je rustige stem gilde het uit.

Nu hadden andere journalisten je ook gezien en ze liepen naar je toe.

'De specialisten zullen u een beter beeld kunnen geven,' zei dokter Gawande. 'Bij uw vrouw wordt een MRI-scan gemaakt en zij zal naar de afdeling acute neurologie worden teruggebracht. Uw dochter is naar ons brandwondencentrum gebracht.'

Toen je de foyer verliet met de jonge arts, bleven de journalisten op enige afstand, en gaven zo onverwacht blijk van medeleven. Maar Tara liep jullie brutaalweg achterna.

'Hoe denk jij over Silas Hyman?' vroeg ze aan jou.

Toen haar vraag tot je doordrong, keek je heel even om, en daarna liep je snel verder.

De jonge arts liep haastig met je langs poliklinische afdelingen, die er nu verlaten bij lagen, en waar het licht uit was. Maar in een lege wachtkamer stond nog een tv aan. Jij bleef even staan.

Op het scherm stond een reporter van BBC *News 24* voor het hek van de school. Ik zei altijd tegen Addie dat het schoolgebouw een strandhuis was dat te groot was geworden voor de kust en daarom naar het binnenland was verhuisd. Nu was de voorgevel van pastelblauw stucwerk zwartgeblakerd en verkoold; de crèmekleurige raamkozijnen waren verbrand zodat de verwoesting binnen te zien was. Het vriendelijke oude gebouw, dat zo verbonden was met Adams warme hand in de mijne aan het begin van de schooldag en zijn rennende, opgeluchte gezichtje aan het einde van de dag, was genadeloos verminkt.

Je keek zo geschrokken en ik wist wat je dacht, want ik had hetzelfde gevoeld toen het vloerkleed onder mijn handen smolt en het stucwerk om me heen op de grond viel: als vuur dit kan doen met stenen en pleisterwerk, welke schade brengt het dan wel niet toe aan een levend meisje?

'Hoe zijn we dááruit gekomen?' vroeg Jenny.

'Dat weet ik niet.'

Op de tv somde een journalist de feiten op maar doordat ik geschokt was door de beelden op het scherm, ving ik niet meer dan flarden op. Ik geloof dat jij helemaal niet naar hem luisterde, maar alleen naar het skelet van de school staarde.

'... privéschool in Londen... oorzaak op dit moment onbekend. Gelukkig waren de meeste kinderen buiten voor de sportdag. Anders zou het aantal doden en gewonden... Hulpdiensten konden de school niet bereiken omdat wanhopige ouders... Een vraag die nog beantwoord moet worden is waarom de pers er eerder was dan de brandweer...'

Toen verscheen mevrouw Healey in beeld en werd de camera op haar gericht, waardoor godzijdank bijna de hele school op de achtergrond onzichtbaar werd.

'Een uur geleden,' zei de journalist, 'heb ik gesproken met Sally Healey, het schoolhoofd van de lagere school Sidley House.'

Jij ging verder met de jonge arts, maar Jenny en ik bleven nog even naar Sally Healey kijken. Ze zag er onberispelijk uit in een roze, linnen blouse en een crèmekleurige pantalon, met gemanicuurde nagels die af en toe in beeld kwamen. Ik zag dat haar make-up volmaakt was, die moest ze hebben bijgewerkt.

'Waren er kinderen in het schoolgebouw toen de brand uitbrak?' vroeg de journalist aan haar.

'Ja. Maar geen enkel kind op school is gewond geraakt. Dat wil ik graag benadrukken.'

'Ik kan niet geloven dat ze zich heeft opgemaakt,' zei Jenny.

'Ze is net zo'n Frans parlementslid,' zei ik. 'Je weet wel, met lippenstift naast de staatsdocumenten. Make-up als harnas tegen rampspoed.'

Jenny glimlachte, dat lieve, dappere kind.

'Er was een kleuterklas van twintig kinderen in het gebouw ten tijde van de brand,' ging Sally Healey verder. 'Hun lokaal is op de begane grond.'

Ze sprak met haar vergaderstem, bevelend, doch vriendelijk.

'Net als onze andere leerlingen, had onze kleuterklas een evacuatie in het geval van brand geoefend. Gelukkig was de andere klas op schoolreis naar de dierentuin.'

'Maar er waren wel ernstig gewonden?' vroeg de interviewer.

'Daar kan ik niet op antwoorden, het spijt me.'

Ik was blij dat ze niets over Jenny en mij zei. Ik weet niet of ze het echt niet wist of dat ze ons wilde sparen of dat ze gewoon een façade van roze linnen probeerde op te houden dat alles volgens plan was verlopen.

'Hebt u enig idee hoe de brand is begonnen?' vroeg de journalist.

'Nee. Nog niet. Maar ik kan u verzekeren dat we alle voorzorgsmaatregelen hebben genomen. Onze hitte- en rookdetectoren staan in direct contact met de brandweerkazerne en...'

De reporter onderbrak haar. 'Maar de brandweerwagens konden toch niet bij de school komen?'

'Ik weet niets over de logistiek en hoe ze bij de school hadden moeten komen, ik weet alleen dat het alarm direct afging bij de kazerne. Veertien dagen geleden hebben sommigen van dezelfde brandweerlieden gepraat met onze leerlingen van de eerste klas. Niemand had ooit kunnen denken dat...'

Haar stem stierf weg. De lippenstift en vergaderstem werkten niet. Onder die zorgvuldig gecreëerde façade begon ze in te storten. Dat waardeerde ik in haar. Terwijl de camera uitzoomde, weg van haar en terug naar de zwartgeblakerde school pauzeerde hij even bij het onbeschadigde bronzen beeld van een kind.

In de gang naar het brandwondencentrum voegden we ons weer bij jou. Ik zag je verstrakken toen je je probeerde voor te bereiden, maar ik wist dat niks je kon voorbereiden op wat je daarbinnen zou zien. Ik voelde hoe Jenny zich naast me terugtrok.

'Ik wil daar niet naar binnen.'

'Natuurlijk niet. Dat geeft niks.'

Jij ging met de jonge arts de klapdeuren naar het brandwondencentrum door.

'Jij hoort eigenlijk bij papa te zijn,' zei Jenny.

'Maar...'

'Op een bepaald niveau zal hij weten dat je bij hem bent.'

'Ik wil jou niet alleen laten.'

'Ik heb echt geen oppas nodig. Tegenwoordig wérk ik zelfs als oppas. Bovendien moet jij me op de hoogte houden van mijn vooruitgang. Of het gebrek daaraan.'

'Goed dan. Maar ik ben niet lang weg. Blijf hier.'

Ik zou het niet kunnen verdragen om haar weer te moeten zoeken.

'Oké,' zei ze. 'En ik zal ook niet met vreemden praten. Ik beloof het.'

Ik voegde me bij je toen je werd meegenomen naar een klein kantoor en ik was dankbaar dat ze het in stapjes deden. Een arts stak je zijn hand toe. Ik vond hem er bijna onbehoorlijk gezond uitzien; zijn bruine huid glansde tegen de achtergrond van de witte muren van zijn kantoor en zijn donkere ogen fonkelden.

'Ik ben dokter Sandhu. Ik ben de specialist die de leiding heeft over de verzorging van uw dochter.'

Ik zag dat hij met zijn vrije hand klopjes op je arm gaf terwijl hij je een hand gaf, en wist dat hij zelf ook vader was.

'Kom alstublieft binnen. Neemt u plaats, neemt u plaats...'

Jij ging niet zitten, maar bleef staan, zoals je altijd doet als je gespannen bent. Je hebt me ooit verteld dat dat een aangeboren, dierlijke neiging is, waardoor je in staat bent om onmiddellijk te vluchten of te vechten. Tot op dit moment had ik dat niet begrepen. Maar waar konden we naartoe vluchten en met wie moesten we vechten? Niet met dokter Sandhu met zijn fonkelende ogen en zijn zachte, autoritaire stem.

'Laat ik maar beginnen met de positieve punten,' zei hij, en jij knikte heftig. Die man zei tenminste wat jij wilde horen. *'Hoe moeilijk de leefomgeving ook is,'* zei jij dan ergens op een of andere godverlaten plek, *'je kunt altijd strategieën vinden om te overleven.'*

Jij had haar nog niet gezien, maar ik wel, en ik vermoedde dat 'beginnen met de positieve punten' gelijkstond aan een paar kussens onder een rots leggen voor hij ons daar af duwde.

'Uw dochter heeft het moeilijkste gedaan wat er is,' ging dokter Sandhu verder. 'Namelijk levend uit die intense brand komen. Ze moet vreselijk veel doorzettingsvermogen en geesteskracht hebben.'

Jouw stem klonk trots. 'Dat heeft ze zeker.'

'En dat geeft haar als het ware een voorsprong, want die vechtlust zal nu alle verschil maken.'

Ik keek van hem naar jou. De lachrimpeltjes rond je ogen zaten er nog; die waren te diep ingekerfd door vroeger geluk om te worden weggewreven door wat er nu gebeurde.

'Ik moet eerlijk tegen u zijn over haar toestand. U zult nu niet al het medische jargon kunnen begrijpen, dus ik zal het in eenvoudige bewoordingen vertellen. Later kunnen we het opnieuw bespreken, en dat zullen we ook zeker nog eens doen.'

Ik zag een trilling in je been, alsof je vocht tegen de aandrang om door de kamer te ijsberen, eruit weg te vluchten. Maar we moesten luisteren.

'Jennifer heeft substantiële brandwonden op haar lichaam en gezicht opgelopen. Vanwege die brandwonden staan haar inwendige or-

ganen onder spanning. Ze heeft ook verwondingen als gevolg van inademing. Dat betekent dat in haar lichaam haar luchtwegen, waaronder een deel van haar longen, verbrand zijn en niet functioneren.'
Inwendig had ze ook pijn.
Ook.
'Ik vrees dat ik u op dit moment moet vertellen dat ze minder dan vijftig procent kans heeft om te overleven.'
'*Nee!*' gilde ik tegen dokter Sandhu.
Mijn kreet deed de lucht niet eens rimpelen.
Ik sloeg mijn armen om je heen, omdat ik je vast moest houden. Even draaide je je half naar me toe, alsof je me voelde.
'We hebben haar zwaar verdoofd zodat ze geen pijn voelt,' ging de arts verder. 'En wij ademen voor haar met een beademingsapparaat. We hebben hier een hooggekwalificeerd team dat al het mogelijke voor haar zal doen.'
'Ik wil haar nu zien,' zei je met een stem die ik niet herkende.

Ik stond dicht naast je terwijl we naar haar keken.
Dat deden we ook toen ze klein was, wanneer we thuiskwamen van een feestje. Dan gingen we naar haar kamer en stonden we te kijken hoe ze sliep, lichtroze voetjes die onder haar katoenen nachthemdje uit staken, zijdeachtig haar over haar uitgestrekte armen, die nog niet boven haar hoofd uitkwamen. Wij hebben haar gemaakt, dachten we dan. Samen hebben we op de een of andere manier dit wonderbaarlijke kind gecreëerd. Chocolademomenten, noemde jij ze, als goedmaker voor de onderbroken nachten, de uitputting en de gevechten over broccoli. Daarna gaven we haar ieder een knuffel of een kus met, ik geef het eerlijk toe, een gevoel van zelfvoldane trots, en gingen we naar onze eigen kamer.
Voor jou was ik blij dat haar gezicht nu bedekt was met verband. Alleen haar gezwollen oogleden en beschadigde mond waren zichtbaar. Haar verbrande ledematen zaten in een soort plastic.
Terwijl we naar haar keken, rolde de zin van dokter Sandhu zich in ons op als een adder. 'Ze heeft minder dan vijftig procent kans om te overleven.'
Toen rechtte jij je rug en je stem klonk krachtig.
'Alles komt goed, Jen. Ik beloof het. Jij zult beter worden.'

Een eed. Want als haar vader is het jouw taak om haar te beschermen, en als je daar niet in bent geslaagd, zorg je dat later alles goed komt.

Daarna vertelde dokter Sandhu waar de infusen, de monitoren en het verband voor dienden en ofschoon het niet zijn bedoeling was, werd al snel duidelijk dat als ze beter zou worden, het dankzij hem zou zijn en niet dankzij jou.

Maar daar legde jij je niet zomaar bij neer. Jij droeg de macht over je dochter niet zomaar over. Dus stelde je vragen. Wat deed deze slang precies? En die? Waarom werd dit gebruikt? Je leerde het jargon, de technieken. Dit was nu de wereld van je dochter, dus was het ook de jouwe en jij zou de regels ervan leren; die wereld onder de knie krijgen. De man die op zijn zestiende een automotor uit elkaar had gehaald en weer in elkaar had gezet met behulp van een handleiding, een man die graag precies wil weten waar hij zich op verlaat.

Op mijn zestiende las ik George Eliot, wat nu even nutteloos was als een handleiding van een automotor.

'Hoe erg zullen de littekens zijn?' vroeg jij.

En je optimisme was fantastisch! Je moed was ondanks alles geweldig. Ik wist dat het je geen zak kon schelen hoe ze eruitzag, vergeleken met de vraag of ze zou blijven leven. Je stelde de vraag om te laten zien dat je ervan overtuigd was dat ze zou blijven leven; dat de kwestie van littekens belangrijk is omdat ze op een goede dag de buitenwereld weer onder ogen zál komen.

Jij bent altijd de optimist geweest en ik de pessimist (*pragmaticus*, corrigeerde ik dan). Maar nu was jouw optimisme een reddingsboei waaraan ik me vastklampte.

Dokter Sandhu, een vriendelijke man, zei niets over het optimisme van je vraag toen hij antwoordde.

'Ze heeft tweedegraads, gedeeltelijke verbrandingen. Dit type brandwond kan of oppervlakkig zijn, wat betekent dat de bloedtoevoer intact is en de huid zal genezen, of diep, wat onvermijdelijk littekens inhoudt. Helaas zal het enkele dagen duren voor duidelijk is van welk type ze zijn.'

Er kwam een verpleegster binnen. 'We regelen een familiekamer waar u vannacht kunt slapen. Uw vrouw ligt weer op de afdeling acute neurologie. Die is aan de andere kant van de gang.'

'Mag ik mijn vrouw nu zien?'
'Ik zal u naar haar toe brengen.'

Jenny wachtte op me in de gang. 'En?'
'Het komt helemaal goed met je. Je hebt een lange weg te gaan, maar je wordt weer helemaal beter.'
Ik klampte me nog altijd vast aan jouw optimisme. Ik kon het niet over mijn hart verkrijgen om haar te vertellen wat dokter Sandhu had gezegd.
'Ze weten nog niet of je er littekens aan overhoudt,' ging ik door, 'of het brandwonden zijn die littekenweefsel veroorzaken.'
'Maar misschien niet?' Haar stem klonk hoopvol.
'Nee.'
'Ik dacht dat ik er voor altijd zo uit zou zien.' Ze klonk bijna euforisch. 'Nou, misschien niet zo erg, niet als een Halloween-masker, maar wel zo ongeveer. Maar misschien dus helemaal niet?'
'Dat zei de specialist.'
De opluchting straalde van haar gezicht, waardoor ze bijna lichtgevend leek.
Omdat ze naar mij keek, zag ze jou niet uit het brandwondencentrum komen. Je draaide je gezicht naar de muur en sloeg er met je handen tegenaan, alsof je zo kon verdrijven wat je had gezien en gehoord. En toen wist ik hoeveel kracht je optimisme had gekost, hoeveel moed en moeite het kostte. Jenny had het niet gezien.
We hoorden voetstappen door de gang denderen.
Je zus rende op je af, terwijl haar politieradio aan haar zij kraakte.
Ik voelde me direct ontoereikend. Als de hond van Pavlov een schoonzus had als Sarah, zou het een erkende emotionele reflex zijn. Ja, ik weet het. Dat is niet eerlijk. Maar oplaaiende emoties zorgen ervoor dat ik me iets veerkrachtiger voel. En zo verrassend is het toch zeker niet? De belangrijkste vrouw in je leven sinds je tiende tot je mij leerde kennen; een combinatie van schoonzus/schoonmoeder. Geen wonder dat ik me door haar geïntimideerd voelde.
Haar stem klonk ademloos.
'Ik was in Barnes in verband met een gecombineerde actie met hun drugs... O, verdomme, het doet er niet toe waar ik was. Ik vind het zo erg, Mikey.'

Dat oude, kinderachtige naampje dat ze altijd voor je gebruikt. Maar wanneer was de laatste keer?

Ze sloeg haar arm om je heen en omhelsde je stevig.

Even zei ze niks. Ik zag haar gezicht verstijven, zag dat ze zich schrap zette om het je te vertellen.

'Het was brandstichting.'

5

Elk van Sarahs woorden was een scheermes dat ingeslikt moest worden.
 Iemand had dit opzettelijk gedaan. Mijn hemel. Opzettelijk!
 'Maar waarom?' vroeg Jenny.
 Toen ze vier was, noemden we haar het 'waarom-waarom-vogeltje'.
 'Maar waarom valt de maan niet boven op ons? Maar waarom ben ik een meisje en geen jongen? Maar waarom eet Mowgli mieren? Maar waarom kan opa niet beter worden?' (Antwoorden: Zwaartekracht, genen, ze zijn pittig en voedzaam. Aan het einde van de dag, vermoeid: *'Zo is het nou eenmaal, liefje.'* Een vermoeid antwoord, maar wel een antwoord.)
 Op het waarom hiervan was geen antwoord.
 'Kun jij je nog iets herinneren, Jen?' vroeg ik.
 'Nee. Ik weet nog dat Ivo me om half drie sms'te. Maar dat is alles. Daarna weet ik niks meer. Helemaal niks.'
 Sarah raakte je arm zacht aan en je kromp ineen.
 'Wie dit ook heeft gedaan, ik zal hem vermoorden.'
 Ik had je nog nooit zo kwaad gezien, alsof je vocht om te overleven. Maar ik was blij met je razernij, een emotie die deze informatie eerlijk onder ogen zag en terugvocht.
 'Ik moet Grace nu zien. En daarna moet je me alles vertellen wat je weet. Nadat ik bij haar ben geweest. Alles.'

Ik haastte me naar mijn afdeling omdat ik wilde weten hoe ik eraan toe was voordat jij me zag. Alsof ik je er op een bepaalde manier op kon voorbereiden.
 Er zaten nu slangen en monitoren aan mijn lichaam, maar ik ademde zonder hulp. Ik bedacht dat dat goed moest zijn. Ik was dan wel bewusteloos, maar ik zag er nauwelijks gewond uit, behalve dan de keu-

rig verbonden wond op mijn hoofd. Misschien viel het wel mee.

'Ik wacht wel buiten,' zei Jenny.

Ze heeft ons nog nooit privacy gegund, heeft er volgens mij nooit bij stilgestaan dat we daar misschien behoefte aan hebben. Het is Adam die de keuken uit rent als we elkaar knuffelen en een zoen geven. *'Jullie doen klef! Bah!'* Maar Jenny's radar heeft nooit beschamende ouderlijke hartstocht ontdekt. Wellicht denkt ze, zoals de meeste tieners, dat die allang is verdwenen, terwijl zij hem zelf ontdekken en helemaal voor zichzelf houden. Haar woorden ontroerden me dan ook.

Ik wachtte op jou en ondertussen luisterde ik naar het geluid van karretjes en piepende apparaten en de zachte tred van verpleegsters op gympen. Ik wilde jouw voetstappen en jouw stem horen.

De seconden tikten voorbij en ik moest bij je zijn. Nu meteen! Alsjeblieft.

En toen rende je over het gladde linoleum naar mijn bed en duwde een verpleegster met een karretje opzij.

Je sloeg je sterke armen om mijn lichaam en drukte me stevig tegen je aan, de zachtheid van je linnen overhemd voor belangrijke vergaderingen tegen mijn gekreukte, gesteven ziekenhuishemd. Even rook de kamer naar Persil en naar jou, en niet naar het ziekenhuis.

Je kuste me, een kus op mijn mond en toen een op elk gesloten ooglid. Even had ik het gevoel dat jouw drie kussen de betovering zouden verbreken, net zoals bij een prinses uit een van Jenny's oude sprookjesboeken en dat ik wakker zou worden en je kus zou voelen, je stoppeltjes prikkend op dat uur van de dag.

Maar negenendertig is waarschijnlijk een beetje te oud om een slapende prinses te zijn.

En misschien is een dreun op je hoofd minder gemakkelijk ongedaan te maken dan de vloek van een heks.

Toen herinnerde ik me – hoe kon ik het zijn vergeten, zelfs door drie kussen? – dat Jenny buiten op me wachtte.

Ik wist dat ik niet wakker moest worden, het niet eens moest proberen, nog niet, want ik kon haar hier niet alleen laten.

Dat begrijp je toch wel? Want als het als vader jouw taak is om je kind te beschermen, en haar te repareren als ze kapot is, dan is het mijn taak als moeder om bij haar te zijn.

'Mijn dappere vrouw,' zei je.

Zo noemde je me toen ik net van Jenny was bevallen. Wat was ik toen trots geweest, alsof ik niet langer mijn gewone ik was, maar net was komen abseilen van de maan.

Al verdiende ik het niet.

'Ik was niet op tijd bij haar,' zei ik tegen je, mijn stem hard van het schuldgevoel. 'Ik had eerder moeten beseffen dat er iets mis was. Ik had er sneller moeten zijn.'

Maar je kon me niet horen.

We zwegen, en wanneer hebben we ooit gezwegen wanneer we samen waren?

'Wat is er gebeurd?' vroeg je aan me, en je stem brak, alsof je de jaren terugspoelde tot je weer een tiener was. 'Wat is er in godsnaam gebeurd?'

Alsof het begrijpen het beter zou maken.

Ik begon bij de stevige, warme bries op de sportdag.

Je ogen zijn nu gesloten, alsof je bij me kunt komen als jij je ogen ook dicht hebt. En ik heb je alles verteld wat ik weet.

Maar jij kon me natuurlijk niet horen.

'Waarom heb je het dan gedaan?' vraagt die bazige kinderjuffrouwstem aan me. 'Tijdverspilling! Ademverspilling!' Een cognitieve therapeut zou haar direct wegsturen, maar ik ben aan haar gewend geraakt en bovendien vind ik het goed dat een moeder iemand heeft om haar te commanderen, zodat ze weet hoe dat voelt.

En ergens heeft ze gelijk, vind je niet?

Waarom praat ik nu tegen je, terwijl je me niet kunt verstaan?

Omdat woorden de gesproken zuurstof tussen ons zijn; de lucht die een huwelijk inademt. Omdat we al negentien jaar met elkaar praten. Omdat ik zo eenzaam zou zijn als ik niet tegen je zou praten. Dus er is geen therapeut ter wereld die me zover zou krijgen dat ik daarmee ophoud, welke logica hij ook in stelling zou brengen.

Een vrouwelijke arts loopt kordaat op ons af. Ik voel me gerustgesteld als ik zie dat ze in de vijftig is en een vermoeide professionaliteit uitstraalt. Onder haar degelijke marineblauwe rok draagt ze rode schoenen met naaldhakken. Ik weet het: het is raar dat me dat opvalt. Jij kijkt naar haar naamplaatje en haar rang, de belangrijke dingen. DR. ANNA-MARIA BAILSTROM. NEUROLOOG. SPECIALIST.

Draagt ze die rode schoenen vanwege de Anna-Maria in haar?

'Ik dacht dat ze er slechter uit zou zien,' zeg jij tegen dokter Bailstrom. 'Maar ze is toch nauwelijks gewond? En ze haalt zelf adem, toch?'

De opluchting in je stem smeedt de woorden aan elkaar.

'Ik ben bang dat haar hoofdwond ernstig is. Een brandweerman heeft ons verteld dat een deel van het plafond op haar is gevallen.'

Spanning smeedt de woorden van dokter Bailstrom aaneen.

'Ze heeft ongelijke pupilreflexen en reageert niet op prikkels,' gaat ze verder, haar stem gespannen als een snaar. 'De MRI, die we later zullen herhalen, laat een substantiële hersenbeschadiging zien.'

'Het komt weer goed met haar.' Je stem klinkt fel. Je vingers verstrakken rond de mijne. 'Alles komt goed met je, schat.'

Ja, natuurlijk! Ik kan middeleeuwse poëzie citeren en je vertellen over Fra Angelico of Obama's hervormingen in de gezondheidszorg en de helden in de *Monsterjacht*-boeken. Hoeveel mensen kunnen dat allemaal? Zelfs mijn bazige kinderjuffrouw zit nog op haar plek. Sterker nog, ze is in haar element. De denkende ik is niet in mijn lichamelijke ik, maar ik ben hier, lieverd en mijn geest is onbeschadigd.

'We moeten u waarschuwen dat er een kans is dat ze nooit meer bij bewustzijn zal komen.'

Je wendt je van haar af en je lichaamstaal zegt: 'Gelul!'

En ik geloof dat je gelijk hebt. Ik weet bijna zeker dat ik weer in mijn lichaam kan komen, als ik het zou proberen. En dan – misschien niet direct, maar wel snel – zou ik weer wakker worden. Of weer 'bij bewustzijn komen' om de woorden van dokter Bailstrom te gebruiken.

Dokter Bailstrom vertrekt haastig op haar rode naaldhakken op het gladde linoleum. Waarschijnlijk gunt ze je wat tijd om haar woorden te laten bezinken. Toen papa nog huisarts was, was hij een groot voorstander van bezinktijd.

Ik praat te veel. Het probleem van het 'uit je lichaam' zijn is dat je geen adem hoeft te halen voor nieuwe zinnen, en er dus geen natuurlijke fysieke pauzes zijn.

En jij bent zo stil. Ik geloof dat je helemaal bent opgehouden om met me te praten. En ik ben zo bang dat ik tegen je schreeuw.

'Jenny is ernstig gewond, lieverd,' zeg je. En mijn angst wordt weggespoeld door medelijden met jou. Jij vertelt me dat ze beter zal worden. Je zegt dat ik ook beter zal worden. We zullen weer 'helemaal de oude' worden.

Terwijl jij praat, kijk ik naar je armen: sterke armen die jaren geleden drie dozen vol boeken van mij in één keer van de benedenverdieping van het studentenhuis naar mijn kamer op de bovenste verdieping droegen. Die afgelopen dinsdag Jenny's nieuwe ladekast naar haar slaapkamer boven droegen.

Is je karakter ook zo sterk? Kan een mens echt zo dapper zijn als jij nu bent, zo veerkrachtig en hoopvol?

Je hebt het over onze vakantie als dit allemaal 'achter de rug' is.

'Naar het eiland Skye. We gaan kamperen. Dat zal Adam prachtig vinden. We gaan een kampvuur maken en vissen vangen die we 's avonds eten. Jenny en ik kunnen de berg de Cuillins beklimmen. Addie kan zo langzamerhand de kleinste wel aan. Jij kunt een hele stapel boeken meenemen en bij een Loch gaan zitten lezen. Hoe lijkt je dat?'

Het komt me voor als een paradijs op aarde, waarvan ik het bestaan nooit heb geweten.

Terwijl ik met mijn hoofd in de wolken zit, zul jij een berg beklimmen om letterlijk in de wolken te zijn.

Zoals ik eerder heb gedaan, aan Jenny's bed, klamp ik me aan jouw hoop vast en laat ik me erdoor meeslepen.

Ik zie dat Sarah aan de andere kant van de afdeling staat, en in haar mobiele telefoon praat. Drukke, efficiënte Sarah. De eerste keer dat je ons aan elkaar voorstelde, had ik het gevoel dat ik werd ondervraagd over iets wat ik per ongeluk verkeerd had gedaan. Maar wat? Het misdrijf om van jou te houden en een plan te beramen om jou van haar af te pakken? Of, nog erger, dat mijn genegenheid vals was en ik niet genoeg van je hield? Of wellicht – de reden die ik had uitgekozen – dat ik je niet waard was, dat ik minder interessant, knap of opvallend was dan ik zou moeten zijn als ik haar broer opeiste en lid van jouw clan zou worden.

Al voor dit alles, zag ik mezelf in een rubberbootje op een eendenvijver rond peddelen terwijl zij haar leven op een snelle, smalle weg naar een duidelijke bestemming stuurde. En nu ben ik hier, niet in staat te praten, zien of bewegen, laat staan jou, Jenny of Adam te helpen. Mijn hoofd is gedeeltelijk kaalgeschoren en ik draag een vreselijk ziekenhuishemd en zij zeilt naar binnen en staat kordaat en competent aan de helmstok.

Mijn kinderjuffrouwstem zou een stuk gelukkiger zijn als ik meer op haar lijk. Jij hebt me verzekerd, heel ontroerend, dat jij dat niet zou zijn.

Er staat een verpleegster bij haar en ik zie dat ze ruziemaken over de telefoon. Sarah laat haar politiekaart zien, maar de verpleegster houdt duidelijk voet bij stuk en Sarah vertrekt weer. Jij ziet dat ze weggaat, maar je blijft bij mij.

We keren terug naar de kampeertocht op Skye, naar gewelfde blauwgrijze luchten en stille blauwgrijze wateren en enorme blauwgrijze bergen, waarvan de zachte kleuren zo op elkaar lijken dat ze bijna niet van elkaar te onderscheiden zijn. Naar Jenny en Adam en jou en mij, zacht ingekleurd, niet gescheiden van elkaar. Een gezin.

We verlaten mijn afdeling en Skye, en ik zie Jenny die op me wacht in de gang.

'En wat gebeurt er met jou?' vraagt ze gespannen.

'Ze doen scans en dat soort dingen,' zeg ik.

Ik begrijp dat ze ons geen romantische maar medische privacy heeft gegeven, zoals ik tegenwoordig niet meer meega als ik haar naar de huisarts breng.

'En dat is het?' vraagt ze.

'Tot nu toe wel. Min of meer.'

Ze vraagt niet door, ik denk omdat ze bang is om meer te weten te komen.

'Tante Sarah is in de familiekamer,' zegt ze. 'Ze heeft met iemand op het politiebureau gepraat. Het is grappig, maar ik denk dat ze weet dat ik hier ben. Ik bedoel, ze bleef zo'n beetje langs me heen kijken. Alsof ze een glimp had opgevangen.'

Het zou wel domme pech zijn als de enige die een flauw vermoeden heeft van Jenny en mij jouw zus blijkt te zijn.

Het moet laat in de avond zijn en in de familiekamer heeft iemand – wie? – een tandenborstel en pyjama voor jou gebracht en netjes op de rand van het eenpersoonsbed gelegd.

Sarah klapt haar telefoon dicht als ze je ziet.

'Adam is bij een schoolvriendje,' zegt ze. 'Georgina is onderweg uit Oxfordshire en zij zal hem daar ophalen. Het leek me het beste als hij vanavond in zijn eigen bed slaapt. Hij heeft toch een hechte band met Grace' moeder?'
Tijdens dit alles heeft Sarah de ruimte en tijd gehad om aan Adam te denken. Ze was zo goed om zich zorgen over hem te maken. Het is de eerste keer dat ik haar dankbaar ben.
Maar jij kunt je niet met Adam bezighouden, niet nu de toestand met Jenny en mij al zo zwaar op je drukt.
'Heb je met de politie gepraat?' vraag je.
Ze knikt en jij wacht tot ze je meer vertelt.
'We nemen verklaringen af. Ze zullen me volledig op de hoogte houden. Ze weten dat ze mijn nichtje is. Het team dat branden onderzoekt is bezig op de plek van de brand.'
Haar stem klinkt als die van een politieagent, maar ik zie dat ze haar hand uitsteekt en dat jij die beetpakt.
'Ze hebben gezegd dat de brand is begonnen in het handenarbeidlokaal op de tweede verdieping. Omdat het een oud gebouw is, waren er holle ruimtes in de plafonds, muren en het dak. Het zijn in feite ruimtes die de verschillende lokalen en delen van de school met elkaar verbinden. Daardoor konden de rook en het vuur zich heel snel verspreiden. Branddeuren en andere voorzorgsmaatregelen konden de verspreiding ervan niet tegenhouden. Dat is een van de redenen waarom het vuur zo snel het hele gebouw in zijn greep had.'
'En de brandstichting?' vraag jij, en ik hoor dat het woord in je mond stokt.
'Het is meer dan waarschijnlijk dat er een brandversneller is gebruikt, vermoedelijk terpentine, die een specifieke rook veroorzaakt die een van de brandweerlieden ter plaatse heeft herkend. Omdat het een handenarbeidlokaal is, is het natuurlijk logisch dat er wat terpentine aanwezig is, maar zij denken dat het om een grote hoeveelheid gaat. De handenarbeidlerares zegt dat ze de terpentine in een afgesloten kast aan de rechterkant van het lokaal bewaarde. Wij denken dat de brand is gesticht in de hoek aan de linkerkant. Een koolwaterstofdampdetector zal ons morgen meer duidelijkheid verschaffen.'
'Dus er is geen twijfel mogelijk?' vraag jij.
'Het spijt me, Mike.'

'Wat nog meer?' vraag jij. Je wilt álles weten. Een man die op de hoogte wil zijn van alle feiten.

'Het team dat branden onderzoekt heeft vastgesteld dat de ramen op de bovenste verdieping allemaal wijd openstonden,' zegt Sarah. 'Ook dat duidt op brandstichting, want het creëert een tocht waardoor het vuur sneller naar boven gaat in de school, vooral gezien de harde wind van vandaag. Het schoolhoofd heeft ons verteld dat de ramen nooit wijd openstaan vanwege het gevaar dat er kinderen uit zullen vallen.'

'Wat nog meer?' vraag je, en zij begrijpt dat je het moet weten.

'We denken dat het handenarbeidlokaal met opzet is uitgekozen,' gaat ze door. 'Niet alleen omdat er een kans was dat de brandstichter ermee weg zou kunnen komen omdat het gebruik van een versneller in feite gecamoufleerd werd door de benodigdheden voor handenarbeid, maar ook omdat het de ergste plek is voor brand. De handenarbeidlerares heeft een lijst gemaakt van de spullen die er lagen. Er waren stapels papier en knutselmaterialen, wat inhoudt dat het vuur gemakkelijk kon ontstaan en zich kon verspreiden. Er waren ook verscheidene verfsoorten en lijm, die giftig en brandbaar waren. Ze had stukken oud behang meegenomen om een collage te maken, en we denken dat die een zeer giftige vernislaag hadden.'

Terwijl ze een inferno van giftige dampen en verstikkende rook beschrijft, denk ik aan kinderen die collages maken van heteluchtballonnen en dinosaurussen van papier-maché.

Jij knikt naar haar om te beduiden dat ze door moet gaan en dat doet ze vastberaden.

'Er waren ook spuitbussen met verf in het lokaal. Als die worden blootgesteld aan hitte, neemt de druk toe en exploderen ze. De dampen van de verf kunnen over de grond grote afstanden afleggen naar een brandhaard en dan ontvlammen. Naast het handenarbeidlokaal was een klein kamertje, eigenlijk niet meer dan een kast, waar de schoonmaakmiddelen werden bewaard. Die bevatten ook ontvlambare en giftige stoffen.'

Ze zwijgt even, kijkt je aan en ziet hoe bleek je bent.

'Heb je al iets gegeten?'

Die vraag irriteert je. 'Nee, maar...'

'Laten we verder praten in de kantine. Die is hier vlakbij.'

Er valt niet aan te tornen. Heeft ze je ook omgekocht om te eten toen je klein was? Mocht je naar een favoriet tv-programma kijken als je je bord leegat?

'Voor het geval dat, zal ik even tegen ze zeggen waar je naartoe gaat,' zegt ze, en daarmee is ze je tegenwerpingen voor.

Ik ben blij dat ze ervoor zorgt dat je iets eet.

Ze gaat naar het personeel op mijn afdeling acute neurologie om te zeggen waar je naartoe gaat en jij vertelt het de mensen op het brandwondencentrum.

Zodra je weg bent, draait Jenny zich naar mij toe.

'Wat mevrouw Healey zei over die ramen die nooit openstaan, is waar. Sinds dat incident op de brandtrap zijn ze doodsbang dat er kinderen zullen vallen en verwondingen zullen oplopen. Mevrouw Healey loopt zelf voortdurend door de school om de ramen te controleren.'

Ze doet er even het zwijgen toe en ik zie dat ze zich ongemakkelijk voelt. Zich wellicht zelfs geneert.

'Weet je nog dat ik naar jouw bed ben gegaan?' vraagt ze. 'Nog voor papa daar was?'

'Ja.'

'Je zag er zo...' Ze aarzelt. Maar ik weet wat ze wil zeggen. Hoe komt het dat ik er zo onbeschadigd uitzie, vergeleken bij haar?

'Ik ben korter in het gebouw geweest dan jij,' zei ik. 'En ik was niet zo dicht bij het vuur. En ik had meer bescherming.'

Ik zeg niet dat ik een katoenen bloes droeg met mouwen die ik naar beneden kon trekken en een dikke spijkerbroek en sokken met gympen en geen kort, dun rokje en een nietig topje en sandalen met bandjes, maar ze raadt het toch.

'Dus ik ben het ultieme modeslachtoffer.'

'Ik geloof niet dat ik nu tegen galgenhumor kan, Jen.'

'Oké.'

'Positief en zelfs dwaas is prima,' zeg ik. 'Dat is geweldig. En zwarte humor is ook goed. Maar als het galgenhumor wordt... Daar trek ik de grens.'

'Ik heb het begrepen, mam.'

We hadden bijna aan onze keukentafel kunnen zitten.

We volgen je naar de kantine met de belachelijk naam Palms Café, waar het licht van de tl-buizen aan het plafond wordt gereflecteerd op de formicatafeltjes.

'Heel sfeervol,' zegt Jenny en even weet ik niet of die opmerking voortkomt uit haar altijd positieve houding, die ze van jou heeft, of uit haar gevoel voor humor, dat ze van mij heeft. Arme Jen, ze kan niet eens positief of grappig zijn zonder dat een van ons met de eer gaat strijken.

Sarah komt bij je met een bord eten dat je negeert.

'Wie heeft het gedaan?' vraag je.

'Dat weten we nog niet, maar we zullen erachter komen. Dat verzeker ik je.'

'Maar iemand moet toch zeker hebben gezien wie het was?' zeg jij. 'Iemand moet het hebben gezien.'

Ze legt haar hand op je arm.

'Je moet iets weten,' zeg jij.

'Niet veel.'

'Weet je wat ze met Jenny aan het doen waren toen ik net wegging?' vraag je.

'Jen, ga alsjeblieft weg,' zeg ik tegen haar, maar ze verroert zich niet.

'Ze maakten haar oogkas schoon, haar óógkas, godbetert.'

Ik voel Jenny naast me verstijven. De tranen schieten Sarah in de ogen. Ik heb haar nog nooit zien huilen.

Ze heeft nog niet gevraagd hoe het met Jenny gaat. Ik zie dat ze zich schrap zet. Ik probeer haar te dwingen het niet te doen.

'Hebben ze je verteld hoe groot de kans is dat...?' vraagt ze, en haar stem sterft weg. Ze is niet in staat om verder te gaan. Haar hele leven ondervraagt ze mensen, maar deze vraag kan ze niet afmaken.

'Ze heeft minder dan vijftig procent kans dat ze het overleeft.' Je herhaalt exact de woorden van dokter Sandhu. Misschien is dat eenvoudiger dan ze om te zetten in je eigen woorden.

Ik zie Sarah bleek wegtrekken, ze wordt letterlijk doodsbleek, en aan die gelaatskleur zie ik hoeveel ze van Jenny houdt.

'Waarom heb je me dat niet verteld?' vraagt Sarah aan jou, maar haar woorden zouden ook die van Jenny aan mij kunnen zijn.

'Omdat het weer goed komt met haar,' zeg jij bijna boos tegen Sarah. 'Ze zal weer beter worden.'

'Behalve Jenny waren er slechts twee personeelsleden die niet op de sportdag waren,' vertelt ze jou. 'Het lijkt ons heel onwaarschijnlijk dat het een van hen was.'

'De school heeft een hek dat altijd op slot zit met een code. De secretaresse laat mensen binnen via een intercom vanuit haar kantoor. Leerlingen en ouders kennen de code niet, die moeten altijd worden binnengelaten. De personeelsleden kennen hem wel, maar die waren allemaal op het speelveld voor de sportdag. Waarschijnlijk hebben we dus te maken met een buitenstaander.'

'Maar hoe is die dan binnengekomen?' vraag jij. Je wilde een schuldige, maar nu wil je niet dat diegene toegang had, alsof je de loop der gebeurtenissen kunt veranderen als je bewijst dat het onmogelijk was.

'Hij of zij kan eerder die dag naar binnen zijn geglipt,' antwoordt Sarah. 'Misschien meteen nadat er iemand werd binnengelaten die er ook echt iets te zoeken had. Of hij leek er op de een of andere manier te horen, zodat de ouders dachten dat hij er werkte en het personeel dacht dacht dat hij een ouder was. Scholen zijn drukke plekken, waar veel mensen in- en uitlopen. Of de brandstichter heeft toegekeken toen een personeelslid de code intoetste en die onthouden en is vervolgens teruggekomen toen iedereen op het sportveld was.'

'Maar je kunt toch niet zomaar naar binnen lopen? Je kunt toch niet...?'

'Als iemand eenmaal door het grote hek is, is er geen verdere bewaking. De voordeur zit niet op slot en er zijn geen camera's of andere beveiligingsmaatregelen. Dat is alles wat we tot nu toe hebben, Mike. We hebben nog niet openbaar gemaakt dat het brandstichting was. Maar het onderzoek heeft een hoge prioriteit, ze maken er zo veel mogelijk mensen voor vrij. Adjudant van de recherche Baker heeft de leiding. Ik zal vragen of hij een gesprek met je wil voeren, maar hij is niet bepaald de toeschietelijkste man.'

'Ik wil alleen dat de politie erachter komt wie dit heeft gedaan. En dan zal ik hem pijn doen. Net zo veel pijn als hij mijn gezin heeft gedaan.'

6

'Is jouw definitie van "goed" meer dan vijftig procent kans om dood te gaan?' vraagt Jenny. Ik meen een plagende toon in haar stem te beluisteren, maar dat kan toch zeker niet?

'Het spijt me.'

'Ik wil mezelf niet zien, maar ik wil wel weten wat er gebeurt. Ik wil de waarheid horen, goed? Als ik erom vraag, betekent dat dat ik het aankan.'

Ik knik en zwijg een poosje, op mijn nummer gezet.

'De littekens,' zeg ik. 'Wat ik je daarover heb verteld, was wel degelijk de waarheid.'

Ik zie haar opluchting.

'Ik zal weer beter worden,' zegt ze. 'Precies zoals papa zei. Ik weet het zeker. En jij ook. We zullen beter worden.'

Ik maakte me zorgen om haar optimisme, omdat ik dacht dat ze zich daarachter verschool in plaats van de dingen onder ogen te zien.

'*In zekere zin is dit iets goeds, mam,*' had ze gezegd toen ze was gezakt voor haar eindexamen. '*Ik kan maar beter nu beseffen dat ik niet geschikt ben voor de universiteit, dan drie jaar en een fikse studieschuld te laat.*'

'Natuurlijk zullen we beter worden,' zeg ik tegen haar.

Verderop in de gang zien we Tara naar jou toe lopen. Ik herinner me dat ik haar eerder heb gezien, in het gewoel van de pers. Nu heeft ze je hier opgespoord. Jenny heeft haar ook gezien.

'Is dat niet de vrouw die denkt dat de *Richmond Post* de *Washington Post* is?' vraagt Jenny, die ons grapje nog kent.

'Een en dezelfde.'

Ze komt bij je staan en jij kijkt haar verbijsterd aan.

'Michael...?' zegt ze op haar spinnende toontje.

Mannen worden meestal in de luren gelegd door Tara's meisjesachtig blozende gezicht, slanke figuur en mooie glanzende haar, maar dat geldt niet voor een man wiens vrouw bewusteloos is en wiens dochter in kritieke toestand verkeert. Jij doet een stap bij haar vandaan terwijl je haar probeert te plaatsen. Sarah voegt zich bij je.

'Zij vroeg me eerder naar Silas Hyman,' zeg je tegen Sarah.

'Ken je haar?'

'Nee.'

'Ik ben een vriendin van Grace,' valt Tara hen kalm in de rede.

'Dat betwijfel ik,' snauw je.

'Nou, meer een collega. Ik ben een collega van Grace bij de *Richmond Post*.'

'Een journaliste, dus,' zegt Sarah. 'Tijd dat je opstapt.'

Tara verzet geen stap. Sarah laat haar politiekaart zien.

'Hoofdagent van de recherche McBride,' leest Tara en ze kijkt zelfvoldaan. 'Dus de politie is erbij betrokken. Ik neem aan dat jullie die ene leraar, Silas Hyman, gaan natrekken?'

'Eruit. Nu,' zegt Sarah op haar uniform-en-wapenstoktoon.

Jenny en ik kijken toe hoe ze Tara praktisch naar de liften duwt.

'Is ze niet fantastisch?' zegt Jenny, en ik knik, maar niet van harte.

'Al had ze het eerder bij het verkeerde eind,' zegt Jenny. 'Of in elk geval had mevrouw Healey het mis toen ze Sarah vertelde over de code van het hek. Je weet wel, dat mensen die niet kennen? Sommige ouders kennen hem wel. Ik heb gezien dat ze zichzelf binnenlaten als het te lang duurt voor Annette op de zoemer drukt. En een paar kinderen kennen hem ook, hoewel dat eigenlijk niet de bedoeling is.'

Ik ken de code niet, maar ik ben dan ook niet dik met de moeders die alles weten.

'Dus een ouder had binnen kunnen komen?' vraag ik.

'Alle ouders waren bij de sportdag.'

'Misschien is er iemand weggegaan.'

Ik probeer terug te denken aan de afgelopen middag. Heb ik zonder het te beseffen iets gezien?

Het eerste wat ik me herinner is dat ik Adam aanmoedig in de openingswedstrijd, en dat hij bang en geconcentreerd kijkt. Zijn magere beentjes gaan zo hard als ze kunnen en hij doet wanhopig zijn best om het Groene Team niet teleur te stellen. Ik was bang geweest dat hij als laatste zou eindigen en dat jij er niet bij zou zijn en ik was bang voor Jens herexamen; zonder de echte waarheid die daarachter schuilging te zien: dat we allemaal gezond en onbeschadigd waren. Want anders zou ik rond dat veld hebben gerend en hebben gejuicht tot ik schor was over hoe geweldig en wonderbaarlijk ons leven was. Een leven vol blauwe hemels, groene gazons en witte lijnen; overvloedig, geordend en compleet.

Maar ik moet me concentreren. Concentreer je!

Ik weet nog dat een groepje ouders van Adams klas aan me vroeg of ik wilde meedoen aan de moederrace.

'Toe, Grace! Jij bent er altijd voor in!'

'Ja, maar ik ben wel langzaam,' zei ik.

Ik kijk nogmaals naar hun glimlachende gezichten. Is een van hen, kort daarna, naar de school gegaan? Misschien had hij of zij een jerrycan met terpentine in de achterbak van de auto liggen. Een aansteker in de zak gestoken. Maar hun glimlach was toch zeker te ontspannen en te oprecht om dergelijke snode plannen te kunnen verbergen?

Het werd iets later, en Adam haastte zich naar me toe om te zeggen dat hij zijn taart ging halen, nu meteen! Rowena moest naar de school om medailles te halen, dus zij ging met hem mee. En toen hij met haar vertrok, bedacht ik hoe volwassen zij eruitzag in haar linnen broek en gesteven witte blouse, dat het nauwelijks een minuut geleden leek dat Jenny en zij kleine, elfachtige meisjes waren.

Sorry, dat is absoluut niet relevant. Ik moet beter kijken.

Ik wend me af van Adam en Rowena en richt mijn aandacht eerst op de rechterkant en dan op de linkerkant, maar het geheugen kan niet op die manier opnieuw worden afgespeeld en er komt niks scherp in beeld.

Maar op dat moment heb ik wel het sportveld rondgekeken, in één lange beweging, van de ene naar de andere kant, op zoek naar Jenny. Als ik me wat beter concentreer op die herinnering, zie ik wellicht iets wat van belang is.

Wat zal ze zich vervelen, had ik gedacht toen ik rondkeek. In dat EHBO-kamertje, helemaal alleen. Ze zal toch wel wat vroeger weggaan?

Een gestalte aan de rand van het speelveld, half aan het zicht onttrokken door de border van borsthoge azaleastruiken.

De gestalte staat stil en die onbeweeglijkheid heeft mijn aandacht getrokken.

Maar ik keek slechts lang genoeg om zeker te weten dat het Jenny niet was. Nu probeer ik in te zoomen, maar ik kan geen verdere details onderscheiden. Alleen een vage figuur aan de rand van het veld, meer geeft het geheugen niet prijs.

Die gestalte achtervolgt me. Ik stel me voor hoe hij de klaslokalen boven in de school binnengaat en de ramen wijd openzet. Ik stel me de kindertekeningen voor die met knijpers aan de waslijnen in de lokalen hangen en die hard in de wind wapperen.

Weer op het speelveld was Maisie op zoek naar Rowena en zei ik dat ze binnen in de school was. Ik weet nog dat ik Maisie nakeek toen ze het speelveld af liep. En iets knaagt aan mijn geheugen. Iets anders wat ik aan de rand van het veld zag en wat me toentertijd opviel en iets betekent. Maar het glipt uit mijn geheugen en hoe intenser ik probeer het me te herinneren, hoe meer het vervaagt.

Het heeft echter geen zin om nog langer te piekeren. Want tegen die tijd had de brandstichter de ramen al geopend, de terpentine uitgegoten en de spuitbussen met verf in positie gelegd. En spoedig daarna zou het door de hemel geschonken briesje het vuur omhoogzuigen naar de derde etage.

De gymleraar blaast op zijn fluitje en over een minuutje, nu nog niet, maar zeer binnenkort, zal ik de zwarte rook zien. Dikke, zwarte rook als van een vreugdevuur.

Zeer binnenkort zal ik beginnen te rennen.

'Mam?'

Jenny's bezorgde stem brengt me terug in de felverlichte ziekenhuisgang.

'Ik heb geprobeerd om het me te herinneren,' zegt ze. 'Je weet wel, of ik iets of iemand heb gezien, maar als ik terug wil denken aan de brand, dan kan ik dat niet...'

Ze houdt op met praten en ze beeft. Ik pak haar hand vast.

'Ik kan wel denken aan toen ik in de EHBO-kamer was,' gaat ze door. 'Ivo en ik sms'ten elkaar. Dat heb ik je toch verteld? De laatste sms die ik stuurde was om half drie. Dat tijdstip weet ik nog omdat het toen half tien 's ochtends was op Barbados en hij schreef dat hij net op was. Maar daarna... Het lijkt net alsof ik niet meer kan denken. Ik kan alleen voelen. Verder niets.'

Er gaat een rilling van angst of pijn door haar heen.

'Je hoeft er ook niet aan terug te denken,' zeg ik. 'De collega's van tante Sarah zullen wel uitzoeken wat er is gebeurd.'

Ik vertel haar niets over de schimmige figuur die ik half heb gezien aan de rand van het sportveld, want tenslotte heeft dat niet veel om het lijf.

'Ik was bang dat je je daarboven zou vervelen,' zeg ik luchtig tegen haar. 'Ik had kunnen weten dat Ivo en jij aan het sms'en waren.'

Bij elkaar opgeteld moesten ze onderhand het equivalent van *Oorlog en Vrede* hebben ge-sms't.

Toen ik zo oud was als zij, zeiden jongens niet veel tegen de meisjes, laat staan dat ze schreven, maar sinds er mobieltjes zijn, wordt er stukken meer gekletst. Sommigen moeten dat als een grote druk ervaren, maar volgens mij spreekt het Ivo aan om liefdessonnetten en romantische haiku's door de ether te sturen.

Ik ben de enige die Ivo's ge-sms'te poëzie een beetje verwijfd vind, want tot mijn grote verbazing sta jij juist geheel aan zijn kant.

Jenny is naar jou gegaan terwijl ik 'even naar mijn kamer ga om te kijken hoe het nu met me gaat', alsof ik snel naar Budgens loop om een *Evening Standard* te kopen.

Maisie zit bij mijn bed en houdt mijn hand vast. Ze praat tegen me en het ontroert me dat zij ook denkt dat ik kan horen.

'En met Jen-Jen komt het wel weer goed,' zegt ze. 'Echt waar.'

Jen-Jen; het koosnaampje dat we gebruikten toen ze klein was en dat we ook tegenwoordig nog wel eens per ongeluk zeggen.

'Ze wordt weer helemaal beter! Wacht maar af. En jij ook. Moet je jou nou toch zien, Gracie. Je ziet er helemaal niet zo slecht uit. Het komt allemaal weer goed met je.'

Ik voel haar troostende warmte en ineens schiet me nog een levendige herinnering aan de sportdag te binnen. Niet een herinnering waar de recherche iets aan heeft, maar een die mij troost, en ik mag die van mezelf even afspelen; een paracetammolletje voor mijn pijnlijke geest.

Maisie haastte zich over het heldergroene gras in haar FUN-shirt. Ze stapte over de geschilderde witte lijnen en de lucht boven haar had de blauwe tint van ridderspoor.

'Gracie...' zei ze, en ze omhelsde me, een echte, stevige knuffel, niet zo'n luchtkus.

'Ik ben gekomen om Rowena op te halen,' zei ze met een stralende glimlach. 'Ze sms'te zojuist dat de metro platligt. Dus moet mama voor chauffeur spelen.'

Ik zei tegen haar dat Rowena naar de school was gegaan om de medailles te halen en dat Addie met haar was meegegaan om zijn taart te halen; een chocoladetaart van M&S waar we een scène uit de Eerste Wereldoorlog van hadden gemaakt.

'Geweldig!' zei ze lachend.

Maisie, die vreemd genoeg een verwante geest was. Onze dochtertjes verschilden als dag en nacht en waren nooit vriendinnen geworden, maar Maisie en ik wel. We ontmoetten elkaar als we alleen waren en deelden kleinigheidjes uit het leven van onze kinderen: Rowena's tranen toen ze niet werd gekozen voor het netbalteam en Maisie die meneer Cobin nieuwe tenues voor het hele team of seks aanbood als hij Rowena vleugelspits maakte – en dat ze toen moest uitleggen dat het tweede aanbod een grapje was geweest. Rowena's schrik toen haar definitieve tanden doorkwamen, waarop ze van de tandarts eiste dat hij haar weer melktandjes zou geven; uitgewisseld als een cadeautje met mijn tandartsverhaal over Jenny die het vertikte om te eten of te glimlachen toen ze een beugel kreeg, tot we een merk vonden dat felblauw was.

En ik zocht steun bij Maisie toen mijn derde miskraam inzette op het partijtje voor Jenny's zevende verjaardag, toen jij weg was om te filmen.

'Luister even, allemaal. Jenny's moeder moet even naar de Kerstman. Ja, dat duurt nog drie maanden, maar hij moet echt tijdig te horen krijgen welke kinderen braaf zijn. En omdat jullie vanmiddag allemaal zo fantastisch zijn geweest, wil ze ervoor zorgen dat jullie allemaal een extra bijzonder cadeautje in je sok krijgen.'

Zachtjes tegen mij: *'Materialisme in combinatie met de Kerstman heeft meestal succes.'*

'Dus nu ga ik heupbewegingen op muziek doen, oké? Is iedereen er klaar voor?'

En het ging goed. En niemand wist ervan. Ze hield twintig kinderen bezig terwijl ik naar het ziekenhuis ging en Jenny mocht die nacht bij hen slapen.

Drie jaar later wachtte ze die twaalf weken met me tot Adam veilig binnen in me was en waarschijnlijk helemaal voldragen ter wereld zou komen. Net als onze familie weet ze hoe bijzonder Adam voor ons is: onze met moeite verkregen baby.

En nu zit mijn oude vriendin naast me te huilen. Ze huilt altijd – 'Belachelijk emotioneel!' zegt ze dan als er kerstliederen werden gezongen – maar dit zijn tranen van pijn. Ze verstevigt haar greep op mijn hand.

'Het is mijn schuld,' zegt ze. 'Ik was binnen om naar het toilet te gaan toen het brandalarm klonk. Maar ik wist niet dat Jenny ook binnen was. Ik wist niet dat ik haar moest roepen. Ik ging alleen op zoek naar Rowena en Adam. Maar met hen was niks aan de hand, zij waren heel snel buiten.'

Op de sportdag had ik tegen haar gezegd dat Adam en Rowena binnen in de school waren. Als ik had gezegd 'En Jenny' zou ze haar ook hebben geroepen, ervoor hebben gezorgd dat ze buiten was voor het vuur om zich heen greep.

Twee woorden.

Maar in plaats daarvan had ik een heel verhaal opgehangen over Adams taart.

Haar stem is een fluistering. 'Toen zag ik jou naar de school rennen. En ik wist hoe opgelucht je zou zijn als je zag dat Addie veilig was.'

Ik weet nog dat Maisie buiten stond en de kleuterleidster trooste terwijl Rowena Adam troostte bij het bronzen standbeeld van een kind, en er ondertussen zwarte rook op de wind werd meegevoerd en de blauwe hemel bevuilde.

'En toen schreeuwde jij Jenny's naam en besefte ik dat ze binnen moest zijn. En jij rende het gebouw in.' Ze is even stil en haar gezicht is bleek. 'Maar ik schoot je niet te hulp.' Haar stem klinkt hakkelend door schuldgevoel.

Hoe kan ze denken dat ik haar iets kwalijk neem? Ik ben juist ontroerd dat ze een tel heeft overwogen om achter me aan te rennen, een brandend gebouw in.

'Ik wíst dat ik je hoorde te helpen,' gaat ze verder. 'Natuurlijk hoorde ik dat te doen. Maar ik was niet dapper genoeg. Daarom rende ik naar de brandweerwagens, die nog op de brug stonden. Weg van het vuur. Ik heb gezegd dat er nog mensen binnen waren. Ik dacht dat ze er sneller heen zouden gaan als ze dat wisten, dat het dan dringender zou zijn. En dat deden ze ook. Ik bedoel, zodra ik het had gezegd, reed een van de brandweerwagens naar een stilstaande auto en duwde die van de weg op de stoep. En toen begrepen de mensen die achter hen geparkeerd stonden wat er aan de hand was en schreeuwden de brandweerlieden dat er mensen in de school waren en toen begon iedereen de auto's aan de kant te duwen, zodat zij erdoor konden.'

Ik zei dat de herinneringen overgaan in het heden, zodat ze zich opnieuw voor haar ogen voltrekken en ze ze kan horen en ruiken. Dieseldampen, stel ik me voor, en schreeuwende mensen en getoeter en een brandgeur die de brug bereikt.

Ik wil haar trance doorbreken, haar ervan redden. Ik wil vragen of alles goed is met Rowena, want ik herinner me dat ik haar op de spoedeisende hulp heb gezien toen ik Jenny zocht. En ik weet nog dat de man in het pak tegen de journalisten had gezegd dat Rowena ook in het ziekenhuis lag. Maar sindsdien heb ik niet meer aan haar gedacht; de angst om mijn eigen kind had heel egoïstisch alle ruimte voor anderen weggeduwd.

Maar hoe is Rowena gewond geraakt terwijl ik haar en Adam veilig buiten naast het standbeeld heb zien staan?

Dokter Bailstrom arriveert op haar hoge rode hakken en Maisie moet weg. Volgens mij vertrekt ze met tegenzin, alsof er nog iets is wat ze me wil vertellen.

Het is laat en de aantrekkingskracht van thuis is overweldigend groot. Mijn eigen bed. Mijn eigen huis. Mijn eigen leven om morgen te leven zoals anders.

Jij zit aan de telefoon met Adam en even blijf ik op afstand, alsof het dadelijk mijn beurt is om met hem te praten. Dan haast ik me dicht naar je toe en luister naar je stem.

'Ik blijf vannacht hier bij mama en Jenny. Maar ik zie jou zo snel mogelijk, oké?'

Ik kan hem net horen ademen. Korte, gehaaste teugjes.

'Is dat goed, Ads?'

Nog altijd enkel ademhaling, angstige teugjes.

'Je moet nu echt een dappere ridder voor me zijn, Addie.'

Hij zegt nog altijd niks. En ik hoor de kloof tussen jullie, de kloof die me vroeger verdrietig maakte en waar ik nu bang van word.

'Welterusten dan. Slaap lekker en doe de groetjes aan oma G.'

Ik moet hem omhelzen, nu onmiddellijk; zijn warme lijfje voelen, door zijn zachte haar woelen en zeggen hoeveel ik van hem houd.

'Ik weet zeker dat oma G morgen met hem komt,' zegt Jenny tegen me, alsof ze mijn gedachten kan lezen. 'Ik ben waarschijnlijk te eng voor hem, maar jij ziet er wel goed uit.'

Jij wilt de nacht doorbrengen naast mij en naast Jenny, jezelf in tweeën delen om ons allebei in de gaten te houden.

Een verpleegster probeert je over te halen om naar het bed te gaan dat ze voor je hebben geregeld. Ze zegt dat ik bewusteloos ben en daardoor niet weet of je bij me bent of niet en dat Jenny te zwaar verdoofd is om zich ergens bewust van te zijn. Als de verpleegster dat zegt, trekt Jenny een gek gezicht naar haar en moet ik lachen. Er is hier heel veel gelegenheid voor slaapkamerkluchtkomedie en ik heb het idee dat Jenny haar best zal doen om mij voor te zijn.

De verpleegster belooft om je onmiddellijk te halen als mijn toestand of die van Jenny 'verslechtert'.

Ze zegt tegen je dat we geen van beiden zullen doodgaan zonder jou.

Misschien was ik iets te snel wat betreft de mogelijkheden voor een komedie.

Jij blijft weigeren om naar bed te gaan.

'Het is al laat, Mike,' zegt je zus vastberaden. 'Je bent uitgeput. En je moet morgen goed kunnen functioneren voor Jenny's bestwil. En voor die van Grace.'

Ik geloof dat haar advies je over de streep trekt. Het is optimistisch om te gaan slapen, dat laat zien dat je ervan overtuigd bent dat we de volgende ochtend nog in leven zullen zijn.

Jenny en ik blijven bij je naast het eenpersoonsbed dat ze je hebben gegeven in de familiekamer, vlak bij het brandwondencentrum. We kijken naar je terwijl je onrustig slaapt, met gebalde vuisten.

Ik denk aan Adam in zijn stapelbed.
'Hij heeft een aantal leeuwen in zijn verzameling speelgoedbeesten,' zeg ik tegen je. 'Maar zijn lievelingsdier is Aslan. Zonder Aslan kan hij niet slapen. Als die van het bed is gevallen moet je hem zoeken. Soms moet je het hele bed naar voren trekken omdat hij aan de zijkant is gevallen.'
'Mam?' zegt Jenny. 'Papa slaapt, hoor.'
Alsof je me wel kunt horen als je wakker bent. Dat onderscheid ontroert me.
'Bovendien,' gaat ze verder, 'moet hij het toch weten van Aslan.'
'Denk je dat?'
'Ja, natuurlijk.'
Maar ik ben daar minder van overtuigd. Hoe dan ook, jij vindt dat Adam te groot wordt voor speelgoeddieren nu hij acht is. Maar hij is nog maar nét acht.
'Binnenkort kun je Adam zelf weer naar bed brengen,' zegt Jenny. 'En Aslan zoeken. Al die dingen.'
Ik denk aan het vasthouden van Adams hand terwijl hij in slaap valt. Al die dingen.
'Ja.'
Want het lijdt natuurlijk geen twijfel dat ik weer thuis zal komen. Dat kan niet anders.
'Mag ik een stukje gaan lopen?' vraagt ze. 'Ik word kriebelig van het stilzitten.'
'Best.'
Arme Jenny. Net als jij, is ze een echt buitenmens. Het is vreselijk dat ze opgesloten zit in een ziekenhuis.
We zijn alleen en ik kijk naar je slapende gezicht.
Ik weet nog dat ik naar je keek toen we net iets met elkaar hadden. Toen dacht ik aan die passage in *Middlemarch*. Ja, ik weet het, dat is niet eerlijk! Ik kan die nu voor je citeren, zonder dat je er iets tegen kunt doen. Maar goed, het is het moment waarop de arme heldin beseft dat er enkel stoffige gangen en muffe oude zolders zijn in het hoofd van haar oudere echtgenoot. Maar in het jouwe stelde ik me bergen en rivieren en prairies voor, grote open vlaktes met wind en een weidse hemel.
Je hebt nog niet gezegd dat je van me houdt, maar dat is toch een

vaststaand feit? Iets wat wordt aangenomen, wat de afgelopen jaren ook is aangenomen. In onze begintijd schreef je het op de beslagen spiegel in de badkamer nadat je je had geschoren, zodat ik het later zag als ik mijn tanden ging poetsen. Toen belde je me, alleen om dat te zeggen. Als ik achter mijn computer ging zitten, had je mijn screensaver veranderd zodat er 'Ik hou van je!' over het beeld bewoog. Dat had je nog nooit tegen iemand gezegd en het leek net alsof je het moest blijven oefenen.

Ik weet dat harten niet echt emoties opslaan. Maar er moet een plek in ons zijn die dat wel doet. Ik geloof dat het een enge, puntige plek is tot er iemand van je houdt. En dan wordt die gladgemaakt door negentien jaar oefenen, zoals pelgrims die een ruwe steen polijsten met hun vingertoppen.

Er liep net iemand langs de familiekamer. Ik zag een glimp door het glazen paneel in de deur en een schaduw in de kier eronder. Ik kan maar beter even gaan kijken.

Een gestalte haast zich door de gang van het brandwondencentrum. Om de een of andere reden moet ik denken aan die vage figuur aan de rand van het sportveld.

Hij loopt naar Jenny's kamer.

Hij gaat er naar binnen en door de halfopen deuropening zie ik dat hij zich over haar heen buigt.

Ik gil, zonder geluid te maken.

Ik zie een verpleegster naar Jenny's kamer lopen. Haar piepende gympen op het linoleum waarschuwen de gestalte dat ze eraan komt en hij glipt weg.

Nu controleert de verpleegster Jenny. Ik zie geen enkel verschil, al heb ik geen idee wat al die monitoren ons vertellen. Voor mijn gevoel ziet het er niet anders uit. Maar de verpleegster op de piepende gympen controleert een van Jenny's apparaten.

In de gang is de figuur verdwenen.

Ik ben niet dicht genoeg bij hem gekomen om zijn gezicht te kunnen zien, niet meer dan een silhouet in een lange, donkere jas. Maar de deur van het brandwondencentrum zit op slot, dus hij moet bevoegd zijn geweest om hier te komen. Vast een arts, of misschien een verpleger. Vermoedelijk zat zijn dienst er net op en droeg hij daarom geen witte jas of een verplegersuniform, maar een overjas. Misschien wilde

hij even zien hoe Jenny's toestand was voor hij naar huis ging.
Ik zie Jenny weer terugkomen en ik glimlach naar haar.
Maar vanbinnen ben ik bang.
Want wie draagt er hartje juli nou een lange, donkere overjas?

7

Schelle, kunstmatige lichten floepen aan; de artsen zijn al alert en verplaatsen zich in groepen; luid gerinkel van karretjes en verpleegsters die kordaat ontbijtbladen weghalen en medicijnstaten pakken. Jezus, denk ik, je moet je wel goed voelen om een ochtend in een ziekenhuis aan te kunnen. Maar in elk geval verandert deze lawaaiige, felle drukte de gestalte die ik vannacht vluchtig zag in een rustig niets.

Als ik op mijn afdeling kom, zie ik dat mam er al is. Ze is in een kantoor met dokter Bailstrom. Ze is in één dag jaren ouder geworden en in haar gezicht staan harde groeven van ellende gekerfd.

'Als klein meisje was Grace voortdurend aan het babbelen. Zo'n vrolijk ding,' zegt mam, en ze praat sneller dan anders. 'Ik heb altijd geweten dat ze heel slim zou zijn als ze groot werd, en dat was ook zo. Ze haalde drie goede cijfers op haar eindexamen en ze kreeg een beurs om kunstgeschiedenis te studeren aan Cambridge, met de mogelijkheid om over te schakelen op Engels omdat ze echt wilden dat ze naar hún universiteit kwam.'

'Toe, nou, mam,' zeg ik tevergeefs. Waarschijnlijk wil ze hun vertellen wat voor hersens ik had – 'exceptionele', zoals papa altijd zei – zodat ze weten welke maatstaven ze moeten aanleggen. De 'ervoor'-foto.

'Ze werd zwanger voor de laatste examens,' gaat mam verder. 'Dus ze moest vertrekken. Dat was een kleine teleurstelling voor haar, en voor ons ook, maar ze was ook blij. Vanwege de baby. Jenny.'

Ik heb mijn geschiedenis nog nooit in een notendop gehoord en het is een beetje verontrustend. Is het echt zo eenvoudig?

'Nu lijkt het wel alsof ze alleen een knappe kop is, maar dat is ze eigenlijk helemaal niet,' vervolgt mam. 'Ze is een lieve meid. Ik weet dat ze bijna veertig is, maar voor mij zal ze altijd een meisje blijven. En ze denkt altijd aan anderen. Denk nou ook eens aan jezelf, zei ik altijd tegen haar. Maar toen mijn man overleed, merkte ik dat niemand te goed voor de wereld kan zijn, niet als ze jou helpen.'

Mam praat nooit snel. En ze zegt zelden meer dan twee of drie zinnen achter elkaar. Maar nu ratelt ze in hele alinea's alsof er een stopwatch meeloopt. En ik wou dat dat zo was, maar het is vreselijk om dit te moeten aanhoren.

'Ik weet niet wat ik zonder haar had moeten beginnen, ze heeft haar hele leven omgegooid voor mij. Niet dat ik wil zeggen dat ze beter moet worden voor mij, hoor. Denkt u dat vooral niet. Ik bedoel, ik hou meer van haar dan u kunt bedenken, maar het zijn haar kinderen die haar echt nodig hebben, en Mike. Je zou denken dat Mike de sterkste is, zo ziet hij eruit, maar in werkelijkheid is het Gracie. Zij is het middelpunt van het gezin.'

Ze zwijgt even en dokter Bailstrom ziet haar kans schoon.

'We doen wat we kunnen, dat kan ik u verzekeren. Maar bij ernstig hoofdletsel zijn onze mogelijkheden beperkt.'

Mam kijkt haar aan.

En even is dokter Bailstrom de arts die mam en pap vertelde dat hij de ziekte van Kahler had.

'*Maar er moet een geneesmiddel zijn,*' had ze toen gezegd.

Dat zegt ze nu niet. Want toen papa overleed, had ze het onmogelijke, het ondenkbare meegemaakt, en daarna zou niets ooit meer ondenkbaar zijn.

Ik kijk weg van haar gezicht naar de rode schoenen die dokter Bailstrom ook gisteren aanhad. Ik durf te wedden dat dokter Bailstrom er ook af en toe naar kijkt.

'We zullen u laten weten wat we hebben ontdekt als we de volgende serie onderzoeken hebben gedaan,' zegt dokter Bailstrom. 'We hebben later vandaag een vergadering met alle specialisten over uw dochter.'

Er was een tijd dat mama haar zou hebben verteld dat mijn vader arts was. Er was een tijd dat ze zou hebben gedacht dat dat iets uitmaakte.

Ze bedankt dokter Bailstrom, ze is te goed opgevoed om mensen niet altijd beleefd te bedanken.

Adam zit voorovergebogen bij mijn bed.

Mam haast zich naar hem toe.

'Addie, liefje? Je zou toch vijf minuutjes bij de zusters blijven?'

Hij ligt met zijn gezicht tegen het mijne terwijl hij mijn hand vasthoudt en huilt. Een wanhopig, afschuwelijk geluid.

Ik sla mijn armen om hem heen en zeg dat hij niet moet huilen. Ik zeg dat alles goed met me is. Maar hij hoort me niet.

Terwijl hij huilt, streel ik zijn zijdezachte haar en ik blijf maar herhalen dat alles goed is, dat ik van hem houd, dat hij niet moet huilen. Maar hij kan me nog altijd niet horen en ik kan het geen seconde langer verdragen. Voor hem moet ik wakker worden.

Ik vecht me een weg in mijn lichaam, door lagen vlees en spier en bot. En opeens ben ik binnen.

Ik worstel om te bewegen in dit zware, logge lichaam, maar ik zit nog altijd vast onder de romp van een schip dat op de bodem van de oceaan ligt en bewegen is onmogelijk.

Maar Adam zit naast me en huilt om me en ik moet mijn ogen voor hem opendoen. Ik moet. Maar mijn oogleden zitten muurvast en zijn vastgeroest.

Een fragment van een gedicht echoot door de duisternis.

Een ziel, als het ware in ketenen gevangen

Van zenuwen, en aderen en bloedvaten,

Ik heb Jenny alleen achtergelaten. O, god. Stel je voor dat ik er niet meer uit kan komen?

Ik hoor de paniek in mijn hartslag.

Doof door het gebonk van een oor.

Maar ik weet heel eenvoudig aan mijn lichaam te ontsnappen, ik glij gewoon de donkere oceaan in en vecht me een weg omhoog naar het licht.

Mam slaat haar armen om Adam heen en tovert een glimlach voor hem op haar gezicht. Ze laat haar stem opgewekt klinken.

'We zullen later terugkomen, mannetje. We gaan nu naar huis en als je wat bent uitgerust, gaan we terug.'

Ze bemoedert mij door mijn kind te bemoederen.

Ze voert hem weg.

Een paar minuten later komt Jenny bij me.

'Heb jij al geprobeerd om in je lichaam te komen?' vraag ik.

Ze schudt haar hoofd. Wat ben ik toch een sukkel. Ze kan niet eens naar haar lichaam kijken, laat staan proberen erin te komen. Ik wil zeggen dat het me spijt, maar ik ben bang dat dat het nog erger maakt. Sukkel! Een Jenny-woord.

Ze vraagt niet of ik heb geprobeerd om mijn lichaam weer in te gaan. Ik denk omdat ze bang is voor het antwoord, ofwel dat het me niet is gelukt, of dat het wel ging, maar dat het geen verschil heeft gemaakt.

Geen enkel verschil.

Dat vreselijke gedicht, dat ik vroeger zo diepzinnig vond, weerkaatst nog altijd in onze stilte.

... met bouten van beenderen die gebonden zijn
aan voeten en geklonken aan handen.

'Mam?'

'Ik dacht aan de metafysische dichters.'

'Jezus, wil je nou nog steeds dat ik dat herexamen doe?'

Ik glimlach naar haar. 'Reken maar.'

Jij hebt een gesprek met Sarahs chef in een kantoor beneden. We gaan er ook heen.

'Tante Sarahs echte chef is met zwangerschapsverlof,' zegt Jenny. 'Rosemary, je weet wel, de ongelooflijk spitsvondige.'

Ik kan me Rosemary-de-ongelooflijk-spitsvondige niet herinneren. Ik heb nog nooit van een Rosemary gehoord.

'Tante Sarah heeft een bloedhekel aan deze vent. Baker. Ze vindt hem een idioot,' gaat Jenny verder. Ze wordt al sinds haar zesde gefascineerd door de zwaailichten-en-sirenekant van Sarahs politiewerk. En dat begrijp ik heel goed. Hoe kan mijn parttimebaan als recensent voor de *Richmond Post* het opnemen tegen hoofdagent van de recherche bij de Londense politie? Welke film, welk boek of welke tentoonstelling is nou cooler dan het aansturen van een helikopter tijdens een drugsinval? Inval! Dan kun je net zo goed meteen de handdoek in de ring gooien. Maar grapjes maken over collega's is wat Jenny en ik samen doen. Goed, dus Sarah heeft geen grapjes met haar gemaakt over de spitsvondige Rosemary en Baker, wie dat ook mag zijn, maar ze vertelt haar nichtje duidelijk wel de roddels.

We komen tegelijk met Sarah en jou bij het kantoor dat jullie is toegewezen voor dit gesprek.

Waarom houd je in godsnaam een krant vast? Ik weet dat ik in het weekend op je mopper omdat je liever de kranten leest dan dat je je echt bezighoudt met het gezin, en we hebben de hele 'het is de holbewoner die in het vuur staart om de rest van de week even te laten bezinken'-discussie gehad. Maar op dit moment? Hier?

We volgen Sarah en jou naar binnen. Het plafond is te laag, waardoor de warmte wordt vastgehouden. Er zijn geen ramen. Er is niet eens een ventilator om de bedompte, zware lucht in beweging te brengen.

Adjudant Baker stelt zich aan je voor zonder uit zijn stoel op te staan. Zijn zweterige, pafferige gezicht is ondoorgrondelijk.

'Ik wil u wat vertellen over de achtergrond van ons onderzoek,' zegt Baker. Zijn stem klinkt even saai als hij eruitziet. 'Brandstichting op scholen komt heel vaak voor. Zestien gevallen per week in het Verenigd Koninkrijk. Maar dat er mensen gewond raken bij brandstichting op scholen is níét gebruikelijk. En het is ook ongebruikelijk dat de branden overdag worden gesticht.'

Jij begint geïrriteerd te raken. Schiet eens op, vent.

'De brandstichter kan hebben gedacht dat de school leeg zou zijn omdat het sportdag was,' gaat Baker verder. 'Maar het kan ook een opzettelijke poging zijn geweest om een van de aanwezigen te verwonden.'

Hij leunt naar voren en zijn bezwete polyester overhemd blijft kleven aan de rugleuning van zijn plastic stoel.

'Kent u iemand die Jenny kwaad zou willen doen?'

'Natuurlijk niet,' snauw jij.

'Dat is belachelijk,' zegt Jenny tegen me. Haar stem trilt even. 'Het was toeval dat ik daarbinnen was, mam. Puur toeval, anders niet.'

Ik denk aan de gestalte van vannacht die haar kamer binnenging en zich over haar heen boog.

'Ze is godverdomme een meisje van zeventien,' zeg jij.

Je zus pakt jouw hand wat steviger beet.

'Godverdomme,' herhaal je. Dat woord gebruik je nooit in het bijzijn van je zus of je kinderen.

'Ze was toch slachtoffer van briefterreur?' vraagt Baker aan je, en zijn eerst zo milde stem heeft nu een scherp randje.

'Maar die brieven zijn opgehouden,' zeg je. 'Maanden geleden al.

Dat gedoe houdt hier geen verband mee. Dat heeft niks te maken met de brand!'

Naast me is Jenny verstijfd.

Ze heeft ons nooit verteld hoe ze zich voelde toen ze werd uitgemaakt voor slet, sloerie en nog erger. Of toen we hondenuitwerpselen en gebruikte condooms in de brievenbus vonden, geadresseerd aan haar. In plaats daarvan heeft ze zich tot Ivo en haar vrienden gewend en ons buitengesloten.

'Ze is zeventien, liefje, het is logisch dat ze steun bij hen zoekt.'

Jij was zo verrekte begripvol, zo ontzettend 'Ik heb de handboeken over tieners opvoeden gelezen'-rationeel.

'Er is al bijna vijf maanden niks meer gekomen,' zeg je tegen Baker. 'Dat is voorbij.'

Baker bladert door wat aantekeningen die voor hem liggen alsof hij daar bewijs vindt om jou tegen te spreken.

Ik weet nog hoezeer wij ernaar snakten dat het voorbij zou zijn. Die vreselijke dingen die tegen haar werden gezegd. Het was choquerend. Grotesk. De lelijke, gemene wereld was door onze brievenbus naar binnen gestormd, het leven van onze dochter in. En wat volgens mij cruciaal is: jij had het niet op afstand gehouden. Jij dacht dat je je werk als vader niet goed had gedaan omdat je haar niet had beschermd.

Alle uren waarin je naar de vellen belijnd A4-papier had gekeken, in een poging de oorsprong van de uitgeknipte letters te achterhalen. Uit welke krant kwamen die? Uit welk tijdschrift? Je had de poststempels bestudeerd van de enveloppen die op de post waren gedaan en je had je hersens gepijnigd over de brieven die in de bus waren gedaan; hij was híér geweest, vlak bij onze deur, en jij had hem niet gegrepen.

Na enige tijd begreep ik dat jíj degene wilde zijn die hem betrapte en ervoor zorgde dat hij ophield. Om Jenny te helpen of om jezelf iets te bewijzen? Ik had het gevoel dat die twee redenen verstrikt waren.

En op de kop af twee weken – twee weken, Mike! – nadat de persoonlijk bezorgde envelop met het gebruikte condoom was gekomen, heb je het aan Sarah verteld. Zoals je had voorspeld, zei ze dat we naar de politie moesten gaan en ze vroeg waarom we dat in vredesnaam nog niet hadden gedaan. We hebben braaf haar advies opgevolgd, maar zoals je ook al had voorspeld, vond de politie, met uitzondering van Sarah, het niet erg belangrijk. Althans, niet zo belangrijk als jij en ik het vonden. Niet levensbedreigend belangrijk. En ze zijn niets aan de weet gekomen. Niet dat wij ze konden helpen, want wij hadden geen flauw idee wie het op die manier op Jenny had voorzien, of waarom.

Arme Jen. Ze was vreselijk kwaad en beschaamd toen de politie haar vrienden en haar vriendje kwamen ondervragen. De aloude tienerparanoia dat volwassenen hun keuzes afkeuren, doorgevoerd tot in het extreme.

Maar jij had de meesten van hen al ondervraagd, ze snel aangeklampt als Jenny hen zo vlug mogelijk langs ons naar haar kamer probeerde te loodsen. Die domme meiden met lange armen en benen en lange haren leken niet erg waarschijnlijk als de schrijvers van haatbrieven. Maar kon het een van de jongens zijn met wie ze bevriend was? Koesterde een van hen haat? Onbeantwoorde liefde die bitter was geworden en zich nu verspreidde via giftige brieven?

En Ivo. Ik heb hem altijd met argwaan bekeken. Niet als schrijver van haatbrieven, maar als man. Jongen. Misschien wel omdat hij zo anders is dan jij met zijn tengere postuur en fijne gelaatstrekken en het feit dat hij op zijn zeventiende een voorliefde heeft voor Auden en niet voor handboeken over automotoren. Ik vind dat het hem aan inhoud ontbreekt. Maar jij bent het niet met me eens. Jij vindt hem een prima kerel, een toffe jongen. Komt dat omdat je geen afgezaagde, bezitterige vader wilt zijn? Of omdat je Jenny niet van je wilt vervreemden? Maar wat de reden ook mag zijn, jij steunt Jenny wat Ivo betreft, terwijl ik hem bespot.

Maar ondanks mijn vooroordelen met betrekking tot Ivo geloof ik niet dat hij haar haatbrieven zou sturen. Bovendien is hij haar vriendje en ze aanbidt hem, dus waarom zou hij?

'Wanneer was het laatste incident precies?' vraagt Baker.

'Op 14 februari,' antwoord je. 'Maanden geleden.'

Valentijnsdag. Een woensdag. Adam maakte zich druk om zijn overhoring van de tafels en Jenny kwam net zo laat naar beneden voor het ontbijt als anders. Maar we waren al een uur op en wachtten op het geluid van de brievenbus. Het geluid van dichtvallend metaal was genoeg om me fysiek misselijk te maken.

Het was de brief met het k-woord erop. Ik kan dat woord niet hard-

op zeggen in verband met haar. Ik kan het gewoon niet.
Maar de dag na die brief gebeurde er niks meer. Vervolgens ging er een hele week voorbij zonder haatbrieven. Toen twee weken. Tot er ruim vier maanden voorbij waren, zodat ik gisteren de post pakte en nauwelijks de moeite nam om die goed te bekijken.
'Weet u zeker dat er niets meer is gebeurd sinds 14 februari?' vraagt Baker.
'Ja. Ik heb u al verteld...'
Hij valt je in de rede. 'Kan ze iets voor u verborgen hebben gehouden?'
'Nee, natuurlijk niet,' zeg jij gefrustreerd. 'De brand heeft niks te maken met degene die de haatbrieven stuurde. U hebt dit zeker nog niet gezien?'
Je legt de krant die je vasthoudt met een klap voor Baker neer. Het is de *Richmond Post*. De schreeuwerige kop luidt: BRANDSTICHTER STEEKT PLAATSELIJKE LAGERE SCHOOL IN DE HENS!
Eronder staat Tara's naam.
Baker negeert de krant.
'Waren er nog andere vormen van haatberichten waar u ons niet over hebt verteld?' vraagt hij. 'Bijvoorbeeld sms'jes op haar mobiele telefoon of e-mails of berichten op een sociaal netwerk?'
Jij werpt hem een boze blik toe.
'Dat heb ik aan Jenny gevraagd, en zoiets heeft zich niet voorgedaan,' zegt Sarah.
Jij ijsbeert ondertussen door het kantoor; vijf stappen van de ene muur naar de andere, alsof je wat je achtervolgt van je af kunt schudden.
'Zou ze jou dat hebben verteld?' vraagt Baker.
'Mij of haar ouders, ja,' zegt Sarah.
'Maar we hadden haar niet zomaar op haar woord geloofd. We hebben ernaar gezocht; jij overtrad alle regels in het reglement voor tieners opvoeden en ik was een doodnormale moeder.'
'MySpace? Facebook?' vraagt Baker, alsof wij niet weten wat sociale netwerken zijn, maar jij onderbreekt hem.
'Degene die de haatbrieven stuurde had hier niks mee te maken. Jezus, hoe vaak moet ik dat nog zeggen?' Je priemt met je vinger naar de krant. 'U moet die leraar, Silas Hyman, natrekken.'

'We hebben de krant nog niet gelezen, Mike,' zegt Sarah. 'Als je ons een minuutje geeft, dan doen we dat even.'
Ze praat je naar de mond, denk ik. Want wat kan Tara nou weten over de brand dat zij, een politieagente en je zus, niet weet?

De foto van de uitgebrande school domineert de voorpagina, met het vreemd onbeschadigde bronzen beeld van een kind op de voorgrond. Daaronder staat een foto van Jenny.

'Die komt van mijn Facebook-pagina,' zegt Jenny, kijkend naar de foto. 'Die heeft Ivo met Pasen van me genomen toen we die kanocursus deden. Ik kan niet geloven dat ze dat heeft gedaan. Ze moet naar mijn site zijn gegaan en hem gewoon hebben afgedrukt of gescand. Is dat geen diefstal?'

Ik vind het enig dat ze zo boos is. Om het in deze situatie erg te vinden dat haar foto zonder toestemming wordt gebruikt.

Maar het contrast tussen onze dochter in het brandwondencentrum en dat sportieve, gezonde, knappe meisje op de foto is erg pijnlijk.

Misschien voelt Jenny dat ook. Ze gaat naar de deur.

'De schrijver van de haatbrieven heeft het niet gedaan en papa's idee dat Silas Hyman erachter zit is volslagen belachelijk en ik ga een stukje lopen.'

'Goed.'

'Ik vroeg je niet om toestemming,' snauwt ze. En dan is ze weg. Het woord 'haatbrieven' is genoeg om alle oude gevoelens weer op te roepen.

Net als ze weg is, slaat Sarah de krant open en wordt er een artikel over twee pagina's zichtbaar, waarvan de vette kop over beide pagina's gaat:

VERVLOEKTE SCHOOL

Aan de linkerkant staat de onderkop, BRAND AANGESTOKEN, plus nog een foto van dit 'populaire en knappe' meisje.

Tara heeft Jenny's kwelling veranderd in privévermaak. 'Beeldschone zeventienjarige... vecht voor haar leven... afgrijselijk verbrand... vreselijk verminkt.' Geen nieuws, maar schandelijk nieuws-als-porno; prikkelende rotzooi.

Tara schildert mij af als een soort supermoeder die de vlammen in

is gerend. Maar dan wel een nogal slome superheld, een held die net te laat kwam om de knappe heldin te redden.
Tara eindigt met zwier.
'De politie vervolgt haar dringende zoektocht naar de persoon die verantwoordelijk is voor deze brandstichting en mogelijk een dubbele moord.'
Haar verhaal zou beslist meer allure krijgen als Jenny en ik doodgaan.

Direct daartegenover, op pagina twee, heeft Tara een artikel laten plaatsen dat ze al in maart had geschreven. Ze heeft er alleen een nieuwe openingsalinea aan toegevoegd.

> Nog geen vier maanden geleden heeft de *Richmond Post* een artikel geschreven over Silas Hyman, 30, een leraar op Sidley House Voorbereidingsschool die is ontslagen nadat een kind ernstige verwondingen had opgelopen. De jongen van zeven heeft allebei zijn benen gebroken nadat hij van een metalen brandtrap op de speelplaats eronder viel, wat een zogeheten 'ongeluk' was.

Net als de eerste keer zegt ze niet dat meneer Hyman op dat moment niet in de buurt van de speelplaats was. En die aanhalingstekens om het woord 'ongeluk' suggereren dat het dat niet was. Maar wie zal haar aanklagen vanwege aanhalingstekens? Ze is net zo glad als haar Miu Miu-tas van lakleer.
Maar haar poging tot journalistieke triomf, gemeten in kolomcentimeters gaat verder.

> De exclusieve school, waarvan het schoolgeld £ 13.000 per jaar bedraagt, ligt in een lommerrijke buitenwijk van Londen en wordt aangeprezen als een zorgzame omgeving waar 'ieder kind wordt gekoesterd en gewaardeerd'. Maar vier maanden geleden werden er al vraagtekens geplaatst bij de veiligheid.
> Toentertijd heb ik enkele ouders geïnterviewd.
> Een moeder van een meisje van acht vertelde me: 'Dit is zoge-

naamd een zorgzame school, maar deze man heeft duidelijk niet goed op de kinderen gelet. Wij overwegen om onze dochter eraf te halen.'

Een andere ouder zei: 'Ik ben heel boos. Een dergelijk ongeluk zou niet mogen gebeuren. Het is volledig onacceptabel.'

In maart had Tara haar artikel 'Smak op de speelplaats' genoemd, maar nu had ze het veranderd in 'Leraar ontslagen'.

Op de rechterpagina van de krant stond nu 'Leraar ontslagen' en op de linkerpagina 'Brand aangestoken'. En het verband ertussen lijkt te knetteren, een onzichtbaar stroomcircuit van schuld; de ontslagen leraar die vurig wraak heeft genomen.

Bakers mobieltje gaat en hij neemt het gesprek aan.

De *Richmond Post* ligt op tafel als een handschoen die hem is toegeworpen. Jouw Silas Hyman-kandidaat voor de brandstichting tegen Bakers schrijver van de haatbrieven.

Ik weet dat je meneer Hyman nooit hebt gemogen. Voor hij werd ontslagen, hebben we wekenlang over hem lopen bekvechten. Jij vond dat ik het effect dat meneer Hyman op Addie had *waanzinnig overdreef*.

'Overdrijven heeft geen toevoeging als "waanzinnig" nodig,' zei ik koeltjes.

'We hebben niet allemaal Engels gestudeerd,' zei jij gepikeerd.

'Ik heb het maar half afgemaakt, weet je nog?'

Door meneer Hyman maakten we ruzie. En dat doen we anders nooit.

'Vóór meneer Hyman was Addie doodongelukkig,' zei ik. 'Weet je dat niet meer?'

Hij werd gepest, kon het schoolwerk niet aan en had vrijwel geen zelfvertrouwen.

'Dus dat heeft hij overwonnen,' zei jij.

'Ja, dankzij meneer Hyman. Die let erop naast wie hij zit en hij heeft uitgezocht met welke jongetjes hij bevriend zou kunnen raken, en dat is gelukt. Ze vragen of hij bij ze komt spelen. Dit weekend gaat hij bij iemand slapen. Dat heeft hij toch nog nooit gedaan? En hij regelt naast wie de kinderen in de bus zitten als ze op schoolreis gaan. Addie was altijd bang dat er niemand naast hem wilde zitten, weet je nog? En hij

heeft ervoor gezorgd dat hij zelfvertrouwen heeft gekregen bij wiskunde en Engels.'
'Hij doet gewoon zijn werk.'
'Hij noemt Addie "Sir Covey". Is dat niet leuk? De naam van een ridder?'
'Daar gaan de andere kinderen hem vast mee plagen.'
'Nee, hij heeft voor iedereen een koosnaampje.'
Waarom heb jij hem niet meer gewaardeerd?

Hij was een aantrekkelijke jonge leraar met fonkelende ogen en ik heb me afgevraagd of je een afkeer van hem had omdat hij me een zoen op mijn wang gaf toen we in het eerste trimester op ouderavond kwamen. 'Volkomen ongepast,' had je gezegd, zonder je te realiseren dat meneer Hyman gewoon heel lichamelijk is ingesteld. Hij woelt door het haar van de kinderen als hij langs hun tafel loopt en omhelst ze als ze naar huis gaan. En ja, wij moeders moesten in het begin een beetje om hem lachen, maar dat meenden we niet serieus.

En toen meneer Hyman werd ontslagen en ik die dag thuiskwam en daar woedend over was, leek je alleen maar geërgerd. Je zei dat jij het schoolgeld betaalde, en daar verdomd hard voor moest werken, en dat je geen zin had in een klaagzang over *een incompetente leraar die de laan uit was gestuurd* voor je de volgende dag weg moest voor je volgende afmattende reis.

Tot gistermiddag zou ik tegen je zijn uitgevaren omdat je hem verdacht. Net als Jenny zou ik hebben gezegd dat het volkomen belachelijk was. Maar al mijn oude zekerheden zijn tot op de grond toe afgebrand. Niets is meer zoals het gisteren was. Ik vertrouw niemand meer. Zelfs meneer Hyman niet. Helemaal niemand.

Baker maakt een einde aan zijn telefoongesprek en werpt een blik op de *Richmond Post*.
'Wat wel heel vreemd is,' zegt hij tegen Sarah, 'is dat de pers zo snel ter plekke was bij de brand. Zelfs nog eerder dan de brandweer. We moeten erachter komen wie ze heeft ingelicht of hoe ze het te weten zijn gekomen. Voor het geval het relevant is.'
Jij bent razend vanwege zijn sussende, niet ter zake doende opmerking.

'Het is niet alleen dit artikel,' zeg je, maar Bakers radio onderbreekt je. Hij beantwoordt de oproep, maar jij praat door.

'Een paar weken na zijn ontslag heb ik met eigen ogen gezien dat hij zich gewelddadig gedroeg. Dat was bij de prijsuitreiking van de school. Daar viel hij onuitgenodigd binnen en uitte dreigementen. Gewelddadige dreigementen.'

8

'Denk je dat ik een prijs zal winnen, mam?' had Adam gevraagd. 'Voor wat dan ook?'

Het was de ochtend van de prijsuitreikingen. Adam, die op dat moment nog zeven was, at Choco Pops en keek naar *Tom en Jerry*.

Meneer Hyman was drieënhalve week eerder ontslagen en hij vond het alweer vreselijk om naar school te gaan, dus ik probeerde hem te troosten. Jij was weg om te filmen en ik had hem met opzet een beetje verwend. Jouw mannen-onder-elkaarpraatje kwam later wel. Mijn blijdschap dat je thuis zou komen werd overschaduwd door angst voor hem.

'Je zou wel een prijs moeten krijgen,' zei ik tegen hem, hoewel ik er eigenlijk van overtuigd was dat dat niet zou gebeuren. 'Maar als dat niet zo is, moet je niet teleurgesteld zijn. Weet je nog wat mevrouw Healey zei tijdens het ochtendappèl? Iedereen krijgt uiteindelijk een prijs, zelfs al kom je dit jaar niet aan de beurt.'

'Dat is echt onzin,' zei Jenny, die nog in haar kamerjas rondliep, al moesten we over tien minuten weg. 'Reken het maar uit,' ging ze door. 'Het aantal kinderen, het aantal prijzen en het aantal prijsuitreikingen. Dat komt toch niet uit?'

'En het zijn steeds dezelfde kinderen die ze krijgen,' zei Adam.

'Nee, dat heb je vast...'

Adam onderbrak me, boos en gefrustreerd. 'Wél waar.'

'Hij heeft gelijk,' zei Jenny. 'Ik weet wel dat ze zeggen dat alle kinderen evenveel worden gewaardeerd, bla, bla, bla, maar dat is nonsens.'

'Jen, dit helpt niet echt.'

'Ja, dat doet ze eigenlijk wel,' zei Adam.

'De school moet ervoor zorgen dat er een paar leerlingen op uitstekende middelbare scholen terechtkomen, zoals Westminster voor jongens en St. Paul's voor meisjes,' ging Jenny verder. Ze deed cornflakes in een kom. 'Anders komen nieuwe ouders volgend jaar niet aanzetten met hun kind van vier. Dus krijgen de slimste kinderen de prijzen, wat hen weer helpt om op een van de beste middelbare scholen te komen.'

'Anthony heeft de prijs voor beste van de klas al,' zei Adam mistroostig. 'En die voor wiskunde en die voor leiderschap.'

'Hij is acht. Wat moet hij nou leiden?' vroeg Jenny minachtend, en Adam moest glimlachen. Dank je, Jen.

'Toen ik daar op school zat, was het altijd Rowena White,' vervolgde Jenny. 'Die haalde alle prijzen.' Ze stond sloom op.

'Wordt het nog altijd in de St. Swithun-kerk gehouden?' vroeg ze.

'Ja.'

'Dat is een ramp. Ik zat altijd achter een pilaar. Waarom gebruiken ze die mooie moderne kerk naast de school niet?'

Adam keek op de klok en raakte in paniek. 'We komen te laat!' Hij rende weg om zijn schooltas te halen en zijn angst om te laat te komen won het even van zijn angst voor school.

'Ik zal heel snel zijn,' zei Jenny. 'Ik eet mijn cornflakes wel in de auto op als mama iets rustiger kan rijden dan de vorige keer.' Ze bleef even staan toen ze de kamer uit liep. 'O, en weet je, al die zilveren bekers en plakkaten? Die wekken de indruk dat de school ouder en eerbiedwaardiger is dan in werkelijkheid het geval is. Zodat ook de huidige ouders tevreden worden gesteld.'

'Ik vind je wel wat cynisch,' zei ik.

'Vergeet niet dat ik er heb gewerkt,' zei Jenny. 'Dus ik weet dat ik cynisch moet zijn. Het is een bedrijf. En de prijsuitreikingen maken daar onderdeel van uit.'

'Je was er maar drie weken. En er is een prijs voor verbetering,' zei ik wat slapjes.

Adam keek op van het dichtmaken van zijn boekentas. Zijn blik is identiek aan die van Jenny. 'Dat stelt niks voor, mam. Dat weet iedereen.'

'Maar je wilt hem toch wel winnen?' vraagt Jenny.

Hij knikte, een tikje beschaamd. 'Maar dat gebeurt toch niet. Ik win nooit iets.'

Ze glimlachte naar hem. 'Ik ook niet.'

Acht minuten later zaten we in de auto. Adam is de enige voor wie Jenny zich wil haasten.

We zouden te vroeg bij de school aankomen, zoals elke ochtend. Ik weet dat jij vindt dat we niet moeten toegeven aan zijn angst, maar als je voor hem zorgt, moet je er gewoon rekening mee houden om vijf minuten te vroeg te komen. Dat hoort er gewoon bij.

'Hoe lang duurt het nog tot jij hier weer op school werkt?' vroeg Adam toen we bijna bij Sidley House waren.

Hij was zo trots geweest toen ze daar vorig jaar zomer onderwijsassistente was geweest, zelfs al had ze niet in zijn klas gewerkt.

'Na het eindexamen,' zei Jenny. 'Over een paar maanden.'

'Dat is al heel snel,' zei ik, half in paniek omdat het eindexamen al zo dichtbij was. 'Je moet vanavond echt je studieschema maken.'

'Ik ga naar Daphne.'

'Maar papa komt thuis,' zei Adam.

'Hij gaat toch naar jouw prijsuitreikingsavond?' vroeg Jenny.

'Dat denk ik wel,' beaamde Adam, er niet helemaal van overtuigd dat je zou komen. Dat is geen kritiek, hij is altijd bang dat iemand niet zal komen.

'Dat kun je beter afzeggen,' zeg ik tegen Jenny. 'Maak vanavond in elk geval dat schema, zelfs al begin je nog niet met studeren.'

'Mam...'

Ze keek in de spiegel op de zonneklep en deed mascara op.

'Als je nu hard je best doet, zul je in de toekomst veel meer keuzes hebben.'

'Ik leef liever nu mijn leven dan dat ik zit te blokken voor een toekomstig leven, oké?'

Nee, dacht ik. Dat is niet oké. Als ze de mentale souplesse die nodig was voor dat antwoord nou eens gebruikte om zich voor te bereiden op haar eindexamen.

We liepen het laatste stukje, zoals we altijd doen, langs de met eiken omzoomde oprit. Adam hield mijn hand stevig vast.

'Gaat het wel, Ads?'

De tranen kwamen en hij probeerde ze terug te dringen.

'Moet hij echt gaan?' vroeg Jenny. Ik dacht hetzelfde. Maar Adam liet gelaten mijn hand los en liep naar het hek. Hij drukte op de zoemer en de secretaresse liet hem binnen.

Jij was weg geweest om te filmen sinds de dag dat meneer Hyman was ontslagen, dus je was er niet geweest om de gevolgen daarvan te zien. In onze korte telefoongesprekken waarbij de verbinding steevast slecht was, had je je meer zorgen gemaakt over Jenny. Je had gevraagd of er meer haatbrieven waren gekomen – wat godzijdank niet het geval was – maar daardoor bleef er niet veel tijd voor Adam over. En ik had het je niet verteld, misschien omdat ik bang was dat we weer ruzie zouden krijgen. Dus jij wist nog altijd niet dat Adam er bijna om rouwde. Niet alleen was hij een leraar kwijt die hij had aanbeden, maar de wereld van de volwassenen bleek wreed en onrechtvaardig te zijn; heel anders dan de verhalen die hij las. Zijn hele literaire cultuur tot op dat moment – de *Monsterjacht*-boeken en Harry Potter en arthuriaanse legenden en Percy Jackson – eindigde niet zoals dit. Hij was voorbereid op een ongelukkig slot, maar niet op een onrechtvaardig slot. Zijn leraar was op staande voet ontslagen. Voor iets wat hij niet had gedaan.

En de school was weer de vijandige plek die het was geweest voor meneer Hyman zijn leraar was geworden.

Om kwart over zes, na een *'supersnelle maaltijd, Ads'* en een haastige verkleedpartij in een schoon schooluniform kwamen we te vroeg aan voor de prijsuitreiking. Zijn schoenen waren gepoetst en zijn blazer was geborsteld, zodat hij geen problemen zou krijgen. Als protest droeg ik een gebleekte spijkerbroek met een echte scheur, wat hij leuk vond. *'Gaaf, mam!'* Adam heeft diep vanbinnen wel een rebels trekje.

Andere moeders zouden uniformen van de onlinewinkel Net-a-Porter en dure, glimmende laarzen dragen.

Wij waren een kwartier te vroeg omdat Adam in het koor zit en daarom ruim op tijd moest zijn, maar ook vanwege zijn angst om te laat te komen, die de afgelopen drie weken was verergerd.

Ik zag Maisie die naar me zwaaide op een van de banken voor in de kerk. Zij was er zelfs nog eerder dan wij. Adam ging naar de zijkamer om op de rest van het koor te wachten en ik liep naar haar toe.

'Ik heb een goede plek voor Mike en jou bezet,' zei ze. Ze schoof een stukje op om plaats voor mij te maken. 'Rowena vond het jammer dat ze niet kon komen, maar het is nu echt te dicht op de examens, vind je niet?'

Dus Rowena was ervoor aan het blokken, zelfs nu haar al een voorwaardelijke-maar-praktisch-gegarandeerde plek op Oxford was aangeboden om natuurkunde te studeren. Terwijl Jenny, die absoluut geen enkel aanbod had gehad, bij een vriendin was. Als klein meisje mopperde Jenny altijd dat Rowena veel te streberig was en overal de beste in wilde zijn. Stiekem had ik gewenst dat zij iets meer op Rowena had geleken en dat deed ik nog steeds.

'Zit Addie dit jaar weer in het koor?' vroeg Maisie. 'Ik hoor hem zo graag zingen.'

Ze is zo tactvol en gevoelig. Ze zou nooit vragen: 'Denk je dat Adam een prijs zal krijgen?' In plaats daarvan legt ze de nadruk op zijn kleine bijdrage.

Ik zag dat Maisie haar bruine, katoenen jurk gladstreek over haar buik, en die probeerde plat te drukken. Er sprongen tranen in haar ogen.

'Vind je me eruitzien als een kikker met boulimie?' vroeg ze zacht, bijna heimelijk. Die woorden klonken zo vreemd uit Maisies mond dat ik even dacht dat ik haar verkeerd had verstaan.

'Natuurlijk niet, liefje,' zei ik. 'Je ziet er prachtig uit. Heel sexy. Om op te vreten.'

Ze giechelde. 'Als een echte Glim-moeder.'

Dat is de bijnaam die we hadden bedacht voor de moeders met de glanzende, gladde laarzen en dure, zijden kleding en het glimmende haar dat ze eerder die middag hadden laten föhnen in een kapsalon.

'Nog glimmender,' zei ik.

Ik stak mijn sjofele spijkerbroek naar voren en wees op de scheur. Moest ik haar vragen waar dat 'kikker met boulimie' vandaan kwam?

'Jij bent de liefste vrouw ter wereld, Gracie.'

Op dat moment arriveerde Donald en hij had de beker bij zich die hij later zou uitreiken.

'Ik ben even het zilver aan het poetsen,' zei hij, en zijn vaderlijke gezicht straalde.

Toen Jenny nog maar net naar school ging, waren we allebei links van het midden en we schaamden ons ervoor dat onze dochter naar een priveschool ging. We vonden 'Donald en zijn beker' belachelijk en lachwekkend. Maar nu ik minder kritisch en hypocriet ben, vind ik het ontroerend dat hij jaarlijks deze beker uitreikt, nog altijd deze band met de school wil hebben. Ik heb Donald nooit goed leren kennen. Maisie en ik ontmoeten elkaar meestal overdag als hij aan het werk is en Rowena op school zit, maar Maisie heeft me verteld dat hij zijn vrouw en dochter aanbidt.

Ik zag dat Donald Maisies hand beetpakte en iets dichter bij haar ging zitten dan nodig was, en ik was jaloers omdat jij er niet was.

In het kleine, benauwde kantoor is Baker eindelijk opgehouden met zijn sissende gesprek over de radio.

'De prijsuitreiking werd in St. Swithun gehouden, ongeveer anderhalve kilometer bij de school vandaan,' zeg jij. 'Mijn vlucht had vertraging, dus kwam ik te laat, om ongeveer kwart over zes. Er stond niet eens iemand bij de deur. Ik liep zo naar binnen. Wat beveiliging betreft, was het schoolbeleid erg slecht.'

Je zegt niks over supersnel eten en geborstelde kleren. In jouw geheugen komt niks huishoudelijks voor.

'Ik zag dat de directrice gespannen was,' ga je verder. 'Al voor meneer Hyman de kerk in kwam.'

Dat ben ik met je eens. Mevrouw Healey leek nerveuzer dan anders, maar dat was toch zeker omdat de school die avond zijn beste beentje voor moest zetten en zij wilde dat alles van een leien dakje ging?

'Het leek wel alsof ze verwáchtte dat er iets zou gebeuren,' zeg je.

Bakers radio sist opnieuw en hij beantwoordt de oproep. Jij bent woedend, maar wat kun je eraan doen?

Ik zag je achterin staan bij de andere vaders die te laat waren. Je ving mijn blik, maar de bedrijvigheid van een vliegveld en een drukke, belangrijke loopbaan hingen nog om je heen en je glimlach was nog niet helemaal op mij gericht.

Mevrouw Healey was ongeveer halverwege de uitreiking van de beker, die werd onderbroken door korte muzikale intermezzo's. De school behoorde 'zelfvertrouwen te ontwikkelen in ieder kind' maar ik had gezien dat alle belangrijke bekers ook ditmaal naar de begaafdste kinderen gingen.

Misschien had Jenny toch gelijk en waren de bekers er alleen om de toets die de kinderen aan het einde van de lagere school moesten afleggen een zilveren randje te geven, en om de beste leerlingen op de beste middelbare scholen te helpen. Een investering in zilver, die rente zou opleveren in de vorm van een nieuwe lichting leerlingen. Ik vond het een vervelend idee dat we op die lenteavond deel uitmaakten van een zakenmodel in plaats van een prijsuitreiking.

Ik zocht naar Adam in de rijen identiek geklede kinderen en probeerde te bedenken wat ik tegen hem moest zeggen als ik hem naar bed bracht, als hij zich wederom een mislukkeling zou voelen. Ik zag andere moeders zoals ik – bijvoorbeeld die van Sebastian en Greg – die ook iets te veel rechtop zaten, hun handen strak om hun programmaboekjes geklemd en zich ook afvroegen hoe ze hun kind ervan moesten overtuigen dat prijzen niet belangrijk zijn; dat zij zelf belangrijk zijn. Maar de moeders van de schoolhelden, de kinderen die bij de besten horen en de aanvoerders van de teams zijn en al op de speler-van-de-weekplaquette en de muzikant-van-de-weektrofee staan, vingen elkaars blik op over de kerkbanken en stralende gezichten zochten andere stralende gezichten, zonder ooit stil te staan bij de gedachten aan de groep die te veel rechtop zat.

De vaders van die kinderen waren altijd op tijd.

Nee, dat was geen steek onder water. Je vliegtuig had vertraging. Het spijt me.

Baker is eindelijk klaar met zijn sissende radiogesprek.

'Om tien over half zeven,' zeg jij, 'viel Silas Hyman binnen en baande zich een weg langs de ouders.'

De kerkdeur sloeg met een klap achter hem dicht en maakte meteen een einde aan een beverige klarinetsolo. Iedereen draaide zich om en staarde naar hem terwijl hij zich door de groep vaders achterin duwde. Ik zag dat zijn pak geperst was, zijn schoenen gepoetst waren en zijn jongensachtige gezicht gladgeschoren was. Maar hij stond onvast op zijn benen toen hij door het gangpad liep en hij zweette als een otter.

De stilte om hem heen klonk zo eenzaam.

'Hij liep naar de directrice, die vooraan stond,' ga jij verder. 'En hij schreeuwde tegen haar. Hij noemde haar een "teef". Hij zei dat ze een "verrekte zondebok" van hem had gemaakt. En toen zei hij, en dat herinner ik me nog heel goed: *"Dit kun je iemand niet aandoen. Heb je me goed gehoord? Jullie daar?"* en hij wees en gebaarde naar alle kerkbanken. *"Jullie allemaal, daar achterin? Hebben jullie dit goed begrepen? Jullie zullen hier niet zomaar mee wegkomen."'*

Ik vond dat hij wanhopig had geklonken. Op de rand van wanhoop; waarbij hij ervoor had gekozen te razen en te tieren in plaats van te huilen.

'Twee vaders liepen naar hem toe en grepen hem vast,' vervolg jij. 'En ze trokken hem bij de directrice vandaan.'

Het enige wat jij hoorde, was de worsteling toen ze hem de kerk uit probeerden te krijgen. Zelfs de kinderen, alle tweehonderdtachtig, waren doodstil.
En toen hoorde ik in de stilte een kinderstem. 'Laat hem los.'
Het was Adams stem.
Ik draaide me om naar Adam – uitgerekend hij! – te kijken die was opgestaan, te midden van een zee van zittende leerlingen en leraren. Ditmaal klonk zijn stem luider.
'Laat hem met rust!'
De hele kerk was stil en iedereen keek naar Adam. Ik zag dat hij doodsbang was, maar hij ging door, zijn blik strak op meneer Hyman gericht.
'Het is niet eerlijk! Hij heeft niks verkeerds gedaan. Het is niet eerlijk om hem te ontslaan. Het was niet de schuld van meneer Hyman.'
Het was buitengewoon. Heldhaftig. Een verlegen jongetje dat opstaat in het bijzijn van de in het donker geklede vaders achterin, alle leraren en de directrice voor wie hij doodsbenauwd is. In het bijzijn van al die mensen. De jongen die bang is om problemen te krijgen als hij zijn huiswerk niet heeft gedaan of om vijf minuten te laat te komen. Die jongen nam het op voor zijn geliefde leraar. Ik heb altijd geweten dat hij goed is, geen heilig boontje, maar goed, maar toch deed hij me versteld staan.
En het leek alsof Adam iets wakker riep in meneer Hyman. Alsof hij meneer Hyman er voor het eerst van bewust maakte waar hij mee bezig was. Meneer Hyman schudde de twee vaders van zich af en liep naar de deur. Toen hij langs Adam kwam, glimlachte hij teder naar hem, en dat was een teken om weer te gaan zitten.

Ik kon Adam niet meer zien, maar ik wist dat de enormiteit van zijn daad hem zou treffen als een stoomtrein. Maar bijna al zijn klasgenoten hadden meneer Hyman graag gemogen, dus zij zouden hem toch zeker wel steunen?

Bij de deur draaide meneer Hyman zich om. 'Ik heb niemand pijn gedaan.'

Op de bank naast me zag ik dat Maisies gezicht bleek was en er lag een uitdrukking op die ik nog nooit had gezien.

'Die man had nóóit in de buurt van onze kinderen mogen komen,' zei ze fel. Ik zag dat ze hem verafschuwde, of misschien zelfs haatte. De zachtaardige Maisie die altijd zo snel een vriendelijk woordje klaar had.

'Het was overduidelijk een dreigement,' zeg jij tegen Baker. 'Dreiging met geweld. Je kon zien hoe erg hij de directrice haatte. Ons allemaal.'

'Maar indertijd vond u het niet ernstig genoeg om er aangifte van te doen?' vraagt Baker effen, maar met een ondertoon van minachting.

'Op dat moment onderschatte ik zijn aanleg voor geweld. Dat deden we allemaal. Anders was dit nooit gebeurd. Dus u gaat hem arresteren?'

Het was meer een aankondiging dan een vraag.

'We hebben gisteravond al met meneer Hyman gesproken,' zegt Baker geïrriteerd.

'Dus jullie waren zo achterdochtig dat jullie hem al hebben ondervraagd?' vraag jij.

'We zouden direct met iedereen hebben gesproken die eventueel een wrok jegens de school koestert,' zegt Sarah. 'Dat is routine.'

Baker werpt haar een boze blik toe omdat hij niet wil dat ze staatsgeheimen verraadt. Maar Sarah gaat door. 'De directrice of een bestuurder zou ons stante pede de informatie hebben gegeven dat hij was ontslagen.'

'Meneer Hyman heeft niet gevraagd of er een advocaat bij aanwezig kon zijn. En hij vond het geen probleem om vrijwillig een DNA-monster af te staan,' zegt Baker. 'In mijn ervaring is dat niet de reactie van iemand die schuldig is.'

'Maar er is toch zeker...?'

Baker valt je in de rede: 'Er is geen enkele reden om aan te nemen dat meneer Hyman iets met de brand te maken had. En daar verandert gemene, onzorgvuldige journalistiek niets aan. En uw verslag van zijn gedrag op de prijsuitreiking berust eerder op een interpretatie dan op feiten. Maar ik begrijp dat u snel resultaten wilt zien, meneer Covey. En gezien wat u nu doormaakt en om u gerust te stellen, zal ik een van mijn mensen om een voortgangsrapportage vragen.'

Demonstratief pakt hij zijn radio weer, waarmee hij suggereert dat jij hem tot onnodige moeite aanzet.

'Ik ga naar mijn dochter,' zeg je, en je staat op. 'U kunt me daar van de "voortgang" op de hoogte brengen.'

Je verlaat het kantoor en slaat de goedkope, dunne deur hard achter je dicht.

Ik volg je door de gang. Als ik naar je brede rug kijk, snak ik ernaar dat je me vasthoudt. Ik weet nog hoe opgewonden ik was toen ik je de avond van de prijsuitreiking zag. Hoe lang die drieënhalve week hadden geleken.

Toen je net de kerk binnen was gekomen en me niet recht in de ogen keek, probeerde ik snel te bedenken of er zo'n levendig, aantrekkelijk meisje van de BBC was mee geweest op je filmreis. Dat had ik al eerder gedaan, tijdens de weken dat je weg was. Maar ik wist bijna zeker dat je ploeg alleen uit mannen bestond.

Nee, ik verdacht jóú niet. Ik voelde me alleen wat onzeker. Ik zou jou er nooit naar vragen of de knagende angst zelfs maar onder woorden brengen. 'Terug in je hoek en blijf daar,' zei de bazige kinderjuffrouwstem. Soms kan ze heel nuttig zijn.

Toen ik de kerk uit kwam, keek ik naar de grote groep ouders, op zoek naar jou. De groep vaders die achterin had gestaan was als eerste naar buiten gekomen, en de meesten van hen voerden nu een gesprek op hun mobieltje, maar in de schemering kon ik jou niet zien. De kinderen waren nog binnen.

Ik was bang dat Adam in de problemen zat, en vroeg me af hoe erg hij dat zou vinden. Ik wilde hem zeggen hoe trots ik op hem was, dat hij iets heel dappers had gedaan. Om me heen klonk het geroezemoes van roddels terwijl het incident werd omgezet in een anekdote.

Donald en Maisie stonden op ongeveer een meter afstand. Ik dacht even dat ze ruziemaakten, maar hun stemmen waren gedempt en zacht, dus ik begreep dat ik me had vergist. Trouwens, Maisie had verteld dat ze nooit ruziemaken. *'Soms denk ik dat we een lekkere scheldpartij nodig hebben om de spinnenwebben weg te blazen, maar daar is Donald veel te goedaardig voor.'*

Donald had een sigaret opgestoken en trok er hard aan, waardoor er een gloeiend puntje in het halfduister ontstond. Maisie had nooit gezegd dat hij rookte. Hij gooide de peuk op de grond en doofde hem met de punt van zijn schoen, trapte hem echt in de grond.

Ik zag Adam naar me toe komen. Op zijn gezichtje lag een uitdrukking alsof hij in trance was, alsof hij de wereld om hem heen op afstand probeerde te houden. Toen hij dichterbij kwam, passeerde hij Donald die een nieuwe sigaret opstak en Adam kromp ineen bij het zien van de oplichtende aansteker.

'Alles is in orde, jongeman,' zei Donald. Hij klapte zijn aansteker weer dicht.

'Is alles goed met je, Ads?' vroeg Maisie.

Hij knikte en ik sloeg mijn arm om hem heen. 'Laten we papa gaan zoeken.'

Ik zocht niet langer naar mijn man, maar naar Adams vader. Onze identiteit als ouders overheerste altijd die van man of vrouw.

Eindelijk zag ik je staan, op enige afstand van de grote groep ouders. Je pakte mijn hand en met je andere arm omhelsde je Adam. 'Dag, knul.'

Geen woord over wat hij had gedaan. Je zag die blik die twee ouders elkaar boven het hoofd van hun kind toewerpen als de ene iets verkeerds heeft gedaan.

'Gaan jullie maar vast naar huis,' zei hij, mijn signaal negerend. 'Ik kom straks wel.'

We hadden elkaar nog niet eens een zoen gegeven en onze onenigheid over Adam verergerde mijn huivering en onzekerheid over jouw thuiskomst.

'Ik kom zo snel mogelijk,' zei je op een mannelijke, bevelende toon. Ik was blij dat er geen knappe-slimme-jonge vrouwen met je mee waren geweest om te filmen, maar het nadeel was dat je te lang in een mannenwereld had geleefd en dat het je over het algemeen net zo veel tijd kostte om te herstellen van je seksisme als van je jetlag.

Ik was bezig met een laat etentje toen je thuiskwam. Adam was een half uur daarvoor in slaap gevallen.
Je kwam achter me staan en zoende me en ik rook bier in je adem. Even ontmoetten we elkaar als paar.
'Is Jenny er niet?' vroeg je.
'Daphnes vader brengt haar nu naar huis. Hij belde net.'
'Aardig van hem.'
Je sloeg je armen om me heen. 'Het spijt me dat het even duurde, maar ik wilde de schade zo veel mogelijk beperken. Ik ben naar dat café bij de kerk gegaan om met de leraren te kletsen. Vooral met mevrouw Healey. Dat was wel het laatste waar ik vanavond behoefte aan had.'
Je zag mijn gezicht niet.
'Ik heb haar gevraagd hem niet te straffen, maar om ons dat te laten doen en dat vond ze goed.'
Ik draaide me om en onze ruzie begon.
Jij vond niet dat Adam was opgestaan en het had opgenomen voor meneer Hyman uit loyaliteit en moed, maar omdat hij *'op de een of andere manier was gehersenspoeld door die man'*. Jij vond dat Silas Hyman een *'onnatuurlijke invloed'* op Adam had.
Toen kwam Jenny de keuken in, waarmee er een einde kwam aan onze bonje. We hebben nooit ruziegemaakt in het bijzijn van de kinderen. Niet als het belangrijk is. Zij vormen onze overeenkomst tot een staakt-het-vuren.
'De VN kunnen wel worden afgeschaft,' heb jij een keer gezegd. 'Strijdende landen moeten er gewoon voor zorgen dat er een tienerdochter in de kamer is.'

We zijn bij het brandwondencentrum en jij wast zorgvuldig je handen en volgt de instructies op de afbeeldingen nauwkeurig op. Sarah doet hetzelfde. Vervolgens doet een verpleegster de afgesloten deur voor je open.
Als we bij Jenny's kamer komen, zet ik me schrap. Jij wendt je tot Sarah.
'Het is niet de schrijver van de haatbrieven die haar dit heeft aangedaan.'
Je stem klinkt furieus en ze schrikt ervan.

Een verpleegster haalt de laatste verbanden van Jenny's gezicht. Haar gezicht zit onder de blaren en is onherkenbaar, veel erger dan op de spoedeisende hulp. Ik draai me snel om want ik kan het niet verdragen om naar haar te kijken. En omdat ik Jenny anders moest vertellen wat ik heb gezien, in plaats van alleen vluchtig heb opgevangen. Je kunt toch zeker wel iets verzwijgen wat je slechts vluchtig hebt gezien? En wat je ook niet goed zult zien doordat je er niet meer naar kijkt?
Maar jij wendt je blik niet af.
De verpleegster ziet je leed.
'Blaren op de dag erna is heel normaal,' zegt ze. 'Dat wil niet zeggen dat haar brandwonden erger zijn geworden.'
Je buigt je naar Jenny toe, je gezicht dicht bij het hare, en je zoent de lucht boven haar alsof die omlaag naar haar toe zal zweven.
En door die zoen weet ik waarom jij volhoudt dat het niet de schrijver van de haatbrieven kan zijn.
Want als hij het wel is, heb jij Jenny niet beschermd. Dan heb je niet voorkomen dat hij dit heeft gedaan. En dat zou betekenen dat het jouw schuld is. Dan ben jij ervoor verantwoordelijk dat haar ogen en haar mond moeten worden uitgespoeld, dat haar gezicht vol blaren zit, dat haar ledematen in god mag weten wat zijn gezwachteld, dat haar luchtwegen gedecimeerd zijn.
Dat ze misschien dood zal gaan.
Dat is een last die je niet kunt dragen.
'Het is niet jouw schuld,' zeg ik. Ik ga naar je toe en sla mijn armen om je heen. 'Echt, lieverd. Wie dit ook heeft gedaan, het is niet jouw schuld.'
Nu begrijp ik waarom je meneer Hyman niet alleen verdacht, maar hem zo gedecideerd aanwees, ervan overtuigd dat hij het is. Het maakt niet uit wie het is, zolang het de schrijver van de haatbrieven maar niet is.
En wie weet heb je gelijk.
Ik herinner me weer dat Maisie zei: *'Die man had nóóit in de buurt van onze kinderen mogen komen.'* En ik zag dat ze hem haatte. Maisie, die altijd het beste van iedereen denkt en vreselijk aardig is.
Maisie moet ook iets slechts in hem hebben gezien.
'Jij bent altijd naïef geweest,' zegt de kinderjuffrouwstem.
Of ben ik alleen blind geweest?

9

Terwijl we aan Jenny's bed wachten op adjudant Baker, denk ik terug aan de rest van de prijsuitreiking/thuiskomstavond. Ik geloof niet dat daar iets bruikbaars is gebeurd, maar ik moet dit ontvluchten, terug naar het toevluchtsoord van ons oude leven. De herinnering als tijdelijke verlichting.

Jenny zat aan de computer beneden en had Facebook geopend. Ze had haar lange haar laten afknippen terwijl jij weg was en het viel niet langer voor haar gezicht als ze zich vooroverboog.

'Rowena zit vanavond te studeren,' zei ik toen ik langs haar liep.

'Ik dacht dat ze die plek op Oxford niet meer kon mislopen,' zei Jenny, zonder mijn kritische ondertoon te horen.

'Toch wil ze zo hoog mogelijke cijfers halen. Die zijn niet alleen heel belangrijk voor de universiteit, maar ook voor je cv.'

'Nou, goed van haar, mam,' zei ze. 'Trusten,' riep ze toen jij naar boven ging.

'Welterusten, lieve prins,' riep je terug, zoals je dat al doet sinds ze vijf is. Alleen ga jij tegenwoordig vroeger naar bed dan zij.

Ik voegde me bij je in onze kamer.

'Het zou leuk zijn als ze wist waar dat citaat uit kwam. Over zeven weken heeft ze haar examen Engels en ze heeft geen flauw benul.'

'Ik dacht dat haar verplichte tekst *Othello* was.'

'Daar gaat het niet om. Ze hoort haar tragedies te kennen.'

Jij begon te lachen.

'Ik wil gewoon dat ze het goed doet. Tot nu toe maakt ze tenminste een kans om toegelaten te worden op een universiteit.'

'Ja, ik weet het,' zei jij liefdevol. Je kuste me. De som van ons huwelijk was groter dan onze twistpunten.

Onze ruzie over Adam was er nog, even aanwezig in zijn warme, slapende lijfje in de slaapkamer naast die van ons, net zoals mijn bezorgdheid om Jenny ergens in huis zweefde terwijl zij liever op een sociale-netwerksite zat dan een boek opensloeg. Maar ik was zo blij dat jij weer thuis was.

Je vertelde me over je reis en ik bracht je op de hoogte van alle kleinigheden die zich tijdens je afwezigheid hadden voorgedaan. Daarbij liet ik meneer Hyman en Adam weg, hoewel die het leven behoorlijk hadden gedomineerd, maar ik wilde deze tijd met jou voor mezelf.

En later toen jij 'een warme douche ging nemen die niet uit een emmer kwam', werd ik beslopen door de sluimerende angst die rondwaarde in het huis. Ik dacht aan Rowena. Op Sidley House had ze in elk vak uitgeblonken, ze had in bijna elk sportteam gezeten, ze was de ster van de schoolbijeenkomsten geweest en nu ging ze naar Oxford om natuurkunde te studeren terwijl onze dochter bofte als ze ook maar voor één vak zou slagen.

Mijn bezorgdheid maakte plaats voor afgunst. Maisie had me verteld hoezeer Donald zijn gezin verafgoodde. Als Rowena zo dapper was geweest om in de kerk te gaan staan, dan zou Donald haar hebben gesteund en zou hij trots op haar zijn geweest, daar was ik van overtuigd. Het volmaakte gezinnetje.

Ik deed de make-up af die ik eerder zo zorgvuldig had opgedaan. Jouw gezicht is in de loop der jaren beroemder geworden, maar het mijne alleen ouder en daar ben ik me altijd van bewust als jij weg bent geweest en we elkaar opnieuw ontmoeten.

Ik moest denken aan Maisies vreemde opmerking over haar uiterlijk. Misschien kwam het omdat ik in de spiegel keek. Of omdat ik zocht naar een barst in dat volmaakte gezinnetje. Hoe dan ook, om de een of andere reden herinnerde ik me opnieuw haar 'kikker met boulimie'-opmerking en die groef zich een weg naar binnen tot ze andere, op het eerste gezicht onschuldige gebeurtenissen tegenkwam. De manier waarop ze zich in onze gangspiegel bekeek en dan snel haar blik afwendde. *'Jezus, ik lijk wel een oud wijf,'* zei ze dan. *'Daar helpt zelfs geen botox meer tegen!'* De blauwe plek op haar wang omdat ze *'tegen de schuur in de tuin aan was geknald. Dat krijg je als je twee linkervoeten hebt!'* De gebroken pols. *'Ik rende een gladde stoep op, op pumps. Mijn eigen stomme schuld. Ik smakte zo tegen de grond. Wat een sufferd ben ik toch!'*

Op zich had geen van die incidenten verontrustend geleken, maar nu ik aan mijn toilettafel zat en ze op een rij zette, vormden ze een dicht, onheilspellend netwerk van iets sinisters.

Maar ik dwong mezelf om op te houden. Ik was dan wel op zoek naar barsten, maar mijn verbeelding was met iets veel verschrikkelijkers op de proppen gekomen. Maar dat was toch slechts verbeelding? Genoeg, zei ik streng tegen mezelf. Lelijke afgunst veroorzaakt lelijke veronderstellingen. Genoeg.

Ik had gehoopt dat het terugdenken een tijdelijke verlichting zou bieden, maar het liep anders. Want die ongemakkelijke herinnering aan Maisie staat me nu nog bij, alsof mijn brein het me niet laat gladstrijken en opbergen. En het trekt aan een andere herinnering, de herinnering die ik eerder niet kon terughalen. Het beeld dat vervaagde toen ik het probeerde vast te houden.

Maisie verliet op de sportdag het veld, maar bleef toen staan om haar gezicht te bekijken in een spiegeltje dat ze uit haar handtas had gehaald. Een gebaar dat ik onbewust met haar ben gaan associëren. Het gebaar waardoor ik besef hoe ongemakkelijk ze zich nu voelt in vergelijking met de flamboyante Maisie tijdens de moederrace in haar 'het zal me allemaal een worst zijn'-periode.

Zoiets onbeduidends; niet de belangrijke herinnering waar ik op had gehoopt. Ik vraag me af waarom ik haar niet van me af kan zetten.

Adjudant Baker komt binnen en krimpt ineen als hij Jenny ziet. Wilde je daarom dat hij hier zou komen? Om ervoor te zorgen dat hij zich er goed van bewust wordt?

In dat geval had je gelijk. Ik wil ook dat Baker weet waar dit om draait.

'Ik hoop dat u tevreden bent gesteld als u hoort,' zegt hij met zijn saaie, irritante stem, 'dat het alibi van meneer Hyman door een van mijn mensen is nagetrokken. Hij kan niet in de school zijn geweest op het moment dat de brand begon.'

Een rode blos van woede kruipt over je nek.

'Wie heeft hem dat alibi verschaft?'

'Het zou ongepast zijn om u dat te vertellen. Ik zal een agent benoemen tot contactpersoon voor de familie om u op de hoogte te houden van alle eventuele nieuwe informatie.'

'Ik wil geen CPF,' zeg jij, en ik zie dat hij het onprettig vindt dat je politiejargon gebruikt. 'Ik wil het gewoon horen wanneer jullie Hyman arresteren.'

Baker zwijgt even en gaat dan met zijn rug naar Jenny staan.

'We zullen snel beginnen met het controleren van het onderzoek naar de haatbrieven,' zegt hij. 'En we beschouwen de brandstichting als poging tot moord op uw dochter.'

Sarah legt haar hand op jouw arm, maar jij schudt haar van je af.

'Ik heb een bespreking,' zeg jij.

Je mompelt iets tegen Jenny, zo zacht dat alleen zij het kan verstaan, en vervolgens verlaat je de kamer.

Baker wendt zich tot Sarah.

'Ik heb begrepen dat we haar vrienden hebben ondervraagd, maar geen forensische onderzoeken hebben gedaan, behalve dan een DNA-test op het gebruikte condoom. Vermoedelijk ben jij goed op de hoogte van de zaak, aangezien je er persoonlijk bij betrokken bent.'

'Ja. Maar we hebben geen overeenkomst gevonden.'

'Maar er zijn geen monsters genomen van een vriendje of vrienden?' vraagt Baker.

'Nee, we hadden geen...'

'Dan doen we dat nu. Hoe zit het met de locaties van de poststempels?'

'Heel verschillend,' antwoordt Sarah. 'Maar allemaal binnen Londen. Bij een van de brievenbussen hangt een bewakingscamera in de straat. Er is een kleine kans dat de briefschrijver is gefilmd toen hij de brief op de bus deed, maar toentertijd hadden we niet de mankracht om...'

'Ik zal het door iemand laten uitzoeken.'

Ik tref Jenny in de gang, terug van haar zwerftocht.

'Ik heb Tara gezien,' zegt Jenny, voor een neutraal onderwerp kiezend. 'Die hing wat rond op de begane grond.'

'Zo zitten luie journalisten achter ambulances aan,' zeg ik. 'Laat ze maar naar jou toe komen.'

'Denkt tante Sarah ook dat het de schrijver van de haatbrieven is?'

vraagt ze, een einde makend aan ons afleidende gesprek.
'Ik denk dat ze alle mogelijkheden openhoudt. Wat betreft de schrijver van die brieven, was er iets wat jij...?'
'Toe, begin daar nou niet over. Alsjeblieft. Het was al erg genoeg dat papa en jij dat toen deden.'
'Ik wil alleen...'
'Niemand die ik ken, zou me dit aandoen,' zegt ze, precies zoals op die dag aan de keukentafel in de periode dat de briefschrijver nog actief was.
'Ik suggereer ook helemaal niet dat het een van je vrienden is. Echt niet. Ik wil alleen weten of er iets is gebeurd wat je niet aan ons hebt verteld.'
Ze wendt haar blik van me af en ik kan haar gezichtsuitdrukking niet doorgronden.
'Je was het behoorlijk zat dat wij altijd wilden weten waar je was,' zeg ik.
'Jullie bewaakten me,' verbetert ze. 'Godsamme, papa heeft me zelfs achtervolgd. Ik heb hem gezien.'
'Hij wilde er alleen zeker van zijn dat je veilig was. Anders niet. En toen je niet wilde dat hij je met de auto naar...'
'Ik ben al zeventien.'
Pas zeventien. En zo knap. En zo nietsvermoedend.
'En toen mocht ik niet naar Maria's feestje van jullie,' gaat ze verder. 'Omdat het pas om negen uur begon. Negen uur! Iedereen ging erheen, maar jij gaf me huisarrest voor iets wat ik niet eens had gedaan.'
Jenny heeft een paar jaar geleden een woordenboek voor me gemaakt, bij wijze van grap, zodat ik haar taaltje zou begrijpen. (Ik had moeten beloven om zelf geen van die woorden te gebruiken.) Het woord 'huisarrest' kende ik al.
Maar ze heeft wel gelijk. Dat was toch niet eerlijk? Ze had niks gedaan om iets te verdienen wat zij als straf beschouwde en wij als bescherming. En onze toegenomen behoefte om haar te beschermen versterkte juist haar verlangen om zich van ons los te maken. Als ik er nu over nadenk is 'haatbrieven' precies de goede term, niet alleen vanwege de inhoud van de boodschappen en de vreselijke dingen die werden gestuurd, maar omdat het zo veel geluk aan ons gezin onttrok in de periode dat het speelde.

'Ik ben toch naar Maria's feestje gegaan,' bekent Jenny. 'Dat was op de avond dat ik bij Audrey ben blijven slapen na het squashtoernooi. Zij was ook uitgenodigd.'
Waarom heeft ze de behoefte om dit te bekennen? Is er iets op het feest gebeurd? Ik wacht, maar verder zegt ze niets.
'Is er iets wat je ons niet hebt verteld over de haatbrieven?' vraag ik nogmaals. 'Voor het geval we je nog meer zouden gaan "bewaken"?'
Ze draait zich iets van me af.
'Soms ben ik daar weer, in de school,' zegt ze zacht. 'Ik kan niet ontsnappen. Ik kan er niet uit komen. Dan kan ik niks zien. Ik bedoel, het is niet als in een herinnering. Het is anders. Alleen pijn. En angst.'
Ze lijkt ineen te krimpen en maakt zich zo klein als ze kan.
Ik sla mijn armen om haar heen. 'Hé, het is voorbij. Helemaal voorbij.'
Er moet iets zijn wat ze ons niet heeft verteld. Want haar ernaar vragen, deed haar diep nadenken over de brand en zorgde ervoor dat ze het opnieuw vóélde, alsof ze die twee dingen met elkaar verbond. Maar ze trilt en daardoor kan ik het haar geen tweede keer vragen. Nu nog niet.
Toch heb ik het idee dat ze het me zal vertellen als ze eraan toe is.
Wanneer ik haar vroeger van school haalde en haar vroeg hoe ze het had gehad, zei ze altijd, net als Adam tegenwoordig: *'Goed hoor, mam.'* Maar een zorg was vaak weggestopt in een zak van het uniform, een probleem zat in een mouw, angsten zaten verborgen onder een trui. Je moest geduldig wachten tot de zak werd geleegd terwijl je naar huis reed, een gekrukt probleem dat naar buiten werd getrokken tijdens het huiswerk maken; de angst die eindelijk op de bank tijdens het tv-kijken onder de trui vandaan kwam. Je moest wachten tot het tijd was om in bad te gaan voor de echt belangrijke dingen; dan was er waarschijnlijk niks meer waar het zich kon verschuilen.
Ze wijst naar het brandwondencentrum.
'En hoe gaat het met mij?' vraagt ze.
Ik heb mijn antwoord al voorbereid.
'Ik heb je niet goed gezien. Maar de verpleegster zegt dat je alles doet wat ze van je verwachten. Het duurt nog wel een paar dagen voor ze meer weten over de littekens.'
Dat is in elk geval waar.

'Is papa daar?' vraagt ze.
'Nee, hij moest naar een bespreking met artsen,' zeg ik.
Het is de bespreking met mijn artsen. Die hebben nu de resultaten van mijn hersenscans. Ik besluit om weer het afleidende gesprek te gebruiken.
'Zullen we gaan kijken wat Tara aan het doen is?' stel ik voor.
'Moeten we niet naar papa?'
'Die redt zich wel even.'
Ik wil niet dat Jenny hoort wat de artsen tegen jou zeggen.
Ik wil het zelf niet horen.
Nog niet.
Nog niet.
'Weet je nog toen ik de hondenpoep kreeg?' vraagt ze.
'Die zat in een doos, zo een waar je boeken in verstuurt,' zeg ik, verbaasd dat ze daarover wil nadenken.
'Weet je nog wat Addie deed?'

'Volgens mij is het poep van een terriër,' zei hij, in de doos turend.
Ik was ontzet dat hij ernaar had gekeken. 'Toe, Adam. Ik geloof niet dat jij...'
'Ik bedoel, als je naar de grootte kijkt, komt het uit het kontje van een kleine hond.'
Jenny begon te glimlachen.
'Een yorkie, misschien?' gokte hij.
'Of een scotty?' stelde Jenny voor. Haar glimlach was nu breder.
'Nee. Ik weet het!' gilde Adam. 'Het is poedelpoep!'
Een paar minuten lang had hun gegiechel door het huis geklonken.

10

Tara staat bij de ziekenhuiswinkel te multitasken. Ze gooit haar haren naar achteren terwijl ze sms't.
'Denk je dat ze daar staat om papa weer aan te kunnen klampen?' vraagt Jenny.
'Vermoedelijk wel.'
Ze is net een glanzende, knappe gier die wacht op meer nieuwskadavers.
Achter de glazen wand van de winkel, naast het oude fruit en de speelgoedberen, ligt een stapel *Richmond Posts*. Ik stel me voor dat de mensen de krant lezen en hem dinsdag bij het oud papier gooien; Jenny's lachende gezicht dat naar de vuilnismannen kijkt voor ze de bakken legen aan de achterkant van hun vrachtwagen.
'Het is niet eerlijk dat ze dit zomaar over Silas kan schrijven,' zegt Jenny. 'En hij kan er geen zak aan doen. Sorry.'
Ik vind het schattig dat ze zich nog altijd verontschuldigt voor grove taal. Misschien moeten we nu maar opbiechten dat wij dat soort taal achter haar rug om voortdurend gebruiken.
Ze heeft meneer Hyman ontmoet toen ze vorig jaar zomer op Sidley House werkte, maar ze heeft hem niet goed leren kennen. Tenslotte was zij slechts een eenvoudige onderwijsassistent. Ze is loyaal aan hem om wat hij voor Addie heeft gedaan. Ik denk dat ze zo zwierig 'Silas' zei om te bewijzen dat ze op school van de kant van de leerlingen naar de kant van de onderwijzers is overgestoken. Al noemen wij moeders hem net als onze kinderen altijd 'meneer Hyman'.
Is ze naïef dat ze nog altijd loyaal aan hem is? Maar ik wil haar kijk op de wereld niet bezoedelen met mijn lelijke algemene verdenking. Tot het echt niet anders meer kan.
Ik heb Jenny of jou nooit verteld over de keer dat ik in maart de confrontatie met Tara ben aangegaan toen ze net haar 'Smak op de speelplaats'-artikel had geschreven.

Tara plaagde me alleen omdat ik hem 'meneer Hyman' noemde.
'Jezus, in welke wereld leef jij, Grace? In een roman van Jane Austen?'
'Heb je de tv-bewerking soms gezien?' katte ik terug. In gedachten. Tien minuten later.

Toen ik naar de redacteur ging, wuifde Tara mijn verdediging van meneer Hyman weg met de woorden dat het om mij ging, en niet om hem. Om precies te zijn, omdat ik negenendertig was en een parttimebaan had als schrijver van een recensierubriek. Wat zou ik er wel niet voor overhebben om de drieëntwintigjarige Tara te zijn met haar talent als échte journalist en haar ster die binnenkort als een dolle zou rijzen terwijl de mijne al zo lang geleden schipbreuk had geleden?

Dat zei ze natuurlijk niet ronduit, dat was niet nodig. Net als in haar proza kon ze precies overbrengen wat ze wilde zeggen zonder er ooit op betrapt te worden het direct te verwoorden.

En haar artikel werd geplaatst.

Hoe kon ik tegen Jenny – of tegen jou – zeggen dat ik zo'n slappeling was? Sarah zou het geen seconde hebben gepikt. Rond die tijd klonk mijn kinderjuffrouwstem bijzonder schril.

Want ergens had Tara gelijk. Ik had het baantje bij de *Richmond Post* gekregen, zonder ooit een poging te doen om hogerop te komen. Ik wekte min of meer bij iedereen, behalve bij Maisie, de schijn dat het de moeite niet waard was om een fulltimebaan met mogelijkheden tot carrière te bemachtigen. Ik hield mezelf, en jou, voor dat het een en/of-keuze was, en dat ik ervoor koos om bij Jenny en Adam te zijn. Maar dan viel mijn kinderjuffrouwstem me in de rede die me voorhield dat ik degene was die het en/of-scenario creëerde. 'Er zijn genoeg vrouwen die zowel een baan als kinderen hebben en verschillende borden laten ronddraaien.'

'Mijn leven is geen circusact,' zei ik dan bewonderenswaardig ad rem tegen mezelf.

Maar de kinderjuffrouwstem won altijd door de lijstaanval. Dan zei ze: 'Het ontbreekt jou aan:
Verlangens,
Ambitie,
Focus,
Talent,
Energie.'

Het is de energie-reden die de doorslag gaf. Dan hief ik mijn handen op. Ja! Je hebt gelijk! Maar nu moet ik Adam gaan helpen met zijn huiswerk en controleren of Jenny niet nog op Facebook zit.

Tara leest een berichtje op haar mobiele telefoon. Ze loopt heupwiegend de gang door. Jenny en ik volgen haar.
Jenny glimlacht. 'Zijn we Starsky en Hutch of Cagney en Lacey?'
Want het is inderdaad wel een beetje opwindend om iemand te volgen.

In de cafetaria treft Tara een man aan een tafeltje. Ouder dan zij, een buikje. Ik herken hem.
'Paul Prezzner,' zeg ik tegen Jenny. 'Een freelancejournalist. Geen slechte, trouwens. Hij weet zijn stukken vooral in de *Telegraph* te krijgen, al jaren.'
'Heeft ze een kwaliteitskrant voor dit verhaal weten te interesseren?'
We zijn allebei bang dat dat komt omdat jij bekend bent van tv; dat jouw roem meer 'media-interesse' zal trekken.
Ik zie hem verlekkerd naar Tara kijken en voel eerder opluchting dan walging. Dus daarom is hij hier.
We gaan dichter naar ze toe om te kunnen afluisteren.
'Dat het een school is, doet er niet toe,' zegt Prezzner. 'Waar het om gaat is dat het een bedrijf is. Een bedrijf waar miljoenen ponden in omgaan. En het is in rook opgegaan. Dat zou je moeten onderzoeken. Dat is de invalshoek.'
Naast me luistert Jenny aandachtig.
'De invalshoek is dat het een school is,' zegt Tara. Ze stopt een theelepeltje met cappuccinoschuim in haar roze mond. 'Goed, er zijn dan geen kinderen bij gewond geraakt, maar wel een meisje van zeventien. Een knap, populair meisje van zeventien. En daar willen de mensen over lezen, Paul. Menselijk drama. Veel interessanter dan balansen.'
'Je doet je expres naïef voor.'
'Ik weet gewoon waar de lezers meer over willen weten. Zelfs mensen die de *Telegraph* kopen.'
Hij buigt zich dichter naar haar toe. 'Dus jij bevredigt gewoon hun behoeften?'
Ze deinst niet voor hem terug.

'Uiteindelijk draait het allemaal om geld, Tara. Dat is altijd zo.'
'Columbine? Texas High? Virginia Tech? In geen van die gevallen was er toch een financieel motief? Weet je wel hoeveel scholen er de afgelopen tien jaar slachtoffer zijn geworden van gewelddadige aanvallen?'
'Dat waren mensen met vuurwapens, geen pyromanen.'
'Het komt op hetzelfde neer. Het is geweld op onze scholen.'
'Onze scholen? Onzin. En je zit volkomen fout. Al je voorbeelden komen uit Amerika.'
'Het is ook gebeurd in Duitsland, Finland en Canada.'
'Maar niet hier.'
'Dunblane.'
'Een uitzondering. Vijftien jaar geleden.'
'Misschien is geweld op scholen een nieuw soort import. Een onwelkome immigrant in onze lommerrijke voorsteden.'
'Je volgende artikel?'
'Of is het het begin van een nieuwe trend?'
'Die man die je op het oog hebt, dat is geen doorgedraaide leerling of ex-leerling, maar een onderwijzer.'
'"Op het oog hebt"? Je hebt te veel politieseries gezien. En het is een ex-onderwijzer. Daar gaat het nou juist om.'
'Nou, je hebt een prima verhaal, dat moet ik je nageven. Vals, gefingeerd en volslagen lasterlijk als je niet zo sluw was geweest met je lay-out, maar een prima verhaal.'
Hij glimlacht naar haar. Ik kan dit misselijkmakende geflirt niet veel langer verdragen.
'En ik vind de foto's goed. Een bronzen beeld van een kind als voorgrond omdat je geen echte kinderen kon krijgen om voor je te poseren, en een foto van Jennifer, allemaal op één pagina.'
'Zullen we weggaan en papa gaan zoeken?' vraagt Jenny.
We gaan de cafetaria uit en ik herinner me dat adjudant Baker vroeg hoe de pers zo snel bij de school kwam. Had Tara er iets mee te maken? Maar als dat zo was, wat dan?

'Hij heeft gelijk,' zegt Jenny. 'Dat de school een bedrijf is. Dat heb ik je toch al verteld?'
Even zie ik de flits van zilveren bekers bij de prijsuitreiking en her-

inner ik me het ongemakkelijke gevoel weer dat we onderdeel zijn van een succesvol bedrijfsmodel.

'Maar zelfs als het een bedrijf is, snap ik niet waarom iemand dat plat wil branden,' zeg ik.

'Een of andere verzekeringsfraude?' vraagt ze.

'Ik zou niet weten waarom. De school zit helemaal vol. En ze verhogen het schoolgeld. Zakelijk gezien moet de school het heel goed doen. Dus het heeft geen zin om hem af te branden.'

'Misschien is er iets wat wij niet weten,' zegt Jenny, en ik begrijp dat zij zich hieraan vastklampt zoals jij je hebt vastgeklampt aan Silas Hyman. Liever wat of wie dan ook dan de schrijver van de haatbrieven. Zodat dit geen aanval op haar is.

Als we bij de afdeling Acute Neurologie komen, waar ik lig, hoor ik de hoge hakken van dokter Bailstrom snel op het linoleum klikken. Ze praat tegen een hoofdverpleegster.

'De vergadering over patiënt Grace Covey?'

'In het kantoor van dokter Rhodes. Het hele team.'

'Wachten ze al lang?'

'Een kwartier.'

'Verdomme.'

Zo snel haar schoenen dat toestaan, haast ze zich naar een kantoor.

'Zullen we hier op papa wachten?' vraag ik aan Jenny.

Ze geeft geen antwoord.

'Jen...?'

Niks. Ik draai me om om naar haar te kijken.

Er is iets mis. Heel erg mis. Haar ogen glinsteren en ze glanst van het licht; te fel; te kleurrijk; de hitte pulseert van haar af.

Ik ben zo bang dat ik niks kan zeggen en ik kan me niet bewegen.

'Ga kijken wat er met me aan de hand is,' zegt Jenny, en haar stem klinkt zo zacht dat ik hem amper kan horen. Haar gezicht is nu iriserend, zo schitterend dat ik haar nauwelijks kan aankijken.

Jij komt de vergaderkamer uit en rent zo hard mogelijk door de gang. De deuren klappen achter je dicht en mensen stappen uit de weg.

Ik ren achter je aan en probeer je bij te houden.

Jij komt bij het brandwondencentrum en bonst op de deur, maar er staat een verpleegster die je verwacht en ze opent hem snel. Ze zegt dat Jenny een hartstilstand heeft gehad en dat ze proberen haar hart weer op gang te brengen.

Maar het hart van een jong meisje hoort niet stil te staan. Zeker niet Jenny's hart. Want dat hoort door te kloppen, elke seconde, elke minuut, elk uur van elke dag, lang nadat die van jou en mij zijn gestopt. Lang daarna. Ik denk aan dat gedicht van Sylvia Plath, 'liefde bracht je op gang, als een dik goud horloge' en ik bedenk dat liefde het hart van onze dochter aan de gang bracht, maar het is verdomme geen horloge dat moet worden opgewonden of naar een reparateur moet worden gebracht. Gedachten aan woorden, dingen, poëzie om de gedachten aan Jenny's lichaam op afstand te houden. Een nutteloos semantisch scherm. Dat wordt weggerukt zodra ik naast jou sta bij haar bed.

Er zijn te veel mensen, hun acties gehaast en er piepen en flitsen apparaten en te midden van dat alles ligt Jenny. Jij kunt niet bij haar komen, de mensen om haar bed blokkeren je pad. Ik voel je gefrustreerde angst, het liefst zou je je een weg naar haar toe banen. Maar als ze gered moet worden, zullen deze mensen dat doen, niet jij.

En ik weet dat Jenny buiten op de gang staat, oogverblindend fel, alsof ze uit licht bestaat, en ik begin te gillen.

Op de hartmonitor is een vlakke lijn te zien. Een afbeelding van de dood.

Is ze daar nog, buiten op de gang?

Ze kan niet dood zijn. Dat kan gewoon niet.

Ze doen heel hard hun best om haar weer bij ons te brengen. Ze praten snel met elkaar in woorden die wij niet verstaan; hun bewegingen vlug en bedreven; een modern, heidens ritueel met hightech magie dat mensen kan opwekken uit de dood.

Een piek op de hartmonitor.

Haar hart klopt! Geen dik goud horloge, maar het hart van een meisje.

Ze leeft.

We zijn allemaal euforisch zodat we ons heel even buiten de normale, beperkte, pragmatische wereld bevinden.

Jenny komt naast me staan en is niet langer oogverblindend fel.

'Ik ben er nog,' zegt ze, en ze glimlacht naar me.

Ze kan haar lichaam niet zien, want dat wordt aan het zicht onttrokken door artsen en verpleegsters.

Dokter Sandhu wendt zich tot jou. Zijn bruine gezicht lijkt niet langer onbehoorlijk gezond, maar uitgeput. Hoe zou het zijn om iemands leven in je handen te houden? Hoeveel druk moet Jenny op hem leggen, zwaar van onze liefde voor haar?

'We brengen haar direct naar de intensive care,' zegt hij tegen jou. 'Wij vrezen dat haar hart schade heeft opgelopen. Wellicht zeer ernstige schade. We zullen dat direct gaan onderzoeken.'

Ik probeer Jenny weg te duwen, maar ze verroert zich niet.

'Je zult dit doorstaan,' zeg jij tegen Jenny's bewusteloze lichaam. 'Je zult weer beter worden.'

Alsof je weet dat Jenny je kan horen.

'Ik ben mevrouw Logan, Jennifers cardioloog,' zegt een jonge vrouw die de leiding had genomen bij de reanimatie. 'Als de resultaten van de onderzoeken binnen zijn, zullen we met elkaar overleggen. Maar ik wil u waarschuwen dat als de uitslagen zijn zoals we vermoeden...'

Maar jij verlaat de kamer, weigerend om het einde van haar zin te horen.

Jenny gaat ook weg. Want de medici lopen weg van het bed en ze kan de aanblik van haar gezicht en lichaam niet verdragen.

Sarah staat buiten te wachten.

'Ze leeft nog,' zeg jij.

Sarah omhelst je. Ze beeft.

Ik ga bij Jenny staan, verderop in de gang.

'Dat was fantastisch, mam,' zegt ze.

'Fantastisch?' vraag ik. Is dat het enige bijvoeglijk naamwoord dat Jenny gebruikt om haar bijna-doodervaring te omschrijven? Het woord dat tieners gebruiken voor een ijsje? Vroeger maakte ik me er wel ongerust over dat het subtiele gebruik van bijvoeglijke naamwoorden teniet was gedaan door de tv. Daar gaf ik haar wel eens een preek over.

'Het was net alsof alle licht, kleur, warmte en liefde in mijn lichaam eruit werden getrokken en in mij werden geplaatst,' zegt ze. 'Het was prachtig. Dat gevoel. En wat ik was. Prachtig.' Ze zoekt even naar de juiste woorden. 'En wat er gebeurde is, denk ik, dat mijn ziel werd geboren.'

Ik sta versteld van haar omschrijving. Niet alleen door de inhoud, maar door de manier waarop ze het beschrijft; onze dochter die hiervoor nog nooit meer dan één bijvoeglijke bepaling in een zin heeft gebruikt.
'Wil je dat voortaan laten?' zeg ik. 'Dat mag pas weer als je een oud dametje bent. Oké?'

Dokter Sandhu komt bij Sarah en jou staan.
'Een van onze verpleegsters heeft verteld dat een van de apparaten die we gebruiken om Jenny te helpen, de endotracheale tube, die haar verbindt met het beademingsapparaat, gisteravond was losgeraakt. Er bestaat een kans dat ermee geknoeid is. Dat had ze gisteravond meteen moeten melden, maar ik vrees dat het pas met deze noodsituatie aan het licht is gekomen.'
Mijn bezorgdheid voor Jenny gisteravond slaat om in paniek.
'Is haar hart daarom gestopt?' vraagt Sarah.
'Dat kan niet met zekerheid worden vastgesteld,' zegt Sandhu. 'We zijn altijd bang geweest voor het uitvallen van organen.'
Ik heb hem gezien. Die gedaante in een jas. Ik heb hem gezíén.
'Heeft iemand haar dit aangedaan?' vraag jij ongelovig.
'Onderdelen van apparatuur kunnen af en toe gebreken vertonen,' zegt Sandhu. 'Het komt niet vaak voor, maar het gebeurt. En het is heel moeilijk te verklaren hoe ermee geknoeid kan zijn. Dit is een van de weinige afdelingen in het ziekenhuis waar het personeel niet heel snel wisselt. De meesten van ons werken hier al heel lang. En er is nog nooit zoiets gebeurd.'
'Kan er iemand zijn binnengekomen?' vraagt Sarah.
'De deur van het brandwondencentrum zit op slot, met een cijferpaneel. Alleen het personeel kent de code en bezoekers moeten worden binnengelaten.'
Precies zoals op school. Waarom had ik dat niet eerder beseft? Precies zoals op school.
Ik zie een gekwelde uitdrukking op Sarahs gezicht verschijnen.
'Dank u,' zegt ze zacht. 'Een van mijn collega's zal u moeten spreken.'
'Natuurlijk. Sterker nog, we hebben het protocol al gevolgd en de geneesheer-directeur heeft net met de politie gepraat. Maar ik wilde u dit zelf vertellen.'

Naast me is Jenny verstijfd en ze kijkt bang.

'Je hebt gehoord wat hij zei, mam. De apparatuur kan gebreken vertonen.'

Ze wil dit niet geloven.

'Ja,' zeg ik, want hoe kan ik haar vertellen wat ik gisteravond heb gezien? Hoe kan ik haar nu nog meer angst aanjagen?

Jij loopt weg door de gang en ik ben bang dat je wegloopt voor wat je hebt gehoord. Al werd het slechts gesuggereerd. Ik ga je achterna, weg van Jenny.

'Iemand probeert haar te vermoorden, Mike,' zeg ik tegen je.

Maar jij kan me niet horen.

'Ik blijf bij Jenny,' zeg jij tegen Sarah. 'Vierentwintig uur per dag, zeven dagen per week. Ik zal ervoor zorgen dat die klootzak niet bij haar kan komen.'

Ik houd van je.

Ongeveer een uur later is Jenny wat aan het rondlopen door het ziekenhuis, wat ik eng vind, maar: 'Jezus, ik ben al zeventien, mam. En trouwens, wat kan er nu nog meer misgaan?'

Ik zit bij jou, naast Jenny's bed. De wereld van de intensive care is zo vreemd, zo totaal onbekend vergeleken met alles in je vorige leven, dat de aanwezigheid van een politieagent bij Jenny niet gekker is dan de rijen monitoren die haar omringen. Ik vermoed dat je dankbaar bent voor de geüniformeerde aanwezigheid, maar je blijft dicht bij Jenny omdat je haar nog altijd zelf wilt beschermen.

Ofschoon Jenny's omschrijving van het bijna-sterven – de geboorte van haar ziel – me verbaasde, klopt ze niet precies. Liefde kan je lichaam niet verlaten, aangezien ze er nooit in heeft gezeten. Want als ik naar jou en naar Jenny's beschadigde lichaam kijk, weet ik dat de liefde zit in wat ik nu ben, wat dat dan ook is.

'Meneer Covey?'

Mevrouw Logan, de jonge cardioloog, is bij je komen staan.

'We hebben de resultaten van Jenny's onderzoeken ontvangen,' zegt ze. 'Zullen we even naar mijn kantoor gaan?'

Maar hoe kan deze knappe jonge vrouw, dit kleine ding, zoals mijn vader haar zou hebben genoemd, nou weten wat er speelt in de ingewikkelde complexiteit van Jenny's hart? Ze is toch zeker veel te jong om een echte cardioloog te zijn, om te weten waar ze het over heeft? Maar terwijl ik dat denk, weet ik dat ik haar woorden probeer te ontzenuwen, nog voor ze die heeft uitgesproken.

Ik volg jou een kamer in, waar de lucht dik is van de hitte. Daar is dokter Sandhu al. Hij schudt je hand en geeft een klopje op je arm en ik probeer er niet bij stil te staan dat hij je bij voorbaat wil troosten.

Niemand gaat zitten.

Ik háát deze hete ziekenhuiskamer met de sombere tapijttegels en plastic stapelstoelen en de kalender van een farmaceutisch bedrijf. Ik wil in de keuken zijn met Adam en Jenny, die net uit school zijn gekomen, de terrasdeuren wijd open terwijl ik theezet voor Jenny en vruchtendrank inschenk voor Adam, luisterend naar gemopper over huiswerk. Ik stel het me zo levensecht voor dat ik bijna de klap kan horen waarmee Jenny haar tas op tafel zet en Adam die vraagt of er nog chocoladecakejes zijn. Er moet toch een wormgat zijn waar je in kunt stappen en dat je naar een parallel universum brengt waar je oude leven, je echte leven, zijn gangetje gaat, als je maar een manier kunt vinden om er weer in terug te komen.

Dokter Sandhu spreekt als eerste. Hij neemt de verantwoordelijkheid om de stilte te verbreken. Als een eierschaal, denk ik terwijl hij praat, waarvan de inhoud giftig en bijtend is, en die de weg naar huis vernietigt.

'We hebben een heel scala aan onderzoeken uitgevoerd op Jenny. En ik vrees dat haar hart, zoals we al vreesden, fatale schade heeft opgelopen.'

Ik kijk naar Sandhu's gezicht en wend mijn blik snel af, maar het is al te laat. Aan zijn uitdrukking heb ik gezien dat er een moment is waarop een arts zich realiseert dat het leven dat hij in zijn handen houdt te broos is voor de geneeskunde die hij kent.

'Haar hart zal nog slechts een paar weken langer kunnen functioneren,' zegt hij.

'Hoeveel weken?' vraag jij, en elke lettergreep is een fysieke inspanning, je moet je tong tegen je verhemelte dwingen en de geluiden zijn bitter als gal.

'Het is onmogelijk om dat exact te bepalen,' zegt hij, en hij vindt het vreselijk dat hij dit moet zeggen.

'Hoeveel?' vraag jij nogmaals.
'Wij schatten drie weken,' zegt mevrouw Logan.

'Vandaag over drie weken zijn we in Italië! Nog maar drie weken, dan is het Kerstmis, Ads. Over drie weken is je eindexamen, weet je wel hoe snel dat al is?'
Toen Jenny net geboren was, werd haar leven eerst gemeten in uren, toen in dagen en daarna in weken. Na ongeveer zestien weken veranderde dat in maanden – vier maanden, vijf maanden, achttien maanden – tot twee jaar, wanneer je de leeftijd van je kind in halve jaren gaat meten. Vervolgens werd haar leven geleidelijk gemeten in hele jaren. Nu meten ze wat ervan resteert weer in weken.
Dit zal ik niet laten gebeuren.
Ik heb haar van twee cellen laten groeien tot een tiener van één meter drieënzestig en ze groeit verdorie nog steeds. Daar kan ze nu niet mee ophouden. Dat kan echt niet.
'Jullie moeten iets kunnen doen,' zeg jij. Zoals altijd ben je ervan overtuigd dat er een oplossing is. Zelfs nu.
'Haar enige kans is een harttransplantatie,' zegt mevrouw Logan. 'Maar ik vrees...'
'Dan moet ze een transplantatie krijgen,' val jij haar in de rede.
'Het is heel onwaarschijnlijk dat er op tijd een donor wordt gevonden van wie het weefsel overeenkomt met dat van Jenny,' zegt ze. Haar jeugdige leeftijd geeft haar iets scherps, waardoor ze losstaat van de informatie die ze geeft. 'Ik moet u vertellen dat de kans dat ze op tijd een donorhart zal ontvangen extreem klein is.'
'Dan zal ik het doen,' zeg jij. 'Ik zal naar die plek in Zwitserland gaan, Dignitas, of hoe het ook heet. Daar laten ze je sterven als je dat zelf wilt. Er moet een manier zijn om dit te doen zodat zij mijn hart kan krijgen.'
Ik kijk naar hun gezichten, niet naar het jouwe. Ik kan de aanblik van jouw gezicht niet verdragen. Ik zie medeleven in plaats van verbijstering. Jij kunt niet de eerste ouder zijn die zoiets voorstelt.
'Ik ben bang dat er vele redenen zijn waarom u dat niet kunt doen,' zegt Sandhu. 'Voornamelijk juridische.'
'Ik heb gehoord dat uw vrouw nog buiten bewustzijn is...' begint de harde mevrouw Logan, maar jij valt haar in de rede.

'Wat stelt u in godsnaam voor? Dat ik haar hart doneer?'
Ik voel een sprongetje van hoop in mijn binnenste. Kan ík dit doen? Is dat mogelijk?
'Ik wil alleen mijn medeleven betuigen,' zegt mevrouw Logan. 'Het moet vooral moeilijk voor u zijn met Jennifer.' Bijna alsof ze het hardop voor zichzelf moet zeggen. 'Maar goed,' zegt ze, 'zelfs als blijkt dat uw vrouw slechts zeer beperkte hersenfuncties heeft, ze ademt zelf, dus...'

'Ze kan me ook horen,' onderbreek je haar heftig. 'En ze denkt en voelt. Dat kan ze alleen nog niet laten merken. Maar dat komt nog wel. Want ze zal beter worden. En Jenny ook. Ze zullen allebei beter worden.'

Ik bewonder je vreselijk want ondanks het 'drie weken' en 'fatale' en 'extreem klein' en je zelfmoordaanbod dat nutteloos blijkt te zijn, weiger je om je bij het verlies van Jenny of mij neer te leggen.

In je gedachten, op die wijde, open prairies, zie ik nu een eenmansomheining van hoop, gebouwd door jouw grote geestkracht.

Dokter Sandhu en de jonge cardioloog zeggen niks.

Een eerlijke, afgrijselijke stilte in plaats van instemming of geruststelling.

Jij verlaat de doodstille kamer. Kort daarna gaat ook mevrouw Logan weg.

Ik wil vluchten naar jouw eenmansomheining van hoop, maar het gaat niet, Mike. Ik kan er niet komen.

Ik kan geen vin verroeren.

Want ik word omringd door scherpe punten van informatie en elke stap, in welke richting dan ook, zal betekenen dat ik word doorboord. Dus als ik me niet beweeg, kan ik voorkomen dat het echt waar is.

Dokter Sandhu denkt dat hij alleen is. Bruusk veegt hij zijn tranen weg. Wat heeft hem naar deze kamer gebracht? Ik stel me zo voor dat een natuurkundedocent zijn intelligentie heeft opgemerkt en heeft gesuggereerd dat hij medicijnen kan gaan studeren; en dat zijn ouders hem vol trots hebben aangemoedigd. Daarna zijn loopbaan, met hier een draai naar rechts en daar een stuk rechtdoor tot hij op deze plek is aangekomen.

Maar de loopbaan-van-dokter-Sandhu-afleiding is vergeefs. De punten komen op me af en ze hebben een geluid; het geluid dat ze al had-

den sinds de woorden 'drie weken' weerklonken. Een 'tik, tik, tik' dat elk woord en elke actie overstemt, tot ze op zijn.
  Jenny's hart is toch een horloge geworden.
  Slaand of tikkend naar een einde van stilte.

11

Jenny wacht op me als ik van de ic af kom.
'En?' vraagt ze.
'Het komt wel weer goed met je,' zeg ik. Een brutale, schaamteloze leugen. Bedrog. Een sjaal geweven van onwaarheden waarin een moeder haar kind wikkelt.
Ze kijkt zo opgelucht.
'Maar dat kunnen ze toch niet zeker weten?' vraagt ze.
'Nee, niet helemaal.'
Dichter bij de waarheid wil ik niet komen.
We zien jou van de ic komen en naar mijn afdeling lopen. Sarah moet bij Jenny zijn.

Jij zit naast mijn comateuze lichaam en je vertelt me wat de artsen hebben gezegd. Je zegt tegen me dat ze een nieuw hart zal krijgen. Alles zal goed met haar komen. Ja, natuurlijk!
Ik druk me tegen je aan en ik kan je dappere hoop voor Jenny voelen.
Ik klamp me eraan vast, zoals ik me aan jou vastklamp.
Voorlopig kan ik in elk geval geloven in jouw hoop voor haar en stopt het gruwelijk aftikken van Jenny's leven.

Jenny is op de gang.
'Zullen we naar de tuin gaan?' vraagt ze. Blijkbaar ziet ze mijn verbazing, want ze glimlacht een beetje triomfantelijk. 'Ik heb er een gevonden.'
Ze neemt me mee naar een gang met een glazen wand. Me nog altijd vastklemmend aan jouw hoop, kijk ik door het glas en zie een binnentuin. Die ligt in het hart van het ziekenhuis, aan vier kanten omgeven door hoge muren. Hij moet zijn ontworpen om gezien te worden

door de vele ramen die erop uitkijken en niet zozeer om gebruikt te worden. De ingang op de begane grond is een onopvallende, ongemarkeerde deur, die vermoedelijk alleen wordt gebruikt door degene die hem onderhoudt.

Van achter het glas ziet de tuin er heel mooi uit met zijn weelde aan Engelse bloemen: flinterdunne roze rozen, overdadige witte jasmijn en fluwelige pioenrozen. Er is een smeedijzeren bankje, een fontein en een stenen vogelbadje.

Ik ga naar buiten met Jen, want de tuin is vast een rustige plek om te zitten. De muren hebben de hitte gevangen en voeren die naar beneden. Het water in het vogelbad is verdampt. De randen van de flinterdunne rozen zijn omgekruld en verdord; de pioenroos hangt omlaag in de zware, vochtige lucht.

De zomer is gekooid.

'In elk geval is het min of meer buiten,' zegt ze.

Als je door de glazen wand kijkt, die aan één kant van de tuin grenst, zie je kamers en gangen. Er lopen mensen langs. En ik weet waarom ze dit nu fijn vindt; want zelfs al is het niet echt buiten, we zijn gescheiden van het ziekenhuis.

Als ik naast haar zit, prikt de leugen die ik haar heb verteld als prikkeldraad.

We blijven door de glazen wand naar de mensen kijken. Jenny lijkt er heel lang troost uit te putten en het is bijzonder slaapverwekkend, alsof je naar tropische vissen in een aquarium kijkt.

'Is dat Rowena's vader niet?' vraagt Jenny.

Tussen de drommen vis-mensen, zie ik Donald.

'Ja.'

'Maar waarom is hij hier?'

'Rowena ligt in het ziekenhuis.'

'Waarom?'

'Dat weet ik niet. Ik heb haar met Adam voor de school zien staan en toen leek haar niks te mankeren.'

Na Maisies bezoek was ik Rowena vergeten. Vanwege mijn angst om Jenny ben ik nog altijd te egoïstisch om ook ruimte voor haar te hebben.

'Maisie zal wel bij haar zijn,' zegt Jenny. 'Zullen we bij ze op bezoek gaan?'

Het is lief dat ze denkt dat ik graag bij mijn oude vriendin wil zijn.
'Na een poosje wordt het hier nogal saai,' zegt ze.

We zijn in de buurt van het brandwondencentrum en we halen Donald in. Er is een verpleegster bij hem. Terwijl we hem volgen, ben ik blij dat we ons in elk geval een poosje op iets anders dan haar of mijn verwondingen kunnen concentreren.

Donald draagt een donker pak. Hij heeft het colbertje nog aan, ook al is het een warme, klamme dag en hij draagt zijn attachékoffertje.

Ik ruik sigarettenrook aan zijn kleren. Dat is me nooit eerder opgevallen, maar mijn reukzin is veel sterker geworden, tot op het overweldigende af.

We zijn nu dicht genoeg genaderd om de verpleegster met hem te horen praten. Haar stem klinkt kordaat en capabel.

'... en als mensen bij een brand in een ingesloten ruimte zijn geweest, moeten we ze zeer scherp in de gaten houden voor het geval er verwondingen aan de luchtwegen zijn. Soms duurt het een poosje voor de symptomen zichtbaar worden, dus het is beter om het zekere voor het onzekere te nemen.'

Donald kijkt ernstig en hij lijkt nauwelijks op de glimlachende, vaderlijke man die ik voor het laatst tijdens de prijsuitreiking heb gezien. Dat komt waarschijnlijk ook door die vreselijk tl-buizen die het plafond van de gang in stukken delen en grove schaduwen veroorzaken op het gezicht van mensen, waardoor ze er een stuk norser uitzien.

De verpleegster toetst iets in op een cijferpaneel bij de deur van het brandwondencentrum en houdt de deur voor hem open.

'De kamer van uw dochter is deze kant op,' zegt ze.

Maar hij is haar toch wel eerder komen opzoeken? Hij heeft toch zeker niet een hele dag gewacht voor hij naar haar ziekbed kwam? Maisie heeft me zo vaak verteld hoe beschermend hij is ten opzichte van zijn gezin. 'Hij zou een krokodil met zijn blote handen ombrengen om ons te beschermen! Nog een geluk dat er niet veel krokodillen in Chiswick zijn!'

Jenny en ik komen iets eerder dan Donald bij Rowena's kamertje en ik kijk door het glazen paneel in de deur. Rowena heeft een infuus in haar arm en haar handen zijn omzwachteld. Maar haar gezicht is onbeschadigd. Hoe kan ik vroeger hebben gedacht dat haar gezicht niet knap was? Maisie zit naast haar.

Ik wacht tot Donald komt en Rowena in zijn armen neemt en zie de hereniging van hun drieën.
Ik zet me schrap voor het pijnlijke contrast.
Donald gaat de kamer binnen en passeert Jenny in de deuropening. Ik zie dat ze vreselijk bleek ziet.
'Jen?'
Ze draait zich naar me toe alsof ze ontwaakt uit een droom.
'Ik weet dat het gek is, maar het leek even alsof ik weer op school was, echt dáár, en...' Ze zwijgt even. 'Ik hoorde het brandalarm afgaan. Ik hoorde het, mam.'
Ik sla mijn arm om haar heen.
'Is het nu weg?'
'Ja.' Ze glimlacht naar me. 'Misschien zijn het de oorsuizingen van iemand die abnormaal is.'
We kijken door het glas in de deur van Rowena's kamer.
Donald loopt naar Rowena en ik vind dat ze paniekerig kijkt. Maar dat kan toch niet? Hij staat met zijn rug naar me toe en ik kan zijn gezichtsuitdrukking niet zien.
Maisie trekt haastig haar mouwen omlaag om de grote, paarse kneuzingen op haar armen te bedekken.
'Ik zei toch dat hij snel zou komen,' zegt ze op een te opgewekte, nerveuze toon tegen Rowena.
Donald is bij Rowena. Hij grijpt haar ingezwachtelde, verbrande handen en ze slaakt een schelle kreet van pijn.
'Dus jij bent de kleine heldin?'
In zijn stem is haat te horen. Lelijk, rauw en schokkend.
Maisie probeert hem weg te trekken. 'Je doet haar pijn, Donald. Alsjeblieft, hou op.'
Ik ben nu in de kamer en wil helpen, maar ik kan slechts toekijken. Nog altijd houdt hij Rowena's verbonden handen vast en zij doet haar best om het niet uit te schreeuwen.
Ik denk aan Adam die ineenkromp bij het zien van Donalds aansteker toen die na de prijsuitreiking een sigaret opstak en de peuk met zijn voet in de grond trapte.
Hij laat Rowena's handen los en draait zich om om te vertrekken.
Rowena huilt.
'Papa...'

Ze stapt uit bed en loopt wankel naar hem toe. Ze ziet er breekbaar en tenger uit in het katoenen ziekenhuishemd, zo veel kleiner dan Donald in zijn harde, donkere pak.

'Ik walg van je,' zegt hij als ze bij hem is.

Maisie legt haar hand op hem en probeert te voorkomen dat hij weggaat.

'Je blauwe plekken,' zegt hij tegen haar. 'Heeft iemand die gezien?'

Maisie laat haar hoofd zakken en kijkt hem niet aan. Haar FUN-mouwen onttrekken de blauwe plekken nu aan het zicht. Het is het shirt met lange mouwen dat ze ondanks de hitte op de sportdag droeg.

'Het was een ongeluk,' zegt Maisie tegen hem. 'Anders niet. Natuurlijk was het een ongelukje. En je ziet het nauwelijks meer. Echt niet.'

Donald loopt abrupt de kamer uit.

'Hij meende het niet echt, schatje,' zegt Maisie tegen Rowena.

Rowena zwijgt.

Ik wend me van hen af en ga ook de kamer uit, alsof ze te naakt voor me zijn om naar te kijken; alsof de beenderen van het gezin blootliggen.

Ik kom bij Jenny, die door het glas in de deur heeft gekeken.

'Dat heb ik nooit geweten,' zegt ze ontzet tegen me.

'Nee.'

Maar ik denk terug aan Maisies 'kikker met boulimie'-opmerking, haar beurse wang, haar gebroken pols, haar gebrek aan zelfvertrouwen. Weer zie ik het beeld waar ik een glimp van opving toen ik op de avond na de prijsuitreiking in de spiegel van mijn toilettafel keek: dat dichte, onheilspellende netwerk van iets sinisters.

Toentertijd had ik het afgedaan als een illusie. Maar iets later die avond, vlak voor ik ging slapen en de gedachten niet langer gecensureerd werden, had ik er wel over nagedacht.

Maar ik heb Maisie niet naar Donald gevraagd, ik heb haar zelfs niet de mogelijkheid van een gesprek geboden. Niet alleen omdat het bij daglicht een absurd vermoeden leek, maar ook omdat ik het beschouwde als een onderwerp dat buiten onze vriendschap lag. Ik wilde niet – ik wist niet hoe – ik uit ons normale huiselijke landschap moest stappen, waarin we ons allebei zo op ons gemak en zeker voelden.

Maar zij beperkt onze vriendschap niet op die manier, zij is niet laf op die manier. Zij vindt dat ze een brandend gebouw in had moeten gaan, voor mij! En ik heb haar niet eens gevraagd of zij niet gewond was. Of ze me misschien iets wilde vertellen of met me wilde praten.

En Rowena.

Zelfs al ben ik erin geslaagd om niet op te merken wat er met Maisie aan de hand is, ik had wel moeten zien wat er met Rowena gebeurde. Een kind. Want toen Donald haar verbrande handen vastgreep, was dat vast niet de eerste keer dat hij haar pijn deed.

Ik herinner me haar in de kleuterklas en de eerste klas op Sidley House; dat elfjesachtige, beeldschone meisje. Was het toen al aan de gang? Of later misschien, in de derde of vierde klas?

'Ik vond haar altijd een verwend prinsesje,' zeg ik tegen Jenny en door mijn schuldgevoel laten mijn woorden een zure smaak achter.

'Ik ook.'

Wellicht herinnert zij zich ook de met de hand geborduurde slopen, de met de hand beschilderde schommelstoel, het sprookjesbed en de prinsessenjurken. Ik was altijd bang dat als het prinsesje groot werd, het echte leven alleen maar een teleurstelling voor haar kon zijn.

Dit is nooit bij me opgekomen.

'Ze moest altijd de beste zijn,' zegt Jenny. 'In alles. Dat vond ik vreselijk irritant.'

Zij herinnert zich haar op iets oudere leeftijd. Negen of tien misschien.

Ik had weliswaar gewenst dat Jenny iets meer ambitie zou hebben, maar ik had Rowena's behoefte om overal in uit te blinken af en toe afstotelijk gevonden. Het was niet alleen de beurs voor de St. Paul's Girls School, het was twee jaar voorliggen op alle anderen die viool speelden, plus de aanvoerster zijn van het zwemteam en de hoofdrol in elk toneelstuk of bij elke bijeenkomst spelen.

'Ze probeerde liefde van hem te krijgen, hè?' vraagt Jenny.

Zo eenvoudig kan het toch zeker niet zijn? Is een meisje van zeventien in staat om door jarenlange mishandeling heen te kijken en zo'n simpele reden voor het gedrag van een kind aan te wijzen?

Maar het lijkt mij onverbloemd, meedogenloos zonneklaar.

'Ja,' zeg ik tegen Jenny.

En ik had haar veroordeeld omdat ze zo eerzuchtig was. Ik had haar nooit, maar dan ook nooit, gezien als een mishandeld kind dat haar vaders liefde probeerde te winnen.

Had ze daarom zo hard gewerkt om toegelaten te worden op Oxford? Probeerde ze nog altijd om hem van haar te laten houden?
'Ik walg van je.'
Rowena ligt weer in bed, met haar gezicht naar de muur. Maisie heeft een hand op haar gelegd, maar Rowena kijkt haar niet aan.
Maisie. Mijn vriendin. Waarom is ze niet bij Donald weggegaan? Als ze dat niet voor zichzelf wilde doen, dan in elk geval toch voor Rowena. Het moet vreselijk voor haar zijn om te zien dat Rowena pijn wordt gedaan. Waarom heeft ze deze ingewikkelde schijnvertoning in stand gehouden om hem te beschermen?
Jenny en ik verlaten Rowena's kamer.
'Ik deed mijn best om haar te ontlopen,' zegt Jenny. 'Toen we klein waren. Ik bedoel, het was meer dan dat ik haar niet mocht. Ze gaf me de kriebels. Jezus, als ik er nu op terugkijk... Ik bedoel, ik vond haar vreemd, maar ze was alleen anders door wat haar thuis overkwam. En het is niet zo gek dat ze wreed was.'
'Was ze dan wreed?' vraag ik.
'Nou, "wreed" gaat te ver. Ze was alleen... Nou, vreemd, zoals ik al zei. Op een keer heeft ze Tania's paardenstaart afgeknipt. Voor Tania was dat het allerbelangrijkste, haar lange haar. Daar waren we allemaal jaloers op en in de pauzes vlochten we het. Dus dat afknippen was... bijna een daad van geweld. Als je negen bent.'
'Dat was ik vergeten.'
'Ik denk dat ze voor de verandering eens naar iemand anders uithaalde en dat ze niet dichter bij fysiek geweld kon komen dan dat.'
'Ja.'
'Daarna ben ik haar uit de weg gegaan. Net als alle anderen. Jezus, had ik het maar geweten.'
'En de laatste tijd? Toen jullie onderwijsassistenten waren op Sidley House?'
Ik hoop dat Rowena erbij hoorde, dat ze een gelukkig, populair meisje was, dat ze zich losmaakte van Donald.
'Ik zag haar nauwelijks. Tijdens de lessen waren we in verschillende klaslokalen en in de lunchpauze ging ze naar het park.'
'Jij niet?'
'Nou, de pub heeft een mooie tuin en de meesten van ons gaan daarheen.'

Jenny wacht buiten de ic en ik ga naar jou toe.
Jij zit naast Jenny's bed. Aan de andere kant staat een geüniformeerde agent die net doet alsof hij er niet is terwijl jij zacht tegen haar praat. Jouw tederheid, loyaliteit en liefde staan in schril contrast met Donald.

Waarom heb ik niet door zijn vermomming van al te toegeeflijke vader heen gekeken? En was die er niet alleen om buitenstaanders op een dwaalspoor te brengen, maar ook om Rowena te verwarren? Want hoe kan een vader die prinsessenjurken, veel te dure verjaardagscadeaus en een met de hand beschilderde schommelstoel met hartjes erop koopt ook wreed tegen je zijn?

Op Sidley House had ik gedacht dat Maisie veel te toegeeflijk voor Rowena was. Rowena was brutaal tegen haar en ze had een scherpe tong en ze deed zelden wat Maisie vriendelijk aan haar vroeg. Maar hoe kon Maisie haar straffen voor kleine vergrijpen terwijl Donald haar mishandelde? Terwijl zijn mishandeling waarschijnlijk de oorzaak van Rowena's 'vergrijpen' was?

Toen ik veilig zwanger was van Adam, had Maisie me toevertrouwd dat ze dolgraag nog een baby wilde. Dat had ze om *'verschillende redenen'* uitgesteld, maar ze was bijna veertig, dus *'het was nu of nooit'*. Een half jaar later, niet zwanger, had ze me verteld dat Rowena haar *'ten strengste had verboden!'* om nog een kind te krijgen. Ik had dat gezien als het zoveelste voorbeeld van het verwende-prinsesje-Rowena-dat-de-teerhartige-Maisie-op-de-kop-zit om haar eigen zin door te drijven. Ik had het vreselijk gevonden dat een kind van negen een volwassene op die manier de wet kon voorschrijven.

Maar nu vermoed ik dat Rowena probeerde om een ander kind, dat nog niet geboren was, te beschermen.

De agent ontvangt een sissende boodschap via zijn radio. Hij zegt tegen jou dat adjudant Baker je wil spreken en dat die op je wacht in het kantoor op de begane grond. Hij is nauwelijks meer dan een jongen, maar hij ziet je angst zo duidelijk als wat.

'Het komt wel goed, meneer. Ik zal bij haar blijven.'

Jenny en ik gaan met je mee voor je gesprek met adjudant Baker (het lijkt niet langer alsof we je volgen).

'Denk je dat ze iets hebben gevonden?' Jenny klinkt gespannen.

'Ik weet het niet, liefje. Maar er moet iets aan de hand zijn.'
Ik ben ook gespannen, want ik ben bang dat ze in dit gesprek met Baker zal ontdekken wat de artsen over haar hart hebben gezegd.

Ik geloof niet dat jij het aan iemand zal vertellen, want het hardop uitspreken van de woorden zal de feiten concreter maken. Jij vergoelijkt dat waarschijnlijk als wachten tot je tegen iedereen kunt zeggen dat er een donorhart is gevonden en dat alles goed zal komen. Jullie hoeven je geen zorgen te maken. Jij vertelt me altijd pas over mogelijke rampen als je al voor een oplossing hebt gezorgd. Rampen. Alsof een eindexamen vroegtijdig verlaten of een auto in de prak rijden betiteld kan worden als 'ramp'.

Maar ik geloof nog steeds in jouw hoop op haar herstel; daar klamp ik me nog altijd aan vast.

Als we bij het kantoor op de begane grond komen, blijft Jenny staan.
'Denk je dat Donald de brand kan hebben gesticht?' vraagt ze.
'Nee,' zeg ik onmiddellijk.
'Maisie en Rowena waren bijna de enige mensen die op dat moment in de school waren,' zegt ze. 'Misschien was het tegen hen gericht.'
'Dat kan hij onmogelijk hebben geweten,' werp ik tegen.
Dat is geen logisch, maar een emotioneel argument. De gedachte dat een vader en echtgenoot zo slecht kan zijn is onverdraaglijk. En er is toch zeker een wereld van verschil tussen iemand blauwe plekken bezorgen en iemand levend proberen te verbranden?

Maar ik herinner me de gestalte die ik gistermiddag aan de rand van het sportveld zag staan; waarschijnlijk een onschuldige omstander, maar mogelijk Donald.

En eerder met de verpleegster. Kon hij net hebben gedaan alsof dit zijn eerste bezoek aan het brandwondencentrum was? Kan hij er gisteravond zijn geweest in een lange, donkere jas? Al mag de hemel weten waarom hij Jenny kwaad zou willen doen.

Nog maar acht weken geleden keek ik in de spiegel van mijn toilettafel en zag ik verbanden tussen gevallen van mogelijke mishandeling, die zich heimelijk verbonden tot een dicht netwerk. Nog maar acht weken geleden.

Zou de loop der gebeurtenissen anders zijn geweest als ik niet had weggekeken?

We gaan het kantoor in, dat vreselijk warm en benauwd is. Net als in familiekamers en de kantoren van de artsen zijn er de afbladderende institutionele groene verf, de lelijke tapijttegels en een klok. Er is altijd een klok.

Adjudant Baker staat niet op als je binnenkomt.

'Ik weet dat u in de buurt van uw dochter en vrouw wilt blijven,' zegt hij tegen jou. 'Daarom voeren we dit gesprek hier.'

Jij knikt dankbaar, verbaasd door het attente gebaar. Net als ik vraag je je af of je hem verkeerd hebt ingeschat.

'Kort na ons vorige gesprek heeft zich een nieuwe getuige gemeld,' gaat hij door.

Sarah stormt de kamer binnen, vreemd geagiteerd. Nee, 'geagiteerd' is niet het juiste woord. Ze is kwaad en ze heeft gerend. Haar blouse heeft donkere kringen onder de oksels en haar voorhoofd glimt van het zweet.

'Ik kom net van het bureau,' zegt ze tegen Baker. 'Daar hebben ze me verteld...'

'Niemand hoort jou iets te vertellen,' zegt hij kortaf. 'Ik heb je een week verlof wegens familieomstandigheden gegeven, dus maak daar gebruik van.'

'Het is een vergissing,' zegt ze tegen Baker. 'Of opzettelijk verkeerde informatie.'

'De getuige is volkomen geloofwaardig.'

'Waarom is hij er nu dan pas mee naar voren gekomen?' vraagt ze.

'Omdat deze persoon weet wat de familie Covey allemaal moet doormaken en hun leed niet wilde verergeren. Maar door de beschuldigingen in de media vond deze persoon het zijn plicht om het te melden.'

Ik heb Sarah nog nooit zo emotioneel gezien.

'Wie is "deze persoon"?' vraagt ze.

Hij kijkt haar vermanend aan en gaat dan verder.

'Die heeft gevraagd of we zijn identiteit niet willen onthullen, en dat verzoek heb ik ingewilligd. Er zal geen rechtszaak komen, dus hoeft deze persoon niet geïdentificeerd te worden. De politie noch de school zal een aanklacht indienen.'

Jij kijkt verbijsterd. Maar ook opgelucht, denk ik. Dat ben ik ook. Dit was niet met boze opzet gedaan. Dat kan niet, als er niemand wordt aangeklaagd. Het is niet langer nodig om de hele wereld met zo'n vreselijke, vijandige achterdocht tegemoet te treden. Het is niet de schrijver van de haatbrieven of Silas Hyman of Donald. Godzijdank.

Maar waarom is Sarah dan zo van streek?

Op het gezicht van adjudant Baker staat geen enkele emotie te lezen. Hij zwijgt heel even, waarna hij zich tot jou wendt.

'Iemand heeft uw zoon enkele tellen voor de automatische rookmelder afging uit het handenarbeidlokaal zien komen. Hij had lucifers in zijn hand. Wij twijfelen er niet aan dat Adam de brand heeft gesticht.'

Adam? Hoe kan hij dat in 's hemelsnaam zeggen? Hoe?

'Is dit een zieke grap of zo?' vraag jij.

'Degene die je dat heeft verteld liegt,' zegt Sarah. 'Ik ken Adam al zijn hele leven en hij is het zachtaardigste kind dat je je kunt voorstellen. Er zit geen greintje kwaad in hem.'

Baker kijkt geërgerd. 'Sarah...'

'Hij houdt van lezen,' gaat Sarah door. 'Hij speelt met zijn ridders en hij heeft twee cavia's. Dat is zijn wereld. Hij spijbelt niet, hij spuit geen graffiti en hij raakt niet in de problemen. Lezen, ridders, twee cavia's. Heb je dat goed begrepen?'

Ze beschuldigen ons zachtaardige jochie hiervan.

Krankzinnig.

'Het was Hyman, geen kind,' zeg jij.

'Meneer Covey...'

'Hoe heeft hij u hier in godsnaam van overtuigd?'

'De getuige heeft niets met meneer Hyman te maken.'

'Dus u beweert dat een kínd terpentine heeft meegenomen naar het handenarbeidlokaal?'

'Ik geloof dat we te snel bepaalde gebeurtenissen als belangrijk hebben bestempeld. De handenarbeidlerares kan zich heel goed hebben vergist in de hoeveelheid terpentine die zich in het klaslokaal bevond. Stel dat ze het niet zo nauw nemen met de voorschriften, dan zal ze dat toch zeker niet aan ons vertellen? Ik heb daarstraks even met haar gesproken en ze heeft toegegeven dat ze zich best kan hebben vergist. Ze weet het echt niet voor honderd procent zeker.'

Ik denk aan juffrouw Pearcy, de gevoelige, artistieke juffrouw Pearcy, die zich gemakkelijk zou laten intimideren door adjudant Baker.

'Natuurlijk weet ze het niet voor honderd procent zeker,' zegt Sarah. 'Als jij op vakantie gaat, weet je dan voor honderd procent zeker dat je de oven niet aan hebt laten staan? Of als er een ongeluk is, weet je dan voor honderd procent zeker dat je in de spiegel hebt gekeken voor je afsloeg? Dat wil alleen zeggen dat deze lerares een geweten heeft en dat ze haar feilbaarheid durft toe te geven. Vooral wanneer een politieagent tegen haar zegt dat ze iets verkeerds kan hebben gedaan.'

'Ik begrijp dat je loyaal bent aan je neefje, maar...'

Ze valt hem in de rede en haar woorden klinken als een kogelregen.

'Je denkt toch zeker niet dat een kind de kennis van brandstichten had en uit voorzorg de ramen op de bovenste verdieping van de school heeft opengezet?'

'Het was een warme dag,' zegt Baker. 'Een leraar of kind kan die ramen gemakkelijk open hebben gedaan om de wind binnen te laten, ook al was het tegen de regels.'

Jij bent zo verbaasd dat je geen woord kunt uitbrengen en je zit er onbeweeglijk bij, maar nu wend je je tot Baker en ik ben bang dat je hem gaat slaan.

'Hebt u Adam wel eens gezien?' vraag je, en je wijst op de plek onder het borstzakje van Baker. 'Hij komt ongeveer tot daar bij u. Hij is verdomme nog maar acht. Nog maar net acht. Gisteren was hij jarig. Een klein jochie.'

'Ja, we weten dat het zijn verjaardag was.'

Zijn woorden klinken dreigend, maar waarom?

'Hyman heeft over hem gelogen,' zeg jij.

Sarah richt zich tot jou. 'Silas Hyman kan de getuige niet zijn, Mike. Het zou veel te veel in het oog hebben gelopen als hij op dat moment in de school was.'

'Dan moet hij een medeplichtige hebben gehad en...'

'Ik begrijp dat het moeilijk is om te geloven dat een jongen van acht dit heeft gedaan,' zegt Baker. 'Maar volgens de rapporten van de brandweer waren kinderen verantwoordelijk voor drieënnegentig procent van alle opzettelijk aangestoken branden op scholen. Iets meer dan een kwart werd aangestoken door kinderen jonger dan zeven.'

Maar wat hebben statistieken te maken met Adam?

'Wij vermoeden dat het waarschijnlijk een kwajongensstreek was, wat gelummel dat uit de hand is gelopen,' zegt Baker, alsof dat jou tot bedaren zal brengen.

'Maar Adam wéét dat brandstichten verkeerd is,' zegt Sarah. 'Hij zou stilstaan bij de vreselijke gevolgen die het zou kunnen hebben. Hij is bijzonder rijp en gevoelig voor een kind van zijn leeftijd.'

Ik wist niet dat Sarah Adam zo goed kent. Ik heb altijd gedacht dat ze van alles op hem aan te merken had en dat ze hem een doetje vond, heel anders dan haar lange, sportieve zonen.

'En hij wist dat Jenny in de school was.' Sarah doet wanhopig haar best om hem te overtuigen. 'Jezus nog aan toe, zijn eigen zus was daarbinnen.'

'Is er sprake van enige vijandschap tussen broer en zus?' vraagt Baker.

'Wat suggereert u nu?' vraag jij, en je stem klinkt driftig.

'Ik ben ervan overtuigd dat het niet zijn bedoeling was dat het vuur zulke vreselijke schade zou veroorzaken...'

'Hij heeft het niet gedaan.' Jouw stem en die van Sarah klinken tegelijk, met dezelfde zekerheid.

'Hoe zit het met de indringer?' vraag jij. 'Degene die met Jenny's zuurstof heeft geknoeid? Denkt u soms dat dat ook een klein jongetje was?'

'Er is geen enkel bewijs dat er een indringer is geweest,' zegt Baker onbewogen. 'We hebben met de geneesheer-directeur gesproken en soms raken verbindingen defect. Dat is niet van belang.'

Er was wel een indringer! Ik heb hem gezien,' schreeuw ik, maar niemand hoort me.

'Jenny moet Hyman op school hebben gezien,' zeg jij. 'Of zijn medeplichtige. Iets wat hem erbij betrekt. Daarom is hij hier gekomen, om...'

Baker valt je in de rede. 'Het heeft geen nut om ons te verliezen in ongefundeerde theorieën.'

'Adam zou dat nooit doen,' zegt Sarah nogmaals, met onderdrukte woede. 'En dat betekent dat iemand anders het moet hebben gedaan.'

'Dus jij gelooft nu in de theorie van je broer?' Zijn stem klinkt spottend.

'Ik vind dat we elke mogelijkheid moeten onderzoeken.'

Op zijn gezicht staat minachting te lezen.

'Je hebt ons toch verteld dat Silas Hyman een DNA-monster heeft afgestaan?' zegt Sarah, en Baker kijkt chagrijnig. 'Maar hebben we eigenlijk wel DNA-sporen van de plek van de brand?'

'Het heeft echt weinig nut om...'

'Ik dacht al van niet. En nu gaan we er zeker ook niet meer naar op zoek?'

'Sarah...'

'Als Hyman hierachter zat, zou hij zonder enig probleem DNA afstaan als hij wist dat zijn medeplichtige er binnen vierentwintig uur een kind voor zou aanwijzen en dat het forensisch onderzoek zou stoppen. Hij kan er heel goed op hebben gerekend dat er de eerste vierentwintig uur toch niks zou worden gevonden.'

Baker kijkt haar aan met een pafferige onbeweeglijkheid.

'Waar het op neerkomt is dat we een betrouwbare getuige hebben die Adam Covey uit het handenarbeidlokaal zag komen, waar we weten dat de brand is begonnen. Hij had lucifers in zijn hand. Vlak daarop gingen de automatische hitte- en rookmelders af. Maar zoals ik al zei, zullen we het niet verder onderzoeken. Wij zijn er zeker van dat het niet zijn bedoeling was dat zijn daden zulke vreselijke gevolgen zouden hebben en dat hij al voldoende gestraft is. Dus we zullen hem alleen ondervragen en...'

'Nee,' zeg jij fel.

Ze gaan Adam niet ondervragen. Dat kunnen ze hem niet aandoen.

'Je kunt hem hier niet van beschuldigen,' zegt Sarah. 'Hij mag niet weten dat mensen hem hiertoe in staat achten.'

'Hij hoeft niet naar het politiebureau om ondervraagd te worden. We kunnen het hier doen. Zodat zijn vader erbij aanwezig kan zijn. Jij ook, als je dat wilt. Maar ik moet hem wel ondervragen. Dat weet je best, Sarah.'

'Wat ik weet is dat een compleet onschuldig en kwetsbaar kind als zondebok wordt aangewezen.'

'Ik heb een politieagent gevraagd om Adam en zijn grootmoeder naar het ziekenhuis te brengen. Ze moeten hier over een half uur zijn. Ik stel voor dat we dan weer bij elkaar komen.'

Baker loopt de kamer uit en ik haast me achter hem aan.

'Je kent Adam niet,' zeg ik tegen hem. 'Je hebt hem nog nooit ontmoet. Dus het is niet jouw schuld dat je niet begrijpt waarom hij dit niet kan

hebben gedaan. Maar hij is een goede jongen, snap je? Niet op een schijnheilige manier, maar op een morele manier.'

'Toe, mam, hij kan je niet horen,' zegt Jenny.

'Hij leest graag Arthurlegendes,' ga ik verder. 'Zijn lievelingsverhaal is "Heer Gawein en de groene ridder". En dat wil hij later worden. Geen popster of voetballer of wat andere jongetjes ook maar willen worden, maar een ridder zoals Heer Gawain, en hij probeert een modern equivalent te vinden. En dat vind jij misschien vreemd of grappig, maar hij niet. Het is een morele code waar hij naar wil leven.'

'Zelfs al kon hij je horen, dan denk ik nog niet dat hij Heer Gawein kent,' zegt Jenny.

Ze heeft gelijk. Deze man heeft daar geen flauw benul van.

'Hij houdt ook van geschiedenisprogramma's,' vervolg ik. 'En hij vraagt niet alleen waarom mensen gemeen zijn en gemene dingen doen, maar waarom mensen zich laten leiden door zulke gemene mensen. Hij denkt ná over dat soort zaken.'

Hoe kun je iemand een jongen als Adam laten begrijpen?

Baker lijkt ineens haast te krijgen en versnelt zijn tempo. Ik houd gelijke tred met hem.

'Jij denkt misschien dat alle moeders dit soort dingen zeggen over hun zoon, maar dat is niet zo. Echt niet. Ze scheppen op hoe ongelooflijk goed hun zoon is in sport of buitenactiviteiten en dat hij geen angst kent. "Hij brak zijn arm, want hij wilde hem per se beklimmen!" Dat soort dingen. Niks over goed of vriendelijk zijn. Zij zijn heel anders dan Adam.

Je zou kunnen zeggen dat ik opschep, maar dat is niet het geval. We leven toch niet in een tijdperk van ridderlijkheid? We leven niet in een tijd waarin Adams deugden waardevol zijn.

En het enige wat ik echt voor hem wil, is dat hij gelukkig is. Anders niet. En als het hem gelukkig zou maken, zou ik zijn vriendelijkheid direct ruilen tegen een plaats in het voetbalteam en zijn fatsoen tegen populariteit. Maar hij heeft geen keuze en daarom heb ik dat ook niet. Want zo is hij nou eenmaal.

En zelfs al maakt het hem ongelukkig en zou ik graag willen dat hij minder eenzaam was, ik ben toch ontzettend trots op hem.'

'Hij is bang voor vuur,' zegt Jenny tegen Baker, als ze naast me komt lopen. 'Hij wil niet eens een sterretje vasthouden,' praat ze door tegen zijn rug. 'Als kleuter is hij een keer geraakt door een vonk uit de *open haard en sindsdien is hij er bang voor.'*

Als ze zich verstaanbaar zou kunnen maken, zou ze logische redenen voor Baker aandragen waarom Adam de brand niet kan hebben gesticht.

En ze heeft gelijk. Hij is bang voor vuur. Weer zie ik hem ineenkrimpen toen Donald zijn aansteker aanknipte.

Baker komt bij de ingang van het ziekenhuis en ik gil naar hem: *'Doe hem dat niet aan! Alsjeblieft! Doe hem dat niet aan!'*

Even voelt hij mijn aanwezigheid. Gedurende een seconde ben ik een tochtvlaag tegen zijn rug, een tinteling in zijn hoofd, iets wat zijn gedachten raakt. Een moeder. Een beschermengel. Een geest.

12

Jij zit aan Jenny's bed. Er is geen politieagent meer, aangezien dat 'niet langer nodig wordt geacht'.
Jij acht het wel nodig.
Sarah komt binnen. 'Ads is onderweg,' zegt ze.
'Ik kan Jenny niet alleen laten nu Baker haar bescherming heeft weggehaald.'
'Er is hier heel veel medisch personeel, Mike. Veel meer dan op het brandwondencentrum.'
Gelooft zij niet dat er een reëel gevaar bestaat?
'Leg Baker maar uit waarom ik Jen niet alleen kan laten.'
'Ik denk dat hij het wel begrijpt.'
Want door Jenny te beschermen laat jij zien dat je gelooft dat de echte misdadiger nog op vrije voeten is en een bedreiging vormt. Die misdadiger is geen jongetje van acht. Het is een fysieke demonstratie dat adjudant Baker het mis heeft en dat Adam onschuldig is.
Ik weet dat je bij hem wilt zijn, dat je je verscheurd voelt. Dat heb ik in de loop der jaren talloze malen op kleine manieren gevoeld. Alleen met Jenny was het heel eenvoudig geweest, maar met twee kinderen was het naadloze verhaal van ons leven ontwricht geraakt. 'Lieve hemel,' snauwt de kinderjuffrouwstem. 'Dit is heel iets anders dan Jenny helpen met haar huiswerk of Adam naar de padvinders brengen; of kiezen tussen een watersportvakantie voor Jenny of een kastelen-in-Walesvakantie voor Adam.' Maar ik geloof dat het wel hetzelfde is, maar op een gigantische schaal.
En deze behoefte om bij hen allebei te zijn voelt alsof ik fysiek word verscheurd.
'Pas goed op hem,' zeg jij tegen Sarah.
Als ze weggaat, ga ik achter haar aan, en ik wil haar wanhopig graag vertellen dat ik de aanvaller heb gezien.

Voor Adam werd beschuldigd, onderzocht de politie de zaak en was ik ervan overtuigd dat ze de dader zouden vinden. Maar nu heeft de politie ons in de steek gelaten en is dit stukje informatie cruciaal, maar verroest het naarmate het langer, onverteld, in mij blijft.

In het goudvissenatrium is Sarah bezig op haar BlackBerry terwijl Jenny en ik op Adam wachten.

De jonge agent, die eerst Jenny bewaakte, komt binnen door de hoofdingang. Mama en Adam lopen vlak achter hem.

Sarah geeft Adam een zoen en duwt teder zijn pony uit zijn ogen. Die had ik zondag eigenlijk willen knippen, maar in plaats daarvan hebben we samen naar de History-zender gekeken.

Hij ziet er mager, bleek en beduusd uit.

Sarah wendt zich tot mijn moeder en haar stem klinkt zacht. 'Heeft hij al iets gezegd?' vraagt ze.

'Niks. Ik heb mijn best gedaan, maar hij kan het nog steeds niet. Geen woord sinds het is gebeurd.'

Addie heeft gisteravond aan de telefoon niet met jou gepraat, en ook niet toen hij bij mijn bed is gaan zitten. Maar kan hij echt helemaal niet praten? Net als ik, weet jij hier niks van. Jij hebt hem nog niet eens gezien omdat, hoe ongelooflijk het ook klinkt, de brand nog maar gistermiddag heeft plaatsgevonden.

'Weet hij waar dit om gaat?' vraagt Sarah aan mama.

'Ja. Kun jij het tegenhouden? Alsjeblieft?'

Sarah kijkt naar de jonge agent.

'Geef me vijf minuutjes.' Ze zegt het als zijn baas, niet als familielid van Adam.

Jenny en ik volgen haar.

'Waarom is papa hier niet?' vraagt Jenny. 'Hij hoort bij Addie te zijn.'

'Hij wil bij jou zijn.'

'Maar ik heb hem niet nodig.'

Ik vind dat ze er bang uitziet, maar tegelijk vastbesloten om dat te verbergen.

'Papa weet dat tante Sarah bij Addie zal zijn,' zeg ik tegen haar en tot mijn verbazing vind ik dat geruststellend.

'Ja.'

We volgen Sarah weer het benauwde, warme kantoortje in. Adjudant Baker zit op een plastic stoel die te klein voor hem is. Sarah staat ver naar achteren, alsof ze hem fysiek afstotelijk vindt.

'Deze ondervraging is zinloos,' zegt ze. 'Adam kan niet praten.'

'Of hij wil het niet,' zegt Baker.

'Hij lijdt aan posttraumatische stress. Mensen die dat hebben kunnen stom worden en...'

'Is dat officieel bij hem vastgesteld?' onderbreekt Baker haar.

'Dat kan ongetwijfeld geregeld worden,' antwoordt Sarah. Blijkbaar heeft ze de onverholen scepsis op Bakers gezicht gezien.

'Ik ben zes maanden gedetacheerd geweest bij een liefdadigheidsinstelling die met slachtoffers van marteling werkt. Trauma kan...'

'Dit lijkt me echt geen vergelijkbare situatie.'

'Ik heb heel veel ouders die bij de school waren gesproken,' zegt Sarah.

'Dat is jouw zaak niet...'

'In de hoedanigheid van tante van Adam en Jenny en de schoonzus van Grace. Jezus, bijna de halve school moet me hebben gebeld om te vragen hoe het met ze gaat.'

'Adam zag zijn moeder een brandende school in rennen, terwijl ze de naam van zijn zus riep. En hij heeft gewacht. Kijkend naar het brandende gebouw. Heel veel ouders hebben geprobeerd hem daar weg te halen, maar hij weigerde. Toen zag hij brandweerlieden zijn moeder en zus naar buiten dragen. Ze waren allebei bewusteloos. Hij dacht dat ze dood waren. Dat kun je toch zeker wel een trauma noemen? Je kunt hem echt niet ondervragen. Dat kan gewoon niet.'

'Waar is je broer?'

'Bij Jenny. Aangezien ze niet langer politiebewaking heeft.'

Adjudant Baker kijkt wrevelig. Hij begrijpt wat je hem duidelijk wilt maken. 'Zijn ze er?'

Sarahs vijandige zwijgen irriteert hem.

'Als je bereid bent om mee te werken, mag je bij hem blijven, maar als...'

Ze onderbreekt zijn dreigement. 'Hij staat buiten.'

Sarah gaat de gang in.

'Je moet nu met ons mee gaan, Ads,' zegt ze tegen hem. 'Ik wil dat je weet dat op onze achterlijke baas na, niemand van ons gelooft dat jij het hebt gedaan. Nog geen seconde.'

De agent kijkt haar stomverbaasd aan. Ze richt zich tot mijn moeder, die staat te beven.

'Waarom ga jij ondertussen niet een poosje bij Grace zitten? Ik zal op hem passen.'

Misschien is ze bang dat mijn moeder zal instorten.

Heel onverwacht omhelst ze mama, en dan gaat ze met Adam het kantoor in.

'Ga zitten, Adam,' zegt Baker. 'Ik moet je wat vragen stellen, goed?'

Adam zwijgt.

'Ik vroeg of dat goed was, Adam. Als je het moeilijk vindt om te praten, mag je ook knikken.'

Adam zit doodstil.

'Ik wil graag met je praten over de brand.'

Het woord 'brand' zorgt ervoor dat Adam helemaal ineenschrompelt.

Ik sla mijn armen om hem heen, maar hij voelt mijn aanraking niet. En dan trekt Sarah hem op haar knie. Omdat hij klein is voor iemand van acht, kan hij nog bij mensen op schoot zitten. Ze slaat haar handen voor hem ineen zodat ze hem omsluit.

'Laten we bij gisterochtend beginnen,' zegt Baker. 'Het was je verjaardag, toch?'

Zou dit zijn poging zijn om Adam op zijn gemak te stellen?

'Sorry, Ads,' zegt Sarah. 'Als tante stel ik niks voor. Ik vergeet het altijd, nietwaar?'

Ik dacht dat dat kwam omdat ze onze kinderen niet belangrijk vond.

'Ik open mijn cadeautjes altijd tijdens het ontbijt,' zegt Baker. 'Heb jij dat ook gedaan?'

Ik had de cadeautjes op een berg in het midden van de keukentafel gelegd, en mijn best gedaan om het er zo veel mogelijk te laten lijken. Onze pakjes hadden een strik van blauw satijn zodat ze er extra feestelijk uitzagen. Erin zat een 'omheinde speelruimte' voor zijn cavia's. 'Het *lijkt het verrekte Hilton wel,*' had jij op dinsdagavond gezegd toen ik het inpakte. '*Alton Towers voor cavia's,*' had ik je gecorrigeerd.

Ik had een kaart met een 'Ik ben 8!'-button erin voor hem uitgezocht zodat hij die op kon doen naar school, want het is belangrijk dat iedereen weet dat je jarig bent. Het was een raketkaart, al geeft hij niks om ruimtevaart, maar tegen de tijd dat je acht wordt, zijn er bijna geen kaarten meer waar de leeftijd op staat, en is de keuze heel beperkt.

Er hing de geur van koffie en geroosterd brood en chocoladebroodjes in de oven want er is iemand jarig.

Adam kwam haastig de trap af, met twee treden tegelijk. Met grote ogen keek hij naar de cadeautjes, waardoor hij net een jongetje uit een stripboek leek. 'Zijn die allemaal voor mij? Echt waar?'

Ik riep naar boven naar Jenny en naar jou dat de jarige job er was. Ik wist dat hij graag zo werd genoemd en ik had het gevoel dat dat volgend jaar waarschijnlijk anders zou zijn.

Jenny kwam naar beneden, veel vroeger dan anders en vreemd genoeg ook al aangekleed. Ze knuffelde Adam en gaf hem haar cadeautje.

'Horen onderwijsassistenten er niet netjes uit te zien?' vroeg ik. 'Moeten ze geen professionele indruk maken?'

Ze droeg haar korte, dunne rokje en strakke topje.

'Het is oké, mam, echt. En trouwens, mijn kleren staan goed bij mijn schoenen.'

Ze stak haar gebruinde blote benen uit en de steentjes op haar schoenen glinsterden in de ochtendzon.

'Ik vind gewoon dat je er wat meer...'

'Ja, dat weet ik,' zei ze, en ze plaagde me met lage broeken.

Toen kwam jij de keuken in terwijl je 'Happy Birthday' zong. Hard en vals. Heel erg hard. En Adam lachte. Jij zei dat we die avond iets bijzonders zouden gaan doen.

Zijn stem klonk zacht. 'Ik vind het niet leuk om op mijn verjaardag naar school te gaan.'

'Maar je vrienden zijn er ook,' zei jij. 'En het is toch sportdag? Dus je hebt vandaag geen lessen.'

'Ik heb liever les.'

Even gleed er een blik van ergernis – of was het verdriet? – over je gezicht die je snel verborg omdat het zijn verjaardag was. Je keek naar Jenny.

'Breng niemand om zeep, zuster Jen,' zei je.

'Schoolverpleegster zijn is een ernstige zaak, niet iets om geintjes over te maken,' snauwde ik.

'Het is maar voor een middagje, mam.'

Maar stel je voor dat iemand een hoofdwond krijgt, dacht ik. Ze weet niet dat ze op slaperigheid en misselijkheid moet letten als een kind een inwendige bloeding in de hersens heeft. Hardop zei ik: 'Zeventien is gewoon te jong voor zo veel verantwoordelijkheid.'

'Het is een sportdag op een lagere school, mam, geen ongeluk op een snelweg.'

Ze plaagde me, maar ik kaatste de bal niet terug. 'Kinderen kunnen zware verwondingen oplopen als ze verkeerd terechtkomen. Er kunnen allerlei onverwachte dingen gebeuren.'

'Dan zal ik het alarmnummer bellen en de professionals erbij roepen, oké?'

Ik hield op met kibbelen. Het had geen nut. Want ik zou er zijn op de sportdag, met het waterdichte alibi dat ik Adam kwam aanmoedigen, dus ik zou een oogje in het zeil kunnen houden. Bij het eerste teken van slaperigheid bij een kind zou ik erbovenop zitten.

Ze deelde warme chocoladebroodjes rond, die net uit de oven kwamen. We hadden ze veertien dagen eerder gekocht bij Waitrose en daarna hadden ze speciaal voor deze ochtend in de vriezer liggen wachten.

'Ik heb een EHBO-cursus gevolgd, mam,' zei ze tegen me. 'Ik ben niet volledig incompetent.'

Zoals bij alle tienermeisjes ging haar stem aan het einde van de zin omhoog, alsof het leven één lange vraag is.

Jij nam een chocoladebroodje en pakte het van je ene in je andere hand om het te laten afkoelen terwijl je naar de deur liep.

'Ren supersnel,' zei jij tegen Adam. 'Ik zie je vanavond weer.' Je wendde je tot mij. 'Dag. Veel plezier.'

Ik geloof niet dat we elkaar gedag hebben gekust. Niet op een veelbetekenende manier, maar op een de-kus-denken-we-erbij manier. We dachten dat we een onuitputtelijke voorraad kussen hadden en we waren slordig geworden met de exemplaren die we niet gebruikten.

'En heeft je moeder een taart voor je gemaakt?' vraagt Baker aan Adam.
Stilte.
'Adam?'
Maar hij beweegt niet en zegt ook niks.
'Het was een schitterende taart,' zegt Jenny tegen mij. Ze slaat haar armen om me heen. 'Ze komen er nog wel achter dat het een vergissing is.'

Ik weet nog dat Jenny en Adam het hele huis doorzochten naar Adams piepkleine Lego-skeletmannetje om in het niemandsland op de taart te zetten. Ik zei dat ik dat een beetje ver vond gaan, maar stiekem was ik blij dat hij iets jongensachtigs deed.

Ik weet nog dat ik acht blauwe kaarsen heb uitgeteld (er zouden er drie in de kanonnen gaan) en bedacht dat het nog maar kort geleden leek dat ik twee kaarsen uit een volle zak haalde, en dat dat extravagant en ontroerend was geweest. Hoe kon hij er nu een hele vuistvol van nodig hebben? De taart had iets stekeligs, een pastelblauwe voorbode van baardstoppels.

'Goed, laten we verdergaan,' zegt Baker tegen Adam. 'Heb jij je taart meegenomen naar school?'
Adam geeft geen antwoord. Kan geen antwoord geven.
'Ik heb met je klassenlerares, juffrouw Madden, gepraat,' zegt Baker. Het lijkt vreemd dat hij heeft gesproken met de nietszeggende, bekrompen juffrouw Madden.
'Zij vertelde me dat kinderen altijd een taart voor hun verjaardag mogen meenemen.'
Ik weet nog dat ik de taartvorm in de jutetas met de vierkante bodem zette, die heel geschikt is voor taartvormen omdat ze er niet in omvallen. En toen...
'O, god.'
'Mam?' vraagt Jenny, maar Baker praat weer verder.
'Zij heeft me ook verteld dat de ouders voor de kaarsen zorgen, en ook voor de lucifers.'
Een lichte nadruk op het woord 'lucifers', maar Sarah reageert alsof ze zich heeft gebrand.

'Het schoolhoofd heeft dat bevestigd,' gaat Baker door.
Ik smeek Sarah om deze ondervraging, die als een Sherman-tank voortdendert, te laten ophouden voor hij zijn bestemming bereikt. Maar zij kan me niet horen.
'Juffrouw Madden zei tegen me dat zij de taart, met de kaarsen en de lucifers, in een kastje naast haar bureau bewaart. Meestal pakt zij hem aan het einde van de dag, vlak voor de kinderen naar huis gaan. Maar gisteren was het toch sportdag?'
Adam zegt niks en zit er onbeweeglijk bij.
'Ze zei dat als het sportdag is, het jarige kind hem zelf naar het speelveld mag brengen om aan het einde van de dag op te eten.'
Adam zit doodstil.
Ik weet weer hoe bang hij was geweest dat zijn taart vergeten zou worden en dat hij de enige keer per jaar dat hij werd toegezongen, met alle kinderen om hem heen gedromd, zou mislopen.
'Ze heeft ons verteld dat jij je taart uit je klaslokaal ging halen.'

Hij rende naar me toe, zijn gezicht een brede glimlach. Hij ging zijn taart *'nu meteen'* halen.

'Dus je ging naar je klaslokaal, dat leeg was?' vraagt Baker, zonder nog op antwoord te wachten. 'En ben je toen met de lucifers naar het handenarbeidlokaal gegaan?'
Adam blijft zwijgen.
'Heb je de lucifers voor je verjaardagstaart gebruikt om een vuurtje te stoken, Adam?'
De stilte in het vertrek is zo luid dat ik het gevoel heb dat mijn trommelvliezen zullen knappen.
'Je hoeft alleen ja of nee te zeggen, knul.'
Maar hij zit doodstil, als bevroren.

Hij staat bij het standbeeld van het bronzen kind en ziet mij de brandende school in rennen, waar de rookwolken uit slaan, en ik roep en gil om Jenny.

'We geloven niet dat het je bedoeling was om iemand pijn te doen, Adam,' zegt Baker.

Maar hoe kan Addie praten met het lawaai van de sirenes en het geschreeuw en zijn eigen gegil? Hoe kan hij zich boven al dat kabaal uit verstaanbaar maken?

'Je mag ook alleen knikken of je hoofd schudden.'

Hij hoort Adam niet gillen. Net zoals hij mij niet kan horen terwijl ik roep dat hij mijn kind met rust moet laten.

'Adam?'

Maar Addie staart naar de school en wacht op Jenny en mij. De rook en de sirenes en het wachten. Een kind dat is versteend.

'Ik geef je een berisping, Adam,' zegt hij. 'Dat is heel ernstig. Als je ooit nog eens zoiets doet, dan zullen we niet zo mild zijn. Begrijp je dat?'

Maar Adam ziet dat wij naar buiten worden gedragen door brandweerlieden. Hij denkt dat we dood zijn. Hij ziet Jenny's verkoolde haar en haar sandalen. Hij ziet een brandweerman die beeft.

Sarah heeft haar armen nog altijd stevig om Addie geslagen.
   'Is dat je bewijs? Dat hij lucifers mee naar school heeft genomen? En dat iemand hem heeft gezien?'
   'Sarah...'
   Ze onderbreekt hem met kille woede. 'Iemand heeft hem tot de volmaakte zondebok gemaakt.'

13

Adam komt het kantoor uit en ziet er versuft uit.
In de gang moet hij kokhalzen en hij rent weg, op zoek naar een wc, maar die kan hij niet vinden en daarom geeft hij over op de grond. Ik houd hem vast, maar hij kan me niet voelen.
Mama loopt de gang in. Als ze Addie ziet, tovert ze een glimlach op haar gezicht.
'Arme vent,' zegt ze, en ze knuffelt hem.
Sarah is het kantoor uit gekomen. Ze haalt een papieren zakdoekje uit haar zak en veegt zijn gezicht af, en daarna buigt ze zich voorover zodat haar gezicht op gelijke hoogte met het zijne is.
'Het spijt me heel erg dat de politieagent al die dingen tegen je heeft gezegd. Iemand heeft tegen hem gelogen, en we zullen uitzoeken wie dat was, dat beloof ik je. En dan zal hij je denk ik zijn verontschuldigingen aanbieden. In zijn plaats zou ik dat zeker doen. Ik ga nu met hem praten.'
Mama pakt Adams hand. 'Kom, dan gaan we naar buiten voor wat frisse lucht.'
Ze loopt met hem naar de uitgang van het ziekenhuis en Jenny gaat met ze mee.
Ik kijk ze na en denk aan een geschiedenisserie die ik met Addie heb gevolgd toen jij weg was. (Die werd gepresenteerd door die flirtende 'camerageile'-presentator die jou mateloos irriteert.) Tijdens de reclames lieten ze een trailer van een misdaadprogramma zien. Daar kreeg Ads een nachtmerrie van, dus later grepen Jenny of ik snel de afstandsbediening om naar een andere zender te gaan tot het voorbij was. Ik weet dat het een beetje gek klinkt, maar ik heb het gevoel dat ons oude, veilige leventje op de andere zender is en dat we een gewelddadige en beangstigende zender in zijn gezogen waaruit we niet kunnen ontsnappen.

Ik ga samen met Sarah weer dat hete, walgelijke kantoor in.

Baker maakt aantekeningen op een formulier; een die-zaak-zit-er-opformulier, stel ik me zo voor, waarop staat dat Adam een berisping heeft gehad en dat het onderzoek is afgerond.

Hij is ontstemd als hij haar ziet.

'Ik moet weten wie heeft gezegd dat hij Adam heeft gezien,' zegt ze.

'Nee, dat moet je niet. Jij maakt geen deel uit van het onderzoeksteam.'

'Wie het ook was, die persoon heeft gelogen.'

'Dat kan ik het beste inschatten. Geloof me, ik vind het niet prettig om een kind een berisping te moeten geven, laat staan het neefje van een politiebeambte.'

'Je zei toch dat het jarige kind zijn of haar taart meeneemt naar het speelveld?'

Baker buigt zich voorover. Zijn overhemd is niet ingestopt en er glinstert een druppel zweet op zijn rug.

'Het heeft geen nut om dit gesprek voort te zetten.'

'Dus het kind zou terug hebben gemoeten naar de school om zijn of haar taart te halen.'

'Waar wil je naartoe?'

'Ik denk dat de brandstichter de school aan wilde steken op de sportdag, misschien omdat het schoolgebouw op die dag praktisch verlaten zou zijn. Hij koos het kind dat die dag jarig was in de wetenschap dat het terug zou gaan naar school voor de taart en lucifers, zodat hij meteen een zondebok had.'

'Dit verzinsel dat je uit je duim zuigt...'

'Het is geen verzinsel. De oudercommissie van de school maakt elk jaar een kalender met de foto's van de kinderen die die maand jarig zijn.'

Adam heeft haar er een gegeven met Kerstmis. Alle familieleden hebben er een gehad.

'Dus bij deze maand stonden foto's van Adam en drie andere kinderen die jarig zijn in juli,' gaat ze verder. 'Bij de datum van gisteren staat in grote letters "Sportdag" en "Adam Covey wordt 8" in kleinere letters. Hij hangt op mijn keukenmuur. Ik heb hem vorige week nog gezien, maar ben het daarna weer vergeten.'

Baker stopt zijn overhemd in zijn broek, en verbergt zo het zweet.

'Iedereen met een kalender kon weten dat Adam op de sportdag jarig was,' vervolgt Sarah. 'Ook de brandstichter. Die heeft het zo gepländ dat hij de schuld zou krijgen.'

Baker draait zich om, boos en niet op zijn gemak.

'Laten we er even van uitgaan dat je gelijk hebt. Laten we dat aannemen. Waarom heeft Adam het dan niet ontkend? Als ze niks zeggen, zijn ze toch schuldig? Dat is jouw ervaring toch ook?'

Hij vindt het leuk om haar te stangen.

'"Ze" zijn volwassen criminelen, geen kinderen van acht.'

'Hij hoefde alleen zijn hoofd te schudden. Dat idee heb ik hem zelfs nog voorgesteld. Maar hij deed het niet.'

'Volgens mij is de kans groot dat hij geheugenverlies heeft.'

'Ach, kom nou.'

'Dat is nog een erkend symptoom van PTSS.'

'Je hebt duidelijk veel geleerd tijdens je detachering.'

'Herinneringen aan het trauma, en vaak ook die van kort ervoor en erna, worden door het brein verdrongen bij wijze van zelfbescherming.'

'Dus hij heeft gemakshalve alles uitgewist?' vraagt hij, genietend van zijn eigen sarcasme.

'Nee, de herinnering is er nog. Maar zijn verdedigingsmechanismen hebben de toegang geblokkeerd.'

Baker loopt naar de deur, met zijn rug naar haar toe.

'Dat verklaart waarom hij niet op je vragen reageerde,' zegt ze. 'Dat kan hij niet. Omdat hij het zich eenvoudigweg niet herinnert. En hij is een eerlijk kind, dus hij zou nooit iets ontkennen wat hij niet meer weet. Ik hoop maar dat hij jouw oordeel over hem niet gelooft.'

Baker draait zich om.

'De enige keer dat ik echt geheugenverlies heb gezien is als iemand zwaar onder de verdovende middelen zit of een klap op zijn kop heeft gehad. Dit is onzin, en dat weet je best.'

'Dissociatieve amnesie is een erkende psychologische aandoening.'

'Koeterwaals, voorbehouden aan gladde strafpleiters, niet aan politieagenten.'

'Het heet "retrogade amnesie ten gevolge van een traumatische gebeurtenis".'

Omdat ze Sarah is, weet ze dat soort dingen waarschijnlijk. Maar ze moet haar kennis hebben opgefrist om de termen zo snel paraat te hebben. Daarom was ze natuurlijk bezig op haar BlackBerry terwijl ze op Adam wachtte. Ik stoorde me er vroeger aan dat ze zo vaak met dat ding in de weer was.

Maar ik geloof niet dat Adam geheugenverlies heeft, juist het omgekeerde. Ik denk dat hij de traumatische gebeurtenis niet is vergeten, maar erin gevangenzit en dat hij daarom niet kan praten.

Ik moet hem zoeken.

Ik ga het kantoor uit en herinner me dat mama heeft gezegd dat ze even een luchtje met hem ging scheppen. Dat is haar remedie tegen bijna alle kwalen. *Als het aan jou lag, zou ik een stevige wandeling van een halve kilometer voorschrijven, Georgia,'* had papa haar geplaagd.

Jenny is in het grote goudvissenatrium bij de ingang van het ziekenhuis en ze kijkt door de glazen wand.

'Hij is bij oma G en tante Sarah,' zegt ze, en ze wijst naar een openbaar grasveldje waar ik ze net kan zien.

'Ik heb geprobeerd met ze mee te gaan,' gaat ze verder. 'Maar het doet pijn om buiten te zijn. Echt pijn.'

Ik zou het liefst naar hem toe gaan, maar dan is Jenny alleen en ik zie hoe ellendig ze zich voelt.

We kijken naar Addie, van hem gescheiden door het glas.

'Misschien zal het niet zo erg zijn,' zegt Jenny, en ik moet denken aan toen ze zes was en ze me lauwe thee bracht toen ik griep had. Hoe lief en vergeefs ze probeerde om me beter te maken.

'Jij, papa, ik, tante Sarah en oma G weten allemaal dat Adam dit niet heeft gedaan,' vervolgt ze. 'Als zijn familie in hem gelooft, dan...'

'Hij zal ermee moeten leren leven.' Ik onderbreek haar zonder dat het mijn bedoeling is. 'Hij zal altijd de jongen zijn die heeft geprobeerd zijn zus en moeder te vermoorden. Op school. Op de universiteit. Waar hij ook gaat, dit zal hem vooruit snellen. Dit afgrijselijke ding dat over hem wordt gezegd.'

Ze zwijgt een poosje en kijkt naar Addie.

'Er is iets wat ik je niet heb verteld,' zegt ze. 'Over de schrijver van de haatbrieven. Hij heeft een blik verf naar me gegooid.'

Mijn hemel. Hij was haar gevólgd.

'Heb je gezien wie het was?' vraag ik. Ik doe mijn best om kalm te klinken.

'Nee. Hij gooide het van achteren. Ik herinner me helemaal niks nuttigs. Niks wat Addie zou kunnen helpen. Ik herinner me alleen een vrouw die maar bleef gillen. Hij was glanzend rood, de verf. Zij dacht dat het bloed was. De achterkant van mijn jas zat onder. En het zat helemaal in mijn haar.'

Was het de bedoeling dat de verf op bloed leek? Een afschuwelijke waarschuwing voor het geweld dat zou komen?

'Het was op tien mei,' zegt ze.

Dat was nog maar enkele weken geleden. Slechts enkele weken. Het was helemaal niet opgehouden. Het was juist erger geworden. Hij had geen gemene brieven meer naar haar gestuurd, maar hij was haar gevolgd en had verf naar haar gegooid. Stalkt hij haar nu nog steeds? Valt hij haar nu echt aan?

'Als ik het tegen de politie had gezegd, hadden ze hem misschien gevonden,' zegt ze. 'Hem op tijd tegengehouden. En Addie...'

Haar gezicht vertrekt door schuldgevoel, en opeens lijkt ze eerder tien dan zeventien.

Ik leg mijn hand op haar, maar die schudt ze af alsof medeleven alles nog veel erger maakt.

'Ik heb geprobeerd mezelf ervan te overtuigen dat het niet de briefschrijver was die de school in brand heeft gestoken. Maar nu Adam ervan wordt beschuldigd, kan ik niet...'

Ze bekent deze verschrikkelijke mogelijkheid uit liefde voor Adam.

'Waarom heb je het niet aan ons verteld, Jen?'

'Ik dacht dat ik het juiste deed,' zegt ze zacht.

Voor de brand zou ik tegen haar hebben gezegd dat ze haar verantwoordelijkheid moest nemen en het tegen ons en de politie moest zeggen. Ik zou mijn kinderjuffrouwstem hebben opgezet en ik zou op mijn doos waspoeder zijn gaan staan en haar hebben voorgehouden dat dit niet ging om 'huisarrest' of om 'haar te bewaken' maar om ervoor te zorgen dat haar niks overkwam. Dat zij gevaar liep, tenzij ze het aan ons vertelde.

'Wie weet hier verder nog van?' vraag ik.

'Alleen Ivo,' antwoordt ze. 'Ik heb hem laten beloven dat hij het tegen niemand zou zeggen.'

Jij zult vinden dat het niet eerlijk van me is om Ivo nu te haten, maar hij had het aan ons moeten vertellen.

'Wanneer komt hij thuis?' vraag ik.
'Over tien dagen. Maar hij zal hier vast van horen, en dan eerder terugkomen.'
Ik knik. Maar ik betwijfel of hij zal terugvliegen om bij haar bed te gaan zitten. En jij vindt het ook oneerlijk dat ik aan hem twijfel.
Terwijl ik uit het raam staar, loopt er een man rakelings langs me heen.
Meneer Hyman.
Het lijkt alsof iemand me door elkaar heeft geschud en ik voel me rillerig. Wat doet hij hier?
Hij draagt een korte broek en een T-shirt en hij ziet er bijzonder zongebruind uit op deze witte plek. Op school moest hij een net colbertje en pantalon dragen en ik vind zijn blote armen en benen nu veel te intiem.
Hij staat nu bij een of andere automaat en pakt een kaartje.
Hij gaat een deur door die me nog niet was opgevallen.
Ik volg hem.
'Mam?'
'Ik wil weten wat hij van plan is.'
'Hij is echt niks van plan.'
Maar ze gaat toch met me mee.
De deur komt uit bij een betonnen trap, en valt achter ons dicht.
We gaan hem achterna naar een ondergrondse parkeergarage. Na de felle zon in het atrium is de kelder deprimerend donker. De hitte ruikt naar benzinedampen en uitlaatgassen. Het beton zit onder de vlekken en het dak is te laag. Automatisch kijk ik om me heen waar de uitgangen zijn.
Wij en meneer Hyman zijn de enige mensen hierbeneden.
'Dit bevalt me niks,' zeg ik.
'Het is maar een parkeergarage. Hij haalde er een kaartje voor.'
'Je bent onzichtbaar,' snauwt mijn kinderjuffrouwstem, veel vinniger dan Jenny. 'En waarschijnlijk ook al halfdood. Dus wat kan jou in godsnaam nog gebeuren?'
Meneer Hyman bereikt een oude gele Fiat en plakt het kaartje uit de automaat op de voorruit. Er zijn drie kinderstoeltjes in de auto gepropt.
'Wat doet hij hier?' vraag ik.

'Hij is vast gekomen om het uit te vechten met Tara,' zegt Jenny. 'Ze verdient niet beter.'

'Maar hoe weet hij dat ze hier rondhangt?'

'Misschien kan hij goed raden,' zegt Jenny. 'Ik weet het niet. Of hij wil alleen even aan zijn vrouw ontsnappen. Hij deed altijd net alsof hij de buitenschoolse scrapbookclub leidde zodat hij vaker bij haar weg kon zijn.'

Ze glimlacht alsof dat grappig is, maar ik doe niet mee.

'Je kunt het hem niet echt kwalijk nemen. Ze doet heel naar tegen hem,' gaat Jenny verder. 'Zelfs toen hij nog een baan had, noemde ze hem een loser. Ze zei dat ze zich voor hem schaamde. Maar ze wil niet van hem scheiden. Ze zegt dat hij de kinderen nooit meer zal zien, als hij bij haar weggaat.'

Ik kijk naar de drie kinderstoelen in de auto, een achtergelaten teddybeer en een stripboek van Pieter Post.

'Heeft hij dat tegen jou gezegd?' vraag ik.

'Ja, nou en?'

Nou, jij was vorig jaar zomer zestien en hij dertig, wil ik zeggen, maar ik houd me in.

'Wie weet is hij voor een van ons gekomen,' merkt Jenny op. 'Om bloemen te brengen of zo. Hij is immers heel aardig, mam. Dat weet je toch nog wel?'

Een uitdaging om hem te zien zoals ik hem vroeger zag.

We volgen hem de keldertrap weer op en ik staar naar zijn rug alsof ik met röntgenstralen door zijn lichaam kan kijken om de innerlijke man te zien. Hij is warm en zweterig. Zijn T-shirt kleeft aan zijn lijf en ik zie hoe gespierd hij is.

Ik ben opgelucht als we terug zijn in het goudvissenatrium met daglicht, mensen en lawaai.

Ik zie Adam binnenkomen met mama en Sarah. Terwijl ik naar hem kijk, verlies ik meneer Hyman uit het oog.

Mama heeft haar arm om Adam geslagen.

'Ze moeten nog wat dingetjes doen bij mammie,' zegt ze tegen hem, daarmee MRI's en CT-scans en de hemel mag weten wat nog meer bagatelliserend, en ik kan haar wel zoenen. 'Kom, dan gaan wij iets te drinken halen om je maag te kalmeren en dan kun je straks naar haar toe.'

Toen papa stierf, ontdekte ik dat mijn ouders het dak vormden dat mij had beschut. IJzige winden van verdriet bliezen door wat ooit warm en veilig was geweest en angst klauwde zich een weg naar binnen. Nu zet mama een luifel op voor Adam en ik heb grote bewondering voor de kracht waarmee ze hem beschermt.

Ik ga naar boven naar Sarah en ik wil wanhopig graag met haar praten, omdat ik informatie heb die Addie ongetwijfeld zal vrijpleiten.

Nu weet ik dat de schrijver van de haatbrieven Jenny met rode verf heeft aangevallen. Het is niet opgehouden in februari, zoals iedereen denkt, maar pas in mei, nog maar enkele weken geleden. En voor hetzelfde geld heeft hij het nu ook op haar voorzien, niet symbolisch met rode verf, maar probeert hij haar echt te vermoorden.

Want ik weet dat een man Jenny's beademingsapparaat heeft gesaboteerd. Ik heb hem zelf gezien.

Maar ik denk ook dat jouw achterdocht ten opzichte van Silas Hyman terecht is, want wat bezielt een kerel van dertig om zijn vrouw zwart te maken bij een meisje van zestien? En wat doet hij hier? Nu?

En ik heb gezien dat Donald Rowena pijn deed en ik vermoed dat hij Rowena en Maisie al jaren mishandelt. Zij waren allebei op school ten tijde van de brand. Maar ze zullen niemand over hem vertellen, want dat hebben ze in het verleden ook nooit gedaan.

Ik heb het gevoel dat ik inmiddels de hoeder van de sleutels ben en dat een daarvan ongetwijfeld de waarheid zal ontsluiten.

Het is nu mijn taak om zo veel mogelijk te weten te komen.

Daarna zal ik ervoor zorgen dat wordt bewezen dat Adam onschuldig is.

Ik moet wel.

Meer valt er niet over te zeggen.

14

Jij zit bij Jenny's bed en staart naar de monitoren om haar heen. Je kijkt nauwelijks op als Sarah binnenkomt.
 'Gaat Baker die klootzak nou oppakken?' vraag je.
 'Hij denkt nog steeds dat Adam het heeft gedaan.'
 Het lijkt alsof ze je een klap heeft gegeven.
 'Ik begrijp het niet.'
 'Hij zei niks, Mike. Hij kan niet praten.'
 'Maar hij heeft toch wel zijn hoofd geschud of...'
 'Nee. Niks. Ik kon niks doen. Het spijt me.'
 'O, jezus. Arme Ads.' Jij staat op. 'Hoe kan Baker in godsnaam Hymans leugens geloven?'
 'Het kan niet Silas Hyman zijn geweest die zei dat hij Adam heeft gezien,' zegt Sarah. 'Ten eerste had hij niks te zoeken op school.'
 'Dat zei je al. Dan heeft hij iemand voor hem laten liegen.'
 'Mike...'
 'En wie heeft hem godverdomme een alibi gegeven?'
 Sarah geeft geen antwoord.
 'Dat weet jij toch?'
 Jij kijkt haar aan en eindelijk kijkt ze je in de ogen.
 'Het was zijn vrouw.'
 'Ik ga bij ze langs.'
 'Ik denk echt dat je niet...'
 'Het kan me geen reet schelen wat wie dan ook denkt.'
 Ik heb je nog nooit tegen haar horen snauwen. Ze schrikt ervan, maar dat zie je niet.
 'Wil jij hier blijven? Op haar passen?'
 'Ik denk niet dat je veel zult bereiken, Mike.'
 Jij zegt niks.
 'Een vriend heeft jouw auto van de BBC naar de parkeerplaats van

het ziekenhuis gereden,' zegt ze. 'Die staat buiten. Ze hebben betaald voor een lang verblijf. Hier.'

Ze geeft je een parkeerbonnetje. Ik kijk ernaar en vang een glimp op van mensen die op de oever van ons oude leven staan en naar ons zwaaien met nieuwe tandenborstels, parkeerbonnetjes, nachthemden voor mij en maaltijden die voor de deur worden gezet voor mama en Adam.

Ze gaat op jouw stoel naast Jenny zitten.

'Er is sinds vanochtend geen verandering,' zeg jij. 'Stabiel, zeiden ze. Voorlopig dan.'

Toen Jenny me vertelde dat het pijn deed om naar buiten te gaan was ik bang dat het op de een of andere manier invloed op haar lichaam had gehad, maar gelukkig was dat duidelijk niet het geval.

'Laat me weten als er iets gebeurt. Meteen, bij wat dan ook,' zeg jij.

'Uiteraard.'

Jij loopt de ic af en ik wil tegen je zeggen dat Silas Hyman hier is, in het ziekenhuis. Maar misschien zal het een voordeel zijn om zijn vrouw te spreken zonder dat hij erbij is. Wellicht kom je op die manier meer te weten.

En Sarah is bij Jenny. Mama is bij Adam. Onze kinderen zijn allebei veilig.

Jenny staat voor de ic.

'Waar gaat papa naartoe?'

'Naar het huis van Silas Hyman.'

Ze wendt zich van me af zodat ik haar gezicht niet kan zien.

'Jen?'

'Als ik me meer van die middag kon herinneren dan zou de politie Addie misschien niet de schuld geven, en zouden papa en jij Silas niet de schuld geven. Maar ik kan het niet. Ik kan het me niet herinneren!'

'Liefje, het is niet jouw schuld.'

Ik raak haar schouder aan, maar ze schudt mijn hand van zich af alsof ze boos is op zichzelf omdat ze troost nodig heeft.

'Het kan komen door de medicijnen die ze je hebben gegeven,' zeg ik. 'Adjudant Baker zei tegen tante Sarah dat medicijnen het geheugen kunnen aantasten.'

Wat hij in werkelijkheid had gezegd, was: *'De enige keer dat ik echt geheugenverlies heb gezien is als iemand zwaar onder de verdovende middelen zit...'*

'Maar de medicijnen hebben verder nergens invloed op,' zegt Jenny. 'Ik kan nu immers helder nadenken en met jou praten.'

'Wie kan precies zeggen welk effect ze hebben? En als het niet door de medicijnen komt, ligt het misschien ergens anders aan. Er bestaat ook iets wat "retrogade amnesie" heet. Althans, ik denk dat het zo heet.' Ik wil niet dat ze zichzelf de schuld geeft; ik wil dat ze een reden heeft die ze kan begrijpen. Daarom ga ik door. 'Dat betekent dat je brein de toegang tot een traumatische herinnering blokkeert zodat je er niet meer bij kunt. En soms ook de periode er vlak voor en er vlak na.'

Ik mag er dan redelijk zeker van zijn dat dit niet het geval is bij Adam, het zou wel degelijk voor Jen kunnen gelden.

'Dus het is iets beschermends?' vraagt ze.

'Ja.'

'Maar de herinnering is er nog wel?'

'Ik geloof van wel, ja.'

'Dan moet ik gewoon dapperder zijn.'

Ik denk aan de rilling van angst die door haar heen ging toen ze in gedachten probeerde terug te gaan naar gistermiddag.

'Nu nog niet, goed? Misschien komen tante Sarah en papa erachter wat er is gebeurd, zonder dat jij het je hoeft te herinneren.'

Ze kijkt opgelucht.

'Is het goed als ik met papa meega?' vraag ik aan haar.

'Tuurlijk. Maar zal het jou geen pijn doen om naar buiten te gaan?'

'O, ik ben een taaie,' zeg ik. Dat is een van mama's uitdrukkingen.

'Ja, vast. En dat zegt de vrouw die naar bed gaat als ze verkouden is.'

Ik ga het ziekenhuis uit met jou. De warme lucht verbrandt mijn huid en het grind onder mijn voeten voelt aan als glasscherven, alsof het ziekenhuisgebouw met zijn witte muren en koele, gladde linoleum me bescherming heeft geboden die nu plotseling is weggerukt.

Ik grijp jouw hand vast en zelfs al voel je me niet, toch geef je me troost.

We komen bij onze auto en ik zie Adams boeken die in de zak achter de bestuurdersstoel zijn geprost, een lippenstift van Jenny in de bekerhouder en op de achterbank liggen laarzen van mij die nieuwe hakken nodig hebben. Het zijn net archeologische vondsten van een lang vervlogen leven; schokkend ontroerend.

We rijden bij het ziekenhuis vandaan.

De pijn treft me als klappen, dus ik moet me ergens anders op concentreren. Maar waarop?

Het is stil in de auto. Anders is het daar nooit stil. Of we zitten te babbelen of er staat muziek aan (keihard als Jenny het station heeft gekozen). Radio 4 als ik alleen ben en ik te veel tijd heb doorgebracht met jongetjes van acht of tienermeiden.

Ik kijk naar je terwijl je rijdt. Mensen mogen je altijd graag. Soms vraag ik me af waarom. Je bent niet erg lang, niet erg knap, of liever gezegd helemaal niet knap. Hoe komt het dan dat iedereen je graag mag? Als ik dat aan jou vraag, zeg jij dat ze je gezien hebben op tv en dat ze daardoor denken dat ze je kennen.

Maar ik heb altijd gedacht dat het iets charismatisch, zelfverzekerds is. Tenslotte kende ik je niet van tv toen ik voor je viel.

Onwillekeurig steek je je hand uit naar de bijrijdersstoel om de mijne te pakken, zoals je altijd doet terwijl je rijdt. 'Een van de voordelen van een automaat.' Heel even zijn we onderweg naar vrienden voor een etentje, terwijl jij het navigatiesysteem de hemel in prijst omdat we nu kunnen praten in plaats van de kaart te moeten lezen en terwijl onze fles wijn door de achterbak rolt. Dan trek je je hand weg.

Tot nu toe ben je altijd zo gelukkig geweest, op je ontspannen, mannelijke manier, soms op het irritante af. We zullen KALM MAAR, HET KOMT WEL GOED! op je grafsteen laten zetten, heb ik wel eens bits gezegd. Maar het is heel aantrekkelijk, die tevredenheid met jezelf en de wereld; om altijd vol vertrouwen naar buiten te kijken en niet angstig naar binnen.

'Altijd zo gelukkig?' vraagt de kinderjuffrouwstem vermanend, en ze herinnert me aan het auto-ongeluk waarbij je ouders zijn omgekomen toen je slechts iets ouder was dan Adam nu is.

'Weesmeisje, Annie,' zei je toen je me het voor het eerst vertelde. 'Maar dan zonder pijpenkrullen.'

Je hebt vroeger vreselijke dingen meegemaakt, zelfs al heb je daar nu geen littekens van. 'Ik had Sarah, dus ik heb het overleefd,' heb je me verteld toen we elkaar wat beter kenden. 'Een soort vleesgeworden versie van een Zwitsers zakmes.'

Je neemt de afslag naar ons huis.

Pijn maakt een geluid, als een harde, hoge vibratie, en slecht de barrières rond de gedachten die ik op afstand heb proberen te houden.

Ik denk aan Jenny die werd aangevallen met rode verf. Ik stel me een man voor die een paar dagen daarvoor naar een grote bouwmarkt ging, een enorme zaak waar niemand zich hem zal herinneren. Ik zie hem door een gangpad lopen met aan weerskanten verfblikken. Hij slaat de zachtere verven op waterbasis over tot hij bij de hoogglans-polyurethaanverven op oliebasis komt. In mijn beleving loopt hij vlug langs de vele blikken met witte en crèmekleurige verf tot hij bij de kleuren komt. Daar zijn er niet veel van, want wie wil zijn raamkozijnen of plinten nou in een glanzende kleur verven? Hij kiest karmozijnrood.

Ik stel me een meisje achter de kassa voor dat het helemaal niet gek vindt dat hij rode verf en terpentine heeft gekocht. Want de enige manier om glansverf te verwijderen is met terpentine en, ja, het zijn wel veel flessen, maar achter hem begint zich een rij te vormen en over een paar minuten begint haar pauze.

Is Jen naar een vriendin gegaan om haar haren te wassen? Zonder te weten dat het onmogelijk is om glansverf weg te wassen? Is ze daarna naar een kapper gegaan of heeft een vriendin of Ivo het bewijs – knip, knip, knip – weggehaald?

Heeft ze haar jas geboend en hem daarna naar een stomerij gebracht? Die mensen zouden hoofdschuddend met hun tong hebben geklakt en hebben gezegd dat ze niet konden beloven dat het eruit zou gaan.

Waarom is ze niet naar mij toe gekomen?

Jij slaat een straat in, drie straten van de onze verwijderd. De weg waar meneer Hyman woont.

Ik wist niet dat je naar me luisterde toen ik je vertelde dat we vaak langs meneer Hyman rijden op weg naar school.

Jij stopt langs de stoep, zonder de moeite te nemen om netjes te parkeren.

Je slaat je portier zo hard dicht dat de auto ervan schudt.

Om je liefde voor Jenny, dit verschrikkelijke medeleven, te doorstaan moet je vermoedelijk een enorme razernij voelen als tegenwicht.

Vanuit de auto zie ik je bij het ene huis na het andere aanbellen en vragen op welk nummer Silas Hyman woont. Hoe langer we bij het ziekenhuis vandaan zijn, hoe erger de pijn wordt. Ik probeer hem te visualiseren, zoals ik ook deed tijdens de bevallingen, en verander hem in brekende golven en dansende lichtjes. Ik dacht dat lichamen de pijn voelden, maar misschien beschermen huid, vlees en botten iets ongelooflijk teers wat binnenin zit.

Ik voeg me bij je als je aanbelt bij meneer Hyman en je je duim hard op de bel laat rusten.

Zijn vrouw doet open en ik herken haar en weet weer dat ze Natalia heet. Ik heb haar twee jaar geleden op de school-'soiree' ontmoet (jij weigerde pertinent om naar iets te gaan *'wat een soiree wordt genoemd'*). Ze had er toen uitgezien als iemand uit een roman van Tolstoi en ik had me afgevraagd of ze haar naam had veranderd van Natalie in iets exotischers wat beter bij haar paste. Maar Natalia's opvallende schoonheid is sindsdien subtiel aangetast. Iets – zorgen? vermoeidheid? – heeft de huid van haar gezicht doen verslappen waardoor haar groene kattenogen hun volmaakt geaccentueerde vorm hebben verloren. Zij zijn de voorbode van het ouderdomsproces dat haar katachtige schoonheid zal uitwissen zonder dat er een spoor van overblijft.

Ik kijk naar haar gezicht en stel me voor hoe het er in de toekomst uit zal zien, omdat ik niet naar het jouwe wil kijken. Jij bent niet langer een man die mensen graag mogen.

'Waar is je man?' vraag jij.

Natalia kijkt je aan en haar katachtige gelaatstrekken verstijven als ze de dreiging voelt.

'En jij bent...?'

'Michael Covey. De vader van Jenny Covey.'

Adam zet zwierig een plastic helm af terwijl hij net doet alsof hij de Romeinse gladiator uit de film is, die werd gespeeld door Russell Crowe.

'Mijn naam is Maximus Decimus...'

'Meridius,' zegt Jenny hem voor.

'Maximus Decimus Meridius. Commandant van de legers van het noorden. Generaal van het...'

'Bla, bla.'
'Legers zijn niet bla, bla.'
'Het volgende stuk wordt pas echt goed.'
'Ja, ja. Ik ben Maximus Decimus Meridius. Sla het legerstuk over. Vader van een vermoorde zoon, echtgenoot van een vermoorde vrouw. En ik zal wraak nemen, in dit leven of het volgende.'
'Dat bezorgt me koude rillingen,' zegt Jenny. 'Elke keer weer.'
Adam, die zijn helm nog altijd vasthoudt, knikt plechtig. Jij doet je uiterste best om niet te lachen en ik durf je niet aan te kijken.
Hij heeft de film nog niet mogen zien van ons. Veel te gewelddadig. Maar Jen heeft hem alle cruciale zinnen geleerd.
Ja, ik weet dat jouw situatie heel anders is dan die van Maximus Decimus Meridius, want jouw kind en vrouw leven nog.

'Mijn man is er niet,' zegt Natalia met een lichte nadruk op het woord 'mijn', om haar loyaliteit te benadrukken.
'Waar is hij dan?' vraag jij.
'Op een bouwplaats.'
Hij heeft tegen haar gelogen. Ik voel een steek van angst om Jenny en Adam. Maar Sarah is bij Jenny en mama is bij Adam. Zij zullen allebei hun post niet verlaten.
'Waar is die bouwplaats?' vraag jij.
'Dat weet ik niet. Dat is elke dag een andere. Ongeschoolde werklui hebben niet de luxe van vast werk.' In haar stem klinkt verdriet voor Silas door.
'Ik heb over je vrouw en dochter gelezen,' gaat ze verder. Ik wacht tot ze haar medeleven betuigt, maar dat doet ze niet.
In plaats daarvan keert ze je haar rug toe, de deur achter zich openlatend, en loopt ze weg. Ik volg haar het warme, benauwde huis in. Er zijn drie kleine kinderen, die er smoezelig en wild uitzien; twee van hen zijn aan het vechten.
Hun huis is bijna identiek aan het onze, slechts een paar straten daarvandaan, maar er zit een deur voor de opgang naar de eerste verdieping. Het is een flat, geen huis. Ik heb nooit echt stilgestaan bij de financiële ongelijkheid tussen de docenten en ouders op Sidley House.
Ze gaat de kleine keuken in. De schoolkalender hangt aan de muur,

met drie kinderfoto's bij juli. Op 11 juli staat in grote letters 'Sportdag' en 'Adam Covey wordt 8' in kleine letters.

De datum is rood omcirkeld.

Adam was zo blij geweest dat meneer Hyman hem een verjaardagskaart had gestuurd.

Ik herinner me Sarahs gesprek met adjudant Baker.

'Iedereen met een kalender kon weten dat Adam jarig was op de sportdag. Ook de brandstichter. Die heeft het zo geplánd dat hij de schuld zou krijgen.'

Natalia pakt een exemplaar van de *Richmond Post*. Ze loopt weer naar je toe en houdt de krant omhoog. Haar vingers bedekken de foto van Jenny.

'Ben je daarom hier?' vraagt ze. 'Vanwege deze verrekte onzin?'

Ik schrik ervan dat ze dat soort taal gebruikt waar haar kinderen bij zijn. Ja, dat is absurd. Ik weet het. Als dat over jou in de krant had gestaan, zou ik ook hebben gevloekt.

'Het zijn leugens,' zegt ze. 'Alles wat er staat is gelogen.'

'Het alibi dat jij hem hebt gegeven,' zeg jij. 'Wat was dat?'

'Ik zal je eerst vertellen wat ik weet,' zegt ze. 'En daarna zal ik vragen beantwoorden.'

Ik zie dat je het gevoel hebt dat je op het verkeerde been wordt gezet. Jij bent Maximus Decimus Meridius die wraak wil nemen op meneer Hyman. Je weet niet goed wat je aan moet met de presentatie van een BBC-achtig debat, waarbij je dadelijk de mogelijkheid krijgt om je zegje te doen.

'Silas is de zachtaardigste man die er is,' zegt ze, gebruikmakend van jouw aarzeling. 'Om je de waarheid te zeggen, erger ik me daar soms aan. Onze jongens kunnen wel wat discipline gebruiken. Maar dat weigert hij. Hij verheft zijn stem zelfs niet tegen hen. Dus het idee dat hij een school in brand kan steken is gewoon... belachelijk.'

'En op de prijsuitreiking?' vraag jij. 'Toen was hij niet bepaald "zachtaardig". Ik heb hem zelf gezien.'

'Hij wilde iedereen vertellen dat hij onschuldig was,' antwoordt Natalia. 'Kun je hem dat kwalijk nemen? Dat hij een kans wilde om de waarheid te vertellen? Die hebben jullie hem immers niet geboden voor jullie hem hebben ontslagen.'

Nu voel ik de vijandigheid die achter haar woorden verborgen zit.

'Hij had zich er speciaal voor gekleed,' vervolgt ze. 'Hij had een das om en een colbertje aan zodat hij er netjes uit zou zien en de mensen naar hem zouden luisteren. Maar het is toch zeker niet zo vreemd dat hij eerst even naar de pub is gegaan? Hij heeft een paar borrels genomen om zich moed in te drinken. Hij is heel hartstochtelijk. En soms wordt hij zelfs een beetje dronken, maar hij zou nooit iets kapotmaken of in brand steken, laat staan het risico nemen dat er iemand gewond raakt.'

Op de schoolsoiree was haar noordelijke tongval nauwelijks te horen geweest, maar nu is die overduidelijk. Heeft ze het eerder verbloemd of legt ze er nu met opzet de nadruk op, om te laten zien hoe anders zij is dan jij, een ouder van Sidley House?

'In die krant staat niet dat hij is gaan lesgeven om een boek te kunnen schrijven. Hij is het onderwijs in gegaan vanwege al die lange en korte vakanties die een onderwijzer krijgt, en die op privéscholen nog langer zijn. Zodat hij tijd had om te schrijven.'

Je probeert haar te onderbreken, maar ze praat verder. 'Er staat niet dat hij dat boek waar het om ging nooit heeft geschreven, maar dat hij in zijn vrije tijd lespakketten opstelde en nieuwe manieren probeerde te bedenken om zijn leerlingen warm te laten lopen voor geschiedenis, Engels en zelfs aardrijkskunde. Hij bedacht excursies en lesmethoden, en zocht zelfs uit bij welke muziek kinderen zich het best konden concentreren. Hij praat nog altijd over hen allemaal. Hij noemt ze nog steeds "zijn" leerlingen.'

Haar vingers zweten en zorgen voor vlekken op de foto van Jenny's gezicht.

'En dan heb je onze kinderen die waarschijnlijk nooit een privéschool vanbinnen zullen zien, tenzij ze het geluk hebben er later les te geven, al is de kans groter dat ze er een zullen schoonmaken. Onze oudste gaat in september voor het eerst naar de openbare dertig-kinderen-in-een-klasschool, die slechte resultaten boekt. Maar toch ben ik heel trots op hem. Omdat hij verdomme de beste leraar was die die school zich kon wensen.'

De agressie klinkt steeds duidelijker in haar stem door.

'Zijn vrienden van Oxford hebben allemaal een hoge, goedbetaalde baan in de media of de juridische wereld,' vervolgt ze. 'Terwijl hij alleen een basisschoolonderwijzer is... was. Niet dat hij daar ooit erkenning voor kreeg. Het is een privéschool, en die is het vernoemen niet waard. Dan is het toch geen wonder dat hij naar die prijsuitreiking ging om wat stoom af te blazen?'

Er komt een kind bij haar staan. Ze houdt de hand van het jongetje vast. 'Zo heb ik hem leren kennen,' zegt ze. 'Op Oxford. Ik werkte daar maar als secretaresse. Ik was zo trots dat ik een relatie met hem had. Ik kon het niet geloven dat hij voor míj koos, met míj trouwde, die geloften aan míj aflegde.'

Gaat het daarom? In voor- en tegenspoed; om voor te liegen en hem een alibi te verschaffen? Een loyaliteit die onverdiend en niet wederzijds is.

'Hij is een goede man,' pakt ze de draad weer op. 'Liefdevol. En fatsoenlijk. Er zijn niet veel mensen van wie je dat kunt zeggen.'

Gelooft ze in haar versie van haar man? Of laat ze, net als Maisie, de wereld een bepaald imago zien, hoezeer dat ook ten koste van zichzelf gaat?

'Wat er met die jongen op de speelplaats is gebeurd was niet Silas' schuld. Het was...'

Jij hebt er genoeg van en valt haar in de rede. 'Waar was hij gistermiddag?'

'Ik ben nog niet klaar met je te vertellen...'

'Waar was hij?' Jouw stem klinkt boos en hard, en het kind wordt er bang van.

'Ik moet je de waarheid vertellen. Die moet je horen,' zegt ze.

'Geef nou maar gewoon antwoord.'

'Bij mij en de kinderen,' zegt ze, na een korte stilte. 'De hele middag.'

'Je zei dat hij op bouwplaatsen werkt.' Je toon impliceert dat ze liegt.

'Als er werk is wel, maar gisteren was er geen werk voor hem. Dus toen zijn we naar het park gegaan om te picknicken. Hij zei dat we er het beste van moesten maken dat hij geen werk had. En het was binnen zo heet. We zijn hier om elf uur weggegaan en we zijn rond vijf uur teruggekomen.'

'Dat is wel erg lang.' Jouw ongeloof is duidelijk te horen.

'Er was niks om voor terug te komen. Silas speelt graag buiten met ze. Hij laat ze paardjerijden op zijn rug en voetbalt met ze. Hij is dol op ze.'

Jenny had gezegd dat hij net deed alsof hij een naschoolse club leidde zodat hij nog niet naar huis hoefde. Het beeld van een liefhebbende gezinsman dat Natalia schetst bestaat niet.

'Heeft hij je gevraagd om dit te zeggen of heb je het helemaal zelf bedacht?' vraag je, en ik ben opgelucht dat je haar woorden in twijfel trekt.

'Is het zo moeilijk te geloven dat een gezin als het onze samen een middag weggaat?'

Ik vermoed dat ze met 'als het onze' een gezin in een flat in plaats van een huis bedoelt; zonder geld en met een vader die bouwvakker is. En nee, natuurlijk is het niet moeilijk te geloven dat zo'n gezin een leuke middag in het park doorbrengt. Maar ze verzwijgt iets voor je, dat weet ik zeker. Al vanaf het moment dat ze de deur voor je opendeed.

'Heeft iemand jullie gezien in het park?' vraag jij.

'Heel veel mensen. Het was er hartstikke druk.'

'Is er iemand die het zich nog zal herinneren?'

'Er was een ijscokar. Misschien weet die vent het nog.'

Een hete middag in juli in een park. Hoeveel gezinnen met kleine kinderen zal die ijscoman gisteren hebben gezien? Hoe groot is de kans dat hij dat nog weet?

'Wie heeft je man weten over te halen om voor hem te liegen?' vraag jij. 'Om te zeggen dat hij of zij Adam heeft gezien?'

'Ridder Covey?'

Het koosnaampje maakt je woedend, maar ik vind dat haar verbazing oprecht overkomt.

'Wie heeft hij overgehaald om mijn zoon de schuld te geven?' vraag je woedend aan haar.

'Ik heb geen idee waar je het over hebt,' zegt ze.

'Zeg hem maar dat ik hem wil spreken,' zeg jij. Je draait je om om weg te gaan.

'Wacht. Ik ben nog niet uitgesproken! Ik heb toch gezegd dat je de waarheid moet horen.'

Jij loopt weg, maar ze komt je achterna. 'Dat ongeluk op de speelplaats was de schuld van Robert Fleming. Het had niks met Silas te maken.'

Jij haast je verder, zonder te luisteren. Maar ik denk even aan de achtjarige Robert Fleming, die Adam zo verschrikkelijk heeft gepest.

Jij opent het autoportier en een van Adams ridderfiguurtjes valt uit het vak in de deur.

'Kinderen kunnen kleine rotzakken zijn,' zegt ze, als ze bij je komt staan. 'Wreed.' Ze houdt het portier vast zodat jij het niet dicht kunt trekken. 'Jij hebt ervoor gezorgd dat mevrouw Healey Silas ontsloeg omdat hij niet goed toezicht hield op de speelplaats, nietwaar? Jij wilde dat hij zou vertrekken.'

'Ik heb hier geen tijd voor. Ga maar tekeer tegen de andere ouders, als je dat per se wilt, maar niet tegen mij. Niet nu.'

Ik kan haar vijandigheid ruiken, ze hangt als een sterk, goedkoop parfum om haar heen.

'Jij hebt ervoor gezorgd dat de *Richmond Post* die rotzooi over hem schreef, om ervoor te zorgen dat hij zou worden gewipt.'

Jij rukt het portier uit haar hand en slaat het dicht.

Je rijdt weg en zij rent de auto achterna. Ze slaat met haar vuist op de achterbak en dan slaan we af, de straat uit.

Misschien vind ik dat ze meer op een slachtoffer zou moeten lijken. Want in ruil voor haar liefde en trouw liegt Silas tegen haar en geeft hij op haar af bij tieners. Maar door haar bitsheid en agressie kan ze niet zo netjes in een hokje worden geplaatst. Is ze zo kwaad omdat ze echt gelooft dat Silas onrecht is aangedaan? Of is het de pijn van een vrouw die weet dat ze zich vreselijk vergist heeft in de man met wie ze is getrouwd?

15

De pijn is weg. Die verdween op het moment dat ik het ziekenhuis binnenging; alsof dit gebouw met zijn witte muren me zijn eigen huid aanbiedt.

Mijn moeder zit naast Jenny. Ik weet dat ze Addie niet alleen zal hebben gelaten, er moet een vriendin of een verpleegster bij hem zijn. Te midden van de glimmend harde apparatuur ziet zij er zo zacht uit in haar katoenen rok en gebloemde blouse. Haar hand hangt vlak boven die van Jenny, zoals de jouwe dat ook zo vaak doet, niet in staat haar aan te raken.

Jij gaat naar Sarah, die op enige afstand staat, om mama de tijd te geven met Jenny, en tegelijk haar belofte aan jou om Jenny te beschermen na te komen. Ik weet nog altijd niet of ze dat zelf ook nodig acht of dat ze het alleen doet om jou een beter gevoel te geven.

'Hyman was er niet,' zeg jij tegen haar. 'En zijn vrouw zal alles doen wat die hufter van haar vraagt.'

Dan ziet mama jou. 'Is er nog nieuws over Gracie?' vraagt ze.

'Nog niet,' antwoord jij. 'Ik zou eerder een bespreking hebben met haar artsen, maar ik werd weggeroepen.' Je zegt niet dat je werd weggeroepen omdat Jenny een hartstilstand had. Je hebt mijn moeder nog niet over de termijn van drie weken verteld.

'Ze hebben gezegd dat de kans bestaat dat ze vandaag verder geen tijd hebben,' ga je door.

'Maar ze kunnen toch zeker wel tijd maken?' zegt mama, alsof tijd een van haar wandkleden is, minuten op canvas genaaid in bloemkleurig garen.

'Kennelijk is er een verschrikkelijk busongeluk gebeurd, dus het is alle hens aan dek.'

Even draait niet alles in het ziekenhuis om ons. Er zijn ook anderen. De hemel mag weten hoeveel; al die angst en zorgen samengeperst in

de bakstenen en glazen muren van dit ene gebouw. Ik vraag me af of het uit de ramen en het dak lekt, of vogels er een stukje hoger overheen vliegen.
Daar probeer ik aan te denken om lelijke, afgrijselijke gedachten te vermijden.
Maar ik vermoed dat jij ook zo denkt.
Zal een van de busslachtoffers overlijden? Zou een van hen overeenkomen met Jenny? Wat gek dat onbaatzuchtige liefde je moreel lelijk kan maken. Zelfs slecht.
'Ze zullen de bespreking ongetwijfeld zo snel mogelijk houden,' zeg jij.
Ze knikt.
'Adam is in de familiekamer,' zegt ze tegen jou.
'Ik zal zo naar hem toe gaan. Maar eerst wil ik even bij Jenny zitten.'

Ik ga naar de familiekamer. Een ventilator laat de warme lucht ronddraaien.
Addie zit dicht tegen meneer Hyman aan, die zijn arm om hem heen heeft geslagen en hem een verhaaltje voorleest.
Ik krijg het ijskoud.
Jenny is aan de andere kant van de kamer. 'Hij zag oma G en Adam in de cafetaria,' zegt ze kalm. 'Hij bood aan om op Adam te passen zodat oma G bij mij kon zitten.'
En mama zou nooit iets vermoeden. Ze heeft Adam en mij zo vaak de loftrompet over meneer Hyman horen steken.
Boven het gebrom van de ventilator uit, luister ik naar zijn voorlezen. Aan zijn voeten ligt een bos bloemen.
'Hij heeft tegen zijn vrouw gezegd dat hij op een bouwplaats ging werken,' zeg ik tegen Jenny.
'Arme kerel. Is dat het enige werk dat hij kan krijgen?'
'Hij heeft tegen zijn vrouw gelogen, Jen.'
'Vast om even niet bij haar te hoeven zijn.'
Ze kijkt naar me, en blijkbaar ziet ze mijn gezichtsuitdrukking, want ik zie irritatie in haar blik.
'Ik heb je nu over de briefschrijver verteld. De rode verf. Je kunt toch niet meer denken dat het Silas was.'
'Kan er een verband zijn?' vraag ik, min of meer hardop denkend.

'Nee. Er is echt geen sprake van dat hij ook maar iets te maken heeft met die haatbrieven. Zo zit hij gewoon niet in elkaar, en afgezien daarvan, waarom zou hij?'

Het lijkt mij ook heel onwaarschijnlijk dat Silas Hyman de schrijver van de haatbrieven is die in een stalker is veranderd. Zelfs als hij een reden heeft om haatbrieven te schrijven, wat niet het geval is, past een aan Oxford afgestudeerde, zeer welbespraakte man niet bij haatbrieven en rode verf. Ik kan me gewoon niet voorstellen dat hij woorden uit een krant of tijdschrift knipt en ze op een A4'tje plakt. Daar is hij veel te subtiel en intelligent voor.

Maar voor hetzelfde geld heeft de brand niks met de briefterreur te maken. Het kan best alleen wraak zijn van Silas Hyman, waar jij zo zeker van bent.

'Hij heeft geprobeerd om met Addie te praten,' zegt Jenny. 'Maar Addie kon niks terugzeggen. Toen is hij hem het Percy Jackson-verhaal gaan voorlezen. Is dat niet de volmaakte keuze?'

'Ja.'

Jij hebt Adams Percy Jackson-fase bijna helemaal gemist, maar Percy is een schooljongen die een ongelooflijke overmacht aan slechte monsters kan verslaan. Meneer Hyman weet dat Adam dol is op Arthurlegenden, maar ridders zouden te volwassen zijn en ontberen elke kinderlijke kwetsbaarheid voor Adam om zich nu aan te spiegelen. Die zouden hem geen fantasieontsnapping bieden aan wat er nu aan de hand is. Dit is een betere keuze.

Het schokt me hoe goed hij Addie kent.

Vroeger beviel het me dat hij zo aanrakerig was, maar nu wil ik niet dat hij zijn arm om onze zoon heeft geslagen en ik wens dat hij een nette broek en colbertje draagt, geen korte broek en strak T-shirt.

Meneer Hyman. Silas.
Twee namen. Twee mannen.

Op de avond voordat ze haar opstel moest schrijven voor haar eindexamen Engels, zaten Jenny en ik in de woonkamer. Jenny had haar pyjama al aan en haar haren waren nog nat van de douche.

'Weet je hoe Dryden Shakespeare noemde?' vroeg ik.

Ze schudde haar hoofd en er vlogen waterdruppeltjes op de krant in mijn handen.

'Een Janus-dichter,' zei ik. 'Omdat...'

'Hij dubbelzicht had?'

'Omdat hij twee gezichten had,' verbeterde ik terwijl ze een slipper aan een teen liet bungelen. 'Janus was ook de god van bogen en poorten, begin en einde. "Januari" komt van "Janus", omdat het de maand is waarin het nieuwe jaar begint.'

'Dat hoef ik allemaal niet te weten, mam. Echt niet.'

'Maar vind je het niet interessant?'

Ze glimlachte naar me. 'Ik begrijp waarom het dat hoort te zijn,' zei ze. 'En waarom jij een plek op Cambridge hebt gekregen en ik zal boffen als ik met de hakken over de sloot ergens word toegelaten.'

Ik kijk naar Silas' januskop, zo dicht bij het hoofd van Adam.

Ik herinner me opnieuw Maisies woorden aan het begin van de prijsuitreiking: *Die man had nóóit in de buurt van onze kinderen mogen komen.*

En ik wil dat hij weggaat bij mijn kinderen. Maak dat je wegkomt!

Dan komt mama binnen. Ze is erin geslaagd om weer wat kleur op haar wangen te laten verschijnen en wat energie in haar stem te leggen en ze heeft die magische glimlach weer tevoorschijn getoverd.

'Was het een mooi verhaal, Addie?' Ze wendt zich tot Silas Hyman. 'Bedankt dat u me wat tijd met mijn kleindochter hebt gegeven.'

'Graag gedaan. Het was leuk om bij Addie te zijn.' Hij staat op. 'Ik moest maar eens gaan.'

Adam kijkt alsof hij hem achterna wil gaan.

'Pappa komt zo,' zegt mijn moeder. 'Laten we hier maar op hem wachten, goed?'

Silas pakt de bos bloemen en verlaat de kamer. Ik volg hem. De bloemen zijn gele rozen, lelijke, geurloze knoppen die nooit open zullen gaan, gewikkeld in een plasticje. Die moet hij in de cadeauwinkel van het ziekenhuis hebben gekocht, want hij had ze nog niet toen Jenny en ik hem eerder zijn gevolgd.

Hij drukt op de knop van de deur van de ic. Een knappe, blonde verpleegster komt naar de deur. Ik zie dat haar meteen opvalt hoe aantrekkelijk hij is. Of het is zijn enorme vitaliteit, die hier zo opvallend is.

De verpleegster opent de deur en legt hem uit dat bloemen niet zijn toegestaan omdat ze een risico op infecties vormen. Haar stem klinkt flirtend, maar flirten levert dan ook geen risico op infecties op, of wel? Hoe ongepast het ook lijkt.

'Dan zijn ze voor jou.' Hij glimlacht naar haar. Ze pakt de bloemen aan en laat hem binnen op de intensive care.

Een glimlach en bloemen.

Zo eenvoudig.

Ik volg hem.

Ik moet het de knappe verpleegster nageven: ze vergezelt hem de hele tijd, en ze laat hem wachten terwijl zij de bloemen bij de verpleegstersbalie zet, uit de buurt van de patiënten. Maar zijn alle zusters wel zo voorzichtig?

Hij loopt achter haar aan naar het gedeelte waar Jenny's bed staat.

Door de glazen wand zie ik jou naast haar zitten, en Sarah, die op enige afstand staat.

Silas Hyman herkent haar niet. De knappe verpleegster moet haar aanwijzen.

'Dat is Jennifer Covey,' zegt ze.

Hij ziet er niet langer knap of gezond uit, maar heel bleek, alsof hij moet overgeven. Zijn voorhoofd is klam en hij is geschokt door wat hij ziet.

Volgens mij hoor ik hem 'O, god' fluisteren.

Hij draait zich om en schudt zijn hoofd tegen de verpleegster. Hij wil niet dichterbij komen.

Of doet hij net alsof dit de eerste keer is dat hij haar ziet sinds de brand? Een briljante voorstelling zodat niemand zal denken dat hij met haar zuurstofbuis heeft geknoeid?

Misschien voelt hij zich bekeken.

Door de glazen wand zie jij dat hij zich omdraait. Jij haast je de kamer uit en gaat achter hem aan. De deuren van de ic sluiten zich achter hem en jij volgt hem.

Jij haalt hem in op de gang en je woede glijdt uit op het gladde linoleum en stuitert tegen de muren.

'Wat doe jij hier in godsnaam?'

'Ik heb daarnet met Adam en zijn oma gepraat en...'

'Je vrouw vertelde me dat je op een bouwplaats was.'

Even is hij met stomheid geslagen, betrapt.

'Dat was gelul, hè? Net als je alibi. Leugenachtige klootzak!'

Jij schreeuwt en het geluid tuimelt door de open deur van de familiekamer, waar Adam op je wacht.

Mijn moeder en hij komen naar buiten, maar jij ziet ze niet omdat je woede volledig op Silas Hyman is gericht.

'Wie heeft voor je gelogen over mijn zoon?'

'Waar heb je het over?'

Mijn moeder probeert de zaak te sussen. 'Iemand heeft gelogen en gezegd dat hij Addie de brand heeft zien stichten,' zegt ze.

'Maar dat is belachelijk,' zegt meneer Hyman. 'Godsamme, van alle mensen die je kunt beschuldigen...' Hij richt zich tot Adam. 'Ik weet dat jij dat nooit zou doen, ridder Covey.'

Hij buigt zich naar Adam toe, wellicht om hem over zijn bol te aaien of om hem te omhelzen.

'Raak hem niet aan!' buldert jij. Je loopt naar hem toe, om hem te slaan.

En dan staat Adam opeens tussen jullie in en hij duwt jou weg van Silas Hyman. Hij beschermt hem en hij is razend op jou. Met alle kracht in zijn kleine handen duwt hij jou weg.

Ik zie het verscheurende leed op je gezicht.

Het is de eerste keer sinds de brand dat je Adam ziet.

Silas draait zich om en loopt weg.

Mama pakt Adams hand. 'Kom, schatje, tijd om naar huis te gaan.' Ze trekt hem mee.

'*Ga hem achterna!*' zeg ik tegen jou. '*Je moet hem vertellen dat je weet dat hij de brand niet heeft gesticht.*'

Dat was het eerste wat Silas Hyman had gezegd. '*Ik weet dat jij dat nooit zou doen, ridder Covey.*'

Maar jij keert je om.

Jij denkt dat Adam wel weet dat jij gelooft dat hij onschuldig is. Ik hoop bij god dat dat zo is.

Jij gaat weer aan Jenny's bed zitten. Sarah weet niet wat zich net in de gang heeft afgespeeld.

'Kun jij hier blijven?' vraag jij.

Iets in jouw toon laat een waarschuwingsbel rinkelen en ze stemt niet automatisch toe.

'Waarom?'

'Hyman heeft tegen zijn vrouw gezegd dat hij op een bouwplaats was,' zeg jij. 'Maar al die tijd was die klootzak híér, bij Adam.'

'Is alles goed met Addie?'

'Ja.'

Jij aarzelt even, maar je vertelt Sarah niet dat Addie jou heeft weggeduwd.

'Ik moet erachter komen wie voor Hyman heeft gelogen over Adam,' zeg jij. 'Dat moet ik voor hem doen.'

Maar wat Addie nodig heeft, is dat jij bij hem bent. Dat je een veilig dak voor hem vormt. Ik vind het zo verdrietig dat jij dat niet weet.

'Uitzoeken wie die getuige is, en wie de brandstichter is, is mijn taak,' zegt Sarah. 'Ik ben politieagent, dat is mijn werk.'

'Ik dacht dat Baker je met verlof had gestuurd.'

'Dat heeft hij ook gedaan.' Sarah zwijgt even. 'Goed, we weten dat er, naast Jenny, slechts twee personeelsleden niet op de sportdag waren. Een kleuterjuffrouw en een secretaresse. Die moeten we allebei spreken, maar vooral de secretaresse, omdat het haar taak is om de mensen door het hek in en uit te laten.'

'Ik ga meteen.' Jij staat op.

Ze legt een hand op je arm.

'Hij is mijn zoon,' zeg jij.

'Ja, precies. Stel je voor dat ze je herkent! Denk je soms dat dat zal helpen als zij hierbij betrokken is?'

Jij zwijgt, gefrustreerd door haar logica.

'Het beste wat jij kunt doen is hier blijven en Jenny bewaken,' zegt ze. Ik weet niet zeker of ze echt denkt dat Jenny bewaakt moet worden met zo veel artsen en verpleegsters in de buurt, of dat ze jou als een ongeleid projectiel beschouwt en je aan Jenny's bed wil vastketenen.

'Zo gaan we het doen,' zegt ze, een van jouw uitdrukkingen gebruikend, of misschien was die eerst van haar en heb jij de uitdrukking overgenomen toen je opgroeide. 'Ik zal alle informatie met je delen, je alles vertellen en je overal van op de hoogte stellen.'

Zo te zien geloof je haar niet. Jarenlang heeft ze je slechts kleine stukjes informatie gegeven, niet meer dan werd verteld aan de pers, en slechts glimpen van het grotere en veel dramatischer geheel. Een politieagente die zich keurig aan de regels houdt, een bijzonder frustrerende oudere zus.

'Jij denkt dat Silas Hyman de brandstichter is, en dat hij een medeplichtige heeft, die heeft gelogen over Adam. We zullen hem nogmaals onder de loep nemen, maar we moeten ook naar de schrijver van de haatbrieven kijken.'

Ze wacht tot jij met tegenwerpingen komt. Net als ik heeft ze je categorisch tegen Baker horen ontkennen dat de briefschrijver de brand heeft gesticht en wellicht heeft ze net als ik geraden dat dat komt omdat jij het gevoel zou hebben dat het jouw schuld is, als hij het wel zou zijn.

Maar jij spreekt haar niet tegen. Voor Addies bestwil wil je de waarheid weten dus sta je open voor alle mogelijkheden. Jouw liefde voor Adam is veel sterker dan je angst dat het jouw schuld is.

'De schrijver van de haatbrieven heeft een geschiedenis van agressie in de vorm van boosaardige brieven,' gaat Sarah verder. 'En een motief voor brandstichting, namelijk dat hij Jenny om de een of andere reden wil verwonden.'

En hij heeft haar met rode verf aangevallen, voeg ik er in stilte aan toe. Nog maar enkele weken terug.

'Omdat haatbrieven een misdrijf zijn volgens de wet op opzettelijk kwaadaardige communicatie,' vervolgt Sarah, 'kan deze zaak volledig worden onderzocht door de politie.'

'Vorige keer zijn ze niet erg ver gekomen,' zeg jij.

'Baker heeft ditmaal om een veel breder onderzoek gevraagd.'

'Denk je dat hij daar alsnog mee doorgaat?'

'Mijn collega's zullen hem geen keuze geven. Ze willen iets doen om onze familie te helpen, of ze nou geloven dat Adam het gedaan heeft of niet. Dit onderzoek zal een stuk grondiger worden uitgevoerd dan het vorige: het bekijken van bewakingsbeelden, bredere DNA-controles. Noem maar op.'

'En Hyman?'

'Nu het onderzoek naar de brandstichting is afgerond, is er geen reden voor de politie om hem nader te onderzoeken.'

'Maar dat ga jij wel doen?'

Ze aarzelt even.

'Elke ondervraging die ik nu doe is onwettig,' zegt ze. 'Dus we moeten heel zorgvuldig afwegen wat we willen bereiken, want ik zal me op dun ijs begeven, en ik zál erdoorheen zakken. Het is alleen de vraag hoeveel ik te weten kan komen voordat dat gebeurt.'

'Bedoel je dat je niet met hem wilt praten?'

'Nee, ik bedoel dat ik flink wat informatie moet hebben voor ik dat ga doen. Voor ik met iemand ga praten, inclusief Silas Hyman, moet ik de getuigenverklaringen lezen en de ondervragingen die meteen na de brand zijn gedaan. We moeten gewapend zijn met zo veel mogelijk informatie voor we achter een verdachte aan gaan.'

Ik sta versteld van het aantal regels dat Sarah aan haar laars zal lappen.

'Silas Hyman was Addies klassenleraar toch?' vraagt ze. 'Ze hebben toch een hechte band?'

'Adam zou nooit iets in brand steken, hoeveel hij ook van iemand houdt,' zeg jij.

Ik hoor je het woord 'houdt' uitschreeuwen.

Ik weet nog hoe gekwetst je keek toen hij je bij Silas Hyman vandaan duwde, en ik begrijp nu pas dat je jaloers bent.

Daarom vond je dat hij een onnatuurlijke macht over Addie had en daarom had je zelfs voor de brand al een bloedhekel aan hem. Geen wonder dat het je tegenstond om *verdomd hard* te werken om het schoolgeld te betalen zodat een andere man de hele dag bij je zoon kon zijn. Geen wonder dat je het niet erg vond toen hij werd ontslagen.

Maar ik heb het niet gezien.

Het spijt me verschrikkelijk.

'Heb jij voor de prijsuitreiking contact gehad met Silas Hyman?' vraagt Sarah. 'Is er verder nog iets waardoor je zo vijandig jegens hem bent?'

'Is wat ik je heb verteld niet genoeg?'

Ze geeft geen antwoord.

En ik heb er alles voor over om tegen Sarah te kunnen zeggen dat de man die Silas Hyman pretendeert te zijn een bedrieger is. Dat de man van wie Adam houdt, als hij dat tenminste doet, niet bestaat.

Ik denk weer aan hem als Janus, niet alleen met twee gezichten zoals die god, maar ook, net als Janus, als het begin en het einde. Want als Silas Hyman deze verschrikking is begonnen, dan zal hij er ook zijn bij het slot.

Het geklik van hoge hakken, een uit de toon vallend geluid op de intensive care. Ik draai me om en zie dokter Bailstrom op haar rode schoenen. Zou ze die dragen om patiënten en hun familie te waarschuwen?

Over een uur wordt er door mijn artsen en jou over mij vergaderd.

16

Jouw welbekende grote passen zijn in kleine stapjes veranderd, alsof je je op onbekend, vijandig terrein bevindt.
Maar als je bij mijn bed komt, haast je je naar me toe.
Je bereikt mijn bed en gaat naast me zitten, maar je zegt niks.
Je zegt niks.
Ik ga snel naar jou toe. *Praat tegen me!*
'Grace, liefje,' zeg je als ik bij je kom, alsof je weet dat ik er echt ben. Of is het niet meer dan toeval?
Je zou een bloemenwinkel kunnen beginnen met de tafel naast mijn bed. Slechts één boeket is lelijk; geurloos, doornloos, op het laatst in een winkel gekochte rozen. 'Mevrouw Covey, de beste wensen van meneer Hyman.'
Maar jij ziet de bloemen niet, jij kijkt alleen naar mij.
'Er is geen nieuws over Jenny's hart,' zeg jij. Volgens mij ben ik de enige die je in vertrouwen hebt genomen over haar levensduur van drie weken. 'Maar ze zullen er een voor haar vinden. Dat weet ik gewoon.'
'Levensduur'. Jezus. Hoe kon ik dat woord gebruiken. Daardoor lijkt het net alsof ze een kikkervisje of een eendagsvlieg is. Een bakje perziken dat thuis verder moet rijpen. Kinderen hebben verdomme geen levensduur.
Ik denk paniekerige, harde gedachten, zo hard als ik kan, in een poging het getik dat weer is begonnen te overstemmen; zachtjes, maar hoorbaar, een afschuwelijk, onstuitbaar ritme.
'Sarah zei dat ze je over Adam heeft verteld,' zeg jij.
Ik weet nog dat Sarah naast mijn bed heeft gezeten.
Je hebt het recht het te weten, Grace. Je moet de politie hierom haten, dat begrijp ik heel goed. Maar ik beloof je dat we het recht zullen zetten.
Ze gedroeg zich zo ongemakkelijk en ze wist niet hoe graag ik haar nu mag.

Jij was bang dat dit nieuws, boven op dat van Jenny, de overgebleven levenskracht aan me zou onttrekken. Maar Sarah weet dat als je moeder bent en je kinderen worden bedreigd, je levenskracht niet afneemt, maar juist wordt opgezweept.

Jij staat op. *Ga niet weg!* Maar jij trekt alleen het dunne, lelijke gordijn om ons heen om de drukte van de afdeling buiten te sluiten en op de een of andere manier, al weten zelfs lagereschoolkinderen die net de beginselen van natuurkunde hebben gehad beter, lijkt dat ook het lawaai van de afdeling tegen te houden.

Jij pakt mijn hand.

'Ads wil me niet in zijn buurt hebben,' zeg jij.

'*Dat is niet waar. En je moet nu direct naar hem toe gaan om hem te vertellen dat je weet dat hij dit niet heeft gedaan en om bij hem te zijn. Sarah kan wel een poosje bij Jen blijven. Het recherchegedoe kan toch wel even wachten?*'

Jij zwijgt.

'*Jij bent zijn vader en dat kan verder niemand voor hem zijn.*'

Maar jij kunt me niet horen en je kunt nu ook niet raden wat ik tegen je zeg.

Jij staart strak naar mijn gezicht alsof dat ervoor zal zorgen dat mijn ogen opengaan.

'Dit doen wij altijd, hè, Gracie?' vraag je. 'Over Addie of Jen praten. Maar ik wil graag even over jou en mij praten, al is het maar voor een paar minuutjes. Is dat goed? Dat wil ik echt graag.'

Ik ben aangedaan. En ja, dat wil ik ook graag: de aandacht naar ons verleggen, voor een paar minuutjes maar.

'Herinner je je ons eerste afspraakje nog?' vraag jij.

Dit is niet zozeer een ander onderwerp als wel een teruggang van twintig jaar in de tijd, naar een veilig verleden. We laten dit Londense ziekenhuis met zijn witte muren ver achter ons en gaan naar een tearoom in Cambridge.

Ik sta mezelf toe om je daar een poosje gezelschap te houden.

Buiten giet het en binnen is het muf door gepraat en vochtige parka's.

Later heb je me verteld dat je dacht dat het er romantisch zou zijn, maar kennelijk had iemand melk gemorst die niet was opgeruimd en de zure geur drong door de mufheid heen. De opzichtige gordijnen

waren ontworpen voor toeristen. Jouw handen leken belachelijk groot om een stom porseleinen kopje.
Het was jouw eerste 'eerste afspraakje'.
'Het enige meisje dat ik ooit mee uit heb gevraagd,' zeg jij.
Dat heb je eerlijk opgebiecht tussen de gordijnen en het porselein.
Later kwam ik erachter dat jij na een feestje meestal gewoon een meisje mee naar huis nam en dat je sommigen de volgende ochtend nog aantrof onder je walgelijke dekbed. Volgens mij had Sarah dat overtrek uitgezocht in de hoop dat het als een voorbehoedmiddel zou werken. Als je het meisje mocht, bleef dat een poosje zo. Er overkwamen jou altijd fijne dingen, zoals knappe meisjes die onder je lelijke dekbed belandden.
'Ik heb jou het hof gemaakt,' zeg jij.
We praatten over aantrekkingskracht.
Jij, een wetenschapper (wat moest ik eigenlijk met een student natuurkunde?) geloofde heilig in feromonen en biologische drang terwijl voor mij alles draaide om bedeesde geliefden en blikken die elkaar kruisten en ogen die elkaar niet meer los konden laten. *'Jij dacht dat Marvell een stripblad was.'*
'Jij citeerde iets over een man die elke boezem een eeuw lang had bewonderd en ik begreep de hint.'
In die stijve tearoom vertelde je me dat je popelde om de beperkingen van de universiteit te ontvluchten en *'weg te gaan om dingen te doen'.*
Ik kende niemand die het woord 'dingen' gebruikte. Ik had een jaar kunstgeschiedenis gestudeerd en daarna was ik overgestapt op Engels en ik had het woord nooit gebezigd. Mijn vrienden waren allemaal in het zwart geklede, serieuze alfastudenten die een woordenboek als vocabulaire hadden.
Het woord 'dingen' beviel me wel. Net zoals ik het leuk vond dat jij niet doodsbleek was met scherpe jukbeenderen en Kant las, maar gespierd en stevig en dat je liever al bergbeklimmend, kanoënd, wildwatervarend, abseilend en kamperend de wereld zou rondtrekken in plaats van erover te lezen en erover te filosoferen.
'Ik vond een vulkaan beklimmen leuk,' zeg ik. *'Knettergek, maar dan op een aantrekkelijke manier.'*
'Ik wilde indruk op je maken. Je was zo verrekte mooi.'

'Nou, dank je wel.'
'Sorry. Je bént zo verrekte mooi.'
Alsof je me hebt gehoord, maar zoiets kan alleen maar toeval zijn, nietwaar?
'Jij had twee krentenbollen besteld,' zeg jij. Weet je dat nog? 'En ik vond het leuk dat je zo veel at.'
Ik wilde niet dat je zou raden dat ik nerveus was, dus at ik om te bewijzen dat ik me volkomen op mijn gemak voelde.
'Het regende.'
De regen kletterde tegen de opzichtige kleine ruitjes, en het maakte een prachtig geluid.
'Ik had een paraplu meegenomen.'
Je vroeg of je met me mee mocht lopen naar huis.
'Ik wist dat we dan tegen elkaar aan moesten kruipen.'
Ik zag je fiets staan en jij keek pissig omdat ik die had opgemerkt.
'Die klotefiets. Die had ik om de hoek op slot moeten zetten.'
In de regen liep je met me mee naar Newnham. Met je ene hand duwde je je fiets op de weg, maar je bleef op de stoep naast mij lopen, met de paraplu in je andere hand.
'Ik kon je helemaal niet aanraken.'
De eerste nacht die we samen doorbrachten – veertien dagen later slechts, aangezien ik geen bedeesde geliefde was – deden we ons eerste afspraakje over en creëerden we onze eigen mythologie. Maar dat was jaren en jaren geleden en we horen het nu over onze kinderen te hebben. Dat weten we allebei. En dat zullen we ook doen, over een paar tellen. Ze zijn voortdurend bij ons. Maar hier, in de periode voor zij er waren, is er een sprankje geluk en dat willen we nog even vasthouden. Nog ietsje langer. Dus ik blijf naast je lopen door de bitterkoude regen, die uit het moeras is komen opzetten. Jouw passen zijn zo veel groter dan de mijne, en ik vraag me af wat er gaat gebeuren als we in Newnham zijn.
Al weet ik natuurlijk wat er is gebeurd.
Jij wilde diezelfde avond een tweede afspraakje, zonder ook maar enige acht te slaan op Marvell, en ik danste – danste! – een idioot robotachtig iets waar de mensen verbaasd naar keken, door de hele op-één-na-langste gang in Europa.
De herinnering trekt me naar je toe tot ik bij je ben in het hier en

nu, in deze kamer. Vreemd genoeg dichterbij dan eerst. Zo dicht bij je, dat ik je dappere optimisme voor Jenny op mij over voel gaan; waar het zich vermengt met moedige hoop.

En als je me stevig vasthoudt, geloof ik ook dat Jenny beter zal worden.

Ze zal beter worden.

Opeens worden de gordijnen opengerukt en staat dokter Bailstrom er.

'Kunt u nu komen voor die bespreking?' vraagt ze aan jou.

'Ik kom straks terug, liefje,' zeg jij tegen mij, om dokter Bailstrom te laten weten dat ik alles kan horen en begrijpen.

Ik kom bij de deur van het kantoor van dokter Bailstrom waar de medische staf wacht, en ik stel me voor dat zij een zwarte hoed opzet alvorens ze mijn lot voorleest. Ik vermoed dat ze het opdirk-aspect wel leuk zou vinden. Maar als ik bij machte ben om een gemene zin te formuleren over dokter Bailstrom, ben ik duidelijk geen kasplantje – waarom heeft men hiervoor een kasplant gekozen? – dus is er geen enkele reden voor haar om een zwarte hoed te dragen.

Ik ben bij de les, op mijn qui-vive, ik heb ze nog op een rijtje, compos mentis. Ik ben dezelfde Grace die ik gisteren was. Maar toch ben ik op de een of andere manier van mezelf afgesplitst.

Als dit achter de rug is, zul jij in ons gesprek zeggen dat dit idee van in tweeën gesplitst te zijn 'volkomen absurd is, Gracie!' Maar dat komt omdat jij door het leven abseilt en kampeert in plaats van het uit de tweede hand te ervaren. Want als je meer zou lezen en minder bergen zou beklimmen, zou je op de hoogte zijn van cartesiaans dualisme, id en ego en het lichaam versus de ziel. Dan zou je bekend zijn met een hele stroming binnen de literatuur die 'het verdeelde zelf' heet. Echt waar. Dus terwijl jij me uitlacht, roep ik je de sprookjes in herinnering die je Jenny voorlas toen ze klein was. Prinsessen die elke nacht dansen in het sprookjesland en kikkers die eigenlijk prinsen zijn en meisjes die in een zwaan veranderen. Als je echt pech hebt, zal ik Hamlet citeren: 'In hemel en op aarde is méér, Horatio, dan waar je wijsbegeerte van durft te dromen.'

Jij heft je handen op: genoeg! Maar ik zal je negeren.

De zichtbare wereld is niet de enige wereld en schrijvers van

sprookjes en spookverhalen, mystici en filosofen, weten dat al eeuwen lang. Jenny die bewusteloos in haar bed ligt en ik in het mijne zijn niet wie we echt zijn; het is niet het enige.
Ik moet me nu echt bij je voegen.
In plaats van me dokter Bailstrom voor te stellen met een zwarte hoed op, zal ik naar haar voeten kijken en aan Dorothy's rode schoenen denken. Je weet maar nooit. Stel je voor dat dokter Bailstrom met de hare tegen elkaar tikt en ik weer terugkeer naar de echte wereld.
Het spijt me, dat was oneerbiedig. Jij weet dat ik plechtige momenten altijd probeer te relativeren. Waar het om gaat is dat ik weer bij Addie en jou zal zijn. Want Jenny zal beter worden, en dan staat het mij vrij om terug te gaan in mijn lichaam en wakker te worden.
Maar toen ik in mijn lichaam zat, kon ik niks doen. Helemaal niks. 'Zet die gedachte onmiddellijk uit je hoofd!' zegt de kinderjuffrouwstem. 'In dit huis is geen plaats voor negativisme!' En ze heeft gelijk. Ik was er gewoon nog niet klaar voor. Maar ik zal me weer bij jou voegen.

Je hebt er nog nooit iel uitgezien. Maar hier, in aantal overtroffen door artsen, lijk je wel uitgehold. Dokter Bailstrom kijkt je niet recht in de ogen.
'We hebben een reeks onderzoeken gedaan, Mike. Veel daarvan waren herhalingen van de tests van gisteren.'
Noemt ze je bij je voornaam om vriendelijk te zijn of omdat 'meneer Covey' jouw relatie met mij, 'mevrouw Covey' zou benadrukken, en ze dat op dit moment liever niet wil?
'Ik vrees dat u zich erop moet gaan voorbereiden dat Grace nooit meer bij bewustzijn zal komen.'
'Nee, u hebt het mis,' zeg jij.
Natuurlijk heeft ze het mis. Het feit dat ik dat weet, bewijst dat immers. En het denkende, voelende deel van me zal zich weer bij mijn lichaam aansluiten en ik zal wakker worden.
'Ik weet dat het veel is om tegelijk te verwerken,' gaat dokter Bailstrom verder. 'Maar ze vertoont alleen de basale reacties van kokhalzen en ademen. En we denken niet dat er verbetering zal optreden.'
Jij schudt je hoofd en weigert de informatie toe te laten.
'Wat mijn collega wil zeggen,' komt een andere arts tussenbeide, 'is

dat de hersenschade van uw vrouw betekent dat ze niet kan zien of horen. Net zomin als denken of voelen. Dat wordt er bedoeld met "cognitieve functies". En ze zal niet genezen. Ze zal nooit uit haar coma ontwaken.'

Hij is duidelijk afgestudeerd aan de zeg-het-ze-recht-voor-de-raapschool van de geneeskunde. En de zit-er-volkomen-naastschool van de geneeskunde.

'En die nieuwe scans dan?' vraag jij. 'Tegen mensen die waren afgeschreven als kasplantjes werd gezegd dat als ze "ja" wilden zeggen, ze zich moesten voorstellen dat ze tennisten, en de hersenscans lieten dat ook zien.'

Dat had ik gehoord op een van mijn autoritjes met Radio 4 aan, en ik had het jou verteld als een interessant nieuwtje. Het idee dat je moest doen alsof je tenniste als je 'ja' wilde zeggen had me aangesproken. Een smash, stelde ik me voor, of een ace als service. Zo'n positief en krachtig 'ja'. Ik had me afgevraagd of het iets uitmaakte als je heel slecht bent in tennis en je je eigenlijk alleen kunt voorstellen dat je de bal in het net slaat of dat hij er heel zwakjes overheen stuitert. Zullen ze dat dan beschouwen als een 'weet niet'?

'We zullen alle onderzoeken doen die er bestaan,' zegt de arts verstoord. 'We hebben er al veel bij haar uitgevoerd. Maar ik moet eerlijk tegen u zijn. Waar het op neerkomt, is dat ze niet zal genezen.'

'U begrijpt het gewoon niet, is het wel?' zeg ik. 'Het concept van moederschap?'

'Simpel gezegd al onze scans laten een groot en onherstelbaar trauma aan haar hersens zien.'

'Mijn zoon heeft me nodig. Het gaat niet alleen om de belangrijke dingen, zoals bewijzen dat hij onschuldig is. 's Morgens help ik hem met het maken van een denkbeeldig schild over zijn hart, zodat het niet zo'n pijn zal doen als mensen gemeen tegen hem zijn.'

'Haar hersenweefsel is te beschadigd om te herstellen.'

'En er zijn avonden dat hij alleen in slaap kan vallen als hij mijn hand vasthoudt.'

'We kunnen niets voor haar doen. Het spijt me.'

'Maar dat alles kan toch ook gelul zijn?' zegt een stem in de deuropening. Even denk ik dat mijn kinderjuffrouwstem voor de verandering eens een ander op de kop zit, al heeft ze nog nooit 'gelul' gezegd.

Als ik me omdraai, zie ik Sarah staan. Ik heb haar ook nog nooit 'gelul' horen zeggen.

Ze loopt het kantoor in, gevolgd door mijn moeder. Ze hebben allebei duidelijk gehoord wat de artsen zeiden.

'Dokter Sandhu zit bij Jenny,' zegt Sarah tegen jou. 'Hij heeft beloofd haar geen seconde alleen te laten.'

En jij lijkt niet langer iel, want Sarah is bij je.

'Ik ben Sarah Covey, Mikes zus,' verkondigt Sarah. 'Dit is Grace' moeder, Georgina Jestopheson. Er zijn toch patiënten na jaren ontwaakt uit een coma? Met "cognitieve functies" en al?'

De zeg-het-ze-recht-voor-de-raaparts is niet uit het veld geslagen. 'Ja, af en toe verschijnen er in de media verhalen over dat soort gevallen, maar bij nadere bestudering zult u zien dat ze medisch heel anders zijn.'

'En hoe zit het met stamceltherapie?' vraag jij. 'Het kweken van nieuwe neuronen, of hoe dat ook heet?'

Jij houdt je nog steeds vast aan informatie die je met een half oor hebt gehoord op het nieuws terwijl je naar huis reed of die je uit een artikel kent dat je vluchtig hebt gelezen in de zondagkrant.

Maar ik klamp me er ook aan vast. Ik stel me zware hijsapparatuur voor die dat vergane schip van mijn lichaam van de oceaanbodem tilt, roest die van mijn ogen wordt geschraapt.

'Er is geen enkel bewijs dat een van deze therapieën zal werken. Ze zijn voornamelijk gebruikt bij patiënten die degeneratieve ziektes hebben, zoals parkinson of alzheimer, en niet bij ernstige trauma's.'

Hij richt zich van Sarah tot jou. 'U wilt vast weten hoe lang de staat waarin ze nu verkeert zal duren. Het antwoord is dat het heel lang zo kan blijven. Er is geen enkele reden dat uw vrouw zal sterven. Ze ademt zelf en wij voeden haar door een buis, en dat zullen we blijven doen. Dus deze staat kan ongelimiteerd voortduren. Maar ik betwijfel of dit "leven" kan worden genoemd in de betekenis die wij eraan geven. En al lijkt het nu een opluchting dat ze niet zal doodgaan, het kan later bepaalde problemen opleveren voor de familie.'

Nu ik een last op de lange termijn ben, noemt hij me 'uw vrouw' om te benadrukken wat een zware verantwoordelijkheid jij hebt.

'Hebt u het over een gerechtelijk bevel om geen voedsel en water meer toe te dienen?' vraagt Sarah. Als een tijger zou incarneren als politieagent zou hij er waarschijnlijk uitzien als Sarah.

'Natuurlijk niet,' zegt dokter Bailstrom. 'Het is nog vroeg en het zou voorbarig zijn om...'

'Maar dat bedoelde u uiteindelijk wel,' valt Sarah haar in de rede, terwijl ze grommend rondbeent.

'Advocaat?' vraagt de arts.

'Politieagent.'

'Een tijgerin die de broer beschermt voor wie ze ook moeder is geweest,' voeg ik eraan toe. Ik probeer hem de situatie duidelijk te maken en ik vind het geweldig dat Sarah zich zo gedraagt.

'We willen alleen eerlijk tegen jullie zijn,' vervolgt de zeg-het-ze-recht-voor-de-raaparts. 'Mettertijd kan er inderdaad best een gesprek worden gevoerd over de vraag wat het beste is voor Grace...'

Sarah onderbreekt hem opnieuw. 'Genoeg hierover. Ik ben het met mijn broer eens dat Grace kan denken en horen. Maar daar gaat het niet om.' Ze zwijgt even en laat de woorden dan een voor een vallen in de stille vijver die deze kamer is geworden.

'Ze. Leeft. Nog.'

Als hij beseft dat hij meer dan zijn gelijke heeft gevonden in Sarah, richt de arts zich weer tot jou. Ik zie dat Jenny naar binnen is geglipt.

'Meneer Covey, ik denk echt...'

'Ze is intelligenter dan jullie allemaal bij elkaar,' zeg jij, en ik krimp ineen. Het zijn consulterend neurologen, lieverd. Hersenchirurgen. Jij slaat er geen acht op. 'Ze weet alles van boeken, schilderijen, allerlei dingen; ze heeft overal belangstelling voor. Ze ziet zelf niet hoe slim ze is, maar ze is de snuggerste persoon die ik ooit heb gekend.'

'Wat gaat er toch allemaal in jouw hoofd om?' Dat had je me gevraagd met bewondering en genegenheid toen we een jaar bij elkaar waren. Jij had grote, open prairies in je hoofd en ik bibliotheken en galerieën die compleet volgepropt waren.

'Dat verdwijnt niet allemaal,' ga jij verder. 'Al haar gedachten en gevoelens en kennis; al die vriendelijkheid en warmte en grappigheid. Dat kan niet zomaar verdwijnen.'

'Meneer Covey, als neurologen, kunnen we...'

'Jullie zijn wetenschappers. Ja. Wisten jullie dat het vier miljard jaar geleden duizenden jaren achtereen heeft geregend, waardoor de oceanen zijn gevormd?'

Ze luisteren beleefd; ze gunnen je de tijd om geestelijk even afwezig te zijn nadat je verschrikkelijk nieuws te horen hebt gekregen. Maar ik weet waar je naartoe wilt. Je hebt het Addie een paar maanden geleden verteld; om zijn huiswerk over de watercyclus te verlevendigen.

'Het water dat vier miljard jaar geleden als regen naar beneden kwam, is precies hetzelfde water dat we vandaag hebben,' ga je door. 'Het kan zijn bevroren in gletsjers of in de wolken zitten of in de rivieren of het kan regen zijn. Maar het is hetzelfde water. En precies dezelfde hoeveelheid. Niet meer, niet mínder. Het is nergens naartoe gegaan. Dat kon het niet.'

Dokter Bailstrom tikt ongeduldig met haar rode hak. Of ze begrijpt het niet of ze wil het niet eens proberen. Maar ik vind het wel een leuk idee dat ik een ontdooid stukje van een gletsjer ben, op weg naar de oceaan; in feite nog atijd hetzelfde, maar uiterlijk anders. Of, als ik optimistisch ben, onderdeel van een wolk, die weer naar beneden zal regenen, terug naar waar ik vandaan kwam.

'We zullen tests blijven doen,' zegt dokter Bailstrom tegen jou. 'Maar er is echt geen enkele kans dat uw vrouw ooit weer bij bewustzijn komt.'

'U zei dat ze jaren kon blijven leven,' zeg jij tegen haar. 'En op een dag zal er een remedie zijn. We zullen moeten wachten, hoe lang het ook duurt.'

Hadden we maar genoeg werelden en tijd.

Mettertijd voegt een wolk zich weer bij de oceaan.

Als je lang genoeg wacht, wordt een saaie zandkorrel een heldere parel. Ik voel hem in mijn hand, rond en glad tot hij warm wordt; Adams hand in de mijne als hij in slaap valt.

17

Iets later verschijnt mama aan mijn bed. In tegenstelling tot Sarah en jou heeft ze niet geredetwist met de artsen, en ik had gezien dat elk medisch feit – verondersteld medisch feit – haar gezicht had geraakt als rondvliegend glas en nieuwe groeven had gekerfd.

'Er is een verpleegster bij Addie,' zegt ze. 'Voor eventjes maar. Ik kan hem niet lang alleen laten. Maar ik moest even alleen met je praten.' Ze zwijgt even. 'Iemand moet hem vertellen dat jij niet meer zult bijkomen.'

'Godverdomme, mam. Dat kun je niet maken!'

Ik heb nog nooit 'godverdomme' tegen mijn moeder gezegd.

'Ik wil alleen wat het beste voor hem is,' zegt mama zacht.

'Hoe kan dit nou het beste voor Ads zijn? Jezus nog aan toe!'

Het is jaren geleden dat we voor het laatst ruzie hebben gehad, en zelfs toen was het meer een verschil van mening. Als er één moment is dat we er niet aan moeten beginnen, dan is het nu wel.

'Ik weet dat je me kunt horen, Grace. Engel. Waar je ook bent.'

'Ik ben gewoon hier, mam. Hier. En binnenkort zullen hun onderzoeken dat uitwijzen. Ik zal die verrekte Roger Federer worden en de bal met honderdzestig kilometer per uur over het net smashen voor een "Ja, ik kan jullie begrijpen!" En zodra ze weten dat ik nog kan denken, zullen ze een manier proberen te vinden om me weer beter te maken.'

'Ik moest maar eens teruggaan naar Addie.'

Ze trekt het gordijn open. Jenny staat erachter en ze heeft duidelijk alles gehoord; de gordijnen gehoorzamen dus toch aan de wetten der natuurkunde.

Ze kijkt zo bang.

'Oma G heeft het mis,' zeg ik tegen haar. 'Net als de artsen. Ik kan toch zeker denken en voelen? Ik praat nu toch tegen je? Hun scans zijn niet verfijnd genoeg, dat is alles. Dus op een goede dag, hopelijk al heel

snel, zal ik ze een grote verrassing bezorgen.'
'Die verrekte Roger Federer?' vraagt ze.
'Reken maar. Of Venus Williams, als ik geen geslachtsoperatie wil. Echt, liefje, als ze de juiste scans maken, zullen ze weten dat alles goed met me is.'
Maar ze is nog steeds bang, ze heeft haar hoofd voorovergebogen en haar smalle schouders opgetrokken.
'Je was zo dapper. Toen je de school in ging voor mij.'
'Dat zei papa ook al, en het is heel lief van jullie, maar het klopt absoluut niet en ik voel me er zo'n bedrieger door.'
Ze glimlacht half. 'O, natuurlijk. Maar wat kun je dapper noemen als een brandend gebouw in rennen om iemand te redden niet telt?'
'Het ging puur instinctief, dat is alles. Iets wat iedere moeder voor haar kind zou doen.'
Maar ik ben niet honderd procent eerlijk. De meeste moeders, misschien zelfs alle moeders, behalve ik, zouden instinctief hun leven wagen om dat van hun kind te redden. En in het begin rende ik ook zonder erbij na te denken. Ik zag de school in lichterlaaie staan en ik wist dat Jenny nog binnen was, dus zette ik het op een lopen. Maar toen ik eenmaal binnen was.
Binnen.
Gedurende elke seconde in die hitte en verstikkende rook moest mijn liefde voor Jenny het opnemen tegen de overweldigende drang om weg te rennen. Een getijstroom van zelfzucht die me het gebouw uit wilde trekken. Ik schaamde me er zo voor dat ik het je nog niet eerder heb kunnen vertellen.
'Je zei toch dat je terug kon komen in je lichaam?' zei ze.
'Ja. Dat klopt.'
'Als je terug kunt komen in je lichaam, betekent dat denk ik dat je niet zult doodgaan,' vervolgt ze. 'Toen mijn hart bleef stilstaan en ik technisch gezien, denk ik, dood was, gingen warmte en liefde mijn lichaam úít, niet andersom. Ik geloof dat je van leven spreekt als het de andere kant op gaat.'
'Zonder meer.'
Want daar moet ze toch gelijk in hebben?
We worden onderbroken als Sarah binnenkomt, vergezeld door een vrouw van achter in de zestig met een kaarsrechte rug en staalgrijs

haar. Ik ken haar, maar kan haar niet goed thuisbrengen.
'Mevrouw Fisher,' zegt Jenny verbaasd.
De voormalige secretaresse van Sidley House.
Ze heeft een dikke bos siererwten, gewikkeld in een krant, voor me meegenomen en die ruiken zalig. Even overstemt hun geur die van de schoonmaakmiddelen die hier hangt.
Sarah bekijkt mijn verzameling vazen en gooit dan snel Silas Hymans lelijke gele rozen in de prullenbak. Ze glimlacht naar mevrouw Fisher.
'In de strijd om ruimte lijkt me dat die van u winnen,' zegt ze luchthartig, maar ik zie dat ze het kaartje van meneer Hyman leest en in haar zak stopt.
'Ik had niet verwacht om haar echt te zien,' zegt mevrouw Fisher tegen Sarah. 'Ik wilde haar alleen wat bloemen brengen. We praatten soms over tuinieren. Maar ik ken haar niet goed.'
Nu weet ik weer dat mevrouw Fisher de enige is in haar rijtje volkstuinen die siererwten kweekt, in plaats van hun eetbare verwanten. Dat heeft ze me verteld op Jenny's eerste schooldag. Ze leidde mijn aandacht af met bloemen en aan het einde van ons horticulturele gesprek was Jenny opgehouden met huilen en zat ze op het leestapijt.
'Zou u even met mij willen praten?' vraagt Sarah. 'Ik ben een politieagent en Grace' schoonzus.'
Schoonzussen. Ik heb er nog nooit eerder bij stilgestaan dat wij onze eigen afzonderlijke en verbindende draad hebben in de matrix van onze familie.
'Natuurlijk,' zegt mevrouw Fisher. 'Maar ik geloof niet dat ik u ergens mee kan helpen.'
Sarah loopt met haar naar de familiekamer.
'Voor u me iets vraagt, moet u weten dat ik een strafblad heb,' zegt mevrouw Fisher.
Jenny en ik zijn allebei stomverbaasd. Mevrouw Fisher?
'Ik voerde actie voor de vereniging tegen kernwapens: de CND en voor Greenpeace. Dat doe ik nog steeds, maar tegenwoordig word ik meestal niet meer gearresteerd.'
Sarah kijkt wat afkeurend, maar nu weet ik dat ik dat niet verkeerd moet opvatten.
'U zei dat u de secretaresse op Sidley House was?'

'Bijna dertien jaar lang. Afgelopen april moest ik weg.'
'Waarom was dat?'
'Ik was kennelijk te oud geworden voor het werk. Het schoolhoofd zei dat er in mijn contract stond dat zij het beleid hadden om "al het ondersteunend personeel boven de zestig niet-vrijwillig te pensioneren". Ik ben zevenenzestig. Ze heeft zeven jaar gewacht voor ze die bepaling ten uitvoer bracht.'
'En wás u te oud voor het werk?'
'Nee. Ik was er nog verduiveld goed in. Dat wist iedereen, ook Sally Healey.'
'Weet u dan waarom ze van u af wilde?'
'U draait er niet omheen, is het wel? Nee, ik heb geen flauw idee.'
Sarah pakt een opschrijfboekje, een merkwaardig exemplaar van Paperchase met uiltjes erop, en ze schrijft iets op.
'Mag ik uw gegevens noteren?' vroeg Sarah. 'Uw volledige naam is mevrouw...'
'Elizabeth Fisher. En het is "juffrouw". Mijn man is een half jaar geleden bij me weggegaan, en volgens mij is het gebruikelijk om je dan geen "mevrouw" meer te noemen. De ring wil niet af. Die moet ik blijkbaar laten doorknippen. Op dit moment is die symboliek nog wat te moeilijk voor me.'
Sarah kijkt meelevend, maar ik krijg het koud. Mevrouw Healey heeft alle ouders een brief gestuurd waarin stond dat de echtgenoot van mevrouw Fisher ongeneeslijk ziek is en dat ze daarom wegging van school. Ik heb nog een kaart geregeld en Maisie was naar een superchique bloemist in Richmond gegaan om een boeket voor haar te kopen en op mijn voorstel ook bloembollen.
'Elizabeth, wil je je adres voor me opschrijven?'
Terwijl Elizabeth dat doet, wil ik Sarah op de hoogte brengen van de leugens die mevrouw Healey de ouders heeft verteld. Waarom heeft ze dat gedaan?
'Ken je Silas Hyman?' vraagt Sarah aan haar. Een logische vraag, maar niet die waarop ik had gehoopt.
'Ja. Hij was een leraar op Sidley House. Hij is ontslagen voor iets wat hij niet heeft gedaan. Een maand eerder dan ik. We hebben elkaar sindsdien een of twee keer telefonisch gesproken. Verwante geesten en zo.'

'Waarom is hij ontslagen?'
'In een notendop? Een achtjarige jongen die Robert Fleming heet wilde hem weg hebben.'
'En de langere versie?'
'Robert Fleming had een bloedhekel aan Silas omdat die de eerste leraar was die hem het hoofd bood. Al in de eerste week dat Silas Robert in zijn klas had, heeft hij zijn ouders op school laten komen en heeft hij hun zoon letterlijk "verdorven" genoemd. Hij zei niet dat de jongen een of ander aandachtsprobleem had of een probleem met socialisatie, maar dat hij verdorven was. Helaas is dat niet iets wat je kunt zeggen tegen ouders die schoolgeld betalen.

In maart, toen Silas toezicht hield op de speelplaats, zei Fleming tegen hem dat een jongen van elf zich samen met een meisje van vijf had opgesloten op de wc's en dat ze gilde. Fleming beweerde dat hij geen andere leraar kon vinden, dus schoot Silas het meisje te hulp. Hij heeft zijn gebreken, maar wat dat betreft is hij heel aardig. En dat wist Robert Fleming.

Toen Silas niet meer op de speelplaats was, heeft Fleming een jongen die Daniel heet gedwongen om de brandtrap op te klimmen en vervolgens heeft hij hem zover gekregen dat hij over de rand klom. God mag weten wat hij tegen het jochie heeft gezegd om hem zover te krijgen. Toen heeft Fleming hem geduwd. Daniel was zwaargewond, had twee gebroken benen. Hij bofte dat hij zijn nek niet had gebroken.

Naast secretaresse was ik ook de schoolverpleegster. Ik heb voor hem gezorgd tot de ambulance kwam. Het arme knulletje had zo veel pijn.'

Ik had alleen Adams versie van de gebeurtenissen gehoord, plus de roddels van de volwassenen, die in de loop der tijd waren vervormd. In plaats van een opzettelijke daad was het een vreselijk ongeluk geworden en in plaats van Robert Fleming kreeg meneer Hyman de schuld, omdat hij geen toezicht had gehouden op de speelplaats. Want wie gelooft nu dat een kind van acht zo verontrustend manipulatief, gemeen en kwaadaardig kan zijn?

Maar dat wisten wij al van Adam, die fysiek bang voor Robert was. Wij wisten dat dit anders was dan het gebruikelijke gepest en getreiter. Volgens mij drong dat tot ons door toen hij Adams das strak om zijn hals trok – waardoor er een week lang een rode striem zichtbaar was geweest – en zei dat hij hem zou vermoorden als hij 'zijn kont niet zou kussen'. Of toen hij Adam had vastgebonden met een springtouw en daarna hakenkruisen op zijn lichaam had getekend.

Jenny had hem een 'psycho-kind' genoemd en jij was het met haar eens geweest.

'Dat zijn geen dingen die een jongen hoort te doen,' had je gezegd. 'Als hij volwassen was, zouden we hem een "sociopaat" noemen. Of zelfs een "psychopaat".'

Het was na het hakenkruisincident, vlak voor zijn laatste korte vakantie, dat jij een gesprek eiste en de garantie kreeg van mevrouw Healey dat Robert Fleming in september niet terug zou komen op Sidley House.

'Mevrouw Healey wist dat een dergelijk ongeluk nooit had mogen gebeuren op de speelplaats van een lagere school,' gaat mevrouw Fisher verder. 'Ze moest een schuldige aanwijzen en ze koos Silas Hyman. Ik geloof niet dat het haar bedoeling was om hem ervoor te ontslaan. Ze is niet dom. Ze begrijpt heel goed dat een begaafde leraar in elk geval in zakelijk opzicht een aanwinst is. Maar toen verscheen dat lasterlijke artikel in de *Richmond Post* en werd er onophoudelijk gebeld door ouders die eisten dat ze actie zou ondernemen. Zij vond dat ze geen keuze had. Ouders hebben heel veel macht op een privéschool, vooral op een school die betrekkelijk nieuw is.

Het ergste is dat er een kansje was om te verhinderen dat die verdorven jongen nog ergere dingen zal gaan doen, als hij wel de schuld had gekregen.'

Maar die heeft hij niet gekregen. Mevrouw Healey heeft hem stilletjes laten vertrekken.

'Denk je dan dat hij nog eens zoiets zal doen?' vraagt Sarah.

'Ja, natuurlijk. Als hij op zijn achtste een plan kan bedenken om de benen van een jongen te breken, en dat plan ook ten uitvoer brengt, waar zal hij dan op zijn achttiende toe in staat zijn?'

Had Robert Fleming het speelveld verlaten tijdens de sportdag? Nee. Dat kan ik niet geloven. Ik weet dat ons is verteld dat bijna alle branden onder schooltijd zijn aangestoken door kinderen, maar dat ging niet om branden waarbij mensen zo ernstig gewond raken. Ik weiger om net als adjudant Baker te geloven dat een kind daartoe in staat is.

'Je zei toch dat de telefoon roodgloeiend stond na het artikel in de *Richmond Post*?' vraagt Sarah.

'Precies. En toen was Sally Healey gedwongen om Silas te ontslaan.'

'Weet je wie de pers heeft getipt?'

'Nee, dat weet ik niet.'

'Heeft Silas Hyman vijanden?'

'Voor zover ik weet niet.'

'Je zei daarstraks: "ondanks zijn gebreken". Wat bedoelde je daarmee?'

'Dat had ik niet moeten zeggen.'

'Maar is er een reden?'

'Ik bedoel alleen dat hij arrogant was. Er zijn niet veel mannelijke leraren op een lagere school. Hij was een haan in het kippenhok.'

Ze zwijgt even en ik zie dat ze probeert haar tranen terug te dringen.

'Hoe gaat het met ze?' vraagt ze. 'Met Jenny en mevrouw Covey?'

'Ze verkeren allebei in kritieke toestand.'

Elizabeth Fishers kaarsrechte postuur zakt iets in en ze draait haar gezicht weg van Sarah, alsof ze zich schaamt voor haar emotie.

'Ik was er toen de school net was opgericht, net als Jenny. De kleuters kwamen naar mijn kantoor om me te laten zien wat ze hadden gemaakt. Jenny Covey kwam altijd binnen en dan knuffelde ze me en ging ze weer weg. Meer wilde ze niet. In het eerste jaar was ze gek van Hama-strijkkralen. Andere kinderen maakten heel precieze geometrische patronen, maar zij deed iets volledig willekeurigs, er kwam geen ontwerp of wiskunde aan te pas, en het was prachtig. Al die gekleurde kralen bij elkaar, volslagen lukraak. Gewoon zo... energiek en onbezorgd.'

Sarah glimlacht. Herinnert ze zich Jenny's Hama-fase? Ze heeft vast wel een anarchistisch onderzettertje voor kerst gehad.

'En Adam is zo'n lieve knul,' vervolgt ze. 'Daar kan mevrouw Covey trots op zijn. Had ik dat maar eens tegen haar gezegd, maar dat heb ik nooit gedaan. Niet dat het verschil had gemaakt wat ik ervan vond, maar toch wilde ik dat ik het had gezegd.'

Sarah kijkt ontroerd en dat geeft Elizabeth Fisher de moed die ze nodig heeft om verder te gaan.

'Sommige kinderen nemen nauwelijks de moeite om hun moeder

aan het einde van de dag te begroeten, en de moeders hebben het te druk met roddelen om veel aandacht voor hun kind te hebben. Maar Adam rent altijd met gespreide armen naar buiten, als een vliegtuig dat gaat landen, naar mevrouw Covey, en zij heeft alleen oog voor hem. Ik keek altijd naar ze door het raam van mijn kantoor.'

Ze heeft niemand tegen wie ze over ons kan praten, bedenk ik. Niet nu haar man weg is. En ze kan moeilijk contact opnemen met iemand van school na die vreselijk gênante bloemen-voor-haar-stervende-man.

'Heb jij enig idee wie de school in brand heeft kunnen steken?' vraagt Sarah.

'Nee. Maar als ik jou was, zou ik op zoek gaan naar een volwassen versie van Robert Fleming die dit heeft kunnen doen omdat niemand eerder heeft ingegrepen.'

Als Jenny en ik weer naar mijn afdeling gaan, denk ik terug aan het gesprek dat jij met mevrouw Healey hebt gehad over Robert Fleming. Het ergerde me dat ze wel naar jou luisterde terwijl ze mij alle keren dat ik naar school was gegaan om te klagen had genegeerd. Ik had gedacht dat het kwam doordat jij een man was en ik slechts de zoveelste moeder met KitKat-kruimels in mijn zak en reservegymsokken in mijn handtas. Jij had gezegd dat dat kwam doordat je beroemd was. *'Ik kan meer herrie schoppen.'*

Maisie komt bij mijn bed staan. Ze trekt het lelijke, dunne gordijn dicht.

'Nog een bezoeker,' zeg ik tegen Jen. 'Het lijkt hier vanavond wel een salon uit de zeventiende eeuw, vind je niet?'

'Een salon was in Frankrijk, mam.' Ze wijst op de bruine, geometrische gordijnen om mijn bed. 'En hij had muren. Met olieverfschilderijen en rijkversierde spiegels.'

'Niet zo muggenziften. Er stond toch ook een bed?' Een paar maanden eerder hebben we het over salons gehad. Het ontroert me dat ze heeft geluisterd. 'En een vrouw die in het middelpunt van de belangstelling stond. *N'est-ce pas?* Goed, die vrouw hoorde weliswaar een betoverende intellectueel te zijn...'

Jen glimlacht.

Maisie gaat op de rand van mijn bed zitten in plaats van in de stoel voor bezoekers, en ze pakt mijn hand. Nu weet ik dat de zelfverzekerde, uitbundige, het-zal-me-allemaal-een-zorg-zijn-Maisie niet bestaat. Maar vroeger heeft ze wel degelijk bestaan, daar ben ik van overtuigd. Ik weet niet wanneer Maisie is begonnen met het imiteren van haar voormalige ik, de persoon die ze nog steeds zou moeten zijn.

Maar haar vriendelijkheid en warmte zijn oprecht.

'Je ziet er al veel beter uit,' zegt ze tegen me. Ze glimlacht alsof ik haar niet alleen kan zien, maar ook kan verstaan. 'Kleur op je wangen! En je gebruikt niet eens blusher, is het wel? Dat moet ik wel. Ik moet het er dik op doen, maar jij hebt van nature een lekker kleurtje.'

In plaats van een Franse salon, stel ik me nu voor dat ik in haar keuken ben, die wordt verwarmd door een ouderwets Aga-fornuis.

Toen ze de laatste keer bij me kwam, wist ik zeker dat ze me iets wilde vertellen, maar toen werd ze onderbroken. Zal ze me nu in vertrouwen nemen over Donald? Ik hoop van wel. Een van de dingen die ik hier zo moeilijk aan vind, is dat ze niet met mij kon, of wilde, praten.

Ze frummelt wat in de zak van haar vest en haalt Jenny's mobieltje tevoorschijn, met het bedeltje eraan dat Adam haar voor Kerstmis heeft gegeven.

'Tilly, de kleuterleidster, heeft het aan me gegeven,' zegt Maisie.

Jenny staart zwijgend naar haar telefoon. Daarin staan sms'jes over feesten en reisplannen en alledaagse gesprekjes met haar vrienden; een heel tienerleven in acht centimeter plastic. Het ding is glanzend en onbeschadigd.

'Tilly heeft het in het grind voor de school gevonden,' gaat Maisie verder. 'Ze heeft het aan mij gegeven toen ik in de ambulance bij Rowena stapte. Ze wilde er zeker van zijn dat ik het aan Jenny zou geven. Alsof dat belangrijk was. Ach, ze wilde vast iets doen om te helpen. Dat wil iedereen. Maar toen ben ik het zomaar vergeten. Het spijt me.'

'Hoe kon ze dat nou zomaar vergeten?' vraagt Jenny.

'Er gebeurde zo veel,' zeg ik, en ik sta versteld van mijn eigen understatement.

'Ik had het eerder moeten teruggeven. Sorry,' zegt Maisie, alsof ze Jenny heeft gehoord. 'Sorry, ik ben ook zo'n warhoofd.'

Tussen alle vazen met bloemen vindt Maisie een plekje voor de telefoon.

'De airconditioning in Ro's kamer staat veel te hoog,' zegt ze. 'Daarom heb ik mijn vest aangetrokken. Toen vond ik hem in de zak en wilde hem aan Jenny teruggeven. Meiden en hun mobieltje, je weet wel.'

'Maar hoe kan ik hem hebben laten vallen?' vraagt Jenny. 'Ivo en ik waren elkaar aan het sms'en toen ik in de EHBO-kamer was. En toen was er brand en was ik nog steeds binnen. Dus hoe kan hij búíten zijn gevonden?'

'Ik weet het niet, liefje.'

'Misschien heeft de brandstichter hem van me gestolen en hem toen per ongeluk laten vallen?'

'Maar waarom zou die hem stelen?'

'Als het de briefschrijver was,' zegt Jenny langzaam, 'wilde hij misschien een soort trofee.'

Dat idee maakt me misselijk.

'Het kan zijn dat je ergens anders voor naar buiten bent gegaan,' zeg ik. 'En toen weer naar binnen.'

'Waarom zou ik dat hebben gedaan?'

Ik heb geen idee. We doen er allebei het zwijgen toe.

Maisie gaat weer op mijn bed zitten, kwebbelend met haar lieve stem. Ze doet haar best om dit zo normaal mogelijk te laten lijken, alsof ze wil doen alsof we samen in haar keuken zitten, en dat het net zo gezellig is als het lijkt. Bedrog in het bedrog.

Tot vandaag heb ik gedacht dat Maisie kwebbelde door een overvloed aan dingen die ze wilde zeggen, vriendelijke, warme ontboezemingen, maar het kan ook zijn dat het een nerveuze tic is. Een maalstroom aan gebabbel om de onderliggende, schrijnende ellende te verhullen.

Net zoals het vormeloze, zachte vest dat haar blauwe plekken verdoezelt.

'Jenny mocht haar telefoon niet hebben op de ic,' vertelt ze. 'Voor het geval hij de apparatuur en dat soort dingen verstoort. Ik zei dat hij uit stond, dat ik hem alleen bij haar wilde leggen voor als ze bijkomt. Maar uit mocht ook niet. Ze zeiden dat er bacteriën op kunnen zitten en dat willen we natuurlijk niet!

Dus ik zal hem naast jou leggen en tegen Mike zeggen dat hij hier is, want misschien wil hij hem mee naar huis nemen en daar veilig voor haar bewaren.'

Jenny staart nog altijd naar haar telefoon.

'Ik kan het me verdomme nog altijd niet herinneren. Anders...'
Haar stem sterft weg en ze is razend op zichzelf.
Maisie heeft zich iets van me afgewend.
'Ik moet je iets vertellen, Gracie. Maar ik wil niet dat je me erom haat. Alsjeblieft.'
De gordijnen om mijn bed worden opengerukt en er zijn twee artsen om een van hun veelvuldige controles te doen. Een van hen spreekt Maisie aan.
'Trekt u de gordijnen om haar bed alstublieft niet dicht. We moeten haar te allen tijde in de gaten kunnen houden.'
'O, ja, natuurlijk. Het spijt me.'
De artsen gaan weer weg, maar het lawaai en de spoed op de afdeling is overal om ons heen, er valt nu zelfs niet meer te doen alsof we in een salon of keuken zijn.
'Donald is daarstraks op bezoek geweest bij Rowena,' zegt Maisie. Eindelijk zal ze me in vertrouwen nemen. En dat wil ik ook. Misschien zal dat haar wat ontlasten.
'Hij is ontzettend trots op haar.'
'Jezus nog aan toe,' zegt Jenny. Haar frustratie en angst liggen heel dicht aan het oppervlak. Maar ik doe mijn best om begrip op te brengen. Misschien moet Maisie die film over een gelukkig gezinnetje blijven afdraaien voor iemand die hem al jaren heeft gezien; moet ze de illusie in stand houden omdat de werkelijkheid – Donald die haar reeds gewonde kind pijn doet – te moeilijk is om onder ogen te zien.
'Je weet toch dat ik alles wil doen voor Rowena?' zegt ze zachtjes.
'Dat weet je toch, Gracie?'
'Behalve weggaan bij je man zodat hij haar geen pijn meer kan doen,' snauwt Jenny.
'Zo eenvoudig ligt het niet, Jen.'
'Nou, volgens mij wel.'
'Ik heb het verhaal over wat er is gebeurd niet afgemaakt.' Maisie pakt de draad weer op. 'Dus jij weet nog niet waarom hij zo trots is.'
'Dit is belachelijk,' zegt Jenny, nog altijd snauwerig. Ik gebaar dat ze stil moet zijn, zodat we Maisie kunnen verstaan.
'Ik heb je verteld dat toen jij het gebouw in rende, ik er juist vandaan rende, naar de brug. Ik ging naar de brandweerwagens en heb tegen alle brandweerlieden gezegd dat er nog mensen binnen waren, en

we hebben alle auto's aan de kant geduwd. Ik heb je verteld...'

Ik herinner me het geluid van schreeuwende mensen en toeters en de geur van dieseldampen en brand bij de brug, alsof Maisies zintuiglijke herinnering ook de mijne is. Ditmaal is het geen oppervlakkige, zwakke film.

'Toen ik op de brug was, of ietsje eerder, terwijl ik daar nog naartoe rende, is Rowena de school in gegaan.'

'Ik begrijp er niks van,' zegt Jenny, en dat geldt ook voor mij.

'Ze had jou naar binnen zien gaan,' vervolgt Maisie. 'Ze had je Jenny's naam horen roepen. Maar zij is niet weggevlucht. Zij vond een handdoek in het gymhok en die heeft ze kletsnat gemaakt. Ze heeft hem voor haar gezicht gehouden. En toen is ze de school in gegaan om je te helpen.'

Lieve hemel. Rowena is een brandend gebouw in gegaan. Voor Jenny. Voor mij.

'Ze vermoeden dat ze onwel is geworden van de rook. Ze was bewusteloos toen de brandweerlieden haar vonden. Ze is niet ernstig gewond, maar ze waren bang dat ze inwendig letsel heeft opgelopen. Daarom houden ze haar nog steeds in de gaten.'

Ik wist niet dat ze zo dapper was, of er zelfs maar in de buurt kwam. Haar heldhaftigheid is uitzonderlijk.

Ik denk niet dat jij het echt zult begrijpen, maar ik wéét hoe het was om daar naar binnen te gaan. Zet de grill op de hoogste stand en steek dan je gezicht in de oven. En vervolgens je hele lichaam. Voeg daar verstikkende rook en een gebrek aan zuurstof aan toe. Doe de deur dicht.

Ik ben uit instinct en liefde dat gebouw in gegaan en die hebben me verder gedreven. Ja, zoals ik je al heb verteld, had ik de zelfzuchtige neiging om weg te rennen. Maar de behoefte om Jenny in mijn armen te houden was groter dan alle andere behoeften die ik ooit eerder had gevoeld. Uiteindelijk ook groter dan de behoefte om mezelf in veiligheid te brengen. En in die verstikkende, brandende school heb ik ontdekt dat zelfbehoud het niet kan winnen als je een moeder bent, omdat je kind een deel van jezelf is.

Maar Rowena is ernaartoe gegaan zonder dat instinct. Zonder liefde. Ik heb haar zelden gezien sinds ze op de middelbare school zit en Jenny en zij zijn nooit vriendinnen geweest. Toch is ze erin geslaagd om haar angst te overwinnen. Alleen haar moed spoorde haar aan om verder te gaan. Zoals de ridders in een van Adams Arthurlegenden, heldhaftig en onbaatzuchtig.

Adam.

Rowena stond hem te troosten toen ik de school in rende zonder ook maar te stoppen om even iets tegen hem te zeggen. Heeft Adams verdriet haar ertoe aangezet?

'Ik besefte niet eens dat ze er niet was,' zegt Maisie. 'Toen de brandweerwagens bij de school kwamen, waren er zo veel mensen: ouders, leraren, kinderen en mensen van de pers. Ik dacht dat ze ergens in de menigte stond, ik ging ervan uit...'

'Ze wilde vast dat haar vader weer trots op haar zou zijn,' zegt Jenny.

'En toen droeg een brandweerman haar naar buiten en ze was bewusteloos,' gaat Maisie door. 'Toen ik tegen Donald zei...'

Ze stopt, duidelijk van streek. Met moeite en geëmotioneerd, vervolgt ze haar verhaal. 'Je hoort iemand toch niet te veroordelen? Als je van ze houdt, en ze zijn familie, moet je proberen om het goede in mensen te zien. Dat is liefde toch, in zekere zin? Dat je gelooft in iemands goedheid?'

'Meent ze dat nou echt?' vraagt Jenny.

'Ja, ik denk het wel.'

'Jezus.'

Maisie pakt mijn hand steviger beet.

'Het is grappig. Binnen één middag weet je precies hoe je in elkaar steekt. En ook hoe je kind in elkaar steekt. En je kunt tegelijkertijd enorme schaamte en trots voelen.'

Maar Rowena wil dat haar vader trots op haar is, niet haar moeder. Ze is het brandende gebouw binnen gegaan voor hem. Tevergeefs.

Ik denk aan de lelijke haat in Donalds stem. *'Dus jij bent de kleine heldin?'* Haar kreet van pijn toen hij haar verbrande handen beetpakte.

18

Sarah komt bij mijn bed staan en ziet er zoals gewoonlijk kordaat en efficiënt uit. Ik ben dankbaar voor haar bekwaamheid, want wat zouden we op dit moment hebben aan iemand die in een rubberbootje op een eendenvijver ronddobbert?
Maisie zit zwijgend naast me, alsof ze uitgeput is. Haar vingers trillen.
'Dag, Grace. Ik ben het weer,' zegt Sarah. 'Het lijkt hier wel spitsuur vanavond.'
'Geloof jij ook dat ze ons kan horen?' vraagt Maisie.
'Jazeker. Ik ben Sarah, Grace' schoonzus.'
Ik vermoed dat ze de angst op Maisies gezicht ziet. Dat is mijn schuld. Ik heb vroeger altijd gedaan alsof Sarah een echte draak is.
'Maisie White. Een vriendin.'
'Ben jij de moeder van Rowena White?' vraagt Sarah. Als opmerkzaam agent herkent ze onmiddellijk namen.
'Ja.'
'Er is hier wel ergens een kantine open. Heb je zin om een kopje thee te gaan drinken? Althans, spul dat voor thee moet doorgaan.'
Ze laat Maisie weinig keus.
Ik hoop vurig dat ze Maisie ertoe kan overhalen om over het huiselijk geweld te vertellen, zodat Sarah Donald aan haar lijstje met verdachten kan toevoegen. Maar in alle jaren dat we bevriend zijn heeft Maisie er nog nooit tegen mij op gezinspeeld. Of misschien heeft ze dat wel gedaan en was ik niet snugger, of gevoelig, genoeg om het te begrijpen.
Als ze weggaan, ziet Sarah Jenny's mobieltje liggen.
'Dat is van Jen-Jen,' zegt Maisie. 'Een lerares heeft het voor de school gevonden en wist dat ze het graag terug zou willen.'
Wellicht noemt ze haar Jen-Jen om Sarah te laten zien dat ze elkaar

erg na staan of om te bewijzen dat ze het recht heeft om hier te zijn, en dat ontroert me. Het is een teken van de oude, assertievere Maisie.

Sarah pakt de telefoon en Jenny raakt heel gespannen. Maar Sarah stopt hem in haar zak.

'Ik ga naar de tuin,' zegt Jenny en haar frustratie en ergernis zijn overduidelijk. 'En ik word tegenwoordig Jenny genoemd. En ík hoor mijn telefoon te hebben, niet tante Sarah.'

Vreemd genoeg ben ik blij om haar tienerwoede en haar verontwaardiging.

Ik volg Sarah en Maisie naar de cafetaria. Denk jij dat iemand zal ontdekken dat Sarah hun familiekamers en cafetaria's verandert in verhoorkamers?

Het Palms Café is leeg en de tl-buizen zijn uit, maar de deur staat open en het apparaat voor warme dranken werkt. Sarah haalt bekertjes van piepschuim waar iets in zit wat voor thee door moet gaan en ze gaan samen aan een formicatafeltje zitten.

Het enige licht komt van de gang, waardoor dit ziekenhuisvertrek schimmig en vreemd lijkt.

'Ik probeer wat meer duidelijkheid te krijgen over wat er precies is gebeurd,' zegt Sarah.

'Grace heeft me verteld dat jij een politievrouw bent.'

Vroeger zou Sarah haar stuurs hebben verbeterd: 'Politieagent.'

'Op dit moment ben ik alleen Grace' schoonzus en Jenny's tante. Zou je mij kunnen vertellen wat je nog weet over gistermiddag?'

'Natuurlijk. Maar ik geloof niet dat je veel aan me zult hebben. Ik bedoel, ik heb alles al aan de politie verteld.'

'Zoals ik al zei, praat ik hier als familielid met je.'

'Ik was gekomen om Rowena op te halen van school. Of liever gezegd van haar werk, want tegenwoordig is ze onderwijsassistente en geen leerling. Ik was heel blij toen ze me vroeg of ik haar naar huis kon brengen, want ik heb haar de laatste tijd niet zo veel gezien. Je weet hoe tienermeiden zijn.' Haar stem sterft weg. 'Sorry, dit is onbelangrijk. Het spijt me.'

Sarah glimlacht naar haar, als aanmoediging om door te gaan.

'Ik dacht dat ze op het speelveld zou zijn om te helpen met de sportdag. Maar Gracie zei tegen me dat ze met Addie naar de school was gegaan om zijn taart te halen. Een loopgraaftaart die ze samen hadden gemaakt...' Ze houdt op met praten en duwt haar knokkels in haar mond om een snik tegen te houden. 'Ik kan er niet goed aan denken, aan Addie, nu zijn moeder zo... Ik kan niet...'

'Dat geeft niet. Doe maar rustig aan.'

Maisie roert in haar thee, alsof het slappe plastic lepeltje haar houvast biedt; ze is vastbesloten om door te gaan.

'Ik ben haar gaan zoeken. Toen ik binnen was, ben ik naar de wc gegaan. Die voor volwassenen. Daar was ik net toen ik een geluid hoorde, heel hard, als een luchtalarm of iets dergelijks. Het leek niet op de brandmelders die wij op school hadden, dus het duurde even voor ik begreep wat het was.

Ik haastte me naar buiten, omdat ik me zorgen maakte over Rowena. Toen zag ik haar uit het kantoor van de secretaresse komen.'

Terwijl ze roert, klotst er thee over de rand van haar bekertje op de formicatafel.

'Door het raam in het kantoor zag ik dat Adam veilig buiten stond, bij het standbeeld. Ik dacht dat alles in orde was. Maar ik wist het niet van Jenny. Ik heb haar niet eens geroepen. Ik wist niet dat ik dat moest doen.'

'Op welke verdieping is het kantoor van de secretaresse?' vraagt Sarah.

'Boven aan de trap, op de tussenverdieping. Vlak naast de hoofdingang. Ik zei tegen Rowena dat zij bij Adam moest blijven en ik ging helpen bij de kleuterklas. Mevrouw Healey vindt hen namelijk te jong voor de sportdag, snap je? Sorry. Wat ik wil zeggen, is dat ik wist dat zij in de school waren.'

Sarah veegt Maisies gemorste thee op met haar servet en dat eenvoudige, vriendelijke gebaar lijkt Maisie op haar gemak te stellen. Draken vegen geen gemorste thee op.

'En toen?' vraagt Sarah.

'Ik ging naar de verdieping eronder, waar hun klaslokaal is. Beneden hing minder rook en ze hebben een eigen ingang, met een helling die omhooggaat naar het terrein voor de school. Tilly, Juffrouw Rogers, leidde alle kinderen naar buiten. Ik hielp haar om ze te kalmeren. Ik ken ze allemaal, weet je, want ik kom ze één keer per week voorlezen. Daarom kon ik helpen om ze gerust te stellen.'

Opeens klinkt haar stem warm en ik weet dat ze aan die kinderen van vier denkt, hun silhouet gek genoeg nog vaag, alsof je hun aura eerder kunt aanraken dan hun sluike, zijdezachte haar en perzikzachte gezichtjes. Nog altijd beeldschone babymensjes. Vroeger dacht ik dat ze hun ook nog voorlas toen Rowena al groter was omdat ze het miste dat haar eigen dochter geen klein meisje meer was. Maar misschien probeerde ze een middag per week terug te keren naar de tijd voor de mishandeling, toen Rowena en zij gelukkig waren, een tijd waarin het haar echt allemaal 'een worst zou zijn'.

'Heb je behalve Rowena, Adam en de kleuterjuffrouw nog iemand anders gezien?'

'Nee. Althans, niet in de school, als je dat bedoelt. Maar ongeveer vijf minuten later kwam de nieuwe secretaresse naar buiten. Tegen die tijd was er veel rook, maar ze glimlachte alsof ze het leuk vond. Ze was in elk geval niet overstuur en ze had haar lippen gestift. Sorry. Dat is dom.'

'Kwam ze vijf minuten na het alarm naar buiten? Weet je dat zeker?'

'Nee. Ik bedoel, ik kan het niet met zekerheid zeggen. Maar wij hadden alle kinderen naar buiten gebracht, ze in een rij gezet en ze minstens vijf keer geteld. Ze gaf Tilly het presentieregister om officieel te controleren of ze er allemaal waren, maar wij wisten dat dat zo was.

Vlak nadat de secretaresse naar buiten kwam, werd de brand erger. Er was een enorme knal en er waren vlammen, en er kwam rook uit de ramen.'

'Heb je verder nog iemand gezien?'

'Nee.'

'Weet je het zeker?'

'Ja. Ik heb mijn best gedaan om het me te herinneren, maar ik geloof echt niet dat ik verder nog iemand heb gezien. Al kunnen er gemakkelijk andere mensen zijn geweest. Ik bedoel, het is een groot gebouw.'

Sarah heeft geen slok van haar thee genomen; al haar aandacht is op Maisie gericht, zonder dat ze dat laat merken.

'En toen?'

'Ik denk dat het een paar minuten later was dat ik Gracie naar de school zag rennen. Ik meen dat ze gilde, maar het brandalarm was zo hard, dat ik het niet zeker weet.'

Ze zwijgt even, alsof ze mij weer in volle vaart naar de school ziet sprinten.

'Ik wist dat ze opgelucht zou zijn als ze Adam zag, en dat was ook zo, en ik dacht dat alles in orde was. Maar toen riep ze om Jenny, steeds maar weer, en ik besefte dat Jenny nog binnen moest zijn. En Gracie rende het gebouw in.'

Ik zie dat er bijna tranen in Maisies ogen opwellen. Ze drukt hard met haar vingertoppen op haar slapen, alsof dat de tranen zal dwingen om binnen te blijven.

Sarah kijkt haar opmerkzaam aan.

'Weet je dat Adam ervan wordt beschuldigd dat hij het vuur heeft aangestoken?' vraagt ze.

Maisie is stomverbaasd. Heeft Sarah het haar daarom verteld? Om haar reactie te kunnen peilen? Dan moet ze duidelijk zien dat Maisies verbazing echt is.

'O, hemel. Die arme mensen.'

De tranen komen nu toch naar buiten en stromen over haar wangen. 'Sorry, egoïstisch van me. Ik heb geen recht om te huilen, niet nu Grace en Jenny...'

Sarah pakt Maisies bekertje. 'Wil je er nog een?'

'Graag, dank je.'

Ook dit kleine, vriendelijke gebaar lijkt Maisie weer wat te kalmeren.

'Wat weet jij over Silas Hyman?' vraagt Sarah terwijl ze naar de drankautomaat loopt.

'Hij is gevaarlijk,' zegt Maisie direct. 'Gewelddadig. Maar dat zou je nooit zeggen. Ik bedoel dat hij een bedrieger is. Hij zorgt ervoor dat mensen van hem gaan houden. Jonge mensen. Hij maakt misbruik van hun gevoelens voor hem.'

Ik schrik van haar felheid, en hoe zeker ze van haar zaak is. Hoe weet ze dat?

'In welk opzicht is hij een bedrieger?' vraagt Sarah.

'Ik dacht hij aardig was en echt om mensen gaf,' zegt Maisie. 'Ik vond hem geweldig. Als ik de kleintjes voorlees, neem ik er om de beurt een mee naar de eerste verdieping waar de leesboeken van de eerste groepen staan en dan gaan we samen op het tapijt zitten.'

Maisie praat tegen haar door de schemerige ruimte heen, alsof het een opluchting is om haar hart te luchten. Ze struikelt over haar woorden.

'Meneer Hyman gaf les in het andere lokaal op die verdieping. Je kon zijn leerlingen horen lachen. En er klonk muziek. Hij speelde altijd iets voor ze. Na een poosje had ik het door. Mozart voor rekenen en jazz als ze zich moesten omkleden voor gym, omdat ze daar sneller door gingen bewegen. Een keer heb ik gehoord hoe hij Robert Fleming een standje gaf, maar hij schreeuwde niet tegen hem. Hij hoefde de deur van het lokaal niet dicht te doen, zoals sommige leraren doen omdat ze bang zijn dat de ouders anders zullen horen wat er wordt gezegd. En hij had voor iedereen een koosnaampje. Op school leek al zijn aandacht gericht op de kinderen. Niet op vooruitkomen of ervoor zorgen dat er indrukwekkende werkstukken aan de muur hingen zodat de ouders die zouden zien. Alleen de kinderen. Hen inspireren en gelukkig maken. Snap je waarom ik me door hem in de luren heb laten leggen? Volgens mij heeft hij ons allemaal voor de gek gehouden.'

Sarah gaat weer bij haar zitten met twee verse bekertjes thee. Zolang ik Sarah ken, heb ik haar nog nooit thee zien drinken, alleen koffie, en zelfs dan alleen verse en geen oploskoffie. Misschien drinkt haar politiepersona wel thee, want ze mag dan tegen Maisie hebben gezegd dat ze met haar praat als familielid van ons, maar ik zie de professionele Sarah.

'Wanneer begreep je dat je voor de gek was gehouden?' vraagt ze.

Maisie pakt de thee en friemelt wat met een roze zakje zoetstof, waarna ze antwoordt.

'Op de prijsuitreiking van de school. We delen namelijk elk jaar een prijs uit, snap je? Voor natuurkunde. Rowena gaat natuurkunde studeren op St. Hilda's in Oxford. Sorry. Ik bedoel, daarom waren we er.' Ze zwijgt even, alsof ze terugdenkt. 'Hij stormde naar binnen en hij keek zo boos en toen schold hij de directrice uit. Hij bedreigde ons allemaal. Maar verder nam niemand hem serieus. Alle anderen vonden het eerder gênant dan bedreigend.'

'Maar jij nam hem wel serieus?'

'Ja.'

Tijdens de prijsuitreiking had Donald heel dicht tegen haar aan gezeten. Maisie weet uit ervaring dat dreigen met geweld kan ontaarden in het echte werk. Maar misschien geeft Donald van tevoren geen waarschuwing.

'Heb je iemand over je zorgen om hem verteld?' vraagt Sarah.

'Ja, later die avond heb ik Sally Healey, het schoolhoofd, gebeld en ik heb tegen haar gezegd dat ze de politie moest inlichten om ervoor te zorgen dat hij niet meer in de buurt van de school mocht komen. Ik geloof dat dat een straatverbod heet. Ik weet het niet precies. Iets wat inhoudt dat hij uit de buurt van de kinderen moet blijven.'

'En heeft ze dat gedaan?'

Maisie schudt haar hoofd en ik zie hoe verstoord ze kijkt.

'Je zei dat hij ervoor zorgt dat jonge mensen van hem gaan houden,' vervolgt Sarah. 'En dat hij misbruik maakt van hun gevoelens.'

Maar Maisie lijkt ineens te zijn dichtgeklapt en ze gaat helemaal op in haar eigen gedachten.

'Maisie?' zegt Sarah, maar Maisie blijft zwijgen.

Sarah wacht geduldig en gunt Maisie de tijd.

'Gracie heeft me verteld dat Adam dol op hem is,' zegt Maisie uiteindelijk. 'Maar pas op de prijsuitreiking drong het tot me door hoe dol.'

'Wat is er dan gebeurd?'

'Heeft niemand je dat verteld?'

'Nee.'

Jij had niks tegen Sarah gezegd en mijn relatie met haar was niet goed genoeg om dit gevoelige onderwerp aan te snijden.

'Addie stond op en nam Silas Hyman in bescherming,' zegt Maisie. 'Hij zei tegen iedereen dat hij niet ontslagen had mogen worden.'

'Wat dapper van hem,' zegt Sarah.

Ik had het risico moeten nemen om het haar te vertellen.

'Maar het is verkeerd om je door iemand te laten aanbidden...' Maisies stem trilt van emotie, 'die zo veel jonger is en nog niet voor zichzelf kan denken. Dan buit je kinderen uit. Dat is verdorven. En je kunt ze laten doen wat jij wilt.'

Haar woede is zowel schokkend als aandoenlijk. Net als Sarah weet ik wat ze impliceert. Maar niemand kan Addie ertoe hebben bewogen om een vuurtje te stoken.

Ik neem het Maisie niet kwalijk dat ze gelooft dat Adam gemakkelijk gemanipuleerd kan worden. Hij is altijd verlegen tegenover volwassenen, zelfs tegen Maisie. En na de prijsuitreiking zag hij er zo geïntimideerd uit toen hij terugdeinsde voor Donalds aansteker.

'Ik moet terug naar mijn dochter,' zegt Maisie. 'Ik heb tegen haar gezegd dat ik niet lang zou wegblijven.'

'Natuurlijk.' Sarah staat op. 'Een collega van me heeft na de brand met een brandweerman gesproken. Hij heeft me verteld hoe dapper ze was.'

'Ja.'

'Ik wil haar ook graag spreken, als je dat goedvindt. Alleen om voor mezelf alles op een rijtje te kunnen zetten.'

'Op dit moment is ze nogal van streek.' Maisie kijkt angstig. 'Heel nerveus. Maar dat is toch ook begrijpelijk na alles wat er is gebeurd? Zou je het erg vinden om nog een poosje te wachten?'

Is ze bang dat Rowena Sarah over Donald zal vertellen?

'Nee, hoor,' antwoordt Sarah. 'En het is heel aardig van je dat je wat tijd voor me hebt vrijgemaakt. Ik kom morgen wel even langs. Misschien kan ze dan even met me praten.'

'Ik heb het haar nog niet verteld,' zegt Maisie. 'Hoe erg ze er allebei aan toe zijn.'

'Ik begrijp het.'

Maisie gaat weg en Sarah maakt nauwgezet aantekeningen in het opschrijfboekje met de uiltjes.

'Zorg dan dat ze je nu een nieuwe verklaring geeft,' zeg jij fel.

Sarah is naast je komen zitten aan Jenny's bed.

'Zeg tegen Baker dat nog iemand wist dat hij gewelddadig was,' ga je door. 'Godsamme, als Maisie zo over hem denkt, doen anderen dat ook.'

'Op dit moment heeft dat geen nut,' zegt Sarah geduldig. 'Eerst moet zijn alibi worden ontkracht. En ik moet tegelijkertijd ook andere sporen volgen.'

Ze stuurt jou weg om een dutje te gaan doen en neemt jouw plek naast Jenny in.

Ik ga naar de tuin, waar Jenny wacht.

Het is hier anders in de koelte van de avond. Iemand heeft de bloemen water gegeven en het vogelbadje gevuld. Als je recht omhoogkijkt, langs de loodrechte muren die aan elke kant staan en die bezaaid zijn met ramen, kun je de hemel zien; dat changeantzijde-donkerblauw dat je laat op een zomeravond ziet, waarbij de sterren door de stof heen prikken.

Hierbuiten voelen we geen enkele pijn en ik vermoed dat dat komt omdat we weliswaar buiten zijn, maar de tuin in het midden van het ziekenhuis ligt en dat de loodrechte muren eromheen ons beschermen.

Mijn zintuigen zijn momenteel veel gevoeliger, ik ruik de subtielste, kleinste dingen, alsof het gebrek aan een lichaam mijn zintuigen ontbloot en trillend heeft achtergelaten.

Ik, die het niet eens rook als het geroosterde brood aanbrandde. '*Verdraaid nog aan toe, Grace, het lijkt wel houtskool!*'

Nu voelt de lucht zacht en zwaar door het zomerparfum van jasmijn, rozen en kamperfoelie; geurlagen in de lucht als de gekleurde strepen in Adams pot met sierzand.

En er is nog een parfum. Het is zoeter dan de andere en roept een emotie in me op die ik nu niet zou moeten voelen; een trilling van nervositeit en een uitgestrekte, ongelimiteerde opwinding. De tijd voor me opent zich, onbeperkt, een rivier door Grantchester en dan verder, weg van klokken op tien voor drie naar Londen en verder, naar telkens meer mogelijkheden.

Het zijn violieren. De geur van avondviolieren, en ik zit weer in de tuin in Newnham, laat op een zomeravond, vlak voor de examens van het eerste semester, mijn hoofd vol schilderijen, boeken en ideeën. Ik ben bij jou. En de avondviolieren laten hun aroma ontsnappen als confetti over mijn liefde voor jou, mijn zenuwen voor de examens en mijn opwinding voor de toekomst.

Herinneringen zijn meestal als een dvd die speelt, ze houden geen verband met de kamer waarin je je bevindt als ze bij je opkomen.

Maar ik ben echt dáár, Mike. Mijn gevoelens zijn prikkelend echt.

Liefde geeft me een stomp in mijn zonnevlecht.

Dan is het voorbij en ben ik weer in dit ingesloten stukje zomer.

Het verlies voelt kil en kleurloos.

Maar er is geen tijd voor genotzucht. Er is iets belangrijks met wat er net is gebeurd, iets wat ik kan gebruiken om mijn kinderen te helpen. De gedachte ontglipt me echter en ik moet haar bij de kladden zien te grijpen voor ze helemaal weg is.

Het was Jenny die het brandalarm hoorde afgaan in de school. 'Het leek even alsof ik weer op school was, echt dáár.'

Ik kijk naar haar.

'Weet je nog of je iets rook toen we Donald White bij Maisie en Rowena zagen?'

Want nu herinner ik me de geur van Donalds aftershave en sigaretten.

'Misschien. Ja,' antwoordt Jenny.

'Denk je dat je daarom het brandalarm hoorde?' vraag ik.

'Toen ik die abnormale oorsuizingen had? Het zou kunnen. Ik heb er niet echt over nagedacht.'

Ik hoor een kind gillen.

Adam.

Met een ruk kijk ik om. Hij is niet hier.

'Nee! Ze is niet dood. Dat is ze niet!'

Een te klein stemmetje voor zulke grote woorden.

Ik ren naar hem toe.

Hij zit voorovergebogen over mijn bed, zonder iets te zeggen. Hij heeft zijn verdriet nooit uitgeschreeuwd, maar ik heb hem gehoord. Mam heeft haar armen om hem heen geslagen.

'Ik ben hier!' zeg ik tegen hem. 'Hier. Niemand weet het, maar dat komt nog wel. En ik zal weer bijkomen, schatje! Reken maar. Ik geef je een kus die je niet kunt voelen, maar ik ben hier. Ik kus je nu.'

Ik heb geen stem.

Gillend in een nachtmerrie, zonder geluid te maken.

Ik dwing mezelf in mijn lichaam, maar mijn stembanden zijn nog altijd geknapt en nutteloos en mijn oogleden zijn nog steeds dichtgelast. Ik probeer uit alle macht om hem aan te raken, maar mijn armen zijn balken van een onmogelijk gewicht. Op deze zwarte, walgelijke, inerte plek kan ik niks doen om hem te bereiken.

En daarbuiten verdrinkt hij in een zwarte, woedende oceaan.

Paniekerig beweeg ik me sneller. Ik probeer mijn ademhaling te vertragen en dat lukt! Ik haal snel adem, in en uit, in en uit, en daarna met opzet langzaam. Mama zal toch zeker wel beseffen dat ik probeer te communiceren? En Adam ook.

Ik kan iets doen! Zal dit betekenen dat we geen jaren hoeven te wachten tot ik ontwaak?

Terwijl ik opzettelijk langzaam adem, denk ik aan het opblazen van Adams oranje vlinderbandjes voor hij kon zwemmen, die strak om zijn magere witte armpjes zaten en hoe hij blij in het water deinde, zonder enige angst te voelen. Mijn ademhaling zorgde dat hij veilig was.

Ik glip mijn lichaam uit. Mama zal toch zeker wel om een arts roepen om te wijzen op dit teken van mij dat ik hierin zit, en dan zal Adam niet langer huilen.

Maar mama zit met een heel bleek gezicht bij Adam naast mijn bed en ze probeert hem te troosten terwijl hij huilt. Misschien moet ik boos op haar zijn. Maar het verscheurt haar en ik weet hoeveel moed ze hiervoor nodig heeft gehad.

Addie rukt zich van haar los en rent weg. Ze gaat hem achterna en pakt hem beet en ze worstelen samen. Zijn lijfje verslapt en ze slaat haar armen om hem heen als een lijflijk kussen tegen ondraaglijke pijn. Ze draagt hem half de afdeling af en ik ga met hen mee.

Zijn gezicht ziet zo wit en hij heeft donkere kringen onder zijn ogen. Hij heeft zich nog verder in zichzelf teruggetrokken, alsof zijn hele lichaam nu stom is. Ik sla mijn armen heel strak om hem heen.

'Mam, als het weer Halloween is, ga ik een bad nemen in onzichtbare inkt. Dan ben ik onzichtbaar.'
'Zo werkt het volgens mij niet.'
'Waarom niet?'
'Nou...'
'Ik zal een handschoen meenemen. Zodat ze weten dat er iemand is. Want hoe moet ik anders snoep krijgen?'

Het zou nog vier maanden duren voor het Halloween was. Tegen die tijd had hij ongetwijfeld weer een nieuw idee bedacht.
'Goed idee, van die handschoen.'
'Ja.'

Hij kan mijn armen om hem heen niet zien of voelen.
Ik zal ontwaken. Op een dag zal ik ontwaken.

Het schemert nu. Door de glazen muur naast de tuin is te zien dat de meeste gangen half verlicht zijn. In een van de kamers zie ik door de ramen zonder gordijnen dat er een kind in bed ligt. Niet meer dan een vorm, met kleine armen. Een andere, grotere vorm, waarvan ik vermoed dat het zijn vader is, streelt het haar van het kind en wacht dan. De kleine vorm in het bed beweegt niet langer als het kind in slaap valt. De vader staat er nu gewoon bij, stokstijf en alleen, en hij wappert met zijn armen, op en neer, op en neer, alsof hij ermee kan wegvliegen.

19

Om ons heen, aan alle vier de kanten, gaan achter de ramen flakkerende elektrische lichten aan; een door de mens gemaakte ziekenhuisdageraad, twee uur na de natuurlijke van buiten.

Het lijkt onmogelijk dat ik eergisteren nog bevroren chocoladebroodjes in de oven deed. Alsof er ondertussen een aardbeving in de tijd is geweest, waarbij de brand de tektonische platen van ons verleden en onze toekomst onherroepelijk van elkaar heeft gescheiden. Sorry, dat klinkt een beetje bombastisch, maar tegen wie kan ik het anders zeggen? De arme Jen zou waarschijnlijk denken dat ik haar aan het voorbereiden ben op een herexamen in een willekeurig vak.

Zodra ik jouw gezicht zie, weet ik dat er geen hart voor haar is gevonden. Ik ga dicht bij je staan en jij vertelt me dat er nog tijd is! Het zal alsnog goed komen! We moeten niet wanhopen! Ze zal beter worden. Natuurlijk wordt ze dat. Ook zonder dat je iets zegt, hoor ik je stoere, felle optimisme. Want al hebben we niet langer een zonnevlechtliefde, we hebben wel de getrouwde variant, die inhoudt dat jouw stem – jij – in mijn gedachten is.

Sarah arriveert. Haar kleren zijn gekreukt en ze heeft geen make-up op. De afgelopen nacht heeft ze jou steeds afgewisseld aan Jenny's bed.

'Ik heb Ivo weten te bereiken,' zegt ze. 'Hij probeert een stand-byticket te regelen.'

Jij knikt enkel.

Wist jij hiervan, Mike? Dat moet wel, want hoe komt Sarah anders aan zijn nummer? En jij vond dat goed? Kennelijk is mijn stem niet in jouw hoofd, want dit is een vreselijk slecht idee. Of je hoort mijn stem wel, maar negeert die gewoon. Ja, ik ben kwaad. Natuurlijk ben ik kwaad, wat dacht je dan?

Heeft Sarah hem verteld hoe ze er nu uitziet?

Kan iemand beschrijven hoe Jenny's gezicht en lichaam er nu uitzien?

Afgelopen zaterdag zijn we samen naar Chiswick House Park geweest. *'Wat heb jij vandaag gedaan?'* had ik haar die avond gevraagd. Ik dacht dat ze naar een café was geweest of was gaan picknicken of iets had gelezen. Toen ze geen antwoord gaf, stelde ik me allerlei geknuffel voor. Uiteindelijk zei ze een tikje beschaamd dat ze de hele dag naar elkaar hadden gekeken. Al die lange, zonnige uren hadden ze naar elkaars gezicht gestaard.

Als jij had geweten hoe ze hun middag hadden doorgebracht, had je wellicht geweten dat dit geen goed idee is.

Want wat zal hij denken als hij straks naar haar kijkt?

En hoe moet ze zijn afwijzing verdragen?

Het spijt me. Jij denkt dat ze bewusteloos is en zich totaal niet bewust van hem zal zijn. Jij hebt geen flauw benul hoe diep ze hierdoor gekwetst kan raken.

Boosheid en verontschuldigingen. Net als in ons oude leven drijven onze kinderen net zo vaak een wig tussen ons als ze ons verenigen. Ze veroorzaken spanningen waar we geen enkel vermoeden van hadden toen we trouwden, al ben ik momenteel de enige die zich van die spanningen bewust is.

Sarah vertelt haar plannen voor die dag: een gesprek met Rowena en dan gaat ze naar het politiebureau. Jij blijft echter hier, jouw enige taak is het bewaken van Jenny. Ondanks de vele artsen en verpleegsters op de ic, zul jij je post niet verlaten.

In de gang straalt Jenny.

'Hij gaat een stand-byticket regelen. Tante Sarah heeft hem gebeld.'

'Heeft ze...' Hoe kan ik dit vragen?

'Nee. Ze heeft hem niet verteld hoe ik er nu uitzie, als je daar soms bang voor bent. Maar dat doet er toch niet toe. Dat klinkt stom. Natuurlijk doet het ertoe. Maar wat ik bedoel, is dat het niets zal veranderen.'

Wat kan ik zeggen? Dat alleen zeer taaie, getrouwde liefde zoiets kan overleven, niet hun broze vijf maanden oude romance; dat 'liefde laat haar lot niet aan lotswisseling verbinden' niet geldt voor tienerjongens?

'Jonge liefde,' zei jij telkens glimlachend, en dan wilde ik het liefst een aardappel naar je hoofd smijten, of wat ik op dat moment ook maar waste of schilde. Alsof een dergelijke relatie kan verouderen tot lijntjes en lachrimpeltjes. Want wat hij voelde voor Jenny had zelfs zonder de brand een ingebouwde veroudering.

'Ik dacht dat je blij zou zijn,' zegt Jenny een beetje verbaasd. 'Ik bedoel, ik weet dat je hem niet graag mag.' Een zeer korte pauze, net genoeg tijd voor mij om te protesteren, maar dat doe ik niet, dus gaat ze verder: 'Hij zal de politie nu toch wel over de rode verf vertellen?'

'Ja. Natuurlijk.'

Sarah loopt langs ons heen, mobieltje aan haar oor. 'Dit heeft prioriteit,' zegt ze, en dan is ze even stil. 'Ik weet het niet.' [Stilte.] 'Nee, neem jíj maar een poosje vrij.' [Stilte.] 'Ik heb hier nu echt geen tijd voor.'

Ze moet Roger aan de lijn hebben. Jij probeert hem aardig te vinden uit loyaliteit aan je zus, maar ik heb elk jaar weer een hekel aan hem vanwege zijn minachtende gezicht aan de kersttafel wanneer hij nota bene probeert te winnen met het trekken aan de *Christmas crackers*, maar hij nota bene ook de enige is die geen papieren hoedje draagt. Hij schept op over zijn eigen kinderen en doet laatdunkend over de onze. Om je de waarheid te zeggen verafschuw ik hem en misschien was dat een van de redenen dat ik een hekel had aan Sarah, omdat zij een eenheid met hem vormde.

Ze heeft tegen jou geen woord gezegd over haar eigen gezin of haar baan, maar ze heeft ons tot haar absolute middelpunt gemaakt. Nu merk ik pas dat je aan het gedrag van iemand in het dagelijks leven totaal niet kunt aflezen hoe hij of zij zal reageren als het er echt om gaat. Het kan best zijn dat Roger onder de juiste omstandigheden een papieren hoedje zal dragen en Addie de cracker zal laten winnen. Al lijkt hij nu geen goede indruk te maken, te oordelen naar Sarahs helft van het gesprek. Ik meen teleurstelling maar geen verbazing op haar gezicht te zien.

'Oom Roger en zij kunnen het niet meer met elkaar vinden,' zegt Jenny tegen me, alsof ze mijn gedachten kan lezen. Dus Sarah heeft met Jenny over haar huwelijk gepraat. Mijn hemel, wie praat er niet met Jenny over zijn huwelijk? Misschien zorgt de aanwezigheid van een tienerdochter in een kamer er niet voor dat de relatie van volwassenen soepeler wordt, maar gaan de volwassenen er juist door zaniken.

Sarah maakt abrupt een einde aan het gesprek door te zeggen dat ze weg moet.

Jenny en ik gaan met haar mee.

Er komt een verpleegster naar de gesloten deur van het brandwondencentrum, en ze is verbaasd als ze Sarah ziet.

'Jenny is naar de ic gebracht, heeft niemand dat...?'

'Jawel. Maar ik kom eigenlijk voor Rowena White. Zij is al sinds de lagere school bevriend met Jenny, en je weet dat mensen dan ook bevriend raken met de rest van de familie.'

Ze struikelt over haar woorden; het spuien van halve waarheden is nieuw voor Sarah, net als het dragen van gekreukte kleren.

De verpleegster laat haar binnen en wij lopen achter haar aan naar Rowena's kamer. Er wordt een vrouw op een brancard langs ons gereden.

'Ik kan dit nu niet aan, mam,' zegt Jenny. Ik vervloek mezelf omdat ik haar heb meegenomen naar het brandwondencentrum. 'Ik kom over een poosje wel weer terug. Oké?'

'Prima.'

Ze gaat weg.

In Rowena's kamer haalt een verpleegster het verband van Rowena's handen.

Sarah blijft een stukje voor de open deur staan en wacht tot de zuster klaar is. 'De brandwonden zijn beschadigd,' zegt de vrouw verbaasd tegen Rowena. 'Een aantal van de blaren zijn opengebarsten...'

'Ja, dat weet ik. Het spijt me.'

'Het is niet jouw schuld, liefje. Maar hoe komt dat?'

In de deuropening zie ik Sarah aandachtig luisteren, maar Rowena en de verpleegster hebben haar nog niet opgemerkt. Ik weet dat Sarah twee jaar bij de afdeling huiselijk geweld heeft gewerkt.

'Ik heb het gisteren tegen de andere zuster gezegd,' vertelt Rowena.

De verpleegster leest Rowena's aantekeningen.

'Inderdaad. Je zei dat je bent uitgegleden...'

'Ja. Ik ben ook zo onhandig.'

Ik huiver als ik haar precies dezelfde woorden als Maisie hoor zeggen.

'Maar niet alleen je handpalmen zijn beschadigd, ook de rug van je handen,' zegt de verpleegster.

Rowena zegt niets en ontwijkt haar blik.

'Zijn de artsen al bij je geweest?' vraagt de vrouw.

'Ja. Betekent dat dat ik hier nog langer moet blijven?'

'Dat zou kunnen. We moeten erg oppassen voor infecties. Maar daar weet jij toch alles van? Ik heb je mijn strenge preek toch al gegeven?'

'Jazeker. Dank u wel.'

'Ik kom straks weer even bij je kijken.'

Als de verpleegster weg is, gaat Sarah naar binnen.

'Hallo, Rowena. Ik ben Sarah, de tante van Jenny. Is je moeder er niet?'

'Die is naar huis gegaan om een paar dingen voor me te halen.'

Rowena lijkt zich op haar gemak te voelen bij Sarah, dus kennelijk weet ze niet dat die net aan de deur heeft staan luisteren.

'Hoe voel je je?' vraagt Sarah.

'Prima. Het gaat nu een stuk beter.'

'Het was heel dapper. Wat jij hebt gedaan.'

Rowena kijkt beschaamd. 'Hebt u dat in de krant gelezen?'

Rowena's reddingspoging stond ergens midden in de *Richmond Post*. Ik betwijfel of jij zover hebt doorgelezen. Het was een verhaal in de trant van ZEER KLEINE AARDBEVING, NIET VEEL SLACHTOFFERS. Maar dan: ONKNAP MEISJE RENT NAAR BINNEN OM TE HELPEN, MAAR REDT NIEMAND EN RAAKT LICHTGEWOND. Tara zou niet toestaan dat iets de aandacht afleidt van het hoofdartikel over de beeldschone Jenny die op sterven ligt.

'Ja, dat heb ik gelezen,' zegt Sarah. 'Maar ik heb het ook van een collega gehoord. Ik ben ook politieagent.'

'O ja. Dat heeft mama me verteld. Wat dom van me. Maar ik was niet dapper, hoor. Ik bedoel, ik had eigenlijk geen tijd om dapper te zijn. Ik dacht er niet bij na.'

'Nou, dat ben ik niet met je eens,' zegt Sarah. Ze gaat naast haar zitten.

'Mama heeft me van Adam verteld,' zegt Rowena. 'Dat is echt vreselijk. Ik bedoel, Adam is zo'n lieve jongen. Nou, u bent zijn tante, dus u weet hoe hij is.'

Ze heeft een bijzonder beschroomde manier van praten, zelfs als ze iets met nadruk probeert te zeggen. Er ligt een heel ernstige uitdrukking op haar jonge gezichtje.

'Jij kent Adam blijkbaar,' zegt Sarah.

'Ja. Ik bedoel, hij was nog maar een baby toen Jenny en ik op Sidley House zaten. Maar ik heb hem vorig jaar zomer leren kennen toen ik daar was om werkervaring op te doen. Ik was zijn onderwijsassistente en hij was zo... Nou, lief. En attent. Heel erg beleefd. En dat zie je niet veel bij jongens van zijn leeftijd. En het is gewoon verkeerd wat ze over hem zeggen. Vreselijk.'

Ik had niet geweten dat Rowena moedig was, en ik had ook niet opgemerkt dat ze tot een aardig en intuïtief meisje is uitgegroeid; alsof er papier over Maisies zachtaardigheid was gelegd, eroverheen is gestreken en Rowena de afdruk was.

'En echt iedereen had de school binnen kunnen komen,' gaat Rowena ernstig door. 'Annette, de schoolsecretaresse, nou... die neemt het niet zo nauw met de beveiliging. Ze drukt zo op de zoemer om mensen binnen te laten, zonder op de monitor op haar bureau te kijken. Ik wil haar geen moeilijkheden bezorgen, maar het is toch zeker belangrijk om de waarheid te vertellen nu Adam de schuld krijgt?'

Sarah knikt. 'Kun je me vertellen wat je je nog herinnert van woensdag?'

'Ja, maar... Welk deel precies?'

'Vanaf het moment dat jij met Adam naar de school bent gegaan.'

'Goed. Hij wilde zijn verjaardagstaart halen. Ik wist dat hij het een beetje gênant zou vinden als zijn moeder mee zou gaan. Ik bedoel, hij is stapelgek op zijn moeder, dat weet ik, maar het is niet cool om in bijzijn van je vrienden iets samen met je moeder te doen. Daarom vroeg ik of hij wilde dat ik mee zou gaan. Ik moest toch de medailles halen. Ik heb hem pas een hand gegeven toen we bij de weg waren. En ik heb hem alleen dat stukje vastgehouden. Sorry, dat is vast niet belangrijk. Maar goed, we zijn samen de school in gegaan, en ik ben direct naar het kantoor van de secretaresse gelopen en Adam is zijn taart gaan halen.'

'Alleen?'

'Ja. Hij zou met de taart naar het kantoor komen, zodat we samen konden teruglopen naar het veld. Ik had met hem mee moeten gaan, hè? Als ik dat had gedaan...'

Ze raakt van streek en haar stem sterft weg.

'Op welke verdieping is Adams klaslokaal?' vraagt Sarah.

'Op de tweede. Maar het is aan de andere kant van de hal, tegenover het handenarbeidlokaal. Ze zeggen toch dat de brand daar is begonnen? Ik bedoel, het is op de tweede verdieping, maar niet in de buurt.'

Ze lijkt jong en weinig overtuigend terwijl ze Adam probeert te helpen.

'Dus jij was in het kantoor terwijl Adam naar zijn klas ging?' spoort Sarah haar aan.

'Ja. Annette was er ook en zij vertelde me iets onbenulligs. Zoals altijd. En toen ging het alarm. Dat klonk heel hard. Ik ging het kantoor uit en riep Adam. En toen hoorde ik mama mijn naam roepen.'

'Dus jij was bij Annette in het kantoor toen het alarm afging?'

'Ja.'

Sarah moet mensen van haar lijst met verdachten strepen. Het kantoor ligt twee verdiepingen onder het handenarbeidlokaal. Rowena noch Annette kan de getuige zijn die Adam zogenaamd heeft gezien. En geen van hen tweeën kan het vuur hebben aangestoken. Al kan ik me Annette, laat staan Rowena, ook niet als brandstichter voorstellen.

'Ik zag Adam de school uit rennen,' gaat Rowena door. 'Mama zei dat ik naar buiten moest gaan met Addie en toen is zij gaan helpen met de kleuters.'

'Weet je ook of Adam iets in zijn handen had?'

'Nee. Ik weet zeker van niet. Dat zou ik hebben gezien. Wilt u dat ik dat tegen iemand zeg? Is dat belangrijk?'

Sarah schudt haar hoofd. Vermoedelijk omdat Baker zou zeggen dat Adam de lucifers voor die tijd gemakkelijk had kunnen weggooien.

'Heb je verder nog iemand gezien?' vraagt Sarah.

'Ik weet het niet zeker. Ik bedoel, ik lette er niet op. Het zou kunnen van wel. Het was niet meer dan een glimp. Het spijt me, daar heeft u niks aan, maar meer kan ik me niet herinneren.'

'Als je nog iets te binnen schiet...'

'Ja, natuurlijk. Dan zal ik het tegen de politie zeggen. Meteen. Ik probeer het me te herinneren, maar hoe harder ik mijn best doe, hoe vager het wordt tot ik niet langer zeker weet of ik nou iemand heb gezien of dat het verbeelding was.'

'Goed,' zegt Sarah. 'Dus jij ging naar buiten om bij Adam te gaan staan. Kun je me vertellen wat er daarna gebeurde?'

'Hij was in paniek en hij keek of hij Jenny zag. Hij zei dat ze niet buiten was voor de sportdag. Toen ik Annette de school uit zag komen, heb ik haar gevraagd of ze het presentieregister bij zich had. U weet wel, dat boek waarin je je moet in- en uitschrijven. Maar dat had ze niet meegenomen. Ze zei dat dat niet gaf omdat er verder niemand in het gebouw was. Ik vroeg of ze dat heel zeker wist en zij zei van wel. Tegen die tijd was de brand heel erg. Ik bedoel, er was een harde knal geweest, en er waren veel meer rook en vlammen.' Ze kijkt ontdaan. 'Het is niet bij me opgekomen dat Jenny nog binnen kon zijn.'

'Omdat Annette zei dat iedereen buiten was?'

'Niet alleen daarom. Ik had sowieso niet gedacht dat ze nog boven zou zijn. Ik bedoel, ik ken haar niet zo goed. Ik heb haar nooit zo goed gekend, wat heel gek is aangezien we bij elkaar op school hebben gezeten, maar ik zou hebben gedacht dat ze naar buiten was gegaan. Ik bedoel, het moet daar smoorheet zijn geweest en het was zo'n prachtige middag. Ik geloof niet dat iemand had verwacht dat ze de hele middag in die snikhete EHBO-kamer zou blijven zitten. Maar dat heeft ze wel gedaan.'

Omdat ik had gesuggereerd dat ze niet verantwoordelijk genoeg was om schoolverpleegster te zijn?

'Toen zag Adam zijn moeder het gebouw in rennen en ze riep Jenny's naam,' zegt Rowena. 'Hij probeerde haar achterna te gaan. Ik moest hem tegenhouden. Het was afschuwelijk.'

'En toen ben jij naar binnen gegaan?'

Ze knikt. Sarah lijkt iets anders te willen zeggen, maar dan ziet ze Rowena's opgelaten blik.

'Voor je naar binnen ging, toen je nog op het grind stond met Adam, weet je hoe lang het toen duurde voor Annette bij jullie kwam staan?'

'Ik denk... nee, ze was er niet direct. Ik bedoel, ik weet nog dat mama Tilly, de kleuterjuffrouw, aan het helpen was, en ik stond bij Addie. Als ik moet gokken, zou ik zeggen een paar minuten later.'

'Je moeder zei dat ze lippenstift op had.'

'Dat weet ik niet meer. Is dat belangrijk?'

'Het is wel een beetje gek om je lippen te stiften in die omstandigheden,' zegt Sarah. 'Vind je ook niet?'

Ik denk dat ze zo openhartig is tegen Rowena om haar vertrouwen te winnen, in de hoop dat Rowena ook open tegen haar zal zijn. Misschien heeft ze gemerkt dat Rowena iets voor haar verzwijgt.

'Ik weet niet of dat gek is,' zegt Rowena stijfjes. 'En ik heb het niet gezien. Ik ben niet zo goed in dingen als make-up.'

Ze is zo onbeholpen en ik heb medelijden met haar. Een paar maanden geleden ben ik Maisie en haar in Westfield tegen het lijf gelopen. Haar kleren waren slonzig en ondanks haar pukkels had ze geen make-up op. Ik vond haar een lelijk meisje dat niet haar best deed om er knapper uit te zien. Ik had gehoopt dat Maisie wat leuke kleren of make-up voor haar ging kopen. Nu huiver ik als ik bedenk hoe oppervlakkig ik was over het voorkomen van mensen.

'Je zei dat je vorig jaar zomer de onderwijsassistente was bij Adam,' zegt Sarah. 'Betekent dat dat je Silas Hyman assisteerde?'

'Nee. Addie zat toen nog in de tweede klas. Meneer Hyman geeft les aan de derde klas.'

'Heb je hem leren kennen?'

Rowena schudt haar hoofd. 'Hij zou toch niet met iemand als ik hebben gepraat. Hij zou me niet hebben zien staan.'

'Maar jij hem wel?'

'Nou, hij is heel knap, vindt u niet?'

'Wat vond je van hem?'

Rowena aarzelt even en wendt haar blik dan af. 'Ik had het gevoel dat hij agressief zou kunnen zijn.'

'Kwam dat door wat hij had gezegd op de prijsuitreiking?'

'Ik was niet bij de prijsuitreiking.'

'Waarom dacht je dat dan?'

Ik vermoed dat ze door de jarenlange agressie van haar vader gevoeliger is geworden voor wreedheid, zoals gekneusde huid gevoeliger wordt voor aanrakingen.

'Ik keek soms naar hem,' zegt Rowena. 'Dat was heel makkelijk omdat hij nooit naar mij keek. Daardoor viel het hem niet op dat ik naar hem keek.'

'Jij doorzag hem?'

'Ik geloof niet dat hij echt zijn ware ik verbergt. Meer dat hij twee verschillende mensen is.'

'Eentje goed, eentje slecht?'

'Ik weet dat het vreemd of dom klinkt, maar als je erover leest... ik bedoel, literatuur van heel vroeger, dan is het iets wat al eeuwen voorkomt. Kent u die moraliteiten uit de middeleeuwen, over de goede engel en de duivel? En de zeventiende-eeuwse toneelstukken waarin wordt gevochten om iemands ziel? Het is niet de schuld van die persoon dat de duivel er is. Je moet diegene helpen om hem te verjagen.'

Had ze het over Silas Hyman of haar vader? Ze deed geen eindexamen in Engels, dus ze moest de boeken ergens vandaan hebben gehaald, op zoek naar iets om alles te kunnen begrijpen, om het beter te maken. Want als er een duivel en een engel in haar vader zitten, dan kan de duivel op een goede dag worden uitgebannen en zal de engel winnen en zal haar vader van haar houden.

'Je zei dat je er niet echt bij nadacht,' zegt Sarah. 'Toen je de school in ging.'

'Dat klopt.'

'Maar je dacht er in zoverre wel bij na dat je een handdoek hebt gepakt en die kletsnat hebt gemaakt.'

'Ik had er drie mee moeten nemen, hè? En ik heb niks kunnen doen. Niemand kunnen helpen.' Ze begint te huilen. 'Sorry. Ik ben ook zo'n sufferd.'

Dat is het woord dat Maisie ook voor zichzelf gebruikt; een kleinerend woord voor mensen op middelbare leeftijd.

'*Zeg dat alsjeblieft niet,*' zeg ik tegen haar. '*Dat woord hoort een tiener niet te gebruiken. Vooral jij niet. Jij bent nota bene een brandend gebouw in gegaan.*'

'Mam?'

Ik zie dat Jenny is binnengekomen.

'Dat heeft ze gedaan. En zeg nou niet dat het allemaal vanwege Donald was, en de wens om haar vader trots op haar te laten zijn.'

'Oké...'

'*Rowena, jij bent geen slachtoffer. Luister naar me! Jij bent dapper en vindingrijk. En waarom je het ook hebt gedaan, wat de reden ook was, je bent heel bijzonder. En ik zal mezelf, of wie dan ook, niet door je vaders mishandeling laten verblinden voor jouw moed.*'

'Tjonge, mama, je hebt het haar echt ingepeperd. Maar wel op een goede manier.'

'Jammer dat ze me niet kan horen.'

'Ik weet zeker dat ze dat op een goede dag wel kan. Dan zal iedereen het horen. In stereo. Ik zal het ook tegen ze zeggen.'

Sarah leest haar aantekeningen door. 'Ik wil graag nog even over de secretaresse praten,' zegt ze. 'Weet je zeker dat ze zei dat er niemand meer binnen was?'

'Ja. Absoluut. Later, ik bedoel, nadat Jenny naar buiten was gebracht, zei ze dat Jenny zich had uitgeschreven. Ze zei dat ze nog wist dat Jenny dat had gedaan.'

'Dat zou wel verklaren waarom je telefoon buiten lag,' zeg ik tegen Jen.

'Misschien,' zegt ze, en haar stem klinkt ongewoon zacht. Ik zie dat ze bleek en gespannen is en ze heeft haar vingers verstrengeld.

'Ik kan het me godverdomme niet herinneren, mam. Sorry. Het slaat gewoon nergens op. Waarom zou ik mezelf uitschrijven en dan weer naar binnen gaan? Maar waarom zou Annette liegen?'

20

Sarah gaat naar de verpleegster die eerder bij Rowena was.
'De verwondingen aan de handen van Rowena White, denkt u dat dat een ongeluk was?' vraagt ze. 'Ik bedoel de meer recente schade?'
Dus ze heeft het geraden.
'Bent u Jenny's tante niet?'
'Ja. Ik werk ook bij de politie.'
'Hebt u een identiteitsbewijs?'
Sarah grabbelt in haar tas naar haar politiekaart en laat die zien. Hoofdagent van de recherche McBride. 'De naam van mijn man,' zegt ze.
'Goed. Ik geloof niet dat haar verwondingen een ongelukje waren. Althans, ik zie niet in hoe ze die door te struikelen kan hebben opgelopen. De blaren op de rug van haar hand zijn ook beschadigd.'
Ik weet nog dat Donald haar omzwachtelde handen ruw beetgreep en dat Rowena een gil van pijn slaakte.
'Weet u wanneer de verwondingen zijn ontstaan?'
'Nee. Maar om half vijf gisteren waren de blaren nog heel, want toen heb ik het verband zelf verwisseld. Maar mijn dienst eindigde om vijf uur.'
'Weet u wie er na u dienst had?'
'Belinda Edwards. Ik zal haar even voor u zoeken.'

Tien minuten later praat Sarah met Belinda, de kordate efficiënte verpleegster die Donald gisteren naar Rowena's kamer heeft gebracht. Ze bekijkt Sarahs politiekaart zorgvuldig.
'Het was na het bezoek van haar vader,' zegt ze.
'Weet u dat zeker?'
'Ik zeg niet dat híj het heeft gedaan. Maar ik heb haar gesproken toen mijn dienst begon en toen was alles goed met haar. Ze was zelfs

vrolijk. Kort daarna, rond kwart over vijf, kwam haar vader bij haar op bezoek. Hij is niet lang gebleven. Toen hij weer weg was, ben ik naar haar kamer gegaan om haar de gebruikelijke medicijnen te geven. Haar moeder en zij waren van streek. Rowena deed haar best om niet te laten merken hoeveel pijn ze had, maar het was zichtbaar erger geworden. Ik heb de verbanden van haar handen gehaald en zag dat de blaren op beide handen waren opengebarsten.'

'En zij vertelde u dat ze was gestruikeld?' vraagt Sarah.

'Ja, en dat ze haar armen had uitgestrekt om de klap op te vangen. Maar dat verklaart de schade aan de rug van haar handen niet. Ik heb een arts gevraagd om haar te onderzoeken en ze heeft bij hem hetzelfde verhaaltje opgedist.'

'Hebt u het medische verleden van Rowena?'

'We zijn nog niet geautomatiseerd, althans niet succesvol, dus ik zal het papieren dossier moeten zoeken in het archief.'

'Kunt u dan ook dat van Maisie White zoeken, haar moeder?'

'Ik zal dat op dezelfde manier voor u opsporen,' zegt ze.

'Dank u wel.'

'We maken ons zorgen over het risico van infecties,' zegt Belinda. 'Daarom moet ze hier nog een paar dagen blijven.'

Sarah gaat naar het politiebureau. Jenny en ik vergezellen haar naar de uitgang van het ziekenhuis. Ik wil niet dat Jen naar buiten gaat.

'We moeten alles weten, want de kans bestaat dat wij de zaak tot een goed einde moeten brengen,' zeg ik tegen haar. 'Kun jij hier blijven voor het geval Donald terugkomt? We moeten hem ook in de gaten houden.'

Ik geef haar een taak, net als ik jaren geleden deed. De poedersuiker zeven zodat ze het niet erg zou vinden dat ik de taartjes uit de oven haalde, die veel te heet was voor kleine kinderen.

'Weet je zeker dat het jou geen pijn doet?' vraagt ze.

'Bijna niet.'

Ze kijkt me weinig overtuigd aan.

'Afgezien van verkoudheden ben ik behoorlijk taai.'

'Dat had ik niet moeten zeggen. Het spijt me. Jezus, jij bent een brandend gebouw in gegaan en...'

'Het geeft niet, Jen. Echt niet.'

Ze kijkt me aan, er is nog iets. Ik wacht.
'Hoe lang denk je dat het duurt? Vanaf Barbados?'
'Ongeveer negen uur,' zeg ik.
Er verschijnt een verlegen, blije glimlach op haar gezicht en ik vind het vreselijk dat Ivo haar zo kan laten glimlachen en ik ben bang voor wat er zal gebeuren als hij hier komt.

Ik verlaat samen met Sarah het ziekenhuis en schud de beschermende huid van zijn muren van me af. Heel even, een minuutje of zo, voel ik me best, maar dan komt de pijn. Het grindpad naar de parkeerplaats snijdt in mijn onbeschermde voeten. Het is nog vroeg, maar de felle zon weerkaatst op de auto's met een duizelingwekkende, migraine opwekkende intensiteit.

In de auto praat Sarah met Roger via de luidspreker. Ze maken hun eerdere ruzie af, en de woorden klinken vormelijk en hun stemmen stijf. Hij beschuldigt haar ervan dat ze is vergeten dat 'jouw zoon' deze week zijn cijfers te horen zou krijgen. Zij zegt dat jij haar harder nodig hebt. Hij vindt dat ze haar tijd 'zorgvuldiger' moet gaan verdelen. Zij beweert dat er nog een gesprek in de wacht staat. Ze verbreekt de verbinding en toetert – te hard en te lang – naar een bestelbusje dat een kruispunt blokkeert. De rest van de weg rijdt ze in stilte.

Voor de eerste keer voel ik me een luistervink of een spion.

Ze parkeert haar auto en we lopen over de door de zon verhitte stoep naar het politiebureau van Chiswick. Het asfalt op de straat is aan het zweten. Naast het bureau is de Eco-winkel, met zijn ecologische dak en zijn met planten bedekte muren. Ik wil er even voor blijven staan om de net gemaakte zuurstof in te ademen en naar de bonte uitstalling in de etalage te kijken, zoals ik zo vaak doe met Jenny.

Ik dacht altijd dat Sarah zich in haar element zou voelen in het politiebureau ernaast. Ik vond haar volmaakt geschikt voor een baan met uniformen, nummers, naambadges en duidelijk afgebakende rangen. Alles en iedereen gelabeld, strikte protocollen waaraan men zich moest houden, regels en wetten die nageleefd en uitgevoerd moesten worden. Ik dacht dat als Sarah geen politieagent was geworden (dat woord had ze me goed ingeprent na mijn eerste rampzalige 'politievrouw'-vergissing) ze een legerofficier zou zijn geworden, met de een of andere organisatorische functie.

Want ik wilde haar niet zien als dapper en gedreven of als iemand die zich nuttig maakte.

En het was gemakkelijk om dat te geloven want tot nu toe leek de politie voor ons onbelangrijk en had zij geen enkele band met ons. Ja, ze houden de misdadigers van de straat, maar Chiswick heeft nauwelijks een probleem met afval op straat, laat staan met straatrovers of moordenaars op de onlangs verbrede, Bugaboo-vriendelijke trottoirs. Het ergste vandalisme dat wij kennen zijn ongeoorloofde aanplakbiljetten voor muziekfestivals en af en toe een A4'tje met een vermiste kat. Via de kranten en de tv had ik het idee dat de politie over het algemeen de put pas dempte als de moordenaars en bommengooiers hun verschrikkelijke daden al ten uitvoer hadden gebracht en weer waren vertrokken in hun gestolen auto's.

Maar nu is de misdaad niet 'daarbuiten' maar is hij geëxplodeerd in mijn gezin en heeft de politie een cruciale rol in ons leven.

We gaan het bureau in en lopen door een gang waar de verf van de muren bladdert en waar de betonnen vloeren sterk naar schoonmaakmiddel ruiken, hetzelfde dat ze in het ziekenhuis gebruiken. Een typische institutionele geur, alleen bestaat dit instituut bij de gratie van misdaad en niet van verwondingen.

We passeren kantoren met telefoons die veel te lang rinkelen, harde mannenstemmen en vellen papier die zonder schijnbare orde op prikborden zijn geprikt. Wat een smerige, chaotische werkplek voor Sarah. Het lijkt in niets op de keurige, goed georganiseerde plek die ik me had voorgesteld.

Een jonge vrouwelijke agent loopt de gang in. Ze omhelst Sarah en vraagt naar Jenny en mij. En dan pakt een oudere mannelijke agent even haar hand vast als hij langs haar loopt, en hij zegt hoe erg hij het vindt en vraagt of hij iets voor haar kan doen.

We gaan een groot kantoor in dat naar deodorant en zweet ruikt. Plafondventilatoren draaien lawaaiig en ineffectief rond tegen de hitte. En iedereen die er is, komt vragen hoe het met Jenny en mij gaat, biedt zijn medeleven aan en omhelst haar of pakt even haar hand. Iedereen kent haar. Iedereen let op haar. Ik had gelijk gehad dat deze plek haar element is, maar om de verkeerde redenen.

Ze gaat een zijkamer in en een aantrekkelijke man van in de dertig, met een karamelkleurige huid, rent het kleine vertrek zowat door, slaat zijn armen om haar heen en houdt haar stevig vast. Hij draagt geen uniform, dus hij moet van de recherche zijn. Zijn crèmekleurige katoenen overhemd heeft zweetplekken onder de oksels. Er is hierbinnen niet eens een ventilator.

'Hoi, Mohsin,' zegt ze terwijl hij haar omhelst.

'Heb je de medeleven-spitsroeden moeten lopen?' vraagt hij.

'Min of meer.'

'Arme schat.'

Schat? Sarah? Achter hem doet een vrouw van in de twintig net alsof ze op een computerscherm kijkt. Een scherp geknipte kastanjebruine bob omlijst haar hoekige gezicht. Zij is de enige die Sarah niet haar medeleven heeft betuigd.

'Penny?' zegt Sarah, en de vrouw met de scherpe gelaatstrekken kijkt naar haar. 'Hoe ver zijn we met het onderzoek naar de haatbrieven?'

'Ik lees net de originele verklaringen door. Tony en Pete proberen beelden te vinden van de bewakingscamera die gericht is op de brievenbus waar de derde brief op de post is gedaan. Die heeft de Nationwide Building Society vorig jaar laten plaatsen, en de brievenbus staat naast hun kantoor.

'Ik denk dat de haatbrieven heel goed verband kunnen houden met de brandstichting,' zegt Sarah.

Penny en Mohsin doen er het zwijgen toe.

'Goed,' zegt Sarah met opeengeklemde lippen. 'Het kan stom toeval zijn dat Jenny haatbrieven kreeg en dat vervolgens haar werkplek in brand werd gestoken en zij het enige personeelslid was dat ernstig gewond is geraakt.'

'Maar de haatcampagne tegen haar was toch opgehouden?' vraagt Penny, en ik hoop vurig dat Ivo, als hij inderdaad de moeite neemt om te komen, hun zal vertellen over de aanval met de rode verf van slechts enkele weken geleden.

'Als er een verband met de brand blijkt te zijn,' gaat Penny verder, 'dan is dat voorlopig niet meer dan een prettige bijkomstigheid. Daar kunnen we het onderzoek naar de briefterreur niet op richten.'

'We hebben een verband nodig, liefje,' zegt Mohsin. 'Iets wat de haatbrieven aan de brandstichting koppelt.'

'Er kan met haar zuurstof zijn gerommeld,' zegt Sarah.
Penny's blik gleed even naar haar. '"Kan"?'
'Het wordt wat afgezwakt,' gaat Sarah verder. 'Zowel door het ziekenhuis als door Baker. Maar ik denk dat iemand er zeker van wilde zijn dat hij de klus afmaakte.'
'"Afgezwakt"?' vraagt Penny, en ik zie ergernis op Sarahs gezicht.
'Baker is lui, dat weten we allemaal.'
'Maar niet zo incompetent,' geeft Penny terug. Ze keert zich weer naar haar computerscherm.
'Wie was die getuige die mijn neefje zogenaamd heeft gezien?' Sarah gaat wat dichter bij haar staan.
'Adjudant Baker heeft heel duidelijk gemaakt dat de anonimiteit van de getuige gerespecteerd moet worden.'
Haar hardvochtigheid doet me aan Tara denken. Maar Penny's onverzettelijkheid is tenminste aan de buitenkant te zien, dus men is gewaarschuwd.
Sarah wendt zich tot Mohsin.
'Staat het niet in het dossier?'
'Nee,' antwoordt Penny. 'Adjudant Baker vermoedde dat jij erom zou komen vragen. Hij heeft jou behoorlijk goed door.'
'Maar verder heeft hij niets door,' snauwt Sarah. 'Dus hij heeft het verborgen?'
'Hij respecteert gewoon het recht van de getuige om anoniem te blijven.'
'Wat handig voor hem dat er iemand langskwam die zijn werk voor hem heeft gedaan.'
Mohsin probeert zijn arm weer om haar heen te slaan, maar zij stapt bij hem vandaan.
'En hij is gierig. Voor hoeveel overuren heeft hij de laatste tijd getekend? Het zou flink wat van het budget hebben gevergd om een volledig onderzoek naar brandstichting en poging tot moord te doen. De getuige heeft hem een cadeautje met een strik erom in de schoot geworpen. Op deze manier hoeft hij er geen tijd of geld aan te besteden, maar krijgt hij wel een hoog oplossingspercentage. Het toonbeeld van politiewerk in de eenentwintigste eeuw.'
Penny loopt naar de deur.
'Ik zal je laten weten wat Tony en Pete ontdekken,' zegt ze.

'Heeft iemand het alibi van Silas Hyman nagetrokken?' vraagt Sarah.

'Neem dat verlof wegens familieomstandigheden,' zegt Penny, waarna ze weggaat. Haar persoonlijkheid is net zo scherp als haar kapsel, allemaal rechte hoeken.

Sarah is alleen met Mohsin.

'Jezus,' zegt ze. 'Waarom praat ze toch altijd alsof er een kurk in haar reet zit?'

Hij lacht, maar ik ben eerlijk gezegd een beetje geschokt. Zo praat Sarah niet. En ik heb haar nog nooit zo lichamelijk met iemand gezien, behalve met jou, haar jongere broer. Maar ik kan niet geloven dat ze een verhouding heeft. Uitgerekend Sarah? Nee, die is veel te gezagsgetrouw om de eerste regel van het huwelijk te breken.

'Weet jij wie die getuige is?' vraagt ze.

'Nee. Jij mag Penny dan misschien niet, maar ze is wel goed.'

'Dus Penny heeft die verklaring afgenomen? Dat dacht ik al. Het is echt de wet van Murphy. De enige hier die mij gegarandeerd niet zal helpen.'

'Dat is waar. Maar als de getuige ook maar in enig opzicht onbetrouwbaar was, zou Penny het hebben gemerkt. Ze is net een kruising tussen een speurhond en een rottweiler.'

'Kun jij haar niet overhalen om je te vertellen wie het was?'

'Ik kan niet geloven dat je me dat hebt gevraagd.'

'Nou, kun je dat?'

'Je hebt nog nooit een regel overtreden, om nog maar te zwijgen van de wet. Laat staan dat je iemand hebt gevraagd om dat voor je te doen.'

'Mohsin...'

'Je hebt zelfs nog nooit iets verkeerd ópgeborgen.'

Ze wendt zich van hem af.

'Je weet toch hoe dossiers in die stapelbakjes liggen nadat ze zijn uitgetypt?' gaat hij door. 'En dat mensen betere dingen te doen lijken te hebben dan ze op de plek te leggen waar ze horen? Dat gedeelte is vreselijk onbeschermd. Het druist vermoedelijk volledig in tegen de Wet op databescherming. Ik weet zeker dat de anonieme getuigenverklaring niet aan dusdanig misbruik wordt blootgesteld. Maar andere transcripten...'

'Ja, dank je.' Ze drukt een lichte zoen op zijn karamelkleurige wang.

'En hoe gaat het met die man van je?' vraagt hij.
Ze zwijgt even.
'Je denkt dat als het er echt om spant, als het er echt toe doet, dat iemand er meer voor je zal zijn dan anders. Dat je op de een of andere manier een hechtere band krijgt. Je hoopt dat iemand voor je klaar zal staan, als het nodig is.'
'Wil je nog steeds wachten tot Mark achttien is?'
'Ik weet het niet.'
'Het was een stom idee.'
'Dat kan wel zijn. Maar we willen allebei niet dat de jongens een scheiding moeten meemaken. Niet tot ze volwassen zijn. Dat heb ik je al verteld.'
'Jullie broedkippen ook. Zo veel complicaties.'
'Jullie perverselingen. Zo weinig verplichtingen.'
Ze loopt naar de deur. 'Mag ik je om een gunst vragen?'
Hij knikt.
'Er is een drukkerij die Prescoes heet. Die heeft ergens voor Kerstmis de schoolkalender van Sidley House gedrukt. Op de achterkant stond wel hun naam, maar geen telefoonnummer. Kun jij contact met ze opnemen en vragen hoeveel ze er hebben gedrukt?'
'Geen probleem. Zul jij voorzichtig zijn?'
'Ja.'
'Bel me. Als het nodig is. Wanneer dan ook.'
'Dank je.'
Dus Sarah heeft een beste vriend van wie ik nog nooit heb gehoord, met wie ze een taal spreekt die ze verder bij niemand gebruikt. In elk geval nooit in mijn bijzijn. Ik ben blij voor haar.

Ik weet niet of jij weet dat haar huwelijk met Roger een einddatum heeft. Maar je zult er vast niet van opkijken dat ze dat zo zorgvuldig heeft gepland. Dat past precies bij de zeer georganiseerde, praktische vrouw die ik al zo veel jaren ken. Maar ook bij de vriendelijke, emotioneel gulle vrouw die ik de afgelopen twee dagen heb ontmoet.

Ik ga met haar mee naar een kamer waar dozen en mappen vol papieren liggen. Ze pakt een map en stopt die onder haar jas, om hem te verbergen. Haar handen beven.

Ik weet dat Sarah heel veel gevaarlijke dingen heeft gedaan – ze heeft jacht gemaakt op gewapende criminelen en agressieve vreemden getackeld die veel groter waren dan zij – maar ik heb dat altijd beschouwd als bravoure om aandacht te trekken. 'Kijk naar mij, mensen!' Ik wist niets van deze stille heldhaftigheid.

Ze gaat een kopieerkamer in en begint te kopiëren. Opeens gaat de deur achter haar open en ze schrikt. Er komt een oudere man binnen. Aan de sterren op zijn uniform te zien is hij duidelijk een van haar superieuren.

'Sarah? Wat voer jij hier in vredesnaam uit?'

Ik ben bang voor haar.

'We hebben je toch buitengewoon verlof gegeven?' gaat hij verder.

'Ja.'

'Hou dan op met waar je mee bezig bent en ga naar huis. Of naar het ziekenhuis. Het werk is er heus nog wel als je weer terugkomt. Je denkt misschien dat het beter is om je erin te begraven, maar dat is echt geen goed idee.'

'Nee. Dank u.'

'Ik vind het heel erg voor je. Van je nichtje en je schoonzus.'

'Ja.'

'En van je neefje. Dat vinden we allemaal.'

Hij gaat weg. Zij propt snel de fotokopieën in haar handtas, zonder ze eerst op te vouwen, zodat ze kreuken. Ik weet niet of ze erin is geslaagd om alle documenten die ze nodig heeft te kopiëren.

Ze brengt het dossier terug naar de plek waar ze het vandaan heeft gehaald, en houdt het daarbij onder de linkerkant van haar jas, omlaag gedrukt met haar arm. Ze zweet en haar haar plakt tegen haar voorhoofd.

Als het dossier terug is gezet, haast ze zich de gang weer door.

We zijn bijna bij de uitgang en ik voel me ook zelfzuchtig opgelucht, want de pijn is onderhand overweldigend, alsof dat het enige is waar ik nog uit besta.

'Hé, jij!'

Een jongeman loopt snel op haar af. Ik zie zijn fijne gelaatstrekken en grijze ogen en jeugdigheid; hij kan onmogelijk ouder zijn dan halverwege de twintig. Hij is verbazingwekkend knap. Om de een of andere reden doet hij me denken aan de tekst die jij op onze bruiloft voorgelezen wilde hebben. 'Mijn lief is als een gazelle' uit het Hooglied; sierlijk en mooi. (Ik was toen zes maanden zwanger en ik was bang geweest dat de mensen in de kerk in lachen zouden uitbarsten.)

'Je hebt iets vergeten,' zegt hij tegen haar.

Ze staan alleen in de sombere gang, die naar schoonmaakmiddel ruikt.

Hij kust haar, vol op de mond, een krachtige, seksuele kus die haar botten laat smelten en het moment vult, want tijdens die kus staat ze zich toe om de echte wereld te verlaten en deze andere te betreden. Ik draai me om en denk aan de eerste keer dat ik jou kuste; je mond die zich op de mijne drukte en een open deuropening werd naar een andere, intens fysieke plaats.

Ik weet dat ze in de lange seconden dat hij haar kust niet denkt aan Jenny, mij, Adam of jouw lijden. Ze vergeet de onwettige kopieën die in haar tas gepropt zijn en haar belofte aan jou. Het geschenk van een kus.

Dan maakt ze zich van hem los.

'Dit kunnen we niet meer doen,' zegt ze. 'Het spijt me.'

Wanneer ze wegloopt, zie ik dat ze hem harder heeft geraakt dan hij ooit geraakt is en hoeveel pijn ze hem heeft gedaan. Ik zie dat hij, ondanks het leeftijdsverschil en het feit dat hij knap is en zij niet, verliefd op haar is. Zou zij dat weten?

Ik heb er nooit echt bij stilgestaan hoe het voor Sarah moet zijn geweest toen je ouders omkwamen en jij nog een kind was. Ik was ervan uitgegaan dat de tiener Sarah, net als de volwassen Sarah, van nature heel verantwoordelijk was. Maar was ze ertoe gedwongen om zo te zijn? Want naast de zich aan de regels houdende, verantwoordelijke, verstandige kant, heeft ze een kant die graag risico's neemt en van het leven geniet. Misschien kan ze haar tienergevoelens pas ervaren nu ze halverwege de veertig is.

Geen wonder dat haar huwelijk met Roger voorbij is.

We lopen samen het politiebureau uit en ik wens dat ik dit eerder had geweten. Waren we maar eens samen iets gaan drinken, en vriendinnen geworden. Jij wilde altijd dat ik meer tijd met haar zou doorbrengen, maar als een tegendraads kind weigerde ik om te spelen met iemand die ik volgens mij niet aardig zou vinden.

De waarheid is dat ik jaloers op haar was. Ja, ik weet het. Dat heb ik nooit gezegd en jij begrijpt niet waarom ik dat niet heb gezegd. Nou, gedeeltelijk omdat ik het niet durfde te bekennen, vooral niet aan mezelf. Ik durfde er slechts af en toe, zijdelings, een blik op te werpen. Maar nu is het me heel duidelijk. Maak je niet druk, het gaat niet om jou. Er speelt hier niet een vreemdsoortige broer van Antigone (en ik weet dat jij weet wie Antigone is omdat ik je heb gedwongen een voorstelling van drie uur in het Barbican-theater uit te zitten. Sorry daarvoor).

Deze jaloezie draait om Sarahs carrière. Omdat zij iets doet wat belangrijk is. Dat besef ik nu ten volle.

En ik weet ook dat afgunst een wankele basis is om je mening over iemand op te baseren. Geen wonder dat die basis nu instort.

Jenny wacht in het goudvissenatrium.

'Is alles goed met je?' vraagt ze.

'Ja.'

Zodra ik weer hier was, is de pijn opgehouden. Maar op het politiebureau was de vloer veranderd in spijkers en in de auto had de lucht zelfs mijn niet echte huid verschroeid.

Ik vertel haar over de illegale fotokopieën.

'Heb je hem gezien?' vraagt Jenny.

'Wie?'

Ze haalt haar schouders op en kijkt ongemakkelijk, en ik besef dat ze Sarahs gazelleminnaar bedoelt.

'Weet je van hem?' vraag ik.

Ze knikt.

Het vreemde is dat ik geen jaloezie voel ten opzichte van Sarah omdat zij en Jenny elkaar in dat opzicht na staan, maar juist ten opzichte van Jenny. Sarah zou mij nooit in vertrouwen nemen over hem.

We volgen Sarah die door de gang naar de cafetaria loopt.

'Waarom gaat ze niet naar papa?' vraagt Jenny.

'Ze wil het zeker eerst zelf doorlezen.'

Het Palms Café is helverlicht, maar ik voel nog altijd de schaduw van het gesprek dat Maisie en Sarah er gisteravond hebben gevoerd over Silas Hyman. *'Gevaarlijk... gewelddadig... hij zorgt dat mensen van hem gaan houden.'*

Sarah haalt een vel papier uit haar tas en probeert de kreukels glad te strijken. Bovenaan loopt een rand in het zwart-witte schaakbordmotief van de politie. Eronder staat in witte letters op een zwarte balk: VERTROUWELIJK – ALLEEN VOOR DE POLITIE.

21

De naam en het beroep van Annette Jenks – schoolsecretaresse – staan op het buitenste blad, samen met haar adresgegevens. Annette was bij Rowena toen het alarm afging, zij kan de brand niet hebben gesticht. Maar ze bepaalde wel wie er binnenkwam.
'Dit is toch tegen de regels?' vraagt Jenny.
Ik knik.
Als Sarah de bladzijde omslaat om het transcript te lezen, komt er een vrouw in een schoonmakersuniform naar haar toe. 'Gaat u nog wat eten?'
Sarah staat op en koopt een sandwich als huur voor het tafeltje. Ze neemt de verklaring mee en wij wachten. De schoonmaakster spuit een sterk ruikend goedje op de tafel ernaast en veegt het formica schoon.
'Ken jij Annette Jenks een beetje?' vraag ik aan Jenny.
'Mijn zielsverwante?'
Jij hebt Annette nooit gezien, dus jij hebt geen beeld in je hoofd van een te zwaar opgemaakte tweeëntwintigjarige met nagels als klauwen die er 's morgens om tien voor half negen uitziet alsof ze op het punt staat om te gaan stappen.
'Ik probeer haar te ontlopen,' zegt Jen. 'Maar ze spreekt me vaak aan. Er gebeurt altijd wel iets superdramatisch in haar leven.'
Ik kijk haar aan om te beduiden dat ze verder moet gaan.
'O, je weet wel. Een kennis van een kennis is vermoord of is getrouwd met een mormoon die al zeven vrouwen heeft of iemand heeft een bruidsmeisje bezwangerd op zijn eigen bruiloft. Of misschien was dat de mormoon wel. En vreemd genoeg speelt zij altijd een belangrijke rol in het drama.'
Geniet ze van wat ons is overkomen en roert ze het als pepersaus door haar saaie leventje?

'Herinner je je die man in de VS die net deed alsof zijn kind in een op drift geraakte luchtballon zat?' vervolgt Jenny. 'Als Annette een kind had, zou ze hem er zelf in hebben gezet.'

Ik glimlach, maar voel me ongemakkelijk.

'Ze probeerde me altijd stroop om de mond te smeren vanwege papa. Ze heeft er alles voor over om op tv te komen. Ze deed mee aan al die audities voor realityprogramma's.'

'Zouden Silas en zij een relatie kunnen hebben?'

Ze werpt me een vernietigende blik toe.

'Ze is behoorlijk, nou... verleidelijk,' zeg ik. Haar zichtbare decolleté was een standaardgrapje tussen alle moeders, die hun blouses keurig hadden dichtgeknoopt. 'En je zei zelf dat zijn huwelijk niet gelukkig is.'

'Zelfs als hij een verhouding heeft, dan wil hij ongetwijfeld een paar hersencellen. Bovendien was hij al weg voor zij er kwam werken.'

'Ja, maar...'

Ik zwijg als Sarah terugkomt met haar sandwich. Ze slaat het voorste blad om. Bovenaan staat een legenda. PP staat voor hoofdagent van de recherche Penny Pierson. Ik denk aan de jonge vrouw met de scherpe gelaatstrekken die ik net op het bureau heb gezien. AJ staat voor Annette Jenks.

De tijd van de verklaring is 18.00 uur op woensdag.

'Ze hebben geen tijd verloren laten gaan om mensen te ondervragen,' zegt Jenny. 'Maar waarom hebben ze zo snel met Annette gesproken?'

'Waarschijnlijk omdat zij de mensen binnenliet.'

Ik wil ook weten wie ze op woensdagmiddag heeft binnengelaten. En of ze de waarheid had verteld over Jenny die zich had uitgeschreven.

Wij lezen het document tegelijk met Sarah.

PP: Kunt u me vertellen wat uw taken op school zijn?
AJ: Ja, ik ben de secretaresse dus ik sorteer de post, neem de telefoon aan, dat soort dingen. Bezorgers brengen dingen naar mijn kantoor, en ik teken ervoor. Gewoon, de gebruikelijke dingen. Ik krijg ook de klassenboeken en ik verstuur de brieven voor mevrouw Healey. En ik laat mensen binnen door het hek, al staat daar 's morgens af en toe een leraar bij om de mensen te verwel-

komen, en dan hoef ik het niet te doen. En dat komt mooi uit, want 's ochtends komen ouders vaak naar mijn kantoor om allerlei dingen te vragen, alsof ik het niet druk genoeg heb.

PP: Verder nog iets?

[AJ schudt hoofd.]

Elizabeth Fisher was naast secretaresse ook schoolverpleegster geweest. Waarom had Annette Jenks die taak er ook niet bij gehad? Dan zou Jenny niet boven in die ziekenkamer zijn geweest. Dan zou ze niet gewond zijn geraakt.

Ja, dan zou Annette dat zijn geweest. Ja, ik had liever gehad dat zij het was dan Jenny. Liever ieder ander dan Jenny, behalve Adam. Moederschap is niet zacht, gezellig en lief, het is een zelfzuchtige felheid, rood in hand en tand.

PP: Kunt u mij vertellen wie u eerder vandaag hebt binnengelaten?

AJ: Denkt u dat dit moedwillig is gedaan? Brandstichting, bedoel ik? Want het is wel een beetje vreemd dat er plotseling brand woedt. Zo uit het niets. Ik bedoel maar, het is op dit moment wel heet, maar niet zo heet als in Australië, toch? En wij krijgen toch zeker geen bosbranden of dat soort dingen? Niet in een gebouw.

'Dat zei ik toch,' zegt Jenny als ze mijn gezicht ziet. 'Ik durf te wedden dat ze het geweldig vond om ondervraagd te worden door de politie.'

Eindelijk staat de aandachttrekster in het middelpunt van de belangstelling.

PP: Kunnen we het nog even hebben over wie u hebt binnengelaten?

AJ: Alleen de gebruikelijke mensen. Ik bedoel, niemand die ik niet kende.

PP: Ik zal u straks om een lijst vragen. Wie hebt u vanmiddag, tijdens de sportdag, binnengelaten?

AJ: Er waren een paar kinderen die naar de wc moesten en mevrouw Banks, de lerares van de tweede klas, was bij ze. We moeten de mensen hier op school 'meneer' en 'mevrouw' noemen. Het is er heel bekakt. Maar ze waren er niet lang. Er waren nog

een paar leraren die iets hadden vergeten. Die bleven ook niet lang. En toen kwamen Adam Covey en Rowena White, en iets later haar moeder. Mevrouw White is altijd heel beleefd. Ze zwaait als bedankje naar de camera zodat ik dat op het scherm zie. Dat doet bijna niemand.
PP: Verder nog iemand?
AJ: Nee.
PP: Weet u dat zeker?
AJ: Ja.
PP: U zei dat u een scherm hebt.
AJ: Ja, dat is gekoppeld aan een camera bij het hek zodat ik kan zien wie het is voor ik op de zoemer druk.
PP: Kijkt u altijd voor u op de zoemer drukt?
AJ: Ja. Het ding heeft weinig nut als ik dat niet doe, nietwaar?
PP: Maar als u het druk hebt, moet het af en toe verleidelijk zijn om gewoon op de zoemer te drukken en de mensen binnen te laten.
AJ: Tuurlijk kijk ik op dat verrekte scherm. Sorry. Dat komt door de stress. Ik bedoel, het is heel tragisch, hè? Wat er is gebeurd. Tragisch.

'Dat is gelul,' zegt Jen. 'Ik heb haar met eigen ogen op de zoemer zien drukken zonder dat ze op de monitor heeft gekeken. Dat heeft ze gedaan terwijl ze met mij praatte. Snapt ze dan niet hoe belangrijk dit is?'

Rowena had precies hetzelfde gezegd, maar dan in mildere bewoordingen.

Ik kijk nogmaals naar het woord 'tragisch'. Het lijkt net alsof Annette er een poosje over had nagedacht en toen de juiste, dramatische benaming had gevonden.

PP: En eerder die dag?
AJ: Bedoelt u of er iemand is binnengekomen en zich heeft verstopt?
PP: Wilt u alstublieft de vraag beantwoorden?
AJ: Nee, alleen dezelfde mensen als anders. Mensen die bij de school horen. Een of twee leveranciers die spullen kwamen brengen.
PP: Kent u die leveranciers?

AJ: Ja, een cateraar en een man van een schoonmaakbedrijf. Die lopen om de school heen, naar de zij-ingang. Van het gebouw, bedoel ik. Iedereen moet binnenkomen via het grote hek.
PP: Is het mogelijk dat er iemand stiekem binnen heeft weten te dringen?
AJ: Geen idee. Maar als dat het geval is, heb ik ze niet binnengelaten.
PP: Nu wil ik het graag hebben over de gebeurtenissen rond het tijdstip van de brand. Waar was u toen het brandalarm afging?
AJ: In het kantoor. Zoals altijd.
PP: Alleen?
AJ: Nee. Rowena White was bij me. Ze was naar het kantoor gekomen om de medailles voor de sportdag op te halen.
PP: Weet u zeker dat Rowena White bij u was?
AJ: Ja. Ik vertelde haar net over de problemen van een vriendin van me toen het alarm afging. Jezus, wat een kabaal was dat.

Penny was vermoedelijk bezig om verdachten te elimineren, net zoals Sarah daarstraks had gedaan.

PP: U zei dat u als onderdeel van uw baan de presentielijsten bijhoudt. Kunt u uitleggen hoe dat in zijn werk gaat?
AJ: Jawel. Om tien over half negen, en nog een keer na de lunch, vinken de leraren alle kinderen in hun klas aan op de presentielijst. Als een kind er niet is, wordt het aangemerkt als absent. De lijst wordt naar mij op kantoor gebracht, meestal door een leerling als een soort beloning. Maar goed, als een kind pas op school komt als de presentielijst al weg is, moet hij zich inschrijven op een andere lijst die op een plank in mijn kantoor ligt. Alle anderen die voor het einde van de schooldag weggaan, moeten hun naam daar ook op zetten.
PP: Wie bedoelt u met 'alle anderen'?
AJ: Voornamelijk kinderen die eerder weggaan omdat ze naar de tandarts moeten of zo. Maar soms ook volwassenen, zoals de moeders die komen voorlezen.
PP: En leraren?
AJ: Ja, maar dat komt bijna nooit voor. Ik bedoel, die komen vroe-

ger dan ik en ze gaan later weg. Mevrouw Healey beult ze echt af. Maar onderwijsassistenten, die zijn anders. Meer als ik. Een baantje van half negen tot vijf en elk smoesje aangrijpen om vroeger weg te kunnen. Dus die zetten hun naam op de lijst als ze weggaan.
PP: Wat hebt u gedaan toen het brandalarm afging?
AJ: Toen ben ik naar buiten gegaan.

Ze heeft niet tegen Penny gezegd dat ze vijf minuten heeft gewacht voor ze naar buiten ging. Of wat ze in de tussentijd heeft gedaan. Waarschijnlijk wist Penny niet dat ze haar daarnaar moest vragen.

AJ: Ik heb Tilly Rogers, dat is de kleuterjuf, de presentielijst van haar klas gegeven, maar dat was eigenlijk niet nodig. Ze wist namelijk dat alle kinderen daar waren. Toen zag ik een jongetje dat hysterisch werd. Bij dat standbeeld. Rowena probeerde hem te kalmeren, maar hij raakte alleen maar meer van streek.
PP: Weet u hoe die jongen heet?
AJ: Nu wel. Ik bedoel, nu weet ik waarom hij zo deed. Maar goed, Rowena vroeg of ik Jenny had gezien en ik zei dat ze zich geen zorgen hoefde te maken, want ik wist dat ze niet binnen was. Dat wist ik, ja? Iedereen kijkt me zo aan, maar ik wist het.
PP: Hoe wist u dat dan?
AJ: Omdat ze zich had uitgeschreven. Op de lijst waar ik u net over vertelde. Die lijst in mijn kantoor. Lees hem zelf maar als u me niet gelooft.
PP: Denkt u dat een papieren lijst de brand heeft overleefd?

Er staat niet bij op welke toon er wordt gesproken, maar ik stel me zo voor dat Penny minachtend klonk. Houten raamkozijnen, pleisterwerk en tapijten hebben de brand niet doorstaan, dus hoe had papier dat in godsnaam moeten doen?

AJ: Ze heeft zich uitgeschreven, goed? Op de lijst. Ik herinner me dat ze dat heeft gedaan.
PP: Hoe laat was dat?
AJ: Rond drie uur, denk ik. Ik heb niet op de klok gekeken.

PP: Heeft ze de tijd niet op de lijst geschreven?
AJ: Ik heb gezien dat ze iets opschreef, maar ik heb de lijst niet gepakt om te controleren wat ze had opgeschreven. Waarom zou ik?
PP: Waarom hebt u die lijst niet mee naar buiten genomen?
AJ: Het leek me niet belangrijk. Ik dacht dat alleen die van de kleuterklas van belang was.
PP: Maar het doel van de lijsten is toch om te weten wie in het gebouw is in het geval van brand?
AJ: Hoor eens, ik ben hier nieuw, oké? Ik werk hier pas een trimester. Een paar weken geleden hebben ze een brandoefening gehouden, maar toen was ik ziek. Maar zelfs al had ik die lijst mee naar buiten genomen, dan had het nog niks uitgemaakt, toch? Daar stond op dat Jenny niet in het gebouw was. Haar handtekening zou erop hebben gestaan. Dat zou hebben bewezen wat ik u nu vertel. Dat ze zich had uitgeschreven.

Ik werp een zijdelingse blik op Jen, en ik zie meteen dat ze het zich nog steeds niet kan herinneren en dat het nog steeds aan haar vreet.
'Misschien wil ze gewoon niet dat iemand denkt dat het haar schuld was,' zeg ik.
Want waarom zou Jenny in godsnaam weer naar binnen zijn gegaan?

PP: Wanneer besefte u dat Jenny Covey nog in het gebouw was?
AJ: Ik zag haar moeder naar binnen rennen, en haar naam roepen. En toen ging dat stomme mokkel ook naar binnen.
PP: Bedoelt u Rowena White?
AJ: Ja. Tegen die tijd kwamen er brandweerwagens aanrijden. Ze had het aan hen moeten overlaten, en niet hun werk nog lastiger moeten maken. Uiteindelijk moesten ze haar ook nog redden. Ik begrijp niet wat ze wilde bewijzen. Ze zal het wel hebben gedaan om aandacht te trekken.

Ik hoor Annette Jenks afgunst zonder dat ik naar haar stem hoef te luisteren. Want toen het erop aankwam, slaagde de aandachttrekster er niet in om iets te doen wat ook maar in de verste verte aandacht waard was. Ik kan de bitterheid van haar woorden bijna horen. Na het korte artikel over Rowena in de *Richmond Post* zal ze wel koken van woede.

> [Adjudant Baker vraagt of PP even de kamer uit wil komen. Na drie minuten komt PP weer terug.]
> PP: Kent u Silas Hyman?

Ik weet nog dat Sarah tegen je zei dat de directrice of een bestuurder de politie *'stante pede'* informatie zou geven over iedereen die een wrok jegens de school koestert. Dus iemand, vermoedelijk Sally Healey, had de politie verteld over Silas Hyman.
    Een absoluut geheugen en volmaakte logica, en dan geloven ze nog dat ik een kasplantje ben.

> AJ: Ik zou niet weten wie Silas Hyman is. Wat is Silas trouwens voor rare naam?
> PP: Hij was leraar op de school. Hij is in april weggegaan.
> AJ: Nou, dan is het toch logisch dat ik hem niet ken? Ik ben daar pas in mei komen werken.
> PP: Hebt u nog nooit van hem gehoord?
> AJ: Zoals ik al zei, ben ik er pas in mei begonnen.
> PP: Heeft niemand over hem geroddeld?
> AJ: Nee.
> PP: Die leraar was slechts een paar weken daarvoor ontslagen, maar er werd niet over hem geroddeld?
> [AJ schudt haar hoofd]
> PP: Dat kan ik bijna niet geloven.

Mijn respect voor PP met haar harde gezicht groeit een tikje.
    'Zie je wel?' zegt Jenny. 'Silas en Annette kenden elkaar niet eens. Dus ze hadden zeker geen verhouding.'
    Sarah pakt de volgende verfrommelde verklaring uit haar tas.
    Haar mobieltje gaat over en ze schrikt, alsof iemand haar heeft betrapt. Ik ga dichter bij haar staan en hoor Mohsins stem aan de andere kant van de lijn.
    'Prescoes, die drukkerij, heeft driehonderd exemplaren gedrukt van de Sidley House-kalender. Heb je daar iets aan?'

'Driehonderd mensen die wisten dat Adam op woensdag jarig was. En ook dat het dan sportdag was, dus dat de school praktisch leeg zou zijn. Hoe zit het met de getuige?'

'Sorry, liefje, wat dat betreft geeft Penny geen millimeter toe, en de rest laat ook niets los. Waarschijnlijk vertrouwen ze me niet. God mag weten waarom.'

Ze bedankt hem en verbreekt de verbinding. Dan strijkt ze de volgende gekreukte verklaring glad.

Ditmaal staat er SH in de legenda voor Sally Healey. De ondervrager is AB, adjudant Baker. De begintijd was 17.55 uur. De ondervragingen hebben bijna tegelijk plaatsgevonden.

22

Ik weet nog hoe Sally Healey er op de avond van de brand uitzag op tv, met haar roze linnen blouse, crèmekleurige broek, vergaderstem en volmaakte make-up. En hoe de zorgvuldig samengestelde façade was gaan afbrokkelen.

    AB: Kunt u me vertellen van wie u wist dat ze in het gebouw aanwezig waren ten tijde van de brand?
    SH: Ja. Er was een kleuterklas. Onze andere kleuterklas was naar de dierentuin. Al hun namen staan op de presentielijst die ik u heb gegeven. Daarnaast waren er Annette Jenks, de schoolsecretaresse, Tilly Rogers, een kleuterjuffrouw, en Jennifer Covey natuurlijk, die een tijdelijk onderwijsassistente is.
    AB: Waren alle andere personeelsleden niet aanwezig in het gebouw?
    SH: Nee, die waren op de sportdag. Daar hadden we iedereen nodig. We zijn ambitieus wat betreft het aantal onderdelen en het zou een chaos worden als er niet genoeg leraren zijn om alles vlotjes te laten verlopen.

'Jezus,' zegt Jenny. 'Zelfs nu kan ze het niet laten om reclame te maken voor de school.'

    AB: Hebt u een van de personeelsleden zien teruggaan naar het gebouw?
    SH: Ja, Rowena White. Of, tenminste, ik heb haar niet gezien, maar er werd me verteld dat zij de medailles was gaan halen.
    AB: Verder nog iemand?
    SH: Nee.
    AB: Ik weet dat een van mijn agenten u dit al heeft gevraagd bij de

brand, maar als u het niet erg vindt, zou ik hetzelfde stuk graag nog een keer met u doornemen.
SH: Natuurlijk.
AB: Hoe gemakkelijk is het voor mensen om de school binnen te komen?
SH: We hebben voor de hele school één ingang, en dat is een hek dat op slot zit. Het heeft een cijferpaneel. Alleen personeelsleden kennen de toegangscode. Alle andere mensen moeten worden binnengelaten vanuit het kantoor. Helaas is het in het verleden voorgekomen dat ouders onverantwoordelijk waren en het hek openhielden voor iemand zonder te vragen wie hij of zij was. We hebben een incident gehad waarbij een onbekende de school binnen is gekomen omdat een ouder zo nonchalant was om het hek voor hem open te houden. Daarna hebben we een monitor geïnstalleerd en moet de schoolsecretaresse kijken wie ze precies binnenlaat.
AB: Dus u gelooft dat uw school veilig is?
SH: Jazeker. De veiligheid van onze kinderen gaat voor alles.

'Alsof Annette de moeite neemt om op de monitor te kijken,' zegt Jenny vernietigend.
'Maar mevrouw Healey moet toch weten hoe ze is?'
'Ja. Maar dat wist ze vast niet toen ze haar aannam.'
'En ze weet ook dat ouders en sommige kinderen de code kennen?'
'Daar wordt ze heel pissig om.'
Als ze liegt over de veiligheid van het hek, waar zou ze dan nog meer over liegen?

AB: Kent u iemand die wrok koestert jegens de school?
SH: Nee, natuurlijk niet.
AB: Ik moet u vertellen dat het er op dit moment naar uitziet dat het brandstichting was. Dus kunt u alstublieft goed nadenken wie er eventueel wrok jegens de school kan koesteren.
[SH zwijgt.]
AB: Mevrouw Healey?
SH: Hoe heeft iemand dit kunnen doen?

Er zijn geen toneelaanwijzingen voor haar stemming op dit punt. Verdriet? Woede? Paniek?

AB: Wilt u alstublieft de vraag beantwoorden?
SH: Ik kan niemand bedenken die dit zou doen.
AB: Wellicht een personeelslid dat...
[SH onderbreekt hem.]
SH: Niemand zou dit doen.
AB: Zijn er onlangs nog werknemers vertrokken? Laten we zeggen in het afgelopen half jaar tot een jaar?
SH: Maar dat heeft niks met de brand te maken.
AB: Beantwoordt u de vraag, alstublieft.
SH: Ja. Twee. Elizabeth Fisher, onze vroegere schoolsecretaresse. En Silas Hyman, een leraar van klas drie.
AB: Wat waren de omstandigheden?
SH: Elizabeth Fisher werd te oud voor het werk. Daarom moest ik haar helaas ontslaan. De school en mevrouw Fisher zijn in goed overleg uit elkaar gegaan. Al weet ik dat ze de kinderen heel erg mist.
AB: Ik heb haar adresgegevens nodig. Kunt u me daaraan helpen?
SH: Ja. Haar telefoonnummer en adres staan in mijn palmtop.
AH: U noemde ook Silas Hyman, een leraar van de derde klas?
SH: Ja. Die omstandigheden waren wat ongelukkiger. Er heeft zich een ongeluk op de speelplaats voorgedaan terwijl hij daar toezicht hield.
AB: Wanneer was dat?
SH: In de laatste week van maart. Ik moest hem vragen om te vertrekken. Zoals ik al zei, gaan de gezondheid en de veiligheid van de kinderen voor alles.
AB: Eigenlijk zei u dat veiligheid voor alles gaat.
SH: Ach, uiteindelijk komt het op hetzelfde neer, nietwaar? We beschermen de kinderen tegen fysiek of crimineel gevaar.

De woorden 'of allebei' moeten in de lucht hebben gehangen, maar zijn niet opgeschreven.

AB: Staan de contactgegevens van Silas Hyman ook in uw palmtop?
SH: Ja. Die heb ik nog niet bijgewerkt.
AB: Kunt u ze voor me opschrijven?
SH: Nu?
AB: Ja.
[SH schrijft de contactgegevens van Silas Hyman op.]
AB: Als u me even wilt excuseren.
[AB gaat de kamer uit en komt zes minuten later terug.]

Baker moet weg zijn gegaan om Penny over Silas Hyman te vertellen. Vermoedelijk heeft hij ook iemand gestuurd om hem te ondervragen. Hij heeft immers tegen jou gezegd dat de politie die avond al met Silas Hyman had gesproken.

AB: We hadden het over de beveiliging van de school. Kunt u me vertellen welke maatregelen tegen brand er op school waren genomen?
SH: We hebben de juiste brandbestrijdingsmiddelen. Brandblussers, zowel water als schuim, plus branddekens en emmers met zand op elke verdieping en op risicovolle plekken, zoals de keuken. De afstand tot de dichtstbijzijnde blusser is nergens meer dan dertig meter. Het personeel is getraind in het gebruik van de juiste apparatuur. We hebben duidelijk aangegeven uitgangen, zowel in pictogrammen als in letters in elk klaslokaal en in de andere lokalen zoals dat voor handenarbeid, de kantine en de keuken. Ook oefenen we regelmatig hoe we het gebouw moeten evacueren. We hebben gecertificeerde rook- en hittemelders die in direct contact staan met de brandweerkazerne. We hebben driemaandelijks, jaarlijks en driejaarlijks onderhoud en we laten testen uitvoeren door een gekwalificeerd ingenieur, zoals vereist is volgens richtlijn BS 5839 van de brandweer.

'Het lijkt net alsof ze alles uit het hoofd heeft geleerd,' zegt Jen, en ik ben het met haar eens. Maar waarom?

AB: Kent u al die feiten zo uit het hoofd?

Dus dat is AB ook opgevallen.

>   SH: Ik ben het hoofd van een lagere school. Zoals ik u net heb verteld is veiligheid mijn belangrijkste zorg. Ik heb mezelf benoemd tot brandveiligheidsofficier. Vandaar dat ik al die feiten inderdaad uit mijn hoofd ken.
>   AB: Brandweermannen hebben gemeld dat ramen boven in de school wijd openstonden. Kunt u daar iets over zeggen?
>   SH: Nee. Dat is onmogelijk. We hebben sloten op de ramen om te voorkomen dat ze meer dan tien centimeter open kunnen.
>   AB: Waar worden de sleutels van de raamsloten bewaard?
>   SH: In het bureau van de leraar. Maar het kan toch niet...

Op dat punt moet ze zijn opgehouden met praten. Ik stel me weer die figuur voor die naar de bovenste verdieping van de school gaat, maar ditmaal moest hij meer moeite doen om de ramen helemaal open te zetten zodat de bries het vuur naar boven kon zuigen.

>   AB: U zei dat uw personeel getraind is om vuur te blussen.
>   SH: Ja. Het is duidelijk dat het bedwingen van vuur, naast evacuatie, de beste manier is om de gevolgen van een brand te minimaliseren.
>   AB: Maar al het personeel was toch bij de sportdag? Behalve dan de drie over wie u me hebt verteld?
>   [SH knikt.]
>   AB: Waarom was Jennifer Covey in de school en niet ook bij de sportdag?
>   SH: Zij had de leiding over de EHBO-kamer. Voor kleine verwondingen.
>   AB: Waar is die kamer?
>   SH: Op de derde verdieping.
>   AB: Boven in het gebouw?
>   SH: Ja. Vroeger gebruikten we het kantoor van de secretaresse. Elizabeth had een verpleegstersdiploma. Er stond daar een bank en we hadden een deken. Alleen om de zaak waar te nemen tot er een ouder kwam om het kind mee naar huis te nemen. Maar de

nieuwe secretaresse heeft geen enkele medische training, dus het had geen nut om dat daar te laten staan. Meneer Davidson, het hoofd van de hogere klassen, heeft het lokaal op zijn verdieping. Hij is onze gediplomeerde EHBO'er, maar we hadden hem nodig voor de sportdag.

AB: Hoe lang wist u al dat Jennifer Covey vanmiddag de verpleegster zou zijn?

SH: 'Verpleegster' is een nogal groot woord. Ik verwachtte natuurlijk niet dat een meisje van die leeftijd met een ernstige verwonding te maken zou krijgen.

'Ik heb een EHBO-cursus gedaan, stom wijf,' zegt Jenny als ze dat leest en ik ben blij dat ze zich concentreert op het antwoord van Sally Healey en niet op Bakers vraag. Want helemaal in het begin vermoedde hij al dat de brand tegen haar was gericht. Ik neem aan dat hij haar naam heeft ingevoerd in de computer en dat de zaak van de haatbrieven direct naar voren was gekomen.

AB: Beantwoordt u alstublieft mijn vraag. Hoe lang wist u al dat Jennifer Covey vanmiddag de verpleegster zou zijn?

SH: Dat heb ik vorige week donderdag op de personeelsvergadering aangekondigd. Het was niet mijn oorspronkelijke plan, maar ik heb besloten dat het gezien Jenny's constant ongepaste kleding tijdens het warme weer beter zou zijn als de ouders haar niet zouden zien.

'Ze is echt een stom wijf, mam,' zegt Jenny.

AB: Wat was het oorspronkelijke plan?

SH: Eerst had ik Rowena White die taak toebedeeld. Rowena heeft een EHBO-cursus gedaan. Ze vond het niet leuk dat de plannen waren veranderd, maar het leek mij gepaster.

Jenny kijkt naar mij. 'Denk jij dat Rowena tegen haar vader kan hebben gezegd dat ze verpleegster zou zijn, om hem trots te maken, het oude liedje, en hem vervolgens niet heeft verteld dat ik haar plaats had ingenomen?'

'Misschien wel,' zeg ik.
Is het verkeerde meisje gewond geraakt?

AB: Wie was er aanwezig op die vergadering van donderdag toen u de verandering aankondigde?
SH: Het hogeremanagementteam. Zij geven de informatie vervolgens door aan de rest van het personeel.
[SH zwijgt.]
AB: Mevrouw Healey?
SH: Gaat Jenny dood?
[SH huilt.]

Er staat niet voor hoe lang.

Sarah haalt de laatste kopie uit haar tas. Ik had gehoopt dat het een transcript van de ondervraging van Silas Hyman zou zijn, maar het is dat van Tilly Rogers, het schoolvoorbeeld van een kleuterjuf. Roze wangen, lang blond haar en een glimlachend gezicht met parelwitte tanden. Een gezond, rechtschapen en aardig meisje dat daar een paar jaar zal werken, waarna ze zal trouwen om vervolgens een eigen gezinnetje te stichten. De kinderen in haar klas zijn dol op haar, ze bezorgt de vaders een weemoedig en de moeders een zorgzaam gevoel.

Ik kan me niet voorstellen dat zij iets te maken heeft met de brand.

Tilly's ondervraging begon om 18.30 uur, dus na die van mevrouw Healey. Het was AB, adjudant Baker, die haar aan de tand voelde.

Ik las het oppervlakkig, alleen om de belangrijkste punten eruit te halen. Ze zat met haar klas in een kring toen het alarm afging. Maisie White hielp bij de evacuatie van de kinderen, die haar allemaal kenden als voorleesmoeder. Ze zei niet dat het lang had geduurd voor Annette haar de presentielijst kwam brengen. Of ze had het niet gemerkt, of het leek haar niet belangrijk. Niemand had het opgemerkt en haar ernaar gevraagd. Het duurt twee pagina's voor ik een vraag tegenkom die van belang lijkt.

AB: Kent u Silas Hyman?
TR: Ja. Hij gaf les aan de derde klas op Sidley House. Tot april, dan. Maar ik ken hem niet echt. We gaven les op verschillende verdie-

pingen. Ik zit helemaal beneden... Ach, dat weet u al. En de kleuterklassen hebben geen contact met de rest van de school. Dat gebeurt pas als de kinderen naar klas één gaan.

Vertelt ze de waarheid als ze zegt dat ze Silas Hyman niet goed kent? Zou ze zijn medeplichtige kunnen zijn? Heeft Tilly Rogers met haar frisse gezichtje en bloemetjesrokken haar klas alleen gelaten met hun sprookjesboeken en Luister-Teddyberen en is ze naar boven gegaan om de sleutel van de ramen te zoeken en die voor hem open te zetten? Heeft ze terpentine uitgegoten en een lucifer gezocht?

Ooit zou ik hebben gezegd dat ik me dat onmogelijk kon voorstellen. Maar op dit moment sluit ik niks uit.

Maar ik zou niet weten hoe ze op tijd moet zijn teruggekomen in haar lokaal. Want als zij het vuur heeft aangestoken, dan zou Maisie haar toch niet hebben aangetroffen bij haar leerlingen toen ze kwam om te helpen met de evacuatie?

AB: Is er ook maar iets wat u eventueel van belang acht?
TR: Rowena White. Ik weet niet of het van belang is, maar het was wel heel bijzonder.
AB: Gaat u verder.
TR: Ik stond voor de school met de kinderen, maar tegen die tijd waren de meeste moeders gearriveerd, dus kon ik wat om me heen kijken. Ik zag Rowena het gymhok in rennen en terugkomen met een handdoek. Een grote, blauwe zwemhanddoek. Die laten de kinderen daar af en toe liggen. Op het grind naast de school, bij de keukendeur, lagen twee flessen water. U weet wel, van die hele grote van vier liter. En zij goot water op de handdoek. Toen zag ik haar de school in gaan. Bij de deur zag ik haar de handdoek voor haar gezicht doen. Het was ongelooflijk dapper.

Sarah gaat weg om jou te zoeken en Jenny en ik blijven even staan, allebei sprakeloos van teleurstelling. Geen magische zin waarmee Adam van schuld wordt vrijgepleit.

'Misschien ziet tante Sarah iets wat wij hebben gemist,' zeg ik. 'Of in elk geval iets wat haar een aanwijzing geeft.'

'Ja.'

Iets later voegen we ons bij Sarah en jou op de gang van de ic. Jij kijkt door het raam naar Jenny, met een transcript in je hand.

Jenny staat op enige afstand, zodat ze zichzelf niet door het glas kan zien.

'Denk je dat het net is als met mijn mobieltje?' vraagt ze. 'Besmettingsgevaar?'

'Vast wel.'

Maar ik vraag me af of de gekopieerde transcripten echt een gevaar voor besmetting vormen of dat Sarah haar best doet om zo discreet mogelijk te zijn en daarom het bed van Jenny, waar heel veel personeel rondloopt, vermijdt.

Jij houdt de ondervraging van Annette Jenks vast. Ik hoop dat ik nu Sarahs mening daarover zal horen, want daar heb ik eerder alleen naar kunnen raden.

'Maar hoe kan Jen zich in godsnaam zelf hebben uitgeschreven?' vraag jij terwijl je leest. 'Ik begrijp er niks van.'

'Ik ben er nog niet helemaal van overtuigd dat ze dat echt heeft gedaan,' zegt Sarah. 'Het kan zijn dat Annette Jenks alleen wilde dat mensen haar niet de schuld zouden geven. Snel de aandacht op een ander richten, zogezegd.'

'Dus er staat niks nuttigs in?'

'Dat wil ik niet zeggen. Uit haar verklaring wordt duidelijk dat zij de brand niet heeft aangestoken. Ze zegt dat ze met Rowena White in het kantoor was toen het alarm afging en Rowena heeft eerder hetzelfde verteld. Het kantoor is op de tussenverdieping en het handenarbeidlokaal is op de tweede verdieping. Dus zij kunnen geen van beiden het vuur hebben aangestoken.'

'Kan zij Hyman hebben binnengelaten?'

'Ze beweert dat ze hem niet kent, of zelfs maar van hem heeft gehoord, maar ik vind het nogal vreemd dat ze helemaal geen verhalen over hem heeft opgevangen. Ze lijkt me nogal een roddeltante. Dus ik heb het gevoel dat ze waarschijnlijk liegt. En we weten van zowel Maisie als Rowena White dat ze een paar minuten heeft gewacht voor ze naar buiten ging. Daar zegt ze hier zelf niks over. We moeten uitzoeken wat ze heeft gedaan.'

Zoals ik al had verwacht, legt Sarah haar vinger op de zere plek.

Jij leest het transcript van Sally Healey door en je stopt bij alle voorzorgsmaatregelen tegen brand die ze had getroffen.

'Het lijkt wel alsof ze het handboek opdreunt,' zeg jij tegen Sarah.

'Ja, dat vind ik ook. En het viel Baker ook op. Ik geloof dat Sally Healey bang was dat er echt brand zou uitbreken. Bijna alsof ze wíst dat het zou gebeuren en ze de gevolgen probeerde te beperken.' Sarah ziet jouw blik. 'Geen enkel brandpreventievoorschrift had iets uitgehaald bij een brandversneller, open ramen en een oud gebouw.'

'Zou ze dat hebben geweten?'

'Ik zou niet weten waarom ze haar eigen school in brand zou steken. Maar ergens klopt er iets niet. Niet alleen wist ze dit allemaal precies te vertellen, ze zei ook dat de school en Elizabeth Fisher, de vroegere secretaresse, in goed overleg uit elkaar zijn gegaan. Maar Elizabeth koestert duidelijk wrok.'

'Is dat van belang?' vraag jij een beetje ongeduldig.

'Dat weet ik nog niet.'

Ik word misselijk als ik de verklaring van de directrice herlees. Want ditmaal valt me meteen op dat ze tegen Baker zegt dat de EHBO-kamer op de derde verdieping is, helemaal boven in het gebouw. Net zoals ze had 'aangekondigd' dat Jenny de verpleegster zou zijn en dat die informatie zou worden 'doorgegeven' aan alle andere personeelsleden.

Iedereen op school wist dat Jenny in haar eentje op de bovenste etage zou zijn, in een vrijwel verlaten gebouw.

'Is dat alles wat je hebt?' vraag jij.

'Ja, ik ben bang van wel.'

'Kun je niet...?'

'Ik ben er alleen in geslaagd kopieën te bemachtigen omdat de dossiers tijdelijk in een onbewaakte kamer lagen. Inmiddels zal alles veilig zijn opgeborgen.'

'Maar je gaat wel met Silas Hyman praten?'

'Ja. En ik heb al gesprekken geregeld met het schoolhoofd en Elizabeth Fisher. En terwijl ik dat doe, moet jij naar huis gaan om met Addie te praten.'

Jij doet er het zwijgen toe.

'Er is heel veel personeel op de ic, Mike. Als je je nog altijd zorgen maakt, kan ik Mohsin vragen om bij haar te komen zitten.'

Jij blijft zwijgen, en zij begrijpt het niet.

'Jij bent alles wat Addie nu heeft, Mike. Hij heeft je gezelschap nodig.'

Jij schudt je hoofd.

Haar grijsblauwe ogen kijken diep in de jouwe, die precies dezelfde tint hebben, alsof ze daar naar een antwoord zoekt. Omdat jij een liefhebbende vader bent, geen man die zijn kind van acht zou negeren, vooral nu niet. Ergens achter die harde uitdrukking op je gelaat moet toch zeker de jongen zijn die ze al haar hele leven kent?

Jij wendt je blik van haar af als je wat zegt, zodat ze je gezicht niet meer kan zien. Zodat ze de man vanbinnen niet kan zien.

'Ze hebben me verteld dat Jenny nog maar drie weken te leven heeft tenzij ze een ander hart krijgt. Nu een dag minder.'

'O, god. Mike...'

'Ik kan niet bij haar weggaan.'

'Nee.'

'Ze zál een ander hart krijgen...' begin jij, maar ik kijk naar Jenny's gezicht terwijl ze hoort dat er een auto in volle vaart op haar af komt rijden. De dood is niet stil, maar hard en oorverdovend en komt steeds dichterbij. Magere Hein die aan het joyriden is en de stoep op rijdt, recht op haar af, terwijl ze niet weg kan vluchten.

Ze gaat de kamer uit en ik haast me achter haar aan.

'Jen, toe...'

In de gang blijft ze staan en ze draait zich naar me om. 'Je had het me moeten vertellen.' Haar gezicht is spierwit en haar stem trilt. 'Ik had er recht op om het te weten.'

Ik wil zeggen dat ik haar probeerde te beschermen, dat ik een sjaal van onwaarheden heb geweven om haar in te wikkelen, dat ik geloof in jouw hoop voor haar.

'Mam, ik ben geen kind meer. Ik ben wel je dochter. Altijd. Maar...'

'Jen...'

'Snap je het dan niet, mama? Alsjeblieft? Ik ben nu volwassen. Jij kunt mijn leven, of wat daar nog van over is, niet meer voor me bepalen. Ik heb mijn eigen leven. Mijn eigen dood.'

23

In gedachten zie ik haar voor me toen ze zes was, in een roze-oranje gebloemd badpak. Ze duikt onder water en komt stralend zwaaiend weer boven. *Onze kleine vis!* En ik kijk naar haar, mijn oog werpt een touw om haar heen, ik zal erin springen – plons – en haar redden zodra ze in de problemen komt. En dan is ze twaalf, verlegen in een zedig marineblauw sportbadpak en controleert of alles nog klopt tijdens het zwemmen. En dan een zilveren metalige bikini over een volmaakt tienerlijf waardoor iedereen naar haar kijkt, en ze voelt hun blikken als zonneschijn op haar huid, genietend van haar schoonheid.

Maar voor mij is ze nog altijd het kleine meisje in het roze-oranje gebloemde badpak en ik heb nog altijd mijn onzichtbare touw om haar middel zitten.

'Je mag mijn hart hebben,' zeg ik.

Ze kijkt me even aan en glimlacht dan, en aan haar glimlach zie ik dat ze me heeft vergeven.

'Jeetjemina,' zegt ze.

'Als er geen ander wordt gevonden.'

'"Gevonden"?'

Ze plaagt me.

'We hebben hetzelfde type weefsel,' zeg ik.

Tot dan toe had ik gedacht dat we allebei het verkeerde type weefsel hadden; het beenmerg van ons allebei kon mijn vader niet helpen om de ziekte van Kahler te overleven.

'Dat is heel lief van je,' zegt ze. 'En dat is nog zacht uitgedrukt. Maar er zitten een paar haken en ogen aan je plan. Om te beginnen lééf je nog. En zelfs als papa en tante Sarah het zullen toestaan, wat niet zal gebeuren, zal het nog tijden duren voor ze ophouden met je voedsel en water toe te dienen.'

'Dan moet ik een manier vinden om het zelf te doen.'
'Hoe precies?'
Al dat glimlachen! Uitgerekend nu! Ik had het eerder bij het verkeerde eind, het is totaal niet tot haar doorgedrongen hoe uitzichtloos de situatie is. Ik wilde altijd dat ze het leven *'een beetje serieuzer'* zou nemen.

'*Weglopen tijdens een van je eindexamens is niet grappig.*'
'*Daar lach ik ook niet om.*'
'*Waar dan wel om?*'
'*Niemand vertelt je ooit dat het volgen van al die lessen, het blokken voor je examens, het oefenen van opstellen schrijven in een bepaalde tijd samen met de rest van de studievaardigheden slechts een van de alternatieven is.*'
'Dat is het ook niet.'
'Dat is het wel, want ik heb net voor een alternatief gekozen.'
En dat vond ze grappig, alsof ze was vrijgelaten uit een gevangenis in plaats van dat ze net de deur naar haar toekomst had dichtgesmeten.

Ik heb gewanhoopt vanwege haar neiging om zich te verschuilen achter humor, in plaats van de waarheid onder ogen te zien. Maar nu ben ik er blij om.

Maar haar vraag over hoe ik eigenlijk van plan ben om zelfmoord te plegen is heel logisch. Ik kan mijn ogen niet openen en geen vinger bewegen, dus hoe moet ik een overdosis regelen of voor een trein springen? (Dat heb ik altijd als een egoïstische keuze beschouwd, vanwege die arme machinisten.) Ironisch genoeg moet je redelijk gezond zijn om zelfmoord te kunnen plegen.

Sarah loopt langs ons heen, en jij bent bij haar. Voor de eerste keer verlaat je je post.

'Ze zullen op tijd een hart voor haar vinden,' zeg jij. 'Ze zal blijven leven.'

Maar je woorden zijn nu slechter te verstaan. Je felle hoop is verzwakt tegen de tijd dat hij mij bereikt.

Ik probeer hem weer beet te pakken en zoek naar een houvast.

'Natuurlijk, Mike,' zegt Sarah.

Sarahs stem voegt zich bij de jouwe, een verdubbeling van geloof, en mijn greep is weer stevig. Op de een of andere manier zal ze beter worden. Ze moet. 'Natuurlijk.'

Jij gaat terug naar de afdeling en Sarah loopt door naar de uitgang van het ziekenhuis.

'Ga jij maar met tante Sarah mee,' zegt Jenny. 'Ik wacht hier wel, voor het geval Donald White terugkomt.'

'Ik blijf bij je.'

'Maar je zei dat we alles moesten weten voor het geval wij degenen zijn die de zaak tot een goed einde moeten brengen.'

Ze wil dat ik met Sarah meega.

Ze wil alleen zijn.

Dat vond ik vreselijk, dat ze de deur van haar kamer dichtdeed, dat ze een stukje bij me vandaan liep als ze in haar mobieltje praatte. Dat vind ik nog steeds vreselijk. Ik wil niet dat zij alleen wil zijn.

'*We moeten haar haar eigen vergissingen laten begaan,*' heb jij een paar weken geleden gezegd. '*Ze moet haar vleugels kunnen uitslaan. Het is heel natuurlijk dat ze dat wil.*'

'De builenpest is "natuurlijk",' had ik teruggesnauwd. 'Maar dat wil nog niet zeggen dat het goed voor je is.'

Jij had je arm om me heen geslagen. 'Gracie, je moet haar laten gaan.'

Maar ik kan mijn touw dat om haar heen zit niet losmaken. Nog niet. Ik heb het laten vieren toen haar benen langer werden en haar figuur ronder en ze steeds vaker werd nagekeken, maar ik zal het vasthouden tot ze veilig, zonder te verdrinken, uit de diepte weg kan zwemmen, van kindertijd naar volwassenheid.

Tot dan zal ik het niet loslaten.

Ik loop met Sarah over het grindpad naar de parkeerplaats, maar de steentjes voelen niet langer aan als naalden en de middagzon verschroeit me nog niet, alsof ik een soort beschermende overkapping voor mezelf maak.

Sarah rijdt precies zo hard als is toegestaan. Ze houdt zich aan die ene kleine wet terwijl ze wegrijdt om belangrijker wetten te breken.

Mijn kinderjuffrouwstem zegt dat mijn zwembeeld 'totaal uit de tijd is!' Jenny heeft tegen me gezegd dat ik *'mijn touw moet doorsnijden'*. Ze is volwassen. Ze wil het niet meer.

Mijn reactie is dat ze me diep vanbinnen nog evenzeer nodig heeft als altijd, vooral nu. Alle tieners doen pogingen om te ontsnappen aan hun kindertijd, om niet af te gaan voor zichzelf, maar volgens mij hopen de meeste, zoals Jen, om gepakt te worden voor ze te ver zijn gegaan.

'Maar ze is niet naar jou toe gegaan na die rode verf, hè?' zegt mijn kinderjuffrouwstem, me met dat scherpgerande feit om de oren slaand. 'Toen is ze niet naar jou gekomen. Toen had ze je niet nodig.'

Misschien was ik die dag weg.

Het was 10 mei. Die datum ken je maar al te goed.

Het was Adams schoolreisje en ofschoon ik die dag ervoor had vrijgehouden, had ik niet mee gemogen.

'U bent dit jaar al op drie uitjes mee geweest, mevrouw Covey. U kunt beter een andere moeder een kans geven.' Alsof er moeders met een kompas in hun Prada-tas in de rij stonden voor een oriëntatieloop in de stromende regen. Het was meer dat de gemene mevrouw Madden niet wilde dat ik zou meegaan. (Ik heb haar een boze blik toegeworpen toen ze in het Victoria and Albert Museum tegen de kinderen schreeuwde.)

Dus ben ik thuisgebleven en heb me zorgen gemaakt of Adam wel het noorden zou kunnen vinden of dat hij zonder partner zou zijn. Ik heb me geen zorgen gemaakt om Jenny. Want we dachten dat de haatbrieven waren gestopt.

Ik ben de hele dag thuis geweest.

Toen Jenny die avond thuiskwam, later dan ze had gezegd, was haar lange haar in een bobkapsel geknipt. Ze leek gespannen en ik had gedacht dat dat door haar nieuwe kapsel kwam. Ik had geprobeerd haar gerust te stellen, door te zeggen dat het haar goed stond.

Zelfs voor haar doen zat ze belachelijk lang aan de telefoon, en al kon ik niet verstaan wat ze zei (haar deur was dicht), haar stem klonk nerveus.

Als ze naar mij was gekomen, zou ik haar haar hebben gewassen en de verf er op de een of andere manier uit hebben gekregen en dan had ze haar haar niet hoeven laten knippen.

Ik zou haar jas naar die bijzonder goede, maar dure, stomerij in

Richmond hebben gebracht, waar ze er bijna alles uit kunnen krijgen.
Als ze naar mij was gekomen, zou ik de aanval hebben gemeld bij de politie en zou ze nu misschien niet in het ziekenhuis hebben gelegen.
Ze heeft mijn touw om haar middel nog steeds nodig, al beseft ze dat zelf niet.
'Wat bazel je toch over verdrinken?' wil mijn kinderjuffrouwstem weten. 'Adam en zijn vlindertjes, Jenny en het touw?' Nou, misschien komt dat omdat zwemmen, op een vaste tijd op zaterdag, in dit voorzichtige moderne leven het enige potentieel levensbedreigende is wat je je kinderen laat doen. Psychoanalytici dichten waterbeelden een seksuele lading toe, en moeders stellen zich gevaar voor.
En dan stel ik me voor dat ze veilig zijn.
Verstikt in gedachten aan Jenny en woordenwisselingen met mezelf, zie ik plotseling tot mijn schrik dat we naar de school rijden. Ik ben bang om de plek van de brand te zien; misselijk van de zenuwen.
Sarah slaat af bij het weggetje naar het veld en parkeert ernaast.

Er staan nu drie portakabins op het sportveld. Daardoor ziet het er heel anders uit dan op de sportdag en dat is een opluchting voor me. Ik wil er niet meer aan denken. Maar als we uitstappen, zie ik dat de geverfde witte lijnen er nog zijn. Ze glimmen onder de harde zon die aan de hemel staat. Ik wend snel mijn hoofd af.
Ik ruik gras; de warme lucht is ervan doortrokken en ik word teruggetrokken naar woensdagmiddag, met leraren wier fluitjes glinsteren in de zon, korte beentjes die stampen op de grond en Adam die stralend naar me toe rent.
Bestaat er een zomerse schudbol in plaats van een winterse? Een bol met groen gras en bloeiende azaleastruiken en een blauwe hemel? Want ik zit nu in zo'n bol. Als je eraan schudt, vult hij zich misschien met zwarte rook en niet met dwarrelende sneeuwvlokken.
Sarah klopt op de deur van een van de tijdelijke containers en het geluid doet me opschrikken uit mijn ingebeelde schudbol.
Mevrouw Healey opent de deur. Haar anders bepoederde gezicht is rood aangelopen, haar linnen rok is gekreukeld en zit onder het stof.
'Hoofdagent McBride,' zegt Sarah. Ze steekt haar hand uit en verzwijgt dat ze familie van ons is. Ik heb nooit begrepen waarom ze haar meisjesnaam niet heeft aangehouden, maar nu vermoed ik dat de re-

den is dat ze een openbaar imago wil – de verantwoordelijke, volwassen hoofdagent Sarah McBride, gehuwd met de verstandige, onverstoorbare Roger – zodat ze de tiener Sarah Covey veilig diep weggestopt kan houden.

We gaan de smoorhete portakabin in. Muffe deeltjes van het parfum van mevrouw Healey, Chanel 19, drijven als schuim in de warme, vochtige lucht.

'Maandag krijgen we nog tien lokalen plus een toiletgebouw,' zegt mevrouw Healey. Ze praat snel, met een ongebruikelijke nerveuze energie. 'De gemeente heeft ons een tijdelijke vergunning verleend. De kinderen zullen zelf een lunchpakket moeten meenemen, maar ik weet zeker dat de ouders daar wel begrip voor kunnen opbrengen. Gelukkig gebruiken we *cloud computing* voor al ons werk, dus hebben we op internet overal een back-up van: adresgegevens, lesplannen en de rapporten van de kinderen.'

'Wat efficiënt.'

Sarah klinkt beleefd geïnteresseerd, maar ik vraag me af of er een belangrijkere reden achter haar opmerking zit.

'Een van de vaders is de CEO van een computergigant, hij heeft dat in het vorige trimester allemaal voor ons georganiseerd. Ouders helpen graag. Op dit moment is het een godsgeschenk. Ik heb al etiketten kunnen printen voor elke familie. Iedereen krijgt morgen een brief waarin staat wat er gebeurt en we stellen ze ook gerust.'

Een printer zoemt en spuugt meer brieven uit. Op de grond ligt een stapel geadresseerde enveloppen.

'Is het niet gemakkelijker om de ouders te e-mailen?' vraagt Sarah.

'Het maakt een betere indruk om een echte brief op mooi papier te sturen. Dat laat zien dat we de situatie onder controle hebben. Gaat dit lang duren? Zoals u ziet, heb ik nog heel veel te doen en ik heb al met de politie gesproken.'

'We kunnen praten terwijl u doorwerkt,' zegt Sarah, alsof ze haar ter wille is. Maar ik herinner me dat ik op een zondag na de lunch met haar stond af te wassen en dat ze toen zei dat ze het liefst de afwas zou doen met een verdachte. Volgens haar was de kans veel groter dat hij zou praten en de waarheid zou vertellen terwijl hij ergens mee bezig was. Toentertijd had ik me bang afgevraagd wat ze uit mij wilde krijgen.

'Er is u verteld dat Adam Covey ervan wordt beschuldigd de brand te hebben aangestoken?' vraagt Sarah.

'Ja. Mijn besluit om geen aanklacht in te dienen, of verdere actie te ondernemen, heeft de steun van de volledige raad van bestuur. Naar wat ik heb begrepen, was het een uit de hand gelopen grap, en is die arme Adam al meer dan genoeg gestraft. Hij moet zich verschrikkelijk schuldig voelen.'

'Kent u hem goed?'

'Nee. Ik zou zijn gezicht natuurlijk wel herkennen, maar ik ken hem niet persoonlijk. Schoolhoofden zijn tegenwoordig meer managers dan leraren, dus jammer genoeg ken ik niet veel van mijn leerlingen.'

Toen Jenny op Sidley House zat, stond de deur van mevrouw Healey altijd open en liepen er voortdurend kinderen haar kantoor in en uit en één keer per week gaf ze zelf les om contact met de school te houden. Maar Adam zag haar bijna nooit.

'Vindt u het niet vreemd dat een kind van acht, nog maar net acht, brandsticht?' vraagt Sarah.

'Kennelijk gebeurt dat relatief vaak. Door mijn ervaring als leraar van kinderen van zijn leeftijd, verbaast het me niet. Kinderen zijn tot afschuwelijke dingen in staat.'

Ik denk aan Robert Fleming.

'Zo'n kind is Adam niet,' zegt Sarah.

'Heeft hij het niet gedaan?' vraagt mevrouw Healey.

'U kijkt bezorgd.'

'Ja, dat ben ik ook. Ik wil echt dat dit voorbij is. Uitgezocht. Zodat iedereen verder kan. Maar voor hem ben ik natuurlijk blij. Bent u daarom hier?'

'Ik heb een aantal vragen. Het spijt me als er dingen bij zijn die u al hebt verteld.'

Mevrouw Healey knikt instemmend. Ze vouwt de brieven op en stopt ze in de enveloppen. Haar vouwen in het papier zijn messcherp.

'Waar was u toen de brand uitbrak?' vraagt Sarah.

'Op de sportdag. Ik leidde de zakloopwedstrijd voor de kinderen uit de tweede klas. Zodra ik wist wat er aan de hand was, heb ik de kinderen uit mijn groep overgedragen aan een klassenleraar en toen ben ik zo snel mogelijk naar de school gegaan. Tegen de tijd dat ik daar kwam, waren alle kleuters al veilig geëvacueerd.'

'En Jennifer Covey?'

Ze vouwt snel een vel papier op, ditmaal zonder keurige scherpe vouwen.

'Die had onze procedure niet gevolgd. Ze had zich op de lijst uitgeschreven, maar zich niet opnieuw ingeschreven toen ze weer naar binnen ging. Niemand had kunnen weten dat ze nog in het gebouw was.'

'Hebt u de presentielijst gezien waarop ze haar naam heeft geschreven?'

'Nee.'

'Hoe weet u dan dat ze dat had gedaan?'

'Dat heeft onze schoolsecretaresse, Annette Jenks, me verteld.'

'En u geloofde haar?'

'Ik ben geen politievrouw, maar schoolhoofd. Als mensen me iets vertellen, geloof ik dat meestal.'

Haar vijandige uitval wordt gepareerd door die van Sarah.

'Waarom hebt u ons niet verteld over het gedrag van Silas Hyman tijdens de prijsuitreiking?'

Mevrouw Healey lijkt verward door de plotselinge verandering van onderwerp. Of komt dat door de naam van Silas Hyman?

'Waarom hebt u de politie niet verteld dat Silas Hyman heeft gedreigd wraak te nemen op de school?'

'Omdat hij dat niet echt meende.'

'Er brandt een school af, twee mensen liggen in kritieke toestand in het ziekenhuis en een man heeft gedreigd wraak te nemen, maar...'

'Ik wéét dat hij het niet meende.'

'Hebt u daar ook maar enig bewijs voor?'

Ze zegt niets. Het papier heeft in een van haar vingers gesneden en op elke witte Conqueror Weave-envelop zit een dun rood streepje.

'Heeft een ouder u na de prijsuitreiking opgebeld?'

'Ja.'

'Heeft die persoon u gevraagd om de politie in te lichten en hem een straatverbod op te leggen of een waarschuwing te geven om ervoor te zorgen dat hij niet meer in de buurt van de school kon komen?'

'U bedoelt Maisie White.'

'Beantwoordt u de vraag.'

'Ja.'

'Waarom hebt u dan niet gedaan wat ze vroeg?'

'Omdat haar man me een uur later belde en zei dat zijn vrouw overspannen was en dat er geen enkele reden was om de politie in te schakelen. Net als ik, de rest van het personeel en de andere ouders, wist hij dat Silas blufte en stoer deed, maar dat hij er niets van meende.'

Waarom had Donald Maisies verzoek ingetrokken? Waarom zou hij Silas Hyman in bescherming nemen?

'Dus u hebt er niet eens melding van gemaakt?'

'Nee.'

'Maakte u zich dan helemaal geen zorgen?'

'Jawel. Maar ik was niet bang dat Silas iets gewelddadigs zou doen. Ik ben echt máánden lang bezig geweest om Sidley House na het fiasco op de speelplaats weer een goede reputatie te bezorgen, en ik vreesde dat hij dat in vijf minuten dronken dwaasheid teniet zou hebben gedaan. Maar behalve mevrouw White nam niemand hem serieus. Hij heeft zich alleen volslagen voor gek gezet, anders niet.'

'Kunt u me meer vertellen over dat "fiasco op de speelplaats"?'

'Een jongen is ernstig gewond geraakt toen hij van de brandtrap viel. Hij heeft beide benen gebroken. We boften dat het niet ernstiger was. Silas Hyman hoorde toezicht te houden op de speelplaats, maar hij was er niet.'

'En daarom hebt u hem ontslagen?'

'Ik had geen andere keuze.'

'Hebt u hem voor of na het artikel over het incident in de *Richmond Post* ontslagen?'

'Door het artikel zijn de ouders natuurlijk meer druk gaan uitoefenen.' Ze zwijgt even, alsof de herinnering haar pijn doet. 'Ik moest hem drie dagen later ontslaan. Zonder dat artikel had hij aan kunnen blijven tot het einde van dat trimester.'

'Hebt u een systeem van waarschuwingen?'

'Ik had hem al een waarschuwing gegeven toen hij een kind "verdorven" had genoemd. Daar hebben de ouders natuurlijk hun beklag over gedaan. Zijn taalgebruik en houding jegens het kind waren onaanvaardbaar.'

Ik denk aan de harteloze wreedheid van Robert Fleming.

'Weet u hoe de *Richmond Post* aan de informatie over het incident op de speelplaats is gekomen?'

'Nee.'

'Heeft iemand van school ze dat verteld?'
'Ik heb echt geen idee wie het aan de pers heeft verteld.'
'Had Silas vijanden op school?'
'Niet dat ik weet, nee.'
'Welk effect had het ongeluk op de speelplaats op de school?'
'Het is een poosje heel moeilijk geweest. Dat kan ik niet ontkennen. Ouders vertrouwen ons hun kinderen toe en er is een kind ernstig gewond geraakt. Ik begreep hun woede en schrik heel goed. Ik had er alle begrip voor dat een paar ouders hun kinderen van school wilden halen. Ik heb klas voor klas met alle ouders gesproken op speciale bijeenkomsten. Als de ouders daarna nog altijd ongerust waren, heb ik ze individueel gesproken en ze persoonlijk gerustgesteld en gegarandeerd dat het nooit meer zou gebeuren. En we hebben de storm doorstaan, geen enkele ouder heeft zijn kind van school gehaald. Niemand. Op de sportdag had de school tweehonderdnegenenzeventig leerlingen. Er is een plaats vrij in klas drie omdat een familie aan het einde van het afgelopen trimester naar Canada is verhuisd.'

Ik weet dat ze de waarheid spreekt. Op de sportdag had elke klas twintig leerlingen, het maximumaantal dat Sidley House toestaat.

'Wat vindt u zelf van Silas Hyman?' vraagt Sarah.

'Hij is een briljante leraar. Heel begaafd. De beste die ik ooit in mijn loopbaan ben tegengekomen. Maar te onorthodox voor een privéschool.'

'En als man?'

'Buiten de school ging ik niet met hem om.'

'Had hij een verhouding met iemand van school?'

Ze aarzelt even. 'Niet dat ik weet.'

Een voorzichtig antwoord.

'Deden er roddels over hem de ronde?'

'Ik luister niet naar geroddel. Ik probeer dat te ontmoedigen door zelf het goede voorbeeld te geven.'

'Kunt u me vertellen wat woensdag de toegangscode van het hek was?'

'Zeven, zeven, twee, drie,' zegt ze. Ik heb het idee dat ze onderhand een beetje op haar hoede is voor Sarah. 'Dat heb ik al tegen een andere agent gezegd.'

'Ik wilde het even bevestigd horen,' zegt Sarah koeltjes, en mevrouw

Healey laat zich even overtuigen. Maar ze zal toch zeker wel beseffen dat er iets ongeoorloofds aan de hand is als deze illegale ondervraging verdergaat? Dat ijs waar Sarah jou over vertelde lijkt beangstigend dun.

'Waarom wilde u van Elizabeth Fisher af?'

Sally Healey kijkt verbaasd, en probeert dat te verbergen. Ze zwijgt als Sarah haar aankijkt en het geluid van de printer klinkt hard in het tijdelijke lokaal. Het apparaat spuugt de volgende brief op de grond.

'Mevrouw Healey?'

24

Mevrouw Healeys anders poederdroge gezicht is nu flink bezweet en de transpiratie glinstert in de te fel verlichte portakabin.
 'Ze was te oud geworden om het werk te doen. Dat heb ik de politie al verteld.'
 Mevrouw Healey zit geknield op de grond, maar ze is opgehouden de brieven in enveloppen te stoppen. Is dat omdat ze dat niet kan combineren met liegen?
 'Op mij kwam ze heel bekwaam over,' zegt Sarah.
 'We hebben het beleid dat alle personeelsleden op hun zestigste met pensioen gaan.'
 'Maar u hebt zeven jaar gewacht om dat ten uitvoer te brengen.'
 'Ik was aardig voor haar. Maar de school is geen liefdadigheidsorganisatie.'
 'Nee, het is een bedrijf, toch?'
 Sally Healey geeft geen antwoord.
 'Is Annette Jenks een verbetering?' vraagt Sarah, naar het schijnt zonder ironie.
 'De bestuurders en ik hebben een beoordelingsfout gemaakt toen we Annette Jenks in dienst namen.'
 'Nemen de bestuurders het personeel aan?'
 'Ze zijn aanwezig bij het sollicitatiegesprek, ja.'
 'Het viel me op hoe nauwgezet al uw maatregelen om brand te voorkomen waren.' Opnieuw verandert Sarah abrupt van onderwerp. Misschien is dat met opzet, om de ander van haar stuk te brengen en zo te bewerkstelligen dat ze meer loslaat dan haar bedoeling is.
 'Zoals ik al tegen uw collega heb gezegd, heeft de veiligheid van de kinderen mijn hoogste prioriteit.'
 'Dus u voldeed aan alle wettelijke eisen?'
 'Meer dan dat.'

Ze veegt met haar hand over haar bezwete gezicht. 'Maar in oude gebouwen kun je onmogelijk voorkomen dat het vuur zich verspreidt. En hoe kan iemand rekening houden met een destructieve daad van een individu? Als diegene de brand sticht op de slechtst mogelijke plek in de school, wanneer er praktisch geen personeel in de buurt is om het vuur te bedwingen? Hoe kunnen we daar in 's hemelsnaam maatregelen tegen nemen?'

'Wanneer is dit begonnen?' vraagt Sarah onaangedaan. 'Dit "meer dan voldoen aan de wettelijke eisen"?'

'Er heeft vlak voor de vakantie van het vorige trimester een vergadering plaatsgehad met de raad van bestuur. Eind mei. Een van de punten op de agenda was het onderzoeken en moderniseren van onze brandveiligheid. We waren het er allemaal over eens en ik heb de taak op me genomen om dat ten uitvoer te brengen.'

'Was die vergadering na de prijsuitreiking?'

'Ja. Maar die zaken staan los van elkaar. Net als alle andere scholen bekijken we regelmatig hoe we onze veiligheidssystemen kunnen moderniseren en verbeteren.'

'En slechts zes weken later breekt er een rampzalige brand uit. Het lijkt wel alsof u dat verwachtte.'

'We hebben inderdaad plannen gemaakt voor het geval dat. We moeten rekening houden met vreselijke mogelijkheden. We maken ook plannen voor wat we moeten doen met de kinderen als er een terroristische aanval op Londen plaatsvindt; of voor als een gek binnendringt met een pistool en door de beveiliging heen komt. We stellen plannen op voor die mogelijkheden. Dat zijn we verplicht. Maar dat betekent verdorie niet dat we dachten dat er echt iets zou gebeuren.'

'Eén ding verbaast me een beetje.' Weer lijkt Sarah onaangedaan door haar woorden. 'U hebt ervoor gezorgd dat alle voorzorgsmaatregelen tegen brand waren genomen, de juiste borden en brandblussers en geen brandbare kunstwerken in de gangen. U hebt al die verstandige maatregelen getroffen.'

'Ja.'

'Waarom mogen de kinderen dan lucifers meenemen naar school?'

Het duurt even voor mevrouw Healey reageert. Dan staat ze op en probeert ze het stof van haar rok te kloppen, maar haar handen zijn te zweterig en het stof maakt donkere vlekken op het fijne linnen.

'Dat is alleen voor een verjaardag. En zodra het kind op school is, moet het de lucifers aan de klassenleraar geven die ze veilig opbergt.'

'In een kast?'

'Ja. Het is duidelijk dat de leraren op een sportdag uit voorzorg...' Ze kijkt fronsend naar de vieze vlekken op haar rok. 'Helaas maken mensen fouten. Zijn lerares had ervoor moeten zorgen dat de lucifers veilig opgeborgen waren.'

'Ik betwijfel of mevrouw Madden op de hoogte was van die verantwoordelijkheid.'

'Ik neem aan dat het gebouw verzekerd is,' zegt Sarah.

'Natuurlijk.'

'En de verzekeringsmaatschappij zal willen weten welke voorzorgsmaatregelen tegen brand waren genomen voor ze uitkeren?'

'Ik heb al met de verzekeraars over de lucifers gesproken en gelukkig maakt dat onze claim niet ongeldig. Het was een inschattingsfout van een personeelslid, een menselijke fout. Alle veiligheidsmaatregelen waren getroffen. Bovendien vertelde u me net dat Adam Covey de brand niet heeft gesticht. Dus vermoedelijk zijn de lucifers niet langer van belang.'

'U zei eerder dat er tijdens de bestuursvergadering tot de strengere maatregelen was besloten?'

'Ja.'

'Hebben de bestuurders een financieel belang in de school?'

'Ja, ze zijn de eigenaren ervan.'

'Dus de bestuurders zijn ook de aandeelhouders?'

'Ja.'

'Ze zijn niet verkozen?'

'Nee. Het is een totaal ander systeem dan bij een openbare school. Of een school op liefdadige grondslag.'

'Hebt u er aandelen in?'

'Ik heb een pakket aandelen gekregen toen ik aantrad als schoolhoofd. Een extraatje omdat ik op een nieuwe school begon. Maar mijn aandeel is relatief klein. Slechts vijf procent.'

'In een bedrijf dat waarschijnlijk ettelijke miljoenen waard is, is dat een aanzienlijk bedrag.'

'Wat insinueert u? Lieve hemel, er zijn mensen gewond geraakt. Vreselijk gewond.'

'Toch moet u blij zijn dat de claim niet kan worden aangevochten dankzij uw onberispelijke voorzorgsmaatregelen tegen brand.'

'Ja, ik ben opgelucht, maar alleen als ik echt door kan gaan met het leiden van een uitmuntende school. Een school die kinderen vormt en opleidt volgens de hoogste standaard, ze een gevoel van eigenwaarde bijbrengt en goede leerresultaten haalt.'

Ze klinkt hartstochtelijk en ik weet nog wat een ijverige onderwijzer ze was toen Jenny hier op school kwam. Ze gebaart om zich heen in de portakabin.

'Dit is natuurlijk slechts een tijdelijke en onbevredigende oplossing, maar ik zal in de zomervakantie een alternatieve accommodatie zoeken zodat we op acht september weer kunnen beginnen aan het nieuwe schooljaar. Er is een gebouw afgebrand, geen schóól! De leerkrachten, de kinderen, de grondbeginselen en de ouders maken een school en we zullen verhuizen en de draad zo goed mogelijk weer oppakken. En het zál ons lukken.'

'Mag ik de namen van de bestuurders?'

Ik zie Sally Healeys gezicht verstrakken van achterdocht. 'Die heb ik al aan de politie gegeven.'

Dat stond niet in haar transcript. Misschien was het tijdens een telefoontje, iemand die een paar losse eindjes afwerkte. Het ijs onder Sarah wordt dunner, maar ze doet net alsof ze dat niet merkt.

'Natuurlijk. Ik zal overleggen met mijn collega's,' zegt ze.

'En ik ben al ondervraagd over de aandeelhouders en bestuurders.'

'Ja.' Sarah loopt naar de deur. 'Bedankt voor uw tijd.'

Ze verlaat de portakabin.

Sally Healey kijkt haar na als ze wegloopt; het ijs onder Sarah kraakt.

Aan de rand van het speelveld, naast Sarahs Polo, staat de zwarte sportwagen van mevrouw Healey te glimmen als een gigantische, gelakte kakkerlak. De vrouw die ik al die jaren terug heb leren kennen, toen Jenny begon op Sidley House, kwam op de fiets naar school. '*We mogen de planeet immers niet verpesten voor onze kinderen,*' had ze gezegd, met een broekklem om haar benen.

Op dat moment had de school slechts zestig leerlingen en het was een hartelijke, warme plek geweest. Toen Adam er negen jaar later naartoe ging, had ik de verandering niet willen zien. Maar Jenny had de school als een bedrijf gezien. En jij had elk jaar gebriest over het almaar hoger wordende schoolgeld en je had gezworen dat de kinderen naar een openbare middelbare school zouden gaan die een onafhankelijke raad van bestuur had om je beklag bij te doen. Op Sidley House kenden we de namen van de bestuurders niet eens. En al hadden we die wel geweten, als aandeelhouders zouden ze vast niet de kant van de ouders hebben gekozen en voor een lagere winst voor zichzelf hebben gestemd.

Bij het zien van de lelijke, pronkerige sportwagen besef ik dat mijn beeld van de school net zo uit de tijd is als dat van Sally Healey met een broekklem. Die hartelijke, warme school heeft zich ontwikkeld tot een strikte personeelshiërarchie waar men zich eerder druk maakt om het uniform dan om het kind dat erin zit. De kinderen zijn veranderd in een levende bedrijfsprospectus.

Ik keer me af van de gepoetste sportauto en alles waar die voor staat. De azaleastruiken om het speelveld zijn verschrompeld in de hitte, hun ooit zo felgekleurde bloemblaadjes liggen bruin op de grond.

Ik weet dat er een herinneringsschudbol is van die middag. Daarin omhels ik Adam nog en prikt zijn 'Ik ben 8!'-button me en kijk ik rond of ik Jenny zie. Daarin denk ik nog altijd dat ze zo bij ons zal komen. De hemel is zomerblauw en de azaleastruiken bloeien fel als edelstenen.

Sarah rijdt weg van het speelveld en de school. Ze zegt niks en denkt waarschijnlijk terug aan het gesprek met Sally Healey. Ik moet weer denken aan wat Jenny tegen me heeft gezegd.

Ze heeft me heel nadrukkelijk gevraagd om haar als een volwassene te zien. Maar hoe kan ik dat? Terwijl ze me niet over de aanval met verf heeft verteld omdat ze 's avonds wilde blijven uitgaan? Ze was te jong om te beseffen dat het geen 'huisarrest' zou zijn geweest, maar dat we haar beschermden. Ze zag het grotere geheel niet. Ze begreep het gewoon niet.

En hoe zit het met Ivo? Ze wilde dat ik hem ook als volwassene zag. Maar hij heeft niet tegen ons gezegd dat ze is aangevallen met rode verf en hij heeft haar ook niet overgehaald om naar de politie te gaan. Dus hoe kan ik hem als man zien? Als iets anders dan een onvolwassen, onverantwoordelijke jongen? In alle opzichten het tegenovergestelde van jou.

En het is niet alleen de rode verf, het is niet het niet afmaken van het geschiedenisopstel omdat ze liever naar een feestje ging, en het is niet omdat ze te veel tijd doorbrengt met haar vrienden in plaats van te blokken voor haar examens. Het komt door leven in het heden en niet aan de toekomst denken, en ja, dat is het leuke aan kinderen, omdat ze nog niet volwassen zijn.

Ik weet dat jij het niet met me eens bent. Jij staat aan Jenny's kant, zoals ik vaak aan die van Adam sta. Ons gezin wordt gespleten door de overbekende breuklijn.

'Weet je wat er echt voor zal zorgen dat er nergens ter wereld meer oorlog zal zijn?' had Adam gevraagd. Hij had net het boek *Give Peas A Chance* uit, maar hij was er niet van overtuigd dat een wereldwijde boycot van groenten door kinderen een einde zou maken aan een mondiale oorlog.

'Nou?' vroeg ik, de aardappels schillend in de hoop dat die nu wel gegeten zouden worden.

'Een buitenaardse invasie uit de ruimte. Dan zouden alle mensen op aarde zich verenigen.'

'Dat is waar,' zei ik.

'Maar dat is wel drastisch,' zei jij toen je binnenkwam.

'Vindingrijk,' verbeterde ik je.

Verbeter ik jou altijd als het om Adam gaat?

'Net als de testudo,' zei jij tegen hem.

Adam glimlachte naar jou en zag toen mijn niet-begrijpende blik.

'Romeinse soldaten hielden hun schild boven hun hoofd om een schild om de hele groep te maken,' zei hij. 'Zodat niemand gewond zou raken.'

'*Testudo* is Latijn voor "schildpad",' zei jij, ergerlijk genietend van het feit dat jij ditmaal belezener was dan ik.

Er komt plotseling een einde aan mijn gemijmer over testudo's en buitenaardse wezens als Sarah in Hammersmith parkeert langs een drukke weg waar hard wordt gereden. Haar auto staat half op het smalle trottoir.

Ik loop achter haar aan naar een klein rijtjeshuis waarvan de stenen zwart zijn gekleurd door uitlaatgassen.

Sarah belt aan. Even later roept Elizabeth Fisher door de brievenbus, zonder de deur te openen.

'Als u van een geloof of een energiemaatschappij bent, dan ben ik op beide terreinen al voorzien.'

Ik was vergeten hoe grappig en streng ze tegelijk kon zijn. Maar dan bedenk ik dat ze ook zenuwachtig of zelfs bang is wanneer ze de deur niet opendoet. Ze woont alleen in een ruige buurt. Weer word ik getroffen door het financiële verschil tussen het personeel en de ouders van Sidley House.

'Ik ben Sarah Covey. De schoonzus van Grace. Mag ik binnenkomen?'

'Een momentje.'

Van binnen klinkt het geluid van het openmaken van sloten en een ketting die eraf wordt gehaald.

Ze doet de deur open, gekleed in een nette pantalon en een gestreken blouse, precies zoals ze elke dag op Sidley House droeg. Haar rug is kaarsrecht, maar haar nette pantalon glimt een beetje op de knieën waar de stof versleten is.

'Is er iets gebeurd?' vraagt ze bezorgd.

'Er is nog geen verandering opgetreden,' zegt Sarah. 'Zou ik u misschien een paar vragen mogen stellen?'

'Natuurlijk. Maar zoals ik eerder al zei, geloof ik niet dat ik u kan helpen.'

Ze gaat Sarah voor naar haar piepkleine woonkamer. Buiten dendert het verkeer voorbij en dit doet de muren trillen.

'Kunt u me vertellen welke taken u op school had?'

Mevrouw Fisher kijkt enigszins verbaasd, maar ze knikt.

'Jazeker. Ik deed al het primaire secretaressewerk, zoals de telefoon opnemen en brieven uittypen. Ik was ook verantwoordelijk voor de presentielijsten. Ik was het aanspreekpunt voor potentiële nieuwe gezinnen en ik stuurde prospectussen en regelde uitnodigingen voor open dagen. Ik maakte al het papierwerk voor nieuwe leerlingen in orde. Ik was ook de schoolverpleegster. Dat vond ik het leukste onderdeel van mijn werk. Feitelijk bestond het uit niet meer dan ergens een ijskompres op leggen en af en toe een EpiPen gebruiken. Dan legde ik het kind onder een deken op mijn bank en wachtte bij hem tot zijn moeder of kindermeisje kwam. We hebben slechts één ernstig incident gehad. Dat is het incident waar ik eerder over heb verteld.'

Zij had zo veel meer taken gehad dan Annette Jenks. En ze was goed in haar werk. Wat was dan de echte reden dat mevrouw Healey haar had ontslagen?

Als zij er nog was geweest, als ze nog altijd de schoolverpleegster was geweest, zou alles anders zijn gelopen.

'Hoe zit het met het hek?' vraagt Sarah.

'Ik drukte op de zoemer om mensen binnen te laten. Er was een intercom en ik zorgde er altijd voor dat de mensen eerst hun naam noemden.'

'Had u een beeldscherm?'

'Lieve help, nee. Ik sprak alleen met ze. Dat leek meer dan voldoende. Na een poosje leer je de stemmen net zo goed kennen als de gezichten. Maar eigenlijk stelde het als beveiliging niet veel voor. De helft van de kinderen en de meeste ouders wisten de code uiteindelijk. Al was dat natuurlijk niet de bedoeling.'

'Hebt u een kopie van uw taakomschrijving?' vraagt Sarah.

'Ja. Die staat in mijn contract.'

Ze zoekt wat in een bureau en pakt een document, dat duidelijk vaak ingekeken is, in een plastic map.

'Het deel over de pensioenleeftijd staat op bladzijde vier,' zegt Elizabeth, en ze geeft het aan Sarah.

'Dank u wel. Hebt u ook een schoolkalender?'

Elizabeth gaat zitten, in wat zichtbaar haar vaste stoel is. Ze wijst op de muur tegenover zich, die zij het beste kan zien. Daar hangt de schoolkalender van Sidley House.

'Alle personeelsleden krijgen er een aan het einde van het kersttrimester. Ik kijk er heel vaak naar...'

Ik zie hoe erg ze de kinderen mist. Die kwamen voor haar altijd op de eerste plaats en ze liet de volwassenen wachten als een kind bij haar kwam voor een pleister op een geschaafde knie of om een tekening of een kunstwerk van Hama-kralen te laten zien.

'Weet u welke code het hek heeft?' vraagt Sarah.

'Toen ik er nog werkte, was dat zeven, zeven, twee, drie. Maar dat hebben ze onderhand vast wel veranderd.'

Het begint me te dagen dat Sarah misschien denkt dat Elizabeth Fisher de dader is. Maar zij kan het toch niet hebben gedaan? Dat is een belachelijk idee. Dit moeten routinevragen zijn. Want Elizabeth mag dan de code van het hek kennen en een kalender hebben waar Adams verjaardag en de sportdag op staan en zich onrechtvaardig behandeld voelen, maar er kan echt geen sprake van zijn dat Elizabeth Fisher de school in brand heeft gestoken.

Deze keer duurde het ongeveer een uur voor de pijn begon en ik ren nu terug naar het ziekenhuis, waarbij het grind mijn voeten aan flarden snijdt. Te laat zie ik dat Jenny binnen naar me staat te kijken, ik moet een grimas trekken van pijn.
 Ze haast zich naar me toe, duidelijk van slag.
 'Mam?'
 'Het gaat prima, echt waar.'
 En dat is ook zo, want zodra ik weer binnen ben, verzachten de witte muren opnieuw mijn verschroeide huid en de koele, glanzende vloer geneest de sneden in mijn voetzolen.
 'Het spijt me,' zegt ze. 'Ik had je niet moeten dwingen om te gaan. Het heeft jou ook pijn gedaan, hè?'
 'Niet echt.'
 'Je kunt echt heel slecht liegen.'
 'Goed dan, een beetje. Dat is alles. En nu is het over.'
 'Probeer je op deze manier zelfmoord te plegen?'
 'Hè?' Ik snap niet wat ze bedoelt.
 'Als je maar lang genoeg zo veel pijn voelt...'
 Ik onderbreek haar. 'Nee. Echt niet. Jouw lichaam veranderde toch ook geen spat die keer dat je met oma G en Adam naar buiten bent gegaan?'
 Ze schudt haar hoofd.
 'Bovendien zijn wij kasplantjes behoorlijk taai.'
 'Mam!' zegt ze geschokt, maar ze glimlacht wel naar me.

We volgen Sarah als ze naar de ic loopt.
 'Ga je me nog vertellen wat er is gebeurd?' vraagt Jenny. 'Nee, laat me raden. Je hebt ontdekt dat mevrouw Healey een verhouding had met Silas.' Ze ziet mijn gezicht. 'Het was een grapje, hoor.'

Maar is het echt zo'n belachelijk idee? Mevrouw Healey is pas achter in de veertig. Het leeftijdsverschil tussen Silas Hyman en haar is niet groter dan tussen Sarah en haar knappe gazelleagent. Maar Jen heeft gelijk. Het idee is absurd. Tenslotte heeft mevrouw Healey Silas ontslagen. Zij heeft ervoor gezorgd dat zijn loopbaan als leraar voorgoed voorbij was. En zelfs als dat niet zo was, dan is mevrouw Healey veel te professioneel om een verhouding te beginnen met een ondergeschikte collega.

Ja, dat had ik vroeger ook van Sarah gedacht.

Ik vertel Jen in het kort over onze ontmoeting met mevrouw Healey. Moet je mij nou horen. 'Onze ontmoeting', alsof ik een actieve deelnemer was, en niet alleen een luistervink. Maar hoe vreemd het ook klinkt, ik voel me toch een beetje Sarahs zwijgende partner.

'Wat ik het gekst vind, is dat Donald mevrouw Healey op de avond van de prijsuitreiking heeft gebeld om Maisies verzoek in te trekken,' zeg ik. 'Waarom zou hij Silas Hyman op die manier in bescherming nemen?'

'Misschien omdat hij erbij was, net als jij, en hij Silas helemaal niet als een bedreiging zag. Dat deed jij ook niet. Dat deed je pas nadat dit gebeurde en er een zondebok moest worden gevonden.'

Ik beschouw haar onschuldige zekerheid over Silas Hyman, een man die meer dan tien jaar ouder is dan zij, als de zoveelste reden om haar nog niet als volwassene te zien.

'Misschien was mevrouw Healey niet bang dat er brand zou uitbreken,' gaat Jenny verder. 'Maar was ze van plan er zelf een te stichten en wilde ze er zeker van zijn dat alle voorzorgsmaatregelen waren genomen zodat de verzekering zou uitbetalen. Op de avond van de brand bleef ze op tv maar zaniken over haar stomme voorzorgsmaatregelen. Zelfs toen wilde ze ervoor zorgen dat iedereen dat wist.'

Ik dacht aan de roze linnen blouse en de vergaderstem van mevrouw Healey.

'*Maar ik kan u verzekeren dat we alle voorzorgsmaatregelen tegen brand hadden genomen.*'

'Zij wist dat al die maatregelen geen enkel verschil zouden maken omdat het gebouw oud was en het een felle brand was,' vervolgt Jenny. Blijkbaar heeft ze hierover nagedacht en heeft ze alles op een rijtje gezet.

'Maar mevrouw Healey was op het speelveld,' zeg ik. 'Het zou de mensen zijn opgevallen als ze was weggegaan.'

'Ze is een minidictator. Bijna alle leerkrachten hebben een tijdelijk contract, en het is aan haar of dat verlengd wordt of niet. En als ze door haar op straat worden gezet dan zijn ze alsnog afhankelijk van haar voor een referentie voor een nieuwe baan. Ze kan best iemand hebben gechanteerd om het te doen.'

Jenny loopt echt warm voor dit scenario. Ze wil dolgraag dat haar vreselijke verwondingen een ongeluk waren en niet met opzet zijn veroorzaakt. Vanaf het begin had ze gedacht, gehoopt, dat het iets te maken had met de school als bedrijf, een verzekeringsfraude.

'Ze koos de sportdag,' hervat Jenny haar verhaal, 'omdat er dan bijna geen personeel zou zijn dat zou proberen de brand te blussen. Ik bedoel, Annette zou vrijwel nutteloos zijn en ik niet veel beter, en dan blijft alleen Tilly over, en die zou het zo druk hebben met de kleine kinderen dat ze niets zou kunnen doen om te voorkomen dat het vuur zich uitbreidde.'

Ik ben het met haar eens dat de sportdag met opzet gekozen is. Dat wil ook zeggen dat er van tevoren bijna niemand was om de brandstichter de ramen te zien openen en de terpentine te zien uitgieten.

'Maar welk voordeel levert haar dat op?' vraag ik zacht.

'Ze is toch mede-eigenaar? Dus dan krijgt zij haar deel van het verzekeringsgeld.'

'Maar waarom zou ze een succesvol bedrijf willen laten afbranden? Ze probeert al een nieuw gebouw te vinden om de school te kunnen voortzetten. Er zal geen financieel voordeel zijn. Ze zal het verzekeringsgeld gewoon gebruiken om de school te herbouwen.'

Ik zie Jenny dan nog niet als volwassene, maar ik probeer wel eerlijker tegen haar te zijn.

Vervolgens praten we over Elizabeth Fisher, die Jenny altijd graag heeft gemogen. Net als ik weet ze dat Elizabeth er niks mee te maken had.

We hebben het nog altijd niet gehad over de drie weken, min een dag, die ze nog te leven heeft. Mijn greep op jouw optimisme is niet sterk genoeg om met gesproken woorden de confrontatie aan te gaan met de tikkende klok, de auto die te hard rijdt. En ik vermoed dat Jenny het ook opzettelijk de rug toekeert. Het is net alsof we in steen veranderen, worden getiranniseerd en met stomheid zijn geslagen als we ernaar kijken of er een terloopse blik op werpen. Maar het feit is er, gigantisch en monsterlijk. En wij spelen Annamaria koekoek met een Gorgo.

Als we op de ic komen, zie jij Sarah. Je rent letterlijk op haar af. Ik zie aan je lichaamstaal dat je haar dringend iets moet vertellen. Er moet een hart zijn gevonden! Het monsterlijke feit valt aan gruzelementen.

Maar dan zie ik je gezicht.

25

'Mike?' vraagt Sarah.
'Hij was hier. Hij keek naar haar door het glas. Ik heb gezíén dat hij naar haar keek door het glas.'
'Wie was het?'
'Dat weet ik niet. Hij droeg een capuchon en er stond een karretje in de weg, zodat ik zijn gezicht niet kon zien.'
'Hoe wist je dat hij gevaarlijk was?'
'Hij stond stil.'
Sarah kijkt je aan en ze wacht op meer.
'Doodstil,' zeg jij. 'Niemand staat doodstil. Iedereen beweegt. Niemand staat daar gewoon te kijken. Hij wachtte tot zij alleen zou zijn. Tot ik bij haar weg zou gaan.'
Ik denk aan die gestalte aan de rand van het sportveld, de gestalte die me opviel omdat hij zo stil stond.
'Hij wil haar vermoorden,' zeg jij.
'Heb je verder nog iets gezien?' vraagt Sarah.
'Hij draaide zich om toen hij merkte dat ik naar hem keek. Ik heb alleen zijn jas gezien, meer niet. Een blauwe jas met een capuchon.'
'Is dat alles?' vraagt Jen. 'Een man in een jas die wat stil stond te staan?'
Maar ik zie dat ze bang is.
'Ik ga naar de tuin.'
'Goed.'
Ze keert dit alles de rug toe en gaat weg.
'Het kan Hyman zijn geweest,' zeg jij tegen Sarah. 'Stel je voor dat Jen hem op school heeft gezien, of dat ze iets heeft gezien wat hem verdacht maakt.'
Dat heb je al eerder gezegd, alsof herhaling je verdenkingen meer kracht bijzet.

'Of de schrijver van de haatbrieven is gevaarlijker geworden dan we dachten,' zegt Sarah. Weer wens ik vurig dat ik haar kan vertellen over de aanval met rode verf.

'Als ze Jenny niet langer zo zwaar hoeven te verdoven, zal ze ons kunnen vertellen of ze iets heeft gezien,' zeg jij.

Sarah en ik delen jouw optimisme echter niet. Sarah, omdat ze er niet van overtuigd is dat Jenny ooit zo veel beter zal worden dat de artsen haar niet langer hoeven te verdoven en ik niet omdat ik weet dat haar sms'je aan Ivo om half drie op dit moment het laatste is wat ze zich herinnert.

'Ik zal het bureau bellen,' zegt Sarah. Ze verlaat de ic om het telefoontje te plegen.

Ik knuffel jou en druk mijn gezicht tegen je overhemd en voel je hart kloppen.

Op dit moment heb ik het gevoel dat ik zo dicht bij je ben, lieverd van me.

Wij zijn de enigen die weten dat de man in de blauwe jas echt bestaat. Sarah heeft jouw verklaring te goeder trouw aanvaard, maar jij en ik wéten het. En we hebben ons volkomen verenigd tegen hetgeen onze dochter bedreigt. Wij zijn de aarde die vecht tegen de buitenaardse wezens; een testudo van een gezin.

En al dwing jij Jen nooit om haar huiswerk af te maken of om te gaan studeren en zeg je nooit tegen haar dat ze het herexamen moet doen, je bewaakt haar fel en toegewijd wanneer iemand haar gemene brieven stuurt; of wanneer een maniak haar wil vermoorden.

En als een arts zegt dat ze nog maar drie weken te leven heeft zonder transplantatie, dan vertel jij haar dat ze een nieuw hart zal krijgen.

Jij zegt dat je haar niet zult laten sterven en ik wens bij god dat ik dat kan geloven.

Een kort geruis van lucht als een jongeman aan een beademingsapparaat, bewusteloos en doodstil, snel langs ons wordt gereden. Hij kan niet ouder zijn dan twintig. Zijn moeder is bij hem. We kijken allebei naar hem.

Sarah komt weer bij ons staan.

'Kun jij bij Jen blijven?' vraagt jij. 'Tot de politie er is? Ik moet echt naar Addie, eventjes maar, en...'

Ze legt een hand op je schouder.

'Er komt niemand. Het spijt me.'
Net als Jenny, vindt de politie iemand die doodstil stond natuurlijk geen reden tot zorg. Het vertrouwen in jouw verdenking eindigt bij Sarah.

'Ik ga naar Silas Hyman om uit te zoeken waar hij vanochtend is geweest,' zegt ze. 'En ik zal met de *Richmond Post* gaan praten om te vragen wie hun over de brand heeft verteld.'

'Maar eerst moet ik naar Addie en...'

Sarah valt je in de rede. 'Als iemand Jenny probeert te vermoorden, moeten we zo snel mogelijk uitzoeken wie dat is. Daarmee is Addie ook geholpen. Want ik wil niet dat hij hier nog een dag langer van beschuldigd wordt.'

Jij knikt, misschien omdat je denkt aan al die politiestatistieken waarover Sarah ons in de loop der jaren heeft verteld; het aantal zaken dat wordt opgelost neemt exponentieel af in verhouding tot de tijd die verstrijkt. Sporen worden koud, getuigen die in eerste instantie over het hoofd zijn gezien, worden daarna onvindbaar en huis-aan-huisondervragingen blijken niet op tijd te zijn gedaan.

Jij blijft bij haar bed zitten, maar ik weet dat je opnieuw het gevoel hebt te worden verscheurd.

Ik ga naar Jenny in de tuin. De zon staat recht boven ons en de schaduwen zijn piepkleine silhouetten, en bieden geen enkele beschutting.

Jen zit er met haar armen om haar knieën geslagen.

'Ik ga met tante Sarah mee,' zeg ik.

Ze draait zich naar me toe. 'Weet je nog toen je Addie voor de laatste keer zag?'

Ik knik, en krimp ineen bij de herinnering. Mama had tegen Adam gezegd dat ik niet meer wakker zou worden en ik had geprobeerd hem te troosten, maar hij kon me niet horen.

'Vlak daarvoor,' gaat Jenny verder, 'vroeg je me of een geur me het brandalarm op school kon laten horen. Je weet wel, mijn abnormale oorsuizingen?'

'Donald was net Rowena's kamer in gegaan,' zeg ik. 'Ik dacht dat het misschien zijn aftershave of sigaretten waren geweest.'

'Als een zintuiglijke teleportatie?' vraagt ze, in haar sas met dat idee. '*Beam me up, Scotty!*'

Een kreet van Adam en jou. Ik glimlach naar haar. 'Min of meer.'
'Denk je dat ik me door een geur méér van de brand zou kunnen herinneren?'
Ik denk aan de avondviolieren in deze tuin en aan de naar gras geurende lucht bij het speelveld vandaag. Elke keer werd ik gevangen door het verleden, een paar tellen was ik er echt. Haar 'zintuiglijke teleportatie' zit er nog niet zo ver naast.
'Dat zou best kunnen,' zeg ik.
Maar terug zijn in die brand, al is het maar voor een paar tellen, zal angstaanjagend zijn.
'Ik moet me herinneren wat er vóór de brand gebeurde,' zegt ze als ze mijn angst ziet. 'Toen de brandstichter het vuur aanstak.'
'Ik weet niet of je je geheugen op die manier kunt sturen.'
'Ik moet me iets herinneren om Addie te helpen.'
Ik denk aan zijn gezichtje toen mama met hem wegliep, de donkere schaduwen van verdriet onder zijn ogen, hoe zijn hele lichaam bewegingloos was.
'Ga jij maar met tante Sarah mee, dan ga ik een kras-en-ruiktoer maken door het ziekenhuis,' zegt ze.
Ik knik, want ik ben niet bang dat haar iets te binnen zal schieten van de brand. In het ziekenhuis is niets wat vaag naar een brand, of zelfs naar de school, ruikt.
'Weet je echt zeker dat het jou geen pijn doet als je naar buiten gaat?' vraagt ze.
'Absoluut zeker.' Achter mijn rug kruis ik mijn vingers.
Ik geloof niet dat ze me ditmaal kwijt wil. Maar ik geloof wel dat er een andere reden is dat ze in het ziekenhuis wil blijven.
'In dit seizoen zijn alle vluchten volgeboekt,' zeg ik. 'Het kan best een poosje duren voor hij een stand-byticket krijgt.'
Ze wendt zich van me af alsof ze zich betrapt en een beetje beschaamd voelt. 'Ja.'

Ik verlaat het ziekenhuis met Sarah.
Onder het rijden denk ik aan de jongeman die ik op de ic heb gezien. Ik had me afgevraagd of hij dood zou gaan of dat hij al hersendood was en alleen nog in leven werd gehouden. Ik had me afgevraagd of hij hetzelfde type weefsel had als Jenny. Ik had gehoopt van wel.

Toen had ik zijn moeder gezien, en haar verdriet. En ik had me geschaamd. Want ik hoop nog steeds dat zijn weefsel overeenkomt met dat van Jenny, en dat hij dood is. De hoop in mijn binnenste is lelijk en bezoedelt de persoon die ik vroeger was.

Ik denk dat jij je hetzelfde voelt.

Mensen worden immers niet alleen verenigd door goede dingen?

Sarah stopt voor het huis van Silas Hyman. De pijn is nog niet begonnen. Ik heb kennelijk een grotere weerstand opgebouwd.

Natalia opent de deur en ze ziet er rood aangelopen en woedend uit.

'Ja?'

Haar stem klinkt agressief, een ijle woede lijkt als een warmtenevel om haar heen te hangen.

'Hoofdagent McBride,' zegt Sarah met koele stem. 'Mag ik even binnenkomen?'

'Ik heb toch zeker geen keuze,' zegt ze, maar op haar gezicht staat angst te lezen.

Sarah reageert niet, maar volgt haar de flat in.

'Is uw man thuis?'

'Nee.'

Verder zegt ze niks.

Het is binnen smoorheet. De muren van de flat scheiden in de winter waarschijnlijk vocht af, maar nu houden ze de warmte gevangen. Een peuter, smoezelig en warm, staat te gillen en zijn luier hangt zwaar omlaag.

Natalia negeert hem en gaat een badkamer in. Sarah doet hetzelfde.

'Weet u waar hij is?' vraagt Sarah.

'Op een bouwplaats. Al sinds vanochtend vroeg.'

De vorige keer dat hij tegen haar had gezegd dat hij op een bouwplaats was, was hij in het ziekenhuis.

Twee jongetjes zitten te vechten in het bad en een van hen zwiept het schuimende water over de rand van het bad op de kapotte vloertegeltjes. Hun nekken en gezichtjes zijn verbrand.

'Weet u op welke bouwplaats hij is?' vraagt Sarah.

'Misschien is het dezelfde als gisteren. Een groot project in Paddington. Maar hij wist niet of ze hem nog een dag konden gebruiken. Jason, kom uit bad. Nu!'

Een bouwplaats is een behoorlijk goed alibi.

'Is het niet een beetje vroeg om ze in bad te doen?' vraagt Sarah. Ik geloof dat ze vriendelijk wil zijn, maar de woorden klinken kritisch.

Natalia kijkt haar boos aan. 'Straks ben ik er veel te moe voor.'

De jongste gilt nog steeds, nu een stuk wanhopiger, en zijn luier hangt bijna op zijn knieën door het gewicht van de urine. Natalia ziet dat Sarah naar hem kijkt.

'Weet u wel hoe duur luiers zijn? Nou, weet u dat?'

Ik zie Sarah even door haar ogen. Vroeger dacht ik ook dat ze altijd snel met haar oordeel klaarstond.

'Weet u hoe laat hij weer thuiskomt?' vraagt Sarah.

'Geen flauw idee. Gisteren kwam hij pas na tienen. Hij is blijven werken tot het donker werd.'

Natalia pakt een van de jongens beet en wikkelt hem in een handdoek terwijl hij zich los probeert te trekken. De rode zonverbrande plekken zijn felle strepen.

Geen wonder dat haar exotische schoonheid zo snel verlept. Drie jongetjes onder de vier in een kleine flat zonder het geduld om er iets van te maken.

'U zei dat Silas op woensdagmiddag bij u was?'

'Ja. We hebben gepicknickt in Chiswick House Park. We zijn hier rond elf uur vertrokken en om ongeveer vijf uur teruggekomen.'

'Een lange picknick, dus?'

'Zou u hier blijven? Het park is gratis. Zonnebrand niet. Hoe moet je ze zo vaak insmeren als nodig is? Silas heeft met ze gespeeld. Ze mochten op zijn rug zitten, dat soort dingen. Dat houdt hij eindeloos vol. Ik verveel me er stierlijk bij.'

'Kent Silas Donald White?'

Ze wil weten waarom Donald mevrouw Healey heeft gebeld op de avond van de prijsuitreiking en Maisies verzoek om een straatverbod heeft ingetrokken. Waarom heeft Donald hem in bescherming genomen?

'Wie?' vraagt Natalia, en ze kijkt oprecht onbegrijpend, al kan ze ook een bedreven actrice zijn.

'Zou ik in de woonkamer op Silas mogen wachten?'

'Ga uw gang.'

Sarah gaat weg.

Ik kijk om naar de badkamer, waar de stoom en het vocht doordrenkt zijn van spanning. Wat sneu dat badtijd beladen en vijandig is.
Ik denk aan Jenny toen ze drie was, en zich na haar bad onder een handdoek had verstopt.
'Toversteen, toversteen,' moest ik dan zeggen.
'Ja!' klonk er dan van onder de handdoek.
'Wil jij me alsjeblieft een blond meisje van drie geven dat Jenny heet?'
De handdoek werd weggegooid. 'Hier!'
Ik tilde haar warme, nog vochtige lijfje op en sloeg mijn armen om haar heen.
Toverkracht.

In de gang loopt Sarah langs de open deur naar de keuken en ze gaat er naar binnen. Aan de muur ziet ze de schoolkalender hangen: 11 juli – Adams verjaardag en de sportdag – rood omcirkeld, als een vloek.
Ze gaat naar de woonkamer en kijkt zachtjes een stapel papieren en post door die in een slordige berg op een tafeltje liggen. Ik weet niet precies hoe onwettig dit is, wat er precies met Sarah zal gebeuren als ze wordt betrapt, maar ze werkt snel en methodisch, met de haar kenmerkende rustige moed die ik pas onlangs heb ontdekt.
In een envelop die helemaal onderop ligt zitten kaarsjes voor op een verjaardagstaart. Pastelblauw. Acht stuks.
Natalia komt stilletjes de kamer binnen achter Sarah. Haar bewegingen zijn net zo katachtig als haar ogen. Ik roep zo hard ik kan een waarschuwing, maar Sarah kan me niet horen.
'Silas zei dat hij die gisterochtend op de mat heeft gevonden,' zegt Natalia en Sarah schrikt ervan.
'Is dat niet gek? Waarom zou iemand ons in godsnaam kaarsjes voor een verjaardagstaart sturen?'
Opeens moet ik denken aan wat Jenny heeft gezegd over de brandstichter en haar mobieltje. *'Misschien wilde hij een soort trofee.'*
Had Silas Hyman dat gedaan? Om vervolgens net te doen alsof iemand anders ze had gestuurd?
Twee van de jongetjes rennen de kamer in, een spoor van druppels achterlatend. Een van hen gilt en de ander slaat hem, maar hun kabaal vult de stilte tussen de volwassenen niet.
Sarah gaat naar de voordeur.

'Blijft u dan niet op Silas wachten?' vraagt Natalia.
'Nee.'
Dus we zullen voorlopig nog niet te weten komen waar hij vanmiddag was.

Ik geloof dat Sarah net ergens van geschrokken is. Misschien is het opeens tot haar doorgedrongen hoeveel wetten ze overtreedt door naar dit huis te gaan en in hun spullen te snuffelen.

Maar het kan ook door de kaarsen komen.

Natalia gilt dat de kinderen hun kop moeten houden. Dan blokkeert ze de deur voor Sarah. Ze ziet er onvriendelijk, zweterig en lelijk uit.

'Vroeger was ik heel anders,' zegt ze, alsof ze zichzelf door Sarahs ogen ziet.

Ja, denk ik. Nog niet zo lang geleden was je exotisch knap en evenwichtig, toen Silas nog werkte en jij nog maar één kind had.

'Vroeger was je heel anders?' herhaalt Sarah, en haar stem klinkt opeens furieus. 'Vroeger was Jenny ook heel anders,' gaat ze verder. 'En Grace kon vroeger praten. Glimlachen. Voor haar kinderen zorgen. Wees blij dat jouw kinderen gezond zijn en dat je een moeder voor ze kunt zijn. Prijs jezelf gelukkig.'

Natalia stapt opzij alsof Sarahs uitval haar opzij heeft geduwd en Sarah vertrekt.

Het was niet bij me opgekomen dat ik jaloers moest zijn op Natalia Hyman. Nu besef ik dat ik alle reden heb om dat wel te zijn.

We rijden naar de *Richmond Post*. Ik kijk naar Sarah terwijl ze rijdt.

'Je bent overgevoelig, Grace,' had jij gezegd. Het gebruik van mijn echte naam was een slecht teken. 'Sarah mag je graag. Hoe vaak moet ik dat nog zeggen?'

'Ze tolereert me, meer niet.'

'Nou, ik weet niet hoe die vrouwendingen werken.'

Nee, dacht ik, omdat mannen geen tijd doorbrengen in de keuken met het idee dat de aanwezigheid van eten of de afwas betekent dat je een band met elkaar zult krijgen. Zelfs vrouwen met een fantastische carrière, vragen nog altijd: 'Kan ik je een handje helpen in de keuken?' Sarah en ik hadden dat in de loop der jaren talloze keren gedaan, maar we bleven net kleuters die naast elkaar speelden.

En al die tijd hadden we vriendinnen kunnen zijn.

'Dat zeg je nou wel,' komt mijn kinderjuffrouwstem ertussen, 'maar zou zij wel jouw vriendin willen zijn?'

Ging ze maar om met wat positievere kinderjuffrouwstemmen, van die stemmen die vriendelijk zijn geworden door jarenlange cognitieve therapie, maar ze gaat meedogenloos door: 'Tenslotte hebben jullie niets gemeen, of wel soms?'

En ik moet toegeven dat we, op onze familie na, niets met elkaar gemeen hebben.

Toen Sarah een jaar na de geboorte van Jenny een kind kreeg, had ik gehoopt dat we een band zouden krijgen. Of, liever gezegd, dat ze een paar tekortkomingen zou laten zien. Maar ze was een fantastische moeder, net zoals ze fantastisch was in haar werk, met een baby die de hele nacht doorsliep en een peuter die glimlachend naar het kinderdagverblijf ging en een kind dat lang voor het einde van de kleuterschool tot tien kon tellen en kon lezen, terwijl Jenny als baby om vier uur 's nachts het hele huis wakker krijste, zich bij het hek van de peuterspeelplaats aan mij vastklampte en letters beschouwde als onmogelijke hiërogliefen.

En Sarah ging weer aan het werk en ze werd bevorderd! Ze maakte nog altijd snel carrière. Ik heb eerder tegen je gezegd dat ik jaloers op haar was. Nou, soms verfoeide ik haar. Zo, ik heb het gezegd. Vreselijk. Het spijt me.

De waarheid is dat haar verfoeien eenvoudiger was dan een hekel hebben aan mezelf.

Ik bakte braaf muffins die verkocht konden worden om geld in te zamelen, ik ging mee met schoolreisjes en ik was er om te helpen bij hun huiswerk en om vriendjes uit te nodigen. Al die dingen. Maar ik wist niet hoe ik datgene wat echt belangrijk was voor elkaar moest krijgen.

'Toversteen, toversteen, geef me een zelfverzekerde tiener die ambitieus is, zelfvertrouwen heeft en eindexamencijfers haalt die goed genoeg zijn om naar de universiteit te kunnen en een vriendje heeft dat haar waard is. Geef me een jochie van acht dat het leuk vindt op de speelplaats, niet wordt gepest en niet denkt dat hij dom is.'

Ik had hun toversteen moeten zijn, maar ik heb gefaald.

En dat kan ik niet goedpraten.

26

We komen bij de kantoren van de *Richmond Post*.
Het is eeuwen geleden dat ik hier voor het laatst was. Ik stuurde mijn maandelijkse pagina liever per e-mail. Als we naar binnen gaan, schaam ik me dat Sarah tot de ontdekking zal komen dat ik hier niet geliefd ben zoals zij op haar politiebureau. Eerlijk gezegd word ik niet meer gewaardeerd dan de gedateerde yucca die in de hoek staat van wat de zogenaamde receptie is.
Sarah moet van tevoren hebben gebeld want Tara verschijnt bijna onmiddellijk. Haar roze wangen glanzen. Sarah kijkt niet bepaald blij als ze haar ziet.
'Ik heb met een van je collega's gesproken,' zegt Sarah kortaf. 'Geoff Bagshot.'
'Ja, ik herkende de naam, hoofdagent McBride,' zegt ze. 'U hebt me het ziekenhuis uit gegooid.'
Ik herinner me Sarahs uniform-en-wapenstokstem toen ze Tara zowat bij jou vandaan duwde. Maar Tara kent haar alleen als agent, niet als lid van onze familie.
'Geoff heeft besloten dat ik het mag afhandelen.'
Ik zie Sarah verstijven bij het idee dat Tara haar gaat 'afhandelen'.
'Deze kant op, daar is een kantoor dat we kunnen gebruiken.' Tara's tred is snel en vastberaden, een ruzietje weet ze altijd te waarderen.
'Toen ik je ontmoette, zei je dat je een vriendin was van Grace,' zegt Sarah.
'Ik probeerde toegang te krijgen tot haar afdeling, dus heb ik de waarheid wat geweld aangedaan. Dat moet af en toe in de journalistiek. Maar ik heb duidelijk niet veel gemeen met een negenendertigjarige moeder van twee kinderen.'
'En zij duidelijk ook niet met jou.'
Dank je, Sarah.

Tara neemt haar mee naar Geoffs kantoor, ze moet hem eruit hebben geknikkerd. Het ziet eruit als de set voor een film over journalisten. Oude mokken met restjes koude koffie en ongeoorloofde asbakken boordevol peuken. Ik kwam hier slechts een of twee keer per jaar en dan was het mineraalwater, verboden te roken en een biscuitje als je geluk had. Misschien heeft Tara het decor overgenomen.

'Hoe laat was je op de dag van de brand bij Sidley House School?' vraagt Sarah, zonder tijd te verdoen met plichtplegingen.

'Om kwart over drie 's middags. Dat heb ik al tegen je maat gezegd.'

'Was dat niet erg snel?'

'Waar zijn jullie mee bezig? Ondervragingen in duplo?' Ze vermaakt zich prima.

'Wie heeft het je verteld?' vraagt Sarah.

Tara doet er het zwijgen toe.

'Je arriveert nog geen kwartier na de uitbraak van een brand waarbij twee mensen levensgevaarlijk gewond zijn geraakt en daarom moet ik weten wie het je heeft verteld.'

'Ik kan mijn bronnen niet prijsgeven.'

'Zeg, je tipgever was Deep Throat niet. En dit,' zegt ze, om zich heen gebarend in het armoedige kantoor, 'is bepaald niet de *Washington Post*.'

Ze moet Jenny en mij de spot hebben horen drijven met Tara en dat hebben onthouden. Anders dan ik, heeft zij het recht in haar gezicht gezegd.

'Kunnen we een deal maken?' vraagt Tara.

'Pardon?'

'Ik zal het je vertellen in ruil voor informatie die je alleen aan mijn krant vertelt.'

Sarah zegt niks, wat Tara opvat als instemming. Ze straalt van tevredenheid. Het toonbeeld van een zelfvoldane kat.

'Gaan jullie Silas Hyman ditmaal goed natrekken?' vraagt ze.

Weer zegt Sarah niks.

'Ik wil wel informatie van jou in ruil voor informatie van mij,' zegt Tara.

'Adam Covey is niet verantwoordelijk voor de brand,' zegt Sarah. 'En we zullen Silas Hyman over een paar minuten bespreken.'

Tara spint bijna van tevredenheid met zichzelf.

'Het was Annette Jenks,' zegt ze. 'De secretaresse op de school. Zij belde ons. Om ongeveer een over drie. Ze moest schreeuwen om boven het lawaai van het brandalarm uit te komen.'

'Waarom heeft ze deze krant gebeld?'

'Daar heb ik over nagedacht. Een paar weken geleden hebben we een foto en een artikel geplaatst toen de school geld had ingezameld voor een goed doel. Je weet wel: een gigantische cheque, vastgehouden door zelfvoldane rijkeluiskindjes. Sidley House wilde dat graag in de publiciteit brengen en daar hebben wij voor gezorgd. Daar moest ze het telefoonnummer nog van hebben.'

'Heeft ze ook nog andere kranten gebeld?'

'Dat weet ik niet. Maar ze heeft wel een tv-zender gebeld. Hun verslaggevers en cameramannen arriveerden ongeveer een half uur na ons.'

Weer herinner ik me het tv-journaal dat aanstond toen jij je door het ziekenhuis haastte, op zoek naar Jenny.

'Ze wilde dat we een foto van haar namen,' gaat Tara verder. 'Ik geloof dat Dave, onze fotograaf, er een paar heeft genomen om haar tevreden te houden. Maar zodra de tv-ploeg kwam, had ze alleen nog oog voor hen.'

Ik denk aan Maisies gesprek met Sarah in de duistere cafetaria. '... *Tegen die tijd was er veel rook, maar ze glimlachte alsof ze het leuk vond. Ze was in elk geval niet overstuur en ze had haar lippen gestift.*'

Het idee dat iemand daar een kick van krijgt – een door ego veroorzaakte roes – is vreselijk. Maar is het meer dan dat? Kan haar verlangen om in het middelpunt van de belangstelling te staan extreem genoeg zijn om die belangstelling zelf te creëren; heeft ze reality-tv gemaakt zodat zij in het programma kon optreden? Ik weet nog wat Jenny had gezegd over de heteluchtballon: *'Als Annette een kind had, zou ze hem er zelf in hebben gezet.'*

'Om even terug te komen op Silas Hyman,' zegt Sarah. 'Jij hebt een aantal maanden terug een artikel over hem geschreven. Na het incident op de speelplaats.'

'Ja.'

'Hoe ben je daarachter gekomen?'

'Er was een anoniem sms'je naar de vaste lijn hier gestuurd. Het werd voorgelezen door zo'n gekke elektronische stem.'

'Weet je wie het was?'

'Zoals ik al zei, was het anoniem.'

'Ja. Maar weet je ook wie het was?'

Tara's gezichtsuitdrukking verhardt van ergernis.

'Nee. We konden het niet natrekken. Het kwam uit een telefooncel. Maar het was niet Annette Jenks, als je dat soms denkt, want zij werkte daar toen nog niet. Toen was die ouwe troel er nog secretaresse. Het heeft me tien minuten gekost voor ze me wilde doorverbinden met de directrice om het verhaal bevestigd te krijgen.'

'Dus jij kon je verhaal laten plaatsen. Op de voorpagina.'

Bij wijze van antwoord gooit Tara haar zijdeachtige haar naar achteren.

'Je had citaten van woedende ouders. Heb jij die ouders over het incident verteld of hebben zij jou benaderd?'

'Dat weet ik echt niet meer.'

'Vast wel.'

'Goed dan, ik heb een paar families gebeld en een paar citaten gekregen als reactie op wat ik tegen ze zei. Maar wat voor bewijs heeft de politie tegen hem?'

'Niks.'

Tara kijkt Sarah aan met een ijzige woede. Ze zet haar iPhone uit, die ze dit gesprek stiekem heeft laten opnemen. Ze wil niet dat haar vernedering officieel geregistreerd staat.

'Je had gezegd dat ik informatie in ruil voor mijn informatie zou krijgen,' zegt ze gemelijk. Haar ouders hadden echt Monopoly met haar moeten spelen en haar af en toe moeten laten verliezen.

'Nee,' zegt Sarah koeltjes. 'Die conclusie heb jij zelf getrokken.'

Als we naar de auto lopen, zie ik haar omkijken naar het kantoor van de *Richmond Post* en, in een opwelling van berusting, zie ik mijn dromen voor me die worden opgeborgen in een lelijke grijze archiefkast.

Want nu ik achter Sarah aan loop en haar talent en volharding zie, besef ik dat ik alle belofte die ik vroeger had niet ben nagekomen. Door haar weet ik weer wat ik ooit zo vurig hoopte – waar ik naar hunkerde – voor mezelf. Niet het recenseren van boeken en kunst, maar om zelf de schrijver of kunstenaar te zijn. Het was idioot om te denken dat ik, tussen de kinderen naar school brengen en weer ophalen en tijd maken om naar de supermarkt te gaan, nog even snel een *Anna Karenina* kon schrijven of een Hockney kon maken. Ofschoon sommige mensen daar wel in slagen. En een middelmatig boek of schilderij zou prima zijn. Zolang het maar iets is; zolang ik maar iets probéér te scheppen.

Ik verzon smoesjes voor mezelf: als ik meer tijd had, als Jenny ouder was, als Adam naar school ging. Maar op de een of ander manier, zonder het me te realiseren of het echt op te merken, was ik opgehouden met het verzinnen van smoesjes omdat ik het had opgegeven.

In de auto belt Sarah Mohsin via haar handsfree. Ze zet de airco uit zodat ze hem beter kan verstaan.

'Hoi, Mohsin.'

'Hoi, schatje, gaat het een beetje met je?'

'Heeft Penny nog iets ontdekt over de schrijver van de haatbrieven?'

'Nee, nog niet.'

'Tot ze dat doet, zal ik ervan uitgaan dat Jenny ofwel de brandstichter zag, ofwel iemand die in verband staat met de brandstichter, en dat dat de reden is dat hij haar nu wil vermoorden.'

Mohsin zwijgt.

'Heb je gehoord van de aanvaller?'

'Ja.'

Verder zegt hij niks, en het geluid van zijn stilte vult de hete auto.

Ik zie het effect ervan op Sarah. Haar schouders gaan iets omlaag, en ik wens dat ik haar kon vertellen dat ik bij haar ben, dat ik haar steun.

'Het was de secretaresse, Annette Jenks, die de *Richmond Post* heeft getipt over de brand,' zegt Sarah. 'Maar er was nog een andere tip, vier maanden geleden, over het feit dat Silas Hyman geen toezicht hield op de speelplaats. Iemand wilde hem weg hebben van die school.'

Mohsin zegt niks. Ik hoor een geluid, misschien een balpenpunt die in en uit wordt geklikt.

'En als de getuige die Adam heeft gezien nou gelijk heeft, Sarah?'

'Jij bent geen oom, toch?' vraagt ze.

'Nog niet, maar mijn zus werkt eraan.'

'Ik kén Adam. Ik weet hoe hij echt is. Noem het zijn essentie, omdat hij deel is van Michael. En daarmee een deel van mij. En hij heeft dit niet gedaan.'

De stilte lijkt de hitte in de auto te verergeren.

'Silas Hyman had kaarsjes voor een verjaardagstaart,' zegt Sarah. 'Acht blauwe, net zoals de kaarsen die op Adams taart hebben gestaan. En hij heeft de schoolkalender met een cirkel om Adams naam. En ik weet dat zijn vrouw liegt of anders verzwijgt ze iets. Daar ben ik van overtuigd.'

'Ben je naar zijn huis gegaan?' Hij klinkt ontzet.

'Verder doet er toch niemand iets?' snauwt ze. 'Iedereen heeft besloten dat mijn zachtaardige neefje een brandstichter is.'

'Jezus nog aan toe, Sarah, je kunt niet zomaar naar iemands huis gaan.'

Ze zegt niks. Op de achtergrond klinkt nu het geluid van een harder tikkende pen, of misschien is het een voet.

'Ik maak me zorgen om jou, liefje. Om wat er zal gebeuren als iemand erachter komt en...'

Sarah onderbreekt hem en ze klinkt vermoeid. 'Ja, ik weet het. Sterker nog, als we het over potentiële problemen hebben, is het nog een stuk erger.'

'Hoe dan?'

'Zijn vrouw deed hun kinderen in bad en ik had het niet eens in de gaten. Ik ben moeder en tante; kinderen in bad doen is zo gewoon en...'

Ze houdt op met praten. Dus dat heeft haar van slag gebracht. Ze deed net alsof ze voor politiezaken kwam terwijl er blote kinderen aanwezig waren.

'Ik ben weggegaan zodra ik het besefte,' gaat ze verder. 'Maar het maakte me zo kwaad dat ik me in die positie bevond. En toen werd ik woedend om alles. En die stomme vrouw had medelijden met zichzelf. Met zichzelf!'

'Denk je dat ze je zal aangeven?'

'Als ze erachter komt dat ik geen bevoegdheid had om daar te zijn, ja. Vast wel.'

'Nou, ik ben eigenlijk best onder de indruk,' zegt Mohsin. 'Ik heb altijd geweten dat je een subversief trekje hebt, maar ik heb je nooit voor een radicale rebel gehouden.'

'Dank je. Nou, wil je me helpen?'

We wachten allebei op het geluid van Mohsins stem in de auto. Niks.

'Jij hebt me verteld dat de dossiers niet veilig opgeborgen lagen,' probeert Sarah.

'Ja, dat weet ik. Ik ging mijn boekje ver te buiten. Baker zal het me flink betaald zetten als hij erachter komt.' Weer horen we de klikkende balpen. 'Wat heb je nodig?'

Sarah ademt opgelucht uit en de sfeer in de auto verandert.

'De namen van de investeerders van Sidley House.'

'Penny heeft me verteld dat men fraude bijna meteen heeft uitgesloten,' zegt Mohsin. 'Volgens de bank is het saldo van de school ruim positief.'

'Ja, en in september zetten ze de school weer op. Voor zover ik het kan overzien, is er geen reden voor fraude. Maar ik moet alles nagaan. En toen ik met het schoolhoofd sprak, wilde ze het niet over de investeerders hebben en ik wil weten waarom niet.'

'Heb je ook met haar gepraat?'

Sarah zegt niks.

'Jezus, meid.'

'Ik moet ook weten of er bij ons iets bekend is over ene Donald White. Ik weet bijna zeker dat hij zijn dochter en wellicht ook zijn vrouw mishandelt.'

'Oké. Ik zal doen wat ik kan,' zegt hij. 'Ik draai vanavond een extra dienst. Dus ik kan morgenochtend met je gaan ontbijten. Is die deprimerende ziekenhuiskantine nog open?'

We staan weer op de parkeerplaats van het ziekenhuis en de achtergebleven hitte in de vroege avond verschroeit me. Ik haast me voor Sarah uit naar het gebouw. Ditmaal zie ik Jenny niet op me wachten.

Ook deze keer verdwijnt de pijn zodra ik weer in de beschermende huid van het ziekenhuis ben, en even voel ik me euforisch omdat ik in een staat van geen-pijn verkeer.

Ik volg Sarah naar de ic. Jenny leunt tegen een muur in de gang.

'Ik heb het geprobeerd. Die kras-en-ruikmethode voor het geheugen,' zegt ze. 'Maar het werkt niet. Een school ruikt niet zoals een ziekenhuis. In elk geval Sidley House niet.'

Dat had ik al verwacht. Sidley House rook naar boenwas, gezogen tapijt en verse bloemen, niet naar sterke schoonmaakmiddelen, desinfecterende middelen en linoleum.

Iets voor ons scrolt Sarah door haar sms'jes en e-mails. Dit is het laatste punt voor de ic waar mobieltjes zijn toegestaan. Wij kijken over haar schouder mee. Nieuwsgierigheid en afluisteren vormden inmiddels onze tweede natuur.

Tussen de sms'jes is er een van Ivo. Hij staat stand-by voor een vlucht uit Barbados, een nachtvlucht, en zal hier morgenochtend zijn. Ik kijk naar Jen in de verwachting een stralende glimlach van geluk te zien, maar haar gezicht staat strak van spanning, zelfs bijna angstig. Zal ze hun relatie eindelijk zien voor wat die is? Het is vast beter dat dat nu gebeurt dan pas wanneer hij echt hier is.

'Jen...' begin ik, maar ze kapt me af.

'Ik wilde net daar naar binnen gaan,' zegt ze, wijzend op een deur achter zich.

Het is de ingang van de ziekenhuiskapel, die me nog niet eerder is opgevallen. De kapel is vast de enige plek in het ziekenhuis die niet naar schoonmaak- en ontsmettingsmiddelen ruikt.

We gaan er samen naar binnen. Maar ik maak me geen zorgen, want hierbinnen kan er toch niks naar brand ruiken? Bovendien ben ik bij haar.

Houten banken en een tapijt, tot op de draad versleten, maar desondanks een tapijt. Zelfs lelies, zoals mevrouw Healey die altijd in de kleine wachtkamer voor haar kantoor heeft staan. Hun geur hangt zwaar in het vertrek.

De combinatie van geuren brengt me even terug naar Sidley House, alsof het de poort tot een herinnering is en een cijferpaneel waarop de juiste zintuiglijke code is ingetoetst.

Als ik naar Jenny kijk, zie ik dat zij het ook voelt.

'Ik was in de buurt van het kantoor van mevrouw Healey,' zegt ze. 'En de lelies roken heel sterk, en je kon het water ook een beetje ruiken. Dat weet ik nog.'

Ze zwijgt even en ik wacht. Ze gaat de herinnering dieper in. Moet ik haar tegenhouden?

'Ik voel me gelukkig. En ik loop de trap af.'

Achter ons gaat de deur open en dicht. Er is een oudere vrouw binnengekomen. Dat verbreekt de zintuiglijke band met het verleden.

'Liep je de trap áf?' vraag ik. 'Weet je dat zeker?'

'Ja. Ik moet al op de tussenverdieping zijn, want daar heeft mevrouw Healey die lelies staan.'

Misschien heeft Annette Jenks dan toch de waarheid verteld toen ze zei dat Jenny zich had uitgeschreven.

Jenny sluit haar ogen en opnieuw vraag ik me af of ik haar hiermee moet laten doorgaan. Maar hoe moeten we Addie anders helpen?

Haar gezicht ontspant zich. Alles is goed. Ze is terug op een zomermiddag op school.

Ze gilt.

'Jenny...'

Ze rent de kapel uit.

Achterin heeft de oudere vrouw een kaars aangestoken. De rook is niet meer dan een steenkoolstreepje in de lucht. Maar het is genoeg.

Ik haal haar in.

'Het spijt me, ik had nooit moeten...'

'Het is jouw schuld niet.'

Ik sla mijn arm om haar heen en ze beeft.

'Het gaat wel weer, mam. Ik was niet terug in het vuur, ik was er alleen dichtbij.'

We lopen samen naar de tuin.

Ik heb me altijd voorgesteld dat herinneringen worden bewaard achter een hek van smeedijzer, met ruimtes om doorheen te kijken en hier en daar voor korte tijd een opening zodat je er echt nog een keer naar binnen kunt slenteren.

Maar nu zie ik een gang, als een lange ziekenhuisgang, en achter elk paar klapdeuren ligt de volgende herinnering die onontkoombaar naar de brand leidt. Ik geloof niet dat je in de hand hebt hoe ver je die gang door loopt, of dat je weet wat er achter de volgende klapdeuren schuilgaat. En ik ben doodsbenauwd voor het moment dat ze bij het einde komt; de afgrijselijke gebeurtenis van die middag.

Hierbuiten in de tuin lengen de schaduwen tot een troostende duisternis.

'Het was een goed idee,' zeg ik. 'Om aan de kapel te denken.'

De enige plek in het ziekenhuis die rook als de school, waar zelfs kaarsen en lucifers waren.

Ze draait zich iets van me af, haar gezicht half verborgen in het donker.

'Ik wilde een beetje slijmen bij God. Op het laatste moment nog even googelen voor een plekje in de hemel.'

Zorgen verborgen in mouwen en zakken en angsten onder truien gepropt, maar mijn god, Mike, dit had ik niet verwacht.

'Niet dat ik zo bang ben,' zegt ze. 'Ik bedoel, dit hele gebeuren, wat we nu ook zijn, maakt het toch zeker heel waarschijnlijk dat er een hemel is, een soort hiernamaals? Het bewijst dat er meer is dan de fysieke wereld en het fysieke lichaam.'

Ik heb me gesprekken over allerlei onderwerpen met haar voorgesteld: drugs, abortus, soa's, tatoeages, piercings, internetveiligheid. Een aantal van die dingen hebben we ook besproken, waarbij ik al mijn research bij de hand had. Maar voor dit gesprek heb ik nooit onderzoek gedaan. Het is zelfs nooit bij me opgekomen.

Ik vond ons zo ruimdenkend door onze kinderen zonder God op te voeden. Geen kerkbezoek, niet bidden voor het eten of voor het naar bed gaan. Stiekem vond ik ons veel eerlijker dan onze gelovige vrienden, die ik ervan verdacht alleen naar de kerk te gaan opdat hun kinderen toegelaten zouden worden tot de gratis St. Swithun's-school, die uitstekende resultaten boekte. Nee, mijn kinderen zouden er zelf voor mogen kiezen als ze ouder waren. In de tussentijd zouden we op zondag uitslapen en naar een tuincentrum gaan in plaats van de kerk.

Maar mijn luie gebrek aan geloof, mijn modieuze atheïsme, heeft het vangnet onder het leven van onze kinderen weggenomen.

Ik heb het niet goed doordacht, ik heb er nooit bij stilgestaan hoe het zou zijn om de dood onder ogen te zien zonder het vooruitzicht van een hemel of een vaderlijke God om naartoe te gaan.

In vroeger tijden, toen kinderen zo vaak stierven, waren mensen wellicht geloviger omdat ze moesten weten waar hun dode kinderen naartoe gingen. En als een kind op sterven lag, moesten ze tegen hem zeggen waar het daarna naartoe zou gaan. Dat alles goed zou komen. En daar ook echt in geloven. Geen wonder dat ze allemaal hun heil zochten bij de kerk. Hebben antibiotica de vroomheid in ons de kop ingedrukt? Heeft penicilline de plaats ingenomen van het geloof?

Ik praat te veel, mijn gedachten babbelen maar door, net zoals Maisie de lelijke waarheid probeert te verbergen met een maalstroom aan woorden, in een poging om de tikkende klok, de te hard rijdende auto, het geluid van de dood, te overstemmen.

'Geloven christenen dat je naar het vagevuur gaat als je niet gedoopt bent?' vraagt Jenny.

Zij ziet dit onder ogen.

'Jij zult niet naar het vagevuur gaan,' val ik woedend uit. 'Dat bestaat helemaal niet.'

Hoe durft welke God dan ook mijn dochter naar het vagevuur te sturen? Alsof ik naar het kantoor van het schoolhoofd kan marcheren om te zeggen dat het vreselijk onrechtvaardig is dat ze moet nablijven en dat ik haar meteen meeneem naar huis.

Ik praat nog steeds te veel.

Ik moet haar bijstaan. Dit samen met haar onder ogen zien.

Ik draai me om en kijk naar de Gorgo.

En de dood is geen klok die tikt of een auto die op haar af stormt.

Ik zie een meisje dat overboord valt van de boot des levens zonder dat iemand bij haar kan komen.

Overgeleverd aan de elementen en alleen.

Drie weken min een dag voor ze zal verdrinken.

Misschien was het hier de hele tijd al, deze meisje-alleen-op-de-oceaanstilte, die afgrijselijke, enorme uitgestrektheid ervan die ik niet wilde horen.

'Dus daar ging dat verdrinkingsgedoe om,' zegt de kinderjuffrouwstem. 'Al die tijd was het dit.'

Dat zou kunnen. Ja.

Maar ik laat haar niet verdrinken. Geen sprake van.

Mijn overtuiging verbaast me. En er zit ook angst in, zo'n gespannen, vreselijk nerveuze angst. Maar al het andere is gewoonweg ondenkbaar.

Het idee dat Jenny doodgaat voor 20 augustus, een echte datum op onze keukenkalender, en dat ze er alle dagen daarna niet meer zal zijn is belachelijk. Onverdraaglijk.

En ik klamp me nu niet vast aan jouw hoop, maar ik geloof – ik weet – het nu zelf.

Mijn enige waarheid is dat Jenny zal blijven leven.

Want je kind dat in leven blijft, gaat boven alles.

'Jij zult blijven leven,' zeg ik tegen Jenny. 'Je hoeft niet over deze dingen na te denken. Omdat je zult blijven leven.'

Mijn touw zit om haar heen.

27

Zaterdagochtend. De radio hoort aan te staan en ik hoor koffie in bed te drinken. Die heb jij me een half uur eerder gebracht, maar je hebt me niet wakker gemaakt, zodat hij nu lauw is, maar ik ben er toch blij mee. Ik hoor bacon en worstjes te ruiken die beneden worden gebakken voor het monsterontbijt dat jij klaarmaakt voor Addie en jezelf, en ik hoop dat je eraan denkt het keukenraam open te zetten zodat onze neurotische, overgevoelige hittedetector niet zal afgaan waardoor de buren wakker zullen worden en de cavia's door hun kooi gaan rennen. Jenny is nog diep in slaap en ze hoort het gepiep van een sms'je op haar mobieltje niet, dat al rinkelt sinds acht uur. Dat moet een verkeerd nummer zijn, want Jenny's vrienden liggen om acht uur ook nog te slapen. Maar ze zal zo komen en met slaperige ogen op de rand van mijn bed gaan zitten, en haar beklag doen dat jij haar geen thee hebt gebracht.

'Thee is meer werk dan koffie, Jen.'

'Met een theezakje mag ook.'

'Dat moet je alsnog laten trekken en eruit halen, en in de vuilnisbak doen. En dan moet er melk bij. Papa maakt 's ochtends alleen drankjes waar maar één handeling aan te pas komt.'

Ze leunt tegen de kussens, naast mij, en vertelt me met wie ze die ochtend heeft afgesproken en het lijkt nog maar een seconde geleden dat ik zaterdag doorbracht met mijn vriendinnen om me voor te bereiden op de belangrijkste gebeurtenis van die avond. Hoe kan ik elke ochtend wakker worden als *een negenendertigjarige moeder van twee kinderen*? Al voor de eerdere woorden van Tara, dacht ik soms aan mezelf in de bewoordingen van een boulevardblad. Het liefst in de trant van 'Brutale bankoverval door negenendertigjarige moeder van twee kinderen!' Dat is beter dan dat sentimentele gedoe.

Jen geeft me een zoen en gaat weg om *'mijn eigen thee te zetten'.*

Dokter Sandhu zegt tegen jou dat Jenny zwakker wordt, dat ze langzaam achteruitgaat, zoals ze hadden voorspeld.
'Kan ze nog steeds een harttransplantatie krijgen?' vraag jij.
'Ja. Daar is ze nog sterk genoeg voor. Maar we weten niet hoe lang dat nog zo zal blijven.'
Jenny wacht op me voor de ic. Ze vraagt niet of er een hart is gevonden. Net als ik kan ze nu een gezichtsuitdrukking op tien passen afstand lezen en een stilte interpreteren. Hiervoor dacht ik dat de enige vernietigende stilte die na 'Ik hou van jou...' was.
'Tante Sarah gaat met Belinda, die verpleegster, praten,' zegt Jenny.
'O, ja.'
'En ze heeft een sms'je gehad van iemand die haar over een half uur in de cafetaria wil zien. Ze keek heel blij. Denk je dat dat haar vriend is?'
De vorige keer was ik jaloers op Jenny's goede band met Sarah, maar nu is het andersom. Jen en ik praten nooit over dit soort zaken. Ik zeg 'dit soort zaken' want zelfs de taal is een mijnenveld. Zo is 'sexy' bijvoorbeeld ouderwets en laat het zien dat ik geen idee heb van waar het om gaat, maar 'heet' is gênant voor iemand van mijn leeftijd (een negenendertigjarige moeder van twee kinderen). Nee, eigenlijk is het geen mijnenveld waar je voorzichtig doorheen moet lopen, maar is het hele gebied verboden terrein; elke generatie zet het taalkundig af voor zichzelf. Maar blijkbaar mag Sarah er wel in.
Dat wil echter niet zeggen dat ik seks hebben beschouw als een overgangsrite naar de volwassenheid. Sterker nog, soms is het precies andersom. Jij plaagt me dat ik hypocriet ben. Ik ben degene die de creatieve 'de liefde bedrijven'-term wil gebruiken in plaats van het inhalige 'seks hebben'. Maar ik moet een einde maken aan dit gekwets dat nergens toe leidt, want we hebben Sarah ingehaald, die met gezwinde spoed door de gang loopt.

Belinda, keurig in haar verpleegstersuniform, neemt samen met Sarah het dossier van Maisie door.
'Afgelopen winter had ze een gebroken pols,' zegt Belinda. 'Ze zei dat ze was uitgegleden op een bevroren drempel.'
'Hadden de artsen of verpleegsters die haar behandelden aanleiding om haar woorden te wantrouwen?'

'Nee. De spoedeisende hulp zit vol gebroken armen en benen als het glad is. En dan is er dit, begin maart van dit jaar.'

Ik lees, samen met Sarah, de aantekeningen over Maisie die bewusteloos in het ziekenhuis werd gebracht met twee gebroken ribben en een schedelbasisfractuur. Ze had gezegd dat ze van de trap was gevallen. Nadat ze veertien dagen later uit het ziekenhuis werd ontslagen, is ze nooit komen opdagen voor haar afspraken als poliklinisch patiënt.

Gedurende die tijd heb ik geprobeerd haar te bellen, maar ik kreeg telkens de voicemail. Later zei ze dat Donald haar had getrakteerd op een verblijf in een kuuroord. Ik vond het niks voor haar en toen ik ernaar vroeg, leek ze verlegen. Ik dacht dat het geen succes was geweest.

Verder staat er niets in Maisies dossier. Ze heeft haar gekneusde wang niet aan een arts laten zien, evenmin als de blauwe plekken op haar arm op de dag van de brand, die ze verborg onder haar lange FUN-mouwen.

Belinda pakt Rowena's dossier, maar het is duidelijk dat ze dat al heeft gelezen, want op haar doorgaans vrolijke gezicht ligt een ontdane uitdrukking.

'Ze had vorig jaar een flinke brandwond op haar been. Ze zei dat ze een strijkijzer had laten vallen en de vorm van de brandwond kwam overeen met een strijkijzer.'

Ik denk aan Donald die een sigaret aansteekt en Adam die ervoor terugdeinst.

Droeg Rowena op de sportdag een lange broek vanwege het litteken? Ik had gedacht dat ze gewoon gepastere kleren had aangetrokken dan Jen.

'Verder nog iets?' vraagt Sarah.

'Nee. Tenzij ze naar een ander ziekenhuis zijn gegaan. Dat gebeurt soms. De communicatie tussen ziekenhuizen laat wel eens te wensen over.'

'Ik wil graag dat je mij ervan op de hoogte brengt als Donald White op bezoek komt,' zegt Sarah. 'Ik wil niet dat hij binnenkomt zonder dat er iemand bij is.'

Belinda knikt. Ze kijkt Sarah aan.

'Ik kan niks doen tot een van hen aangifte doet,' zegt Sarah gefrustreerd.

'Ga je ze aanmoedigen om dat te doen?'

'Laten we er eerst voor zorgen dat ze allebei in een dusdanige toestand zijn dat dat een mogelijkheid is. Eerst moeten we ervoor zorgen dat Rowena weer op de been is en hier weg kan. Ik wil hun niks vragen nu ze zo kwetsbaar zijn. Om te beginnen omdat ze later heel goed van gedachten kunnen veranderen als ze nu zo'n besluit nemen.'

Sarah gaat bij Mohsin in de ziekenhuiskantine zitten. Zijn karamelkleurige gezicht staat vermoeid en hij heeft kringen onder zijn ogen.

'Is dat hem?' vraagt Jenny.

'Nee. Haar minnaar is jonger en veel knapper,' zeg ik.

Ze krimpt niet eens ineen als ik het gênante woord 'minnaar' gebruik, maar ze glimlacht.

'Fijn voor haar.'

Sarah en Mohsin hebben hun hoofden bij elkaar gestoken; oude vertrouwelingen. Wij gaan naar ze toe.

'We hebben niets over hem,' zegt Mohsin. 'Een boete voor te snel rijden van vorig jaar, meer niet.'

'Volgens het transcript van het schoolhoofd zou Rowena White oorspronkelijk de schoolverpleegster zijn tijdens de sportdag,' zegt Sarah. 'Pas afgelopen donderdag zijn ze van gedachten veranderd en is de keuze op Jenny gevallen.'

'Denk je dat hij zijn dochter kwaad wilde doen?' vraagt Mohsin. Hij volgt duidelijk dezelfde gedachtegang als Jenny eerder al deed.

'Dat zou kunnen,' antwoordt Sarah. 'Misschien dacht hij dat Rowena nog steeds de verpleegster was. Misschien had niemand hem over de verandering verteld. Kun jij uitzoeken of Maisie en Rowena White ook een dossier hebben bij andere ziekenhuizen? Of wij iets over het hoofd hebben gezien?'

Hij knikt.

'Hoe zit het met de investeerders van Sidley House?' vraagt ze.

'Er zijn een paar kleine jongens. Durfkapitalisten die in soortgelijke bedrijven hebben geïnvesteerd; legitieme zakenmensen. Een andere investeerder, de grootste, is de Whitehall Park Road Trust Company.'

'Weet je wie daar de eigenaar van is?'

Hij schudt zijn hoofd. 'Het kan een akelig geval zijn van huiselijk geweld,' zegt hij voorzichtig. 'En een andere zaak van briefterreur. En nog een zaak van brandstichting. Drie zaken die onderling geen verband hebben.'

'Er is wel een verband. Daar ben ik van overtuigd.'

'Als je een instituut onder de loep neemt, zoals een school, zul je altijd wel een geval van huiselijk geweld tegenkomen. En ook van pesten, niet op het haatbrievenniveau waar Jenny last van had, maar je zult iets wreeds tegenkomen in de klassen of de lerarenkamer. Of cyberpesten.'

'En de aanval op Jenny?'

Mohsin draait zijn hoofd iets weg.

'Geloof je dat nog steeds niet?' vraagt Sarah.

Mohsin zegt niks. Sarah kijkt hem onderzoekend aan.

'Wat denk jij dan?'

'Ik denk dat ik ervoor moet zorgen dat jij gemoedsrust krijgt.'

'Nou, dat is meer dan iemand anders doet. Dank je wel.'

Ze zijn niet gewend aan een dergelijke ongemakkelijke situatie.

Hij pakt haar hand en knijpt er even in.

'Die arme Tim treurt om je.'

'Het was niet langer...' Sarah aarzelt. 'Gepast. Ik moet weer eens terug naar Mike.'

Ze zijn nog niet weg of de schoonmaker bespuit het tafeltje met een sterk ruikend goedje.

Kun je heimwee hebben naar een tafel? Want ik word overvallen door een verlangen naar onze oude, houten tafel in de keuken thuis, met Adams ridderfiguurtjes aan de ene kant, de krant van gisteren aan de andere kant en iemands jas of trui over een stoel. Ja, ik weet het. Ik raakte geërgerd door *de troep* en eiste dat mensen *'hun rotzooi zouden opruimen!'* Nu hunker ik naar een rommelig leven in plaats van een verwoest leven dat in handen ligt van een overgeorganiseerde wereld van gladde, glanzende oppervlakken.

Ik zie dat Jenny haar ogen heeft gesloten en dat ze doodstil staat.

De schoonmaakvloeistof op de formicatafel is nog duidelijk te ruiken.

'Ik ging de schoolkeuken in,' zegt ze. 'Die hadden ze helemaal schoongemaakt. En er hing stoom omdat de vaatwasmachine had gedraaid.'

Hier hangt stoom van de net gewassen kopjes en schoteltjes die op een rek bij het koffieapparaat worden gezet.

'Ik was behoorlijk opgewonden,' gaat Jenny door. 'Omdat ik naar buiten ging.'

Ik houd haar scherp in het oog, ik zal haar niet te ver door de gang vol herinneringen laten lopen en haar niet de laatste klapdeuren door laten gaan, of haar er zelfs maar bij in de buurt laten komen.

'Ik nam twee flessen water mee uit de keuken,' vervolgt ze. 'Van die heel zware flessen met handvatten. Ik moest aan het einde van de sportdag extra water brengen voor het geval ze op het veld niet genoeg hadden. De plastic handvatten waren te smal en ze sneden in mijn handen. Ik draag ze de smalle trap op, je weet wel, de uitgang bij de keuken.'

Dan houdt ze op en schudt haar hoofd.

'Dat is alles. Ik liep de school uit. Eruit, dat staat vast. Maar ik weet niet wat er daarna gebeurde.'

'De waterflessen lagen buiten, aan de zijkant van de school, op het grind bij de keukendeur,' zeg ik. Ik herinner me dat Tilly tegen de politie verklaarde dat Rowena een handdoek nat had gemaakt. Tilly zei dat er op het grind naast de school, bij de keukendeur, twee flessen water hadden gelegen.

Jenny was buiten geweest.

'Maar waarom ben ik weer naar binnen gegaan?' vraagt Jenny.

'Om te helpen?'

'Maar de kleuters waren allemaal veilig buiten. En Tilly ook. Iedereen was buiten.'

Ik weet niet wat ik moet zeggen.

'Misschien heb ik toen mijn telefoon laten vallen,' zegt ze. 'Op het moment dat ik bukte om het water neer te zetten. Hij zat in die kleine zak, boven in mijn rode rok. Daar is hij al eerder uit gevallen.'

'Ja.'

'Waarom ga jij niet kijken wat tante Sarah nu doet,' zegt ze. 'Ik blijf hier, als dat mag. Dit is de enige plek die min of meer normaal is.'

'Je gaat toch niet proberen om je nog meer te herinneren?'

'Mam...'

'Niet zonder mij. Alsjeblieft.'

'Oké.'

Ik laat Jenny achter in de kantine en ga naar de ic.

Ivo staat in de gang. De aanblik van zijn smalle rug en trendy kapsel is genoeg voor levendige herinneringen aan Jenny, een hele dimensie van haar die is achtergebleven sinds de brand – de uitbundige, energieke tiener met joie de vivre en een hartstochtelijke vrolijkheid; Jenny die door de lucht zweefde. En een soort hulpeloosheid uitstraalde toen ze verliefd werd, zo overtuigd was ze ervan dat Ivo haar zou opvangen.

Hij is niet naar haar bed gegaan, maar hij is ook niet hard weggerend.

Ik ga naar hem toe. Zijn gezicht ziet wit als hij door de glazen wand naar haar kijkt; er gaan rillingen door zijn lichaam en ik zie een jongen op de stoep liggen die wordt geslagen, geschopt en gestompt.

Ik voel een overweldigend medelijden voor hem.

Sarah is bij hem.

'Ik heb haar woensdag nog gesproken,' zegt hij. 'En ze klonk net als anders. Blij. En toen hebben we elkaar ge-sms't. Het laatste berichtje, van mij, moet ze even na drieën, haar tijd, hebben gehad.'

Hij draait zich om zodat hij niet meer naar Jenny kijkt. 'Kunt u me vertellen wat er aan de hand is?'

'Ze is zwaargewond. Ze heeft gisteren een hartstilstand gehad en ze heeft een nieuw hart nodig om in leven te blijven. Als ze dat niet krijgt, heeft ze niet langer dan een paar weken te leven.'

Sarahs woorden bezorgen hem de ene dreun na de andere.

'Het spijt me,' zegt Sarah.

Ik verwacht dat hij zal vragen of ze verminkt zal blijven en dat Sarah hem zal vertellen dat we dat nog niet weten. Hij zegt echter niks.

'Het was brandstichting,' zegt ze. 'We weten niet of iemand het specifiek op Jenny had voorzien. Het zou verband kunnen houden met de haatbrieven. Weet jij daar iets over?'

'Nee. Ze had geen idee wie die stuurde.'

Zijn stem klinkt zacht en ontdaan.

Ik zie dat jij je plek naast Jenny's bed verlaat en de gang op loopt, maar ze hebben jou nog niet gezien.

'Iemand heeft rode verf op haar gegooid,' zei Ivo. 'Ze belde me. Ze zei dat ze naar een vriendin ging om haar haar te laten knippen. De verf wilde er niet uit. Ze huilde.'

Sarah springt er meteen bovenop. 'Heeft ze gezien wie het was?'
'Nee.'
'Wanneer was dat, Ivo?'
'Ongeveer acht weken geleden.'
'Weet je ook waar het is gebeurd?'
'In de Hammersmith-winkelpromenade, bij de Primark. Ze dacht dat hij meteen een winkel in was gerend, of naar een zij-uitgang naar de straat was gegaan. Ze zei dat er een vrouw gilde omdat ze dacht dat het bloed was.'

Ik zie jou worstelen met de informatie. Je hebt geen plekje meer vrij in je hoofd om die op te slaan, maar toch dwingt ze zich een weg naar binnen.

'Ik had ervoor moeten zorgen dat ze naar de politie ging,' zegt Ivo. 'Als ik dat had gedaan...'

'Ik ben van de politie, Ivo,' zegt Sarah. 'Nee, kijk me aan. Alsjeblieft. Ze had het gevoel moeten hebben dat ze bij mij kon komen. Ik ben haar tante en ik hou van haar. Maar dat heeft ze niet gedaan. En dat is mijn verantwoordelijkheid, niet de jouwe.'

'Ze zei dat haar ouders vreselijk van streek zouden zijn als ze erachter kwamen. Ze wilde hen niet ongerust maken. Misschien gold dat ook voor u.'

'Ja. Ik wil je vragen een verklaring af te leggen op het politiebureau bij een collega van me. Ik zal een auto laten komen om je op te halen en weer terug te brengen zodat het zo min mogelijk tijd kost.'

Ivo knikt.

Sarah geeft hem Jenny's mobieltje. 'Kun je hierdoorheen scrollen om te zien of er ook contacten zijn die jij niet herkent? Of sms'jes die een vreemde indruk maken? Ik heb al gekeken, maar ik kan niks geks ontdekken.'

Hij pakt het vast en klemt zijn vingers er stevig omheen.

'Zal ik dat nu doen?' vraagt hij. 'Tijdens het wachten?'

Net als jij, wil hij iets doen.

'Ja.'

Sarah ziet jou. 'Mike, er was rode verf...'

'Ik heb het gehoord.'

Misschien verwacht ze dat je kwaad bent op Ivo. Maar dat is niet het geval. Komt dat omdat het veertien dagen duurde voordat jij naar de politie ging met de haatbrieven? Jouw hele lichaam lijkt ingevallen en je gezicht is mager.

'Waarom ga jij niet even naar Adam?' vraagt Sarah. 'Ik kan nu wel even bij Jenny blijven.'

Ik vermoed dat Sarah zich realiseert hoe hard jij Adam nodig hebt, en hij jou.

'Ivo moet een verklaring afleggen,' gaat ze verder. 'En ik moet een paar dingen doorlezen, wat ik heel goed hier kan doen. Als er iets gebeurt, zal ik je direct bellen.'

Ivo komt naar hen toe en onderbreekt hen.

'Ik weet niet of het iets te betekenen heeft, maar het laatste bericht dat ik haar op woensdagmiddag heb gestuurd, is gewist.'

'Dat kan ze zelf hebben gedaan,' merkt Sarah op.

'Het was een gedicht. Niet eens zo slecht. Maar zelfs als het dat wel was, dan zou ze het niet hebben gewist.'

'Jenny's mobieltje is op het grind vlak naast de school gevonden,' zegt Sarah. 'Iedereen kan ermee hebben geknoeid.'

'Maar waarom zou iemand mijn bericht willen wissen?' vraagt Ivo.

'Dat weet ik niet,' antwoordt Sarah.

'Heb je al ontdekt waarom het buiten lag?' vraag jij.

'Nee, nog niet. En we hebben er geen vingerafdrukken af kunnen halen omdat het niet alleen is aangeraakt door de kleuterjuf en Maisie.'

'Moet ik hier of in de foyer wachten op de lift naar het bureau?' vraagt Ivo.

Hij is nog altijd niet naar Jenny's bed gegaan.

Ik denk dat hij opgelucht is dat hij de kans krijgt om bij haar weg te gaan.

Ik tref Jenny in het goudvissenatrium, waar de mensen langs haar stromen. Heeft ze het gevoel dat ze een betere greep op het leven heeft als ze tussen zo veel mensen staat? Of wacht ze op Ivo, en weet ze niet dat hij er al is, op de ic. *'Je had het me moeten vertellen. Ik had het recht om het te weten.'*

'Ivo is er,' zeg ik. 'Hij is op de ic met papa en tante Sarah.'

'Ik wil hem niet zien.' Haar stem klinkt zacht.

Gisteren was ze niet meer opgewonden over zijn komst. Heeft ze zich soms gerealiseerd dat hun relatie is gebaseerd op fysieke schoonheid? Ze is zo kwetsbaar en ik ben blij dat ze zichzelf in bescherming neemt tegen eventuele afwijzing en verdere pijn.

Ik zeg niet dat hij naar haar heeft gekeken door de glazen wand en gekweld werd door wat hij zag.

Ik zeg ook niet dat hij niet dichter naar haar toe is gegaan.

'Hij heeft tante Sarah over de rode verf verteld,' zeg ik in plaats daarvan. 'Hij heeft ook verteld dat hij je rond drie uur een sms'je heeft gestuurd, maar dat dat is gewist.'

'Maar ik wis zijn berichtjes nooit.'

'Misschien heeft iemand dat gedaan nadat je je telefoon hebt laten vallen.'

'Maar waarom?'

'Dat weet ik niet. Hij gaat naar het politiebureau om een verklaring af te leggen.'

'Dus hij komt zo hiernaartoe?' Haar stem klinkt paniekerig. Ze keert zich om en haast zich het atrium uit.

Ik ga haar achterna.

'Hoeveel mensen kennen het nummer van je mobieltje, Jen?'

'Hartstikke veel.'

'Ik heb het niet over vrienden. Ik bedoel, nou... bijvoorbeeld de mensen op school.'

'Iedereen. Het hing op het prikbord in de lerarenkamer zodat de leraren het in hun eigen telefoon konden zetten. Ze moesten me bellen als ze tijdens de sportdag iets nodig hadden uit de EHBO-kamer.'

Ze rent verder, vluchtend zodat ze Ivo niet zal zien.

Maar ik blijf even stilstaan en voel de frustratie als een fysieke kracht. Ik moet met Sarah praten.

Zij hoort te weten dat Jenny buiten de school was, maar toen weer naar binnen is gegaan. Iets of iemand moet haar daartoe hebben bewogen, of hebben gedwongen. Een sms'je? En kan de afzender daarvan het hebben gewist en in de haast ook het berichtje van Ivo hebben verwijderd?

28

Ik voeg me bij jou als je het ziekenhuis uit loopt en ik wil verschrikkelijk graag Addie en jou samen zien. De enige keer dat je na de brand bij Addie was, duwde hij je weg van Silas Hyman. Maar als jullie dadelijk samen zijn, zal het toch zeker wel anders gaan?

Onze auto heeft te lang op de parkeerplaats zonder enige schaduw gestaan en binnen is de lucht zwaar van de hitte. De metalen sluitingen van de gordels zijn loeiheet. Maar jij laat de raampjes dicht en zet ook de airco niet aan.

Als je rijdt, zie ik ons niet in de auto zitten op weg naar een etentje met vrienden, maar heb ik het gevoel dat we op een wilde, wetteloze plek zijn waar het vreselijk heet en onbeschut is. Eerder een leeuwenpaar in de Serengeti dat zijn welpen beschermt tegen stropers dan onze stadsgenoten in Londen met hun veilige, kalme leventjes.

Adam heeft me een paar weken geleden verteld dat jij en ik bloedverwanten zijn door Jenny en hem, want door hen delen wij hetzelfde bloed. Worden we daarom nu zo lichamelijk en heftig samengetrokken? Om ervoor te zorgen dat Jenny blijft leven. Om te bewijzen dat onze zoon onschuldig is.

Jij hebt Sarah achtergelaten bij Jenny's bed met de illegaal verkregen transcripten, haar merkwaardige uilenopschrijfboekje en het contract van Elizabeth Fisher. Sarah moet die transcripten al minstens tien keer hebben gelezen en de hemel mag weten wat ze in Elizabeths contract denkt te vinden. Ja, ik weet het, ik ben in de verste verten geen getrainde rechercheur en ik bevind me niet in de juiste positie om commentaar te leveren. Bovendien vertrouw ik Sarah. Als zij gelooft dat iets de moeite waard is om te doen, dan zal dat ook zo zijn.

Wanneer we ons huis naderen, denk ik aan onze allereerste rit van het ziekenhuis naar huis. Adam was vier uur oud; ik zat op een kussen op de achterbank en keek naar hem: zo volmaakt en kwetsbaar. Toen we negen jaar daarvoor met Jenny waren teruggegaan naar onze piepkleine flat had mijn kinderjuffrouwstem me verteld dat het *doodeng* was dat ik zomaar een baby mee naar huis mocht nemen zonder ook maar het *flauwste benul* te hebben van waar ik mee bezig was. Voor hetzelfde geld gebeurde er *iets verschrikkelijks*. Ik was te jong, te onvolwassen en *veel te onnozel* om voor een baby te zorgen. Hoe zou kennis van Florentijnse fresco's of het verschil tussen Coleridge en Johnson als literair recensenten me helpen om voor haar te zorgen? Ik had me meer verwant gevoeld met dieren die op een wilde, gevaarlijke plek leefden, niet toegerust om te voorkomen dat mijn baby verschrikkelijke dingen zouden overkomen.

Maar Jenny heeft ons in ouders veranderd. Met Adam wisten we dat we een autostoeltje tegen de rijrichting in moesten bevestigen om te voorkomen dat hij door airbags geplet zou worden; flessen moesten steriliseren om nare bacteriën te doden; voedsel moesten pureren zonder zout dat voor het instorten van kleine niertjes kan zorgen; en wanneer er oogcrème en luierzalf moest worden aangebracht en kinderaspirine moest worden gegeven. Er lagen negen jaren van eigen ervaring, de NHS en de babyafdeling van John Lewis tussen mijn baby en de gevaarlijke wildernis van de Serengeti.

Jij droeg onze in een deken gewikkelde jongen, slapend in zijn autostoeltje, de treden naar de voordeur op. Veilig.

Jij parkeert de auto, maar je stapt niet meteen uit. Ik haast me echter naar binnen.

In Addies kamer doet mama net de gordijnen dicht tegen de te felle zon. Hij ligt in bed en zij heeft de draagbare airco aangezet en het geluid is slaapverwekkend kalmerend.

'Je bent doodmoe, ventje,' zegt ze tegen hem. 'En het is maar een dutje. Ik zal bij je blijven zitten.'

Hij gelooft, door haar, dat ik nooit meer zal bijkomen, dat ik feitelijk dood ben.

Het was niet alleen Jenny's dood die ik had gezien als verdrinken, maar ook Adams verdriet. En dat doe ik nog steeds.

Een klein jongetje midden op een donkere, boze oceaan waar ik niet bij hem kan komen.

Ik hunker ernaar om naar hem toe te gaan, maar ik weet dat hij me niet kan voelen en ik vrees dat ik dat momenteel niet aankan, en daarom kijk ik in plaats daarvan naar mama.

Ze gaat naast hem zitten in de verduisterde kamer. Ze pakt zijn hand en ik zie dat zijn gezichtje zich wat ontspant. Toen ik klein was, kwam ze bij mij zitten, en dat was zo troostrijk; mama die bij me was en de gordijnen die dicht waren hoewel het buiten nog licht was.

Als ik naar hen kijk, zie ik voor me wat er met hem zal gebeuren als ik nooit meer bijkom. Heel even maar, maar lang genoeg om vanuit mijn angst een raam open te duwen naar een vergezicht van nieuwe gedachten. Zijn vlinderbandjes kunnen worden opgeblazen met de adem van mijn moeder, en met die van Sarah en Jenny. En met die van jou, vooral die. Misschien zal de liefde van anderen ervoor zorgen dat hij blijft drijven.

Ik hoor de voordeur dichtgaan en jouw voetstappen in de gang. En ik kan jou bijna 'Ik ben thuis' naar boven horen roepen en Adam uit bed voelen springen, weg van het boek dat ik hem voorlees terwijl hij keihard 'Pappie!' gilt.

'*Elke dag voelt als een moment uit* Spoorwegkinderen,' heb jij een keer gezegd, zonder dat je ook maar ironisch probeerde te klinken.

Maar daarna moest je vaker en langer weg en zelfs als je in Londen werkte kwam je later thuis. Jouw *Spoorwegkinderen*-momenten met Addie zijn steeds zeldzamer geworden.

Addie gaat rechtop zitten en zijn hele lichaam is verstijfd.

Mama gaat naar beneden om met jou te praten. Nu ze niet langer bij Addie is, kijkt ze doodsbang.

'Is er iets gebeurd?' vraagt ze.

'Alles is nog hetzelfde.'

'Addie ligt in bed, maar hij is wakker.'

Ze zegt niet dat ze hem heeft verteld dat ik nooit meer wakker zal worden. Is ze dat vergeten of is het opzet? Het zou wel een belachelijk grote vergissing zijn, maar alles is uit het lood en disproportioneel. En ze ziet er zo verdrietig en kwetsbaar uit nu ze haar masker voor Addie niet meer opheeft.

Jouw voetstappen klinken zwaar op de trap, ze gaan gebukt onder de gebeurtenissen.

Jij klopt op Addies deur. Hij reageert niet.

'Ads?' zeg jij.

Geen antwoord.

'Addie, wil je alsjeblieft de deur opendoen?'

Stilte.

Ik zie hoe gekwetst jij je voelt.

'Hij haat me,' zeg jij zacht, en even denk ik dat mama eraan komt, maar ik ben de enige die hier is. Heb je dat echt gezegd? Of ken ik jou zo goed dat ik weet wat je denkt?

Het is niet alleen dit gedoe met Silas Hyman, hè?

Het is de brand.

Jij gelooft dat je die als vader had moeten voorkomen. Een vader laat een moeder en zus niet afgrijselijk gewond raken. Een vader beschermt de familie.

Geloof jij dat hij je daarom haat?

Dat hij daarom zijn deur niet voor je opent?

Aan de andere kant van de dichte deur ligt Adam opgekruld op zijn dekens, alsof hij niet alleen niet meer kan praten, maar zich ook niet meer kan bewegen.

'Godsamme, Mike, ga naar binnen en zeg tegen hem dat je weet dat hij de brand niet heeft gesticht.'

Maar jij zegt niks.

Jij denkt dat hij dat al weet.

De gesloten deur tussen jullie, met de afbladderende witte verf aan de ene kant en het uitgeknipte plaatje van Peter Pan aan de andere kant, belemmert mijn uitzicht op hoop.

We rijden terug naar het ziekenhuis en ik denk niet aan de eerste keer dat we Adam mee naar huis namen, maar aan de rit tien uur daarvoor, waarbij elke wee me over de grens van het normale, denkbare en draaglijke duwde.

Als we terugkomen, meen ik Jenny tussen het bonte gezelschap rokers buiten te zien, maar als ik nogmaals kijk, zie ik haar niet meer. Ik moet me hebben vergist.

Voor de ic belt Sarah op haar mobieltje. Ik ga dichter naar haar toe om te luisteren. Ze rondt net een gesprek met Roger af en ze klinkt snauwerig en teleurgesteld. Ze verbreekt de verbinding en belt direct daarna Mohsin.

'Hoi, met mij. Ik heb vijf minuutjes, want ze doen wat onderzoeken bij Jenny. Dokter Sandhu heeft me beloofd dat hij haar geen seconde alleen zal laten.'

'Haar vriendje legt net een verklaring af bij Davies,' zegt Mohsin.

'Jezus, meid, waarom hebben ze dat tegen niemand gezegd?'

'Ze wilden ons niet ongerust maken. Hoe gaat het met het onderzoek naar de haatbrieven?'

'Dat is veranderd in een onderzoek naar stalken en geweldpleging, dus het onderzoek is een paar tandjes opgeschakeld. Penny gaat de DNA-zoektocht verruimen en ze laat mensen de beelden van de bewakingscamera uitpluizen. Ze heeft het al teruggebracht tot een tijdsbestek van drie uur waarin de brief op de post moet zijn gedaan. Haar team sluit iedereen van boven de zestig en onder de vijftien uit, en daarna krijgt ze foto's van alle mensen die overblijven. Uit die foto's hoopt ze een ID te krijgen.'

'Legt iemand al de link met de brandstichting?'

'Nog niet.'

'En jij?'

Ze verstijft terwijl ze op zijn antwoord wacht.

'Nu we weten dat iemand Jenny heeft gevolgd en haar vervolgens heeft aangevallen, moeten we volgens mij met andere ogen naar de brand kijken. Ik denk dat een stalker betekent dat de kans veel groter is dat de brand tegen haar gericht was. Het lijkt mij nu meer dan waarschijnlijk dat de getuige, wie dat dan ook was, heeft gelogen.'

'En de aanval in het ziekenhuis?'

'Dat weet ik echt niet.'

Ze wacht een minuutje, maar hij zegt verder niks.

'Ik vermoed dat je gelijk hebt over Donald White,' zegt zij. 'Dat staat er los van.' Ze zwijgt even. 'Heeft Ivo je verteld over het verdwenen sms'je?'

'Bedoel je Lord Byron? Godzijdank bestond sms'en nog niet toen ik een tiener was.'

'Als hij dat gedicht echt kort na drieën heeft gestuurd, dan brandde het al flink. Dan had ze echt geen gedichten verwijderd. Kunnen we dat laten uitzoeken door de technische jongens?'

'Tuurlijk. Al weet ik niet precies waar we op moeten letten.'

'Ik moet nu terug naar Jenny.'

Jij komt naar mijn bed en trekt de gordijnen eromheen dicht zodat we omringd zijn door lelijke bruine geometrische vierkanten.

'Hij wil me niet zien.'

'Natuurlijk wel. Hij houdt van je. En hij heeft je nodig. En...'

'Ik kan het hem niet eens kwalijk nemen. Ik ben een verdomd nutteloze vader geweest. Niet alleen vanwege dit. Gewoon... Jezus. Maar hiervoor was ik ook verrekte nutteloos.'

'Dat is niet waar.'

'Geen wonder dat hij toenadering zocht tot Hyman. Ik was er immers nooit.'

'Jij moest het geld verdienen, dus...'

'Maar zelfs als ik wel bij hem was, deed ik het verkeerd. Hij heeft mij nooit gewild in een crisis. Altijd jou. En nu...'

'Dat kwam omdat ik er was. Dat is alles. En hij heeft nog nooit een echte crisis meegemaakt, alleen ongelukkige momenten. Als hij dat wel had gehad, was hij bij jou gekomen, want kijk nou naar jezelf. Je houdt je zo verdomd sterk voor iedereen.'

'Jij doet dit soort dingen, niet ik, en ik weet niet hoe het moet.'

'Dat weet je best! Je moet gewoon bij hem zijn, dat is alles. Praat met hem.'

Maar jij kunt me niet horen. Jouw onzekerheid over Adam blokkeert wat ik tegen je zeg net zo goed als mijn gebrek aan een stem.

En je gebrek aan zelfvertrouwen wat betreft Addie is mijn schuld.

Ik verbeterde je voortdurend en vermaande je en vertelde je wat je zou moeten doen met Adam. Ik liet het je nooit op jouw manier doen, ik geloofde stiekem niet dat jij als zijn vader het beste voor hem wilde. Zo veel kleine dingen. Welk verjaardagscadeau, wat je in zijn huiswerkagenda moest schrijven als hij zijn rekenen niet af had, zodat hij geen problemen zou krijgen. 'Laat hem maar problemen krijgen,' zei jij dan, wat ik heel wreed vond. Maar als hij problemen had gekregen, had hij misschien beseft dat dat niet zo erg was en zouden de andere kinderen hem aardiger hebben gevonden. En misschien had ik het risico moeten nemen om te laat op school te komen met hem, zoals jij wilde, en wat ik heel ongevoelig vond. Dan had hij kunnen zien dat de wereld niet vergaat als hij te laat kwam en zou hij zich wellicht minder ongerust maken.

En zelfs al had je het bij het verkeerde eind, met welk recht zei ik

dan dat ik het beter wist? Dat ik Adam beter kende?
Het spijt me dat ik heb gezegd dat je niet voor hem opkwam bij de prijsuitreiking, dat je niet trots op hem was, alsof je dat niet altijd was. Want een paar maanden daarna eiste je een gesprek met mevrouw Healey en heb je ervoor gezorgd dat Robert Fleming niet zou terugkeren in het nieuwe schooljaar. Dat had niets te maken met het feit dat je een man was, of dat jij door je roem 'meer herrie kunt schoppen'. Ik vermoed dat mevrouw Healey gewoon besefte dat ze geen partij voor je was wanneer jij voor je zoon opkwam. En ik weet nog dat jij me later die avond, toen ik je ernaar vroeg, vertelde dat ze ook Robert Fleming en diens ouders had uitgenodigd, waarschijnlijk in de hoop je te overbluffen. Maar jij was juist blíj geweest om in het openbaar te kunnen zeggen dat het allemaal Roberts schuld was en dat het niks met Adam te maken had. Je had ze verteld dat je er trots op was hoe Adam was. Wat vonden zij van jou, die grote, stoere man die beroemd was als presentator van een macho-overlevingsserie, en die trots was op zijn kleine zoontje dat werd gepest?
De herinnering verdween echter te snel, misschien omdat we er daarna niet meer over hebben gepraat. Jij wilde niet dat Adam iets te weten zou komen over jouw gesprek, je was bang dat hij zich daardoor nog machtelozer ging voelen, terwijl ik bang was dat hij zich schuldig zou voelen omdat hij ervoor had gezorgd dat Robert van school werd gestuurd. Maar ik vind dat je het hem nu moet vertellen, zodat hij weet dat je hem altijd in bescherming zult nemen. Dat je er voor hem bent als het erop aankomt. Dat je trots op hem bent.
Jij zegt nog altijd niks.
Je kunt dit, Mike.'
Dokter Bailstrom trekt de gordijnen open.
'Het is belangrijk dat we uw vrouw altijd kunnen observeren,' zegt ze kortaf.
'Om te bewijzen dat u gelijk hebt en dat er geen zak te observeren valt?' snauw jij terug terwijl je weggaat, en ik ben de enige die je passen even ziet haperen.

Jij komt bij Jenny's bed. Sarah zit naast haar om haar te bewaken. Ze heeft het contract van Elizabeth opengeslagen.
'Weet jij nog iets over het vertrek van Elizabeth Fisher?' vraagt ze.

'Wie?'
'De voormalige secretaresse van de school.'
'Nee,' zeg je ongeduldig. Jij ziet de blik op het gezicht van je zus. 'Ik geloof dat Grace bloemen voor haar heeft geregeld. Haar echtgenoot lag op sterven. Ze werkte er al sinds de oprichting.'
'Haar man heeft haar verlaten, om precies te zijn,' zegt Sarah.

Ik vertrek met Sarah. Ik heb Jenny nog altijd niet gezien en ik wilde dat ik wist waar ze in godsnaam naartoe was. En het gevoel van irritatie is troostend omdat het zo bekend is. We zijn weer de duw-ik-trek-jij-Dr. Doolittle-creatie die een moeder en tienerdochter vormen. Zij duwt me weg en ik trek haar terug.

Als Sarah en ik in het atrium komen, vang ik een glimp van Jen op, verscholen achter een kluwen rokers. Zij is het echt en ik ga snel naar buiten. Ze krimpt ineen als het grind in haar zachte voetzolen snijdt en de zon is brandend heet.

Ik ben bang dat ze staat te wachten tot Ivo terugkomt van het politiebureau.

Ze ziet me.

'Ik moet het me herinneren,' zegt ze. 'Ik weet ook wel dat jij niet wilt dat ik dat doe zonder jou, maar ik moet weten waarom ik de school weer in ben gegaan. Voor Addie. Er ligt grind bij de ingang van de keuken. En het geluid, en het gevoel daarvan... ik dacht dat het zou helpen.' Ze zwijgt even, van streek. 'Maar het had geen nut. Tot nu althans niet.'

Ik ben opgelucht dat haar niks te binnen is geschoten terwijl ze in haar eentje was. Godzijdank ruikt sigarettenrook heel anders dan brand. Ik ben ook blij dat ze niet op Ivo staat te wachten.

Een roker strijkt een lucifer af en houdt zijn handen om zijn sigaret om die aan te steken. De rook van de lucifer is een sliertje, zwakker dan de rook van de kaars, en niet in staat om een deur in het geheugen open te duwen.

Dan loopt Sarah langs ons, op weg naar de parkeerplaats. Het geluid van haar voetstappen die knerpen in het grind en de zon boven ons vermengen zich met het heel zwakke rookspoor van de lucifer.

'Het brandalarm ging af,' zegt Jenny. Ze zwijgt even terwijl de herinnering weer scherp wordt. Hoe vaak heeft ze dit al gedaan? Gewacht tot iemand een lucifer afstreek en iemand anders het grind liet knerpen?

'Ik dacht dat het een vergissing was,' vervolgt ze. 'Of een oefening en dat Annette geen idee zou hebben wat ze moest doen. Ik zette de flessen water op het grind en ging weer naar binnen. En toen kon ik de rook ruiken en wist ik dat het geen oefening was.'

Gefrustreerd houdt ze op.

'Dat is alles. Verder kom ik niet.' Ze is van slag en ze heeft pijn. 'Ik had gedacht dat ik naar binnen was gegaan omdat ik iets zag, je weet wel, iets wat niet klopte. Iemand die iets deed. De brandstichter. Maar het was alleen om te kijken of alles goed was met Annette. Anders niets. Jezus.'

Ik sla mijn arm om haar heen om haar te troosten.

Maar als ze alleen naar binnen is gegaan om Annette te helpen, waarom was ze dan niet meer in staat geweest om naar buiten te gaan? Annette had tijd genoeg gehad om de *Richmond Post* en een televisiezender te bellen, haar lippen te stiften en vervolgens veilig naar buiten te gaan.

Als er echt een sms'je was, dan was dat misschien niet bedoeld om haar de school in te krijgen – daar heeft haar bezorgdheid om Annette voor gezorgd – maar om haar daar te houden. Misschien was dat de reden dat ze op de bovenste verdieping van de school was. Want ze was twee etages boven Annettes kantoor toen ik haar vond.

Ze trilt en haar gezicht is vertrokken van pijn. Ze heeft hier nog geen enkele weerstand tegen opgebouwd.

'Ga naar binnen, liefje,' spoor ik haar aan, en ze doet wat ik zeg.

Ze heeft Ivo niet genoemd, en ik vraag er niet naar.

Ik bereik Sarah bij haar auto.

Twintig minuten later staan we weer voor Elizabeth Fishers door uitlaatgassen bevlekte huis. Sarahs Polo staat half op de smalle stoep. In het harde zonlicht reflecteert een olievlek op de weg zwarte, misvormde regenbogen.

Elizabeth kijkt verheugd als ze Sarah ziet. Ze gaat haar gastvrij voor naar haar piepkleine woonkamer.

'Ik heb gehoord dat de ouders van Sidley House u bloemen hebben gestuurd toen u er wegging,' zegt Sarah.

'Ridderspoor en wat fresiabollen met een heel lieve brief. Dat hadden mevrouw White en mevrouw Covey geregeld.'
'Zij dachten dat uw man op sterven lag.'
Elizabeth wendt haar gezicht af en ze kijkt beschaamd. 'Op de een of andere manier hebben ze dat verkeerd begrepen.'
'Hebt u ze niet verteld hoe het werkelijk zat?'
'Hoe kon ik dat nou doen na die prachtige bloemen en die vriendelijke brief. Hoe kon ik zeggen dat mijn man me had verlaten en dat ik was ontslagen omdat ik te oud was?'
De luchtvervuiling van de weg is de kamer binnengedrongen en de uitlaatgassen hangen zwaar in de warme lucht. Sarah pakt het contract van Elizabeth Fisher erbij.
'Ik heb een vraag waar ik uw hulp bij nodig heb,' zegt ze. 'In uw taakomschrijving staat een stuk over nieuwe aanmeldingen, het versturen van prospectussen en welkomstpakketjes en het regelen van inschrijfformulieren?'
Ik weet nog dat Elizabeth dat ook tegen Sarah had gezegd bij haar vorige bezoekje.
'Ja. Dat was een vrij lastige taak.'
'Bij uw opvolgster, Annette Jenks, behoort de toelating niet tot haar taak.'
Ik herinner me het transcript van Annette Jenks. Toentertijd was me alleen opgevallen dat ze niet ook schoolverpleegster was.
'Nee, nou, ik neem aan dat de nieuwe kracht niet de aanmeldingen hoeft te doen of althans...' Ze houdt op.
Opeens ziet ze er een stuk ouder en brozer uit.
'Kwamen er na het ongeluk op de speelplaats minder aanmeldingen?' vraagt Sarah.
Elizabeth knikt en haar stem klinkt heel zacht.
'De aanmeldingen werden niet direct minder. Dat gebeurde pas na dat artikel over het ongeluk in de *Richmond Post*. Ik zag het verband niet. Waarom heb ik in godsnaam dat verband niet gezien?'
'Kunt u me gewoon vertellen wat er gebeurde?' vraagt Sarah.
'We werden niet langer gebeld door nieuwe ouders. Voor die tijd kreeg ik twee of drie telefoontjes per week van ouders die belangstelling hadden. Sommige moeders waren nog maar net bevallen. Eén familie probeerde zelfs een plaats te reserveren terwijl de moeder nog zwanger was.

Maar nadat ze die onzin over Silas hadden geschreven, belde er niemand meer om inlichtingen in te winnen. Waarom zouden ze voor Sidley House kiezen terwijl er in diezelfde buurt nog twee andere privéscholen zijn die goede resultaten boeken en waar geen kinderen bijna overlijden op de speelplaats?'

'Hoeveel kinderen zouden er in september op Sidley House komen?'

'Toen ik de zaak kreeg, hadden we slechts zes kinderen voor de kleuterklassen in het komende schooljaar. De meeste ouders belden om af te zeggen. Die wilden hun aanbetaling terug. Sommigen belden niet eens, die waren te rijk of te ongemanierd om die moeite te nemen.'

Toen Adam naar Sidley House ging zaten beide kleuterklassen vol en stonden er vijftien kinderen op een wachtlijst voor het geval er een plaatsje vrijkwam.

'Wie wisten daarvan?' wil Sarah weten.

'Sally Healey. En de raad van bestuur, neem ik aan. Maar zij wilde de andere personeelsleden niet ongerust maken. Ze zei dat zij ervoor kon zorgen dat alles weer goed kwam.'

Elizabeth zit nu ineengedoken.

'Dank u wel. U bent heel behulpzaam geweest.'

'Ik geloofde haar. Toen ze zei dat zij ervoor kon zorgen dat alles weer goed kwam. Ze had het met de ouders van de huidige leerlingen gedaan, had ervoor gezorgd dat die allemaal bleven. Ik geloofde haar...'

Haar stem sterft weg en ze probeert zich weer in de hand te krijgen.

'Ze wilde niet dat iemand erachter zou komen,' zegt ze. 'Daarom heeft ze me ontslagen, nietwaar?'

Sarah en ik stappen in de auto. Bijna onmiddellijk begint de autotelefoon te rinkelen.

'Sarah?'

Mohsins stem klinkt anders. En hij noemt haar bijna nooit 'Sarah' maar altijd 'liefje' of 'schatje'.

'Ik wilde je bellen,' zegt ze, en ze zindert zowat. 'Ik ben net bij de vroegere secretaresse geweest. Degene die Annette Jenks heeft opgevolgd.'

'Je moet niet...'

'Ja, ik weet het. Dat had ik niet moeten doen. Maar luister nou,

Annette Jenks regelt de nieuwe aanmeldingen niet. Dat behoort niet tot haar taak, maar het was wel een belangrijk onderdeel van de taakomschrijving van Elizabeth Fisher. Dat was de reden dat Sally Healey van Elizabeth Fisher af wilde en daarom heeft ze een hersenloos wicht als Annette aangenomen...'

'Sarah, alsjeblieft. Luister naar me. Baker is gebeld door Sally Healey, die navraag deed naar jou. Hij heeft het over disciplinaire maatregelen.'

'Juist. Nou, dan kun je maar beter niet worden betrapt op heulen met de vijand.'

'Schatje...'

Ze hangt op. De telefoon gaat opnieuw over, maar ze neemt niet meer op.

Na drie dagen intense hitte, is de grasmat uitgedroogd en verschijnen er kale plekken. De azaleabloemen, die eerst bloeiend tot borsthoogte kwamen, liggen nu uitgedroogd op de grond.

De deur van Sally Healeys portakabin staat open. Haar gezicht glimt van het zweet en haar haren plakken tegen haar schedel.

Sarah klopt op de open deur. Sally Healey is zichtbaar verbaasd om haar te zien.

'Ik weet dat u een klacht tegen me hebt ingediend. En daar heb ik alle begrip voor. Dat is niet meer dan verdiend. Maar ik ben hier nu als Jenny's tante en de schoonzus van Grace.'

Sally Healey kijkt geschokt. 'Dat wist ik niet.'

'Als u wilt dat ik wegga, moet u het zeggen.'

Sally Healey zegt niks en lijkt ook nauwelijks te bewegen. De hete, vochtige lucht in de kleine ruimte lijkt op ons allemaal te drukken.

'Zullen we een stukje lopen om wat te praten?' vraagt Sarah. Ze stapt de container uit.

De andere vrouw wacht even en gaat dan ook naar buiten, naar Sarah.

Er staat een zacht briesje, waarop de vage echo van fluitjes, kinderstemmen en kleine voeten die op de grond stampen meedrijft.

Ze lopen om het grote speelveld heen en ik volg ze.

'U hebt me verteld dat de school op de sportdag vol zat,' zegt Sarah. 'En hoe hard u hebt gewerkt om daarvoor te zorgen.'

'Ja, en we zullen opnieuw beginnen, precies zoals ik zei. In de zomer ga ik gebouwen bekijken, en op 8 september zullen we de deuren weer openen, precies zoals op de schoolkalender staat en...'

'Maar in september komt er toch maar een handjevol nieuwe kleuters bij? En wellicht geen enkel kind in het jaar daarna en het jaar daarna.'

'Ik kan die kinderen terugkrijgen. Ik kan ervoor zorgen dat nieuwe kinderen zich aanmelden. Ik ga een studietoelage- en studiebeursstelsel opzetten. Me richten op gezinnen die anders niet naar een privéschool zouden gaan.'

Haar stem klinkt echter slap, uitgewrongen door de energie die nodig is voor een dergelijk optimisme.

'Delen de andere investeerders uw vertrouwen?' vraagt Sarah.

Sally Healey zwijgt.

'Ik stel me zo voor dat ze alleen zagen dat de school aan de rand van de financiële afgrond stond. Wat in september niemand meer zou ontgaan. Waarschijnlijk zou dan ook de rest van de school uiteenvallen. Niemand stuurt zijn kind naar een school die naar de knoppen gaat. Hebt u, of iemand anders, besloten om u te ontdoen van het personeelslid dat over de aanmeldingen ging? Om alles stil te houden?'

'Ze was te oud geworden voor het werk. Dat heb ik al gezegd.'

'Maar dat is toch zeker gelul?'

De passen van Sally Healey worden houterig. Ze reageert niet.

'Hebt ú dat verhaal verzonnen dat de man van Elizabeth Fisher op sterven lag?'

Mevrouw Healey zegt niets. Sarah voert hen nu naar de rand van het sportveld.

'U moet hebben geweten dat haar man bij haar weg was, anders zou uw list geen succes hebben gehad.'

'Ik had gehoord dat hij haar had verlaten.'

'Ik dacht dat u niet naar roddels luisterde.'

'Een lerares, Tilly Rogers, heeft het me verteld toen ze hoorde dat ik mevrouw Fisher wilde ontslaan. Ze hoopte dat ik daardoor van gedachten zou veranderen.'

'Maar in plaats daarvan hebt u die persoonlijke, pijnlijke informatie tegen haar gebruikt.'

Mevrouw Healey kijkt naar Sarah. 'Ik wilde niet dat zij contact zou opnemen met de ouders om hun te vertellen over de afname van het aantal aanmeldingen.'

'Dus hebt u ervoor gezorgd dat ze zich te diep schaamde om dat te doen.'

'We konden ons nu eenmaal geen negatieve publiciteit meer veroorloven. Ik ben niet trots op wat ik heb gedaan, maar het was noodzakelijk.'

'En vervolgens hebt u haar vervangen door een domme, jonge secretaresse die zeker niet zou merken dat zich geen nieuwe gezinnen aanmeldden?'

'Zo is het niet gegaan.'

'Volgens mij is het precies zo gegaan.'

We zijn bij de rand van het sportveld gekomen. Door de takken van de eikenbomen die de oprit omzomen, kun je net een glimp opvangen van het zwarte skelet van een school.

'En dit?' vraagt Sarah. Ze wendt zich tot mevrouw Healey met een harde uitdrukking op haar gezicht. 'Wiens idee was dit?'

'Daar heb ik niks mee te maken,' zegt Sally Healey. 'Helemaal niks! Ik heb jarenlang gewerkt om een school op te bouwen waar we trots op konden zijn.'

'Dus het was een investeerder die een brand wilde?'

'Niemand wilde een brand. Niemand!'

'Dat was toch de reden voor al die brandveiligheidsvoorzieningen? Zodat de verzekering zou uitbetalen?'

'Nee!'

'Niemand geeft een zak om Jenny en Grace. Het draait allemaal om dat kutgeld.'

Ze is hier als jouw zus en wanneer ze wil vloeken, heeft ze daar het volste recht toe.

Mevrouw Healey staart enkel naar haar school.

'Ik heb gehoord dat sommige kinderen al een plaats op een andere school hebben gekregen,' zegt ze, en haar stem klinkt nu heel zacht. 'Maar wie zal mij nog een baan geven? Nu ik mijn school heb laten afbranden en een van mijn onderwijsassistenten zo ernstig gewond is geraakt?'

'Een collega van me zal u formeel komen ondervragen,' zegt Sarah bruusk.

Tranen vermengen zich met het zweet op de wangen van mevrouw Healey.

'We zouden ons hier nooit meer van hebben hersteld, hè? Wat ik ook zou hebben gedaan.'

29

Via haar autotelefoon lichtte Sarah Mohsin in over de tikkende financiële tijdbom onder Sidley House. Tijdens haar relaas denk ik aan Paul Prezzner, de journalist van de *Telegraph*, die een gesprek met Tara had gevoerd. 'Waar het om gaat is dat het een bedrijf is. Een bedrijf waar miljoenen ponden in omgaan. En het is in rook opgegaan. Dat zou je moeten onderzoeken.'

Dat had Jenny ook gedacht.

'Het spijt me,' zegt Mohsin als Sarah klaar is. 'We zullen er direct een paar mensen op zetten. Gaan praten met het schoolhoofd, de investeerders natrekken. De hele santenkraam.'

'Dank je.'

'Ik laat je één uurtje alleen en je hebt een heel nieuw onderzoeksspoor.' Zijn stem klinkt liefdevol. 'Een nieuwe verdachte. Een nieuw motief.'

'Precies.'

Adam staat echt op het punt om vrijgepleit te worden. Dat zal hem toch zeker helpen? Dat zal er toch zeker voor zorgen dat hij weer kan praten?

Mohsin zwijgt en via de luidspreker kunnen we hem een paar keer diep adem horen halen.

'Baker heeft bepaald dat Davies contact met je zal opnemen over dat disciplinaire gesprek. Hij wil dat je vandaag om drie uur komt. Maar wellicht is dit voldoende om hem ervan af te laten zien.'

'Op de een of andere manier betwijfel ik dat. Weet je, ik laat het misschien niet merken, maar ik vind het heel erg dat ik mijn baan zal verliezen.'

'Zover zal het vast niet komen.'

'Daarmee zou ik er zelfs nog genadig afkomen. Maar waar het om gaat is dat er veel te veel is om me druk over te maken om echt te mer-

ken dat ik me daar ook zorgen om maak. Is Ivo al vertrokken?'
'Ongeveer twintig minuten geleden. Hij zou er nu wel moeten zijn.'

We komen weer bij het ziekenhuis, maar ik zie Jenny nergens.
Ik volg Sarah naar de ic.
Ivo en jij staan naast elkaar in de gang. Jij kijkt naar Jenny door de ruit, maar Ivo niet. Is jou dat opgevallen?
Nee, dat is geen kritiek op hem, want we vinden het allemaal onverdraaglijk om naar haar te kijken. Maar wij zijn haar ouders, dus wij hebben geen keus.
'Ik weet bijna zeker dat het om fraude ging, Mike,' zegt Sarah tegen jou.
Jij staart naar Jenny en draait je niet om naar Sarah.
'Weet je wie het heeft gedaan?'
'Nog niet. We zoeken het helemaal uit, om ervoor te zorgen dat het papieren spoor er is.'
Ze zegt niks over haar disciplinaire gesprek met Baker, dat het einde van haar loopbaan kan betekenen.
'Maakt het wat uit?' vraagt Ivo. Het is de eerste keer dat hij iets zegt.
'Wie dit heeft gedaan of waarom?'
Ik begrijp waarom het voor hem niet uitmaakt. Zal het wie of waarom haar lichaam herstellen, haar gezicht genezen? Vergeleken daarmee is alles toch onbelangrijk?
Niemand heeft hem nog verteld dat Adam ervan beschuldigd wordt, dat hij de reden is dat het wel belangrijk is.
Ivo draait zich om en loopt weg. De deuren van de ic vallen met een klap achter hem dicht.
Waar is Jenny?
Ik ga hem achterna en roep: *'Nee. Toe, ga niet weg.'*
Hij haast zich verder, en ik ga naast hem lopen.
'Ze meent het niet als ze zegt dat ze je niet wil zien. Dat wil ze alleen graag geloven om haar hart te beschermen, maar dat zal niet zo blijven. Ze wil je juist dolgraag zien. Ik ken haar namelijk heel goed, snap je? En ze aanbidt je.'
Hij komt bij de roltrap.
'Ze zal je komen zoeken. Binnenkort. Omdat ze dit niet veel langer zal volhouden. En dan zal ze je hard nodig hebben.'

Hij loopt snel door de gang op de begane grond naar de uitgang, zonder mij te horen.

'Je moet bij haar zijn.'

Hij draait zich niet om.

Ik gil naar hem: 'Doe haar dit niet aan!'

Hij bereikt de glazen wand bij de tuin. Hij blijft staan.

In de tuin zit Jenny op de smeedijzeren bank.

Hij kijkt naar haar door het glas, en hij staat er nu onbeweeglijk bij. Allerlei mensen lopen langs hem heen.

Hoe weet hij dat ze daar is? Hoe weet hij dat?

Hij zoekt even naar de deur, en vindt hem dan.

Net als hij naar buiten wil gaan, komt er een bewaker naar hem toe.

'Die tuin is niet om in te zitten. Hij is alleen om naar te kijken.'

'Ik moet naar die tuin.'

Ivo moet een beetje vreemd overkomen op de bewaker. Hij trilt, zijn gezicht is spierwit, maar in zijn ogen ligt een vreemde gloed.

'Als u buiten wilt zitten, neem dan de hoofdingang, meneer. Loop langs de weg en volg de bordjes naar het park.'

Ivo verroert geen vin.

De bewaker wacht even, maar besluit dan dat hij geen zin heeft om hier iets tegen te doen en loopt weg. Ik vraag me af of hij de afdeling psychiatrie zal bellen om te vragen of alle opgenomen patiënten wel aanwezig zijn.

Ik denk dit soort dingen zodat ik Ivo's emotie niet hoef te voelen, die het glas tussen hen lijkt te verbrijzelen. Geen stortvloed van hormonen uit overstromende tienerklieren, zoals ik vroeger bevoogdend dacht, maar iets wat teerder, lichter en puurder is: liefde die nog jong is.

Ik had het ook mis wat hem betreft. Verschrikkelijk mis. Ik wantrouwde hem omdat hij een ander type was dan jij. En omdat ik liever een knagende achterdocht en scepsis voelde dan verscheurende afgunst.

Toen Jenny me vertelde dat Ivo en zij naar elkaars gezicht hadden zitten staren in Chiswick Park, had ik geprobeerd om de manier waarop jij ooit naar mij had gekeken te begraven: *'Onze blikken draaiden, en vervlochten zich/Onze ogen, aan één dubbele draad.'*

Maar op een gegeven moment – hoe lang geleden? Is het plotseling of geleidelijk gebeurd? – is de dubbele draad veranderd in een waslijn van huiselijkheid.

Wie zal er een hele middag naar mijn gezicht van negenendertig jaar oud staren?

Diep vanbinnen moet ik altijd hebben geweten dat dit om mij draait en niet om hem.

Dat het kijken naar Ivo, met Jenny, hetzelfde was als kijken naar wat ik kwijt was.

'O, doe normaal!' zegt mijn kinderjuffrouwstem. 'Houd eens op met dat gejammer! Lieve hemel, je bent een negendertigjarige moeder van twee kinderen, wat verwacht je nou eigenlijk?' Ze heeft gelijk. Het spijt me.

Ivo gaat de verboden tuin in.

Hij loopt naar Jenny toe.

Maar zij vertrekt gehaast.

'Jenny?' zeg ik.

'Ik wil dat hij me met rust laat.'

Ik kijk haar aan, en ik begrijp het niet.

'Ik wil hem niet zien! Dat heb ik je toch gezegd?'

Ze loopt snel door, weg van de tuin en Ivo.

Hij kijkt om zich heen, alsof hij haar zoekt. Dan gaat hij ook weg, verward en gekwetst. Alsof hij weet dat hij haar kwijt is.

En misschien ben ik haar, in zekere zin, ook kwijt.

Want ik begrijp haar niet, Mike.

Ik ken haar niet, terwijl ik dacht dat ik haar wél kende.

Ivo wacht bij de tuin in de hoop dat ze zal terugkomen. En ik wacht ook. Maar ze is in geen velden of wegen te bekennen.

Ik weet niet precies hoe lang we hier nu zitten, en er is nog altijd geen teken van Jenny, maar ik heb Mohsin net gehaast door een gang boven zien lopen.

Als ik hem inhaal, staat hij met Sarah te praten.

'Ik heb geprobeerd je op je mobieltje te bellen, maar dat is uitgeschakeld.'

'Die zijn niet toegestaan in de buurt van de ic.'

'Dat fraudespoor leidt echt ergens toe. Het schoolhoofd geeft een verklaring die bevestigt wat jij hebt gezegd, en Davies heeft de investeerders aan een nader onderzoek onderworpen. De Whitehall Park Road Trust Company heeft dertien jaar geleden twee miljoen pond in Sidley House School gestoken.' Hij zwijgt even. 'Die trust is eigendom van Donald White.'

De fraudeur heeft nu een gezicht, een gezicht dat eerder vaderlijk warm had geleken, maar onder de ziekenhuislampen en een kritische blik hard is geworden.

'Dat past precies bij jouw vermoedens,' gaat Mohsin verder. 'Als hij in staat is tot huiselijk geweld, is hij vast ook in staat tot brandstichting.'

Hij slaat zijn arm om Sarah heen.

'Baker is de getuigenverklaring tegen Adam aan het "herevalueren". Dat is geheimtaal voor dat hij het heeft verknald. Op dit moment gelooft hij, net als wij allemaal, trouwens, dat dit fraude was. En dat Adam geen enkele rol heeft gespeeld bij de brandstichting.'

Opluchting voelt als een koele wind, een balsem. En ik zie dat Sarah dat ook voelt. Ik zou het liefst naar jou toe rennen en het je vertellen.

'Donald White kan Jenny hebben aangevallen tijdens die eerste nacht,' zegt Sarah. 'Toen er met haar zuurstof is geknoeid. Zijn dochter lag ook in het brandwondencentrum. Als hij zou zijn ontdekt, zou niemand zich af hebben gevraagd wat hij daar deed.'

'Baker heeft hem laten oppakken voor verhoor,' zegt Mohsin. 'Ik ga nu met Maisie en Rowena White praten. Kijken of zij licht kunnen werpen op wat papa heeft gedaan.'

Ik ga met Mohsin naar het brandwondencentrum en we lopen naar Rowena's kamer.

Maisie is bij haar en haalt net wat toiletspullen uit een gebloemde toilettas.

'... en ik heb je Clinique-zeep meegenomen en die lekkere badzeep...' Dan ziet ze Mohsin en ze houdt op met praten. Ik vind dat ze bang kijkt.

'Maisie White?' Hij steekt haar zijn hand toe. 'Ik ben hoofdagent van de recherche Farouk.' Hij richt zich tot Rowena. 'En jij bent Rowena White?'

'Ja.'

'Ik wil jullie allebei graag een paar vragen stellen.'

Maisie doet een stap in de richting van Rowena.

'Ze is niet echt in staat om...'

'Daarom heb ik niet gevraagd of jullie naar het bureau willen komen, maar ben ik hiernaartoe gekomen om met jullie te praten.'

Rowena legt haar ingezwachtelde handen losjes op die van haar moeder.

'Mama, het gaat best met me. Echt waar.'

'Ik heb begrepen dat meneer White een investeerder was in Sidley House School,' zegt Mohsin.

'Ja,' zegt Maisie, en haar stem klinkt vreemd gespannen.

'Waarom heeft hij zijn eigen naam niet gebruikt?'

'We wilden het geheim houden.' Maisie kijkt bezorgd. 'Waarom vraagt u daarnaar?'

'Wilt u gewoon mijn vragen beantwoorden? U vertelde net dat u de investering geheim wilde houden?'

'Ja. Ik bedoel, we wilden niet dat Rowena anders zou zijn dan de andere kinderen toen ze op school zat. We wilden niet dat iemand zou denken dat ze werd voorgetrokken of zo. En ik, nou, ik had daar een paar heel goede vriendinnen. Ik wilde niet dat zij op hun woorden zouden letten als ze iets over de school zeiden. En zo voelde het ook al heel snel. Ik bedoel, Donald had het geld geïnvesteerd en toen zijn we dat allemaal weer min of meer vergeten.'

'Jullie zijn een investering van twee miljoen pond vergeten?' vraagt Mohsin.

'Zo bedoelt mama het niet,' zegt Rowena. 'Het was meer dat we de school scheidden van de financiële investering van papa.'

Maisie bloost en ik vermoed dat ze zich een sufferd voelt. En ik heb medelijden met haar omdat ik haar geloof. Ze heeft het vast weggemoffeld en is gewoon een van de moeders op de school gebleven.

'Maar het moet toch inkomsten hebben opgeleverd?' vraagt Mohsin.

'Heel lang niet,' zegt Maisie. 'Het brengt pas sinds kort wat op.'

'Het is onze enige bron van inkomsten geweest om precies te zijn,' zegt Rowena. 'Papa's andere bedrijven hebben de recessie niet goed doorstaan.'

'Wist u dat u op het punt stond om dat alles te verliezen, plus de inkomsten die het opleverde?'

'Ja,' zegt Rowena meteen. 'We hebben het als gezin besproken.' Ze probeert de volwassene te zijn, de verstandige.

'Zo belangrijk was het niet,' zegt Maisie. 'Hoewel ik weet dat dat dom klinkt. Maar geld is immers niet alles? En we zullen ons wel redden. Ik bedoel, we zullen het huis moeten verkopen, kleiner gaan wonen of iets huren. Maar in het grote geheel draait geluk toch niet om de plek waar je woont? En Rowena is nu klaar met school, dus we hoeven geen schoolgeld meer te betalen. Dat was enige wat echt moeilijk zou zijn geweest om te veranderen. Als zij naar een andere school had gemoeten.'

'En hoe denkt uw man hierover?'

'Die is teleurgesteld,' zegt Maisie zacht. 'Hij wilde Rowena alles geven. In haar tweede jaar op Oxford mag ze niet langer op de universiteit wonen en Donald was van plan om een eigen flatje voor haar te kopen. We wilden niet dat ze in een of ander onveilig studentenhuis zou wonen dat mijlenver van haar colleges was. En bovendien dachten we dat het een goede investering zou zijn. Maar het is duidelijk... Nou, dat is onmogelijk. Arme Rowena, dat was een hele klap.'

Ik vermoed dat er best een duisterder reden voor kan zijn dat Donald een flat wilde kopen voor Rowena. Wilde hij haar blijven controleren, onder het mom van vrijgevige vader?

'Dat van die flat kan me niet schelen,' zegt Rowena. 'Echt niet. Het maakt me niks uit.'

'En ze zal een studielening moeten afsluiten en een baantje moeten nemen tijdens haar studie,' zegt Maisie. 'En dat is moeilijk. Ik bedoel, als je ook studeert. Voor mezelf kan het me niet schelen. Eigenlijk heb ik altijd al een baan willen hebben.'

'Mama, dat wil die agent toch niet allemaal weten.'

'Geloof jij dat je vader alleen teleurgesteld was?' vraagt Mohsin aan Rowena.

Maisie antwoordde snel in haar plaats. 'Hij was natuurlijk ook van streek. Maar niemand kon er iets aan doen.'

'Ik moet u vertellen dat uw man voor ondervraging naar het politiebureau van Chiswick is gebracht.'

'Ik begrijp het niet.'

Rowena ziet bleek. 'De brand, mama. Ze moeten denken dat het fraude is.'

'Maar dat is belachelijk!' zegt Maisie. 'Hij heeft ooit een keer voor de grap gezegd dat hij de school zou afbranden, maar dat was een geintje. Als je het serieus van plan bent, maak je daar toch zeker geen grapjes over?'

'Ik wil u later graag even onder vier ogen spreken, mevrouw White, maar nu wil ik Rowena een aantal vragen stellen.'

'Zij heeft er niks mee te maken. Niks.'

'Rowena? Wil je met me praten zonder...?'

Ik zie dat Rowena Maisie in de ogen kijkt.

'Ik wil graag dat mama blijft.'

Voorzichtig en attent, ondervraagt Mohsin Rowena over Donald. Maar elke kant die de vragen op gaan wordt geblokkeerd door Rowena's loyaliteit. Nee, hij heeft zijn geduld nooit verloren. Nee! Hij zou haar nooit pijn doen, op welke manier dan ook. Hij is een toegewijde vader.

Terwijl ik naar Rowena's ernstige stem luister, bedenk ik hoe anders ze is dan Jenny. Niet alleen door haar ernst en datgene wat ze in haar leven heeft meegemaakt, maar zelfs door de woorden die ze kiest. Geen van die woorden staat in dat woordenboek dat Jenny voor mij heeft gemaakt. Ik vraag me af hoe vaak ze met leeftijdgenoten praat. Heeft ze eigenlijk wel vrienden?

'U hebt het helemaal mis!' barst ze uiteindelijk los. 'Papa heeft niks gedaan. Hij zou nooit iemand kwaad doen. U zit er helemaal naast!'

Als Rowena begint te huilen, slaat Maisie haar arm beschermend om haar heen.

Maisie en zij hebben hem door de jaren heen allebei beschermd, en het kan niet anders dan dat ze dat nu ook doen.

Jenny had gedacht dat Rowena een brandend gebouw in was gerend zodat Donald trots op haar zou zijn, maar misschien had ze het gedaan om hem opnieuw te beschermen, om de schade die hij had aangericht te minimaliseren.

Ik had geloofd dat er liefde voor nodig was om iemand te bewegen die brandende school in te gaan. Misschien is zij er naar binnen gegaan uit liefde voor haar vader, ook al verdiende hij die niet.

Zichtbaar gefrustreerd rondt Mohsin zijn ondervraging af. Maisie gaat naar het politiebureau ook al heeft Mohsin haar gezegd dat ze niet bij Donald in de buurt zal mogen komen. Ik begrijp niet waarom ze zo loyaal aan hem is. Niet nu Rowena ook gewond is. Ik begrijp het gewoon niet.

Maar dat doet er niet toe. Het hoe en waarom is niet belangrijk. Adam is vrijgepleit.

Jij zit zwijgend naast mijn bed. Ik weet niet precies wat ik had verwacht, waar ik op had gehoopt, niet direct een glimlach op je gezicht, maar wel een soort lichamelijke ontspanning nu Adam van alle blaam is gezuiverd. Maar je spieren staan zo strak dat je lichaam onnatuurlijk stijf lijkt, als een marionet.

Waar is de man uit de tearoom in Cambridge die klimmend, abseilend en wildwatervarend door het leven wilde gaan?

Als ik bij het bed kom, vertel jij me net over de verzekeringsfraude; dat Adam niet langer wordt verdacht. 'En dat werd verdomme tijd ook!' Even klinkt je stem energiek, maar meer opluchting dan dat heb je niet. Want er is geen hart gevonden voor Jenny en ik lig nog altijd in coma.

Dan houd je me voor dat er een hart gevonden zál worden voor Jen, en dat ik wakker zál worden. En die man zit hier naast me. Geen marionet, maar een klimmer. Wat stom van me om te denken dat jij je nu helemaal zou kunnen ontspannen; ongevoelig en dom. Jij hebt elke vezel van je kracht nodig om ons allebei tegen die berg van hoop op te dragen, ons gewicht is het gewicht van jouw liefde voor ons, een bijna onmogelijke last.

Het spijt me vreselijk wat ik eerder over Ivo heb gedacht. Want wij houden van elkaar, en dat weet ik heel goed. Niet met die intense, volmaakte jonge liefde die we ooit hadden, maar met iets wat sterker en duurzamer is. Onze liefde is samen met ons ouder geworden; minder mooi, inderdaad, maar veel gespierder en robuuster. Getrouwde liefde, gebouwd voor de eeuwigheid.

Ik ga met je mee terug naar de ic, waar Sarah en jij de wacht aflossen bij Jenny's bed. Donald mag dan in voorlopige hechtenis zijn genomen, jij hebt geweigerd om op te houden haar te bewaken.

'Pas als die klootzak heeft bekend. Pas als we het heel zeker weten.' Het kan zijn dat jij je verdenkingen jegens Silas Hyman moeilijk kan laten varen, ondanks al het bewijs tegen Donald. Jij hebt een geschreven bekentenis nodig, iets tastbaars, voor jij je post zal verlaten.

Net als ik, hoop jij vermoedelijk elke keer dat je haar afdeling verlaat en weer terugkeert dat er een nieuw hart is gevonden. En dat die kans groter wordt omdat jij er niet bent, want als je ergens op wacht dan gebeurt het niet; maar dan op een schaal van leven en dood.

Er is niks veranderd.

Jenny staat voor de ic.

'Geen hart?' vraagt ze, en vervolgens zwijgt ze even. 'Dat klinkt net als een bod bij een spelletje bridge.'

'Jen...'

'Ja, ja. Galgenhumor. Sorry. Tante Sarah belt Addie en oma G.' Haar gezicht vertrekt. 'Hij gaat vrijuit, mam.' Haar opluchting uit zich in tranen. Haar liefde voor Addie is een solide zekerheid die nooit zal veranderen.

'Even over Ivo, Jen...'

Ze stapt abrupt bij me vandaan. 'Ga me nou niet uithoren. Alsjeblieft.'

Ze loopt snel weg en ik kijk haar na.

Ik meen een glimp op te vangen van iemand in een blauwe jas, die de lift uit stapt. Ik haast me naar hem toe.

Is hij dat, de man die een hoek omgaat naar de ic? O, god, was jij hier maar.

Ik begin te rennen om hem in te halen.

Een groep artsen gaat de ic op en ik zie niemand in een donkere jas.

Misschien is dat hem, de persoon die vlug wegloopt, half aan het zicht onttrokken door een portier die een brancard met een patiënt duwt.

Maar ze kunnen Donald nu toch nog niet al hebben vrijgelaten? Nee, toch?

Nu is er niks meer te zien. De gangen zijn leeg, en in de lift staan slechts twee verpleegsters.

Ik kan niet met zekerheid zeggen dat ik hem heb gezien. Ik zie vast spoken.

Op de parkeerplaats staat Mohsin op Sarah te wachten.

'Het maakt een heel slechte indruk om te laat te komen voor je eigen disciplinaire gesprek,' zegt hij plagend. Maar ze glimlacht niet.

'Addie praat nog steeds niet,' zegt ze.

Maar nu iedereen weet dat hij onschuldig is, zal hij zich toch zeker een stuk prettiger voelen? Nu kan hij zich toch op zijn minst afwenden van het brandende gebouw?

'Ik had Georgina net aan de lijn,' zegt Sarah. 'Ik dacht dat als hij weet dat hij is vrijgesproken, dat het de zaken voor hem zou veranderen, maar...'

Hiervoor heeft ze altijd netjes gepraat en haar zinnen afgemaakt zoals het hoort, maar hier is niets nets aan.

'Gun hem nog wat tijd. Misschien is het nog niet echt tot hem doorgedrongen.' Sarah en ik klampen ons vast aan zijn woorden.

Hij rijdt haar naar het bureau. In de auto is het nevelig van de hitte en de ventilatoren blazen nutteloos hete lucht naar binnen. De hittesluier op het asfalt zorgt voor een luchtspiegeling. Sarah blijft een poosje zwijgen.

'Ze zeggen dat Grace' hersenfuncties zijn uitgevallen,' zegt ze dan plotseling.

'Maar jij zei...'

'Ik was een lafaard.'

Ik wil het uitschreeuwen dat ik hier ben, alsof ze me opeens zullen ontdekken en zich zullen schamen.

'Ik heb ruzie met ze gemaakt. Gezegd dat ze onzin verkochten. Omdat ik het niet kan verdragen als Mike haar zal verliezen, dat hij dat moet meemaken.'

Mohsin legt zijn hand op de hare tijdens het rijden, en dat doet me aan jou denken.

'Toen mama en papa stierven, heb ik hem beloofd dat er nooit meer iets ergs zal gebeuren.'

'Maar hoe oud was jij toen helemaal? Achttien?' vraagt Mohsin.

'Ja. Maar ik ben het blijven geloven. Tot woensdag. Ik dacht dat hem verder geen nare dingen zouden overkomen, omdat hij al iets afschuwelijks had meegemaakt. Alsof vreselijke dingen, mensen verliezen van wie je houdt, rechtvaardig worden verdeeld. Jezus, als politieagent had ik beter moeten weten. En nu is het te veel voor hem. En ik kan niks doen. Ik kan het niet beter voor hem maken.'

Ik besef ten volle dat ze van je houdt als een moeder, zoals ik van Jenny en Adam houd.

Op het bureau worden de jassen uitgetrokken en de riemen losser gedaan vanwege de hitte. Sarah gaat naar het kantoor van adjudant Baker en doet de deur achter zich dicht. Er is geen reden meer voor mij om haar nog te schaduwen nu we weten wie de brandstichter is, en Adam niet langer de schuld krijgt, maar ik wil bij haar zijn als ze de wind van voren krijgt.

Ik wil gewoon bij haar zijn.

Bakers pafferige gezicht glimt van het zweet en zijn te strakke kleren kleven aan zijn dikke lijf. De stilstaande lucht ruikt naar zweet.

Hij kijkt op als ze binnenkomt en zijn stem klinkt kortaf.

'Ga zitten.'

Hij gebaart naar een plastic stoel, maar Sarah blijft staan. Ze loopt naar hem toe.

'Is het je nu dúídelijk dat dit geen zaak is van een kleine jongen die met lucifers heeft gespeeld?' Baker en ik schrikken van haar woede.

'Hoofdagent van de recherche McBride, u bent hier om...'

'Je bent Adam een formeel en openbaar excuus schuldig.'

Haar opgekropte, razende energie doet me aan jou denken.

'Dit gesprek gaat over uw gedrag. Over...'

'Ga je je vermeende "getuige" aanklagen voor wat hij of zij Adam heeft aangedaan?'

Heeft Sarah haar carrière al afgeschreven? Is ze daarom deze kamer laaiend van woede binnengekomen, omdat ze toch niks te verliezen heeft?

'Dit gesprek is niet bedoeld om de zaak te bespreken of wat u hebt ontdekt via uw onwettige methoden. Het doel heiligt de middelen niet, hoofdagent. Zelfs voor PACE zouden de dingen die u hebt gedaan absoluut niet door de beugel hebben gekund. Ik begrijp heel goed dat u onder enorme emotionele druk staat, maar dit valt niet goed te praten. Alle hervormingen in de afgelopen vijfentwintig jaar hebben ervoor gezorgd dat de politie haar onderzoeken volgens het boekje moet doen. En terecht.'

'Maar jij hebt het boek meteen aan de achterkant opengeslagen en zelf bepaald wat het einde was, zonder de moeite te nemen om het werk te doen om die conclusie te kunnen trekken. Zonder de moeite te nemen om ook maar iets te onderzoeken. Door jouw luiheid en overduidelijke domheid had een kind hier de rest van zijn leven de schuld van kunnen krijgen terwijl de echte dader er ongestraft van afkwam.'

'Vraagt u me nu om een wederzijdse overeenkomst van stilzwijgen? Probeert u me in feite te chanteren, hoofdagent?'

Wat ik beschouw als niets te verliezen, ziet hij als chantage.

'Gelukkig,' gaat hij verder, zijn stem ijzig in de hete kamer, 'heeft degene die de klacht tegen u had ingediend die een uurtje geleden ingetrokken.'

Wellicht heeft mevrouw Healey medelijden gekregen met Sarah toen ze wist dat ze Jenny's tante en mijn schoonzus was. Of dacht ze dat de politie milder voor haar zou zijn als ze aardig was voor een mede-agent.

'Maar dat doet niets af aan de ernst van uw wangedrag...' vervolgt Baker, maar hij wordt onderbroken door een klop op de deur. Penny Pierson, de agente met de scherpe gelaatstrekken, komt binnen.

'Wat is er?' grauwt Baker.

'Silas Hyman heeft woensdagavond een DNA-monster afgestaan toen we hem ondervroegen over de brand. Zijn DNA kwam niet overeen met iets wat op de plek van de brand is gevonden, maar het is wel ingevoerd in onze database.'

'Nou en?' vraagt Baker ongeduldig.

Penny draait zich naar Sarah en ik meen een glimp van verontschuldiging op haar gezicht te zien.

'Het DNA van Silas Hyman komt overeen met het zaad in het condoom dat naar Jennifer is gestuurd.'

30

'We zijn er nu zeker van dat Silas Hyman de haatbrieven naar Jennifer Covey heeft geschreven,' vervolgt Penny. 'Het condoom hoorde bij de briefterreur. We vermoeden dat Hyman Jennifer Covey ook heeft aangevallen met de rode verf. Daarom moeten we ons serieus afvragen of hij ook met haar zuurstof heeft geknoeid. Dat kan een escalatie zijn geweest van zijn eerdere aanval met rode verf.'

Ik had het volledig mis toen ik had gedacht dat Silas Hyman een te intelligente, te subtiele persoonlijkheid had om letters uit te knippen en op een A4'tje te plakken, laat staan een gebruikt condoom en hondenpoep door de brievenbus te doen.

En ik weet nog dat hij stond te flirten met de knappe verpleegster. Een glimlach en bloemen, meer was er niet voor nodig om binnen te komen op een zogenaamd veilige afdeling.

'Je moet direct iemand naar Jenny sturen om haar te laten bewaken,' zegt Sarah.

Misschien zag ik toch geen spoken.

Baker verschuift wat op zijn zweterige stoel. 'Er is geen enkel bewijs dat ze bewaakt moet worden. Het was een kapotte buis. Die dingen gebeuren.'

'Omdat ze door jouw incompetentie onbeschermd was,' zegt Sarah tegen hem. 'Want als jij je niet had laten overhalen om te geloven dat een jongen van acht...'

'Zo is het genoeg!'

Hij heeft tegen haar geschreeuwd en volgens mij is Sarah daar blij mee. Ik denk dat ze wel wilde dat hier wat geschreeuwd werd.

Hij kijkt naar Penny. 'Arresteer Silas Hyman voor de haatbrieven en ondervraag hem ook over de aanval met verf op Jennifer Covey.' Hij richt zijn blik op Sarah. 'Ik zal te zijner tijd bepalen welke stappen tegen jou moeten worden ondernomen.'

'En de bewaker bij Jenny?' vraagt Penny, waarmee ze mijn respect verdient. Het ergert Baker echter duidelijk dat twee vrouwen de confrontatie met hem aangaan.

'Ik heb mijn besluit al gemeld. Er is geen enkel bewijs voor geknoei. Als jullie blijven volharden in jullie paranoia, dan wijs ik erop dat de afdeling intensive care bijzonder veel verplegend personeel op het aantal patiënten heeft. Donald White zit vast voor de brandstichting en Silas Hyman zal binnenkort worden gearresteerd voor de briefterreur en eventueel ook voor de aanval met verf.'

'Als we hem kunnen vinden,' zegt Penny.

Sarah belt om te vragen of alles goed is met Jenny en om jou over Silas Hyman te vertellen. Ik kan jouw reactie niet horen.

Ze voegt zich bij Penny op de parkeerplaats van het bureau.

'Ik heb navraag gedaan bij Sally Healey,' zegt Penny. 'Jennifer was vorige zomer onderwijsassistente bij Hyman. Toen moeten ze elkaar hebben leren kennen.'

Dit wil ik niet horen, maar ik weet dat het niet zal ophouden, omdat Jenny nu in forensisch opzicht een link heeft met Silas Hyman.

Ik weet nog dat hij Jenny vorige zomer in vertrouwen heeft genomen over zijn mislukte huwelijk. Of althans, een huwelijk waarvan hij zei dat het was mislukt. Hij was dertig en nam een meisje van zestien in vertrouwen. Dat had ik min gevonden, maar meer ook niet, want ze was toch zeker veel te jong om er meer achter te zoeken?

Ik weet nog dat Jenny het opnam voor 'Silas', zelfs toen ik hem, net als jij, met argwaan was gaan bekijken. Maar ze is van nature eerlijk en ze staat open voor mensen, wat zowel een charmante als een sterke eigenschap van haar is.

Elke keer dat ik voorzichtig aan een mogelijke relatie tussen hen denk, trek ik me haastig terug.

Maar ik ken haar niet langer goed genoeg om met zekerheid te zeggen dat het onmogelijk is.

Daarom glijd ik langs de omtrek van een ontkenning van een relatie tussen Jenny en Silas Hyman, niet in staat het volmondig te ontkennen, hoe graag ik dat ook wil.

Sarah stapt in de auto naast Penny; er is een stilzwijgende overeenkomst dat Sarah erbij hoort te zijn wanneer Silas Hyman wordt gearresteerd.

'Geloof jij nog steeds dat Donald White de brandstichter is?' vraagt Sarah als ze onderweg zijn.

'Ja. Na jouw eenpersoonsonderzoek wel.' Penny glimlacht flauwtjes. 'We gaan er voorlopig van uit dat het om fraude ging.'

'Dus we behandelen het nog steeds als twee afzonderlijke zaken.'

Ik ben blij dat ze 'we' zegt; misschien zal Baker haar er toch niet uit gooien.

'Ja. De persoon die Jenny de haatbrieven stuurde, die we nu hebben geïdentificeerd als Silas Hyman, moet ook de rode verf hebben gegooid. En Donald White heeft de brand gesticht om het verzekeringsgeld op te strijken.'

'Laten we eens kijken hoe ver Mohsin daarmee is,' zegt Sarah, en ze belt hem op.

'Hoi, schatje. Ik heb gehoord wat er bij Baker is gebeurd,' zegt hij. 'Dat hebben we allemaal gehoord. Het klonk als een rugbywedstrijd bij zijn deur toen je daarbinnen was.'

'Ja.'

'Iedereen denkt dat hij het erbij zal laten.'

'Misschien wel. Heb je nog iets uit Donald White gekregen?'

'Niks. Hij doet zijn mond niet open en wacht op zijn dure advocaat. Maar zijn vrouw zorgt voor herrie. Heel liefjes en beleefd, dat wel. Zij beweert dat hij op de middag van de brand in Schotland was.'

'Zij zou alles zeggen wat hij wil,' zegt Sarah.

'Ja. De technische jongens hebben Jenny's mobieltje onderzocht. Ze denken dat er twee berichten zijn verwijderd. Die proberen ze terug te halen, maar ze weten niet zeker of dat mogelijk is.'

'Oké.'

'We zullen allemaal naar het ziekenhuis gaan om haar te bezoeken,' zegt Mohsin. 'Een beleefdheidsbezoek. Met een rooster.'

Hij biedt Jenny heimelijke politiebescherming aan.

'Er mogen geen ongeoorloofde bezoekers bij haar komen,' zegt Sarah. 'Risico op infecties. Het zal officieel moeten. Maar Mike is bij haar.'

Ze bedankt hem en maakt een einde aan het gesprek.

'Waarom zou Silas Hyman vrijwillig zijn DNA hebben afgestaan?' vraagt ze aan Penny. 'Hij moet hebben geweten dat we het zouden natrekken.'

'Misschien wist hij niet dat we het ook met andere zaken zouden vergelijken en dat het een grote database is. Of hij ging ervan uit dat het onderzoek naar de haatbrieven voorbij was of dat we er niet al te veel moeite voor zouden doen. Maar zonder dat DNA zouden we hem niet hebben gepakt. De bewakingsbeelden leverden niks op. Baker zal me waarschijnlijk een uitbrander geven omdat ik daar opsporingscapaciteit aan heb verspild.'

'Vast wel. Hoeveel uren heb je precies aan die beelden van de bewakingscamera besteed?' vraagt Sarah plagend.

'Veel te veel,' antwoordt Penny met een glimlach. Maar hun scherts klinkt gemaakt, het is een camaraderie die niet echt overtuigend is.

We rijden in stilte verder en de politieradio en de airco sissen op verschillende toonhoogtes. Ik zie een gespannen blik op Sarahs gezicht.

'Kun je me vertellen wie de getuige is die Adam heeft gezien?' vraagt ze.

'Nog niet. Het spijt me. Baker zou...'

'Ja?'

'Zodra we toestemming hebben, zal ik het je zeggen.'

Ik vraag me af of er ooit iemand zal zijn voor wie Penny genoeg liefde voelt om de regels te overtreden, laat staan haar carrière op het spel te zetten – compleet te torpederen – zoals Sarah dat voor Adam heeft gedaan. Ik kan het me niet voorstellen. Maar ja, er is ook een tijd geweest dat ik me niet kon voorstellen dat Sarah dat zou doen.

Bij het huis van Silas Hyman stopt er een andere politiewagen achter ons. Een jonge geüniformeerde agent, het schoolvoorbeeld van een bobby met blozende wangen, stapt uit en jogt enthousiast naar Hymans deur en belt aan. Penny volgt langzamer.

Natalia doet open en ik voel de claustrofobie van de verstikkende flat naar buiten sijpelen. Ze ziet er furieus en vermoeid uit.

'Waar is uw man?' vraagt de jonge agent.

'Op een bouwplaats. Hoezo?'

'Welke?'

Ze kijkt naar de twee politiewagens voor haar huis.

'Waar gaat dit om?'

Penny loopt langzaam naar hen toe en staart Natalia aan.

'Jij was het,' zegt ze tegen de vrouw. 'Niet je man. Jij.'
Natalia doet een stap bij haar vandaan. 'Waar heb je het over?'
'Ik heb je op de bewakingsbeelden,' zegt Penny. 'Terwijl je een van je gemene brieven op de bus doet.'
'Het is toch zeker niet verboden om een brief te posten?'
Maar ze deinst achteruit, het huis in.
Penny legt een hand op haar schouder om te voorkomen dat ze nog verder terugloopt.
'Ik arresteer je op grond van de wet op opzettelijk kwaadaardige communicatie. Je hoeft niks te zeggen, maar het kan je verdediging schaden als je nu iets verzwijgt waar je je tijdens je rechtszaak op verlaat.'
Ik herinner me het stripboek van Pieter Post in Silas' auto, die dag in de ondergrondse parkeergarage van het ziekenhuis. Stonden daar rode, vrolijke woorden in voor zij ze in stukken heeft gesneden tot letters en ze heeft herschikt tot haat?
En de hondenpoep. Is ze met een schep en een doosje naar buiten gegaan? Hun huis ligt slechts drie straten bij het onze vandaan. Het is heel simpel om het persoonlijk af te leveren en weer naar huis te gaan.
Andere keren heeft ze haar walging, verspreid door heel Londen, op de bus gedaan. Was dat om haar alom aanwezig te laten lijken? Of om te verhullen waar ze echt woonde?
Ik denk niet aan het condoom. Nog niet. Nog niet.
Maar ik denk wel aan de rode verf in Jenny's lange, blonde haar. Typisch iets voor een vrouw.
En wie zou er op een afgematte moeder met kinderen in een winkelpromenade letten? Ze zou zijn opgegaan in de menigte.
Nu verschuift mijn aandacht naar de persoon in de blauwe jas, die voorovergebogen over Jenny stond en aan de zuurstoftoevoer knoeide. De gestalte had een vrouw kunnen zijn. Ik zag alleen een rug, en dan nog van een afstand. Maar hoe kan Natalia op een gesloten afdeling zijn gekomen? En stelde haar haat haar in staat tot moord?

Natalia zit achter in Penny's auto, met Sarah naast zich.
Een poosje zegt niemand iets. Natalia plukt aan een draadje in haar gordel. Dan zet Penny de airco uit en zonder dat geruis is het ineens heel stil in de auto.

'Nou, waarom heb je het gedaan?' vraagt Penny.

Natalia zwijgt en plukt nog steeds aan het draadje, en ik heb het idee dat ze popelt om te praten.

Het wordt warm in de auto, alsof stilte haar eigen temperatuur kent.

Ik weet nog dat Sarah tijdens een etentje vol aandachtige toehoorders heeft verteld dat de beste tijd om 'info uit een verdachte te krijgen' is als je hem net hebt gearresteerd, voor je op het bureau bent; voor ze tijd hebben gehad om na te denken of hun situatie in te schatten.

'Je houdt van hem, hè?' vraagt Sarah, en er klinkt een licht sarcasme door in haar woorden.

'Hij is een klootzak. Zwak. Nutteloos. Hij heeft mijn leven verpest.'

Haar woorden lijken zich te vermengen met de hitte in de auto en zorgen voor een waas van afkeer.

'Waarom dan al die moeite met die haatbrieven?' vraagt Penny. 'Als je hem niet eens mag?'

'Omdat die klootzak van mij is, nou goed?' snauwt ze.

Ik weet nog dat ze het woord 'mijn' licht benadrukte in 'mijn man'. Niet uit loyaliteit, maar uit bezitterigheid.

Ik denk aan Jenny's woorden: *'Ze noemde hem een loser. Ze zei dat ze zich voor hem schaamde. Maar ze wil niet van hem scheiden.'*

Silas Hyman had de waarheid verteld.

'Het schoolhoofd, Sally Healey, zei tegen me dat ik mijn man strakker moest aanlijnen,' gaat Natalia verder.

'Mevrouw Healey...'

'"Strakker aanlijnen". Alsof hij een hond is. Zo'n klotecockerspaniël. Ze had hem door. Ik vroeg wat ze bedoelde, deed net alsof ik het niet wist, want ik heb nog wel een laatste restje trots. Ze zei dat het niet acceptabel was om te flirten met onderwijsassistenten. Flirten, niet neuken. Mevrouw Healey is heel verfijnd. Maar ook slim. Zij liet hem aan mij over. Dat bewonder ik in haar. Daaruit blijkt dat ze lef had.'

'Maar je hebt Jennifer Covey gestraft, niet je man,' zegt Penny.

'Die stomme teef heeft me belachelijk gemaakt.'

Ik bedek mijn gezicht met mijn handen alsof haar woorden spuug zijn, maar ze dringen toch tot me door.

'Ik heb ze gezien, zij met haar lange benen en korte rokje en lange, blonde haar, een slet. Joost mag weten waarom ze haar er zo bij laten lopen. Hij flirtte als een gek met haar. Mevrouw Healey hoefde me

niet te vertellen dat ik een riem moest pakken.'
'En de rode verf?' vraagt Penny.
'Die slet moest haar haren laten afknippen.'
'Waarom heb je dat condoom gestuurd? Terwijl je wist dat dat na te trekken was?'
'Ik heb nooit gedacht...' begint Natalia, en ik hoor dat ze weer aan het draadje trekt. 'Ik wilde dat ze wist dat wij nog steeds met elkaar naar bed gingen. Hij neukte haar, maar hij bedreef de liefde met mij.'

We komen bij het politiebureau en Penny neemt Natalia mee voor ondervraging. Sarah wil direct terug naar het ziekenhuis. Als ze uitstapt om achter het stuur plaats te nemen, loopt Mohsin naar haar toe.

Sarah ziet zijn vragende blik. De vraag die hij nog niet heeft gesteld, de vraag die Penny ook niet heeft gesteld, is nu te groot en te luid om nog langer te negeren.

'Jenny had geen verhouding met Silas Hyman,' zegt Sarah. 'Dat zou ze me hebben verteld.'

Ik ben jaloers omdat ze zo zeker weet dat ze Jenny goed kent. Dat vertrouwen ben ik een poosje geleden kwijtgeraakt en nu voel ik de afwezigheid ervan. Is er een moment als ouder waarop je beseft dat je niet alles meer weet over je kinderen? Een moment waarop je ze niet langer kunt bijhouden?

Vreemd genoeg denk ik aan haar schoenen.

Gebreide schoentjes die eerst veranderden in piepkleine zachte schoenen en toen in sandaaltjes, die breedtematen hadden, voor in de zomer en zwarte schoolschoenen voor in de winter. Ze werden steeds een klein stukje groter tot ze de kleine volwassenenmaten had bereikt en het kiezen in de schoenwinkel langer duurde, tot ze op een goede dag alleen ging en thuiskwam met laarzen. Maar ik had niet door dat ze van me weg begon te lopen op laarzen, die geen breedtematen hadden, aan haar lange, volwassen benen.

Het zijn niet de jonge vogels die door hun ouders uit het nest worden gegooid om ze te leren vliegen, het zijn de ouders die door hun tienerkinderen worden gedwongen het gezellige familienest te verlaten. Wij moeten onafhankelijk worden van hen en als dat niet lukt, smakken we hard op de grond.

Sarah en jij staan in de gang van de ic en Jenny luistert naar jullie. Ik hoor niet wat jullie zeggen, maar ik zie aan je houding dat je woedend bent. Ik loop naar jullie toe.

'Godverdomme, zijn vrouw heeft een vergissing gemaakt.'
'Dat weet ik, Mike,' zegt Sarah geduldig. 'Ik wilde het je alleen even vertellen.'
'Het is volslagen belachelijk. Die kerel is nota bene dertig en getrouwd!'

Jenny kijkt mij verbijsterd aan.
'Dacht zijn vrouw dat ik een verhouding met hem had?'
Ik knik. Dan verzamel ik al mijn moed. 'Had je dat?'
'Nee. Hij flirtte wel met me, maar dat doet hij met iedereen. Verder was er niks.'
Ik geloof haar, natuurlijk doe ik dat.
Ze glimlacht naar me. 'Maar bedankt dat je het hebt gevraagd.'
Ze meent het.
Ik vraag haar niet naar Ivo, die ik in de gang bij de tuin heb zien zitten, waar een groep mensen even uiteenweek om hem te passeren.
Raden – hopen – dat ze geen verhouding met Silas Hyman heeft gehad, en erop vertrouwen dat ze me de waarheid zal vertellen, wil niet zeggen dat ik onze dochter weer door en door ken.
'Dokter Sandhu is er,' zegt Jenny.
Ik draai me om en zie hem plus Jenny's cardioloog, de jonge mevrouw Logan.
'We zullen Jennifer later vandaag meenemen voor een MRI- en een CAT-scan,' zegt mevrouw Logan. 'Om na te gaan of ze nog steeds een geschikte kandidate is voor een transplantatie.'
'Lijkt dat u dan waarschijnlijk?' vraag jij, en je klampt je vast aan haar woorden.
'Weet u nog dat we hebben besproken dat er twee verschillende soorten brandwonden zijn?' vraagt dokter Sandhu. 'We weten nu dat Jenny's wonden oppervlakkige, tweedegraads gedeeltelijke dikte-brandwonden zijn. Dat houdt in dat de bloedtoevoer nog intact is en haar huid zal genezen. Ze zal er geen littekens aan overhouden.'
Maar hij klinkt eerder verslagen dan opgetogen.
'Dat is fantastisch!' Jij weigert om ook verslagen te zijn.

Ze gaan de afdeling op, naar Jenny's bed.
Jenny blijft bij mij in de gang.
'Dood, maar in elk geval geen littekens,' zegt Jenny. 'Nou, dat is heel bemoedigend.'
'Jen...'
'Ja, nou, soms heb je alleen wat aan galgenhumor.'
'Jij gaat niet...'
'Dat zeg je steeds.'
'Omdat het de waarheid is. Jij blijft gewoon leven.'
'Waarom heeft dokter Sandhu of mevrouw Logan dat dan niet gezegd? Ik moet een stukje lopen.'
'Jenny...'
Ze loopt bij me vandaan.
'Ze hebben een hart voor je gevonden.'
Ze draait zich niet om.
'Ik ben te oud voor sprookjes, mam.'

31

Sarah wacht in de kantine en haar vingers trommelen, net zoals de jouwe doen als je ongeduldig bent. Ze heeft haar uilenopschrijfboekje gepakt en leest het door. Ik zie een toegenomen energie op haar uitgeputte gezicht. Ze houdt op met trommelen als ze Mohsin en Penny aan ziet komen.

'Natalia Hyman is beschuldigd van het overtreden van de wet op opzettelijk kwaadaardige communicatie en voor geweldpleging,' zegt Penny. 'Ze heeft bekend dat zij achter alle haatbrieven zit en ook dat zij de verf heeft gegooid.'

Haar scherpe trekken worden verzacht door de tevredenheid over het succesvol afronden van de klus.

'Silas Hyman had niks met de haatbrieven van zijn vrouw te maken,' gaat ze verder. 'Hij wist niet eens dat ze die stuurde.'

'En het knoeien met Jenny's zuurstof?' vraagt Sarah.

'Natalia houdt bij hoog en bij laag vol dat zij dat niet was,' zegt Penny. 'En ik geloof haar. Zij heeft die haatbrieven gestuurd, maar ik zie haar echt niet als de saboteur.'

'En Donald White?' vraagt Sarah aan Mohsin.

'Zijn alibi klopt,' antwoordt hij. 'Hij zat woensdag om drie uur op een vlucht van BMI, halverwege Glasgow en Aberdeen. Maar we denken nog steeds dat jij gelijk hebt en dat de brand is gesticht vanwege verzekeringsfraude. Hij moet een medeplichtige hebben gehad.'

'Zijn slimme advocaat probeert hem vrij te krijgen,' zegt Penny. 'Maar daar wil Baker niet van horen. Voorlopig tenminste nog niet.'

'Of Silas Hyman was de brandstichter,' zegt Sarah.

Mohsin en Penny zijn van hun stuk gebracht.

'Mijn broer zou van het begin af aan wel eens gelijk gehad kunnen hebben.'

Ik wil dat ze onmiddellijk ophoudt. Hiervoor ontbreekt het me aan emotionele kracht en mentale energie. We hebben dit uitgezocht. Dat is achter de rug. Donald White heeft de school afgebrand om het verzekeringsgeld op te strijken. Het kan zijn dat Jenny iets heeft gezien waardoor de verdenking op hem zou zijn gevallen, en heeft hij daarom geprobeerd haar te vermoorden. Natalia Hyman nam misplaatste wraak op Jenny. Eventueel zou het kunnen dat Natalia haar heeft aangevallen in het ziekenhuis. Maar meer ook niet. Met deze twee mensen vallen alle stukjes op hun plaats. Niet als een keurig pakketje feiten, maar als een lelijk, verachtelijk dossier over de verdorvenheid in mensen. Maar nu is alles bekend. Klaar.

'Wil je de waarheid dan niet weten?' bijt de kinderjuffrouwstem me toe. 'Wil je dan niet dat Adam ondubbelzinnig wordt vrijgepleit en dat Jenny veilig is? Is dat soms niet wat je wilt?'

Natuurlijk wel. Het spijt me.

'Maar we zijn de fraude op het spoor gekomen,' zegt Mohsin tegen Sarah. 'Of liever gezegd, die ben jij op het spoor gekomen.'

Is hij onderhand ook gefrustreerd en heeft hij er genoeg van?

'Ik heb een motief ontdekt,' zegt Sarah. 'Maar nu geloof ik dat de brandstichter net zo goed Hyman kan zijn.'

'Om wraak te nemen op de school?' vraagt Mohsin.

'Precies.'

'Ik heb nooit geloofd dat Silas Hyman de brandstichter was,' zegt Penny scherp. 'Vanaf het allereerste begin niet.'

'Ik vraag me af of we hem te snel aan de kant hebben geschoven als verdachte,' zegt Sarah.

'Maar hoe zit het dan met het alibi dat zijn vrouw hem heeft gegeven?' wil Mohsin weten. 'Ze heeft overduidelijk een hekel aan hem, dus waarom zou ze voor hem liegen?'

'Als hij de bak in gaat, is zij een alleenstaande moeder met drie kinderen en zit ze zonder inkomen,' zegt Sarah. 'Het is in haar eigen belang om voor hem te liegen. Hoe dan ook, ik geloof dat ze nog altijd van hem houdt, op haar eigen, perverse manier.'

Dat ben ik met haar eens, want toen ik in de auto naast Natalia zat, zag ik onder de boze woorden die ze uitspuugde en haar hartstochtelijke wreedheid, een glimp van iets fragiels en gekwetst. *'Hij neukte haar, maar hij bedreef de liefde met mij.'*

'Kunnen jullie me tien minuutjes geven?' vraagt Sarah, en voor ze kunnen reageren is ze vertrokken, met haar uilenopschrijfboekje. Mohsin kijkt verbaasd en Penny wrevelig.

'Ik zal het bureau bellen,' zegt Penny nors. Ze gaat weg. Mohsin gaat naar de toonbank en haalt nog een kop thee.

Als ik alleen ben, denk ik aan Jenny. *'Ik ben te oud voor sprookjes, mam.'*

Ik zie nog voor me hoe jij haar elke avond voorlas; jouw grote handen, met donkere haartjes op de knokkels, ruw en mannelijk, om een boek met een glinsterende kaft geslagen. Haar lievelingsboeken waren de oudjes, de verhalen die beginnen met 'Er was eens' en daarom, zoals de traditie het wil, moeten eindigen met 'en ze leefden nog lang en gelukkig'.

Maar voor dat gelukkige einde moest hard worden gevochten. Die beeldschone prinsessen en meisjes met een zuivere, witte huid en hulpeloze kinderen moesten het opnemen tegen gemene wreedheid. Een heks die kinderen gevangenhoudt en ze vetmest om ze op te eten; een stiefmoeder die kinderen achterlaat in een woud om daar te sterven; een andere die van een houthakker eist dat hij haar prachtige stiefdochter zal vermoorden en haar het hart brengt voor het diner.

Binnen dat glanzende kaft lag een wereld van goed tegen kwaad; sneeuwwitte onschuld tegen duister geweld.

Maar ondanks de gemeenheid, wisten de kinderen en de beeldschone meisjes die zo onheus waren behandeld en de onschuldige prinses zich erdoorheen te slaan. Ze overleefden altijd, en leefden daarna nog lang en gelukkig.

En ik geloof tegenwoordig in sprookjes. Had ik je dat al verteld? Want ik ben door de spiegel gegaan, door de achterkant van de klerenkast gestapt. Het jonge meisje zal haar prins krijgen, de kinderen zullen worden verenigd met hun liefhebbende vader en Jen zal blijven leven.

Zo zal het gaan.

Mohsin heeft net zijn thee op als Sarah de kantine weer in komt, op de voet gevolgd door Penny. En ik moet weer denken aan duistere verdorvenheid, het wie en waarom van ons verhaal. Anders dan die sprookjes is het verhaal niet keurig rechtlijnig, maar kronkelt het terug naar Silas Hyman.

'Goed, laten we eens doorgaan op jouw idee dat Hyman een brandstichter is,' zegt Penny enigszins spottend tegen Sarah. 'Laten we ervan uitgaan dat hij de boel in de hens wilde steken. Zelfs als hij de code van het hek kende – laten we hem echt in het gebouw plaatsen – hoe kan hij onopgemerkt door de school naar de tweede verdieping zijn gelopen?'

'Daar heb ik over nagedacht,' zegt Sarah kalm. 'Hoewel de meeste leerkrachten op de sportdag waren, waren er nog altijd drie personeelsleden in het gebouw, dus het zou riskant zijn geweest.'

'Precies. Dus...'

'Dus hij had een medeplichtige. Iemand die ervoor zorgde dat de kust veilig was.'

Nu kijkt Penny nog wreveliger en ongeduldiger. Hopelijk zijn haar kinderen slim en snel, anders zal het huiswerk maken bij haar thuis een nachtmerrie zijn.

'Stel dat Rowena White hem heeft geholpen,' zegt Sarah. 'Dat zij op de uitkijk stond. Dat ze er eventueel voor heeft gezorgd dat de secretaresse afgeleid was toen hij binnenkwam.'

'Maar waarom zou ze dat in godsnaam doen?' vraagt Penny.

'Omdat ik denk dat Silas Hyman een verhouding had met iemand op die school. Een onderwijsassistente. Maar niet met Jenny, maar met Rowena.'

Ik sta versteld. Rowena?

'Dat is absurd,' zegt Penny. 'Ik begrijp dat je niet wilt dat je nichtje een verhouding met hem had. Maar Natalia Hyman wist zeker dat het Jenny was. Ze heeft hen samen gezien.'

'Ze heeft haar man zien flirten met Jenny. Inderdaad. Maar hij flirtte met iedere vrouw op school. Elizabeth Fisher noemde hem "een haan in het kippenhok". Ik denk dat hij ook met Rowena White heeft geflirt. Maar in haar geval is hij verdergegaan.'

Ze zijn nu bij Mohsin aangekomen, die aandachtig luistert.

'Hoe zit het dan met het schoolhoofd en dat riemgedoe?' vraagt Penny. 'Sally Healey wist dat het Jennifer was.'

'Ze zei alleen dat het een onderwijsassistente was,' antwoordt Sarah. 'Daaruit heeft Natalia haar eigen conclusies getrokken. En als je de twee meisjes naast elkaar zet, is het niet moeilijk om te zien waarom je aan Jenny zou denken.'

'Goed, ik moet even nietsontziend zijn,' zegt Penny. 'Jennifer: lange benen, lang, blond haar, beeldschoon gezicht. Jenny, dat wil ik wel geloven.'

Ze ziet Sarahs reactie op haar 'beeldschoon gezicht' en Mohsin kijkt haar kwaad aan.

'Sorry. Maar waarom de lelijke, mollige Rowena White terwijl hij Natalia thuis heeft?

'Omdat Natalia het soort vrouw is dat stront door brievenbussen duwt?' gokt Mohsin.

'En Rowena is bijzonder intelligent,' zegt Sarah. 'Ze gaat natuurkunde studeren in Oxford. Misschien vindt hij dat aantrekkelijk. Of hij wist hoe hij haar kon verleiden omdat ze kwetsbaar is. Of omdat ze zeventien is, en haar leeftijd mooi genoeg is. Ik ken zijn redenen niet.'

'Omdat die er niet zijn,' merkt Penny op.

'Er is nog meer.' Sarah zoekt wat in haar tas. 'Hier heb ik mijn aantekeningen van mijn gesprek met Maisie White.'

Penny kijkt haar geschrokken aan.

'Met wie heb je in vredesnaam niet gesproken? Weet Baker hiervan?'

Jij komt bij hen staan en het gesprek stokt.

'Is Jenny alleen?' vraagt Sarah. Haar bezorgdheid is duidelijk te zien. Want als het Silas Hyman is, zoals zij denkt, dan is hij nog ergens daarbuiten en vormt hij een bedreiging.

'Ivo is bij haar,' zeg jij. 'En een heleboel artsen. Nog even over Rowena White. Na ons gesprek schoot me opeens iets te binnen.'

Penny en Mohsin kijken allebei ongemakkelijk nu jij erbij bent. Penny bloost zelfs een beetje. Het doet mensen iets om in de fysieke nabijheid te verkeren van iemand die emotioneel gevild is.

'Toen ik met de vrouw van Silas Hyman sprak, beschuldigde ze me ervan dat ik ervoor heb gezorgd dat haar man zijn baan was kwijtgeraakt,' zeg jij. 'Dat ik "wilde dat hij zou vertrekken".'

Ik weet nog dat Natalia achter je aan liep naar de auto, en dat haar vijandigheid als een sterk, goedkoop parfum om haar heen hing.

'Ik dacht ze mij als ouder bedoelde,' ga jij verder. 'Gewoon een van de ouders van de school. Maar nu vermoed ik dat ze mij persoonlijk bedoelde. Ze dacht dat ík hem had laten ontslaan, vermoedelijk omdat ze meende dat hij een verhouding met mijn dochter had.'

Sarah knikt en ik zie de band tussen jullie.

'Ze had het verkeerde meisje op het oog, dus gaf ze de verkeerde vader de schuld,' zeg jij.

Penny zwijgt. Het is volgens het politieprotocol vast geen goed idee om een vader tegen te spreken wiens dochter op de ic ligt; of om de eer van diezelfde dochter te bezoedelen bij haar radeloze vader. En nu begrijp ik waarom je hier bent, waarom je niet hebt gewacht tot Sarah naar jou toe kwam, maar dat je het gesprek met haar collega's hebt onderbroken.

Jij had het idee van een verhouding tussen Jenny en Silas Hyman *'volslagen belachelijk'* genoemd. Jij wilt niet dat er leugens worden verteld over Jenny, iets wat je zou zien als een bezoedeling – een verhouding met een getrouwde, oudere man.

Als jij weer bent vertrokken, duurt het even voor iemand iets zegt.

'Ik geloof dat Mikes interpretatie klopt,' zegt Sarah. 'En het is logisch als de aanval met rode verf bedoeld was om Jenny te straffen omdat ze naar bed ging met Silas. Dat zou ook de toename van het geweld verklaren. Ze had alleen het verkeerde meisje te pakken.'

'Je zei toch dat je met Maisie White hebt gesproken...?' vraagt Mohsin.

'Ja.'

Ze slaat haar uilenboekje open. Terwijl ze dat doet, moet ik denken aan de halfdonkere, lege kantine en Sarah die aantekeningen maakte nadat Maisie weer terug was gegaan naar Rowena.

'Ik heb Maisie White gesproken op donderdag 12 juli, de dag na de brand, om negen uur 's avonds.'

Sarah concentreert zich op haar opschrijfboekje, maar ze moet Penny's afkeuring hebben opgemerkt.

'Ze zei tegen me: *"Het is verkeerd om je door iemand te laten aanbidden, die zo veel jonger is en nog niet voor zichzelf kan denken."* Ik dacht dat ze het over Adam had. Maar nu lijkt het me eerder dat ze het over haar tienerdochter had.

Ze zei dat Silas ervoor zorgde dat mensen van hem gingen houden en dat niemand doorhad dat hij een bedrieger was. Ze zei dat hij mensen *"uitbuitte"*, en dat benadrukte ze.'

Net als Mohsin doet Penny er nu het zwijgen toe en luistert aandachtig.

'Ik vroeg wanneer ze van gedachten was veranderd over Silas Hyman. Uit mijn aantekeningen blijkt dat ze niet direct antwoord gaf.'

Ik weet nog dat Maisie zat te friemelen met een roze zakje zoetstof en dat het even duurde voor ze op Sarahs vraag reageerde.

'Toen zei ze dat het op de prijsuitreiking gebeurde,' vervolgt Sarah. 'Maar ik denk dat het al eerder is gebeurd, toen ze het ontdekte van Silas en haar dochter.'

Ik denk terug aan Maisies bleke gezicht op de prijsuitreiking. Dat het niets voor haar was om iemand te haten. Ik weet nog dat ze zei: *'Die man had nóóit in de buurt van onze kinderen mogen komen.'*

Silas Hyman had nog niet op de school gewerkt toen Rowena daar een leerling was. Maar vorig jaar zomer, toen Rowena een zestienjarige onderwijsassistente was, was hij er wel. Waarom heb ik niet begrepen dat ze Rowena bedoelde? En waarom heeft ze mij – en later Sarah – niet de waarheid verteld?

Ongetwijfeld omdat ze het als een bezoedeling van haar dochter beschouwt, net als jij. Zij vindt dat Silas Rowena heeft uitgebuit en ze wil haar geen verdere schade berokkenen door dat openbaar te maken. Zelfs niet bij een vriendin.

En ze is eraan gewend om geheimen te bewaren.

'Toen ik de volgende dag met Rowena sprak, heeft ze me gezegd dat Silas gewelddadig was,' zegt Sarah.

'Heb je de aantekeningen van dat gesprek ook nog?' vraagt Mohsin.

Zit hij haar te plagen? Nee. Het is standaardprocedure om tijdens een gesprek aantekeningen te maken.

Ze knikt en geeft hem het opschrijfboekje.

Ik heb de obsessie van de politie met procedures en aantekeningen maken en hun bureaucratische precisiewerk, waar Sarah in uitblonk, nooit begrepen. Maar nu wel.

'Dat over die goede engel en de duivel is interessant,' zegt Mohsin al lezend.

'Als ze hem heeft geholpen om brand te stichten, dan verklaart dat waarom ze weer naar binnen is gerend,' merkt Penny op. 'Misschien had ze zich niet gerealiseerd dat er mensen gewond konden raken.'

'Laten we met haar gaan praten.' Mohsin staat op.

'Ik zal het bureau bellen,' zegt Penny. 'Zeggen dat ze Silas Hyman met spoed moeten vinden.'

Ik volg Mohsin en Sarah en denk aan Ivo, die de wacht houdt bij Jenny's bed terwijl jij met Sarah en haar collega's kwam praten. Ik ben blij dat je hem voldoende vertrouwt om haar in jouw plaats te bewaken, blij dat jij minder bevooroordeeld was dan ik.

We komen bij het brandwondencentrum en ik kijk door de glazen wand Rowena's kamer in. Zoals ik al eerder heb gezegd, vind ik haar niet langer gewoontjes of lelijk – hoe kan iemand met een onbeschadigd gezicht voor mij ooit nog lelijk lijken? – maar ik begrijp Penny's harde woorden over haar.

Als klein meisje was ze echter beeldschoon. Net een elfenkind, met haar enorme ogen, feeërieke gezichtje en zijdeachtige honingblonde haar. Ken je dat bronzen beeld dat mevrouw Healey heeft laten maken om het eerste jaar van Sidley House te markeren? We hoorden niet te weten naar welk kind dat was gemodelleerd, maar iedereen wist dat het Rowena was. Maar op haar zesde hadden haar kleine volmaakte witte tandjes plaatsgemaakt voor ongelijke tanden met spleten ertussen, die veel te groot en verkleurd leken naast de overgebleven parelwitte melktandjes. Terwijl haar gezicht groter werd, leken haar ogen kleiner te worden, en haar glanzende blonde haar werd dof bruin. Vind je het vreemd dat ik op dat soort dingen let? Op school zie je kinderen groter worden en het valt je onwillekeurig op. Ik had medelijden met haar. Het moet heel moeilijk zijn geweest om eerst heel knap te zijn en vervolgens die schoonheid te verliezen. Maisie had me verteld dat ze had gehuild bij de tandarts en dat ze haar oude tanden had teruggeëist, alsof ze tijdens het veranderingsproces al had geweten dat ze haar kleinemeisjesschoonheid aan het verliezen was. Ik heb me afgevraagd of ze daarom zo graag de beste wilde zijn, alsof ze zich op andere manieren probeerde te bewijzen.

Jenny deed precies het omgekeerde; ons lelijke eendje veranderde in een beeldschone tiener, terwijl Rowena aan het tienerprobleem van acne leed. Het ouder worden moet problematisch voor haar zijn geweest, zelfs zonder haar vaders lichamelijke mishandeling. Ik betwijfel of veel jongens van haar leeftijd romantische belangstelling voor haar hebben gehad.

Heeft dat alles – zich gewoontjes, of zelfs lelijk, voelen en wreed worden behandeld door haar vader – haar kwetsbaar gemaakt voor een man als Silas Hyman?

Sarah en Mohsin gaan haar kamer in.

'Dag, Rowena,' zegt Mohsin. 'Ik wil je graag nog een paar vragen stellen.'

Rowena knikt, maar ze kijkt Sarah aan.

'Aangezien je nog geen achttien bent,' gaat Mohsin verder, 'moet er eigenlijk een volwassene bij zijn om te...'

'Kan Jenny's tante bij me blijven?'

'Ja, als je dat graag wilt.'

Mohsin kijkt Sarah aan en er lijkt een soort communicatie tussen hen plaats te vinden.

Sarah gaat in de stoel naast Rowena's bed zitten.

'De laatste keer dat we elkaar spraken, zei je dat Silas Hyman heel knap was,' begint ze.

Rowena wendt haar blik gegeneerd van Sarah af.

'Je zei dat je vaak naar hem keek...'

Rowena kijkt zo vreselijk verlegen dat ik me ook ongemakkelijk ga voelen.

'Voelde je je tot hem aangetrokken?' vraagt Sarah vriendelijk.

Rowena zegt niets.

'Rowena?'

'Zodra ik hem zag, was ik verliefd op hem.'

Ze keert zich om zodat ze Mohsin niet kan zien, alsof ze het niet prettig vindt dat hij er is, en hij loopt verder terug naar de deur.

'Ik wist dat hij iemand als ik nooit zou zien staan,' gaat ze door tegen Sarah. 'Dat doen mannen als hij nooit. U weet wel, de knappe.'

Ze houdt op met praten. Sarah doorbreekt de stilte niet, maar wacht op Rowena. 'Als ik slimheid kon omruilen voor schoonheid, zou ik dat doen,' zegt Rowena zacht.

'Je hebt me ook verteld dat je dacht dat hij agressief kon zijn.'

Het is alsof Sarah haar een klap heeft gegeven.

'Dat had ik niet moeten zeggen,' zegt ze. 'Dat was verkeerd.'

'Of was het juist eerlijk?'

'Nee. Het was dom. Zo zie ik hem totaal niet. Ik bedoel, ik raadde er maar naar dat hij het zou kunnen zijn. Maar iedereen kan toch agressief zijn? Ik bedoel, iedereen heeft daar toch aanleg voor?'

'Waarom was je verliefd op hem als je dacht dat hij agressief kon zijn?'

Rowena geeft geen antwoord.

'Heeft hij ooit gewelddadig tegen jou gedaan?' vraagt Mohsin.

'Nee! Hij heeft me nooit aangeraakt. Niet op die manier, bedoel ik. Niet op een slechte manier.'

'Maar hij heeft je wel aangeraakt,' zegt Sarah.

Rowena knikt.

'Had je een relatie met Silas Hyman?' vraagt Mohsin.

Rowena kijkt naar Sarah, ogenschijnlijk verscheurd.

'Ik ben een politieagent die je een vraag stelt,' merkt Mohsin op. 'En jij moet me de waarheid vertellen. Het maakt niet uit welke beloftes je hebt gedaan.'

'Ja,' zegt Rowena.

'Maar je zei toch dat hij je niet zag staan?' Sarahs stem klinkt zacht.

'Dat deed hij ook niet. Ik bedoel, eerst niet. Hij wilde Jenny. Hij was gek van haar, flirtte de hele tijd met haar. Zij flirtte niet terug en volgens mij begon ze zich zelfs een beetje aan hem te ergeren. Maar ik was er altijd. En eindelijk zag hij mij.'

'Hoe voelde je je toen?' vroeg Sarah.

'Als een grote geluksvogel.'

Even kijkt ze gelukkig en trots.

'Ik wil nog even ergens op terugkomen, Rowena,' zegt Sarah. 'Je zei net dat hij je nooit op een slechte manier heeft aangeraakt.'

Ze knikt.

'Heeft hij je ooit pijn gedaan. Per ongeluk, misschien? Of...'

Rowena keert haar de rug toe.

'Rowena?'

Ze reageert niet.

'Je zei tegen me dat iemand zowel de engel als de duivel in zich kan hebben,' zegt Sarah overredend. 'En dat het jouw taak was om de duivel te verjagen.'

Rowena draait zich weer naar haar toe.

'Ik weet dat het middeleeuws klinkt. Je kunt er een eenentwintigste-eeuwse draai aan geven en spreken van meervoudige persoonlijkheden, maar de genezing is volgens mij hetzelfde. Gewoon liefde. Iemand liefhebben kan de duivel uitdrijven of iemand geestelijk weer gezond maken. Als je maar genoeg van hen houdt.'

'Heeft Silas je hier bezocht?' vraagt Mohsin.

'Nee. Het is voorbij tussen ons. Al een poosje, eigenlijk. Maar zelfs toen we nog samen waren... nou, hij zou niet willen dat mama ons samen zag.'

'Mag je moeder hem niet?' vraagt Sarah.

'Nee. Ze wilde dat ik het zou uitmaken.'

'En heb je dat gedaan?'

'Ja. Ik bedoel, ik wilde mama niet zo van streek maken. Maar ik geloof niet dat hij het begreep.'

'Waren het jouw ouders die de *Richmond Post* na het ongeluk op de speelplaats over Silas hebben verteld?' vraagt Mohsin.

'Dat heeft mama in haar eentje gedaan. Papa zei dat het niet eerlijk was om ervoor te zorgen dat iemand de laan uit zou vliegen. Niet om persoonlijke redenen. Hij zei dat dat niet klopte. Maar mama haat Silas. Daarom heeft zij de krant gebeld.'

Goed van Maisie. De sporen van de vriendin die ik vroeger kende blijven intact wanneer het erop aankomt. Ze mag dan niet zijn weggegaan bij Donald, ze heeft wel haar dochter in bescherming genomen tegen Silas.

Ik weet niet of ze besefte dat haar telefoontje zou leiden tot een financieel bankroet van haar gezin. Maar zelfs als ze dat wel had geweten, zou ze het volgens mij toch hebben gedaan.

'Hoe oud was je vorig jaar zomer, toen het begon?' vraagt Sarah.

'Zestien. Maar ik ben in augustus jarig, dus ik was bijna zeventien.'

'Je hebt hem vast gemist, nadat je het moest uitmaken.'

Rowena knikt, verdrietig.

'Heeft hij daarna nog geprobeerd om opnieuw contact met je op te nemen?'

Ze knikt en dan komen de tranen.

'Heeft hij ooit gevraagd of je iets voor hem wilt doen? Iets waarvan je wist dat het verkeerd was?'

'Nee, natuurlijk niet. Ik bedoel, zoiets zou Silas me nooit aandoen. Hij was altijd lief voor me.'

Ze is een heel slechte leugenaar.

Er komt een verpleegster binnen. 'Ik moet haar verband verwisselen en haar antibiotica geven.'

Mohsin staat op. 'We komen straks wel terug, Rowena. Is dat goed?'

Mohsin en Sarah gaan weg.

'Dus het is een schoolvoorbeeld? Het mishandelde kind kiest een gewelddadige partner?' vraagt Mohsin.

'Je kunt er een PowerPoint-presentatie over houden op het volgende seminar over huiselijk geweld,' zegt Sarah. 'Sommige experts geloven dat het komt doordat het mishandelde meisje hoopt dat ze de gewelddadige partner van haar kan laten houden en lief voor haar kan laten zijn. Op de een of andere manier moet dat het gebrek aan vaderliefde goedmaken. Ze wil haar vader via een ander van haar laten houden.'

'Dat lijkt me gelukt,' zegt Mohsin. 'Ik bel het bureau om iemand hier te laten komen met de opnameapparatuur. We zullen het helemaal volgens dat kloteboekje van Baker doen.'

Sarah knikt.

'Geloof jij dat Hyman haar heeft gevraagd om de brand aan te steken?'

'Ik weet het niet. Het is best mogelijk, maar het lijkt me eerder dat zij hem in staat heeft gesteld om dat te doen. Ze heeft duidelijk een zwak voor hem en ik vermoed dat hij daar misbruik van heeft gemaakt. Maar hetzelfde geldt voor haar vader. Ik denk dat zowel Silas Hyman als Donald White Rowena zou misbruiken voor zijn eigen doeleinden.'

Penny loopt haastig door de gang naar hen toe.

'Donald White is vrijgelaten zonder dat er een aanklacht tegen hem is ingediend,' zegt ze. Ze ziet Sarahs gezicht. 'Hij heeft een alibi en een goede advocaat. We hadden geen enkele legitieme reden om hem langer vast te houden.'

'Weet je ook waar hij naartoe is gegaan?' vraagt Sarah.

'Nee.'

'En Silas Hyman?'

'We zoeken op de bouwplaatsen. Tot nu toe heeft dat nog niks opgeleverd.'

Dus Donald White en Silas Hyman kunnen allebei hier in het ziekenhuis zijn.

Ik loop achter Sarah aan naar de ic door een gang, omgeven door glazen muren. Als ik omlaag kijk naar de uitgedroogde, veel te warme tuin beneden, zie ik Jenny's blonde hoofd, met dat van Ivo naast haar. Van boven af zie ik hem dichter naar haar toe bewegen. Zij buigt zich dichter naar hem toe.

32

Jij staat in de gang van de ic met Sarah en je houdt Jenny in de gaten door het glas.

'Maar er moet toch een manier zijn om hem te vinden?' zeg je ongelovig en woedend.

'We weten niet eens of hij echt ergens in de bouw werkt of dat dat een leugen was die hij zijn vrouw heeft verteld. We blijven hem zoeken. Net als Donald White.'

'Ik sprak Donald alleen als er iets op school te doen was. En dat is jaren geleden. Maar ik geloof niet dat hij het type man is om dit te doen.'

'Er bestaat niet echt een type,' zegt Sarah. 'Heb je al met Ads gepraat?'

Jouw gezicht verstrakt van emotie. Je schudt je hoofd. 'Ik zal naar hem toe gaan zodra jullie ze allebei hebben gevonden.'

Sarah knikt. 'Als de brandstichter achter slot en grendel zit, wordt het misschien anders voor Addie.'

Zal hij dan weer praten? Ja, natuurlijk.

Ivo loopt langs jou heen en gaat Jenny's afdeling op. Maar ik ben de enige die ziet dat Jenny bij hem is. Ze lopen naar haar bed.

Dit is de eerste keer sinds de brand dat ze zichzelf ziet. Haar gezicht ziet er nu erger uit dan toen, het is meer opgezwollen en met meer blaren. Hoewel ze weet dat ze er geen permanente littekens aan over zal houden, ben ik bang voor wat ze voelt als ze haar verbrande gezicht en haar door plastic omhulde lichaam ziet.

Ik dwing mezelf om naar haar te kijken.

Haar tranen vallen op Ivo's gezicht en hij veegt ze weg alsof ze van hem zijn.

Ik denk dat ze eerder vreesde dat hij haar zou afwijzen en dat ze zichzelf in bescherming wilde nemen. Nu hoeft dat niet meer. Zijn

liefde geeft haar de kracht om naar zichzelf te kijken.
 Sarah komt naast Ivo staan, getroffen door zijn verdriet.
 'Ze zal later geen littekens hebben,' zegt ze.
 'Ja, dat zei haar vader ook al.'
 Ik weet dat hij niet van slag is door haar uiterlijk, maar door hoe erg ze heeft geleden.
 Jij zegt tegen Sarah en Ivo dat je een poosje naar mij toe moet. Sarah wil bijpraten met de andere politieagenten, maar nu maakt Ivo deel uit van het rooster om haar te bewaken. En ik vertrouw hem, net als jij.
 Jenny en Ivo blijven samen bij haar bed zitten.
 Ik ga naast haar staan.
 'Laat papa me nu door Ivo bewaken?'
 'Ja.'
 Voor het eerst zegt ze niet dat ze geen bewaker nodig heeft, of dat het belachelijk is. Nu Ivo er is, kan ze deze angst misschien onder ogen zien, zoals ze ook naar haar lichaam durft te kijken.

Jij komt bij mijn bed en pakt mijn hand vast. Mijn vingers zijn bleek nadat ze bijna vier dagen geen zonlicht hebben gezien, de afdruk van mijn ring verdwijnt langzaam. Maar jouw vingers, met de donkere haartjes en vierkant geknipte nagels zien er nog altijd sterk en vaardig uit.
 'Ivo is bij Jenny, liefje,' zeg jij tegen me. 'Ik denk dat ze dat zou willen.'
 'Ja.'
 Want ik had toch gelijk over Jenny, ze houdt van hem. Maar ik had ook gelijk toen ik zei dat ik haar niet ken, niet haar hele wezen. Net zoals ik haar fysiek niet meer kan optillen, is ze niet langer helemaal kenbaar voor mij.
 'Jij vindt haar te jong voor een serieuze relatie,' zeg jij. 'Maar...'
 'Ze is bijna volwassen,' maak ik jouw zin af. 'En dat zou ik moeten weten.'
 Ze is volwassen, weliswaar een jongvolwassene, maar toch een volwassene die ruimtes nodig heeft die alleen van haar zijn.
 'Ik weet dat ze altijd onze kleine Jen zal zijn,' zeg jij.
 'Ja.'
 'Maar dat moeten we een beetje verdoezelen. Voor haar.'

Jij begrijpt het.
'Ik geloof niet dat ouders hun kinderen ooit helemaal loslaten,' zeg ik tegen jou.
'Sommige ouders kunnen gewoon beter doen alsof,' zeg jij.
Tijdens ons gesprek ben ik de enige die ons allebei hoort, maar jij weet intuïtief wat ik zal zeggen. Weer bedenk ik dat we elkaar elke dag hebben gesproken sinds we elkaar hebben leren kennen. Negentien jaar lang hebben we met elkaar gepraat.

Als je weg was om te filmen spraken we interlokaal, onze woorden aan elkaar sissend en harder en zachter wordend, maar toch beschreef ik je het plaatje van mijn dag, dat jij... nou, ik wilde zeggen dat jij het keurig netjes inlijstte, maar zo is het niet. Want we waren misschien geen jonge geliefden en we vonden elkaar niet meer mooi op die vervlochtenblikkenmanier, maar jij hebt me het doek geboden om de volgende dag op te schilderen.

En pas nu, op dit moment, waardeer ik het echt dat jij naast me zit en nog altijd met me praat. Bij elke gelegenheid die zich voordoet, wanneer Sarah of Ivo Jenny kan bewaken, kom je naar mij toe.

Herinner je je Sarahs Bijbellezing nog tijdens onze trouwerij?

Toentertijd heb ik er niet veel acht op geslagen. We waren alleen in de kerk om mijn vader een plezier te doen (*'Het zou zo veel voor hem betekenen'* en ik wilde het goedmaken dat ik een zwangere bruid was) en we hadden voor de gebruikelijke, weinig originele, klaar-voor-debruiloftlezing uit Korintiërs gekozen.

'De liefde is geduldig en vol goedheid,' las Sarah voor vanaf de preekstoel. Maar ik voelde me zeker niet geduldig of vol goedheid terwijl ze las, en dat deed ze zo verrekte langzaam! Mijn hakken waren veel te hoog. Daar had mama gelijk in gehad, en mijn tenen werden samengeknepen. Waarom mochten de gasten wel zitten, maar wij niet?

'Alles verdraagt ze, alles gelooft ze, alles hoopt ze, in alles volhardt ze.'

Behalve pijnlijke hakken op een harde kerkvloer.

'... ons resten geloof, hoop en liefde, deze drie, maar de grootste daarvan is de liefde.'

Ik geloof dat jouw liefde voor mij nog altijd geloof vereist.

En jouw geloof dat ik je kan horen vereist liefde.

Weer zo'n het-gebeurt-niet-als-je-erop-wachtmoment wanneer we samen weer bij Jenny's bed komen.

Ze is er niet.

Een verpleegster ziet jouw paniek en zegt dat ze net naar de MRI-afdeling is gebracht en dat haar vriendje en een arts van de ic met haar mee zijn gegaan.

Jij haast je de kamer uit.

De ic is veilig met zijn gesloten deuren en de vele artsen en verpleegsters, maar daarbuiten loert het gevaar op de gangen en dringt het volle liften binnen en er kan een moordenaar onderweg zijn naar onze kwetsbare dochter.

Ik doe mijn best om mijn paniek te onderdrukken. Ivo is bij haar. En een arts. Die zullen haar niets laten overkomen. Bovendien is zowel Donald als Silas toch zeker te slim om nog een aanval te riskeren?

Ik vertraag mijn pas tot looptempo terwijl jij doorrent.

Ik kom langs de kapel en hoor een laag, dierlijk gejammer. Ik ga naar binnen.

Ze knielt voor in de kerk. Haar gehuil is het geluid van wanhoop; een gil die versplintert tot tranen.

Al mijn zenuwen verstrakken tot ik naar haar toe ren. Ik sla mijn armen om haar heen.

'Ik wilde niet bij hem zijn, mam.'

'Maar hij houdt van je. Dat heb ik met eigen ogen gezien. Hij is nu alleen niet hier bij je, omdat hij naar de MRI-afdeling is gegaan zodat papa bij mij kon zijn. Hij heeft je niet afgewezen, mocht je daar bang voor zijn...'

'Ik weet dat hij van me houdt. Dat heb ik altijd geweten.'

Ze kijkt naar me en ik kan de pijn op haar gezicht nauwelijks verdragen. De aanblik daarvan is net zo erg als die van haar verbrande gezicht. Het verschrompelt voor mijn ogen van de pijn.

'Ik wist dat ik te graag zou willen blijven leven als ik hem zag.'

'Jenny, meisje...'

'Ik wil niet doodgaan,' gilt ze, en haar schreeuw echoot door de kapel tot hij een supersone knal van emotie is die botten kan breken.

'Ik wil niet doodgaan!'

'Jen, luister...'

Haar gezicht begint te glinsteren. Ze wordt te fel om naar te kijken.

De vorige keer dat dat gebeurde, was haar hart gestopt.
Dit mag niet gebeuren. Niet nu. Alsjeblieft.
Dit mag niet gebeuren.
Ik sprint naar de MRI-afdeling door gangen, door klapdeuren, langs veel te veel mensen, hun gezichten zo scherp in de aan het oog onttrokken plafondlampen.
Ze moet een hart krijgen. Direct. Stante pede. De chirurgen moeten haar oude, beschadigde hart verwijderen en er een nieuw hart in zetten dat haar in leven zal houden.
Ik ren naar de liften en stap erin op het moment dat de deuren dichtgaan.
Maar mevrouw Logan heeft jou heel nadrukkelijk ingeprent dat ze eerst stabiel moet zijn. Niet stervende. Niet dit.
Ik denk aan dat afschuwelijke geluid in de kapel.
Ze was zo bang toen ze de dood onder ogen zag. Doodsbenauwd. Maar toch stond ze kaarsrecht en beschermde ze mij met haar humor.
Ze beschermde mij.
Ik had dan wel ontdekt dat mijn dochter volwassen was geworden, maar ik had haar moed niet gezien.
De lift gaat te langzaam. Veel te langzaam.
Ik denk aan de rode verf. 'Ze zei dat haar ouders vreselijk van streek zouden zijn als ze erachter kwamen. Ze wilde hen niet ongerust maken...' Maar ik was niet blijven staan om haar woorden te horen.
Hoe lang nam ze ons al in bescherming? En ik had haar nog wel onvolwassen genoemd.
Ik weet nog dat Sarah niet verbaasd had gekeken.
De lift stopt. Stopt! Mensen wachten beleefd tot ze kunnen instappen. Ik ren naar het trappenhuis.
Ik denk aan het grind dat in haar voeten sneed en de zon die haar verschroeide toen ze zich dwong om terug te denken aan de brand, om Adam te helpen. Omdat ze van hem houdt en omdat haar liefde voor hem haar moedig maakt.
Ik kom op de begane grond en loop snel naar de MRI-afdeling.
Ik denk aan alle keren dat ik tactloos, ongevoelig en betuttelend ben geweest en dat zij me enkel heeft geplaagd, ik denk aan haar gulle karakter.
Ik ben er bijna. Nog een klein stukje.

Waarom heb ik dit niet eerder gezien. Waarom heb ik Jenny niet gezien? De buitengewone vrouw die ze is geworden?
Niet langer een kind, maar een heel bijzondere volwassene.
'Maar jouw dochter, ja. Altijd.'
Er is een hokje waar het medisch personeel zich naartoe haast.
Ik ga er naar binnen.

Ze wordt omgeven door artsen en hun apparaten maken onmenselijke geluiden en jij bent er en ik denk aan de rivier de Styx en aan Jenny die naar de onderwereld wordt geroeid. Maar de artsen proberen haar te bereiken, ze gooien touwen met enterhaken eraan over de rand van de boot, die ze met haar erin terugtrekken naar het land der levenden.
Jij staart naar de monitor.
Daar staat een lijn met een hartslag op.
Daar staat een lijn met een hartslag op!
Ik ben euforisch.

'Haar lichamelijke conditie is drastisch achteruitgegaan,' zegt mevrouw Logan bij Jenny's bed tegen Sarah en jou. 'We kunnen haar nog twee, eventueel drie, dagen stabiel houden.'
'En dan?' vraag jij.
'Daarna kunnen we niets meer doen. Ik moet u vertellen dat het onmogelijk zal zijn om in de ons resterende tijd een donorhart te vinden.'
Ik voel jouw uitputting. Het rotsblok van liefde dat je tegen de berg op hebt gedragen is weer helemaal naar beneden gerold. En jij moet weer van voren af aan beginnen met die herculische taak.
'Je hebt het mis, mam!' had Addie tegen me gezegd. 'Het rotsblok was niet van Hercules. Hercules moest een heleboel monsters doden, van die hele erge, zoals Cerberus. Al moest hij ook een koeienstal uitmesten.'
'Dat klinkt eenvoudiger.'
'Nee, want die koeien waren speciale godenkoeien en die zorgden voor enorme hoeveelheden mest en hij moest een rivier verleggen. Sisyfus moest het rotsblok duwen.'
'Arme Sisyfus.'
'Ik duw liever een rotsblok dan dat ik tegen een monster vecht.'

Mohsin arriveert op de afdeling.
'Het spijt me, maar ik dacht dat jullie het direct zouden willen weten. Het was opzet. Daarnet, toen ze op de MRI-afdeling was, heeft iemand het beademingsapparaat ontkoppeld.'

Ik zit naast Jenny in de verdorde tuin.
'Vanaf nu zullen ze je fatsoenlijk laten bewaken,' zeg ik. 'Kennelijk stuurt Baker het halve politiekorps van Chiswick hierheen. En Penny is al verklaringen aan het opnemen.'
'De put pas dempen als het kalf enzovoorts...'
'Ja.'
Dan hebben we een echt gesprek, alleen voor onze oren bestemd. Het zou niet juist zijn om jou over die conversatie te vertellen, dat is op een goede dag aan Jenny, als ze het zich al zal kunnen herinneren. Maar ik kan wel onthullen dat ik haar mijn excuses heb aangeboden. En dat ik haar nu mijn schoenvergelijking ga vertellen omdat ze die vast leuk zal vinden.
Ze kijkt me geamuseerd aan.
'Dus ik was een zacht gebreid schoentje tot ik op een dag een paar laarzen was dat bij je vandaan liep?'
'Zo'n beetje wel. Eigenlijk was ik best trots op die vergelijking. Ik dacht dat er een hoop in zat, maten die groter werden, met de subtiliteit van de breedtematen; winkelen onder begeleiding tegenover onafhankelijkheid.'
Ze glimlacht naar me.
'Echt waar,' zeg ik. 'Het is een treurige dag als er niet langer een breedtemaat is. Een mijlpaal.'
Haar glimlach wordt breder.
'Jij hebt toch die sandalen met fonkelende steentjes voor me gekocht, mam?'
'Ja.'
'Die vind ik prachtig.'
Misschien had ik volwassen worden minder als een verlies moeten beschouwen.
Ik verwacht dat mijn kinderjuffrouwstem iets bijtends zal zeggen. Dat doet ze meestal wanneer ik me aan een nieuwe gedachte waag. Niks.

'Wanneer vindt de transplantatie plaats?' vraagt Jenny.
'Morgenochtend. Heel vroeg.'

Penny zit in het kleine, saaie kantoortje waar Baker ooit Adam heeft beschuldigd. Bij haar zit een arts met een asgrauw gezicht. Ivo wacht buiten.
'En u weet zeker dat u de hele tijd bij haar was?' vraagt Penny.
'Ja, zoals ik al zei. Vlak naast haar.' De arts zwijgt wanneer Sarah en Mohsin binnenkomen, maar Penny gebaart dat hij verder moet gaan.
'Er moet iemand langs zijn gelopen die snel de beademingsbuis eruit heeft getrokken. Het moet wel snel zijn gebeurd, want ik heb het niet gezien. Ik bedoel, ik heb mijn blik niet lang van haar afgewend. Ik keek net even naar haar status en controleerde de details voor de scan. Ik had niet verwacht dat iemand... Toen hoorde ik het alarm gaan, het apparaat dat ons waarschuwt bij een hartstilstand. En moest ik dat regelen. Pas toen er anderen binnenkwamen om te helpen, zag ik de buis naar het draagbare beademingsapparaat. Die was losgemaakt.'
'Dank u,' zegt Penny. 'Kunt u even op de gang wachten? Er komt zo een collega van me om een volledige verklaring op te nemen.'
Als hij weg is, kijkt Penny Sarah en Mohsin aan.
'De mri-afdeling heeft vier scankamers en een wachtkamer met een kleedkamer en kluisjes. Er is een gesloten deur, maar het is er veel drukker dan op de ic. Er loopt zowel administratief als medisch personeel rond. Er zijn niet alleen artsen en verpleegkundigen die met de mri-apparatuur werken, maar ook portiers die de patiënten naar de afdeling brengen en poliklinische patiënten, van wie sommigen hun partner meenemen. Ik heb Connor opdracht gegeven om het baliepersoneel te ondervragen en ik hoop dat haar vriendje Ivo iets weet.'
'Heb je foto's van Donald White en Silas Hyman om te laten zien?' vraagt Mohsin.
'Die proberen we te regelen, maar het valt niet mee om aan foto's te komen als de verblijfplaats van beide mannen onbekend is en hun echtgenotes allebei niet erg behulpzaam zijn.'
Ze roept Ivo binnen.
Ooit maakte hij op mij de indruk alsof hij op de stoep lag en werd geslagen door de feiten. Maar nu komt hij vastberaden en kaarsrecht binnen.

'Ze gaat niet dood,' zegt hij.
Hij doet me aan jou denken. Niet vanwege zijn ontkenning van de duidelijke feiten, dat koppige optimisme, maar vanwege de kracht die nodig is om kaarsrecht te lopen. Ze is toch voor een man als haar vader gegaan.
Al die onthullingen, zo snel na elkaar. Geen wonder dat de kinderjuffrouwstem is vertrokken, het landschap van mijn geest kan niet langer als thuis voelen.
'Kun je me vertellen wat je hebt gezien?' vraagt Penny.
'Niks. Ik heb niks gezien.'
Hij is razend op zichzelf.
'Als je me alleen kunt zeggen...'
'Ik mocht niet met haar mee naar binnen. Andere patiënten hadden hun partner bij zich, maar ik mocht niet mee.'
Zijn stem klinkt nog steeds woedend, ditmaal op andere mensen. Want oudere volwassenen hadden Ivo niet serieus genomen, zoals ik dat vroeger ook niet had gedaan. Hij was gewoon een vriendje van een tienermeisje, een wereld van verschil met getrouwde liefde.
'Ik heb haar vader beloofd dat ik op haar zou passen. Ik zei dat ik bij haar zou blijven. Zodat hij eventjes naar zijn vrouw toe kon.'
'Ik zal het uitleggen en hij zal het begrijpen,' zegt Sarah.
'Hoe kan dat nou? Ik begrijp het zelf niet eens.'
'Heb je op haar gewacht?' vraagt Penny.
'Ja. Voor dat MRI-gedeelte. In de gang.'
'Heb je iemand gezien?'
'Niemand die opviel. Alleen de mensen die je daar verwacht te zien. Artsen, verpleegsters. Portiers. En patiënten, sommige in gewone kleding, dus die zullen wel niet in het ziekenhuis liggen.'
Ivo vertrekt om weer bij Jenny te gaan zitten. Penny neemt haar telefoon op.
'Ze ging verdomme al dood,' zegt Sarah tegen Mohsin. 'Ze lag al op sterven. Waarom moest haar leven nog verder worden bekort? Waarom zou iemand haar dat aandoen?'
'Misschien weet Donald White of Silas Hyman, of wie dit ook heeft gedaan, niet dat ze doodgaat,' zegt Mohsin. 'Elke keer dat jij erover praat, zeg je dat ze een nieuw hart nodig heeft. Misschien heeft de dader dat ook gehoord.'

'Maar die harttransplantatie zou nooit echt gebeuren. Niet echt. We wilden alleen... Het was een kans van één op een miljoen... in de tijd die haar nog restte. En nu...'

Mohsin pakt haar hand.

'Het zou kunnen dat hij dat niet wist,' zegt hij. 'Misschien was hij bang dat ze een nieuw hart zou krijgen.'

'Ik was de hele tijd hier. Ik was godverdomme hier en ik heb het niet weten te voorkomen. Ik heb niet goed op haar gepast. Hier!'

Ze stort in en Mohsin houdt haar vast.

'Liefje...'

'Hoe moet ik Mike helpen?' vraagt ze. 'Hoe?'

Ze spreekt nu met een vaderlijke stem, die iets wil doen, want ze is altijd zowel een vader als een moeder voor jou geweest. Daar heb ik nog nooit bij stilgestaan.

Abrupt maakt ze zich los van Mohsin, en ze snuit woedend haar neus.

'We moeten die klootzak vinden...'

'Weet je zeker dat je...'

'Zijn dochter gaat dood en zijn vrouw is in feite al overleden en ik kan niks doen om hem te helpen. Het enige wat ik nu kan doen, is waar ik voor ben opgeleid. En gerechtigheid zal hem nu een zorg zijn. Wat voor verschil zal dat in godsnaam voor hem maken? Maar misschien dat mettertijd, pas na jaren, zal blijken dat er iets is wat wel goed is gedaan. Eén ding maar. Bovendien is dat het enige wat ik voor hem kan doen.'

Penny beëindigt haar telefoongesprek. 'Baker wil dat we op hem wachten voor we met Rowena White gaan praten. Een kwartier. Ditmaal zullen we de waarheid uit haar krijgen.'

Jij zit naast mijn bed. Je zegt niets, maar daar ben ik onderhand aan gewend; alsof jij weet wanneer ik echt bij je ben.

Ivo is bij Jenny en ik ben blij dat je blijk geeft van je vertrouwen in hem door haar weer door hem te laten bewaken.

Ik kom bij je en sla mijn armen om je heen.

Jij vertelt me dat de artsen hebben gezegd dat ze nog maar twee dagen te leven heeft.

'Twee dagen maar, Gracie.'

En op het moment dat je mij de waarheid vertelt, dringt die ook echt tot jou door. Die groene, open prairie in jouw hoofd met zijn omheining van hoop wordt overspoeld door doodsangst om haar. Jij kunt niet langer hopen.

Ik wil dat je me vertelt over de persoon die dit heeft aangericht! Ik wil dat je me belooft om wraak te nemen. Ik wil dat je Maximus Decimus Meridius wordt.

Maar als je woede er nog is, dan merk je die niet op.

Ik denk aan de tsunami op kerstavond en de film van een vrouw in barensnood die zich aan de bovenste takken van een boom vasthield, te overweldigd door de bevalling om naar de verwoesting om haar heen te kijken. Alleen zij en het leven van haar kind deden ertoe.

Jij houdt mijn hand vast en ik voel je beven, maar ik kan je niet helpen.

Een verpleegster en een portier komen me halen voor een scan. Die scan waarbij je moet doen alsof je met een tennisracket tegen een bal slaat voor 'ja', zodat een deel van je brein oplicht op hun monitoren.

De portier maakt de wielen van mijn bed los, alsof ik in een buggy lig.

'Sla ertegen voor "ja", Gracie,' zeg jij. 'Zo hard als je kunt. Alsjeblieft.'

Ik weet nog dat ik tegen mama zei dat ik die verrekte Roger Federer zou worden.

De portier rijdt me de afdeling af, met een verpleegster aan mijn zijde.

Maar ik blijf bij jou en houd je hand vast.

Het spijt me.

33

Rowena en Maisie zitten te wachten in een kantoor met een jonge agent die ik niet herken.

Sarah staat met Penny en Mohsin vlak voor het kantoor op de gang.

'Baker kreeg een oproep, maar hij komt zo,' zegt Mohsin. 'Ik weet nog steeds niet of het verstandig is om Maisie White hierbij aanwezig te laten zijn.'

'Dan kunnen we ook haar reacties zien,' reageert Penny. 'En door Rowena te ondervragen, komt haar moeder er misschien eindelijk toe om de waarheid op te biechten. Als dit niet werkt, zal Jacobs een maatschappelijk werker regelen om als bevoegde volwassene te fungeren.'

Baker arriveert. Ik zie dat hij Penny aankijkt en ze wisselen een blik uit die ik niet kan thuisbrengen. Misschien is dit het enige gebaar van schaamte dat Baker kan opbrengen.

'Heeft Maisie White al verteld waar haar man is?' wil Sarah weten.

'Ze beweert dat ze geen flauw idee heeft,' zegt Penny. 'Dat stomme wijf liegt voor hem.'

Ik schrik van die lelijke benaming. Gek dat woorden nog steeds het vermogen hebben om me te laten schrikken.

Ze gaan naar binnen en Sarah wacht buiten.

De lucht is dik van de hitte en de plastic stapelstoelen kleven aan elkaar. De nylonvezels in de tapijttegels glinsteren in het harde licht.

Rowena ziet er broos uit in haar nachthemd en kamerjas, met haar beschadigde handen nog altijd omzwachteld. Maisie reddert wat om haar dochter heen en legt de slang van het infuus recht.

Mohsin stelt iedereen in de kamer formeel voor terwijl de jonge agent alles opschrijft.

'Weet je zeker dat je gemakkelijk zit?' vraagt Mohsin aan Rowena.

'Ik voel me prima. Ja. Dank u.'

Maisie legt haar hand op Rowena's arm, omdat ze haar hand niet kan vasthouden. Ze draagt weer een shirt met lange mouwen, zodat de blauwe plekken eronder niet te zien zijn.

'Je vader heeft een alibi voor het tijdstip van de brand,' zegt Mohsin zakelijk, maar ik zie dat hij aandachtig naar Rowena's gezicht kijkt. Penny houdt Maisie in de gaten.

'Ja.' Rowena reageert nauwelijks. 'Papa was woensdag in Schotland.'

'Heeft je vader jou gevraagd om de brand te stichten, Rowena?' vraagt Mohsin, nog altijd zakelijk.

'Natuurlijk niet.' Maisies stem klinkt hoog. Op haar slaap klopt een adertje.

'En Silas Hyman?' zegt Mohsin tegen Rowena, en ditmaal klinkt hij veel strenger. 'Ik heb je al eerder gevraagd...'

'Nee, dat heb ik toch al gezegd,' zegt Rowena overstuur. 'Hij heeft me helemaal niks gevraagd.'

'Een uurtje geleden heeft iemand geprobeerd om Jennifer Covey te vermoorden,' zegt Baker. 'We hebben er geen tijd en ook geen geduld voor dat jij de dader in bescherming neemt.'

Ik hoor iemand naar adem snakken. Maisie is lijkbleek. Haar gezicht is klam, alsof ze elk moment kan overgeven.

Rowena zwijgt en lijkt ergens mee te worstelen. Ze richt zich tot haar moeder.

'Het lijkt me het beste dat jij weggaat.'

'Maar ik moet bij je blijven.'

'We kunnen een andere bevoegde volwassene regelen om bij Rowena te zijn,' zegt Baker.

'Wil je dat echt?' vraagt Mohsin aan Rowena.

Ze knikt.

Maisie gaat de kamer uit. Ik zie haar gezicht niet, maar ik zie haar struikelen nu ze is afgewezen.

De deur gaat achter haar dicht.

'Als je ons even de tijd wilt gunnen,' zegt Penny tegen Rowena. 'We moeten iemand zoeken om...'

'Ik moet jullie nu de waarheid vertellen. Omwille van Jenny. Ik kan niet anders. Het was papa niet. Hij had er niks mee te maken.'

Ik denk aan Silas Hyman die met Jenny flirt en zijn aandacht daarna op Rowena richt. In gedachten zie ik hem weer razen en tieren op de prijsuitreiking. Ik denk aan de bloemen die hij aan de verpleegster gaf en hoe de deur van de ic openging.

'Het was mammie,' zegt Rowena.

Maisie?

Ik zie haar liefdevolle gezicht en ik voel haar stevige knuffels.

Ik denk aan haar die dag op het sportveld, toen ze me *'een kleinigheidje'* voor Adam gaf, een prachtig ingepakt en goed gekozen cadeautje.

Ze had geweten dat hij jarig was.

Uiteraard! Ze kende hem al sinds zijn geboorte. En driehonderd andere mensen hadden geweten dat hij jarig was.

Ze was vlak voor de brand naar de school gegaan.

Om Rowena *'te zoeken'*. Om haar een lift te geven. Omdat de metro plat lag. *'Dus moet mama voor chauffeur spelen.'*

Onze vriendschapsband gaat heel ver terug en zal niet stukgaan.

'Mama is bang voor armoede,' vervolgt Rowena zacht. 'Ze heeft altijd heel veel geld gehad. Mijn grootouders waren rijk en ze heeft nooit hoeven werken.'

Maar Maisie had gezegd dat het niet erg was als ze arm werd en dat het haar niet uitmaakte als ze moest werken. *'Eigenlijk heb ik altijd al een baan willen hebben.'*

'Ze is voorleesmoeder geworden op Sidley House, zodat ze in de gaten kon houden wat er gebeurde nadat ik van school af was,' gaat Rowena door. 'Sally Healey had niemand verteld dat er geen nieuwe aanmeldingen waren. Zelfs papa niet. Of in elk geval pas na een hele poos. Maar mama had van Elizabeth Fisher gehoord dat er niemand meer belde.'

Maar ze was er niet naartoe gegaan om te spioneren! Ze was ernaartoe gegaan om voor te lezen, omdat ze het fijn vindt om dingen te doen met jonge kindjes.

Ik vóél onze vriendschap. Solide en warm als een oud, negentiende-eeuws fornuis. Er zijn zo veel jaren in geïnvesteerd en elk daarvan voegt er gewicht aan toe.

'Is ze je kamer wel eens uit gegaan?' vraagt Mohsin.

'Nou, ja, ze gaat weg om eten te halen. Ze is naar huis gegaan om een schoon nachthemd en mijn toilettas te halen. Ze gaat ook wel eens naar buiten om te bellen. Mobieltjes zijn hier niet toegestaan.'

'Zo ongeveer een uur geleden, toen we weg waren gegaan bij je moeder en jou,' zegt Mohsin, 'is ze je kamer toen weer uit gegaan?'

Rowena's stem klinkt zo zacht dat ik mijn oren moet spitsen om hem te horen.

'Ja. Bijna direct daarna.'

Het kan niet, echt het bestaat niet dat Maisie heeft geprobeerd om Jenny te vermoorden. Iedereen heeft het mis.

'Dank je, Rowena. We zullen je nog een keer officieel moeten ondervragen, als er een, zoals dat heet, "bevoegde volwassene" bij is.'

Voor het kantoor zegt Baker tegen de jonge agent: 'Regel die maatschappelijk werker. Ik zal ervoor zorgen dat een strafadvocaat geen enkele ruimte heeft om protest aan te tekenen bij deze zaak.'

'Maisie White moet hebben gezien dat Jenny van de ic werd af gereden en haar hebben gevolgd,' zegt Mohsin. 'En ze bofte op de MRI-afdeling. De beveiliging daar is minder streng.'

Sarah knikte. 'Toen er de eerste keer met Jenny's beademingsapparaat werd geknoeid, was Maisie in Rowena's kamer, die aan dezelfde gang ligt. Niemand zou het gek hebben gevonden om haar daar te zien.'

'Dus jij denkt dat het Maisie was en niet Natalia Hyman?' vraagt Mohsin.

'Ja.'

Ik had alleen een rug gezien en ik was niet dichterbij gekomen, maar het kan Maisie niet zijn geweest. Dat kan gewoon niet.

'Jenny moet haar op school hebben gezien,' zegt Sarah.

'En ze had Jenny's mobieltje,' merkt Mohsin op. 'Als daar iets belastends op stond, dan heeft ze tijd genoeg gehad om dat te verwijderen.'

Terwijl ze praten lijkt het alsof er een 'schilderen op nummer'-portret wordt ingevuld, kleur voor kleur.

Maar ik zal niet naar hun gemene portret van mijn vriendin kijken.

Want Maisie kent Jenny al sinds ze een meisje van vier was. Ze heeft mij voortdurend over Adam en haar horen praten. Voortdurend! Ze weet hoeveel ik van hen hou.

Ze is mijn vriendin en ik vertrouw haar.

Ik kan dit niet rijmen met wat er is gebeurd.

Ik kan het niet.

Dus keer ik me af van hun portret van Maisie.

'Hoe zit het met het huiselijk geweld?' vraagt Mohsin.

'De hemel mag weten wat er in dat gezin aan de hand is,' zegt Sarah.

'Zoek Maisie White,' zegt Baker tegen Penny. 'Arresteer haar voor de brandstichting en poging tot moord op Jennifer Covey.'

'Ze zit in Rowena's kamer,' zegt Sarah. 'Ik heb haar daar een paar minuten geleden gezien.'

Ik realiseer me dat Sarah haar in de gaten heeft gehouden.

Penny gaat weg om Maisie te arresteren. Ik ga niet mee om te kijken, maar volg Sarah weer het benauwde kantoortje in.

'Goed, Rowena, we wachten op een maatschappelijk werker. Ondertussen...'

'Nemen jullie mama mee?' vraagt Rowena.

'Ja, het spijt me.'

Rowena zegt niets en kijkt naar de grond. Sarah wacht.

'Ze had niet gedacht dat ik het tegen iemand zou zeggen.' Rowena kijkt beschaamd.

'Maar ze heeft het wel aan jou verteld?'

Rowena zwijgt.

'Je hoeft niks te zeggen. Dit is geen ondervraging. Alleen een babbeltje. Als je daar zin in hebt.'

Ik geloof niet dat Sarah haar kans schoon ziet. Ik denk eerder dat ze aardig is voor Rowena. Of misschien wil ze het nu meteen weten en is ze niet in staat om te wachten.

'Mama voelt zich vreselijk. Heel schuldig. Het is heel moeilijk voor haar geweest,' zegt Rowena. 'Ze moest het aan iemand vertellen. En aangezien ik gewond ben geraakt... had ze misschien het gevoel dat ze me iets verschuldigd was.' Ze begint te huilen. 'Ze zal me nu wel haten.'

Sarah gaat naast haar zitten.

'Het klinkt vreselijk, maar ik ben blij dat ze het me heeft verteld,' zegt Rowena. 'Dat ze me in vertrouwen heeft genomen, bedoel ik. Dat doet ze anders nooit. Iedereen denkt dat we een hechte band hebben, maar dat is niet zo. Ik ben haar "kleine teleurstelling".'

Maar Maisie aanbidt haar.

'Als klein meisje was ik namelijk knap,' vervolgt ze. 'Toen was ze trots op me. Maar toen ik ouder werd, nou... toen was ik niet langer knap. En hield zij op met van me te houden.'

Spreek haar tegen, moedig ik Sarah aan. Vertel haar dat moeders dat niet doen. Die stoppen niet met houden van hun kinderen.

'Ik weet dat het dom klinkt, maar het is begonnen met mijn tanden,' zegt Rowena. 'Ze heeft me naar een orthodontist gestuurd omdat ze zo scheef stonden, maar ze waren ook geel. Dat kwam door een of ander antibioticum dat ik als baby had gehad. Mammie heeft van alles geprobeerd, ik moest ze elke avond bleken, zelfs al zei de tandarts dat dat niet zou helpen bij dit soort verkleuring. En daarna waren het de gewone dingen. U weet wel: blond haar wordt saai bruin en mijn wenkbrauwen werden dik en mijn gezicht werd groter, maar mijn ogen niet. Dus ik werd lelijk. Een soort omgekeerd lelijk eendje. Ik was niet langer de dochter die ze wilde.'

Nog altijd zegt Sarah niets. Maar eerlijk waar, als ik één ding zeker weet over Maisie, is het dat ze van Rowena houdt.

'Weet u, het valt niet mee,' zegt Rowena. 'Om niet knap te zijn, bedoel ik. Op school zijn de populaire meisjes degenen met knappe gezichten en lang haar die goed zijn in muziek en Engels. Niet de slimme meisjes met een slechte huid. Niet ik. Het is nogal een cliché, hè? Dat een slim meisje lelijk is. En dan kom je thuis, en is alles precies hetzelfde.'

'Jij gaat toch naar Oxford?' vraagt Sarah.

'Om natuurkunde te studeren. Dat deel vertelt ze niet aan mensen. Ze doet net alsof ik daar alleen naar galabals en feesten ga waar ik knappe studenten zal ontmoeten. Wat ze verzwijgt is dat ik naar een college voor vrouwen ga en de hele tijd op een laboratorium zal zitten.

Kent u dat sonnet van Shakespeare dat liefde haar lot niet aan lotswisseling laat verbinden? Volgens mij gaat dat over een moeder met een opgroeiend kind. Maar niet over de mijne.'

Ik kan er echter alleen aan denken hoe trots Maisie is op Rowena's leeshonger: *Ze leest zelfs Shakespeare, hoewel ze examen doet in exacte vakken. Mijn kleine boekenwurm!*

Haar trots op Rowena. Haar liefde voor haar. Hoe kunnen die dingen niet echt zijn? Hoe kunnen dat niet haar ware gevoelens zijn? Want zij maken Maisie tot wat ze is.

'Ik had gedacht dat ze blij zou zijn om Silas,' zegt Rowena, en ik hoor het verdriet in haar stem. 'Want hij is toch zeker knap? Ik dacht dat ik haar zo kon bewijzen dat ik net als een knap meisje kon zijn.'

'Maar hij is nota bene getrouwd,' zeg ik tegen haar. 'En hij is al dertig. Natuurlijk wilde je moeder niet dat hij je vriendje was, natuurlijk wilde ze iets beters voor je.'

'Ze is naar hem toe gegaan,' gaat Rowena aarzelend verder. 'Het was Valentijnsdag en hij had me een kaart gestuurd. Ze is naar zijn huis gegaan en heeft gezegd dat hij een einde moest maken aan onze relatie.'

De haatbrieven van Natalia zijn de dag na Valentijnsdag gestopt. Maisies praatje met Silas had succes gehad.

Ik zou hetzelfde hebben gedaan voor Jenny. Als zij op haar zestiende een relatie had gehad met Silas Hyman, zou ik precies hetzelfde hebben gedaan. Want dit lijkt in niets op Jenny's relatie met Ivo.

'Ik hield van hem,' zegt Rowena heel zacht. 'Dat doe ik nog steeds. Ik dacht dat hij voor me zou vechten. Maar dat heeft hij niet gedaan. En toen heeft mama ervoor gezorgd dat hij zijn baan verloor. Ze heeft de krant gebeld, zonder erbij stil te staan wat er daardoor met de school zou gebeuren. Het enige wat zij wilde, was dat hij weg zou gaan. Ze wilde hem per se straffen. En ze heeft me verteld dat ze hem acht blauwe kaarsen heeft gestuurd, zoals de kaarsen op Addies taart. Ze zei dat ze hem wilde laten weten dat ze zijn leven tot een hel zou maken als hij opnieuw iets met mij zou beginnen. Dat ze die macht heeft.'

De Maisie die ik dertien jaar lang heb gekend is warm en levendig en deed elk jaar mee aan de moederrace, waarbij ze altijd met afstand laatste werd, en dat *kon haar geen donder schelen!* Ik heb ook ontdekt dat ze teer, kwetsbaar en gekneusd was. Beide Maisies zijn opgenomen in mijn beeld van haar.

Maar dit niet.

Er klopt een verpleegster aan, en ze komt het kantoor binnen. Het is Belinda, de aardige, glimlachende zuster.

'Op de afdeling wordt de ronde gedaan en de artsen moeten haar even bekijken. Het duurt ongeveer twintig minuten.'

Sarah staat op. 'Natuurlijk.'

Hierboven op mijn afdeling is het koeler. De open ramen en het witte linoleum verlagen de temperatuur, in elk geval gevoelsmatig. Een portier duwt een brancard met mijn comateuze lichaam erop terug naar het bed. Mijn scan is blijkbaar klaar.

Jij zit te wachten.

Dokter Bailstroms schoenen komen klikkend op het linoleum naar jou toe. Vandaag zijn het zwarte, maar wel van Louboutin, en het rood op de zool flitst op als een waarschuwing.

Ze vertelt jou dat de hersenscan laat zien dat de cognitieve hersenfuncties zijn uitgevallen. Ik heb geen hersenactiviteit, buiten de basisreflexen van slikken, kokhalzen en ademen.

Ik stond niet op het warme gras van een tennisbaan, met uitgestrekt racket rennend naar een bal om die zo hard mogelijk over het net te rammen. Ik was bij Sarah terwijl zij met Rowena praatte.

Ik ben nooit in de buurt van mijn lichaam geweest wanneer ze hun scans deden.

Geen wonder dat ze denken dat ik er niet ben.

Jij vraagt of je alleen met me mag zijn.

Jij neemt mijn hand in de jouwe.

Jij zegt dat je het begrijpt.

En ik sta versteld van je.

Jij trekt de gordijnen om mijn bed dicht.

Jij legt je hoofd naast me, zodat onze gezichten vlak bij elkaar zijn, en mijn haar over jouw wang valt. Verenigd door bijna twintig jaar van houden van elkaar en zeventien jaar van houden van ons kind.

De essentie van ons huwelijk wordt gedistilleerd tot dit moment.

Jenny staat in de deuropening.

'Kom binnen, Jen.'

Maar ze schudt haar hoofd. 'Ik wist het niet,' zegt ze, en ze gaat weer weg.

En ik wist het ook niet; dat de kern van onze zeer taaie, getrouwde liefde deze tere intensiteit is.

Ik bedenk dat ik jou negentien jaar lang elke dag heb gesproken. Negentien jaar maal driehonderdvijfenzestig dagen maal hoeveel gesprekken per dag dan ook, hoeveel woorden zijn dat tussen ons geweest?

Een ontelbaar aantal.

Mijn haar valt nog steeds over je wang, maar ik ga bij je weg.

Lieve schat van me, het zal je helpen als jij denkt dat ik hier niet ben.

Het zal dit gemakkelijker maken. En ik wil dit zo gemakkelijk mogelijk voor je maken.

Ik ga de kamer uit.

Voor het kantoor op de begane grond verzamelt iedereen zich voor de volgende ondervraging van Rowena. De maatschappelijk werker is al binnen en nu gaan ook de anderen het kantoor in. Het is warmer geworden op de gang en de gezichten zweten. Bakers overhemd hangt los en zijn handen laten vochtige afdrukken achter op het dossier dat hij vasthoudt.

Ik denk aan jou.

Aan het moment waarop je zult beseffen dat ik niet langer bij je ben.

Alleen Penny en Sarah staan nog op de gang.

'Er is iets wat je moet weten,' zegt Penny, zonder haar aan te kijken. 'Dat had je vermoedelijk al eerder verteld moeten worden.'

'Ja?'

'Maisie White was de getuige die Adam uit het handenarbeidlokaal zag komen met lucifers in zijn hand.'

Zo blijkt maar dat ik Maisie nooit echt heb gekend.

34

'Ik heb nooit geloofd dat Maisie White rechtstreeks bij de brand betrokken was,' zegt Penny tegen Sarah. Ze laat iedereen in het kantoor wachten, maar ze moet Sarah dit vertellen. Dat is ze haar verschuldigd. 'Ze leek oprecht van streek door wat Jenny en Grace was overkomen. En ze vertelde me slechts met tegenzin dat het Adam was. Ik had het gevoel dat ik haar zowat moest dwingen om het te zeggen.'
'Als ik dat had geweten...' begint Sarah.
'Ja, ik weet het. Het spijt me. Sinds we op de hoogte zijn van de fraude – dus eigenlijk sinds jij die hebt ontdekt – hebben we vraagtekens gezet bij het waarheidsgehalte van haar getuigenis, maar we gingen ervan uit dat ze haar man in bescherming nam. Achteraf gezien heeft ze ons om de tuin geleid. Het spijt me.'
'Ik heb Maisie verteld dat Adam was gezien door een getuige,' zegt Sarah. 'En dat verbaasde haar. Ik dacht dat dat betekende dat ze er geen idee van had.'
'Misschien kan ze goed acteren,' opperde Penny.
Sarah denkt even na, en schudt dan haar hoofd. 'Het was omdat ik een politieagent ben. Zij dacht dat ik al wist dat zij die getuige was. Ze moet ervan uit zijn gegaan dat ik dat te horen had gekregen. Het was mijn onwetendheid die haar verbaasde.'
Geen wonder dat Maisie die avond in de kantine in eerste instantie zo bang voor Sarah had geleken.
Penny loopt het kantoor in.

Er zijn hier zo veel mensen dat Rowena kleiner lijkt. Ze staart naar de glimmende tapijttegels en kijkt niet op.
'Jij hebt eerder tegen een van mijn agenten gezegd dat je moeder wist dat jullie failliet zouden gaan,' zegt Baker.
'Ja.'

'Waarom heeft je moeder gezegd dat ze Adam uit het handenarbeidlokaal zag komen?' vraagt Penny, en Baker kijkt geïrriteerd.

'Ze wilde dat een kind er de schuld van zou krijgen,' zegt Rowena zacht. 'Zodat niemand een vermoeden zou hebben van de fraude. Het was toeval dat Adam die dag jarig was.'

'Op de sportdag?'

'Ja. Ze wilde niet dat er iemand gewond zou raken.'

'En er zou geen personeel zijn om het vuur te blussen?'

Rowena zwijgt.

'Wie heeft de brand nou precies aangestoken?'

Rowena zwijgt.

'Was jij dat?' vraagt Mohsin. 'Wilde je moeder dat jij het deed?'

Ze geeft geen antwoord.

'Je zei dat je de waarheid moest vertellen,' brengt Mohsin haar in herinnering.

'Ik wist niet wat ze van plan was. Pas toen het te laat was. En ze heeft me hier pas alles verteld. Ze dacht dat ze me kon vertrouwen. O, god.'

'Dus het was je moeder?' vraagt Baker.

Ze schudt haar hoofd.

'Ze heeft het Adam laten doen.'

Maar niemand zou Adam daartoe kunnen overhalen. Daar is hij te goed, te zorgzaam voor.

'Ze zei tegen Adam dat meneer Hyman een verjaardagscadeautje voor hem in het handenarbeidlokaal had neergezet,' gaat Rowena door. 'Ze zei dat het een vulkaan was. Dat hadden ze in de derde klas gedaan, u weet wel, met azijn en zuiveringszout, om een uitbarsting te veroorzaken.'

'Ze vertelde Adam dat het een ander soort vulkaan was en dat hij hem aan moest steken. Daar moest hij de lucifers voor zijn verjaardagstaart voor gebruiken, die zij voor hem had gepakt. Ze vertelde me dat het "slappe lulletje" niks met de lucifers te maken wilde hebben.'

Er is een woordenschat die hoort bij deze persoon die ik niet ken. Ik denk na over haar woorden, niet aan wat ze heeft gedaan. Want voorlopig kan ik nog niet denken aan wat ze heeft gedaan.

'Ze vertelde me dat ze het er heel dik bovenop had moeten leggen,' vervolgt Rowena. 'Ze zei tegen hem dat meneer Hyman de vulkaan zelf naar school had gebracht, zelfs al zou hij grote problemen krijgen als iemand hem daar zou zien.'

Er wordt een zekere, afschuwelijke logica zichtbaar; het was een vulkaan en geen brand, van meneer Hyman, zijn geliefde leraar.

'Ze beweerde dat meneer Hyman daar op hem wachtte om hem te feliciteren. Dat hij elk moment terug kon komen en dat hij vreselijk teleurgesteld zou zijn als Addie niet met zijn verjaardagscadeau aan het spelen was.'

Dus Silas Hyman staat direct in verband met de brand, maar als een fantoomverschijning, zonder schuld te hebben aan wat er in zijn naam was gedaan.

'En Adam heeft de vulkaan aangestoken,' zegt Rowena, nauwelijks verstaanbaar.

'Wat zat er in die vulkaan?' vraagt Penny.

'Volgens haar terpentine en nog een brandversneller. Ze had er ook spuitbussen met verf omheen gezet. Ze zei tegen me dat Adam kennelijk laf was geweest en de lucifer er van een afstand op had gegooid, want anders zou het geval in zijn gezicht zijn ontploft.'

'Was het haar bedoeling om hem te vermoorden?'

'Nee, natuurlijk niet.'

'Je zei net dat het in zijn gezicht zou zijn ontploft, als hij dichterbij had gestaan, zoals duidelijk de bedoeling was.'

'Dat kan niet haar bedoeling zijn geweest.' Rowena probeert overtuigend te klinken, maar haar stem beeft vervaarlijk.

'Is er verder nog iets?'

Rowena knikt, niet in staat om iemand aan te kijken en haar gezicht is een toonbeeld van schaamte en ellende. 'Ze is bij Addie gaan staan, nadat zijn moeder naar binnen was gerend om Jenny te zoeken. Ze zei: "Jeetje, Addie, het was niet de bedoeling dat je het echt zou doen!"'

Rowena's imitatie van haar moeder is griezelig accuraat. Ik deins voor haar terug en Rowena lijkt zelf ook geschrokken. Een stuk zachter pratend gaat ze verder. 'Ze zei dat het een riddertest was geweest en dat hij er niet voor was geslaagd. Dat het allemaal zijn schuld was.'

En Adam had haar geloofd.

Want Adam gelooft in queesten, het op de proef stellen van je moed en eer.

In zijn achtjarige hoofd was hij Heer Gawein.

Want als je acht bent kun je echt geloven dat je een ridder bent die tekort is geschoten.

Maar in plaats van de reus die de zijkant van je nek raakt, zitten je moeder en zus vast in een brandend gebouw, en kijk jij toe terwijl je te horen krijgt dat het jouw schuld is.

Ik moet onmiddellijk naar hem toe om hem te vertellen dat het niet zijn schuld is. Dat is het niet!

Maar mijn stembanden kunnen geen geluid meer maken.

En Adam kan ook niet praten. Het enige waar Baker gelijk in had was dat Adams schuldgevoel hem het spreken belette.

'Toen ben ik naar binnen gegaan,' mompelt Rowena. 'Na wat ze tegen Addie had gezegd.'

Duidelijk van slag, zwijgt ze even.

'Ik wil hem graag spreken, om hem te zeggen dat het absoluut niet zijn schuld was,' zegt ze. 'Ik bedoel, hij zal mij wel niet willen zien, maar dat wil ik echt heel graag.'

Haar stem hapert even.

'Het was gedeeltelijk mijn schuld,' hervat ze haar verhaal. 'Ik heb mama verteld over het vulkaanexperiment. Het laatste trimester van vorig jaar was ik onderwijsassistente in Adams klas. Ik heb haar verteld hoe lief Adam is. Ik vond het zo schattig dat hij van boeken over ridders hield, dat hij zichzelf bijna als een ridder zag, of in elk geval op een ridder wilde lijken, en dat heb ík haar allemaal verteld.'

Maar dat had ik al zo vaak tegen Maisie gezegd, en dat ik me zorgen om hem maakte, vanwege zijn lieve inborst. Dat ik voor hem zou willen dat hij in plaats daarvan goed kon voetballen.

Rowena doet er in al haar ellende het zwijgen toe. Ik wil dat iemand van hen zegt dat het niet haar schuld was, maar de mensen in die kamer zijn agenten die hun werk moeten doen. Het 'sentimentele gedoe', zoals Sarah het ooit eens heeft genoemd, kwam later pas. Toen ze dat indertijd zei, kreeg ik het idee dat ze het niet zo op empathie had.

'Weet je waarom je moeder Jenny kwaad wilde doen?' vraagt Penny.

'Dat was niet haar bedoeling. Pas toen Grace naar binnen rende en Jenny's naam riep, wist ik dat ze in het gebouw was. En ik weet zeker dat voor mama hetzelfde gold. Ze zou Grace of Jenny nooit kwaad hebben gedaan. Dat weet ik gewoon. Het was een afschuwelijke vergissing.'

Ze beeft nu heftig en Mohsin kijkt bezorgd naar haar.
'Ik geloof niet dat ze nog meer aankan,' zegt hij tegen Baker.
'Denk je dat je vader wist wat je moeder van plan was?' vraagt Baker.
'Nee.' Ze zwijgt even. 'Maar hij neemt het mij kwalijk dat ik haar niet op tijd heb tegengehouden. Ik bedoel, ik was daar. Ik had haar moeten tegenhouden.'
Penny leidt Rowena de kamer uit en loopt met haar terug naar het brandwondencentrum.

Ik ga naar mijn afdeling. De gordijnen om mijn bed zijn gesloten.
Op het bed lig jij naast me, dicht tegen me aan gedrukt, en je snikt zo hard dat je lichaam het bed laat schudden.
Jij huilt omdat je weet dat ik er niet ben.
Ik zou het liefste naar je toe gaan, maar dat zal het zo veel moeilijker maken.
Dan komt Sarah binnen, rent naar je toe en slaat haar armen om je heen. Ik ben haar zo dankbaar.
Ze vertelt je over Maisie, maar je luistert nauwelijks.
Dan zegt ze dat Adam met een list is overgehaald om de brand aan te steken, dat er tegen hem is gezegd dat het zijn schuld is.
Voor het eerst wend jij je van me af.
'O, shit. Die arme Ads.'
'Ga je nou naar hem toe?' vraagt Sarah.
Jij knikt. 'Zodra ik de artsen van Grace heb gesproken.'

Jij hebt gevraagd of je de artsen bij mijn bed kunt spreken, alsof je mijn comateuze lichaam moet zien liggen om dit te kunnen doen.
Ik sta aan de andere kant van de afdeling. Ik durf niet dichterbij te komen, want ik ben bang dat je mijn aanwezigheid dan kunt voelen en dat dit dan te zwaar voor je zal zijn.
Een verpleegster rolt een karretje met medicijnen van het ene bed naar het andere en het geluid dat ze maakt als ze haar voorraad uitdeelt overstemt de zachtere, subtielere geluiden van jullie gesprek.
Jij hebt gevraagd of dokter Sandhu ook wilde komen en ik kijk naar zijn vriendelijke gezicht, niet naar het jouwe. Ik kan het niet verdragen om naar je gezicht te kijken. Ik had het een paar dagen geleden mis

wat hem betreft. Hij heeft zijn huidige positie niet bereikt door een reeks toevalligheden en kansen, maar hij heeft als arts een rechtstreekse reis naar een gezin als het onze afgelegd.

De verpleegster met het medicijnkarretje blijft wat langer bij een bed staan en in de plotselinge stilte hoor ik jouw stem aan de andere kant van de zaal.

Je vertelt ze dat je weet dat ik niet meer bij bewustzijn zal komen. Dat ik 'daar' niet meer ben.

Je zegt dat papa de ziekte van Kahler had en dat Jenny en ik zijn getest om te kijken of wij geschikte kandidaten waren voor een beenmergtransplantatie.

Je vertelt ze dat het weefsel van Jenny en mij overeenkomt.

Je vraagt of ze mijn hart willen doneren.

Ik hou van je.

Het piepende karretje rijdt verder en de zuster babbelt met iemand en ik kan de rest van het gesprek niet horen. Maar ik weet hoe dat zal gaan, want ik heb deze ogenschijnlijk logische weg al bewandeld met Jenny.

Aan de andere kant van de zaal spits ik mijn oren en ik vang de woorden op die de zinnen vormen die ik had verwacht.

De hoge stem van dokter Bailstrom draagt het verst. Ze vertelt je dat ik zelfstandig adem. Het zal minstens een jaar duren, en vermoedelijk langer, voor ze ook maar in overweging willen nemen om een gerechtelijk bevel te verkrijgen om me geen voedsel en vocht meer te hoeven toedienen.

Jij hebt mijn levende-dood onder ogen gezien uit liefde voor Jenny, en je denkt dat het geen enkel nut heeft gehad. Nu heb je niets meer dan de harde feiten.

Dokter Sandhu oppert een niet-reanimerenverklaring. Ik neem aan dat dat standaard is onder deze omstandigheden. Maar standaard of niet, zoals dokter Bailstrom opmerkt, er is geen enkele reden dat ik zou instorten en gereanimeerd zou moeten worden. Ironisch genoeg is mijn lichaam gezond.

Ik denk dat dokter Sandhu probeert vriendelijk te zijn en wat hoop wil schenken. Want als mijn lichaam instort zal het niet worden gereanimeerd, maar zal men alleen zuurstof toedienen tot mijn organen getransplanteerd kunnen worden.

In het kantoor van dokter Sandhu ondertekenen jij de NR-verklaring. Jenny komt binnen en kijkt toe.
'Je kunt dit niet doen, mam.'
'Natuurlijk wel, en jij...'
'Ik ben van gedachten veranderd.'
'Daar is het te laat voor, lieverd.'
'Jezus nog aan toe, dit gaat niet om de vraag of ik vla of slagroom bij mijn taart wil.'
Ik lach. Zij is razend.
'Ik had geen ja moeten zeggen. Ik kan niet geloven dat ik dat heb gedaan. Je trof me op een heel slecht...'
'Jen, ik zal nooit meer wakker worden, maar jij kunt beter worden. Dus logisch gezien...'
'Logisch gezien, wat? Verander je opeens in Jeremy Bentham?'
'Heb je hem gelezen?'
'Mam!'
'Ik ben onder de indruk, dat is alles.'
'Nee, je verandert van onderwerp. En dat kan niet. Dit is te belangrijk om een ander onderwerp aan te snijden. Als je hiermee doorgaat, keer ik niet in mijn lichaam terug.'
'Jenny, jij wilt blijven leven. Jij...'
'Maar niet door jou te doden.'
'Jen...'
'Ik wil het niet!'
Ze meent het.
Maar toch heeft ze het overweldigende verlangen om te leven.

Jij gaat naar huis om Adam te zien en ik ga met je mee. We lopen de gang door en je buigt je iets naar me toe, alsof je weet dat ik bij je ben. Misschien kun je me voelen op andere plaatsen, nu je weet dat ik niet langer in mijn lichaam ben.
Als we langs de tuin komen en de schaduwen lengen, komt Jenny net bij Ivo. Eerder verbaasde ik me erover dat hij wist waar ze was, over de band tussen hen, die ik als iets bijna-spiritueels zag. Maar als ik nu naar hen kijk, wil ik alleen maar dat ze weer in deze wereld zal zijn, de echte wereld, en dat hij haar fysiek zal kunnen aanraken.
Zoals ik ernaar smacht om jou aan te raken.

In onze auto fantaseer ik nog een keer, heel even maar, dat we ons oude leventje weer leiden. Dat we naar vrienden gaan voor een etentje, met een fles wijn in de achterbak. Absurd genoeg wens ik dat ik kon rijden. (*Er ligt een fatsoenlijke bourgogne in de achterbak, Gracie. Neem de bochten alsjeblieft een beetje rustiger.*)

Ik stel me zelfs een ruzie voor, om het wat realistischer te maken.

'Je drukte de richtingaanwijzer zwaar in,' zeg jij.

'Hoe kun je nou een richtingaanwijzer zwáár indrukken?'

Ik amuseer me prima, een mengeling van plagen, ruziemaken en flirten.

'De hendel, je moet oppassen...'

Of ik lach je uit en zeg dat je je aanstelt als het begin van een quasi-ruzie of ik begin een echte ruzie en zeg dat je niet zo neerbuigend moet doen. We kiezen bijna altijd voor de quasiversie. Dus ik lach om je en jij hoort wat ik niet zeg. Ik rij verder en vijf minuten later zeg je niks als ik rechts afsla waar dat niet mag.

Mijn fantasietje versplintert wanneer ik ons huis zie.

Adams gordijnen zijn dicht. Het is half acht. Bedtijd.

Jij draait je om naar mij, alsof je een glimp van mijn gezicht hebt gezien. Zie jij mij nu als een spook dat bij jou rondwaart?

Jij gaat ons huis in, maar ik wacht nog even voor ik hetzelfde doe. De geraniums in de bloembakken voor de ramen zijn verschrompeld en bruin geworden in de hitte, maar Adams twee potten met worteltjes en zijn groeizakken met tomaten hebben water gehad. Vreemd genoeg ben ik daar blij om.

Is dit wat spoken zijn? Zitten demonen en spoken in werkelijkheid in hun auto te fantaseren over nepruzies met hun man en kijken ze naar groeizakken en bloembakken?

Jij bent bij mijn moeder in de keuken. Ze zet zich een beetje zenuwachtig schrap en ze zegt dat ze Adam na dat eerste belangrijke gesprek met mijn artsen heeft verteld dat ik niet meer wakker zou worden. Dat ik dood was.

Maar jij bent haar dankbaar.

Ik geloof dat jij, net als ik, ziet hoe dapper mama is. De enige van ons die de harde klap van wat de artsen zeiden meteen de eerste keer heeft aanvaard.

Jij vertelt haar over jouw mislukte poging om mijn hart te doneren.

Ze zegt dat ze hoopt dat het door een wonder toch zal gebeuren.
'Ik zou het niet kunnen verdragen dat zij blijft leven terwijl haar kind dood is. Om dat te moeten meemaken.'
Jij slaat je armen om haar heen.
'En jij, Georgina?'
'O, maak je over mij maar geen zorgen. Ik ben een ouwe taaie. Ik zal niet flippen. Pas als Adam gaat studeren en ik in een verzorgingshuis zit. Dan zal ik daar flippen.'
'Flippen' is een uitdrukking die ik gebruikte toen ik in de twintig was en die mama heeft overgenomen. 'Ouwe taaie' is een uitdrukking van haar. Ik ben dol op de erfenis van taal. Hoeveel van wat ik zeg, is in het vocabulaire van Jenny en Adam beland? En als zij die woorden gebruiken, zullen ze aan mij denken en me voelen op meer dan alleen taalkundig gebied.
'Adam liet me zijn huiswerk zien over de grote regen aan het begin van de wereld,' zegt mama tegen jou.
Jij bent aangedaan. 'Moest hij daaraan denken?'
'Ja. Ze zal niet zomaar weg zijn, Mike. Alles wat Gracie is, kan niet zomaar verdwijnen.'
'Nee.'
Jij loopt de trap op naar Adams kamer.
Ik kijk door de open deur van onze slaapkamer. Iemand heeft het bed opgemaakt, maar onze spullen liggen er nog precies zo bij als wij ze hebben achtergelaten. Vóór Jenny's geboorte lag een kleiner nachtkastje vol met een roman – een echte klassieker met piepkleine letters – een pakje Marlboro Light en een glas rode wijn dat ik mee naar bed had genomen. Jij was ontzet toen je zag hoe ongezond ik leefde, maar ik sloeg geen acht op je gezeur. Toen Jenny er was, werden de klassieker, de sigaretten en de wijn aan de kant geschoven om plaats te maken voor fopspenen en stoffen babyboeken; tegenwoordig heb ik een leesbril en liggen er weer romans, boeken die net zijn verschenen, met een felle, glanzende omslag waar pakkende slogans op staan.
Jij staat voor Adams deur.
'Papa is hier.'
De deur blijft dicht.
'Addie...'
Jij wacht. Stilte aan de andere kant.

Open de deur, denk ik. Doe die stomme deur gewoon open.

Mijn god, ik ben veranderd in mijn kinderjuffrouwstem. Het spijt me. Misschien heb je gelijk en is het beter om te wachten tot Addie naar jou komt, om hem te laten zien dat je hem respecteert. Ik zou naar binnen zijn gestormd, maar dat is niet de enige manier waarop dit kan.

'Ik weet dat jij denkt dat het jouw schuld is, mijn lieve jongen,' zeg jij. 'Maar dat is niet waar.'

Jij hebt hem nog nooit 'mijn lieve jongen' genoemd. Een uitdrukking van mij die jij nu al hebt overgenomen. Ik gloei van blijdschap.

'Wil je me alsjeblieft binnenlaten?'

De deur tussen jullie zit nog altijd dicht.

Ik zou ondertussen mijn armen al om hem heen hebben geslagen en ik...

'Goed, het zit zo,' zeg jij. 'Ik hou van je. Wat jij ook denkt dat je hebt gedaan, ik hou van je. Niks, echt helemaal niks, kan daar ooit verandering in brengen.'

'Het is wel mijn schuld, pap.'

Het zijn de eerste woorden die hij heeft gezegd na de brand. Woorden die zo enorm zijn dat ze zijn spraak hebben gesmoord.

'Addie, nee...'

'Het leek niet echt op een vulkaan. Gewoon een emmer met wat oranje crêpepapier erop en iets erin. Ze zei dat ik hem moest aansteken. Maar het was eigenlijk een proef. Ik had het niet echt moeten doen.'

'Addie...'

'Ik hou niet van lucifers. Die maken me bang. En ik weet dat ik ze niet mag gebruiken. Dat zeggen mama, Jenny en jij steeds tegen me. Ik bedoel, als we een vuurtje stoken, steek jij dat aan, want ik mag het niet. Pas als ik twaalf ben. Dus ik wist dat het verkeerd was.'

'Luister alsjeblieft naar me...'

'Meneer Hyman zei dat ridder Covey de proef met vlag en wimpel zou doorstaan. Ik ben ridder Covey. Hij vond me net een ridder. Maar dat ben ik niet.'

'Meneer Hyman was er helemaal niet, Addie. Hij geeft om je en hij zou nooit van zijn leven aan jou vragen om iets dergelijks te doen. Jij bent nog altijd ridder Covey.'

'Nee, je begrijpt het niet...'

'Zij heeft het allemaal verzonnen. Over meneer Hyman. Het cadeautje voor je. Alles. Ze heeft het verzonnen zodat ze jou kon overhalen om iets voor haar te doen. De politie heeft haar gearresteerd. Iedereen weet dat het niet jouw schuld was.'

'Maar dat is het wel. Ik had het niet moeten doen, pap! Wat ze ook tegen me zei. Sirenes en de beeldschone vrouw van de groene reus probeerden de mensen in verleiding te brengen, maar de goede mensen deden niet wat ze zeiden. De sterke ridders deden dat niet. Maar ik wel.'

'Dat waren volwassen mannen, Addie, en jij bent acht. Een bijzonder dappere jongen van acht. En jij bent ook een ridder.'

Stilte aan de andere kant van de deur.

'Denk maar aan die keer dat je het opnam voor meneer Hyman. Dat was heel dapper. Er zijn niet veel volwassenen die dat durven. Dat had ik je veel eerder moeten vertellen. Het spijt me dat ik dat niet heb gedaan. Want ik ben echt heel trots op je.'

Er heerst nog altijd een stilte in Addies kamer, maar wat kun je verder nog tegen hem zeggen?

'Het is niet alleen dat,' zegt hij.

Jij wacht en de stilte is afschuwelijk.

'Ik ben niet naar binnen gegaan om ze te helpen, papa.'

Zijn stem, zo vol schaamte, is voor ons allebei een klap in het gezicht.

'Godzijdank niet,' zeg jij.

Addie doet de deur open en de hindernis tussen jullie is weg.

'Ik zou het niet kunnen verdragen als ik jou ook kwijt was,' zeg jij.

Je slaat je armen om hem heen en er golft iets door zijn lichaam, waardoor zijn gespannen ledematen en strakke gezichtje zich ontspannen.

'Mama wordt nooit meer wakker. Dat heeft oma G me verteld.'

'Nee,' zeg jij.

'Ze is dood.'

'Ja. Ze...'

Ik heb de indruk dat je meer wilt zeggen, dat je het verschil tussen 'uitval van cognitieve functies' en dood zijn wilt uitleggen, maar Adam is pas acht, en je kunt nu niet ingaan op de precieze redenen waarom hij geen moeder meer heeft.

Hij begint te huilen en jij houdt hem zo stevig mogelijk vast.

De stilte tussen jullie wordt groter, een opgeblazen zeepbel vol emoties, en knapt dan.

'Je hebt mij,' zeg jij.

En je armen om Adam proberen hem niet langer te omhelzen, maar klampen zich aan hem vast.

'En ik heb jou.'

35

Vijf uren zijn er verstreken en het is bijna middernacht. Jenny's sprookjes waren altijd negatief over dit tijdstip: koetsen die in pompoenen veranderden en dansende prinsessen die weer in hun bed moesten liggen, maar de verhalen die Adam leuk vindt, geven er een positievere draai aan: het spookuur wanneer het maanlicht fel is en de wereld stil is en iedereen slaapt, behalve het kleine meisje, en de GVR, die zijn dromen de slaapkamers in blaast.

Ik zie *De GVR* op de tweede plank staan. Jij ligt op het bovenste bed, Adam op het onderste, met Aslan dicht naast hem.

Als ik dansschoenen aanhad, zouden ze naar ontsmettingsmiddel ruiken.

Ik ben naar het ziekenhuis geweest en ik moet je vertellen wat er is gebeurd.

Ik keek toe terwijl je bij Adam zat en zijn hand vasthield, en ik was blij dat ik voldoende immuniteit had opgebouwd om bij het ziekenhuis vandaan te kunnen zijn, zodat ik bij hem kon zitten terwijl hij sliep.

Ik bedacht hoe leuk het was dat de kinderen mama 'oma G' noemen om haar te onderscheiden van jouw moeder, oma Annabel, want al is zij lang voor hun geboorte gestorven, ze blijft hun grootmoeder.

Jij hebt Adams oude nachtlampje gevonden en daarna ben je op het bovenste bed gaan liggen, met je arm omlaag, voor het geval hij je nodig heeft.

Mama kwam binnen en zei dat ze een poosje op bezoek wilde bij Jen, nu jij op Adam paste.

Ik ben met haar meegegaan.

Ik weet niet zeker of ik je dit heb verteld, maar nadat mama had gehoord dat ik niet langer in mijn lichaam was, is ze tegen me gaan praten, voortdurend en op allerlei plekken. 'Een alles-of-nietsaanpak, Grace, meisje. Soms hoor je me niet, maar soms zul je er wel zijn en kun je me horen, daar ben ik van overtuigd.'

Ze reed keihard in haar oude Renault Clio over de bijna verlaten, donkere straten naar het ziekenhuis.

'Ik heb Adams worteltjes en tomaten water gegeven,' zei ze.

'Dank je.'

'Ik had de bloembakken ook moeten doen. Die drogen zo vlug uit als het warm is.'

'Misschien kun je ze opnieuw planten. Dat zou ik heel fijn vinden.'

Ze zweeg een poosje en haar gezicht zag er zo veel ouder uit. Ze reed door een rood stoplicht, maar er was bijna geen ander verkeer om het op te merken of er boos om te worden.

'Ik zal er iets in zetten wat beter tegen droogte kan. Lavendel zou mooi staan.'

'Lavendel is volmaakt.'

We kwamen bij het ziekenhuis. Het goudvissenatrium was bijna verlaten, op een paar verspreide patiënten na. Hun voetstappen echoden in de leegte, en een enkele arts haastte zich erdoorheen. Vanuit de duisternis buiten flitsten autolampen door de ramen.

Ik dacht aan meneer Hyman en hoe bang ik voor hem was geweest toen hij naar het ziekenhuis was gekomen. *'Ik wil dat je weggaat bij mijn kinderen. Maak dat je wegkomt!'* Is dat wat er gebeurt in de nasleep van een afschuwelijk misdrijf? Besmeurt de lelijkheid en wreedheid ervan dan alle mensen eromheen; een olievlek die tegen de kust klotst en alles zonder aanzien des persoons vervuilt? Hij heeft een hoop slechte trekken, maar hij is niet schuldig aan wat voor zonde ook. Hij is feilbaar, maar niet verdorven. Niet schuldig aan welk misdrijf dan ook. Addie had gelijk dat hij hem vertrouwde. Ik ben zo blij dat jij tegen Addie hebt gezegd dat meneer Hyman om hem geeft, dat hij hem nooit iets wreeds zou aandoen. Ik ben blij dat jij hem weer 'meneer Hyman' noemt.

Mama ging bij Jenny's bed zitten. In de gang zag ik Jenny op me wachten.

'Ik moet het weten,' zei ze. 'Waarom ik de school weer ben in gegaan en waarom ik terug ben gelopen naar de bovenste verdieping en hoe het met mijn mobieltje zit. Ik moet alles weten.'

We hadden nu weliswaar zicht op het grote geheel, maar niet op de details.

'Daar komt de politie morgen wel achter als ze Maisie verhoren,' zei ik.

'Als ik nog zo lang heb,' zei ze, en opeens hadden we het heel ergens anders over.

'Natuurlijk heb je dat.'

'Nee. Ik heb je al gezegd dat ik niet doorga met jouw plannetje, mam. En ik zal niet van gedachten veranderen.'

Ik ging niet met haar in discussie, niet op dat moment. Want naast moed heeft onze dochter ook jouw gekmakende koppigheid geërfd. *'Geestelijke onafhankelijkheid!'* zou jij me verbeteren. *'Het tonen van karakter!'* Nou, het enige wat ik weet is dat waar andere meisjes op de kleuterschool aan de lief-gezeglijk-slappe kant van de karakterschaal zaten, Jenny het tegenovergestelde was en aan de koppig-eigenzinnig-gedecideerde kant zat, afhankelijk van hoe je het bekijkt.

En ja, ik ben trots.

Dat ben ik stiekem altijd al geweest.

Maar ik deelde haar behoefte om het te weten te komen niet. Ik wilde de waarheid alleen boven water krijgen om Adam vrij te kunnen pleiten, anders niks. En ik wist ook dat zij genoeg tijd had, want die zou ik haar geven. Die strijd zou ik winnen.

'Ik moet alles weer weten, mam,' zei ze. 'Want als ik dat niet doe, is het net alsof een deel van mijn leven nooit is gebeurd. Het deel dat alles heeft veranderd.'

Ik begreep waarom ze het wilde weten en ik moest dat respecteren. En ik zou klaarstaan om haar te beschermen als ze te dicht bij het vuur kwam.

We gingen naar Rowena's kamer omdat Jenny daar haar 'abnormale oorsuizingen' had gehad. Op dat moment dachten we dat die waren veroorzaakt door de geur van Donald en niet door Maisie.

Terwijl we liepen, legden we de puzzelstukjes aaneen van wat Jenny zich tot dan toe herinnerde van woensdagmiddag. We wisten dat ze twee grote flessen water uit de schoolkeuken had gehaald en dat ze via de zij-ingang naar buiten was gegaan. Ze had het brandalarm gehoord en gedacht dat het een vergissing of een oefening was. Ze was bang geweest dat Annette niet wist wat ze moest doen, dus had ze de flessen water neergezet bij de keukendeur en was ze weer naar binnen gegaan. Daar had ze een rooklucht geroken en begrepen dat het geen oefening was.

We kwamen bij Rowena's kamer en Jenny sloot haar ogen. Ik vroeg me af welke geur in de kamer de vorige keer haar herinnering had opgeroepen. Misschien het parfum van Maisie, dat mij nog nooit echt was opgevallen. Haar vest hing nog over een stoel. Ze moest het hier hebben gelaten toen ze werd gearresteerd.

Ik bleef een poosje wachten bij Jenny, ongeveer vier of vijf minuutjes.

Ik zette mezelf schrap om de onbekende persoon die mijn vriendin voor me was geworden voor me te zien.

'Ik haal water uit de keuken,' zei Jenny. 'Ik ga naar buiten. Het brandalarm maakt vreselijk veel lawaai. Ik denk dat Annette niet weet wat ze moet doen. Dus zet ik het water neer en ga weer terug. Godsamme, het is echt brand.'

Ze hield op met praten. Tot dit punt waren we al eerder gekomen. Het enige nieuwe was dat we dachten dat haar mobieltje uit haar zak was gevallen toen ze het water neerzette.

Jenny pakte mijn hand beet.

'Ik durfde dit niet alleen te doen,' zei ze. 'Nog een stukje verdergaan, bedoel ik.'

Maar ik wist al dat ze daarom op me had gewacht.

Ze sloot haar ogen weer.

'De rook valt wel mee,' zei ze. 'Je kunt het ruiken, maar het is niet erger dan als er iets schroeit in de oven. Ik ben niet bang, maar ik vraag me wel af wat ik moet doen. Bij nader inzien geloof ik toch niet dat Annette bang zal zijn, ze zal hier juist van genieten. Eindelijk heeft ze haar drama.'

Ik zag Jenny worstelen toen ze bij de laatste deuren in de geheugengang kwam.

Ik dacht aan Sarahs 'retrogade amnesie'. Ik stelde me voor dat er brandwerende deuren waren, dik en zwaar, die haar beschermden tegen wat erachter lag.

Ik denk dat de wetenschap dat Ivo zo veel van haar houdt – net als jij, Adam, Sarah en ik van haar houden – haar de kracht heeft gegeven om tegen de deuren te duwen om ze te openen; om de verschrik-

kingen van die middag weer opnieuw te beleven.
'En dan zie ik Maisie,' zei ze.
Haar lichaam was helemaal verstijfd.

Mama is weer terug in onze logeerkamer en ik zit op Adams bed en houd zijn zachte handje vast terwijl hij slaapt. Jenny's herinnering heeft zich in mijn gedachten afgespeeld als een film, die ik niet kan afzetten; de film begint telkens opnieuw. Door jou te vertellen wat ik zie, hoop ik dat hij eindelijk zal stoppen.

De brandsirene krijst in de zomermiddag. Jenny zet haar flessen water neer en gaat de school weer in via de keukeningang. Ze ruikt een rooklucht, maar ze is niet bang. Ze denkt aan Annette, dat die dit geweldig zal vinden.
  Ze loopt de trap op naar de tussenverdieping. Dan ziet ze Maisie in haar FUN-shirt met lange mouwen.
  Maisie huilt.
  'Ik zag Adam uit het handenarbeidlokaal komen,' zegt ze. 'O, god, Ro. Wat heb je gedaan?'
  Rowena, gekleed in haar keurige linnen broek, kijkt haar aan, laaiend van woede.
  'Je zag Adam en dan geef je mij de schuld?'
  'Nee, natuurlijk niet. Het spijt me, ik...'
  Rowena slaat Maisie in het gezicht, ongelooflijk hard. Ik hoor het geluid van haar handpalm die tegen Maisies natte wang kletst en in dat geluid vallen de leugens uiteen.
  'Houd je bek, stom wijf.'
  'Je hebt me een sms'je gestuurd,' zegt Maisie. 'Ik dacht dat je...'
  'Het je had vergeven?'
  'Ik deed alleen wat het beste was voor...'
  'Je jaagt mijn minnaar weg en je laat ons failliet gaan. Nou, echt geweldig, mammie.'
  Maisie sputtert even tegen. 'Hij was te oud voor je. Hij maakte misbruik van je en...'
  'Hij is een slappe klootzak. Hij heeft geen ruggengraat. En jij bent een bemoeizuchtig rotwijf.'
  Ze schreeuwt tegen haar en geselt haar met haar woorden.

'Ik moet gaan helpen,' zegt Maisie. Dan put ze ergens moed uit, en kijkt ze Rowena aan.

'Heb jij Addie gedwongen om het te doen, Ro?'

'Bepaal dat zelf maar, mammie.'

Ze veegt de tranen van Maisies gezicht, de rode plek van de klap duidelijk zichtbaar.

'Je moet je gezicht wassen,' zegt ze. Dan trekt ze de rits van Maisies broek omhoog. 'En kleed je verdomme fatsoenlijk aan.'

Maisie gaat weg om met de kleuters te helpen. Ze heeft Jenny niet gezien.

Maar Rowena ziet haar wel.

Ze ziet Jenny en weet dan dat zij alles heeft gehoord.

Jenny herinnerde zich dat het vuur op dat moment onbelangrijk leek. Ze wist dat er bijna niemand in het gebouw was en dat iedereen gemakkelijk naar buiten kon. Het enige waar ze aan kon denken was dat Rowena haar moeder had geslagen, dat ze haar pijn had gedaan.

'Adam is je gaan zoeken,' zei Rowena tegen haar. 'Boven, in de EHBO-kamer.'

En daarmee veranderde alles.

De school stond in brand en Adam was helemaal boven in de school.

Jen rende weg om hem te zoeken.

En Addie? Waar was hij in werkelijkheid? Ik moet een stukje terugspoelen zodat hij ook een rol kan spelen in deze afgrijselijke film.

Ik zie hem met Rowena het sportveld af lopen; het was haar idee om hem mee te nemen om zijn taart te halen. Zo zorgvuldig gepland. Ze moet boven in de school de ramen al wijd open hebben gezet zodat alles klaar was.

Ze draagt nette kleding, in schril contrast met Jenny, en ik vind dat ze er heel volwassen uitziet.

Ze komen bij de rand van het veld. Bij de robijnkleurige azaleastruiken die tot borsthoogte reiken. Ik denk dat ze daar even blijven staan en dat Rowena hem vertelt over het verjaardagscadeau dat meneer Hyman voor hem heeft neergezet. En Addie is heel blij dat meneer Hyman een cadeautje voor hem heeft gekocht.

Want ik geloof dat de stille gestalte die ik zag, aan de rand van het veld, Rowena was, met Adam naast zich, maar hij was te klein om boven de struiken uit te komen.

Ze lopen verder naar de school.

Rowena gaat met Adam naar zijn klaslokaal om zijn taart te pakken. Ze haalt de lucifers uit de kast van mevrouw Madden. Ze zegt tegen hem dat het cadeau van meneer Hyman in het handenarbeidlokaal staat. Het is een ander soort vulkaan. Hij moet hem aansteken. Daar kan hij de lucifers van zijn verjaardagstaart voor gebruiken.

Maar Adam wil niet, wat Rowena verbaast, want zij had hem onderschat. Ze had gedacht dat hij een sulletje was. Dus zegt ze tegen hem dat meneer Hyman de vulkaan zelf naar de school heeft gebracht, zelfs al zou hij grote problemen krijgen als hij zou worden betrapt. Ze zegt dat meneer Hyman elk moment weer naar het handenarbeidlokaal kan gaan en dat hij vreselijk teleurgesteld zal zijn als Addie niet met zijn verjaardagsgeschenk speelt. Dus stemt Addie schoorvoetend toe.

Rowena gaat weg en loopt de trap af naar het kantoor.

Addie gaat naar het lokaal. Hij vertrouwt meneer Hyman, hij houdt zelfs van hem. Maar hij is bang voor lucifers en heeft er nog nooit een afgestreken. Hij weet niet precies hoe het moet.

Rowena heeft alle tijd om naar Annettes domme geklets te luisteren en haar alibi te verstevigen.

Adam pakt een lucifer om af te strijken. Hij gaat op flinke afstand staan en gooit hem naar de vulkaan, want hij is bang voor vuur, zelfs voor een sterretje.

En de emmer, vol brandversneller, wacht een tel, terwijl de vlam aan kracht wint, en dan explodeert de boel en springen de vlammen alle kanten op. Addie is doodsbang en rent weg.

Ik weet het, schat, ik wens ook dat ik toen bij hem was geweest, dat ik alles weer goed voor hem had kunnen maken.

Maisie komt uit de damestoiletten, terwijl het alarm afgaat, en ze ziet hem uit het handenarbeidlokaal rennen.

Adam racet de trap af, langs het kantoor van de secretaresse, en gaat via de hoofdingang naar buiten.

En daar botsen de twee films want Maisie ziet Rowena.

'Ik zag Adam uit het handenarbeidlokaal komen,' zegt ze. 'O, god, Ro. Wat heb je gedaan?'

En Jenny hoort hun ruzie en ziet dat Rowena Maisie een klap geeft.

En daarom zegt Rowena tegen haar dat Adam haar boven in de EHBO-kamer zoekt.

Een enkele zin en ons gezin is vernietigd.

Want Jenny gaat naar de derde verdieping om Addie te zoeken.

Ze weet niet dat het vuur door de holtes in de muren en plafonds en door ventilatiegaten schiet.

Buiten heeft Rowena een arm om Addie geslagen. Naast hen staat een standbeeld van haarzelf als kind.

Ik vermoed dat Rowena op dat moment een sms'je naar Jenny stuurt. Volgens mij schrijft ze Jenny dat Adam nog in de school is, om haar binnen te houden. Ik zie haar vingers snel op de toetsen van haar mobiele telefoon drukken.

Naast de school, vlak bij de achtergelaten flessen water, piept Jenny's mobieltje als het nieuwe bericht binnenkomt.

Maar niemand hoort het.

Want het vuur explodeert. Vlammen ketsen af op de muren, hitte baant zich een weg onder de gangen door en door de plafondholtes, slaat zich naar binnen in lokalen en blaast de ramen eruit, en de school verdrinkt in verstikkende rook.

Op het speelveld zie ik de dikke, zwarte rook en ik begin te rennen.

Naast het bronzen kind houdt Rowena Addie voor dat het allemaal zijn schuld is.

Jenny had die brandwerende deur in haar geheugen geopend en het was angstaanjagend. Ze beefde zo heftig.

'Ik ben in de brand. Addie moet hier ook zijn. En het is overal, het vuur, het brandt en...'

Ik sloeg mijn armen om haar heen en zei tegen haar dat ze veilig was. Ik hielp haar om terug te komen bij mij.

Rowena sliep nog steeds.

We gingen haar kamer uit, want we konden allebei haar nabijheid niet verdragen. Maar we konden haar nog altijd zien door de glazen deur.

Haar slapende gezicht zag eruit als een schone lei van een menselijk karakter.

'Addie was de hele tijd buiten, hè?' zei Jenny. 'Ik bedoel, dat stond in

Annettes verklaring, en ook in die van Rowena, dat hij direct buiten was.'

'Ja.'

Ze waren allebei buiten geweest; één, misschien twee minuten lang waren ze allebei veilig geweest.

Maar Jenny had bij de keukendeur gestaan, aan de zijkant van de school.

En ze was weer naar binnen gegaan.

Achter ons gingen de deuren van het brandwondencentrum open en opeens was het een en al lawaai en activiteit toen er een brancard met een patiënt werd binnengereden, omringd door medisch personeel. De lampen brandden nu fel en je kon niet zien of het dag of nacht was. Ik weet nog dat Jenny die eerste middag hier werd gebracht, hoe verschrikkelijk dat was.

Het lawaai verstoorde Rowena en ze bewoog in haar slaap.

'Ze wilde Addie vermoorden,' zei Jenny. 'Dat kan niet anders.'

Ik weet nog dat Rowena de terpentine en brandversneller in de 'vulkaan' beschreef, en de spuitbussen met verf die erachter lagen opgestapeld. Rowena was heel goed in bètavakken, dus zij wist welke chemicaliën zouden exploderen, branden en vergiftigen.

'Het was de bedoeling dat het in zijn gezicht zou ontploffen,' zei Jenny. 'Ze moet doodsbang zijn geweest toen ze zag dat hem niks mankeerde, en vervolgens moet ze het gevoel hebben gehad dat ze een kerstcadeautje kreeg toen hij niet kon praten.'

'Ja.'

'Zij had maar één wond, de brandplek van een strijkijzer. Dat wás een ongeluk, precies zoals ze zei.'

Jen moest dit hele plaatje zien, terwijl ik me het liefst wilde omdraaien, maar ik dwong mezelf er ook naar te kijken.

'Ik geloof niet dat haar vader haar ooit eerder pijn heeft gedaan,' zei Jenny. 'Alleen die ene keer. Omdat hij wist wat ze ons had aangedaan.'

Ik dacht terug aan dat tafereel in Rowena's kamer. Ik weet nog dat Donald haar handen beetgreep omdat hij het wist. Hij had het geweten.

'Hij besefte dat ze alleen het brandende gebouw binnen was gegaan om dapper te lijken,' zei Jenny.

Ik herinnerde me dat Rowena op Donald af was gelopen en dat hij haar vol haat en woede had aangekeken. '*Ik walg van je*,' had hij gezegd.

'Ze is vast niet verder gegaan dan de vestibule,' merkt Jenny op. 'En daar is ze gaan liggen in de wetenschap dat de brandweermannen eraan kwamen. Annette had gezegd dat de brandweermannen eraan kwamen. Rowena wilde er zeker van zijn dat niemand haar zou verdenken.'

'*Dus jij bent de kleine heldin?*' had Donald gezegd en zijn razernij was schokkend geweest.

Ik dacht aan een andere keer, en Maisies stem, het verdriet erin.

'*Je hoort iemand toch niet te veroordelen? Als je van ze houdt, en ze zijn familie, moet je proberen om het goede in mensen te zien. Dat is liefde toch, in zekere zin? Dat je gelooft in iemands goedheid?*'

Het was haar dochter, niet haar man, die ze de hele tijd had beschermd.

Was Rowena van het begin af aan van plan geweest om haar moeder de schuld te geven?

'*Ze sms'te zojuist dat de metro platligt. Dus moet mama voor chauffeur spelen.*'

Waarschijnlijk was er niks mis met de metro.

Door het glas zag ik Rowena uit bed stappen.

'Jij moet beter worden, Jen,' zeg ik. 'Dan kun je iedereen vertellen wat je hebt gehoord en gezien.'

Ze glimlachte half naar me.

'Leuk geprobeerd, mam. Maar Addie zal tegen iedereen zeggen dat Rowena hem ertoe heeft aangezet, daar heeft hij mijn hulp niet bij nodig.'

'Maar...'

'Het was toeval dat papa nog steeds denkt dat het Maisie was, in plaats van Rowena. Maar Adam zal hem wel vertellen hoe het in werkelijkheid is gegaan.'

'Ja, en papa zal hem geloven, net als tante Sarah. Maar verder niemand. Maisie zal ondertussen al een volledige bekentenis hebben afgelegd.'

'*Je weet toch dat ik alles wil doen voor Rowena?*' had ze zacht gezegd. '*Dat weet je toch, Gracie?*'

'En als Donald de waarheid zou willen opbiechten, zou hij dat onderhand wel hebben gedaan.'

'Maar de politie kan Adam nog altijd geloven,' zei Jenny.
'Het is het woord van een achtjarige tegen dat van volwassenen. Ze zullen hem heus niet geloven. Misschien zouden ze aan het begin naar hem hebben geluisterd, maar niet nu hij daar zo lang mee heeft gewacht.'
'Maar het zou kunnen,' hield ze vol.
'O, god.'
'Mam?'
Er cirkelden allerlei gedachten om iets wat zo verschrikkelijk was, dat ik er niet naar kon kijken, maar toch kwam het meedogenloos dichterbij.
'Dat zal Rowena ook denken, dat de politie hem zou kunnen geloven.'
De ronddraaiende gedachten tolden omlaag tot één herinnering.
'Ik wil hem graag spreken, om te zeggen dat het absoluut niet zijn schuld was,' had Rowena gezegd. *'Ik bedoel, hij zal mij wel niet willen zien, maar dat wil ik echt heel graag.'*
Jen schudde haar hoofd toen ik het tegen haar zei, alsof dat zou verhinderen dat het de waarheid was. Maar ze wist dat het wel de waarheid was.
'Jij moet beter worden,' zei ik tegen haar. 'Om ervoor te zorgen dat Adam veilig is.'
Ik vond het vreselijk om haar zo te chanteren. Maar het was de enige manier. Zoals ik al zei, is het leven van je kind belangrijker dan wat dan ook.
'Dat kun jij ook,' zei ze.
'Nee, dat kan ik niet, want...'
'Mam...'
'Laat me uitspreken. Alsjeblieft. Goed, laten we ervan uitgaan dat ik als door een wonder kan spreken. Maar hoe moet dat dan verder? Wat kan ik zeggen? Dat gesprek dat jij hebt gehoord, heb ik niet gehoord. Ik kan moeilijk verkondigen dat wij op deze manier hebben gebabbeld. Welke rechter zou me geloven? Ik heb geen enkel bewijs dat het Rowena was, en niet Maisie. Bovendien zal er geen wonder gebeuren. Ik geloof nu in heel veel dingen waar ik vroeger niet in geloofde. Sprookjes, spoken, engelen. Ik geloof nu dat die allemaal echt zijn. Maar ik geloof niet dat ik beter zal worden.'

383

'Mijn cognitieve functies zijn uitgevallen, Jen. Dat zal zich nooit herstellen.'

Ik wist niet of dat een leugentje om bestwil was of niet. Dat weet ik nog altijd niet.

'Ik kan hem niet beschermen,' zei ik. 'Maar jij wel. Jij kunt blijven leven en hem de stem van een volwassene geven.'

In haar kamer haalde Rowena haar infuus eruit.

'Engelen, mam?' Jenny probeerde te glimlachen. 'Denk je dat wij dat nu zijn?'

'Het zou kunnen. Misschien zijn engelen niet goed of bijzonder, maar juist gewoontjes, zoals wij.'

'En de vleugels?'

'Wat is daarmee?'

'Vleugels en een stralenkrans. De basisuitrusting van een engel.'

'In de vroegste tekening van een christelijke engel, in de catacombe van Priscilla, uit de derde eeuw, is er geen sprake van vleugels.'

'Alleen jij kunt zoiets zeggen op een moment als dit,' zei ze.

En toen klonk haar stem opeens zacht en beschaamd.

'Ik wil zo graag leven.'

'Dat weet ik.'

'Ik zal nooit van iemand houden zoals jij van mij houdt.'

'Jij bleef in het vuur om Addie te zoeken. Jij hebt het sms'je nooit gekregen, maar toch ben je gebleven.'

Rowena ging haar kamer uit en liep de gang op naar de uitgang. Een verpleegster zag haar.

'Ik ga even een sigaretje roken,' zei Rowena.

'Daar leek je me het type niet voor.'

Rowena glimlachte naar haar. 'Nee.'

Jenny en ik volgden haar het brandwondencentrum uit.

Wat is het stil op die middernachtelijke gangen.

We liepen achter haar aan toen ze naar de ic ging.

Daarbinnen brandden de lampen fel en de afdeling was net zo druk als altijd. Daar was geen dag-en-nachtritme.

Ze drukte op de zoemer.

Een verpleegster kwam naar de deur.

Rowena's stem klonk broos. Ze trok haar donkerblauwe kamerjas met capuchon dichter om zich heen.

'Ik ben een vriendin van Jenny. Is alles goed met haar? Ik ben zo ongerust dat ik niet kan slapen.'

'Ze is er heel ernstig aan toe.'

'Gaat ze dood?'

De verpleegster zweeg en keek treurig.

In Rowena's ogen welden tranen op. 'Ik dacht wel dat u dat zou zeggen.'

Dus ze was ernaartoe gegaan om zekerheid te krijgen.

Ik kon het niet opbrengen om naar haar gezicht te kijken.

Maar Jenny wel.

'Ik zal blijven leven,' zei Jenny, en haar stem klonk hard van hoop, een belofte.

Maar Rowena draaide zich om alsof ze een gefluisterd dreigement had gehoord.

Mama verliet het ziekenhuis en ik ging met haar mee. De nacht was nog steeds zwaar van de hitte. In het flatgebouw tegenover het ziekenhuis zag ik mensen op hun piepkleine balkonnetjes slapen. Die film van woensdagmiddag bleef maar spelen en teruggaan naar het begin, steeds opnieuw, maar ik stond machteloos om iets aan de gebeurtenissen te veranderen.

Terwijl ik ernaar keek, wist ik dat ik dat schilderen-op-nummerportret van Maisie aandachtig had moeten observeren. Ik had de moed moeten vinden om dat te doen. Want als ik dat had gedaan, zou ik de ruimtes hebben gezien die ze niet hadden ingevuld met criminele verdenkingen; die al ingekleurd waren met paarsrode kneuzingen.

En dan zou ik hun verdenkingen hebben overgeschilderd met sterke kleuren van kennis, ontstaan door de jarenlange vriendschap met mijn vriendin.

Maar ik had geen twijfels waar het Rowena betrof. Het was schokkend dat zij het was, niet alleen omdat ze een tiener is, maar ook omdat de waarheid in feite zo doorzichtig en duidelijk was. Zoek en vervang 'Maisie' door 'Rowena' en het verhaal dat wordt onthuld is weerzinwekkend, maar overduidelijk. Haar acteerkunsten waren niet zo bijzonder. Doordat ze jarenlang haar moeder heeft gezien, wist ze hoe ze de rol moest spelen van het slachtoffer dat ondanks alles van degene die haar misbruikt blijft houden.

Rowena als dader klopt precies, zij staat overal mee in verband; met Silas, de school, de fraude en het huiselijk geweld, maar niet op de manieren die ik me had voorgesteld.

Al geloof ik niet dat ze volledig slecht, of zelfs verdorven is.

Ze is een brandend gebouw in gegaan om Jenny en mij te redden.

Volgens Jenny heeft ze dat gedaan om dapper te lijken en de verdenking van zich af te wentelen. Maar dat geloof ik niet. Dat wil ik niet geloven.

Ik blijf die ene daad als iets bijzonder heldhaftigs en eerbaars zien. Ik kies ervoor om het als dramatisch berouw te beschouwen; wat er ook aan vooraf is gegaan of wat er later ook is gebeurd.

Want ik moet geloven dat ze wat goedheid in zich heeft, een felle kleur in de bijtende rook.

Rowena heeft het zelf gehad over de engel en duivel die in één persoon kunnen schuilen. Wij dachten dat ze het over Silas Hyman of haar vader had, maar ik vermoed dat ze zichzelf beschreef.

Ik geloof niet langer in grijstinten. Ik denk dat zwart en wit, goed en slecht naast elkaar bestaan, maar zich niet met elkaar vermengen, geen wereld vol kinderjuffrouwstemmen, maar vol duivels en engelen.

Wanneer de film opnieuw terugcirkelt en ik haar het brandende gebouw in zie rennen, stel ik me voor dat de engel hard genoeg tegen haar schreeuwt om de duivel te overstemmen. Echt waar. Een engel. Niet zo een in een jurk met kant en zilveren vleugels, zoals die boven op de kerstboom, maar een gespierd exemplaar uit het Oude Testament, een Raphaël of een Michaël. Een stoutmoedige, sterke engel die bewerkstelligt dat het goede in haar vorm krijgt en een stem vindt.

Want ik kan deze wereld niet verlaten met de gedachte dat er geen verlossing is voor een tienermeisje. Ik wil geen haat in me hebben als ik sterf.

We kwamen thuis. Mama was doodmoe en ging direct naar bed, en ik was de enige die wakker was. Het was bij middernacht en het huis was stil, iedereen sliep. De laatste keer dat ik op dit tijdstip alleen op was geweest, was toen Adam nog een baby'tje was.

Ik ging naar Jenny's slaapkamer. Ik had haar bij Ivo in de tuin gelaten en beloofd dat ik haar de volgende morgen weer zou zien. Voorlopig nog geen afscheid.

'Hoe is het om een tienerdochter te hebben?' had een moeder op school een keer aan me gevraagd. Haar oudste kind was van Adams leeftijd.

'Er zijn altijd jongens in huis. Enorm grote jongens met enorme gympen in de gang,' zei ik, want daar struikel ik altijd over. 'Er ontbreekt voortdurend eten in de koelkast omdat diezelfde jongens altijd honger hebben. De meisjes eten niks en dan ben je bang voor anorexia, en als jouw dochter gezond lijkt en eet als een paard, dan vrees je voor boulimie.'

'Leent ze jouw kleren?'

Ik begon te lachen. Maar niet heus. 'Vooral het contrast is moeilijk,' zei ik. 'Haar huid glanst. De mijne heeft rimpels. Zelfs mijn benen lijken gerimpeld naast de hare.'

De moeder van school trok een gezicht en dacht dat haar dat niet zou gebeuren, zonder te beseffen dat dat waarschijnlijk al was gebeurd. Maar omdat ze geen tienerdochter had om zich mee te vergelijken, kon ze dat niet weten.

'Het voornaamste is,' ging ik verder, warm lopend voor het onderwerp, 'seks. Dat is overal als je een tiener hebt.'

'Bedoel je dat ze... In jouw huis?' vroeg ze vol afschuw.

'Nee, niet precies.' Hoe moest ik uitleggen dat de seks het huis binnenkomt en alle ruimte opeist? Hij zweeft door de gangen, lummelt op de trappen en de hormonen stromen de ramen uit.

De geur ervan was daar blijven hangen, in Jenny's kamer.

Geen seks of hormonen, besefte ik, maar grote hoeveelheden leven dat nog geleefd moet worden.

Ik ging aan haar bureau zitten en zag dat ze bijna geen boeken had, maar wel een hele plank vol topografische kaarten voor wandelen en bergbeklimmen. Voor zover ik het kon zien, was haar bureau voornamelijk gebruikt om haar nagels te lakken. Ik zag er kleine, glanzend rode vlekjes op zitten.

Heb ik jou verteld wat ze een paar weken voor haar eindexamen heeft gezegd? 'Ik leef liever nu mijn leven dan dat ik zit te blokken voor een toekomstig leven.' Zo anders dan ik op die leeftijd. Ik wilde dol-

graag naar de universiteit en heb mijn hele laatste jaar als een gek zitten blokken.
 Ik dacht dat studeren voor haar ook heerlijk zou zijn. Ik stelde me voor dat zij de volledige drie jaar zou doen en van elk moment zou genieten. Ik zou ervoor zorgen dat zij niet zwanger zou worden aan het einde van het tweede jaar.
 Niet dat ik wilde dat zij alles zou doen waar ik niet in was geslaagd, maar ik dacht dat wat mij gelukkig maakte haar ook gelukkig zou maken.
 En ik was boos op jou toen jij haar niet probeerde tegen te houden toen ze ging klimmen in de Cairngorms in plaats van die cursus studiebegeleiding te doen of toen ze een uitwisselingsbezoek aan Frankrijk omruilde voor kanoën met Ivo. Ik was er heilig van overtuigd dat ze kinderachtig deed, dat ze *niet aan de toekomst dacht*, zonder erbij stil te staan dat ik er getuige van was dat ze haar eigen leven leidde. Een meisje dat graag buiten was, net als jij, lieverd van me. Een meisje dat liever kanoot of klimt dan Dryden of Chaucer leest.
 Ik had naar haar leven moeten kijken vanuit haar gezichtspunt; met haar een berg moeten beklimmen om het omringende landschap op haar manier te beleven, vervuld van voldoening en geluk.
 Of ik had gewoon hier naar binnen moeten gaan en om me heen moeten kijken.

Ik lig naast jou op Adams bovenbed, een nieuw gezichtspunt op zijn overbekende kamer. Vanaf hier zie ik dat de bovenkant van zijn globelampenkap gestoft moet worden, IJsland is niet meer dan een vlek. 'Een net huis is een teken van een verspild leven,' heeft Maisie ooit tegen me gezegd, uit vriendelijkheid omdat ze mijn afkeer van het huishouden kende. En dat is mooi, want vanaf deze plek is duidelijk dat ik het mijne zeer nuttig heb besteed.
 Ik ben nu eigenlijk heel trots op mijn moederschap, op zowel Jenny als Adam en dat ik eraan bij heb gedragen om ze tot de mensen te maken die ze nu zijn.
 En ik heb geen spijt van mijn keuzes, zelfs niet van die die toevallig zo zijn gelopen. Laat andere mensen maar het geweldige boek schrijven of het prachtige schilderij maken, want ik heb geen kunstwerk nodig om voor me te spreken nadat ik er niet meer ben; dat zal mijn fa-

milie doen. Er is geen noodzaak om iets in de leegte te gooien, want die is gevuld met mensen van wie ik houd.

Ik ga omlaag naar Addies bed.

Ik heb altijd geweten hoeveel je van hem houdt. Maar tot de brand wist ik niet hoeveel Jenny, mama en ook Sarah van hem hielden. Bij elkaar hebben jullie voldoende liefde om een reddingsboot voor hem op te blazen.

En kijk nou toch naar jou. Allebei je ouders zijn omgekomen en dat heb je overleefd. Je hebt het zelfs meer dan overleefd en je bent een geweldige, zelfverzekerde man geworden. En dat kan Adam ook.

Ik houd zijn hand vast.

Ik loop zijn dromen binnen en vertel hem hoe bijzonder hij is.

'De meest bijzondere jongen van de hele wereld,' zeg ik.

'Van de Melkweg?'

'Van het universum.'

'Als daar leven is.'

'Ik weet zeker dat dat er is.'

'Er is daar vast ergens een andere ik, precies hetzelfde.'

'Niemand kan precies hetzelfde zijn als jij.'

'Op een goede manier?'

'Ja.'

36

Weer een snikhete dag, de hemel is van een sadistisch wolkeloos blauw. Ik ga terug naar mijn afdeling.

De ramen staan open, maar er is geen briesje. De hitte van buiten sijpelt naar binnen. De verpleegsters zweten en haarlokken plakken tegen hun voorhoofd.

Er is geen teken van dokter Bailstroms rode schoenen en ik ben blij dat ik niet zal worden afgeleid door mode tijdens wat toch zeker een plechtig, hoogstaand moment hoort te zijn.

Ik werp een laatste blik op het glimmende linoleum en de akelige metalen kluisjes en de lelijke gordijnen. Wij mensen uit de eenentwintigste eeuw weten echt niet hoe we met de dood om horen te gaan. Ik denk aan de film over J.M. Barrie, toen hij zijn stervende geliefde op een magische Peter Pan-set rolde die hij stiekem in de tuin had gemaakt. Voor haar geen bruine gordijnen met een geometrisch patroon. Maar ik moet het er maar mee doen.

Ik vecht me een weg terug in mijn lichaam, door lagen vlees, spieren en bot, tot ik binnen ben.

Ik zit klem, zoals ik van tevoren wist, onder de romp van een groot schip dat is gezonken op de bodem van de oceaan.

Mijn oogleden zijn dichtgelast, mijn trommelvliezen zijn kapot en mijn stembanden zijn geknapt.

Het is hier pikdonker, stil en zo zwaar; een kilometer zwart water boven me.

Het enige wat ik kan is ademhalen.

Ik herinner me dat het Latijnse woord voor adem en geest hetzelfde is.

Ik houd mijn adem in.

Toen Jenny haar dood in die kapel onder ogen zag en op zoek was naar een hemel, zag ik de mijne ook onder ogen. Grondig en volledig. Ik heb je toen verteld dat ik haar niet zou laten sterven.
Ik wist dat het in leven houden van mijn kind boven alles gaat. Adams verdriet. En dat van jou. Mijn angst. Alles.

Ik mag niet ademen.

Toch hoopte ik dat het een ander zou zijn. Een andere moeder, dochter en echtgenote. Het leven van een ander.
Mijn hoop was radeloos, lelijk en nutteloos. Omdat het nooit echt een ander zou zijn. En misschien is dat ook wel zo eerlijk. We behouden ons kind, maar verliezen mij. Een evenwicht.

Ik mag niet ademen.

Maar ze is volwassen, ze is geen kind meer en dat weet ik nu: dat is de les die ik heb geleerd.
Ik denk dat ik dat diep vanbinnen al wist. Ik was alleen bang dat ze me als volwassene niet langer nodig zou hebben.
Ik was bang dat ze niet zo veel van me zou houden.
Zonder me te realiseren dat ze al groot was geworden.
Dat ze nog steeds heel veel van me houdt.

Ik mag niet ademen.

Mijn instinct vecht terug; een vloedgolf van egoïstisch verlangen naar het leven strijdt tegen elke energie-impuls in mij. Maar ik ben de afgelopen dagen veel sterker geworden. En al was dat niet de reden dat ik de beschermende huid van het ziekenhuis verliet, het betekent wel dat ik nu het uithoudingsvermogen heb om dit te doen.

Ik mag niet ademen.

Toen ik twintig weken zwanger was van Jenny, ontdekte ik dat haar eileiders al waren gevormd. In onze ongeboren babydochter zaten onze potentiële kleinkinderen (of in elk geval het gedeelte van ons dat deel uit zou maken van hen). Ik voelde de toekomst zich in me opkrullen, mijn lijf een Russische pop der tijd.

Ik mag niet ademen.

Ik denk aan Adam, ver boven me, aan het oppervlak in zijn opblaasreddingsboot, gemaakt van de adem van andere mensen.
Ik denk aan Jenny die de oever van de volwassenheid bereikt.
Ik bedenk dat de angst dat mijn kinderen zouden verdrinken me heeft laten zien hoe dit moet.

Nog maar zo weinig lucht in mijn longen.

Zul jij Addie 'De kleine zeemeermin' voorlezen? Dat staat in zijn *Verhalen voor kinderen van zes*, op de onderste plank van zijn boekenkast. Hij zal zeggen dat hij die verhalen *'al jaren niet meer heeft gelezen, pap'*, en bovendien zijn ze *'veel te meisjesachtig'*, maar jij moet erop staan. Je moet je arm om hem heen slaan en dan zal hij de bladzijden voor je omslaan.

Jij zult hem voorlezen over de pijn van de kleine zeemeermin toen ze het water uit ging en op messen liep, omdat ze zo veel van haar prins hield. Want ik wil dat hij weet dat ik, toen ik mijn lichaam verliet in het ziekenhuis en ik te ver wegging voor hun scans, op messen liep omdat ik het niet kon verdragen dat hij beschuldigd werd van dit afschuwelijke misdrijf. Omdat ik in hem geloofde. Omdat ik van hem houd. Vertel hem dat bij hem weggaan het allermoeilijkste is wat er bestaat.

Ik hoef niet langer te proberen om mijn adem in te houden.

Ik glip onder het gezonken schip van mijn lichaam vandaan, de een kilometer diepe oceaan in.
Jij hebt ooit tegen me gezegd dat het laatste zintuig dat verdwijnt het gehoor is. Maar dat had je fout. Het laatste zintuig dat gaat, is liefde.

Ik drijf naar de oppervlakte, en zonder enige moeite glijd ik mijn lichaam uit.

Er gaat een alarm af dat de lucht doet trillen, en er rent een arts naar me toe.

Een karretje, volgeladen met apparaten wordt zo snel mogelijk over het linoleum gereden, alsof het op schaatsen staat, met een angstige verpleegster aan de helmstok.

Mijn hart is blijven stilstaan.

Ik hoor tikkende rode hakken.

Dokter Bailstrom zegt dat er een NR-verklaring is.

Ze praten over een transplantatie.

Ze zullen mijn lichaam in leven houden tot Jenny mijn hart kan krijgen.

Ik kijk naar hun machines terwijl er zuurstof door mijn inerte lichaam wordt gepompt. Jij wordt haastig een kamer in geleid om een toestemmingsformulier te ondertekenen.

Ik hoor hier toch zeker niet meer op deze manier rond te hangen? Hoor ik nu niet naar de volgende plek te gaan? Een gast die nog aan tafel zit terwijl de gastheer en gastvrouw in de keuken de afwas doen.

En ik praat nog steeds tegen jou!

Het afgelopen weekend toen ik in ons oude leven aan de keukentafel zat, las ik in de krant over 'plaklucht'. Een futuroloog voorspelt dat mensen in de toekomst boodschappen voor elkaar kunnen achterlaten, hangend in de ether. Dus je weet maar nooit, misschien zul je op een goede dag horen wat ik tegen je heb gezegd. Maar terwijl ik tegen je praat, moeten de moleculen in de lucht om me heen toch zijn veranderd, de lucht is geladen met woorden.

Het zal wel zo zijn dat ik pas vertrek op het moment dat mijn hart eruit wordt gehaald en de apparaten worden uitgezet.

Ik bedenk dat ze aan het einde van 'De kleine zeemeermin' geen prins krijgt, maar een ziel.

Ik ga naar de ic waar Jenny wordt voorbereid voor de transplantatie. Ze kijkt naar zichzelf terwijl Sarah zich over haar lichaam buigt. Ooit was ik jaloers op Sarahs hechte band met Jenny, maar nu ben ik daar buitensporig dankbaar voor.

Jenny ziet me en ik pak haar hand.

'Nou, tot zover dan onafhankelijk zijn van mij,' zeg ik. 'Nu zal ik altijd bij je zijn.'

'Wat ontzettend macaber, mam.'
'Kloppend en wel.'
'Toe nou!'
'Even serieus,' zeg ik. 'Het is maar een pomp.'
'Jóúw pomp.'
'Jij kunt hem veel beter gebruiken dan ik.'
We weten niet wat we moeten zeggen. Geen van ons heeft het er over gehad of ze zich dit al dan niet zal herinneren. Of ze zich mij zal herinneren.

'Jij zult beter worden,' zegt Sarah tegen Jenny, en ze vult de stilte. 'En je zult hartstikke goed voor Adam zorgen. Maar er zullen ook andere mensen voor hem zorgen.'

Uit mijn ooghoek zie ik jou het kantoor van de arts uit komen.

'Dus zorg dat je een meisje blijft, Jen, en dat je niet te snel een vrouw wordt,' gaat Sarah verder.

'Jij bent verdomd fantastisch,' zeg ik tegen Sarah. Die kan me natuurlijk niet horen, maar Jenny glimlacht.

Ze omhelst me en ik wil haar langer omarmen, haar vastklemmen, maar ik dwing mezelf om achteruit te gaan.

'Ivo, papa, tante Sarah en Adam wachten op je,' zeg ik, en zij gaat haar lichaam weer in.

Er hoort nu toch zeker een dramatische storm op te steken; de opgekropte, samengeperste hitte van de afgelopen vier dagen die wordt vrijgelaten in de roffelende, doorwekende regen.

Buiten het raam van de afdeling blijft de hemel meedogenloos blauw en een nevel van hitte vervaagt de randjes, maar ik voel me koel.

Dan zie ik jou naar Jenny's bed komen.

Ik herinner me hoe ik Jenny de trap af sleurde en dat ik liefde zag als wit, stil en koud.

Jij kijkt naar me. En op dat moment zie je me.

Dit is hoe liefde er een ontelbaar aantal woorden later uitziet.

Ik ga naar je toe en kus je gezicht.

Ik kijk je na als jij met Jenny meeloopt wanneer ze naar de operatiekamer wordt gereden. Ik denk aan engelen. Ditmaal niet aan de vurige, sterke uit het Oude Testament, maar aan de engelen van Fra Angelico, met hun glinsterende, felgekleurde mantels en lange vleugels die omlaag hangen langs hun rug; die van Giotto die boven de aarde zweven als leeuweriken, hun glanzend gouden stralenkransen speldenprikken van licht; Chagals blauwe engel met haar treurige, bleke gezicht. Ik denk aan de engelen van Raphaël en Michelangelo en de engelen van Jeroen Bosch en Klee.

Ik geloof dat onder elke engel, net buiten het zicht op het schilderij, hun kinderen staan die ze gedwongen moesten achterlaten.

Maar het hemelse hiernamaals is niet waar ik ben, nog niet.

Ik zit op de onderste traptrede van onze trap en doe Adams uniform in zijn tas, dat hij na gym moet aantrekken. Ik strik zijn das alvast zodat hij hem alleen om hoeft te doen en aan het dunne stukje hoeft te trekken, omdat hij zijn das nog steeds niet kan strikken en ik hoop dat jij weet dat je dit voor hem moet doen.

En ik ben in de woonkamer, zoekend naar een stukje Lego dat achter de bank is gevallen en jij komt naar me toe en knuffelt me. 'Prachtige vrouw,' zeg jij, en boven hoor ik Jenny aan de telefoon zitten met Ivo en Adam ligt te lezen op het kleed en ik word verstikt door verlangen naar jullie allemaal.

Ze halen mijn hart eruit.
  Al het licht, alle kleur en alle warmte in mijn lichaam gaat er nu uit en komt in mij, wat ik nu ook ben.
  Mijn ziel wordt geboren.
  En Jenny heeft gelijk, het is schitterend, maar ik ga tekeer tegen deze geboorte van licht. Ik wil mijn kleinkinderen zien of jou gewoon nog een keer aanraken en tegen Jenny roepen: 'Het eten is bijna klaar.' Of tegen Adam: 'Ik kom eraan!' Of tegen iedereen die in de auto op me zit te wachten: 'Nog twee minuutjes, oké?'
  Nog een beetje meer leven.
  Maar dan verdwijnt de woede en blijf ik achter zonder angst of spijt.
  Ik ben een flinterdun lichtje, scherp als een diamant, dat door spleten de wereld die we kennen kan binnenglippen. Ik zal jouw dromen binnenkomen en zachte woorden spreken als jij aan me denkt.
  Er mag dan geen 'en ze leefden nog lang en gelukkig' zijn, maar er is wel een later.
  Dit is niet ons einde.

Dankwoord

Mijn dank gaat wederom uit naar de getalenteerde Emma Beswetherick, zonder wie dit boek niet geschreven had kunnen worden. Grote dank ben ik ook verschuldigd aan Joanne Dickinson voor haar overtuiging, enthousiasme en toewijding. Ook wil ik graag Ursula Mackenzie, David Shelley, Paola Ehrlich, Lucy Icke, Sara Talbot, Darren Turpin en de rest van het team bij Piatkus and Little, Brown bedanken.

Ik wil Felicity Blunt van Curtis Brown bedanken omdat ze de beste agent is die een schrijver zich kan wensen. En ik bedank Kate Cooper en Tally Garner, ook van Curtis Brown.

Ik bedank Anne Calabresi, omdat ze me heeft verteld dat haar ouders het dak vormden dat haar heeft beschut, wat ik in het verhaal heb gebruikt.

Mijn vrienden en familie hebben het mogelijk gemaakt dat dit boek werd geschreven. Dus opnieuw gaat mijn dank uit naar mijn ouders, voor hun voortdurende steun, en naar mijn zus, Tora Orde-Powlett, die altijd mijn eerste en beste lezer is. Ook wil ik Sandra Leonard bedanken, die het einde heeft gelezen voor ik het begin had geschreven en die me heeft aangemoedigd om door te gaan; Michele Matthews omdat ze zo vrijgevig was met haar tijd; Trixie Rawlinson, Kelly Martin, Livia Firth en Lynne Gagliano, die me vaak hebben aangetroffen terwijl ik in gedachten bij het verhaal was en die me met praktische zaken hebben bijgestaan. En mijn oude vrienden wier e-mails me aan de gang hielden: Anne-Marie Casey, Nina Calabresi, Katy Gardner, Katie London, Anna Joynt, Alison Clements en Amanda Jobbins.

Ik bedank Richard Betts en alle andere leraren zoals hij, wier klaslokalen veilig, gelukkig en inspirerend zijn, en waar kinderen kunnen vliegen.

Als laatste, maar belangrijkste, wil ik mijn man Martin bedanken, die zegt dat hij niet bedankt hoeft te worden.